成瀬國晴

オダサク　アゲイン

あとを追うもの

これは
織田作之助が
ミナミに残した
落ち穂拾いの書である

正弁丹吾亭の前にあった句碑と著者の作品（2021）

まえがき

これは、没後75年の織田作之助さんと
没後10年経つ藤本義一さんへのオマージュ（敬意）を
込めた大阪ミナミの変遷史である

織田作之助を読めとすすめてくれたのは、直木賞作家・藤本義一さんだ。

読んでいてその作品に、わたしの通学路千日前や遊んだミナミなどが多く出てくるのにおどろき、家族や友達との懐かしい思い出がよみがえってきた。

そんな少年前期のことどもが織田作之助さんの生きざまと重なり、その空間を楽しく共有できた。

織田作と　出会っていたかも　わがミナミ　洒落

法善寺横丁で開かれた川柳句会での拙句は、その原点にある。

平成二十一年（2009）六月、思いついて「子どもの頃の自分と23才年上の彼との出会いの小説を書く」とメモした。

「オダサク・エレジー」と題して書き出したが、どうもちがう。

悩んでいるうち「学童集団疎開70年」という節目がとび出してきて、積年の宿題「時空の旅」を描き出し、7カ月後に77点が完成した。

それを大阪、滋賀、東京など9会場で開いた個展に忙殺されて小説はそのままになっていた。

そんな平成二十九年(2017)忘れていた織田作之助に火をつけてくれた一冊が上梓された。加藤卓著「愚図　愚図と酔いしれて」で、帯に一文を寄せたのがきっかけだ。内容は、著者が育った大阪・東成区深江の地で過ごした自伝で、故郷への愛が詰まっている。織田作之助のミナミで焼け出されたのちわが家の戦後がつまった東成の地。この本に触発されてわたしは、ふたたび筆をペンに持ち替えて走り出した。今度は小説ではなく、故郷ミナミの地誌、紀行文、自分史として次代に伝えることを意識したものにした。

少年の頃の思い出は妻や娘たちとは共有できないが、織田作之助さんとは手をつないで思う存分ミナミを走り回れる。楽しい。

オダサク　アゲイン　あとを追うもの

目　次

プロローグ

綿業会館は、船場にある。

昭和六年（1931）、備後町通りと三休橋筋が交差した北東角に竣工し、いまは国の重要文化財に指定された歴史的建造物だ。

英米仏など世界各国の建築様式が各部屋に充ちあふれて、モダンでシックな「大大阪」時代の勢いが感じられ、紡績業の黄金期を今に誇らしく伝えている。

成駒瓢一は、重厚な玄関扉を開け階段を上り大理石のホールを通って、装飾が施されたエレベータードアの前に立った。

7階の大会場は来客がまだまばらで、瓢一は並べられたパイプ椅子の中央あたりに座って周囲を見渡した。

天井はアーチ型をしていて軽やかでモダン、正面ステージには六曲一双の金屏風が並び左側の台には華やかに盛花が開会を待っていた。

「第27回 織田作之助賞贈呈式」と紺色の角ゴシック文字で横書きされた吊看板が、天井の柔らかな優雅さとは別のものに感じたが、これはこの賞の重さならではのものなのだろう。

瓢一のもとには、大阪文学振興会内の同賞実行委員会から贈呈式と祝賀パーティーの案内状が毎年届く。（註）

大阪文学振興会の事務所は、大阪市天王寺区の浄土宗「一心寺」にある。

この寺には、宗教を問わず納骨された遺骨でつくられる「お骨仏」があり、人々はその仏像で故人をしのぶのである。

高口恭行長老は建築家でユニークな鉄製オブジェの山門も高口作品である。

瓢一とは旧知の間柄で「日本橋三丁目物語　なにわ難波のかやくめし」を新聞連載中、自宅にまつわる漫才師林田十郎の鬼籍探しに協力を得て、昭和五十二年（1977）春に開眼した第十期お骨仏の中に入っていることが判った。

「大阪文学振興会」代表が、高口長老で会長は辻原登さん、そして事務局長は横井三保さんだ。

彼女と瓢一は、かつて旅行ペンクラブに所属していて共に旅行取材し、記事を書いていた縁がある。

その父、横井晃さんはかつてあった文芸同人誌「関西文学」の編集発行人で、1973年に立ち上げた「関西文学散歩の会」が今の大阪文学振興会の前身になる。

関西文壇の長老藤沢桓夫（故人）の肝いりで、「織田作之助賞」が創られ、主催と事務局を同会が担ってきた。

今回瓢一が出席しようと思ったのは、2011年のこの回からの変革に興味をもったからだ。

それは、これまでの「織田作之助賞・大賞」を「織田作之助賞」とし「織田作之助賞・青春賞」を「織田作之助青春賞」に名称変更して前者は新鋭、気鋭の書き手を顕彰する賞になり、ジャンルも小説のみに限ると変わったこともあったが、関西ゆかりという枠を外して間口をひろげたことだ。

これが大阪で息をしてきた瓢一にとっては大変残念で、選考委員の交代を含めてこの大幅な衣替えがどんな結果を生むのかという関心もあったからでもある。

主催は、大阪文学振興会、関西大学、そして毎日新聞社だ。（註）

毎日新聞社大阪本社代表が「西鶴、近松の文学を関西はもっている。殺伐の時代のいま、文学の価値を見つけ発信してゆきたい」と挨拶した。

「今回からリニューアルを敢行してパワーアップしたのは、高校野球、花園ラグビー、大学のアメフト甲子園ボールなどすべて関西なのに、東京でいろんな賞が決まるのはおかしい。だからこの賞を関西から全国へ発信したい」という言葉もあった。

たしかに、昨今地盤沈下している大阪といわれ、大正末から昭和初期の「大大阪」の時代は、世界でも6番目、日本で最多の人口をもち多くのモノやコトを発信していた町ではなくなっている。しかし、上方という自負もあり、織田作之助でなくても「東京でいっちょうやって来たる」という肩怒らしてでかい心意気をもって出かけていく浪速っ子も多い。

瓢一もそのひとりだ。

高度成長の話に乗り、経済界は本社を東京に移し付随してその傘下の企業も動き出し大阪はそのうどんだしのように薄味になってしまった。

文化までそうなっていったのか。

故藤本義一さんは「西鶴がいうように、東京に支店を出して、大阪に本店を置いといたらよろしいがな」とよくいった。

「損して得とれ」「泣く間があったら笑わんかい」と言うように「大阪の財は大阪人がやせがまんしてでも護ったらよろしいがな」と瓢一は考えている。

商いの町大阪は「町がおもろい、人がおもろい」から織田作之助も同じ町内の路地や、千日前のせまいところで醸し出されたカザ(匂い)を吸って楽しんでいたのではないか。

その「いっちょやったろ」が、この織田作之助賞を関西から全国へ発信するためのリニューアルでありパワーアップであると瓢一はステージを見ながらボヤーッと考えていた。

記念の年に織田作之助賞を「TRIP TRAP(トリップ・トラップ)」で受けた金原ひとみさんは開口一番にこう言った。

「大阪とはゆかりがないのに受けて申し訳ありません」

２００３年「蛇にピアス」ですばる文学賞を受けてデビューし、次の年同作品で芥川賞も手にした。

今回の作品を書いているうちに妊娠、出産し「書き始めた時に作家として大きなものを失い、獲得した」ともつづけた。

瓢一は、その挨拶を聴きながら織田作之助が書いた時代との大きな距離を感じて、自分の尺度で彼との距離を計ってみようと決心した。

昭和・平成・令和を生きた証しとして。

（註）

織田作之助賞実行委員会事務局は、平成二十九年度（２０１７）第３４回から毎日新聞大阪本社学芸部内に移っている。

第３６回・令和元年度（２０１９）、第３７回・令和二年度（２０２０）、第３８回・令和三年度（２０２１）の「織田作之助賞」は、新型コロナウイルス感染拡大防止のため第３６回贈呈式は延期し、次年度と合わせて少人数で実施、第３８回も贈呈式のみで、いずれも祝賀パーティーは中止になった。

第３８回・令和三年度（２０２１）の同賞の主催は、織田作之助賞実行委員会［構成：大阪市・大阪文学振興会・関西大学・パソナグループ・毎日新聞社（５０音順）］となっている。

神経

起ち上がる大阪

波屋書房

大阪中央区
千日前南海通

波屋書房

織田作之助様
前略
表記の二作品、拝読しました。

戦中、戦後のミナミを書き遺していただきありがとうございました。

私は、昭和十九年八月三十一日から翌二十年九月末日まで学童集団疎開のため大阪を離れていました。

ご存知、大阪市立精華国民学校の三年生男子組32名のひとりとして滋賀県愛知郡東押立村字平松（現東近江市平松町）にある村の会議所を宿舎として起居しました。

昭和二十年三月十四日未明の大阪大空襲も知らずにいましたし、お姉様・竹中家そばの日本橋三丁目にあった自宅の焼失や一家五人が火の中を逃げ惑うところも知りません。

当時焼け跡や、その直後にできたミナミの闇市のありさまもわからないままです。

ただ、次兄守夫（当時17歳）が自己体験として書き遺したので空襲当夜のことはよくわかります。

あなたの愛した千日前もミナミも大きく変わりました。

戦後72年も経てばあたり前のことですが、インバウンドと称せられる外国人観光客が多く押し寄せ、道頓堀も法善寺横丁もどこの国かわからないほどの外国語が飛び交っていました。

ウオン元　投げて不動に　願をかけ　洒落
謝々と　不動も返す　インバウンド　洒落

そんな波も令和二年（２０２０）、突如流行った新型コロナウイルスの感染拡大による緊急事態宣言発令により夢散し、東京、大阪のみならず日本、いや全世界までが約１００年前に起ったペストのように戦々況々となりました。

そんななか、一年延期して「東京オリンピック」が催されました。

日本国内の感染者数が日々増加し、医療崩壊が起こりつつあります。

新型コロナウイルスは、人類のもっとも弱いところを突き、歴史のなかで積み重ねてきたおごりをたしなめ、見えなかった金、経済、政治の恥部をあからさまにしました。

そんななかで自宅に自粛しながら、あなた以後のミナミの変遷を振り返り、いまの世相をお知らせいたします。

令和四年（２０２２）夏　　成駒　瓢一

芝本尚明・昌子夫妻が訪ねてきたのは、法善寺東の坂町に出来た「上方ホール」だった。

ここのオープニング記念に瓢一が開いた「古典落語原画展」の会場で、満５５歳になった年の５月だった。

赤ワインを下げて来てくれた芝本君とは９歳の時に別れて以来だ。

難波駅前から戎橋前を入ってすぐにある大阪市立精華国民学校の同級生で彼は縁故疎開組で瓢一は学童集団疎開組だった。

学校ではクラスが違うので顔も名前も憶えていなかった。

初対面ではあるが見るからに好々爺然とした穏やかな笑顔をたたえている芝本君と奥さんに

並ぶ絵の説明をしたあと「君とこ、どこや」尋ねたら「南海通りの波屋書房や」という。

通学、下校時には毎日、店の前を通っていたが彼とは会うたこともなかった。

精華の子は、ミナミに店があっても南海沿線に自宅があって越境入学の者も多かったが、彼は生まれ育った波屋書房から通っていた。

この学校は商人の子、役者の子などもいて喜劇役者・藤山寛美さん、作家・三田純市さんも通っていた。

彼の書店は、昭和四十三年に鉄筋コンクリート五階建てにした。

一階が100平方メートル程の売り場で二階は貸しギャラリー、三、四階は家族の居室で五階が倉庫になっている。

店員は、妻昌子さん、弟夫妻と4人の子供たちの、どこにでもある「町の本屋さん」で自転車に乗りミナミ一円に配達もしていた。

ところが、この間口4メートル足らずの町の本屋が大阪の文化にとっては大変貴重な店だった。

芝本くんと知り合った頃、彼は一冊の文庫本をくれた。

藤沢桓夫著「大阪自叙伝」(中央公論社刊)だ。

扉には「橋々柳々」のペン字と「桓」の四角い落款がある。

著者の直筆で、芝本君がこの版が絶版になると聞いて版元から100冊ほど仕入れ、著者にサインを依頼したうちの1冊だ。

大正八年(1919)、波屋書房は創業している。

大正九年説もあるが、芝本君は両親から八年と聴き、同業者に届けたのが九年だろうという。

当時のオーナーは画家・宇崎純一(スミカズ)、店主は弟の祥二、そして小僧さんとして16歳の芝本参治がいた。

南海通りにいまもある波屋書房。

ここは宇崎純一の自宅で二階が居室になっていて店舗は一階だった。

宇崎純一は、明治二十五年（1892）四月五日、兵庫県加東郡（現小野市）河合村（河合町）生れのようだ。

祥二は八才下の異母弟になる。

芝本参治は、同加東郡久茂村（久茂町）出身で河合村とは近く、何らかの縁で純一の店に入ったのだろう。

徒弟制度が厳しい時代なのに入店した子供を家族同然の待遇をしたのは、両家には近いつながりがあったからではないか。

芝本尚明くんは、戦時中このこの父親の村に縁故疎開している。

宇崎純一は、大正から昭和にかけて関西で活躍した画家だ。

大正ロマンの画家竹久夢二の叙情的な画風に似ていたので、「大阪の夢二」といわれ、多くの絵手本やスミカズカードと呼ばれる絵葉書などを出していた。

丸の中にスの字が入ったサインはよく知られていて、コマ絵といわれる本文とは無関係な絵も新聞や雑誌に描いている。

瓢一は、平成二十四年（2012）に出た「大阪春秋」秋号にスミカズの絵について橋爪節也氏（大阪大学教授）、古川武志氏（大阪市史料調査会調査員）、大浦一郎氏（堺歴史史料研究会会員）と座談している。

その中で、スミカズはイラストレーターの先駆け的な人物だと分析している。

大正時代という大衆出版文化が先駆け花開いた中で出てきた絵を商品として売るイラストレーターで、時代の流行を絵で表現する伝達絵画家だ。

だから夢二が花開いた時に似た画風で売れたのだろう。

瓢一の時代はポップアート、クソリアリズム、ヘタウマなど早い流れにのって、大量のメディアの中ではうまく泳げたがそれが淀んだときそんな画家は、技術ではなく他の突破口（例えばタレントなど）を見付けなければ生きていけない。

ただ、夢二風から脱した後のいわゆる「ペン画」といわれる５９枚のスミカズの絵は、大阪の風俗画としても出色のもので、力量もありオリジナリティーもあり、これがスミカズの本当の姿だと瓢一は唸る。

瓢一は、商業絵画家として間口の広い画風を時代に合わせて提供しながら口を糊して来たが、身体を売っても（売絵としてはクライアントの注文に応じる売絵画家、イラストレーター）心は売らないという信念は内に秘めてきた。

軸足は大阪に置き、上方落語、大相撲（大阪場所）、阪神タイガース、天神祭の四本柱を中心に驀進し、行き着いたのが、学童集団疎開「時空の旅」だった。

戦争がなかったらスミカズは大阪でもっと息長く活躍できたのではないだろうか。


宇崎純一が経営する「波屋」の店名は、つながりが不明だが当時の作家、児童文学 、俳人の巖谷小波（いわやさざなみ）の波をつけたと画家藤原せいけんは画集に遺している。

巖谷は「桃太郎」や「花咲爺」などの民話を再生し、文部省唱歌「ふじの山」や「一寸法師」の作詩も手がけている。

大正十四年（１９２５）三月、波屋書房から一冊の同人雑誌が大阪高等学校（現大阪大学）の文科学生のグループによって創刊された。

「辻馬車」の名を冠したこの本は、藤沢桓夫、神崎清、崎山猷逸・正毅兄弟、小野勇、田辺建三、中川六郎、上道直夫、福井一ら九名によって出されたが、少し遅れて武田麟太郎、ずっと遅れて長沖一（漫才作家・演出家）、同人として秋田実（漫才作者）、小野十三郎（詩人）も加わっている。

「辻馬車」は昭和二年（１９２７）十月の通巻三十二号まで続くが創刊号の表紙絵は大阪の風景などを得意とした画家・小出楢重のもので、A５版よりやや大きい菊版サイズの上部に右から辻馬車と紺色の書き文字、その下中央に1とあり左向きの馬車にはぎょしゃと客が乗り、外燈とたなびく雲が二片、いづれも赤色で描かれている。

ただ、大正十五年（１９２６）四月、五月、六月号の表紙絵は宇崎純一が担当している。

藤沢桓夫らの作品も良く、売切れ続出で同人雑誌の黄金時代といわれる中に一石を投ずるものとなった。

昭和四年（１９２９）十一月三十日、３０歳で発行人宇崎祥二が逝去したのを機に波屋書房の経営は債権債務を引き受けた芝本参治に引継がれた。

大正十四年頃といえば大阪の人口は国内第1位、世界で6番目を誇り、人口増加による大阪市域拡張で新しい区域が増え、南区の一部も浪速区になった。

従って、「辻馬車」の三号から発行所も大阪市南区南海通りから浪速区南海通りと変わっている。

いまは南区になっているが、南海通りにある老舗も波屋書房と向かいの「紫煙」の柴田たばこ店のみになった。

数年前まであった「東京ハット」の西岡帽子店もいまはない。

夭逝した西岡くんは精華国民学校の同級生だったから特に記憶にある。

波屋から３００メートルほど南にあった瓢一の生家も浪速区になった。

オダサクさんが波屋書房に出入りするようになったのは、高津中学時代からで、その頃から新刊書は参ちゃんの店で帳付けしてもらって買っていた。

また、新しい著書が出ると、随分いい場所に陳列して売ってくれていたとも「起ち上る大阪」にあるから付き合いも長かったようだ。

帳付けで本が買えるということは信用があるということで、それは母親代わりに彼の面倒を見た「大きい姉」の竹中タツの援助があったからだろう。

「集金は、日本橋二丁目にある竹中さん宅へ行っていた」と父参治の時代のことを尚明くんは言う。

竹中タツの嫁ぎ先竹中国治郎宅は浪速区日本橋二丁目53（現中央区日本橋二丁目6・5）鉄物商「竹中商店」だった、とＯＤＡＳＡＫＵ１００「大阪逍遥地図」にある。

場所は、吉本ＮＧＫシアター南側を東に行き堺前に出る一本手前の旧住吉街道を右（南）に折れたあたりだ。

いまでも金物店が数軒残っている。

波屋から自転車なら5分の距離だ。

瓢一の生家からなら約百メートルでもっと近い。ヌージュウごっこ（ぬすっと巡査遊び）のエリアだ。

「大っきい姉」ちゃんは、主人の留守に集金に来た参ちゃんにヘソクリの中から本代を渡しながら、「お金はどないしてでも払いまっさかい、あの子の言う本、渡してやって下さい」と言っていた。

このあたり、坂本龍馬に和歌、書道、剣術を教えた姉乙女（おとめ）の姿と重なる。

芝本君は大阪市立精華幼稚園を経て同国民学校へ入学している。

瓢一は昭和十七年（１９４３）四月、隣の学区の大阪市立河原国民学校へ入学している。

相生橋筋を南下し、いまある吉本興業なんばグランド花月（ＮＧＫ）の東側を少し南へ行った

「河原センタービル」がそうだ。

この河原国民学校は、明治二十一年四月、大阪府西成郡難波村大字西側簡易小学校として創設されている。

明治二十四年（１８９１）八月、難波尋常小学校と改称し、同十二月難波河原第三尋常小学校として河原町2丁目に新校舎建設し開校。

瓢一の父時春は、明治四十年四月に同校入学して大正二年に卒業している。

大正二年（１９１３）、難波河原手芸女学校を併設、同十年四月、難波河原尋常小学校と改称、さきの女学校は同十二年三月に廃止し難波河原実科女学校を設置した。

昭和三年（１９２８）、鉄筋コンクリート三階建校舎落成。

同十五年（１９４０）には大阪市立河原尋常小学校となる。

瓢一の2人の兄たちはこの後、同小学校に入学卒業している。

祖父駒吉は千日前を拓いた四人のひとり逢阪彌（わたる）と共に運動会や式典に出席していた。

逢阪は南警察署の警部で「彌生座（やよいざ）」の創設者、後には大阪市市議会議員になっている。

平成八年（１９９６）、瓢一は祖父からの口伝を掘り起こし「なにわ難波のかやくめし」として朝日新聞に連載後加筆して同題で東方出版から出している、同書に詳しい。

昭和十九年（１９４４）四月、精華高等家政女学校と合併し河原女子商業の女学生はそのまま残り、代って河原国民学校生は精華国民学校に移った。

銀行でも会社でも、合併して水と油は混ざらないようにこの時代もそうで、御多分にもれず元来仲が良くなかったこの二つの学校でも同じことが起った。

「精華学校ボロ学校、雨が降ったら洩る学校」とはやし立てていた、ちょっとええし（上品で金持ち）の子らの中にやんちゃで通っていた河原の子らが入ったから当然睨み合いが起った。

われわれ三年生では、河原組の大将はNGKシアター（当時は広場）の南に今もある桝田酒店の桝田義信くん、精華組の大将は、波屋書房の芝本尚明くんだった。

直接対決の有無を確かめるためいま、その昔話を持ち出すと芝本君は精華の雄だったことは暗に否定はしないが「あんな身体の大きい奴に勝てるわけがない、ハハハ……」と目尻を下げる。

すでに故人になった桝田くんは父親も力士のように大きな人だったが、彼も大柄で河原ではクラスを抑えていた。

「強きをくじき、弱きを助ける」という性質でいじめられっ子の瓢一は随分助けられた。

精華校と合併の日、河原校の一同は御堂筋から縦列行進で歩調を合わせて戎橋筋側の正門から堂々と入校した。

精華校は、昭和四年（１９２９）地元民の寄付によって建てられた代表的な近代建築のひとつだ。総工費約６０万円（５９７、７７０円）。

ちなみに、昭和六年（１９３１）大阪市民の寄付で復元した大坂城天守閣の総工費５０万円より１０万円高い。

地元民のこの学校に対する心意気の強さと誇り高さがわかる。

精華校は、さすが「ええしの子」の学校だけあって校舎は鉄筋コンクリート4階建てで耐震耐火構造。

地階があり、エレベーターは２０人乗りで2基、全館スチーム暖房が完備していた。

地階の理科室には模型のガイコツがぶら下がっていて、その奥にある給食室に行くにはこの前を通らなくてはならないから瓢一は給食当番になるのはいやだった。

講堂は北館4階にありアーチ型の天井、この1階は１３０坪（約４２９㎡）の雨天体操場で運動場は４３６坪（約１４４３㎡）と広く、土俵もあった。

正面から入ると「週番」と書いた巾広のたすきをかけた上級生が棒を持って立って睨んでいた。5年先輩の森内康雄さん（株・コーユービジネス名誉会長）は、千日前通りを御堂筋をこした南側にあった森内漬物店の長男で、大阪名物魚すきの丸万の消滅を憂う応援団長でもある。丸万の店主後藤さんとは精華の同級生の森内さんが6年生のころ、週番は6人で隊長を務めていた。

毎朝戎橋前から学校へ入ったところに3人ずつ向き合ってタスキを掛け棒を持って立っていた。瓢一の頃とは立つ場所が違うがよく似た姿で下級生には怖い存在だった。

瓢一の三年生は一組から六組まであり、一組担任の松室先生は『この組は「精組」と呼ぶ』と初日に言った。

六組だけは男女組で、この組の男子は身体の虚弱な子が多いというのがみんなの認識だったがどうだろう。

この六組には道頓堀中座前にあった芝居茶屋「堺重」の故・花岡正邦くんがいた。

彼とは学童集団疎開で一年間を共に過ごしたが、服の袖はふいた鼻水でテカテカに光らせていた腺病質な子だった。

いまも使われている、ナニワカメラの元会長のキャラクターの絵を瓢一に依頼してきたのは、広告代理店にいた彼だった。

人間国宝文化功労者の竹本住大夫さんは、少年時代「堺重」にランドセルを預けて芝居見物をしていたと自伝「人間やっぱり情でんなぁ」（文芸春秋刊）に書いている。

昭和十九年（1944）は警報も多く警戒警報のサイレンが鳴ると、授業を中止して帰宅した。この時は給食のコッペパン二つを持って帰れるので途中千日前の劇場に立ち寄ってモギリのお姉さんに上げる代りにお芝居のタダ見をさせてもらったこともあった。

この年の八月三十一日、瓢一は学童集団疎開で滋賀県に行くので、河原組は四ヶ月間だけ精華の生徒だったことになる。

大阪が灰燼と化した昭和二十年（１９４５）の夏に終戦となり、精華校も閉鎖、疎開組も残留組も元の教室には戻れず大宝小学校の校舎の一部を使用して授業をうけた。

昭和二十三年（１９４８）、大阪市立精華小学校として復興する。

芝本尚明くんのことを瓢一たち友人は「芝ちゃん」と親しみを込めて呼ぶ。

その父親参治さんも周辺の人たちは「参ちゃん」と言っていたようだ。

オダサクさんも「神経」では参ちゃん「起ち上がる大阪」では三ちゃんと書いている。

昭和二十年三月十四日未明、大阪市は大空襲のため殆ど灰燼と化した。

当然、わが「むかでや」も罹災し、一家は茫然と焼け跡に佇んでいただろう。

十日程たって、オダサクさんは千日前に出た。

行きつけだったミルクホール「花屋」の店主は焼け跡を掘り出していた手を止めて「わては焼けても千日前は離れまへん」といった。

その後、大阪劇場（現・ナンバオリエンタルホテル）の前で名前を呼ばれて振り向くと「波屋」の参ちゃんだった。

中学時代から「波屋」で本を買っていた古い馴染みの参ちゃんに「あんたとこが焼けたので、もう雑誌が買えなくなったよ」というと、参ちゃんは口をとがらせて、「そんなことおますかいな。今に見てとくなはれ。また本屋の店を出しまっさかい。うちで買うとくなはれ。わては一生本屋をやめしまへんぜ」と言った。「どこでやるの」の問いに「南でやりま。南でやりま」と即座に応えた。「花屋」の主人や参ちゃんの千日前への執着がうれしかった、と「神経」に書いている。

一月ばかり後、南海電車を降りて戎橋筋を真っ直ぐ北へ歩いて行くと、戎橋の停留所へ出るまでの右側の焼け残った標札屋の片店が本屋になっていて、参ちゃんの顔が見えた。焼け残った標札屋の片店が本屋になっていて、店の真中に「波屋書房仮事務所」の大きな標札が店の三分の二以上を占めていた、とも追い書きしている。

芝ちゃんによると、この場所は、戎橋筋にある蓬莱の東向い角にあった土谷（つちや）さんの店で、その店先を借りての開業だった。

昭和二十一年正月四日、オダサクさんは三ヶ月ぶりに南に出る。

「波屋」で新しく出た雑誌の創刊号が買いたかったからでもあるが、波屋があった戎橋筋は闇市場になっていてさきの波屋がなくなっていることに驚く。カレーの自由軒がある溝の側筋も南海通りも闇商人や街頭闇賭博屋の屋台が並んでいて情なくなって急ぎ足で千日前へ抜けようとすると、続けさまに二度名前を呼ばれた。見ると元「波屋」があった所のバラックの中から参ちゃんがニコニコしながら呼んでいる。

バラックの軒には「波屋書房芝本参治」の表札があった。

「花屋」も「千日堂」も復活している。

千日前が元気をとり戻したことに大喜びするオダサクさんの顔が目に見える。

「波屋」が大空襲で焼けたあと、参治さんは尚明くんの疎開先である故郷に二男の二郎くんを連れて来たが数日で帰った。

戦争が終った秋、尚明くん達が大阪に帰ってきた時、芝本家は住吉区（現住之江区）の粉浜に移っていて、その家は宇崎純一宅の隣りだった。

この家は、多分純一が手配してくれたものだろう。

そこに参治、小夜子（妻）尚明、二郎と参治の弟万次が住み、新しい生活が始まった。

尚明くんは、よく遊びに行った純一宅には本の付録にあった組立て式紙の飛行機がいくつかぶら下がっていたのを憶えている。

写真集「昭和の大阪」（産経新聞刊）の中に昭和二十年（1945）十一月の千日前付近がある。大阪劇場（大劇・現なんばオリエンタルホテル）を背景に「波屋書房」のバラック店が写っている。屋根も外壁もつぎはぎのトタン張りだがひさしもある。裏も板塀で囲ってある。手前は焼けた瓦礫などがそのままだが、すでに木骨柱の家が建ちつつある。南海通りは無舗装な地道だが、人通りは帰って来ていて波屋の前には5、6人が入りかけている。この写真の二ヶ月後の正月、オダサクさんが元「波屋」のバラックの中からニコニコ顔の参ちゃんに呼び止められたのだ。

「わては一生本屋をやめしまへんぜ」「南でやりま。南でやりま」。

焼けて十日目に芝本参治さんがオダサクさんに伝えた南を愛する商人の意地。

焼け跡の灰の中から文化を守るため不死鳥のように蘇った「参ちゃん」の「波屋書房」は、その後見事に立ち上った。

参治、小夜子、弟万次夫妻、バイトも含めて総勢10人程で自転車で配達、経済誌は定期購読の銀行廻りなどで多忙で繁盛を極めた。

粉浜の家は、弟万次の結婚を機に彼に譲り、芝本一家は南海通りの店を木造二階建てにし、そこから芝ちゃんは明星中学・高校に通い出した。

昭和四十三年（1968）十一月九日、芝本参治は胃ガンのため63才で逝った。

ミナミを愛し、この地で過ごした激動の43年の魂を芝ちゃん兄弟は受け継いだ。

瓢一が初めて店を訪れた時は、弟二郎夫婦と芝ちゃん夫妻、長女、次女、長男、次男が交替で店番をしていた。

店頭には手書きの達者な墨文字のＰＯＰがたくさんあって南海通りを行く人の目に止まる。これは、昌子夫人と次女治子さんの手になるものだ。

昌子さんは、毎日書道展・審査会員、治子さんは同展会員で、瓢一が立寄った時この母子は２階のギャラリーで作品制作をよくしていた。

昭和六十二年（１９８７）九月、波屋ギャラリーのオープニング・イベントは波屋ゆかりの文士「藤沢桓夫展」だった。

藤沢邸で「私のより大阪の文士展を」と薦められたが、芝ちゃんは「是非、藤沢先生ので」と説得し、持参した愛用のカメラでうず高く積まれた書籍や榊莫山が寄贈した「龍仙窟」の扁額がある書斎を写してきた。

波屋書房　創業　大正８年
100 余年経ってなお健在

芝本小夜子さん　【参ちゃん】芝本参治さん
提供 芝本尚明氏

芝本尚明さん　芝本昌子さん

展示品は、俳句、絵画、色紙、陶板など多くあったが、文壇の将棋名人と言われるほどの腕前だから当然お宝の将棋盤も並んだ。

盤の裏には「昭和三十年五月佳日　升田、大野両八段より」とある。

この展に司馬遼太郎が来て「この絵が欲しい」と指さしている写真を芝ちゃんが撮っている。

店内に飾られているものだが、藤沢は「所望されても売ったらだめ」と芝ちゃんに念を押していたので断り、後刻藤沢に伝えたら「司馬ならいいが、お金をもらわず、東大阪の宅へ送るように」と指示された。

最晩年、芝ちゃんは電話で約束して藤沢邸を訪れた。

「波屋ならええで」と通された座敷の病床布団の横で典子夫人が口述筆記していた。

藤沢桓夫と瓢一は面識はなかったが、ただひとつの接点は「川柳にみる大阪」（保育社カラーブックス）の「はじめに」のところで「付かず離れずの川柳味ある作品をものしていただいた」との謝辞をもらったことだ。

波屋書房の芝ちゃんと同期生とわかったら喜んでもらえただろう。

瓢一も平成四年（１９９２）三月、この波屋ギャラリーで「ドキュメンタリースケッチＰＡＲＴ４春場所はっけよい」と題して大相撲の仕度部屋や各部屋で朝稽古する力士たちをスケッチした作品の展覧会を開いている。

昭和六十三年（１９８８）三月、大阪春場所でデビューした貴花田、若花田兄弟、曙、魁皇ら将来を見越して描いた土俵下の姿をはじめとした作品５０点を並べた。

平成四年（１９９２）初場所、前頭２枚目貴花田は１４勝１敗で１９才５ヶ月史上最年少幕内初優勝を遂げた。

若貴ブームの始まりを瓢一が目撃しスケッチしたのは平成二年（１９９０）春場所１２日目のこ

とだ。

敢闘、殊勲、技能の三賞をすべて受賞の幕内優勝した勢いで乗り込んで来た西関脇貴花田人気は燃え上り、当時東大阪市小阪にあった藤島部屋の前に駐められた日本テレビの衛星放送車に加えて、昨日まで閑散としていた同部屋の前にファンがどっと詰めかけガードマンが立つ風景で大ブレークを予感して絵を仕上げた。

そんな機を得て、春場所が開かれている大阪府立体育会館（エディオンアリーナ大阪）から約３００メートルの波屋ギャラリーを瓢一が選んだ予想どおり多くの人が来場した。

これを端緒に瓢一の大相撲展は日本相撲協会の了承を得て名古屋、岡山、東京、オーストラリアと巡ってゆく。

横綱貴乃花が引退する平成十五年（２００３）三月、思い出の精華小学校ギャラリーで「貴乃花ありがとう」の個展も開いた。

話を波屋書房に戻そう。

店内から2階ギャラリーに上る階段右側のガラス陳列ケースには藤沢桓夫にまつわる思い出の品々が入っている。

文集「大阪自叙伝」の表紙には『ナンバの波屋書房は「辻馬車」時代の文学的フランチャイズだった』のサイン。

復刻版「辻馬車」、「藤沢桓夫句集」の横に「松蝉の落ちてしづかや雲の峰」の自筆色紙が額に入っている。

写真も多く、長沖一と藤沢夫妻、「新雪」映画化時、五所平之助監督、女優・月丘夢路と藤沢桓夫のスナップ、法善寺横丁に出来た「行き暮れてここが思案の善哉かな」を刻した織田作碑除幕式のスナップ（芝本尚明撮影）秋田実、長沖一とのものなど貴重なものが並んでいる。

アルバムにも元横綱前田山と将棋を指すものや、法善寺花月前、南海ホークス鶴岡一人、別所毅彦などとのショットに混って書斎の床下まで埋めつくされた書籍の山を芝ちゃん自身が撮ったものも貼られていた。

店の出入り口は左右にあり、入るとそのまま通路が奥にむかっていて、それを仕切るように書棚がある。

店主は風呂屋の番台のように高座から書棚を正面にレジスターを前に置き出入口に向って座る。男女の脱衣場を仕切る鏡を書棚と思うとわかり易い。こうすると南海通りから入ってくる客と正対して迎えられるし、書棚を見る客もよくわかる。昔からあるレイアウトだろう。

父参治の没後も母小夜子がそうしてレジ前に座っていると、昔なじみの人が訪ねてくる。長沖一は絶えず顔を出し、レジの後に立つ。

お金を扱う所だからうしろに人が立つのを嫌がる小夜子だが、辻馬車以来の付き合いだから疎ましく思わなかった。

客からお金を受取りレジスターを開ける度にうしろから長沖が「またお金が入った、お金が入った」とはやし立てた。

いたづら好きな人だった。

瓢一が長沖一の名を知ったのは、NHKのラジオドラマ「アチャコ青春手帳」（1952）や「お父さんはお人好し」（1984）などの台本を手がけていたからだ。

瓢一の長兄道夫が、大阪放送管弦楽団に所属しこの番組の伴奏をしていたから高校生の時から毎週大阪馬場町にあるBKの第1スタジオで公開放送を観ていた。

長沖一さんとの出会いはなかったが、後年瓢一がラジオ出演した時のディレクターは子息の渉さんだった。

詩人小野十三郎は、来店していても知らん顔して本を見ていた。

「どうぞ」と中へ案内しても「いや結構」と断る人だった。

上方演芸評論家・吉田留三郎も波屋書房によく来た。

「辻馬車」同人秋田実と吉本興業文芸部にいた吉田は、今宮中学で秋田の一年先輩だった藤沢桓夫と知己を得、織田作之助、吉井栄治らと共に淀や阪神競馬場に誘われて行くのが常だった。

店頭で父や母とよく喋っていた吉田を息子の芝ちゃんはよく目にしていた。

母小夜子さんは「留さん、留さん」と気やすく呼んでいた。

芝本一家がまだ帝塚山に住んでいた昭和四十年（１９６５）頃、波屋書房に泥棒が入り店奥の金庫に入れてあった売上金などがすべて盗まれた騒ぎがあった。

吉田が新聞の自分のコラムに「売上金２００万円ほどが盗まれた。このような場所でもそれだけ本が売れていたことだ」と書き、その文化度をほめた。

芝ちゃんが瓢一に「外に準備金や何やかやも入っていたからすべてが本の売上とちがうんや」といったあと金庫の横に父が土地を売ったもっと大金が新聞紙に包まれてあったのには手がつけられずに置いてあったのにアホな泥棒やと大笑いした。

戦後、吉田は松竹新演芸株式会社（後の松竹芸能）時代に千土地興業に所属していた落語家桂米朝と知り合い深いつながりを持つようになっていた。

昭和四十九年（１９７４）七月から朝日放送テレビで始った「米朝ファミリー和朗亭」には、司会者桂米朝の推選で芸能に於ける多くの知識を生かした構成作家として古い寄席芸を番組に紹介し自らも出演していた。

瓢一もこの番組のプロデューサー狛林利男さん（ワッハ上方初代館長）の依頼でいまも評判の番組宣伝グッズを描いている。

「今浪速風情人気司会者花かるた」と題した花札で、絵札を当時人気があった笑福亭仁鶴ら十二組で飾り任天堂で製作された珍品だ。

この番組で知り合った吉田留三郎さんは、瓢一を居酒屋「鹿よし」に案内してくれた。いまNGKシアターがある東側路地にあったこの店は、吉田さんの妹さんが女将で客は、歌舞伎役者、文楽、落語家、漫才師などが多かった。

吉田さんが亡くなったあと、「鹿よし」は北区扇町で甥の井沢壽治さんが開店し瓢一はここへもよく出入りしたが今はもうない。

吉田留三郎さんを師と呼ぶ瓢一の友人がふたりいる。作詞家、もず唱平と演芸評論家・相羽秋夫だ。

もずは「釜ヶ崎人情」「花街の母」「はぐれコキリコ」など多くの歌謡曲の作詞を手がけ、キダ・タローが作曲した作品もいくつかある。

瓢一は、このキダ、もずのふたりに直木賞作家・難波利三を加えて「浪華ゴルフの三ベタ」を結成している。

もずと吉田との出会いは昭和三十年（1960）代、千日劇場（千日デパート6階・現ビッグカメラ）でバイトとして河内音頭とりの台本を書いていた時で吉田がもずを「この子ガンバリ屋だから」と松竹新喜劇の2代目・渋谷天外のところへ連れていってくれた。

そしてもずは松竹新喜劇文芸部に入った。

当初は拭き掃除とお茶くみばかりだったが芝居の初日にかける台本のセリフの長いのを削る役目をもらった。

セリフを削られた役者が不平を言いにいくと天外は「誰や、短こしたんは、あいつや」と怒られ役にされたこともあった。

吉田は、アイルランドの劇作家・本家でもあったジョージ・バーナード・ショーの研究家でもあり雑学の大家で頭が下がる人だった。

道頓堀「たこ梅」の関東煮の味を教えてくれた人だとも、もずはいう。

相羽秋夫は、昭和三十九年（１９６４）同志社大学在学中からお笑いが大好きで吉田の著書「漫才太平記」を呼んで漫才作家になりたいと志し当時松竹芸能文芸課顧問だった吉田宛にその旨を書いて投函した。

その返事は「漫才台本を書いてきなさい」だったので書き送ったら「ＮＨＫ漫才懸賞台本」に応募をすすめられた。

そんなやりとりのうち松竹芸能入社を打診したところ、文芸課には欠員がないがとにかく社員になることだとアドバイスされマネージャー試験を受け昭和四十一年（１９６６）に入社できた。

当初４、５年間は角座への出演者番組編成の仕事をしていたが、後に正司敏江・玲児、大村崑、笑福亭鶴瓶などの担当マネージャーを歴任した。

文芸課へ入れないまま１０年余を過ごして、テレビ番組などの台本を書きたいので独立してフリー作家になりたいと吉田にいったが止められた。

入社１３年目の五月、吉田留三郎が鬼籍に入ったのを機に2ヶ月後相羽は独立を果たした。

構成作家として毎日放送テレビでワイドショーを担当した時、もずも瓢一も出演者として何度もスタジオを共にしている。また、演劇評論家としての顔ももつ。

吉田留三郎を師と仰ぐもずと相羽には当初接点はなかった。

入社してまだ日が浅い頃、吉田が昼食をもずがご馳走してくれるから行ってくると並んで出かけた。

すでに「釜ヶ崎人情」で売れっ子になっていたもずを見て、「彼も弟子だ」と確認した。吉田が没した時、その棺の前で号泣するもずを相羽は帳場から見ていてその絆の太さを痛感した。

もずは「相羽さんがわたしのことを兄弟子といってくれるがこちらは同輩だと思っている」という。いづれにしても、オダサクさん、あなたの競馬仲間の吉田留三郎さんが残した二粒の種は見事な大輪の花を咲かせています。

いま、相羽秋夫と瓢一はワッハ上方(大阪府立上方演芸資料館)運営懇話会殿堂入り部会委員長と副委員長を委嘱され歴史のひとコマに身を置いている。

母小夜子が昭和五十七年(1982)没して、芝ちゃんが33才で波屋書房を継いだ。父参治は胃ガンだったが、まだ告知する時代ではなかったから、家族は胃潰瘍だと言っていた。だから細かい引継ぎもなく、没後14年間頑張った母から店を受継いだ時も西も東もわからないままの船出だった。

波屋書房は新船長で大波小波の中を30坪(約99㎡)の船で一家力を合わせ漕ぎ出したが大きな転機がくる。

昭和二十九年(1954)、大阪港区の朝潮橋にできた日本最初の国際見本市港会場で開かれた「第一回食の博覧会」(昭和六十年・1985)に料理本を出品した柴田書店の営業マンからの誘いだった。

芝ちゃんが驚いたのは、そのブースに並んだ料理専門書の量の多さだった。料理本の値段は他の本に比べて数倍高価だ。

波屋の店内でもこの料理本のコーナーをつくりたいと言った。

柴田書店は無担保で協力してくれ、店内の約四分の一のスペースを使い50日間このイベントを開いたら成績が大変よかった。

波屋書房はミナミのド真中で南海通りに面しており人通りは絶えない。

近くになにわの台所黒門市場、飲食店を開く時に器具を揃える道具屋筋、老舗かっぽうの並ぶ法善寺横丁もあり料理人も多く来る「食いだおれの街」の中心だ。

「料理本に特化するのは危険」と取次会社は心配したが芝ちゃんは決断した。

その頃、ビニ本など風俗誌はものすごく売れた。

「花と蛇」（団鬼六著）など二千円のものが何百冊も飛ぶように売れたが、風俗誌は買う人の顔も見ないでそっと渡す。

料理本は買った人が話しかけてくれるし「ありがとうございました」とも言って下さるし自分も大きな声でそう言える。

並べる本は家族みんなで選び決めた。

料理本を買ったお客さんには「よろしければお名刺か御住所を」とメモ紙を渡して書いてもらう。

それを毎月届く出版社の古くなったPR誌に貼ってゆく。

「波」「図書」などA5版、約200ページのがいま290冊、約5万8000人の顧客名簿が出来ていて、季節の挨拶をかねたDMを出す。

東京にも大きな書店がたくさんあるのに、わざわざ来た料理人は「店が多くてもここまで内容が充実して、見やすい店はないし第一見ていて楽しい」という。

昌子夫人や次女治子さんの書道の腕はここでも発揮され「日本料理」「鮨・ごはん」「魚料理」「イタリア料理」「ワイン・酒」「むきもの」など活字より見易く大書した札は一目瞭然で暖かい。

そんな順調な海路に突然、巨大な波が襲ってくる。

50メートル先の道具屋筋の入り口にできるYES・NAMBAビルに大型書店が出てくるというのだ。

それも1階から3階までのフロアーを占め「NMB48劇場」や「よしもと漫才劇場」などがビル内にあり集客には困らない黒船の来襲だ。

大規模小売店(スーパーマーケット)や大手家電量販店の進出で周辺の商店街がシャッター通りになるのを知っている。

問屋も版元も『「波屋」は続かない、大型店オープンの日は「波屋書房」の命日や』とカゲで言っていた。

1000坪(3300㎡)対30坪(99㎡)でスペースも在庫量もケタが違う。

阪神タイガース1軍とリトルリーグが対戦するほどの違いだ。

芝ちゃん一家は大波に呑み込まれることを覚悟した。

平成八年(1996)十一月三日、ついに大型書店がオープンした。

顔見知りの客らはそちらに流れていった。

以来20年経た平成二十八年(2016)三月二十一日、遂に黒船が撤退した。

が、「参ちゃん」の波屋書房は頑として立っている。

「波屋は、勝ちましたな」といま人びとはいってくれる。

小さな小さな町の書店が生き残った。

芝ちゃん一家が絆を堅くして守り抜けた原因は何か。

料理本である。

そして出版社のPR誌に貼りつけてきた290冊、5万8000人の名簿にある顧客への心を込めたＤＭである。

そして自宅が店舗であること。

仮店舗の家賃と人件費対自社ビル。

個人経営なので費用が少なくてすむこと。

瓢一は、さきの大型書店と同じビルの６階にある「大阪府立上方演芸資料館」で会議のあと、時折芝ちゃんを訪ねる。

この店には笑顔がある。

フェース・ツウ・フェース、個人商売だからこそできる小さな見えないサービス。

そして「波屋書房」　創業時代にオーナーだった画家・宇崎純一（すみかず）の絵を使ったブックカバー。これは当時包装紙に使っていたものを大阪の生き字引である肥田晧三さん（故人）から貰い、芝ちゃんのアイデアで復刻させたものだが往時の「参ちゃん」から受け継いだミナミに生きる商人魂の遺品だと思う。

大阪商人とはこの人のことだと瓢一は芝ちゃんに出会うたびに思う。

そこにはガメツイや金がすべてだ、は見えない。穏やかな笑顔の奥にはあるが決して見せない精神の強さ。

先日も、レジの前に座る昌子夫人の横で芝ちゃんと談笑していた瓢一の前に、一人の中国人と思われる若者たちが入ってきた。

「日本のおいしいパン屋さんを書いた本はどこにありますか」と一人がかざしたスマートフォンから日本語がとび出してきた。

「へ～外国人も料理本を探しにくるんだな」というと、「先日はインドの方が和食の本を買って行かれました」と昌子夫人の笑顔が返ってきた。

インドでは和食の食材はなんでも揃うし、余程の場合は東京・築地から取り寄せるという。外国で料理店を開く日本の料理人、日本食ブームで資料を求める外国の料理人。

本国で買うより安価だし種類も多い。

そういう人は専門書を何冊もまとめ買いしていくが、中にはスマートフォンで盗撮していく輩もいる。

いずれにしても、日本食が国際的になってきた証拠だと芝ちゃんは目を細める。

さきの中国人は「パンの本」を購入して帰った。

また別の中国人は「宝島」誌を何十冊も買い、本誌を置いて付録のみを持ち去ろうとする。

本誌も持ち帰ってほしいと頼んだ芝ちゃんは「わけがわらからん時代になった」とその表情は複雑だ。

「お客さんからいろいろ教えてもらっています」と昌子さん。

祖父参治の一文字をもらった次女治子さんは「大きくなったら一緒にお酒を飲もうな」と言った約束はならなかったが、その心は彼女の笑顔とともに瓢一に暖かく伝わってきた。

オダサクさんが書く「参ちゃんの笑顔ってこれだな」とも思った。

「父が昔、デンボ（できもの）と本屋は大きなったら潰れる」と言っていたと芝ちゃんはその言葉を守ってミナミに居座っている。

「町の本屋という毛細血管がやられていくとだんだん心臓に近づいてくる」と本屋の激減を憂う。

戦後南海通りにできた店は「波屋書房」のみとなった。

オダサクさん、長谷川幸延さん藤沢桓夫さんそして「辻馬車」のみなさん、宇崎純一、祥二さん、あなたがたの「波屋書房」は家族ワンチームのスクラムを組んで健在です。

そして、令和元年（2019）、ついにこの地でめでたく創業100周年を迎えましたよ。

喜楽別館

昭和二十年（1945）三月十三日夜半から十四日未明にかけて、大阪の街は米軍機のじゅうたん爆撃により灰燼と化した。

ミナミの町も例外でなく、日本橋三丁目の瓢一の家からは、高島屋、松坂屋、松竹座などの焼け残ったビル以外は焼け野原で、生国魂神社がある上町台地と大阪城が見えたのみだと次兄守夫は書き遺している。

その一ヶ月後、オダサクさんは「起ち上る大阪」を取材するためミナミにきている。

そしてそこに罹災者他ァやんのことを書いている。

オダサクさんは行きつけの店の主人他ァやんこと他三郎を見舞う。

疎開していて会えないと思っていた他ァやんは家族と焼跡を掘り出している。

「見とくなはれ、ボロクソに焼けてしまいました。さっぱり、ワヤだすわ」といいながらも「さっぱりワヤ」な顔をしていなかった。

他ァやんは一家四人、焼け残った防空壕の中で生活しているのだ。

「わては最後までこの大阪に踏み止って頑張りまんねん」「戦争が済んだら、またここで喫茶店しまっさかい、忘れんと来とくなはれ」。「千日前一面がうちの庭だ」という。

このあとオダサクさんは波屋書房の三ちゃんと出逢うのだ。

「神経」では、この他ァやんが「花屋」の店主だとわかる。洒落好きな人他ァやんの店は千日前弥生座の筋向いにある小綺麗な喫茶店で隣は銭湯「浪花湯」。

ここには東京式流しや電気風呂がある。

日本橋二丁目の姉の家に寄宿していたオダサクさんは、この銭湯（風呂屋）へ出掛け、帰りにはいつも「花屋」へ立寄ってコーヒを飲んでいた。

「花屋」は夜中二時過ぎまで開店し、弥生座に出ているレヴューガールがどやどやと入ってくるし、北横にある大劇に出ている松竹歌劇の女優たちもファンと一緒にオムライスやトンカツを食べに来る。千日前開界隈の料亭の仲居も店の帰りに寄ってゆく。しみじみした千日前らしい店だった、と書く。

千日前界隈は瓢一が子供の頃の遊び場でもあるし、精華国民学校への通学路でもあった。

子供のことだから「花屋」は憶えていないが「朝日湯」（わたしの頃は金剛湯）は、のれんに「中将湯」の文字と女性の絵があったので憶えている。

いま、吉本のＮＧＫシアター（当時は広場）の北隣りが「花屋」で北横が路地（今もある）、その奥に金剛湯があった。

入浴したことがないので電気風呂や東京式流しは知らない。

戦争がはじまってから千日前も急にうらぶれてしまったと嘆くオダサクさん。

昭和 13 年から 20 年頃の千日前（南側）

〈取材協力〉　安藤　豊氏　桝田義信氏　柴本尚明氏　中山一彌氏　豊島晃一氏　小川丈治氏　田中鳩平氏　成瀬守夫

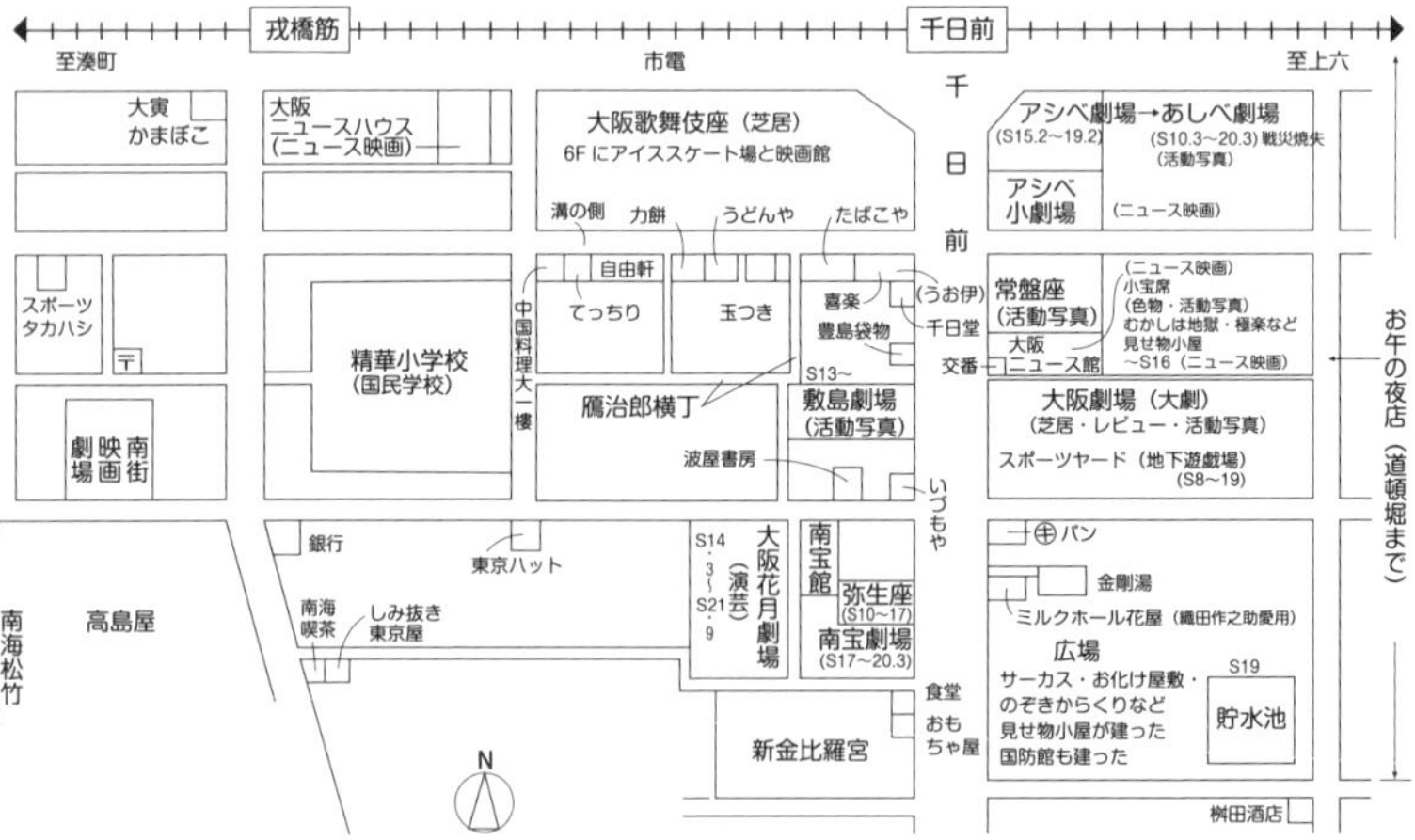

小奇麗な「花屋」も薄汚い雑炊食堂に変ってしまった。

「浪花湯」も休んでいる日が多くなった。

瓢一の家の筋向いにあったカフェー「明水」も雑炊屋になり、人々は鉢を持って並んだし、南海通りと千日前筋が交わる角にあった「いづもや」も椅子をすべてとっ払い立ち食いの店になったのも憶えている。

「わては焼けても千日前は離れまへんねん」とオダサクさんと約束した「花屋」の他ァやんは「寺田さん」というのだと教えてくれた精華国民学校時代の同級生がいる。

安藤豊くんで、いまも千日前に住んでいる。

彼の長兄、次兄とも瓢一の兄たちとは小学校の同級生だ。

父の代から「秋山調理師紹介所」を営んでいて、次兄安藤隆さんはここで喫茶を兼ねた鉄板焼の店を開いていた。

一現さんお断りの店で、大劇に出演している秋月恵美子、芦原千鶴子、京マチ子、小町るみ子ら松竹歌劇団のトップスターが主客で、東京松竹歌劇団の水の江滝子、小目彩子らも大阪に来た時には来店していた。

さて、「花屋」の寺田家四人は、戦後しばらく防空壕で暮らしていたが、昭和二十一年（1946）頃、千日前に以前あった店の東北角の相合通りに面したところで喫茶・軽食堂をやり始めた。

店主の寺田さんが、安藤隆さんの店へ「兄ちゃん、兄ちゃん」と洋食の調理のことについて相談しに来ていた。

オダサクさんが、昭和二十一年正月明けにミナミに出て波屋書房に立寄った後、「花屋」の主人に腕を掴まれ「元の喫茶をはじめるところまで漕ぎつけましてん……中頃には開店させて貰いま」と改まって頭を下げた時期と一致する。

この店はもうない。

このように、千日前から道頓堀にかけて瓢一の精華時代の友人や先輩・後輩が多い。

大空襲で散らばってしまっても、戻っているものも多い。

大劇筋向いにあった袋物屋の豊島晃一くん、その東側の市場内にあった八百屋の上山幸蔵くんらも高齢のため店を閉めた。

NGKシアター南にある桝田酒店の桝田義信くん、道具屋筋の陳列店店主・木村洋介くんのように鬼籍に入ってしまったりして会う人も少なくなってしまった。

下村益矢くんもそのひとりだ。

彼とは、昭和十九年(1944)、精華から学童集団疎開児として滋賀県で起居を共にした。

彼を知らなくても「喜楽別館」「アベノプール」を懐かしがる高齢の大阪人は多い。

下村くんの父下村勝さんは、大正十五年(1912)四月、難波新地5番町で家業の飲食店手伝いを始め25才で父からそれを継いで終戦まで「ふぐちり専門店」としてその販売量大阪一の名声を得るまでになっていた。

昭和二十一年(1946)正月から、千日前常盤座向いでうなぎの店「喜楽」を開業した。

昭和二十年代の写真を見ると、千日前を南北に分ける千日前通りに市電の停留所があり右に大阪歌舞伎座(現ビッグカメラ)、左にアシベ劇場(現アムザ1000)、その奥に常盤座(現パチンコ123)、大劇(現なんばオリエンタルホテル)が並んでいる。

「市川猿之助一座」の懸垂幕が下った大阪歌舞伎座と「東方敷島劇場」の間を横切るオダサクさんが有名な「大阪・難波自由軒」に曲る溝の側の南西角に「喜楽」が写っている。

劇場ビルに囲まれた瓦屋根の2階建てで「喜楽」のヨコ書き看板は左から書かれている。

大阪歌舞伎や大劇は別として戦火で焼失したこの辺の建物が復興し、人出もそこそこある。

アシベ劇場と右角にタテ書きされているビルの正面は大阪名品店とあり、懸垂幕に「びわ湖はり丸たそがれショウボート」とある。

びわ湖上を行く「玻璃丸」の就航は昭和二十六年（１９５１）四月一日で、この年七月一日から「たそがれショウボート」の運行が琵琶湖汽船によって開始されている。

瓢一も長兄が大津に住んでいたので、その人気にあやかって乗りに行っている。

従って「喜楽」が映っている千日前の写真はこのことから判断すると昭和二十年代後期のものだ。

「喜楽」は戦後この場所でうなぎ専門店を開いていた。

大阪で生まれた画家・鍋井克之が著した「大阪繁盛記」（１９６６・東京布井書房刊）に『千日前「喜楽」食堂の光景』が描かれている。右側に喜楽の文字があるのれん、ここが入口だろうか。

店内に客が６人、女性店員が４人、奥で料理人が２人、その上に「ちらし寿し百圓」「大阪寿し百圓」「上まむし百五十圓」「まむし百圓」「かば焼百圓」「う巻五十圓」「きも吸二十圓」「玉吸三十圓」「カレーライス七十圓」と書いた大きな短冊が横に並んでいる。

鍋井画伯は絵の下のキャプションに「ねだん表の字の太いのが、おもしろい」と書いている。左下にあるサインの上には「千日前まむし屋」とある。「まむし」は、大阪ではうなぎ丼のことだ。

「喜楽」に別館が出来たのは、昭和二十六年（１９５１）十二月十二日。

場所は千日前通りと相合橋筋が交わる北西角、自安寺のところで隣りに天牛書店があった。

当初は２階建てを買って開業していたが、大阪人のド肝を抜くアイデアの喜楽別館が６階建てに増築完成したのは昭和三十三年（１９５８）三月二十三日だ。

〽喜楽別館　気楽なところ
　喜楽別館　気兼ねなし
すき焼・たっぷり

お芝居　ゆっくりおくつろぎ

のCMソングでよく知られた喜楽別館は、最上階に廻るレストランがあり、下に天井が廻転する千人風呂があった。

1時間で1廻転するその天井には天女が描かれていた。

中の大ホールは大舞台が正面にあってフロアは桟敷やマス席があって、すき焼や料理を食べながら舞台を観るようになっている。

舞台正面には根上り松が描かれている羽目板、その前で三味線や太鼓にあわせ笠をもって「三笠踊り」を踊る女性など、ヘルスセンターを先取りしたものだった。

下村益矢くんが後年「いつのかわからないけど…」と毎日新聞のコピーを送ってくれた。

「京・大阪うまいもん屋」とタイトルした二百円から三百円で旅行者が手軽に楽しめる店の紹介面だ。

詩人・竹中郁、洋画家・高木四郎、食味雑誌「あまカラ」編集長・水野多津子さんの鼎談で「こってりした味」の項に「喜楽別館」がさし絵付きででている。

「ここは歌舞伎座まがいの舞台や桟敷、マス席が

館内風景　　提供：下村益矢氏

提供：下村加代子さん　　右下が千日前通り

喜楽別館マッチ

あって、すき焼をつつきながら舞台の踊りを見せようという仕掛けですね。二階以上には個室もあって何時間ねばってもよい。それで一人前二百円だから、お客はいつも千人ぐらいつめかけ廊下では待つ人であふれてる。いわゆる〝千人ぶろ〟もわき通し、玄関のクツダナはモーター仕掛けでぐるぐる廻ってるんやから、田舎から来た人なんかびっくりしてますわ」と水野さんはいっている。

さし絵はバンド演奏の５人が舞台に立ち、手前ホールは仕切られたマス席でたくさんの客がすき焼を食べている。

手前は一段高いところに擬宝珠がついた欄干、衝立てには何故か葵の紋。

瓢一も高校の同窓会をここでよくやった。

昭和四十五年（１９７０）、大阪万博の時には同建物内にホテルも開業した。

その後、千日前通り拡幅のため一筋北まで撤去され今はない。

昭和二十八年（１９５３）にはアベノ燎泉閣を開業し、同四十一年（１９６６）これを廃業して「水泳プール」を開業する。

このプールも画期的で「水平エアーステーション」と称した傘型の空気だまりをつくり水中で息つぎが出来るというものだった。

これは多くのメディアでも取り上げられ、瓢一が出演していたテレビ番組「11ＰＭ」もそこから生中継していたほどだ。

冬場はスケートリンクにするなど、無尽蔵な知恵と才気で時代の波に乗った。

昭和四十六年（１９７１）この偉大な父の没後、下村益矢くんが事業を受け継ぐのだが、瓢一は喜楽別館やアベノのプールの名は知っていたが、まさか学童集団疎開で共に起居していた下村くんの家業だとは思わなかった。

関西大学で日本拳法部に所属し、アメリカで不動産業を営んでいたことは、あとあと精華国民学校の同窓会で知った。

平成十五年（2003）、彼は逝った。

16年が経って、ミナミを掘り起こすため、加代子夫人のご好意の資料提供を得て瓢一は「すき焼たっぷり、お芝居ゆっくり、気ィ〜ら〜くにぃ」とCMソングを口ずさみながら下村益矢くんを偲んでこれを書いている。

千日堂

さて、オダサクさんは、大空襲の約十日後ミナミへ出て「花屋」の他ァやんや波屋書房の三ちゃんに逢っている。

終戦の翌昭和二十一年正月明け三月振りにミナミに来た時も「波屋書房」の参ちゃんと「花屋」の主人に会って立直りつつある大阪劇場（大劇）、常盤座を見て正月の雑閙の中に古里を感じているとき、向いのバラック建ての「千日堂」からお内儀さんに呼び止められ招かれた。

焼ける前は、煙草も売る飴屋だった。

「何でも五割安」の看板の下で、夏は冷やし飴、冬は餡巻きを焼いて売っていたが、飴が名物で、早朝から夜更くまで売れたので、店の戸を閉める暇がなく千日前で徹夜をしているたった一軒の店だった。

戦争がはじまると菱の実やとうもろこしの菓子を売ったり、店の片隅を露天商人に貸していた。

瓢一の記憶では、千日堂は自由軒へ曲がる二軒南だった。

オダサクさんも子供の頃、上町から源聖寺坂を下り黒門市場を抜けて千日前へかけつけると、まず「千日堂」で二銭の紫蘇入りの飴を買ってむかいの常盤座で活動写真を見ていた。

そんな思い出の千日堂が戦後はぜんざい屋になっている。

「一杯5円」。

5円で瓢一は思い出した。

終戦の混乱時、国鉄大阪駅前に出来た闇市のテントの中で外国人がアンコが入ったフライ饅頭を1個5円で売っていて人の群がたかって買っていた。小麦粉、砂糖、油などここでは何でも揃っていた。

オダサクさんはぜんざいを食べたが砂糖の甘さを感じてなかった。

「ズルチンつこてまんねん、五円で砂糖つこたら引き合いまへん……」京都の闇市では一杯10円だった。

瓢一が千日堂を知ったのはラジオから流れて来るCMソングでだ。

千日前の千日堂　甘党ファンの千日堂
食堂百貨の千日堂へ行こうじゃないか……

70年を経たいまでも口ずさめるこの歌は、毎日放送ラジオの電波に乗って流れた。

毎週土曜日、午後6時20分から始まる30分番組の始まりと終りに流れたスポンサー「千日堂」のCMソングだ。

「毎度おおきに、ハイ桂小文枝でございます、食堂百貨の千日堂、居酒屋、串の店でおなじみの千日前千日堂がお送りする「スターメロディー」の時間でございまーす」の口上から始まる。

毎日放送40年史によると、昭和三十四年（1959）五月二日から昭和六十三年（1988）四月十九日まで約30年間続いたラジオの長寿番組だ。

歌謡曲を中心にしたディスクジョッキー番組で、ＤＪは後に五代目桂文枝を継ぐ29歳の上方落語家・三代目桂小文枝だった。

瓢一は、後に弟子の三枝（六代文枝・前上方落語協会会長）やきん枝（四代目桂小文枝）とも親しく付き合うが、この五代目文枝師匠とも小文枝時代から縁がある。

谷町八丁目にある、わが檀那寺「日蓮宗寶珠山・本長寺」の戦後檀家総代は西畑栄太郎で四代目桂米團治（人間国宝　故・桂米朝の師）の後援会・常任世話人をつとめていた。

西畑さんは、滅亡寸前の上方落語を継ぐ若い四代目笑福亭枝鶴（六代目笑福亭松鶴）、三代目桂米朝、桂あやめ（五代目桂文枝）、二代目桂小春（三代目桂春團治）らいわゆる四天王の世話もしていた。

そんな関係で当時桂あやめだった小文枝の仲人をつとめ、東成区片江にあった「楽語荘」そばの大神ノ宮での挙式に立会った。

瓢一が今里に住み、中学高校への通学路は楽語荘そばで、その筋向いのアパート「七福荘」であやめ夫妻は新婚生活を営んだ。

六代目松鶴の甥、故・和多田勝（豆落語家笑福亭小つる。後にイラストレーター・故人）とは仲良く、当初の「スターメロディー」の台本は彼が書いていた。

和多田勝は五代目笑福亭松鶴の孫で、豆落語家笑福亭小つるとして人気を博し「コーちゃん、コーちゃん」と周囲の落語家から可愛いがられ、その頃から酒をたしなんでいた。

中学校を卒業して落語を止め、大阪市立工芸高校に入り絵やデザインの勉強を始めた。

卒業後、そごう百貨店の宣伝部に勤めた後、イラストレーター、エッセイスト、タレントとしての道を歩きはじめ瓢一と知り合い「三人展」も共にやるようになる。

祖父の家に住んでいたので筋向いの小文枝宅に行き、「スターメロディー」の台本は高校時代から書いていた。

毎日放送の番組宛に届いた投書も沢山積んであったし、クレームが付いたはがきを小文枝と見ていたと、勝の弟収は思い出す。

そごうに勤めていた時代も書いていて弟子の三枝（六代桂文枝）が会社に取りに来たとも聞いている。

小文枝は結婚した頃は、毎日放送と専属契約を結んでいて仕事は忙しかった。

夫妻は三人の男児を授かり、三男の子はいまの桂きん枝（現四代目桂小文枝）の弟子「桂小きん」となり祖父を目指して頑張っている。

平成六年（１９９４）一月三十一日、和多田勝は５２歳で没した。

その弔辞を号泣して読んだ五代目桂文枝につづいて瓢一もその余りある才能を惜しんで弔辞を涙して述べた。

話を千日堂に戻す。

この作業は、弟子たちの三枝、きん枝、文珍らに受け継がれた。

きん枝は「内弟子時代にやりました、小話みたいなものを書いていました」と話してくれた。

六代桂文枝（前上方落語協会会長）も三枝時代手伝っていた。

昭和四十一年（１９６６）、桂小文枝に弟子入りし、翌年から2年ほど師匠が放送する「スターメロディー」の台本を書いていた。

内容はオリジナル小話で、約３００にものぼる創作落語を書いた原点だとも言う。

小話のあとは舟木一夫の「修学旅行」など4曲のレコードがかけられた。

この番組は、最初から「千日堂」一社提供だったと昭和二十六年（１９５１）毎日放送の前身「新日本放送」時代からいた山田一男氏は後輩の砥田時雄氏（元毎日放送）を通じて教えてくれた。

はじめは10分間の番組だったが途中から30分に延びた。

第1回目からDJは桂小文枝で、1曲目は「湯の町エレジー」のレコードだった。

昭和四十三年（1968）から10年間担当ディレクターだった神崎広昭氏は「弟子が書いてきた台本を小文枝師匠が手を入れて放送していましたよ」と懐かしがる。

北区梅ヶ枝町にあった元の関西テレビの南側にあった「大阪スタジオ」で週1回30分のを2回分録音し、それを月2度やると決めていた。

1回の放送ではレコードは4曲かけるのだが選曲は千日堂でやってくる。

千日堂の筋向いの大劇（大阪劇場）に出演する歌手の曲の使用を言ってくるので、レコード室に5年いた自分としては出る幕がないのでうれしくなかったと笑う。

小文枝師匠と二人だけだし、聴取率も関係のない時代で気楽な番組だった。

瓢一は「NHK深夜便」のナイトエッセーに幾度も出演したが、これもディレクターと二人の録音番組だったのを思い出した。

神崎氏とは、梅田グランドビル31階にあったラジオポートMBSで番組を共にしたこともあったなと瓢一は彼の人なつこい笑顔を頭の中に描いた。

小文枝師匠とは千日堂でよく食事をしたという友人がいる。

故桂米朝師匠を上方落語家最初の文化勲章受章者、人間国宝にまでバックアップした、田中秀武くん（元・米朝事務所会長）だ。

彼が千土地興業に入社した配属先の京都から大阪に転勤し、先ず挨拶に行ったのが、梅田の阪急百貨店屋上にあった毎日放送だった。

そして千日デパートにあった千日劇場の楽屋へ立寄り、桂小文枝師匠と南となりの千日堂へ食事によく出かけた。（この時代、千日堂は自由軒の筋・溝の側の南西角に移っている）

昭和二十六年（1951）九月一日、開局した新日本放送は阪急百貨店屋上の仮設建物からスタートした。

日本最初の民間ラジオ局でコールサインJOOR、NJB1210キロサイクルで、この日午前11時59分30秒から第一声が流れた。

瓢一は当時高校1年、阪急百貨店の南西側に2基のエレベーターで屋上のスタジオに入って「宝塚ファンコンテスト」の公開放送を見たことがあるが、もう少しスタジオが完備された時代かもしれない。

昭和三十三年（1958）に毎日放送と改名、翌年からテレビ放送が始まるのだが、まだラジオの時代だった。

「スターメロディー」は毎日放送となってから翌年の番組だ。

戦後、オダサクさんがズルチン入りのぜんざいを食べた「千日堂」の全盛期はこんな様子だった。だから毎日毎晩、千日堂へ行く……

千日堂は2001年、閉店し店頭にあったスッポン太郎のキャラクターも消えたが「スターメロディー」の桂小文枝の声と千日前の千日堂のメロディーが、「とれとれぴちぴち……」に混じって頭の中に渦巻いている。

キダ・タローさん、なんとかしてよ、あんたが道頓堀の「カニ道楽」のCMソング作ったんやろ。

精華小学校

年号が令和に変わって約1ヶ月後の6月7日、芝ちゃんや瓢一が通っていた大阪府立精華国民学校の跡地に家電量販店大手「エディオンなんば本店」が華々しくオープンした。

平成七年（1995）、少子化の影響で65年間の幕を閉じた市立精華小学校と精華幼稚園の土地を大阪市が同二十五年（2013）にプロポーサル（企画提案）方式の公募入札で不動産会社に売却した。

敷地面積4217㎡で35億8500万円だった。

あとに何が建つのか、ミナミの人でなくても壊すには惜しい伝統と歴史がある画期的な建造物だ。

先にも述べたが、昭和初期の小学校（女学校を含む）でこれほどの設備がととのったものは、他にあっただろうか。

そんな建物を後世に遺そうという運動もあったが残念ながら果たせなかった。

道具屋筋を北に出たところにある大阪府立演芸資料館「ワッハ上方」の運営懇話会委員で多くの殿堂入り演芸人を選考もし、その似顔絵も描き残している瓢一としては、この学び舎の後に「ワッハ上方」が入れたらいいなと思っていたがそれは夢であった。その「ワッハ上方」も23年経った平成三十一年（2019）四月、リニューアルされた。

ホームページにも歴代殿堂入り名人を描いた56組・90人の似顔絵が並んでいる。（令和三年度（2021）で61組・97人）

精華小学校の跡地にはいろんな憶測が飛び交ったが、平成最後の年ついに家電量販店エディオンが店計画を発表し約8ヶ月後なんば本店として開店した。

地上9階、地下1階、施設面積は約1万5500㎡で同社店舗では最大という。東側から見るとかつての精華小学校の校舎を運動場のむこうから道路そばまで引っぱり出してきたような面影がある。

戦後、日本橋三丁目界隈は電化の街として活況を呈した。

瓢一が少年時代の堺筋は古手屋（古着屋）と古本屋が並んでいたこの辺が戦火により焼失し、平和の時代になった昭和三十年になり電化生活が始まると軒並電器店に変貌した。

そして家具店も並び出した。

日三家具、マトウ家具……など懐かしい。

オーディオブームの昭和五十年代、瓢一はサンスイの555オーディオとマッキントッシュのスピーカーなどの当時としては高級品をアトリエに揃えた。

日本橋でんでんタウンと呼ばれ多くのひとがこの街に車で詰めかけた。

パソコン時代に入りいよいよ活況もピークに入っていたがバブルがはじけた後、周辺郊外に大型家電量販店が出来てこの街は風船が萎むように衰退していった。

その後、萌え族やマニアックなオタクたちが集まり「コスプレ」「フィギュア」「鉄道模型」「パーツショップ」などの店々に群がるので「オタクロード」などと呼ばれ、また賑わい出した。

そこはかつて瓢一の生家から東へ三軒目の旧住吉街道で舗装されたきれいな道で、祖母に言われ植木用の肥料として馬車馬の落とした糞を拾ったり「ヌージュウごっこ」（盗人と巡査の頭文字をとった鬼ごっこ）で走り廻った場所だ。

アダルトDVD店やメイド喫茶など風俗店のチラシを配る少女も辻角に立っていて、松坂屋（現高島屋東別館）屋上のメリーゴーランドから降ってくるオルゴールの音や道端の鶏篭にえさを放り込んだりしたのどかな風景はない。

平成十三年（２００１）千日前歌舞伎座跡に「ビッグカメラなんば店」ができ、平成十八年（２００６）にはなんばパークの南側に「ヤマダ電機LABI1なんば」。日本橋電気街には以前からの「ジョーシン日本橋1ばん館」「ラオックス大阪日本橋店」などがありエディオンなんば本店はそこへ割って入った。

新型コロナウイルスが発生する２０１９年までミナミは訪日外国人客（インバウンド）が特に多く、平成三十年（２０１８）には１１４２万人の外国人旅行者が大阪府内を訪れていた。

エディオンなんば本店は、そんな旅行者もターゲットにしていた。

関西国際空港から南海電鉄難波駅で下り、目の前の信号を渡るとすぐの立地条件は最高のものだ。

昭和十九年（１９４４）八月三十一日、ここから学童集団疎開に出発した瓢一にとっては忘れられない土地だ。

オダサクさん、瓢一はミナミに起こる家電量販大手店間の激しい嵐の中であなたの通った「波屋書房」は、どんな余波をうけるのかを心配して「参ちゃん」の息子芝本尚明くんを店に訪ねた。

ちょうどこの日は、平成三十年度大阪府立上方演芸資料館（ワッハ上方）殿堂入り表彰式の日だった。

２２回目の殿堂入りは、漫才師2組で「三遊亭小円、木村栄子」と「レッツゴー3匹」だ。

運営懇話会委員として選考した表彰者の似顔絵を発表し、式典が終わった帰りに芝ちゃん夫妻の笑顔に接したのだが、この人たちに会うと心がほぐれる。

「１０００坪あったジュンク堂が無くなり、あの大嵐に耐えた体験があるからどんな風が吹いてきても怖くはないよ」と笑う。

芝ちゃんもまだ行ってないという「エディオンなんば本店」にその足で行った。

「精華のモニュメント碑があるよ」と芝ちゃんからきいたので探したら洋食店「重亭」の前、かつての裏門があったあたりにそれはあった。

校章の下に「大阪市立精華小学校」と白地に黒く浮き彫りされ下に校訓と校歌が彫られている。

白い台座には、黒地に金文字でその沿革が書かれてあった。

これで瓢一たちが学んだ校舎の型が再現された意味がわかった。

碑のそばに入り口があり、かつて雁次郎横丁を抜けて登校した裏門だなと思いながら一歩入って驚いた。

左を見るとかつての戎橋の正門から学校に入ったままの風景がそこにあった。

その小部屋入り口上に右書きではあるが「精華小学校」と校名があって、左右に懐かしい照明灯がそのままあった。

室内の額には昔の正門写真と並んで一文があった。

過疎化による閉校のことに次いで「地域並びに卒業生の方々の本校によせる並々ならぬ思い、小学校に対する愛情によりメモリアルホールとして残す事ができました。本校関係者の皆様には貴重な思い出として、また誇りある精華小学校の資料並びに近代の教育史の資料を展示しており、このメモリアルホールを精華小学校の教育を語り継ぐ資料館として訪れて頂ければ誠に幸いに存じます」

瓢一の頬を涙が伝わった。

ここから学童集団疎開地にむかい大阪が灰燼となって学友たちは四散し、ミナミに帰ったものも大宝小学校で卒業式を行った。

瓢一は東成区にある市立神路小学校を出たが、精華の同窓会もでき、創立120周年には記念の講演もした。

学童集団疎開「時空の旅」の絵を77点描き、その展覧会の幕開けをなんばパークスで開いてからもう9ケ所を数え、次の「時空の旅—そして戦後」も発表を待っている。両方の画集も発売されている。（たる出版刊）

大宝小学校を訪れ、精華小学校の資料が保管されている中に自分が描いた2枚の色紙も見ている。

瓢一は、エディオンなんば本店にできた精華小学校のメモリアルホールの発案者はだれだろう、さきの一文を書いたのはエディオンなんだろうかと思った。

さっき入る時に気づかなかったが、建物のそばに桜の木が植っていた。

その幹にぶら下げてある札には「染井吉野　ソメイヨシノ」とあり、根元の銘板には「精華桜（ソメイヨシノ）かつて地域の子供達の成長を見守っていた旧大阪市立精華小学校の桜。再びこの地で、地域の人々と訪れる多くの人々に愛されることを願い、3本の移植を行いました」と校章と共にあった。

この桜は市制100周年（平成元年十一月）に大阪市より旧大阪市立精華小学校へ贈呈されたソメイヨシノとも書かれてあるが、わたしたちの後輩が校庭で春を楽しんだものが都会のド真中で再び人々の心を和ませている。

波屋書房を守る芝ちゃんが「ミナミでいい花見ができた」とエディオンなんば本店の開店を待たずに咲いた精華桜に喜んでいた。

こんな逸話もあるんです、オダサクさん。

夫婦善哉

正弁丹吾亭

「和割烹・法善寺浅草本店」の三階から法善寺水掛け不動は真下に見える。最近まではインバウンドの外国人も並び、見様見真似で不動尊に水を掛け手を合わせている。

素通りは　できぬ不動にや　借りがある　洒落

瓢一は、ここへ来る度に賽銭をあげ不動尊に水を掛けお参りする。若い時から何やかや願いごとをして、いくつか成就しているから前の句を作った。目を右にやれば「夫婦善哉」と書かれた赤い提灯が入口左右にあり、扉にも店名がやさしい今風のロゴタイプで大書きされている。

こうして俯瞰(ふかん)して法善寺西入口あたりを見ていると昭和三十年（1955）公開された東宝映画「夫婦善哉」に映し出されたこれに似たシーンを思い出した。

この時代、戦災にあった法善寺界隈が残っているわけではないが、名匠豊田四郎監督はオープンセットで見事にそれを再現している。

森繁久彌の柳吉、淡島千景の蝶子の名演は忘れられないものだが、60年過ぎたいまでも瓢一の脳裏にあるのは、オダサク作品冒頭の部分「路地の入口で牛蒡(ごぼう)、蓮根(れんこん)、芋、三ツ葉、蒟蒻(こんにゃく)、紅生姜、鯣(するめ)、鰯など一銭天婦羅を揚げて商っている種吉は借金取りの姿が見えると下向いてにわかに饂飩(うどん)粉(こ)をこねる真似した」とある蝶子の父親役種吉を演じた田村楽太だ。

松竹新喜劇の役者だと記憶するが、路地の店で鼻水をすすりながら天婦羅を揚げる大阪のおっさんを見事に演じていたすばらしいバイプレーヤーだと感嘆した。

平成最後の年はおだやかに明けた。

成駒瓢一は、庭に出て初日出を拝み夫婦してこの一年健やかなることを祈った。

仏壇に茶を献じ一家眷族の安寧を願い食卓につき、大福茶を飲み屠蘇で新年を祝うのは結婚して５５年変わらない元旦の行事だ。

変わらないといえば成駒家の雑煮はぜんざいから始まり、２日はみそ、３日はすましと決まっている。

先祖から受け継いできたこのしきたりはいまになって鳥取県に多い小豆汁雑煮かと思う。

明治初期、廃藩置県により、鳥取藩士族の多くが福島県郡山へ開拓民として移動し荒野を拓いた。

その中に藩の剣術指南をしていた成駒一族の名が彼地の宇倍神社に名簿で残っていたのを鳥取女子高校の小山富見男先生たちが発見し、その末裔たちが里帰りしたテレビ映像を瓢一は見て興味をもち電話して先生から資料をいただいた。

平成二十四年（２０１２）一月、藤本義一さんの仲間でつくる「たてまえの会」恒例の新年会がホテルニューオータニ大阪であった。

このステージに瓢一は書道家川瀬碧水さんと立ち5メートル×1・5メートルの和紙に書いた碧水さんの龍の字を龍の絵に仕上げてゆくライブを行った。

この作品に参会している藤本義一、難波利三、大村崑さんら著名人がサインしてその前年３月に起った東日本大震災の被災者の方々を勇気づけるため人を介して福島県郡山市に送った。

これが彼地のランドマーク「ビッグ・アイ」のロビーに一年間飾られ、その目的を果たした時「こおりやま文学の森資料館」からの依頼で収蔵されることになった。

大阪の直木賞作家二人のサイン入りの貴重なものだし、藤本義一さんはすでに歯を没している。

その作品が資料館に展示される知らせを聞いて瓢一は、初めて彼地を訪ねた。

震災の傷あとは、そこそこに残っていたが太平洋側とは大分違うと感じた。

一年ぶりに作品と対面し、他の常設展示を見せてもらった。

この時、瓢一はまだ鳥取藩などがここを拓いたことも知らなかったし、素通りに近いかたちで次に会う、「震災川柳作家」との昼食会場に急いだ。

後刻「ぜんざい雑煮」は鳥取県かもと知り、郡山の地をも一度訪ねて、その歴史を学ばねばと考えている。

正月2日、瓢一は描き初めの筆を持った。

師走半ばに依頼され縁起をかついだもので横80センチ、縦50センチの大作だ。

依頼主は「法善寺　正弁丹吾亭」志賀茂社長だ。

オダサクさんの作品には多くの店が出てくる。

夫婦善哉にも「柳吉はうまい物に掛けると眼がなくて、「うまいもん屋」へ度々蝶子を連れて行った。…うまいもんは何といっても南に限る……」とこの店の関東煮を書いている。

たしかに瓢一も我が田に水を引くようだが「ふだん着のミナミ」「よそ行きのキタ」と常々思い、大阪弁で「ミナミは正味の町や」と言っている。

正弁丹吾亭は、明治二十六年（1893）法善寺境内の一角に関東煮の立呑み屋として誕生した。

語りつくされたことだが「小便用の公衆便所」として小便担桶が置かれていた横に屋台を出して商いを始めたのが初代後藤銀治郎さんだ。

この担桶を大阪人はションベンタンゴや肥タンゴと呼んでいた。

瓢一の生家あたりでも担桶をかついで屎尿を汲み取り、牛車に積んで難波入川（新川）にかかる遊連橋（現なんばパークス辺）の下にあった難波入堀に泊めてあった肥舟の船倉に移し替えていた。瓢一達はこの「間切舟」の上でトンボ釣りをしてよくしかられた。

大阪の郷土史家・牧村史陽さんが昭和三十六年（１９５１）、新大阪新聞に書いたものには「常連の新聞記者の知恵を借って初代が店名にした」とある。

諸説あるが、大阪人のことば遊びとして客が覚えやすく通じやすい店名を付けた店主のイチビリ（ふざける）が歴史の証言として今日に残っている。

正しく弁（わきま）える丹（まごころ）ある吾（わたしども）の亭（みせ）の意味を掲げて法善寺横丁の西門入口に座っていたが、最初の関東煮屋台はそのままにして最近まであった場所で小鉢物専門店を開いたのは大正初年で終戦の翌年に初代後藤銀次郎さんが八十余歳で逝った後を次男の輝次さんが継いだ。

昭和三年から輝次さんの経営だという記事もある。

召集され外地にいた輝次さんの留守を守ったのは妻のサワさん。

戦災に遭った店を再興するなど終戦前後の五年間ほど味とのれんを守った名物女将だった。

彼女がつくり出したのが、今の名物料理「味噌おでん」だ。

大阪ではおでんと関東煮とは違うものだが、最近では同じものになっていて瓢一は淋しく思っている。

オダサクさんの「夫婦善哉」のなかで柳吉と蝶子が飛田の大門前通りで開く店も関東煮屋だ。

昭和五十年ごろ、梅田新道のお初天神の入口に「常夜燈」という店があり、ここは「関西煮」が売り物で、この名は俳優の森繁久彌さんが付けたという直筆の額が店内にあった。

「文楽の人・せっせっせ」のところでも書くが、瓢一世代は関東煮に郷愁がある。

これは白い割烹着と出合い物で母親の姿が浮かびコンビニ店頭のものとは次元が違うのだ。

いまも居酒屋に行き、関東煮を注文するが年輩のおかあさんのいる店は大体味がいい。

瓢一が幼少の頃、日本橋三丁目界隈にはいろんな屋台車の物売りがやってきた。

甘やき、いろ（しんこ細工）、さとうしがらき、わらび餅、そんな行商に混じって来たのがおでん（みそ田楽）だ。

大きな鍋の湯の中に三角形のこんにゃくが浮かんでいて、注文するとふきんにこんにゃくをすくい水気を切り、溶いた白味噌の中に入れまぶす。

それをヘギの舟に入れ青のりをふりかけてくれる。爪楊枝で食べるのがうれしかった。

正弁丹吾亭の「味噌おでん」を瓢一は描き初めにした。

丸皿に焼き豆腐、こんにゃく、かぶら、しし唐、茄子、蛸が並んでいて名古屋味噌がカレーのルウのように添えてあり白ゴマがかかっている。

いかにもオリジナルなもので、かのフランスの美食家ブリア・サヴァランが「新しい馳走の発見は人類の幸福にとって天体の発見以上のものである」と言ったが瓢一にとってはそれに近い味だった。

この料理をまん中にして上に徳利、猪口、チロリを配し、右に「伝説と歴史がここのかくし味」、左に「織田作と出会っていたかもわがミナミ」と記した。（扉のカラー写真参照）

右の織田作の句は、この「オダサク　アゲイン」の発想と基点になるもので、瓢一が少年前期千日前で遊んだりお使いの途（みち）すがら、絶対に出会っていたオダサクさんと同じ空気を共有したことによるものだ。

この絵が正弁丹吾亭入口のれんの右わきの出窓のところに飾られることを意識しての川柳だ。

その下にはオダサクさんの文学碑「行き暮れてここが思案の善哉かな」が据っている。

この碑は、織田作之助の十七回忌に集まった作家藤沢桓夫、長沖一さんら友人たちがプランし、四国産の黒みかげ石に句を刻み昭和三十八年（１９６３）十月二十五日に除幕したものだ。

作家石浜恒夫さんは「法善寺慕情」と題した一文にこの碑のことにふれ『大阪の南郊、住吉神社に近いわが家の浅沢句会の席で、画帖に彼（織田作之助）が書いたとき、たまたま隣に座っていたのは、旧制大阪高等学校生のわたしであり、書きおえたあとの、こんな彼のつぶやきを、おぼえている――「思案のヨキヤかな、カナかな……文字が重なるけど、まあ、ええやろ」例によって、さかんに煙草のけむりを、天井にふきあげながらだ』

昭和五十年（1975）の「太陽」七月号にも「旧制高校だったわたしの目の前で、織田作が画帖に書いたもので、わたしには懐かしいものだ」とある。

ここには

かくばかり鯛を食はば鯛の奴
うらみつらむか或は否か　春一

の句碑についても記されている。

「オダサクさんの碑の左にある日本短歌の歌人平田春一さんの古稀記念だかに、山口誓子、前川佐美雄、小野十三郎の三人が発起人で建てたもの。

平田さんが月の第三土曜日に三土会という歌人の集まりをこの二階座敷で催していて、わたしもよく招かれてご馳走になった」とある。

このコラムは「コック長訪問」とタイトルしたもので、正弁丹吾亭の店主後藤輝次さん（明治三十九年生）に取材している。

若いときに、この北店をわたしがまかされたんやが、まあいうたら小鉢もんだンナ。仕込み箱の中へ、オカラやトロロ、木の芽あえなンか、当時のありきたりの小鉢物を八種類入れてサンプルにして見せて、注文を聞きまんのや、そのほか、お客さんの好みによってなンでも作りました。お客さんはやっぱり紅梅亭の芸人や中座の役者がよう来てましたナ」

その石濱さんが作詞した「大阪ぐらし」のうち「がたろ横丁で行きくれ泣いて……恋の思案の法善寺」の碑は水掛け不動尊前にある「法善寺浅草」入口脇にある。

平成三十年（2018）正弁丹吾亭は「がんこフードサービス株式会社」が貸りて経営していた。明治二十六年（1893）創業の後藤家に後継者がなく、老舗の消滅を惜しむ店とがんことの話が一致し料理人、従業員の雇用をそのままがんこが引継いで「その歴史と新しい伝統を作ってゆくこと」になって、瓢一へ絵の注文となったのだが、令和二年（2020）夏、世界に大きな変動を巻き起こした新型コロナ禍の大波をかぶりがんこは後藤家に経営を戻している。店は約一年余り閉じていて令和三年末ついに約130年の歴史を終えた。向かいの「えび家」もその少し前に閉店し法善寺横丁の風景が次の時代へと移る。

横丁の火災

故郷ミナミには瓢一の精華国民学校時代の先輩後輩も多い。

法善寺横丁だけをみても千日前側からの入口にある「ヤッコ洋品店」の島田義久くん、焼き鳥「二和鳥」の片野裕之くん母子、「えび家」の川久保健明（故人）さん、横丁を西へ抜けたところにあった「松村理容店」の松村一昭くんは集団疎開で一年間過ごした級友だが先年鬼籍に入った。

坂町にある「トリイホール」（令和二年（2020）閉館）の鳥居ビル社長鳥居弘昌くんもそうだ。彼は、「千日山弘昌寺」（真言宗山階派（やましなは））の住職でもある。

ホールは閉館後、「千日山弘昌寺」の本堂になっている。

このホールの柿落（こけら）し時の催しは、瓢一の「古典落語原画展」だった。

平成十四年（２００２）九月九日、解体作業中の道頓堀「中座」がガス漏れに対する処置の不手際から爆発炎上した。

東側の雑居ビルに延焼しほぼ全焼、この時中座南側の法善寺横丁16店の大半、主に横丁北側部分の一部の店が類焼した。

「法善寺横丁を残せ」と地元はもとより、大阪市民の多くから復興を求める声が高くなった。歴史と伝統をもつ大阪のなかに息づくミナミの心「法善寺横丁」を無くしてはならないと文化人や芸人も立ち上がった。

瓢一も直木賞作家・藤本義一さんや上方落語家・笑福亭鶴瓶さんらと戎橋南詰めで道行く人々に署名をお願いして集まった数は３０万余人分。（参・大阪市住宅局建築指導部企画課資料）

大阪市もこれに応呼してまちなみ再現に粋な計らいをした。

それは建築基準法に基づく道路を廃道にし、横丁を東西に抜ける幅約2・6メートルの通路に面する敷地のすべてを一つの敷地とする「連担建築物制度」を適用することで、まちなみの再現、まちの安全性と防災性の向上を図るというものだった。

2・7メートルの　地幅を4・0メートルに広げなくてもいいという特例だ。

爆発のあと、瓢一は吉本ＮＧＫシアター南側にある国民学校同級生の桝田酒店に行き火事見舞のビールを届けた。

これらの店は半年余りで復興したが平成十五年（２００３）四月二日、今度は天ぷら店から出火して今度は横丁南側の17店舗が焼けた。

これにもさきの制度の適用区域の一部変更してまちなみは守られた。

この時瓢一が描いた絵地図には第1回目類焼した北側の店々は復興しているが南側の店はない。

（73ページ上段）

【平成 14 年（2002.9.9）の火災前】

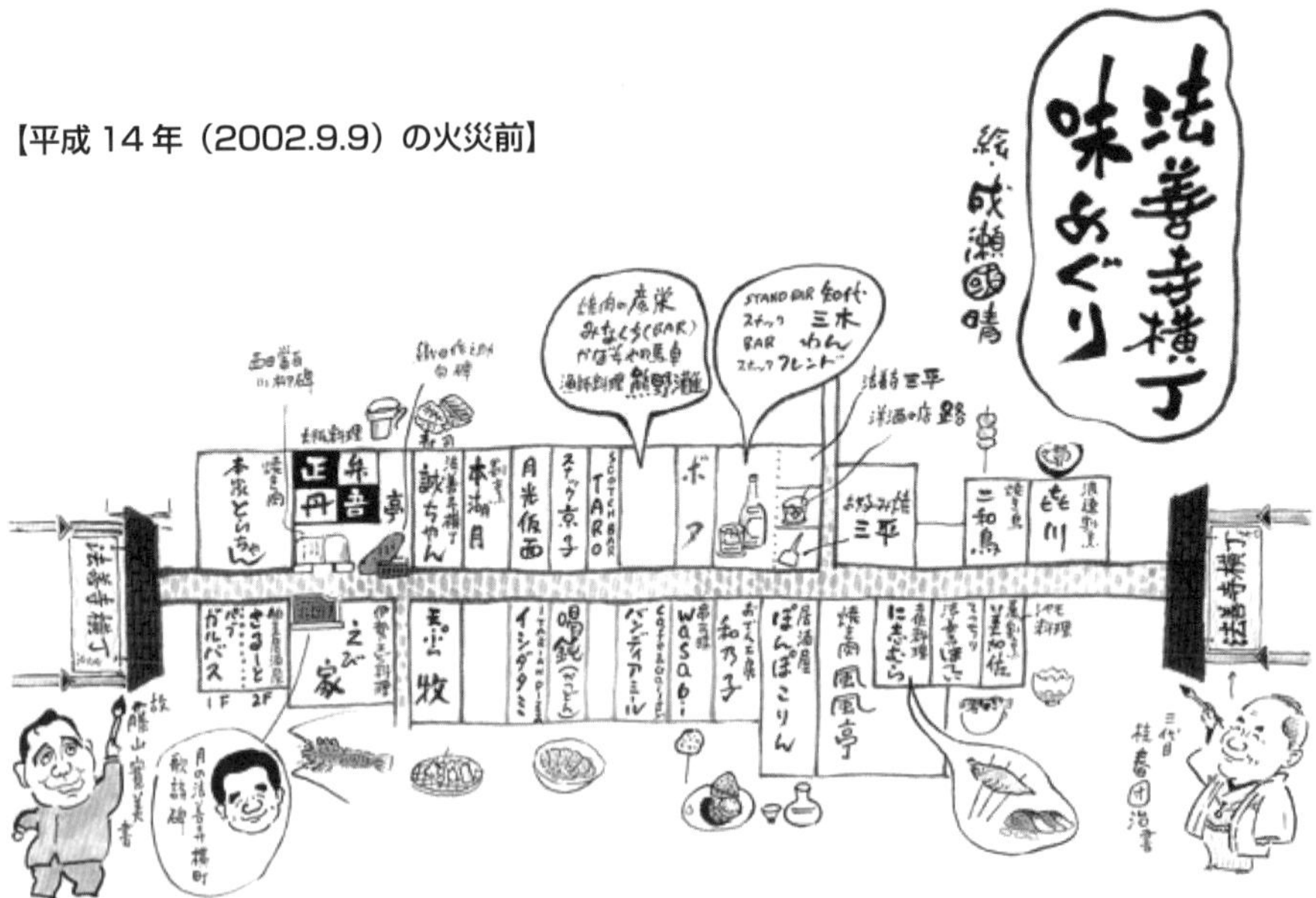

【平成 15 年（2003.7）第 1 回火災後】

【平成 15 年（2003）第２回火災後】

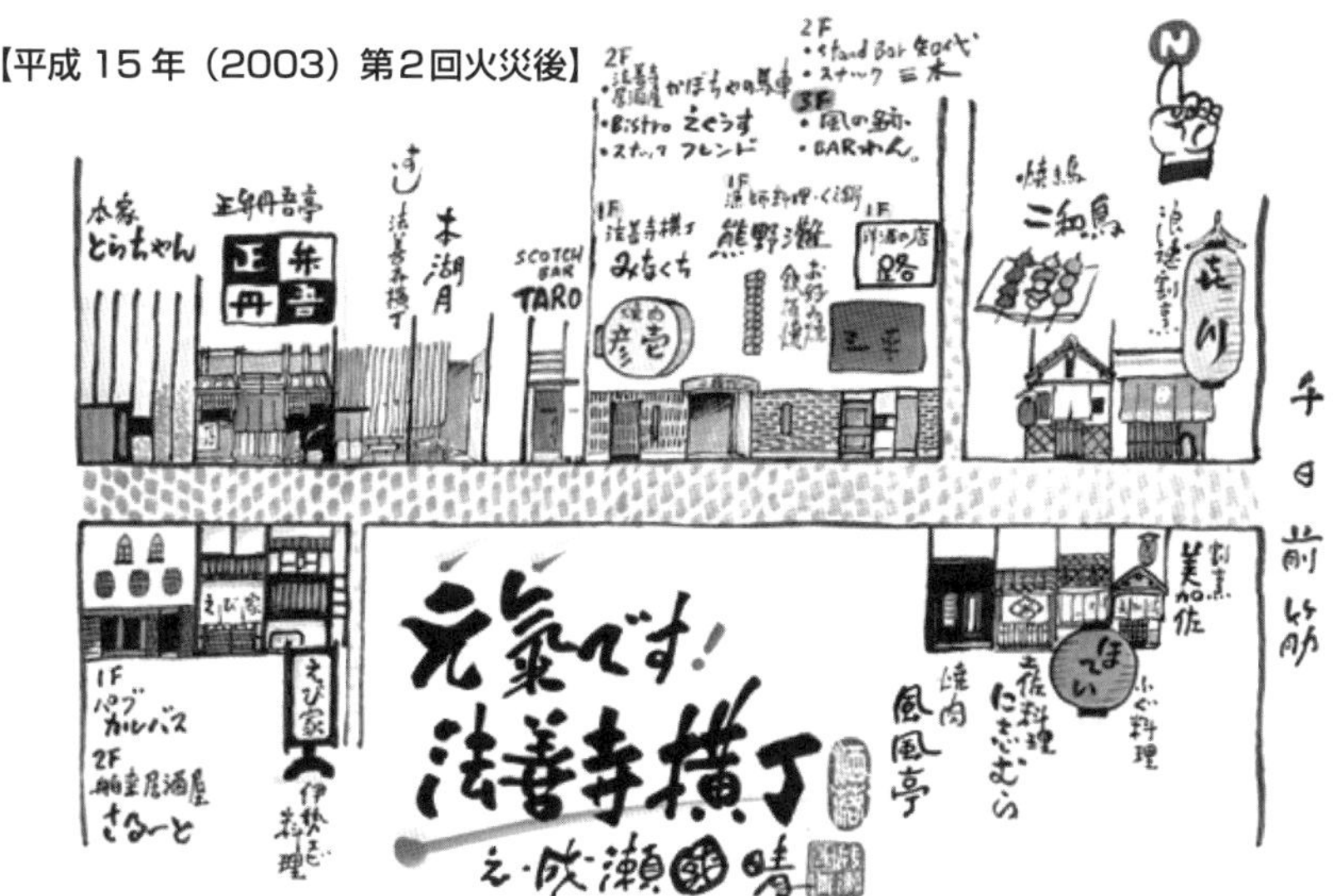

【平成 16 年（2004）復興後】

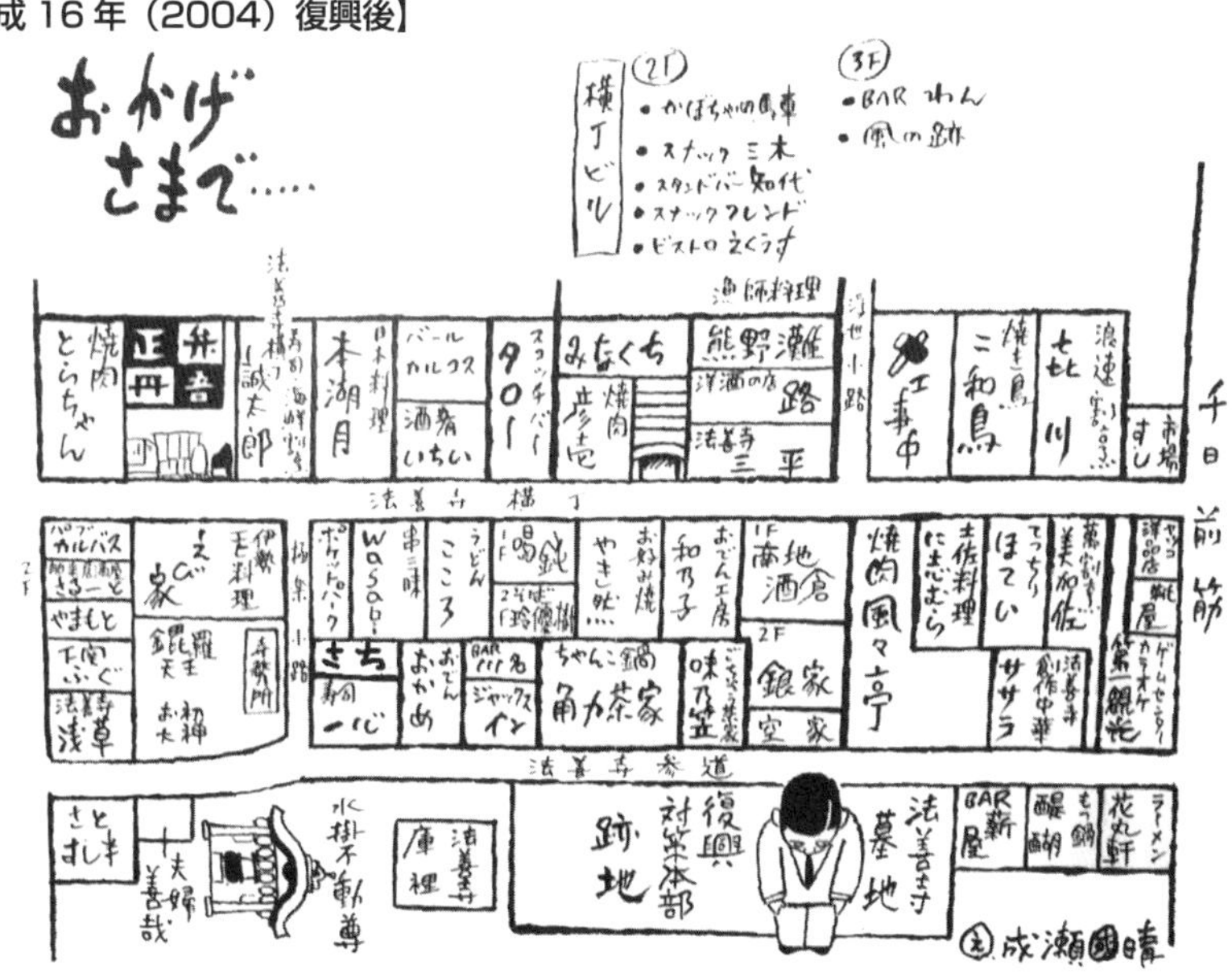

平成16年（2004）7月1日現在

こうして守られた法善寺横丁の石畳の感触を楽しみながら瓢一はよく歩く。

打ち水されたばかりの細い路地に流れる空気は横丁という樽の中で長年醸造された上質のコクやウマミとなってただよっている。

戦災にあってコンクリート、アスファルトという無機質なものになって２８年後の昭和五十七年（１９８２）七月、その空気を冷やし暖めて育てている石畳が甦った。

横丁の店主たちが風情の劣えを憂い復活させようとした時、南海電気鉄道から軌道の余りの石畳約１５００枚の無料提供の申し出があり、つづいて大阪市交通局からも市電の敷き石を払い下げるという嬉しい報せがあった。

横丁の西側は難波新地で、芸者衆のゲタの音が響いただろうが、その情緒はいまも残っている。

瓢一の祖父たちが聴いた落語の金沢席、紅梅亭から流れ出る笑い声、藤沢桓夫、武田麟太郎、長沖一ら同人誌「辻馬車」を出していた面々が飲んでいた「お多福」オダサクサンが顔を出したであろう「めおとぜんざい」や「南地花月」。

そこに、六代目笑福亭松鶴、三代目桂春團治、藤本義一さんらが通った「洋酒の店・路」……。

歴史の空気は旨(うま)酒を醸(つく)りながら横丁にとどまっている。

横丁をはじけた笑い　通り抜け　洒落
瓢一もその中をただよいながら時を作っている。

割烹美加佐、土佐料理に志むら（閉店）、やきとり二和鳥、スコッチバータロー、呑み処さち、浅草、夫婦善哉、洋酒の店・路、と馴染みの店も多い。

瓢一が法善寺横丁に入る道は決まっていない。

千日前から入る時は、先ず入口南角の「ヤッコ洋品店」を覗く。

この店は明治四十年創業で法善寺界隈の地図を見ると昭和十年（１９３５）には法善寺東門

北角（水掛不動への入口）、昭和二十年（1945）～三十年は法善寺横丁入口角から南へ2軒目にあり昭和四十一年（1966）には現在のところにある。

3代目店主・田島義久くんは、昭和二十八年生まれで精華小学校の後輩だ。髪に霜を頂いた笑顔の彼によると、初代の頃は帽子屋でそばの黒門（東門）は夜になると閉まった。

戦争から帰還した2代目は、焼け跡から始めた店はカッターシャツやネクタイを扱ったがその頃、この辺は住居、職場が一緒で間口が小さい店が多く、土地にも愛着をもつ人もたくさん居た。昭和五十年代になると郊外に住居を構え、通勤して商いをする人が増え、その子供の時代になると店を貸し出すようになった。

心斎橋筋に老舗が減ったのもそうだ。

千日前にアーケードがついた昭和三十年代。横丁にあった置き屋に出入りする芸者の華やぎも見られたが、それもなくなってインバウンドの人の群れが行き来する町になってしまった。

水掛け不動に通じる参道入口には、瓢一の青春時代にあった「オランダ」は千日前からも参道からも入れるL字型の喫茶店だったが「ヤッコ」も千日前からも横丁からも入れる洋品店だ。

この地に珍しいオシャレな高級品も並べているから、インバウンドの東洋人がよく入ってきた。

彼らは無言で入って来て店内を見て写真を撮りまくり出ていく。

なんや夏の蛤かいなと瓢一はこれを聞いて思った。「夏の蛤」――身い腐って貝腐らん――見いくさって買いくさらんという大阪のしゃれことばは、こんな客にはうってつけだ。

平成二十年（2008）二月七日、大阪で初めて映画制作会社「三友倶楽部」があった千日前商店街でその歴史を賞賛する記念碑の除幕式があった。

ビッグカメラを北に千日前通りを渡って一筋目右角のところだ。

うっかり見過ごすところだが、ステンレス製の碑とともにその歴史が書かれてある。

千日前三友倶楽部は日露戦争後、船場の呉服商山川吉太郎が活動写真業に転じ入手したもので、「不如帰(ほととぎす)」「金色夜叉(こんじきやしゃ)」などで大当たりをとった５０坪ほどの小さな映画館だった

山川吉太郎は、千日前楽天地、天活倶楽部、蘆邊(あしべ)劇場など多くの映画館や劇場をもち、東大阪の小阪に映画スタジオまで持って大正九年（１９２１）帝国キネマの名で映画制作を始め、長瀬（東大阪市）に東洋一の撮影所も建設した。

この人の孫の子供と瓢一が学童集団疎開で一年間起居をした恩師の孫が結婚した余談もある。

この三友倶楽部を借りて吉本興業創業者吉本せいの弟、林正之助が安来節を舞台に上げ漫才の火を付ける。

そんな記念碑の除幕式に瓢一は、当時この商店街の理事長だった田島義久くんと参列している。

横丁に入って右側には浪速割烹「喜川」。

先代の上野修三さんとは馴染みだったが、長男の代になってからは行っていない。

西隣りは焼き鳥の「二和鳥」。かつて「花月席」があったところだ。この店とは古い付き合いだ。

いまの二代目店主片野裕之さん母子は精華小学校出身で、母治子さんは4年先輩に当たる。

だから瓢一たちの精華国民学校同窓会も二階を借りてやっていた。

初代片野英夫さんは、戦後大学卒業後に東京銀座の「鳥長」で修行してきて昭和二十八年の十日戎の日にここで開店した。

当時は大阪での焼鳥は異なる食文化で「大阪では鶏はあかん。丸干し焼いてんか」と言われた時代の開拓者となった。

前座時代、大劇に出ていた三橋美智也が来たり「夫婦善哉」の映画や藤島桓夫が「月の法善寺横丁」を歌ったりして横丁の知名度が上がると共に来店者も増えた。

キタ新地で逢った人から「天下一品です」と瓢一がもらった手土産もここの包装紙で笑ったこともある。

この味はいま二代目裕之くんから三代目雅幸さんに伝わっている

「二和鳥」の向かいはかつて「小料理お多福」があったところ。

長谷川幸延の「笑説法善寺の人々」（昭和・東京文芸社刊）には「正弁丹吾亭とお多福は、何より値が安い」とある。

この正弁丹吾亭は境内にあったおでん燗酒の立ち飲みの方で「秋口になると上からのんでも下からさめるので困った」と書く。

「お多福は腰もかけられたたし、すわれもした。」

十五軒あるとは思えぬ法善寺　の句にある十五軒の中で最も大衆的な店だったようだ。

幸延自身、ふところの暖かい時は「二鶴」か「鶴源」へ行くとある。

昭和十年の地図を見ると「二鶴」は水掛け不動横の路地を北に突当たり手前右にあった料亭だ。

「鶴源」はてんぷら屋でお多福の西となり、道頓堀「今井楽器店」横の法善寺北門から路地を南に下り横丁に出た左角「夫婦ぜんざい」のま向いで参道へ突抜ける路地（今はない）の東角にあった。

二代目竹本津太夫（通称法善寺）宅で、のち女婿・鶴沢清六のてんぷら屋になったが地図では「カフェ—リスボン」になっている。

このお多福には「時々藤沢桓夫を中心とする辻馬車の人々を見た」と長谷川幸延は書くが、この話は大正末から昭和二年末までのことだろう。

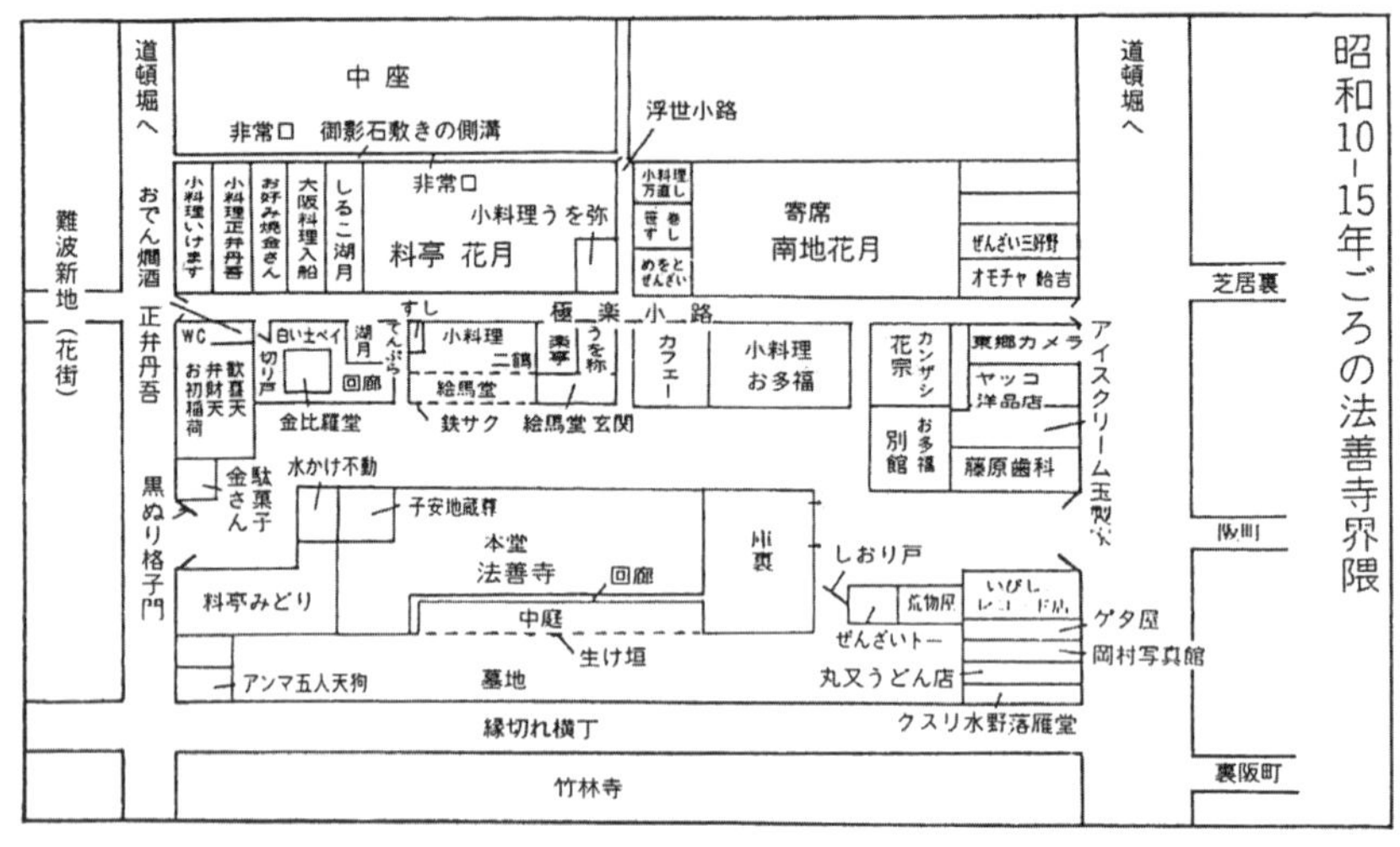

昭和10-15年ごろの法善寺界隈
道頓堀へ
中座
非常口
御影石敷きの側溝
浮世小路
非常口
小料理うを弥
小料理いけます
小料理正井丹香
お好み焼き
大阪料理入船
しるこ湖月
料亭 花月
小料理万直し
笹巻すし
めをとぜんざい
寄席
南地花月
ぜんざい三好野
オモチャ 鉛吉
道頓堀へ
難波新地（花街）
おでん燗酒
正井丹吾
芝居裏
極楽小路
すし
てんぷら
小料理
二鶴
楽亭
うを称
カフェー
小料理
お多福
カンザシ
花宗
東郷カメラ
ヤッコ洋品店
アイスクリーム玉製
WC
白い土ベイ
湖月
切戸
歓喜天
弁財天
お初稲荷
回廊
絵馬堂
金比羅堂
鉄サク
絵馬堂 玄関
別館
お多福
藤原歯科
金さん
駄菓子
水かけ不動
黒ぬり格子門
子安地蔵尊
本堂
法善寺
庫裏
しおり戸
阪町
回廊
荒物屋
いびし
料亭みどり
中庭
ゲタ屋
ぜんざいトー
岡村写真館
生け垣
アンマ五人天狗
墓地
丸又うどん店
縁切れ横丁
クスリ水野落雁堂
竹林寺
裏阪町

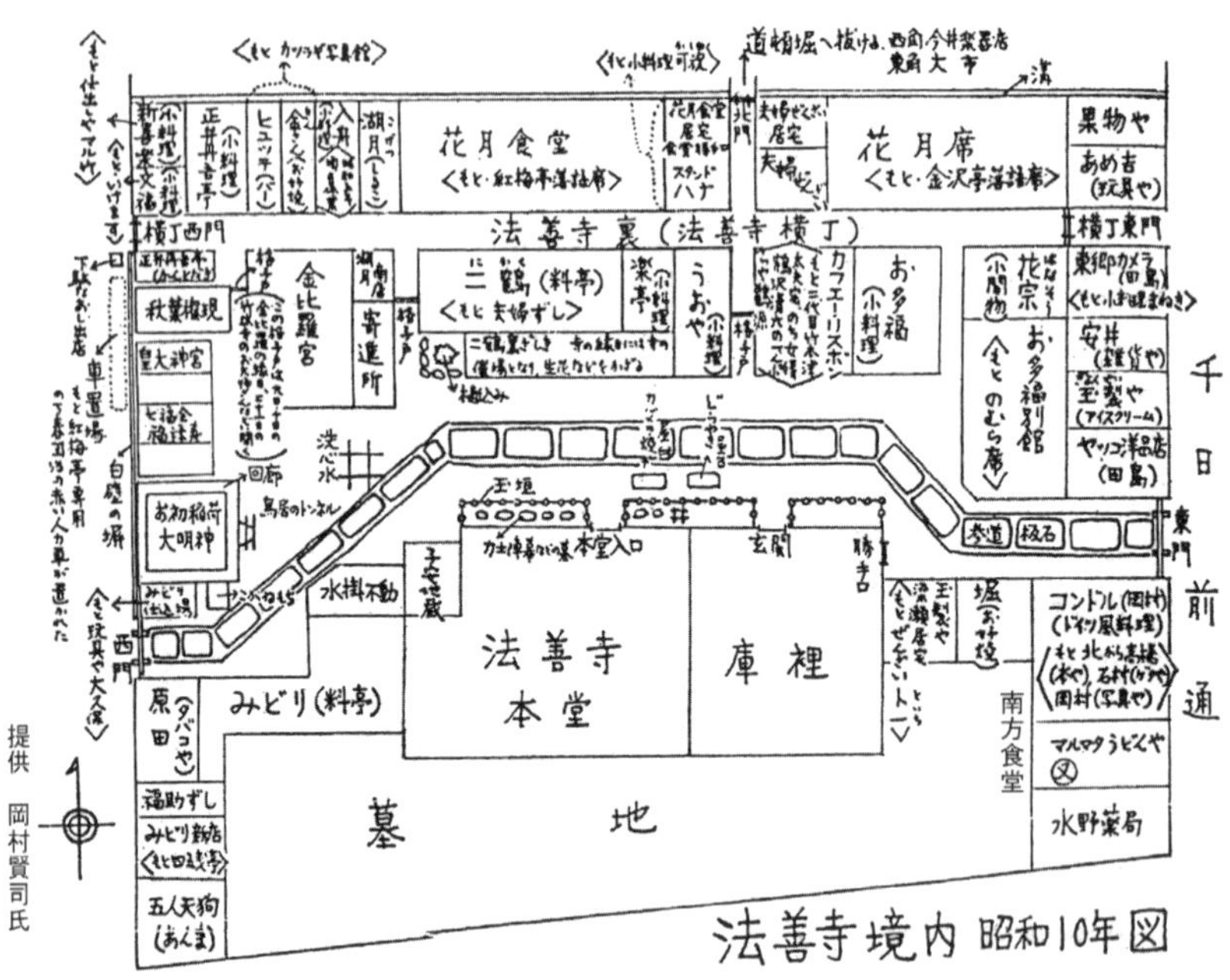

道頓堀へ抜ける。西角今井楽器店
東角大寺
溝
花月食堂
＜もと・紅梅亭落語席＞
スタンド ハナ
北門
花月席
＜もと・金沢亭落語席＞
果物や
あめ吉
（玩具や）
横丁西門
法善寺裏（法善寺横丁）
横丁東門
金比羅宮
寄進所
二鶴（料亭）
＜もと 夫婦ずし＞
楽亭
うおや
カフェーリスボン
お多福
（小料理）
花宗
（小間物）
東郷カメラ
安井
（雑貨や）
（アイスクリーム）
ヤッコ洋品店
（田島）
お多福別館
秋葉権現
皇大神宮
白壁の塀
お初稲荷
大明神
回廊
鳥居のトンネル
洗い水
玉垣
本堂入口
玄関
勝手口
水掛不動
子安地蔵
法善寺
本堂
庫裡
参道
東門
千日前通
コンドル（岡村）
（ドイツ風料理）
マルマタうどんや
水野薬局
南方食堂
西門
原田
（タバコや）
みどり（料亭）
墓地
福助ずし
五人天狗
（あんま）
提供 岡村賢司氏
法善寺境内 昭和10年図

昭和十五年（1940）夏、長谷川幸延は織田作之助と初めて道頓堀で出会っている。NHKの佐々木英之助が連れていた男で、黒っぽい単衣に、じぼたれ（みすぼらしい）兵児帯、色白の長髪で、紗の風呂敷包みをかかえ、ステッキを持ち見るからに腺病質な男だ。

そして正弁丹吾亭に入る。

「僕あんまり飲めんねん」「善哉の方やね」……夫婦善哉が雑誌「文芸」へ推薦されていた頃の話だ。

「お多福」があったところはいまは「美加佐」。

ここで瓢一は川柳仲間の河野精佑さん（通称おっちゃん）、新城彪さんらと時々飲む。

おっちゃんの中学校時代の校長は瓢一が精華から学童集団疎開先で約一年間起居した大島文夫先生だとわかった。

「時空の旅」と冠して70年前の思い出を77点描き、なんばパークスで開いた展覧会を見て校長とつながった瓢一を先輩と見てか「美加佐」に誘ってご馳走してくれる。

川柳「相合傘」の主宰中田昌秀さんの面倒をとことん見たおっちゃんの心意気が好きだ。

「美加佐」先代店主の松本明修さんの料理は客に有無を言わさない味で、それに惚れて通っている客を中田さんは「相合傘」に連れ込んでくる。

だからこの川柳句会はどこでやっても飲み放題の賑やかなものになる。

松本さんと瓢一は、かつて「法善寺まつり」で開いた川柳句会の審査員として、中田昌秀、新野新、桂福団治、古川嘉一郎さんらと共に並んだことがある。

神戸出身で「阪神淡路大震災」のため家も身内も失くしている。もともとは横丁が好きで通っていて空き店が出来たから店を構えたという。

店の元気もん和美ちゃんと河野のおっちゃんは中学時代の同級生で、その掛け合いはまるで夫婦漫才のようで酒がすすむ。

先代が亡くなって後は若野洋一さんが店を継いでいる。

彼は先代に11年ついてその技を見習ってきた。

「教わったか」に「習った」という答えが返ってこなかったから、瓢一の絵と同じく師匠から盗んだのだろう。その反骨さどおりの料理を出す。

十人ほど座れるカウンターの前にあるガラスケースの中には季節のものが並ぶ。

瓢一が座った日は、太刀魚、タコ、カキ、イカなどと共に馬肉があった。

ケースの上にはドーンとぶ厚い皮鯨が居座っている。

これも先代のときからのものだ。

鯨の胸ヒレの廻りのベーコンになる部分で砂糖と塩で漬け込んだものだ。店に入ってすぐに目に入る存在感があるものだ。

「馬刺しちょうだい」、後から入っていた女性が注文した。

馬肉は先代の両親が熊本の人で、熊本県人会の客が置くことをすすめてから受け継いだ。

看板に「萬(よろず)割烹」とあるから何でもある。

「闘鶏(しゃも)たたき」「軍鶏(しゃも)鍋」、どっちの字でもいいが鹿児島で一年飼育したものを使う。

仕入れは先代と変えていないというが、瓢一が注文した冷酒「飛切り」だけは「浪花正宗」から変えたという岐阜の地酒だ。

瓢一はこの肴に「イカの刺身」を頼んだら、半分皮がついたぶ厚い刺身が出てきた。

口の中でとろけるうまさで甘い、いつも他店で食べる白くて薄いのではない。

「針イカです」「最高だね」。酒も料理も飛切りだった。

「喜川」「に志むら」「熊野灘」「かぼちゃの馬車」「三平」などは味の取材で行っている。

「路」「TARO」も先代の頃には時々行ったし、代がかわっても一、二回行っている。

伊勢エビ料理の店「えび家」では川柳「相合傘」の句会をよくやった。

當百(とうひゃく)の　そばでエビの句　法善寺　洒落

當百は、川柳作家・西田當百のことで有名な上かん屋の句碑はえび家のそばにある。

当時の店主・川久保健明さんは、瓢一が通った精華小の後輩で笑顔のいい人だった。

2020年、3年と続いた火災の時は被災した飲食店主らでつくる「横丁復興委員会」の委員長として自らの店を含めて復興に身を削った。

子供のときからの遊び場であった横丁への想いは大きく、その難事を乗り切ったあと数年して歯を没した。

とりあえず　カーテン上る　法善寺　洒落

かつて六代目松鶴師匠らとカラオケしたのも中よこ(中座西通り)南、法善寺西の店だった。

あのダミ声でドナルように歌い、「客まだ帰らへんか、ドしぶとい客やな」との太い声で店内に響くように言う。先客は逃げるよう帰る。

最近、法善寺水掛け不動の西にある「利休横丁」の「天ぷら島谷」に立寄った。

五分おきに小便に行く川柳仲間の「おっちゃん」が連れていってくれた店だ。

女将が「祖母が沢山作っておいたのでまだある」と懐かしいマッチをくれた。

こげ茶色のマッチにふさわしいたたずまいの店の味は昔の天ぷらのままで美味だった。

向いの串屋の店主が山之内さんと聞いて博多に住む学童集団疎開の友、山之内喜春くんにLINEすると、そこは生家で甥がやっていると教えてくれた。

瓢一が辿るオダサクさんゆかりのミナミ歩きはまだまだ広がってゆく。

マッチは語る

天ぷらの鳥谷で昔ながらの宣伝マッチをもらって思い出したが、かつてはライターが高価で100円ライターが出るまでは店名、電話番号などが印刷された20本ほどの軸入りマッチをよくくれた。

瓢一も浪人時代、印刷会社からガソリンスタンドのマッチラベルの絵を500円で依頼されたのが絵を描いてギャラをもらった最初だ。

そんなことから、父や次兄が絵やデザインするのに役立つだろうと、昭和三十年代(1955)あたりに行った店から持ち帰ってスクラップしたものが一冊残っている。

印刷会社で失敗した紙を台紙にして千余枚が並んでいる。

日本各地からのものがあるが中でも興味があるのは大阪ミナミ界隈のものだ。

千日前喜楽(まむし・お寿司)いまのビッグカメラ南東角で精華の級友の店二階建ての絵だ。

それいゆ(アルバイトサロン・角座東)5時より7時のサービスタイム、ビール付出しサービス料共260円。VICTOR(千日前アシベ劇場横・音楽喫茶)地階ロマンスルーム、1階ミュージックホール、2階映画鑑賞ルーム。

いまも活躍している歌手森高千里さんの父茂一さんはここでバンドのボーヤとして頭角を現し後にナンバ一番(道頓堀と戎橋筋入口にあったライブハウス)で人気歌手となる。

VICTORの一階にあったハイボールスタンド改装にあたりガラスに絵を描いていたのが、後々歌手になった佐川ミツオさん(現満男)だったことは茂一さんから聞いた。

茂一さんは高校の後輩でもあり親友の弟でもあることから瓢一は早くから彼のことをよく知っていた。

かてて加えて瓢一と親友の属する草野球のチーム「若葉」の監督森高明夫さんが茂一さんの長兄だったこともあって森高家はメンバー集合場所でもあった。

森高茂一さんとは、そんなことで旧知の間柄だった瓢一が、佐川満男さんのことを「なにわ難波のかやくめし」のなかで朝日新聞に書いたあと「どうして若い時代の私を知っているんですか」と佐川さんから電話が入ったことがあった。

後年、その佐川さんがテレビのなかで絵を描き、それを阪急百貨店の美術画廊で並べた時、瓢一は昔の経験が生かされたなと思った。

瓢一が長年背景を描いていた関西テレビの「ノックは無用」に出演していて絵の前で佐川さんがカツラを外したことを明かしたことも彼とは縁のないことではないと思っていた。

そんな佐川さんと同席して昔話をしたパーティがあった。

平成が終わる直前四月二十八日、ホテルグランビア大阪で開かれた「高野昭二の米寿を祝う会」でだった。

高野昭二さんは元宝塚映画の監督で、川島雄三、豊田四郎、久松静児らに師事し「暖簾」「花のれん」「沙羅の門」などで助監督を務め、「虞美人草」で監督デビュー以来1000本近くの作品を手掛けた人だ。

豊田四郎は森繁久彌、淡島千景出演の東宝映画「夫婦善哉」の監督だ。瓢一も宝塚映画で2本出演したことで毎年OB会に出席して、高野さんとは旧知の間柄だから招かれた。

高野さんは、神戸大学で演劇部にいた。

佐川満男さんの次兄と友達だったことから佐川家で孤児のためのお芝居をしているのを8才ごろの佐川さんは見ている。

長兄が建築家だったことから、その仕事でVICTORに行き一階のハイボールスタンド改装にあたりガラスに絵を描いていたなどのことを佐川さんとの会話で直接聴くことができた。

高野さんは、オダサクさんの盟友川島雄三監督のセカンド助監督で「暖簾（のれん）」を担当していた。

その著書「最後のカツドウ屋—今はなき宝塚映画へのオマージュ」には、大阪の風俗研究家の牧村史陽を訪ね大阪の丁稚や商家の主人などの衣裳研究も助監督セカンドの仕事だったとある。

川島雄三監督は酒が好きでおしゃれな人、他の監督のように服装も大雑把ではなく、スーツを着てセットに入る、それも英国製の高価なものを日替りで着ていた。

飲むと「俺は天才だ。俺は天才だ他の人には絶対マネのできないことを俺はやっている」と自負をもっていた。

川島監督はオダサクさんの「わが町」を辰巳柳太郎で撮ったが「ベンゲットの他あやん」は東南アジアの方で日本人の名前を有名にした人だ。

川島監督は松竹大船時代は、シミキン（清水金二）の喜劇ばかりをやっていたので辰巳柳太郎で「わが町」を撮った時にはこんな作品もやれるんやと高野さんは初めて知った。

高野さんと藤本義一さんとは宝塚映画では同志で彼は学生時代に演劇やっていて学生演劇連盟から賞をもらっていたのを知って、こいつなかなかやるなと思っていた。

などが書かれている。

後に宝塚映画に入った保田善生さんは、助監督はチーフ、セカンド……と4まであったセカンドは小道具、美術関係や前に撮ったシーンの情況をチェックする役目だったという。

保田さんがプロデューサ補佐として「グンゼ株式会社」が株主や工場見学者に観せる企業映画を作った時、藤本義一脚本、高野昭二監督で撮ったことがあると述懐する。

その高野昭二さんは、米寿の会の後、四ヶ月経った八月、令和の風に送られて逝った。

マッチに話を戻そう。

牧水（南地中筋・味）。横丁（お好み焼・坂町銀馬車筋向い）。みよし（お好み焼・南地法善寺）。ウイン（音楽喫茶）。オランダ（コーヒー・法善寺横丁）。パラマウント（キャバレー・ダンスホール）。蓬莱（広東料理・戎橋前）。てれほん（喫茶・千日前南地日活隣）。ふる里（甘党・中座前）。シカゴ（1階ティールーム、2階GIclub）。メトロ（地下最大最新のキャバレー完成・宗右衛門町）。ニューメトロ（アルバイトサロンのクインメーカー、文化娘ビアガール五色の集団）ビール＋突出し＋サービス料8時マデ330円開放。

銀馬車（観光音楽喫茶・南区坂町スバル座北東入・現上方ビルあたり）東洋一、パリ調度、地下1階、エレベーター、日本一流バンド、専属バンド、学生バンド（料理研究家故・程一彦さんもピンチヒッターで歌っていた）。

ここはステージが1階から3階ぐらいまで上下していた。瓢一の長兄道夫もバイトで演奏していた。

ミツヤ（洋食・純喫茶・心斎橋筋）は、レジのYさんに岡惚れした瓢一が連日「おぐらアイス」を食べに通った店。丸福珈琲店（喫茶・坂町）。松竹梅（釜めし・ざるそば・スバル座前）。1分間でたける一釜正一合七拾圓。信州直入更科一笊（ざる）五拾圓。青い鳥（モダン喫茶・歌舞伎座南筋西半町、暖房完備）。ぷりんす（アルバイトサロン・歌舞伎座北側）ビール付出・サービス料、税共380円、美松（純喫茶・心斎橋）は瓢一の結婚披露宴会場、会費一人500円。

ゴンドラ（名曲珈琲、スバル座裏、毎日室内楽演奏）裏面に船来居酒屋（スバル座前東入）。コロンバン（喫茶、スバル座前）全品五〇円均一、冷暖房完備、十八世紀ドイツドレスデン製世界的大オルゴール、南洋の珍花数十種展観。すし捨（オダサクさんの寿司捨は戦前で常磐座横だったが同一か）。蛸古一（たこ）（元祖お好み焼・千日前角座裏）。すし豊（江戸前にぎり・南地歌舞伎座裏南）。南地浜ちゃん（大興酒蔵・歌舞伎座西角）。ミスジ（即席天ぷら定食、ぶぶ漬、南スバル座前）。アラビア（FRUITS　JUICE　COFFEE・南地中筋）ここの先代ママ高坂峰子さんは戦後の女子プロ野球選手だった人で健在。

田舎（お好み焼・法善寺）。はつせ（生そば、きつね、助六鮓、大劇南側）大鉢に入ったうどんで有名だった。鳥よし茶屋（かやく御飯など何れも50円、南地中筋）。

こうして見ると昭和三十年から四十年（1955～1965）のミナミにあった店がよくわかる。オダサク作品によく出てくる店名の次の時代のものだ。

よくコレクションしていてくれたと瓢一は父や次兄に感謝する。

次兄守夫は、戦後観た映画をすべて書き遺している。

「ユーコンの叫び」（1946・3）「カサブランカ」（同・7）「砂塵」（同・11）「スエズ」（同・11）「空の要塞」（同・12）「チャップリンの黄金狂時代」（同・9）……。

出演　もローレル&ハーディの極楽コンビ、アボットとコステロの凸凹コンビ、ハロルド・ロイド、エロール・フリン、ジェームズギャグニー、ジョン・ウェイン、ゲリー・クーパー……いるいる、あ、ミッキー・ルーニー、イングリッド・バーグマン……。

何れも戦後、千日前の映画館で瓢一も観たもので懐かしい。

お好み焼き 田舎

オランダ

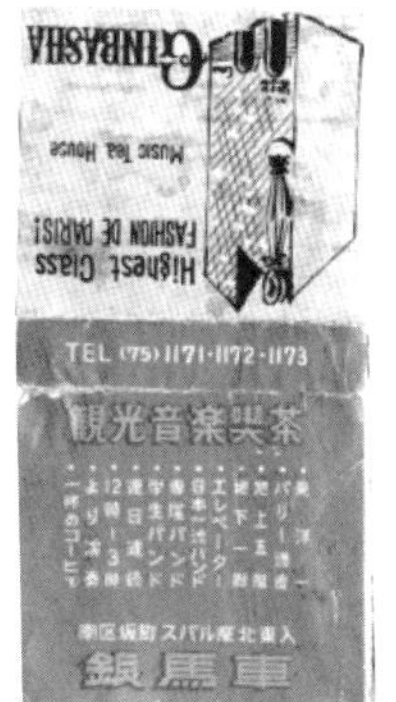

音楽喫茶 銀馬車

すし捨

名曲珈琲 ゴンドラ

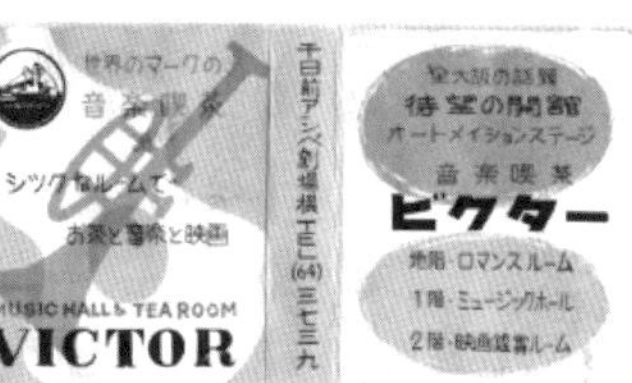

音楽喫茶 ビクター

結婚披露宴をした美松

喜楽

ミツヤ

アルバイトサロン それいゆ

お多福人形とさの半

「夫婦善哉」の柳吉はグルメで芸者の蝶子を「うまいもん屋」へよく連れて行った。

彼女は、何れも銭のかからぬいわば下手（げて）もの料理ばかりで芸者を連れて行くべき店構えでもなかったと思っていたが「こ、こ、こ、こんなうまいもん何処に行ったかて食べられへんぜ」という講釈を聞きながら食べると、なるほどうまかった、とある。

その店とは、戎橋筋そごう横の「しる市」、道頓堀相合橋東詰「出雲屋（いずも）」、日本橋「たこ梅」、法善寺境内「正弁丹吾亭」、千日前常盤（ときわ）座横「寿司捨」、その向いの「だるまや」。

北新地の売れっ妓芸者を連れて行くなら、一流の店になるのだが、柳吉は安物を食わせていながら帯、着物、長襦　、帯しめ、腰下げ、草履などはかなり張り込んだものを蝶子につぎ込んでいたから大阪で言う「シブチン」ではなく「ケチ」のようだ　。

大阪でいう褒めことばケチは、普段は節約始末しているが、出すべき時にはパーッと金を出す。シブチンは使うべきところでも使わない。

さきに「ようだ」と書いたのは、柳吉の場合蝶子のときだけパーッと出しているから、ひょっとして女性に対するテクニックとして他の客が芸者に対して張る見栄とちがうもの、いわば「いも、たこ、南瓜、豆、芝居」と言われる女性の好物、興味をもつものを心理的に利用することを本能的に知っていたのだろう。

これはオダサクさんがひそみ持つテクニックではないだろうか。

戎橋筋そごう横「しる市」のどじょう汁と皮鯨汁。

瓢一にとっては道頓堀川から北は大人の世界だったから、戦前は運動靴の配給をもらいに行った時だけ川を越した。

その時、そごうの隣にあった「カワチ画材店」で多色が並んだ外国製クレヨンを父にせがんだが、「まだ早い」と一蹴された。

運動靴とクレヨンの思い出があるだけで「しる市」はしらない。

青春時代、法善寺水掛け不動を出て中横を左に折れてすぐのところに「しる清」という汁だけを食べさせる店があったのは記憶にある。

新世界に2軒、千日前に1軒、道頓堀は中座の向いと、相合橋東詰にそれぞれ1軒あった「出雲屋」はまむし（鰻丼）。

瓢一が子供の頃、祖母の使いで千日前大劇筋向い角の「いづもや」には半助（鰻の頭）を買いに行ったのでここは馴染みがある。

中座向いの店は、20年ほど前「なにわ難波のかやくめし」を書いた時に取材している。

大正時代の末、この店に「出雲屋少年音楽隊」があって、「出雲屋ジャズ」も演奏していた。

当時、松坂屋、高島屋など百貨店が少年音楽隊を持った時代で同じ屋がつく出雲屋も楽隊をもって派手に客を呼び込もうと若旦那の吉田安治郎が考え、南海電車にポスターをぶら下げ隊員募集をした。

むかいの今井楽器店（現うどんの今井）からアメリカ製の高級楽器も揃えた。

初めの1年間の月給は15円。

当時、まむし（鰻丼）は一人前25銭、松竹座の洋画は一等席2円だった。

この募集で成績1番をとり合格したのが後の作曲家服部良一（16歳）だった。

いづもやの余談になるが、瓢一の生家「商人宿むかでや」の2階北側6畳の6号室には千日前いづもやの女店員が4人泊まっていた。

瓢一と入れ替わりに祖父駒吉が逝き、父親は日中戦争で出征し、男手がなくなって宿屋から下宿屋に変わっていた。

2階客室は6部屋あり、南向き東側の1号室は母と娘、廊下をはさんだ西側6畳の2号室には3児とその両親で長男は旅役者になった。

暗い3畳の4号室にはタクシー運転手でその隣りは表通りに面した6畳の6号室だった。
3、5号の住人は覚えていないが、どうも芸人のようで、タップダンサー兄弟という話も次兄から聞いた。
夜、つとめがすんだいづもやの娘たちが賑やかに帰ってきて銭湯「敷島湯」に行った。

そのガヤガヤが帰ってきてしばらくして悲鳴になったので祖母と母親がかけ上がったら「隣室の男性が障子の穴から覗いている……」と泣いている。

4号室の運転手が唾をつけて障子に穴を開け「ピーピング・トム」をしていた騒ぎだ。

日本橋「たこ梅」は関東煮の店、柳吉はたこを食べているが「さえずり」(ヒゲ鯨の舌)も名物。

瓢一が日本漫画家協会賞・文部科学大臣賞を受けた時、音頭取り河内家菊水丸さんがこの店の大だこ1匹の甘露煮を祝いに贈ってくれた。

瓢一はもっぱらホワイティ梅田にある店を利用していたがいまはない。

かつて中央郵便局南の阪神ビルの地階への階段途中にもあったがビル建てかえの時になくなった。

「たこ梅」の名物は、その店名の通り「たこの甘露煮」と「くじらの咶(さえずり)」だ。

弘化元年(1844)からつづく上燗屋時代から「日本一古い関東煮屋」といわれるここの「たこの甘露煮」はマダコを伝統のダシで煮続けたもので、「さえずり」とともに創業以来のものだ。

錫(すず)のタンポ(チロリ)と錫の上燗コップで飲む酒の味は格別だ。

上燗コップの中は猪口がある上げ底で、タンポの酒を入れても味も温度も変わらない。チビリチビリ飲むから、下戸の瓢一はタンポの酒がなかなか減らないうれしさがあった。

徳利と猪口とちがってゆっくり酒の味を楽しんでもらおうという心遣いが感じられる。

ホワイティ梅田店で瓢一は小さいチロリ（1合弱）の日本酒の冷やで「たこの甘露煮」を頼み、カウンター越しにグツグツ煮える中の「大根」「コンニャク」「厚あげ」を食べてから「さえずり」を注文した。

大きなサイコロが3つ串に刺さって一皿、からしをわきにして出てきた。

久しぶりの味だ。祖母が黒門市場で鯨を買ってきて「鯨のすき焼き」（ハリハリ鍋）をして食べた少年の頃を思い出した。

国民学校では鯨油を飲まされた。

鼻をつまんでとろりとした油がのどを通りすぎて辟易（へきえき）するカザ（匂い）が残る。

楽しみな飴が出て納得するのだが、老人になった今の鯨は高級品となり嗜好も変わっているから鯨はもうとっくにぜいたく品だ。

名物さえずりはさすがだ。少しだからよけいうまい。

カウンター越しに見える四角い鍋にいろんな具材がグツグツ踊っている。

「シウマイ、平天……」を追加する。

目の前の四角い箱に短冊形の黄、赤などの札が入れられる。

昔からある値札だ。前に立つ女性にきくと日本酒、焼酎、ビール、糸こんにゃく、ロールキャベツ……など値段によって10色あり、注文で入れて最後に集計してお勘定となる。

瓢一は合計4050円。セットで2000円のがあったのはあとで気がついた。

「さえずり食べはったからね」たしかに、瓢一は懐かしさのあまりこの900円の味を腹に入れた。

ここの名物を食べにゃぁと舌のぜいたくをしたんだとほろ酔い機嫌で店を出た。この店がなくなったのは淋しい。

オダサクさんの「寿司捨」は、千日前常磐座横、その向いのかやく飯の「だるまや」と次に書いているから、瓢一がよく行った「だるま」が戦災後同じ場所で再建していたら、「寿司捨」は溝の側(現千日前中央通り商店街)北側でアシベ小劇場の東側、ジャズ喫茶ビクターがあったあたりか。

戦後大分たってから瓢一が知ったのは「すし捨」の名で相合橋筋にあったが同じ店だろうか。

ここの向いのビル2階に「九州八豊　やせうまだんご汁」の店があったが、いまは坂町で営業している。

とこぶし、いわしなど煮物の大鉢が並んでいる。ここのメニューで瓢一が好きなのは「やせうまだんご汁」だ。

九州大分あたりでいうこねたメリケン粉をひっぱりのばしてきしめん状にしたもので、みそきしめんのようにして食べる。

故藤本義一さんを招いて最後の会をしたのもこの3階特別室だった。

九州八豊があったところに漫才師三代目平和ラッパのバー「笑楽館」がある。

オダサクさんが書く戦前の「だるまや」と瓢一がよく行った戦後の「だるま」はどちらも常磐座横の溝の側にあったから同じ店だろう。

オダサクさんは店構えを書いていないが、だるまの絵が描かれたのれんをくぐり、ガラス戸を開けて店内に入るとまん中に惣菜が入ったガラス陳列があって奥にテーブル席があった。

大阪府立上方演芸資料館(ワッハ上方)の運営懇話会会合帰りに、委員長だった直木賞作家・難波利三さんと昼食によく入った。距離にして百メートルあるなし、ふたりとも昔の大衆食堂のようなこの店が大好きだ。

難波さんは、先ず生ビールとだし巻き、時にはサバの煮付けをつつきながら大好物のジョッキーを傾ける。

「ビールは水みたいなもん」といいながら楽しんでいる。

瓢一は好物のかやく飯とカス汁で、陳列ケースの惣菜はだし巻き卵やおからなどを取り出した。

吉本の芸人たちも時折見かけることもあった。

瓢一は「かやくめしのだるま」をパソコンで探していたらブログでヒットしたページがあった。

在東のフォトグラファーでテーマはＭｙ ｍｅｍｏｒｙだ。年令はないがプロフィールには女性とある。

彼女は「だるま」の末裔で、いまは閉店した時の母親と東京に住んでいる。

ブログによると、だるまの経営は彼女の母方一家で祖母は三代目。

母の父（和中縫次郎）の父が和歌山から大阪に出てきて始めた。

料理が得意で野球が大好き、ダンディでグルメだったこの縫次郎さんは３３歳の時、パラオで戦死した。

「だるま」は道頓堀と千日前にあったとあるが道頓堀店は相合橋筋にあった。

彼女は「だるま」のかやくめし屋を復活させたいとも書いている。

味を再現できるのは同居の母だけだから「何とか大阪にいる弟に継いでほしいと思っている」と結ぶ。

難波さんも瓢一もあの「だるまのかやくめし」が千日前に帰ってくるのを待ち望んでいる。

オダサクさんの「たこ梅」「正弁丹吾亭」「めおとぜんざい」「自由軒」と並ぶ「だるまや」を待っている大阪人はきっと多いだろう。

いま「夫婦善哉」は法善寺水掛け不動の横にあるが、かつては法善寺横丁と道頓堀の今井楽器店横の浮世小路を南下して交った東門にあった。

そのウインドウには店の招き人形「お多福」が座っていた。上司小剣の「鱧の皮」では、おかめ人形とも書かれ主人公お文が子供の頃からあるその笑顔に思いを馳せる。

「鱧の皮」は大正三年(1914)「ホトトギス」に発表された上司小剣の作品で、28人の雇い人がいる道頓堀川を背にした川魚料理店讃岐屋が舞台。しっかり者で36歳になった女主人お文は店を切り廻しているが、養子の夫福造は放蕩者で家出して東京で生活している。

大阪の生活と風俗、そして人情、夫婦の機微を見事に活写し、後の織田作之助の「夫婦善哉」の原型がここにあると瓢一は思っている。

大阪の泰斗故・肥田皓三さんが道頓堀文学の第一作と述べるこの作品の最終章が瓢一と関わりがある。

東京にいる夫福造からお文に「好物の鱧の皮を送ってほしい」と無心がくる。

「鱧の皮、細う切って、2杯酢にして一晩ぐらゐ漬けとくと、温飯(ぬく)に載せて一寸いけるさかいな」とお文の叔父源太郎が東京にはないという福造の手紙を見ながらいう。

京・大阪で鱧はほとんど捨てるところがないので珍重して骨や頭は鱧鍋のダシに肝(きも)などは湯引にして食べる。

鱧の皮は魚屋にはなくて蒲鉾屋でないと買えない。

そのすりみを使った蒲鉾や平天などには、皮の部分を使わないから焼いてたれを塗ったものを売っていた。これを始末の極意で「鰻の半助」と同様に郷土食としたのは京阪の智恵だ。

天神祭のころになると、瓢一の家でも黒門市場などで買い、細く切り、輪切りにして塩もみしたキュウリと合え2杯酢のザクでサッパリした旬の味を楽しんでいた。

瓢一が通った精華国民学校（現エディオンなんば本店）を西に出たはっすじ（戎橋筋）にある同校先輩の小谷さんの店「大寅蒲鉾」ではいまも鱧の皮を売っている。自宅で刻む皮2枚が袋に入ったものと、刻んで3杯酢で味付けしパックに入れたものがあり、ネット販売もしている。

夜十時を過ぎ、店が閑（ひま）になったので銀場（帳場）を母お梶にまかせてお文と源太郎は法善寺裏の小料理屋へ上る。善哉屋の筋向いとあるからお多福か楽亭もしくは二鶴か。

夫福造のこともあってのことだが源太郎のたしなめるのもきかずお文は何本も酒を飲み夜半に店を出た二人。

お文は酔いさましにちいと歩くといって宗右衛門町を歩きながら東京の夫に会いに行くことを話す。

源太郎と別れて道頓堀でまだ起きている蒲鉾屋に寄って鱧の皮を1圓買い、丁稚に小包郵便の荷作をさせて提げて帰る。

このあとのお文の動きは夫との別れを決断しているが本心はそうではない女心の微妙な切なさを、店員を叱ることでまぎらわせるなど見事な心理描写で書かれている。

瓢一は、この結末にうたれながら心は蒲鉾屋に動いている。

夜遅くまで開いている道頓堀の蒲鉾屋は朝日座よこの相合橋筋をはさんだ東2軒目にあった「さの半」ではないか。

作家・藤沢桓夫も「鱧の皮」を子供のころに読んで強い感銘を受けたという。

彼が住んでいた島之内の竹屋町から歩いて十分ほどのところにある道頓堀だから親近感もあったのだろうが、日本橋側から道頓堀に足を踏み入れてすぐ南側に戦前あったカマボコ屋で売っていた鱧の皮とともに「その帳場に色の白い中年の主婦がどこか疲れた表情で座っているのが見かけられた。なぜか私はそのひとの顔を見ると、その店で鱧の皮を売っていたせいか小説の主人公お文を思い出すのだった」と大阪自叙伝（中央公論新社）に書いている。

店名は書かれていないが場所から想像すると、このカマボコ屋は「さの半」でこの主婦が瓢一と精華国民学校の同期生・今井英津子さんの母親か叔母だろう。

肥田晧三さんが「藝能懇話会別冊　水市断章　我が大阪の記」（大阪藝能懇話会刊）にも書いているが、相合橋や太左衛門橋の下で鮒すくいをしていた瓢一にとっては遊び場だったから「鱧の皮」を読んだ時にモデルはこの店だと直感していた。

そして、その「さの半」の娘今井英津子さんと瓢一は精華国民学校では組は違うが学年が同じで、昭和十九年（１９４４）八月三十一日、同じ集団疎開専用列車で滋賀県に向かっているし、起居した寮は離れていたが通ったのも同じ東押立国民学校だった。

校舎前の集団疎開児童の記念写真にもみんなと共に写っている。

平成二十六年（２０１４）、学童集団疎開７０周年記念の個展「時空の旅」のために作品を描く資料として預かった一枚の写真がある。

精華の児童たちが乗った列車が国鉄近江八幡駅に停車中に女子児童たちが窓から顔を出し手を振っているものだが、この撮影者は今井英津子さんの父「さの半」の店主明さんだと同級生の辰巳眞佐榮（旧姓北野‐真水）さんから聞いた。一人娘に同行して来たのだろう。

父と叔母二人に可愛がられて育った英津子さんは集団疎開先でも甘えん坊だったと同級生・芳村明美さん（旧姓手島）は思い出す。

婿養子の主人との間に男女の子供をもうけ商売一筋で汗まみれ油まみれになって働いていた姿を芳村さんは精華幼稚園の保護者会で一緒になった時に見ている。

仕事着のエプロン姿で赤子を背にして会に来ても多忙のためにすぐ帰るほどだった。

こうして彼女は「さの半」を切り盛りし商売一筋に励んだ。

この働きぶりはまるで「軆の皮」の主人公讃岐屋のお文を見るようだ。

時代が変わっても、小説と違っても道頓堀の女性たちは夫を頼りにしないしっかりした働きもんが多かったんだなと瓢一は思う。型は違うが夫婦善哉の蝶子にも似た所があり、これが大正、昭和の典型的な大阪の女性の姿だろう。

店はもうないが5階建てビルには「名代蒲鉾　さの半」の看板が彼女の心のように誇らしげにいまも掲っている。

道頓堀にはもう昔日の面影はなく、この看板はかつて華やいだ芝居町の賑いを7文字のなかに宿した道標だと愛惜を携えて歩く瓢一は考え、この蒲鉾店のことを書き残そうと意を強くした。

それが戦争末期、共に学童集団疎開列車で滋賀県に移動し彼地の国民学校でも共に学んだ今井英津子さんへの鎮魂だとも思っている。

令和三年（2021）秋、瓢一は英津子さんの長男啓司さんと会った。

蒲鉾のさの半は、江戸末期か明治初めの創業という。

戎橋筋にある大寅蒲鉾より前のようだ。

大寅は明治九年創業、明治二十五年（1892）に大阪戎橋筋に新店舗をつくっている。

紫綬褒章をうけた作家・池波正太郎のエッセイ「散歩のとき何か食べたくなって」（新潮文庫）には「常宿にしていた道頓堀川にかかる相合橋北詰のホテルでの朝食には「さの半」の逸品、赤天（さつま揚げ）」とある。

百年もつづいた「さの半」で自ら前日に買った赤天を宿の台所へ行き「明日の朝、ちょっと焙（あぶ）って、大根おろしといっしょに出しておくれ」と頼んでいる。

昭和五十二年（1977）に雑誌「太陽」に連載したものらしいが、百年前というと明治初めでいかにも老舗だ。

明治三十四年（1901）の「大阪営業案内—大阪商品仕入便覧」（大阪博報社刊）には、当時の道頓堀の各店舗が記されている。

「さの半」は、朝日座横丁（現相合橋筋）から東へ6軒目で蒲鉾食料品・ビヤホール西洋料理商と紹介されている。

戦後、小学校低学年時代啓司さんは赤天の原料のすりみをつくったり、機械を洗ったりなど店の手伝いをしていたから小学2年時に没した祖父明さんも目を細めて見ていたのではないか。

父・利亮さんは内々のことをやり、母・英津子さんが店を切り廻していた。

意地っぱりで痛いことも痛いといわず「さの半のために、さの半のために」と一生懸命働いた。

年に一日しか来ない客の名も記憶して気転もよく利いた。

男兄弟の間の妹も結婚後、旦那ともども帰ってきて店頭で販売していたから、よほど忙しい時期もあったのだろう。

昭和六十一年（1986）腎臓病のため英津子さんは働き抜いた一生を終えた。

享年50歳、あまりにも若い。

集団疎開先の女子寮寮母だった真水はまさんが疎開児たちに会うため来阪した日が英津子さんの葬儀の日だった。

同じ年の瓢一は、彼女と同じ学童集団疎開地へ先生、男子の同級生たちと訪問したのが41歳。

彼女の同級生の女子たちも疎開地へ出かけていたが没後のことだ。

瓢一が呼びかけ、かつての男女疎開児が揃って彼地で桜やハナミズキを植樹し、先生や寮母さん、地元の友人たちと交流したのは55歳だ。

も少し長生きしてくれれば楽しい出逢いもあったのに……。

さの半ビルは、父利亮の時代に建てたので英津子さんは知らないと啓司さんはいう。

親子４人客が「かまぼこは生で食べられますか」「赤天、２枚ください」と聞いて啓司さんは「洋食文化の時代に入った」と実感する。

閉店したのは平成十四年（２００２）六月だ。

平成二十四年（２０１２）、８４歳で父も亡くなった。

『ビルに掲げてあるあの看板は「無意識の中の意識」で兄弟妹の思いです』といって啓司さんは持って来たタオル大の額を見せてくれた。

横長の和紙の右に「証」と達筆が一字。

次いで左に葉書が２枚、上に拾銭紙幣が１枚ある。（１０３ページ中左）

右葉書には「食料品交換券　此券御持参之御方は　裏面價格に對し当店販売し物品ハ御好ニ應じ御交換可仕候　但し物品之外現金と引替え義一切御断申上げます」とあり、ＩＭＡＩのマークと下に商號さの半とある。

水輪からのびる葦の葉のあしらいがある裏面は、右肩の円の中にさの半のスタンプがあり、四角い枠の中には右から左に各國洋酒類竝に食料品とあり、縦に右から諸鑵詰種々　和洋ビスケット　各国壜詰酢漬　蒲鉾厚焼とあり下３分の１は店名の英語だ。

その右下に朱スタンプで金拾銭とある。

これが拾銭紙幣を並べた意味だ。

この紙幣は昭和二十二年（１９４７）から昭和二十八年（１９５３）末まで使用されたもので表面右側に鳩が飛び裏面は国会議事堂だ。

案内状の英語でもわかるように戦後のものでこの時期「さの半」は洋酒や食料品などをいろいろ扱っていたようだ。

啓司さんがいう「初めて商品券を売った」という証しだ。

額の商品券の右に縦横2枚ずつの葉書が並んでいる。

一枚はさの半宛名で下半分は文章だ。

寅年の年賀状で「戦後初めて浪花の貴品賞味して昔日に変らざる良心的な名味　昔ののれんの歴史再開なされ永久に萬(よろず)隆輝あれかし　新年と共に多幸祈　早々」とあり差出人は「阪急沿線石ばし井口堂　堀乕(とら)造」とある。

裏面はさの半店頭を描いた自筆の画で「再開の道頓堀名物　新さの半」と記し右下のサインはひらがなの「と」。（103ページ上右）

墨でラインを描き水彩絵具で着色、客は男性4人、女性2人のうしろ姿で犬までいる。

瓢一がよく描くうしろ姿と動物を加えるやり方に共感をもつ。

達者な絵は、あと2枚の横描きはがきにもある。

昔日のさの半偲懐図筆と添え書きにある絵には大阪大空襲で焼失前の店頭で小屋根の上にかかる横長看板の字は前のとちがい右から読む屋号だ。（103ページ上左）

葉書を横にして描いたのは店の間口が戦後の絵の約3倍あるからだろう。

和洋服の女性5人、男性5人、それぞれかたかけ（ショール）襟巻き、とんびにハンチング帽、コートに中折れ帽で冬だとわかる。

角店らしく右に路地がありカフェ、バーの看板の下を帽子、コートの男性2人が南に向って入ってゆく。右下のサインは「乕」の草書体。

宛名面、上は前のと同じだが、下半分には「慶寿貴　再誕生開隆光輝売上げ在りし昔日の附近朝日座々で向イ側いづもや幸鮓、ヨカロバー及サンライス横手小路内白蛇バームライ奴茶屋カフェー東洋オクション石川呉服店等や道頓堀行進曲流行華やかなりし（欠落）の金歴舗さの半回顧して　早々」

いずれも2円の郵便はがきで判読できるスタンプは昭和二十四年（1949）十一月から十二月と賀状は一月十一日のスタンプだから昭和二十五年（1950）の寅歳と一致する。

さの半復興の祝状スタンプでは昭和二十四年十一月、十二月のものだからこの年に新生さの半はスタートしていたことになる。

今井美津子さんは中学二年生だ。

堀帀造は恐らく画家だと思うが、道頓堀を含めさの半への思いが描かれたこの絵はがきは同じ大阪の風俗を描き残してきた瓢一にとってもその想いは共感できる。

横額の左端には「お礼」として「明治大正昭和に亘に永年のお引立を頂き厚く御礼申し上げます　当店も証にございますように当地にて歴代商を営み蒲鉾厚焼を業となし主人念願味一筋さの半として精を出し現在もその味を活かして現在に至っています　何卒ぞ旧倍のひき立てをお願いしてお礼に代えます」

さの半　店主敬白

と墨痕鮮やかな挨拶文でしめてある。

おそらく英津子さんの主人利亮さんの筆だろうが閉店のあいさつではない。

何かの吉祥で書いたものでやる気が伝わってくる。

瓢一は英津子さんの長男啓司さんが持ってきてくれた大阪の大切な歴史を法善寺横丁入口にある精華小学校の後輩が開いている洋品店「ヤッコ」の店頭で店主田島義久さんの協力を得て撮影した。

啓司さんは、空襲で焼失する前店はもう少し東にあったようだという。

『モダン道頓堀探検―大正、昭和初期の大大阪を歩く』（橋爪節也編著・創元社）のさの半のさし絵にそれがみられる。

このさし絵は、大阪大学教授の橋爪氏が古書市で手に入れた大正九年（1920）の雑誌「道頓堀」にあったもので発行は天下茶屋の道頓堀雑誌社。

ページ本文の上にあった小さなものだが、全12ページに戎橋付近から通りの南側を東に絵巻物のように店や五座が軒なみに堺筋まで描かれ、そこから折り返して北側の道頓堀川を背にした芝居茶屋や店々が西に戻ってくる力作だ。

橋爪氏はこのさし絵を拡大して1軒ずつ解説して興味ある大正、昭和の芝居町を辿っている。さの半の位置はその前にある「洋傘とショール（カタカケ）西岡」のページにある。

朝横（朝日座横の筋）いまは相合橋でオダサクさんのアドバルーンに出てくるお午の夜店の筋だ。絵を西に朝横から見ると「京や」（洋傘、日本タビ）、「浦田」（袋物）、「マルヨ」（半えり）、「ニコニコ」（おしるこ）そして間口が広い「西岡」、「ダルマや黒川」（袋物）で絵は切れているが次に間口が広い「さの半」がある。店の前に4人の女性客がいて店名看板は右から左へ「さの半」とある。

これは先の堀靑造描く昔日のさの半、偲懐図に一致する。

これにより大正九年（1920）にさの半は、戦後の位置より5店舗東になり、いまのWINS道頓堀（場外勝馬投票券発売所）あたりだ。

往時の芝居町道頓堀の華やぎを五座の幟、商店の看板、自転車、人力車、歩く人々、遊ぶ犬たちなどに見事に活写した極上の風俗画だ。無名の画家に感謝感謝だ。

また、橋爪氏は昭和三年（1928）の道頓堀を空から撮ったものを瓢一に送ってくれた。これを絵に合わせ矢印で解説してくれていて、立体的な町並みが楽しい。時を忘れる。

堀の話を橋爪氏にメールしたら同じ道頓堀を描いた彼の絵が5枚送られてきた。

「昔の道頓堀懐偲」のはがきに芝居茶屋「大弥」の水彩画が9枚とこの大作がダイヤ洋画材料店と画廊になった黒一色の絵だ。

戦前のさの半

戦後のさの半（堀　寅造画）

戦後出した商品券　資料提供：今井 啓司氏

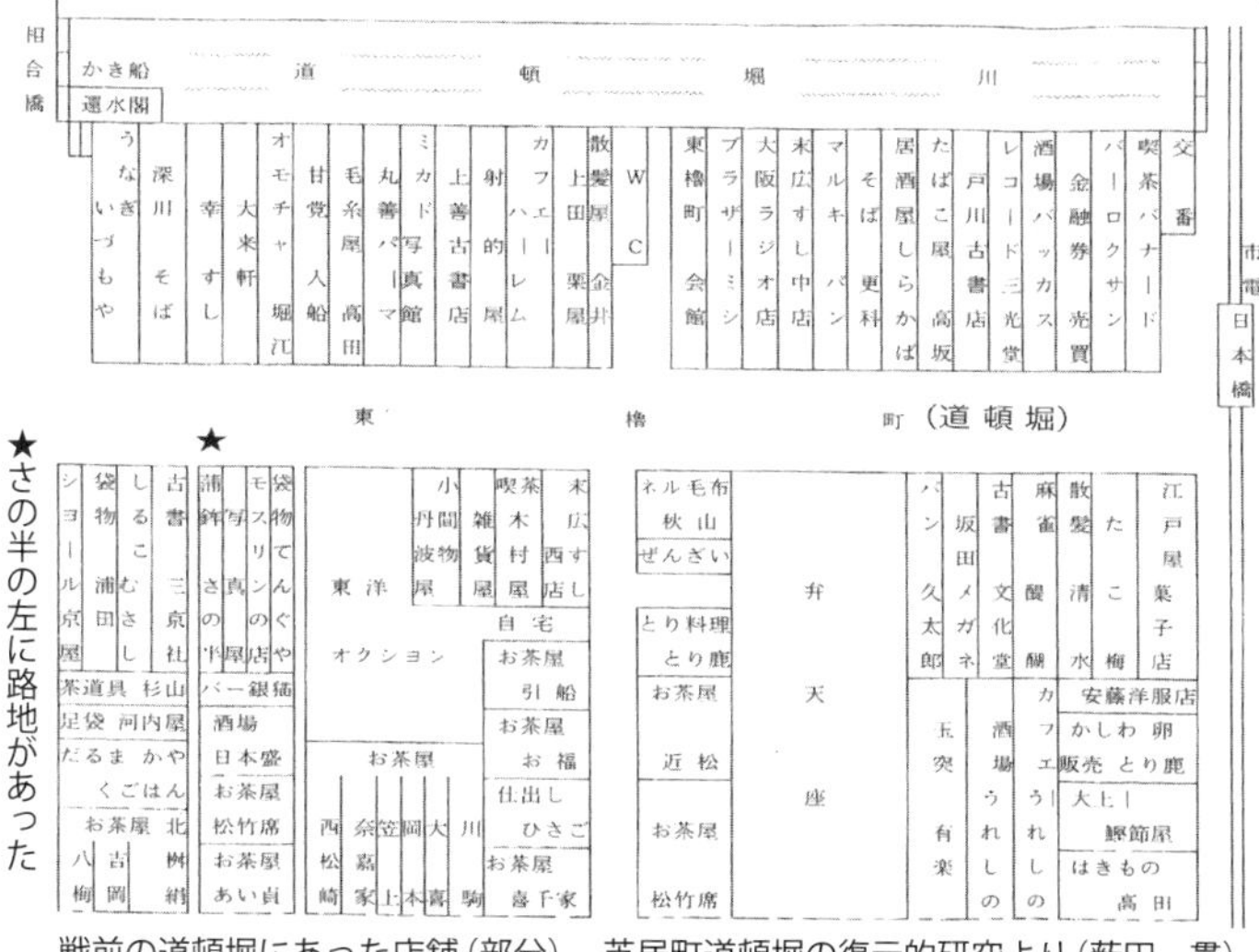

戦前の道頓堀にあった店舗（部分）　芝居町道頓堀の復元的研究より（薮田　貫）

橋爪氏は、参考資料として芝居茶屋「大弥」がダイヤ洋画材料店になったときの美術雑誌の広告も添付してくれていた。

「大弥」は戎橋南詰川を背にして4軒目にあった芝居茶屋で同じく「大佐」と隣り合わせだ。そのメールに心斎橋の中尾書店の先代の話として『堀はミナミ界隈に顔の広い洋画家で、文展とか帝展といった大きな公募展には出さない「町の画家」といったところでしょうか』につづけて『ふらっとミナミ店に来てお宅の絵を描きました、と色紙などを持参されたようです。それが商売みたいなところがあったようですが、道頓堀や心斎橋の昔の店の面影が伝わっていることがあります』とも知らせてくれた。

この一週間後、瓢一はミナミの「かやくめしの大黒」に立寄った時、店内に飾ったこの店を描いた堀の色紙額を見た。

サインは「と」の落款だ。タッチは間違いなく「さの半」のものだ。

そのあと波屋書房に立ち寄ってこの話をしたら店主の芝本尚明くんも「うちを描いた堀帍(とら)の絵はがきもあった」といった。

いずれにしろ、瓢一にとって堀画伯が描き遺してくれたミナミの風景は写真にはないもので貴重な風俗証言としてうれしいものだ。

オダサクさんの「大阪発見」に「大阪を知らない人から最も大阪的なところを案内してくれといわれると僕は法善寺へ連れて行く」とあるが瓢一も同じで法善寺横丁に案内するし待ち合せも水掛け不動のところという。

その法善寺横丁へ戻ろう。

「夫婦善哉」の東隣りは「南地花月」、西には「紅梅亭」と落語を主とする席が明治、大正期には両立していた。

オダサクさんの「大阪発見」にも「東京にいた頃、私はしきりに法善寺横丁の「めおとぜんざい屋」を想った。道頓堀からの食傷通路と千日前からの落語席通路の角に当たっているところに「めおとぜんざい」と書いた大提灯がぶら下がっていて、その横のガラス箱の中に古びたお多福人形がにこにこしながら十燭光の裸の電灯の下でじっと坐っているのである。

「燭光」なんと懐かしい響きがある光の単位だろう。

瓢一はよく耳にした電球の明るさで、一燭光はローソク1本の明るさで1ワットだから10ワットの明るさの下にお多福は座っていたのだ。

因みに「食傷通路」は、いまの浮世小路のことで法善寺横丁から道頓堀へ出る路地だ。

天井から紅白の提灯が下り、左右の壁面には昔の地図などが飾られている。

鍋井画伯の「大阪繁盛記」には、オペラ「夫婦善哉」が宝塚大劇場や産経会館で上演された際、担当した背景の下描き図に「めおとぜんざい」を再現した絵が載っている。

それを見ると、店の入口は横丁側と西の通路側にあり提灯もそれぞれの入口そばに変体仮名で「め越登世んざい」とあり西のには青い鉄柵で囲われている。その下のしっくいは赤で横丁の入口までつづいている。

お多福は横丁に向かって腰ぐらいの高さのガラス箱（ショーウィンドウ）に畳を敷きその上の赤いもうせんに座っている。

瓢一も味のスケッチで線を引きいろいろ文字で説明書きをするが、後で見ると写真ではできない便利さがあって画伯の絵も、いま「のれんの色は茶色で店名なし」などと判読できるから便利だ。

瓢一は、本書の表紙にも使っているが初代、三代目のお多福を描いている。

二代目も描いているが、かつてこの店の取材をした時は描きそえているから裏表紙のは多分二代目だと思う。三代目の原画も店内にあり「つめたいのんも、ぬくいのんもおます」と書いて色紙と共にレジの上に並んで飾られている。

オダサクさんの「夫婦善哉」はオペラで演じられたそうだが、瓢一は、昭和五十八年（1983）五月、新歌舞技座で公演された芝居を描いている。

山城新伍の柳吉、野川由美子の蝶子でNHKテレビ「夜の指定席」のタイトル画として4枚使用された。

かつて臨検席があった座席最後部の小部屋でスケッチしたものだが原画は手許にある。

さらさら句会と相合傘

毎年夏、法善寺まつりが横丁で開かれ、瓢一も所属していた「上方文化人川柳の会・相合傘」同人も協賛して、水掛不動尊前の広場で参加者自由の句会が開かれる。

選者は年によって変わるが「相合傘」主宰の中田昌秀、新野新、古川嘉一郎、桂福団治、横丁の会長そして瓢一も加っていた。披講は旭堂南陵で「浅草」の壁面を借りて短冊が並ぶ。

横丁の人々からも投句を集るが、いつも上位に入るのが「呑み処さち」のママ角谷英子さんだ。

水商売　なぜに消せない　火の車
この句が天になり瓢一は色紙に絵を添えて贈ったのが店内に架けてある。

「さち」は水掛不動尊横の路地を北に2軒目、6人入れば満員の店で便所の入口はかがまないと頭を打つ。

昭和五十三年（1978）開店して41年になる。

横丁が2度目の火災のときは、火元が隣りだったから2階部は類焼したが元気に立ち直った。

漫才師Wヤングの平川幸男（故人）や講釈師旭堂南陵（故人）などは常連客だった。

「上方文化人川柳の会・相合傘」のルーツは、昭和五十三年（1978）四月三十日に大阪の放送人、放送作家、タレントらが集って始めた「さらさら句会」だ。

幹事は、桂三枝（六代桂文枝）さん、池田幾三（放送作家）さんで、末次摂子さん、有川寛さん（共によみうりテレビ）、栂井丈治さん（関西テレビ）、織田正吉さん（漫才作家）、桂文珍さん、林家小染さん（上方落語家）ら8名の出席者で、堀江にあった料理旅館「小川家」からスタートしている。

池田幾三さんから送られてきた句集によると月一回の集まりで第八回まで続いている。

中村鋭一（朝日放送アナウンサー）さん、小山乃里子さん（フリーアナウンサー）らは第二回目からで第三回目には桂枝雀さん、桂朝丸（桂ざこば）さん、由紀さおりさん、中田昌秀さん（放送作家）らの参加を見る。

宿題「傘」の入選作には「持って出たからにゃ降ってもらわにゃ」という枝雀さんらしい句がある。

瓢一が加わったのは第七回からで会場は中田昌秀さんが経営する島之内、畳屋町の「料亭・暫」だった。

この回には、月亭八方さん、桂きん枝さん（四代目桂小文枝）、上岡龍太郎さんらが加っている。

当時、毎日放送（MBS）で放送していた公開バラエティ番組「ヤングおーおー」の司会で売り出し中の桂三枝（六代桂文枝）やザ・パンダ（林家小染、月亭八方、桂きん枝（四代目桂小文枝）、桂文珍）さんらしゃべりを生業（なりわい）とするメンバーの集りだし酒肴が並ぶからストレス発散の楽しい会だった。

席題「電話」の入選作に「モーニングコールを起きて待つつらさ」（上岡龍太郎）、「電々の社員でも十円入れている」（池田幾三）、瓢一の初入選四句のうち「長電話娘するよな年になり」は好きな句だ。

終了後、飲酒しない瓢一は、帰路途中桂文珍さんを尼崎の自宅まで車で送ったこともあった。「さらさら句会」が自然消滅して忘れていた頃「またみんなでやろうや」と桂三枝（六代桂文枝）さんに中田昌秀さんが声をかけ「上方文化人川柳の会・相合傘」の歴史が始まった。

平成十一年（1999）十一月十一日、淀屋橋袂の土佐堀川に浮いている「かき舟」に約10人が集った。

少し遅れて瓢一も入会したが、この時は新進女流川柳作家・やすみりえさんの顔もあった。中井政嗣さん（お好み焼千房）、福長徳治さん（銀座鮨）、新野新さん（放送作家）、相羽秋夫さん（同）、奥村英夫さん（故人・ギタリスト）、平川幸夫さん（故人・漫才師）、古川嘉一郎さん（放送作家）、柿木道子さん（くいだおれ）ら、瓢一が知っている顔も揃っていたが前の会より多業種だ。

瓢一が故郷ミナミにこだわり描いてきた表紙の会報も十号を数える。

新世紀　それがどうした　寝正月　洒落

これが瓢一、最初の句だ。

桂三枝さんが主宰していた「上方文化人川柳の会」の会誌は「相合傘三」から主宰中田昌秀さんになっている。

中田さんは、落語家、作家、作詞家、軽演劇、新劇、人形劇の演出家、放送作家のかたわら料亭ビル「暫」のオーナーでもあるが、国政選挙に何度も出たり「中田プロ」を起こし、藤田まことさんや立川談志さんらをマネジメントもしていた。また、わ印浮世絵（春画）の収集や艶川柳をつくったりもする、間口が広い粋人、趣味人だった。

5度の離婚で子供は4人、一の一とか二の一とか名付けて呼んでいた。孫も7人いるが一緒に住んでいなかった。

バー、クラブ3軒、割烹3軒、天ぷらや2軒、鮨屋、焼き鳥屋、飯屋、風俗パブ、温泉旅館、そして最後は親が残した料理旅館「暫」と経験も豊富で人生も破天荒だ。

本人が著した「ほろ老い川柳」にその人生を笑いとばして書いている。

幾度も病魔に抱きつかれ、左半身、右半身も不随になった。一人住いをし居宅介護をうけ、レンタルの電動車椅子で法善寺横丁へ毎夜出かけていた。

彼の世話になった「相合傘」の弟子たちがこの八十才になったワガママ老人の面倒を見ていた。

壮絶な生き方をしていても川柳は離さなかった。

まだ乗れぬ　極楽行きの　バス満車

食いしばる　歯もなくなって　生きるだけ

ネクタイを　締めた退院　死は近い

平成二十二年（2010）五月一日、彼は生れてきた時と同じく裸で旅立った。

享年79歳。

「相合傘（十六）」は、中田昌秀さんの追悼集となった。

放送作家中田昌秀さんと知り合い、共に川柳仲間として来た約20年、瓢一が、詠んだ弔句は

車椅子　主なき夜の　法善寺　洒落

表紙の絵は、その1年前六月三十日、51年の幕を閉じた「大阪歌舞伎座」にした。

ミナミを愛し、法善寺横丁に想いを残した中田さんの遺志をついで「相合傘」同人は、代表幹事・古川嘉一郎さんのもと、毎夏の「法善寺まつり」には水掛け不動前で句会を催し、折にふれそれぞれが横丁の店々で「中田昌秀」の千社札を見ながら酒と酌み交していたが句会も新型コロナウイルスのため開かれなくなった。

自由軒

オダサクさんの「夫婦善哉」にライスカレーの「自由軒」が出てくる。

梅田新道の生家から勘当された柳吉は心淋しさから友人と飲み泥酔して帰り、翌日は蝶子が隠していた彼女の貯金帳をすっかりおろして昨夜の友に返礼といって二日間難波新地でその金を使い果たして帰って来て蝶子の折檻を受ける。

蝶子はそのあと一人、千日前の愛進館で浪花節を聴いたあと楽天地横の自由軒に入る。

「自由軒のラ、ラ、ライスカレーはご飯にあんじょうま、ま、まむしてあるよって、うまい」と嘗て柳吉が言った言葉を想い出しながら玉子入りのライスカレーとコーヒーを飲む。

オダサクさんがこの小説を発表したのは、昭和十五年（１９４０）四月だ。

文中の自由軒は「楽天地横」とある。

楽天地は、大正三年（１９１４）七月に新築開場して昭和五年（１９３０）十一月に閉場している。

従って、この小説は大正から昭和初期にかけての話だ。

大正初期、楽天地誕生前後と記した千日前界隈の地図を見るとこの時期、自由軒は楽天地の東側、千日前との間にあった。だから楽天地横とオダサクさんは書いている。

では、蝶子だけ行った浪曲の愛進館はというと大正元年（１９１２）一月開場の「第一愛進館」のことで南海通りにいまある波屋書房の向い、後の南陽館（現パチンコＫＹＯＩＣＨ）にあたる。

この南陽館は後の彌（弥）生座で、昭和十五年（１９４０）年に吉本入りした夢路いとし、喜味こいし（当時は荒川芳博・芳坊）師匠らが手みせ（オーディション）したところだ。

彌（弥）生座の持ち主は、千日前を拓いた五人のうちの逢阪彌で、瓢一の祖父駒吉とは親しかった。

いま、この自由軒難波本店は溝の側、ビッグカメラの南の通りにある。店内にオダサクさんの写真を飾ってあるが、瓢一は取材を含めて数回足を運んだが、当時帳場にいたママは没している。

瓢一はむしろ「本町自由軒」の方が親しい、いや親しかった。昭和五十三年（1978）頃、瓢一は直木賞作家藤本義一さんに誘われて出たパーティーで吉田妙子さんと知り合った。

別の日、藤本さんと招かれて行ったのが、地下鉄御堂筋線本町駅につながる「船場センタービル9号館地下2階にある「本町自由軒」で、オーナーシェフは妙子さんのご主人吉田憲治さんが奥の調理場で忙しく働いていた。

ここも店名が示す通り名物は柳吉、蝶子が千日前店で食べた「混ぜカレー」（インデアンカレー）だが、船場商人たちの胃袋を十分に充たす量の洋食メニューの多彩なことにも瓢一は驚いた。レジとウェイトレスを兼ねる妙子さんの体力は、ここら繊維問屋の若い者に負けない程の機敏さで店内を馳けるし、憲治さんはフライパンと格闘しながら飛び込んでくる注文の料理の数々を商人たちの前に生みだしてくる。

この人のいい働きものの夫婦に惚れ込んだ藤本さんも瓢一もよくこの店に通ったし、プライベートで四人揃って宗右衛門町あたりに繰り出しカラオケなどを楽しんだ。

藤本義一さんは
自由軒の軒下で　一羽の大阪の雀が　華麗を夢みる
と書き残している。華麗とカレーをかけたところが藤本流だ。

自由軒本店は明治四十三年（1910）大阪で初めて西洋料理店として南地溝の側に開業した。

昭和初期、店は殷賑（いんしん）を極め従業員数も増やし、人口130万人とふくれ上った大大阪の繁華街千日前にくり出してくる「大衆」の胃袋を楽しませた。

オダサクさんは、そんな時代に自由軒に通いその味を小説に残した。

「起ち上る大阪」などに残した千日前大空襲のあとの話にはなかったが、自由軒が再建なったのは昭和二十二年（1947）、オダサクさんが没した年だ。

昭和四十五年（1970）2代目店主・吉田四郎から許可され、5男憲治の「本町自由軒」がオープンする。

千里丘陵を拓いて大阪万国博覧会が開催されるのに合わせて開館した「船場センタービル」9号館地下2階へのデビューだった。

順風満帆で商いが走っていたころ瓢一はこの夫婦と知り合ったが憲治さんの死によって店は息子の彰宏くんに受け継がれて母子船が航海しだした。

その頃、瓢一のアトリエに妙子さんが訪れて来て「この度、混ぜカレーと混ぜハイシのレトルト品を出したいので…」とパッケージのデザインを依頼された。

瓢一は、パッケージ上に大阪のわらべ歌を入れた。

幼い日、祖母キヌエから寝物語にスリ込まれた遊び歌をもじったものだ。

「お父ちゃん　ダイヤモンド買うてんか　ダイヤモンド高い　高いは通天閣　通天閣こわい　こわいはおこわ　おこわはうまい　うまいは　せんば自由軒」

彰宏くんの時代になって「本町自由軒」は「せんば自由軒」と変えていた。

柳吉、蝶子が食べた混ぜカレーは、新しい時代に入った。

せんば自由軒のレトルトカレーとハイシは「テレビショッピング」というメディアを得て爆発的に売れ出した。

当然「せんば自由軒」は各地に出店して間口が広がって行く。
大阪商家の家訓に「扇子は広げすぎたら倒れる」とある。
やがて、「せんば自由軒」は経営者がかわった。

せんば自由軒パッケージ

「せんば自由軒の混ぜカレー」のパッケージには、いまも瓢一が書いたあの遊び歌が落款とともに使われている。

瓢一は久しぶりにミナミに出て、昼食は何にしようかと腹に相談した。

腹が「オダサクさんの自由軒にしなはれ」と言う。

「その前に法善寺の「夫婦善哉」に入ってちょっと確認したいことがあるねん」と瓢一が答えたら「ぜんざいのあとでカレーだっか……」「ま、ええがな」と水掛け不動に賽銭を供えて水を掛けてから横の扉を開けた。

昼からぜんざいの客もいるもんで、3組ほどが、2つの碗を前にして話している。

「暖かいの」と注文して左右を見ると、かつて描きプレゼントした「三代目お福さん」が頭の上にかかり、キャッシャーの上に「つめたいのんもぬくいのんもおます」とお多福の絵のわきに筆ペンで描いた瓢一の色紙も飾ってあった。

瓢一はよほどのことがない限り筆ペンは使わなかったが、きっとこれは店内で所望されて書いたものだろうか憶えていない。

柳吉と蝶子の会話を思い出しながら2つで1人前の碗を空にした。

わが家でつくるものは「砂糖をはり込んでいる」が、ここのはあっさりしておいしい。

「自由軒、いけるか」と腹に相談したら「いけそうや」という。

芦辺劇場も常磐座もなくなった、歌舞伎座もビッグカメラになったと昔を思い出しながら溝の側を右に折れて「自由軒難波本店」ののれんをくぐった。

入った左側のキャッシャーにいる若女将・吉田純子さんが笑顔で迎えてくれる。

織田作之助賞贈呈式・祝賀パーティーで故旭堂南陵先生から紹介されたこの人も精華小学校

の後輩だ。

昼時分だから客の出入りがはげしい。

女店員に案内された長いテーブルの椅子に座る。

店内を見廻する藤田嗣治の絵がうしろにあり、正面若女将の後にロートレックのポスターが掛かっていかにもレトロな雰囲気だ。

正面奥には、オダサクさんお馴染みの写真、左手で頭を支え右手でペンを持つ姿の額が掛っている。

マットの左右に「トラは死んで皮をのこす」「織田作死んでカレーライスをのこす」とある。

この文は、先代店主が考えたもので「虎は死して皮を留め、人は死して名を残す」の故事から引いたものだ。

引き継いで20年経ちますという純子さんが「ソースかけましたか」と食べ方を気にしてくれた。

幼少の頃、わが家ではカレーにウスターソースをかけるのが当然だったからかけない方が不思議だが、いま、家では叱られる。

柳吉の「あんじょうま、ま、まむしてあるよって、うまい」と言うことばとともに乗った生玉子も混ぜこぜにして瓢一は、久しぶりに「名物カレー」で腹の奴を納得させて店を出た。

長谷川幸延が酒が飲めないオダサクさんを連れて入った正弁丹吾亭。

のちにこの時の窓の下に織田作の句碑が建ったのには、驚いたと幸延は書く。

あの日オダサクさんが「はじめてや」といって入った正弁丹吾亭の前にある彼の句碑のそばに、いま瓢一の「織田作と出逢っていたかもわがミナミ」の句と名物おでんを描いた絵が掛(かか)っている。

平成最後の年の正月、描き初めしたもので3月に表装をすませた原画は店内1階に、そしてレプリカは青いのれんと並んで右側にある。

四月十一日、瓢一の仲間たち9人が「絵開き」と称した飲み会で集って来た。

それぞれがのれんをくぐる前に織田作之助の句碑と新しく掲げられた瓢一の絵のレプリカを見てから店内の原画に声をあげて2階和室に上って座った。

藤沢桓夫や石浜恒夫らが集って幕開きしたオダサクさんの句碑ほどの華やかさはないが、瓢一にとって故郷ミナミの法善寺横丁にあるオダサクさんが長谷川幸延に連れられて初めて入った老舗「正弁丹吾亭」に飾られる自分の絵は近くにある「夫婦善哉」や「さち」「せのや」などにある絵と共に「生きた証し」のモニュメントとして仲間たちに見てもらいたい「絵開きの会」だった。

幹事・山崎隆司さんの呼び掛けで集ったのは、瓢一の川柳仲間藤田恵子さん、香川幸子さん、高校の後輩で株式会社ダイヤモンドソサエティ副会長・冨道雄・智子さん夫妻、本書レイアウト担当のグラフィックデザイナー岩城勝仁さん、大阪港区のタウン紙「ムーチャ」発行者鎌田雅子さん、そして瓢一の長女神園早由美らで気が置けない人達だ。

一同にとって名は知っていても初めての店だから、瓢一は用意した昭和十一―十五年の法善寺横丁の地図を配り、かつての横丁のことやこの店の話などを説明した。

珍しい名物おでんや店の社長さし入れの新潟の清酒などでみんな堪能した一夜だった。

瓢一の絵が横丁の名物となってくれることを願っていたが、新型コロナウィルスが正弁丹吾亭とともにこの絵も奪ってしまった。

鉄冷鉱泉

瓢一が鉄冷鉱泉を知ったのはオダサクさんの「夫婦善哉」だ。

化粧品卸問屋の実家から勘当された若旦那柳吉は、東京で集金する金が残っているのをあてにねんごろの芸者蝶子と駆落ちし、集めた300円ほどをもって熱海に泊まる。

2日目の午頃、関東大震災にあい、ほうほうのていで帰阪、黒門市場の路地裏に2階借りをし、蝶子はヤトナ（有芸仲居）になって暮らしを支える。

無駄な費用を慎んで爪に灯をともすように蝶子が貯めて隠していた貯金帳のすべてを柳吉はおろして昔の遊び友達と難波新地で散財して帰り大げんか。

その数日後、蝶子はダメ男柳吉の働き口を見つけてくる。

千日前「いろは牛肉店」の隣りにある剃刀屋（かみそりや）の通い店員だ。

間口の狭い割に馬鹿に奥行きのある細長い店で、向い側に共同便所がありその臭気でたまらなかった、とオダサクさんは書く。

瓢一の時代でもまだあったスバル座のそばの共同便所だ。

平成四年（1992）、大阪市立博物館が編集発行した「紫垣清氏収集資料」の昭和十三年（1938）「南地戎橋付近地図」には竹林寺の東向いに「いろは」はある。

いまの千日前通りを北に渡ると右に自安寺この一筋北の右角に「いろは」があった。

この道手前の一区画にあった自安寺、天牛書店千日前店、喜楽別館など、瓢一にとっての青春風景はすでにない。

昭和四十二年（1967）の大阪都市計画により寺は道頓堀一丁目（かつての二ツ井戸）に、書店は道頓堀角座前から四ツ橋に移り、千日前通りは拡幅されて上に阪神高速道路が通っている。

オダサクさんは、柳吉の勤め先を「いろは牛肉店」の隣りに設定している。「いろは」は南角だから多分北隣りだろう。ここなら竹林寺がよく見渡せる。そばに共同便所があった。

「その隣りは竹林寺で、門の前の向って右側では鉄冷鉱泉を売っており、左側、つまり共同便所に近い方では餅を焼いて売っていた」。竹林寺は法善寺に南接する浄土宗の寺院でいまは大阪市天王寺区勝山にある。

日が充分射さず、昼電を節約（しまつ）した薄暗いところで火鉢の灰をつつきながら柳吉が三月ほど毎日見ていた竹林寺門前の出店を描いた絵が二枚ある。

漫画家で瓢一の先輩、藤原せいけんさんが描いた「竹林寺門前の焼餅屋」（昭六・1931・上方10号、千日前今昔号）と洋画家・鍋井克之さんの「大阪繁盛記」（昭和三十五・1960布井書房刊）の絵だ。

後者の「昔の千日前竹林寺、すなわち法善寺への正面入口」の絵は立派な山門で「松園山」の門額がある。

竹林寺門前の焼餅屋〈左側〉
藤原せいけん 画

鍋井克之 画　千日前竹林寺山門

竹林寺前の出店　鍋井克之 画

法善寺界隈と題した文章には「千日前の竹林寺の前には『鉄冷鉱泉』のテント張りの小店があった。『あついのか、冷たいのか』を注文すると、泡のあるごついガラスのコップに、その鉱泉を入れて出してくれた。『渋み』とつけ足すと、一寸舌の渋くなる味を入れてくれたように、かすかに覚えている。サイダーなどのない時代で、ストローもなく、がぶのみしていたが、これがサイダー類が、世にはびこる源のようなものであった。子供ながら、私達は味の先覚者だったかもしれない」と記す。

明治二十年（1888）生れの鍋井さんは、「信濃橋洋画研究所」開設当時の大正十二、三年頃から法善寺横丁の料亭「二鶴」によく通ったと書くから、その頃描いたものだろうか。

子供の頃の記憶の店は「テント張りの小店」とあるが、この絵はモダンな屋根がつき「鐵冷鑛泉」の文字がある軒のれんと4枚の戸板の奥で床机に座ったふたつの影が見えるからやはり大正から昭和初期にかけての店だろう。

左となりに「ぜんざい」の札をかかげ、火鉢の上で人が餅を焼いている店が同じ絵にある。柳吉が「醤油をたっぷりつけて狐色にこんがり焼けてふくれているところなぞ、いかにもうまそうだったが、買う気は起らなかった。餅屋の主婦が共同便所から出ても手洗水を使わぬと覚しかったからや」と蝶子に言う主婦の姿ではなく、帽子をかぶった太身の男性のようだ。

一方、藤原せいけんさんの絵にも、竹林寺の大きな瓦屋根の山門がありこちらにはその前にモダンな屋根をのせた2軒の店が描かれている。

向って左側の出店は、タイトル通り焼餅屋で丸まげの女性が子守り姿で幼児とともに待つ客を前に餅を焼いている。

右側の同じ屋根をもつ出店には「鐵冷鑛泉」の文字こそ見えないが、鍋井克之さんの絵とほぼ同じだ。

山門には提灯が4張りぶら下がっているが文字は読めない。

鍋井さんのは描いた場所の頭上にあったのか「浪花組」とアップになってしっかり読める提灯だ。浪花組は瓢一の幼なじみが３人勤めた八幡筋辺にあった会社と同名で、ここは心斎橋筋に「プランタン」を経営していたので憶えているが同じだろうか。

「プランタン」は昭和三十年代、黒いドレスの八頭身美人をウェイトレスにしていて若者には大人気の一歩進んだモダンな高級喫茶店だった。

竹林寺山門で「鐵冷鑛泉」の出店を開いていた人の子孫を知っている。岡村賢司さんで、いまは千日前を水掛け不動の方に左折する数軒手前でタバコや喫煙具を売る「司光」を経営している。

以前、「なにわ難波のかやくめし」（東方出版刊）を出すにあたり協力してくれたとき「先祖がそうだ」と聞いていたのを憶えていたので改めて取材のお願いをした。

古いことなら母からもと、近くの「喫茶アメリカン」でふたりに会った。

「わたし冷コー（アイスコーヒー）」と瓢一の前に座った92歳の和子さんが注文した。年令とは違い張りのある顔と明快なうけ答えにおどろく瓢一に「お医者さんが、あんたに出す薬はありません」というほど健康だという。

昭和三年（１９２８）大阪で生れた伏見和子さんが岡村信雄さんと見合い結婚したのは終戦直後の昭和二十一年（１９４６）でミナミはまだ焼け跡が多くむき出しの水道管から水がもれて噴水になっていた。なんでこんなとこへ嫁いできたんやろうと思った。

実家の父は、下戸なのに芸者遊びが好き、母は三味線が弾けヤトナになりたいという家庭で育ったから生来賑やかな子供で、学校よりミナミで遊ぶ方が多かった和子さん。

縁があってそのミナミに嫁いだ岡村家は、長禄三年（１４６０）、京都に発している。

明治の中頃、三重県の亀山から大阪に出て来て、竹林寺門前で「鐵冷鑛泉」を始めたのは、信雄さんの祖父定次郎さん。

夏、北海道から氷を貸し切り車で運んできて、千日前通りの一筋南にある溝の側あたりで足で踏むカキ氷も商っていた。

鐵冷鑛泉やかき氷で蓄えができ、定次郎は明治二十一年（１８８９）タバコとステッキなどを商う岡村商店とドイツ料理・南方食堂と千日前で向い合わせに開店した。

南方食堂は、いま司光がある場所で岡村商店はそのななめ向いにあった。

法善寺南側にいまもある路地（縁切れ横町）を西へ中座の横（中よこ）の道と交わる左南にあった「カフェ・エジプト」は、定次郎の弟が開いていた店で、そこから西は花街・難波新地になり瓢一の同級生で学童集団疎開を共にしたSのお茶屋もあった。

「鐵冷鑛泉」とはどんなものなのか。

岡村家の口伝では「胃腸病に効用がある水で熊本県のどこかで岩から落ちる水滴を一年間貯め、壷に入れたもの」で毎年送られてきた。

昭和十年（１９３５）頃、それを１０倍くらいに薄めてグラスに１杯１銭、苦いので煮た蜜を入れて薄くしたものは１杯１０銭だった。

竹林寺の前で「１杯１銭、１杯１銭」と叫んで売っていたと残る。

瓢一は、これは温泉水ではないかと思い、よく行く有馬温泉の金泉が鉄分で褐色になっていることから、熊本県の温泉を調べてみた。

先づ赤水温泉は、名の通り鉄分のためにその名がついているが泉質は「単純温泉」「硫酸温泉」でちがうと思う。

黒川温泉、みやばる温泉は含鉄泉……あ、鉄冷泉は温泉ではないんだ。

ウェブで見ると鉱泉と温泉の違いの項のなかに「かつては何かしらの成分を含んで地中から湧き出す水は全て鉱泉と呼ばれていた。温度が高いものを温泉、低いものを冷泉と呼んでいたそうだ。

いまは摂氏(セ氏)25度未満は冷鉱泉という。

ネット時代に入って瓢一もパソコンやモバイルでネットサーフィンしている。

鉄冷鉱泉で検索すると各地の鉄冷鉱泉温泉が出てくる。

そのなかで「鉄冷鉱泉を知りませんか」の質問が目についた。

昔(いつかわからない)母が買った赤本という医学本に濃縮されたものでアトピーや皮膚病万能に利き、にきびも一夜で治った。娘のにきびを治したいという。

2004年の投稿だからずいぶん前のものだが、その回答は、群馬県の初谷鉱泉はどうかというもので、そのお礼に質問者は、鉱泉は濃縮したもので鉄色、肌に付けるとよく衣服についても取れません、飲んでも胃腸によく吹き出物は一夜にして治った、と岡村賢司さんと同じ効果と示している。

別人の回答は、2010年で『「鉄冷鉱泉」はこれではありませんか』と画像が出ている。ビンに入ったもので残りは少なく100のメモリの下に赤茶色の液が沈んでいる。上ずみは黄土色で回答には実家に赤本があり広島の鉱山から出ていたもので、子供の頃帯状疱疹に塗ってもらって治ったとある。

500ミリリットルぐらいのビンにある横長のラベルは広島市のTという会社のものでまん中にある丸の中に赤本とありその左に「鐵冷」、右に「鑛泉」と黒地に白文字がある。

回答者の年令はわからないが古いものだろう。

沈殿している赤茶色のものは鉄分だろうか。

しかし岡村家口伝の熊本のものではない。あちこちでつくられていたようだ。

竹林寺山門前で鐵冷鑛泉の出店を出して岡村商店を開いた定次郎は、昭和十二年（１９３７）８８歳で没しているが、南方食堂は、生存中からほとんど働かなくなった父に代わって息子・信太郎が継ぎよく働いた。

そのためか父より早く昭和六年（１９３１）４２歳で亡くなっている。

信太郎の没後、弟の幸三郎が中心となって兄嫁寿恵と店をきり廻した。

昭和二十年三月十四日未明の大阪大空襲は、南方食堂、岡村商店、そして少し南にあった瓢一の生家はもちろん大阪市内のほとんどを焼きつくした。

南方食堂の焼け跡から掘り出した壷の鐵冷鑛泉は1升（しょう）ビン（約1・8リットル）2本ほどあった。

昭和二十三年（１９４８）生れの長男賢司さんは、これを飲んで胃痛が治ったといい、中学生の頃まで問い合わせの客がよくやってきたと話す。

和子さんは、熊本の販売先の住所をレジのそばに貼っていたんやけど……と首をかしげる。

昭和二十一年（１９４６）、1月、寿恵は没し、時代はその子信雄と和子の時代に入る。

戦争、学徒動員で九州にいた信雄に代って焼け跡の土地を法善寺から借りていち早くバラック建ての南方食堂を開き、焼け残った松竹座から電気を引き活躍したのは幸三郎だった。

戦前開いていた「カフェエジプト」の跡に「すきやき和田金」を開いた。

信雄は、父信太郎が黄金期に買い込んでいたあちこちの土地や家の遺産もあって、あまり店には出ていなかった。

妻和子との出会いも大阪生野区大友町にあった家だった。

長男賢司は「父は最後の旦那と周辺からいわれていました。カメラ、電気蓄音機などを買うのに家を売ったことからもわかります」という。ほんとうにボンボンだったんだな。

そのしわ寄せは賢司にきた。

彼は、追手門学院中等学部時代からタバコ店に出、16歳で取締役にさせられ役員賞与として小遣いをもらっていた。

20歳から税務署、銀行との対応もし、小切手を切ることも学んだ。しわ寄せというより次代の経営者として英才教育だった。

それが岡村商店から株式会社司光になった昭和三十三年（1958）後の近代経営に生かされている。

伊勢亀山藩の勘定奉行だったと伝えられる岡村定次郎は、明治十年（1877）の廃藩置県を期に大阪に出て、大きく変わる千日前竹林寺門前で「鐵冷鑛泉」の出店を始めた。

二代目信太郎、三代目信雄、四代目賢司と大阪ミナミで130余年、受け継がれた岡村商店の源は、オダサクさんが書いた「鉄冷鉱泉」の4文字に発する。

「鐵霊鑛泉」の霊を冷としたと賢司さんに伝わっている。

洋食焼

瓢一が5、6歳のころ生家から西の南海電車のガードにむかって行くと左に古道具のせり市があり、その向いに洋食焼屋があった。

わが家では洋食焼やちょぼ焼は家でおやつにつくるものだったが次兄たちはこの洋食焼屋によく行っていた。

腰きんちゃくで行くのだが門前払いされていたのでそこには何か秘密のものがあるのかと思っ

ていた。

いまでいう「お好み焼」だが家で食べる洋食焼きとはちがう大人のものだと思っていた。

60歳を過ぎたころ、その昔のお好み焼に出逢った。

すっかり忘れていたが思い出させてくれたのは石濱恒夫さんの「法善寺慕情」を題した一文だ。

「法善寺の本堂に近い境内の隅にお好み焼き屋があって、紺ののれんをわけてはいると、芸者衆が食べていたりした。」

昭和十年（1935）の法善寺境内を描いた地図には、千日前通りから水掛不動の方に入る東門北角はヤッコ洋品店（現法善寺横丁入口南角）で南角はドイツ風料理コンドルだ。

その西隣にお好み焼の「堀」がある。（77ページ下の地図）

一軒おいた西は法善寺の庫裏で本堂、水掛け不動へと続く。

石濱恒夫さんがいう「芸者衆が入っていたお好み焼屋はこの「堀」のことだろう。

昔、法善寺境内にあったお好み焼の味を再現した店が宗右衛町にあると連れていってくれたのは安藤豊くんだ。

彼はいまも千日前に住んでいる國民学校の同級生で食通だ。

日本橋北詰近くにあったこの店はもうないが、店をのぞくと七十歳くらいのおばあさんがひとりで鉄板の前に座っていて一見（いちげん）の客なら「今日は休業です」と断り、顔見知りだと鉄板の上のなべやざるを片付けて焼く準備を始める。

若い時に芸者だった彼女は、法善寺水掛け不動のそばにあった洋食焼の屋台の味に惚れて通いつめ、それを寸分違わぬ味を再現しているといってメリケン粉を水で薄くといた。

それを玉じゃくしのしりで鉄板に円を描くように薄くのばしてゆく。

最初のせるのはすじ肉とコンニャクを煮たものでコンニャクは2枚におろして短冊に切り、さらに細かくしてすじ肉を加えみりん、しょうゆ、砂糖を混ぜてぐつぐつ煮てある。

その上に千切りキャベツと刻んだ生ネギ、サイコロより小さく切った生コンニャクと薄切りのちくわのあとは細切りの紅しょうがと刻んだたくあん。グリンピース、天かす、赤く小さい干しエビで終りかと思ったら、なんと四角に切った味付けのりとエビせんべい。

かつて舞の手ぶりをした手でエビせんべいをポンと2つに割った片方をのせてメリケン粉のといたのをかけて流れ作業は終了する。

裏表が焼けたらソースではなくしょうゆをぬる。

大阪流の食べ方は、はしや皿ではなく熱い鉄板の上のものをコテで切り、その上にのせて唇に当てないようにフガフガと歯でそろそろ食べる。

このレシピで作ってみてフガフガと食べてみてほしい。

きっと法善寺境内にあった「堀」のお好み焼きの味がするだろう。

千房

お好み焼きの「千房」(ちぼう)の歴史は、昭和四十八年(1973)に始まる。

4階建てビル2階から中井政嗣さん(現会長)は夢の大海原に漕ぎ出す。

場所は、難波・千日前にあった大劇南側の楽屋出入り口向かいでこの創業店は今も千日前本店として健在だ。

飲食店を開くものにとって憧れの地千日前にはお好み焼きの店はすでに5、6軒あった。

中井さんは、視察のため全店を食べ歩き自分の味に自信を持った。

３５坪の店は2階というハンディを補うのに魚介類、野菜、小麦などすべて良質の国産食材を使った。

イカのゲソ（足）はモンゴイカ、小エビは有頭エビ、豚ロースはワンランク上のもの、通（つう）に来てほしいためにええもん、ホンマもんの味を心がけた。

値段も豚玉焼1枚４００円のところを４５０円と他店との差別化したところからスタートし、開店時間は正午から午前3時までで年内無休。従業員は5人。

当時のミナミは夜１１時に閉める店がほとんどでアルバイトサロンですらこの時間で閉めていた。ところが、この深夜営業が成功する。

畳屋町や千年町、宗右衛門町あたりの飲み屋で働く人、ダンスホールやアルバイトサロンの従業員らが自店のはねたあとにやってきて1時、2時は満員の盛況となり、千房が灯した開業時間の明かりは他の飲食店に移り、ミナミの灯が大きく輝きだした。

当時のアルバイト料は時給４２０円、お好み焼きの豚玉焼も４２０円。いまはそれが７５０〜８００円でアルバイトの時給は１０００円をこす。

子どものおやつとして家庭や駄菓子屋で売られていた洋食焼きが大人のものになり、生業から企業に変わっていく。

中井さんの手でお好み焼きが高級料理になったのは、昭和五十七年（１９８２）開店した「ぷれじでんと千房 南本店」からだ。

昭和六十年（１９８５）、北新地に「ぷれじでんと千房 北店」も誕生し、開店披露に藤本義一さんとともに招かれた。

当時の大阪市長・大島靖さんらも見えていた。

A・ガウディばりの店内デザインはまさに高級レストランで、出てくるものもワイン、魚介サラダ、牛ロース肉焼そば、エビ玉お好み焼、デザートのスペシャルコース。

お好み焼きにワインの発想が高級感につながった。値段は2100円。

その時のスケッチは次頁のものだ。

ワンランク上を目指す中井社長の「千房」の名が世界に知られるようになったのは、まだ駆け出しの上方落語家・笑福亭鶴瓶さんの一言だった。

昭和五十三年(1978)4月9日、ラジオ大阪で「ぬかるみの世界」(毎日曜日・24時〜26時半頃)という生番組が始まった。

放送作家・新野新さんと笑福亭鶴瓶さんがうだ話(とりとめもない話)を続けるもので、スポンサーはまだなかった。

タイトルの「ぬかるみ」は、この番組を聴いてハマれば抜け出せないという意味で、おそらく新野さんが名付けたものだろう。

CMがない番組だから、2時間半といっても終了時間は不定だから二人はしゃべりっぱなしで、このおもしろい話に若いリスナーがハマった。

ところがスポンサーのない番組だから1年足らずの2月、放送打ち切りの話が出た。

「千房」の中井社長(現会長)も鉄板をまえにしながら毎回聴いていたファンのひとりだったので、この番組担当者の知人からきたスポンサー依頼をふたつ返事で受けた。

つけた条件は『CMは不要、話の中で「千房」のことを取り上げること』だけで番組は命をつないだ。

ぷれじでんと千房 北店（１９８５）

せのや看板

せのや戎橋店

大喜びしたリスナーの数はますます増えた。

中井さんと鶴瓶さんは初対面でなかった。一門の兄弟子が「千房」に迷惑をかけたお詫びに師匠の六代目松鶴師匠から言われ会って以来で「あの時の借りを返してね」と、冗談で言ったことを鶴瓶さんは意識したかどうかはわからないが、番組内でリスナーに「もう、千房のぬかるみ焼を食べたか～」と話した。

これが「千房のぬかるみ焼」誕生の瞬間で、放送を聴いた人が来店して注文しだした。メニューにないので店から本社に問い合わせがきたので、中井さんは「ミックス焼」を出す指示し値段は「豚玉焼」と同じにした。

昭和五十四年（1979）「ぬかるみ焼」は市民権をもち、番組リスナーは「ぬかる民」とよばれ聴取率ははねあがった。

ラジオ大阪のタイムテーブルにスポンサー「お好み焼の千房」と表示されるのは2年後の8月からだ。

翌年5月、女子学生の投書から「通天閣の下をぶらついてみませんか」と放送でふたりが呼びかけた「新世界ツアー」に約5000人のリスナーが殺到し、機動隊が出動する大騒ぎまでになった。

瓢一が偶然通りかかったのは騒ぎがしずまったあとだったが、ぬかる民はまだうろついていた。

平成元年（1989）十月、番組は終了したが、あの時のぬかる民たちは還暦前後だろうし鶴瓶さんはますます隆盛を極めている。

「ぬかるみ焼」でその名を全国に知られるようになった「千房」では、ぬかる民たちがむかしを思い出して食べに来てくれるように、中井会長の思いもあって裏メニューとしてあり注文すればミックス焼を定価から値引きして出してくれる。

千日前の1号店から中井さんがかけた希望の虹は現在75店舗、（海外5店舗を含む）と大きな輪を描き「ぬかるみ焼」はどの店でも食べることができる。

2020+1の東京オリンピック選手村にも「千房」のお好み焼きは名の表記にないがメニューに加わって選手たちのエネルギーになっている。

中井さんは、いまNPO法人上方演芸推進協議会の専務理事として演芸人の活動を応援し、関西演芸全体のレベルアップを目指し上質な上方文化（演芸）の継承サポートもしている。

瓢一の絵もこの会のアイキャッチャーに使われている。

なにわ名物いちびり庵

法善寺横丁の「夫婦善哉」を西に行くと「はっすじ」（戎橋筋）に出る。

右手前角は画材店「丹青堂」で、瓢一がイラストレーターとして今日ある原点の店だ。

なにわいちびり庵はそのはす（斜め）向かいにあり、はっすじを通る観光客をのみ込んで大阪みやげを主に売るショップだ。

ここがその発祥の地だが元々は「せのや」だった。

「せのや」は、天正年間（16世紀末）大阪島之内二ツ井戸で紙商を創業して約400年、ミナミの芝居小屋や花街を得意先にしていた。

古い地図にも道頓堀川の東にある下大和橋近くから南に分かれる高津入堀川にかかる清津橋の東にその名はみられる。

のちにはっすじに進出した。

戦前、大阪夏の名物「水都祭」では中之島から道頓堀川へ水上パレードがあり、これには道頓堀あたりのカフェーの専属バンドやダンシングチームなどをのせた動くショウボートと呼ばれた「カフェー船」や「ビヤホール船」がつらなり大変賑やかなものだった。

いまもそうだが、川幅が狭くなった道頓堀を観光船がゆくと左右の遊歩道や橋上から人々が手を振り、船との交歓がみられる。

さきの水上パレードでは、道頓堀の住民たちや鈴なりになった橋上の見物客と船客との間で紙テープ合戦がくりひろげられた。

そのテープこそ、はっすじにある「せのや紙店」が販売していたものだ。

道頓堀に並ぶ芝居茶屋でも帳場で使う大福帳は毎年、年末に「せのや紙店」であつらえたと「稲照」の長男としてこの地で生まれ育った精華小学校の先輩三田純市さんは書き遺している。

戦後、この「稲照」の跡が「天牛書店」になる。

その頃「せのや」の紙は、中座でも雪となって舞台に降っていた。

三田さんは、人間国宝・上方落語家桂米朝師匠の「豆狸」（まめだ）の作者で演芸作家など多くの肩書きをもち、数々の著書を出している。

飄一も放送の世界で会うことも多く親しくしてもらった。

いま「せのや紙店」は、「株式会社せのや」として大阪ミナミで大阪みやげ専門店「なにわ名物いちびり庵」を3店舗営業展開している。

取締役会長・野杁育郎さんは、三田純市さんと同じく精華小学校出身で飄一の同校後輩になる。

「いちびり」は大阪弁で「ふざけまわる人」のことで、江戸期大坂・日本橋から南二、三丁は道の左右に鮮魚の立ち売りがあって「市振る」（大声で呼びこむ）からきていると安政二年（１８５５）出版の「浪速の賑ひ」にある。

「大阪ことば事典」には市振りが語源で「せり市で、手を振って値の決定をとりしきること、または人」「物事のリーダーシップをとること、または人」という訳がある。

野杁会長の考えは「まじめにふざける」で大阪商人がもつ自虐的な遊びを逆手にとった商いの発想を店名にしたと飄一は思っているが、「株式会社観光まちづくり工房」代表取締役や「なにわ名物開発研究会」会長、「NPO法人全国地域産業おこしの会」理事などの肩書きを見ると「まちづくりのリーダーシップ」という解釈の方が理にかなっているのかもしれない。

飄一は、東京銀座で開いた個展会場の挨拶パネルに「大阪人のいちびり」と書いて「いちびり」が理解されなかったことがある。

店名だからあえて解説しないというより「何のこと」と思ってもらい意味を知ってもらうことに意義があるのだろう。

「おみやげはコミュニケーションツールである」と考え、大阪のみやげ品をもち帰った場で、大阪ばなしの輪が広がるという郷土愛に裏打ちされたしたたか（これもいちびり）な、なにわ商人の経営である。

はっすじにある本店、飄一のこどものころは「いづもや」だった「なんば店」、道頓堀中座くいだおれビル1階の「道頓堀店」からはんなり（上品で華やか）した大阪名物が世界にとび出している。

前2店にかかっている大看板には飄一の絵が使われている。

木の都

口縄坂

瓢一が描いた絵や看板が千日前、それも南海通りから道具屋筋の間約50メートルに数十点ある。

かつての大劇西向い角にあったいづもやに代ってできた「大阪みやげ、いちびり庵」の戎さんが萬歳の太夫になって踊っている絵が入った丸い看板。

この店舗は、大阪で3店舗を構えるが、本社は約400年前の天正年間、大阪島之内で紙商を創業した「株式会社せのや」だ。いまの会長野杁育郎さんは近くにあった精華小学校の後輩。

吉本NGKシアターの1階にあった「つるとんたん和朗亭」のロゴタイプとキャッシャー後（うしろ）の店名由来額、その前の店「バール」の料理の絵も瓢一のものだ。この両店は平成三十一年（2018）のNGKシアターリニューアルで閉めた。

その向かいのYES・NANBAビル6階にある大阪府立演芸資料館（ワッハ上方）には、上方演芸に寄与した演芸人を毎年顕彰する「殿堂入り」の制度がある。

瓢一も運営懇話会の委員として殿堂入り選考に携わっていて、選ばれた人の似顔絵を描いている。

令和三年度（2021）までの25年間に描いた演芸人の数は61組97人だ。これらはすべてワッハ上方に所蔵されている。

道具屋筋北入口から南海通りまでは、まるで瓢一の記念館のようだ。大正期、この地域を方面委員として担当した祖父はどう思ってくれているだろう。

瓢一のこんな故郷を見せたくて孫の風香を連れて妻とミナミを歩いた。

日本橋三丁目の生家跡は駐車場になっていて、境内を抜けないと堺筋に出られなかった毘沙門さん（崑崙山宝満寺）は寺域が小さくなり境内は道になっている。

瓢一が生れた頃は、古手屋（古着屋）と古本屋が立ち並んでいた日本橋三丁目から恵美須町までの堺筋界隈だったが、戦後の昭和三十頃から電気店が増え家電商品が店頭を飾り出した。

その間に家具店も並び出し、電化と家具の街として賑わい、高度成長の波に乗って人々はこぞって「三種の神器」を求め、この「でんでんタウン」に押し寄せた。

その町はいま、ポップカルチャーを発信する町と変貌している。

平成三十年（2018）三月の日曜日は付近の堺筋650メートルが1日歩行者天国となり、公道では日本最大規模といわれるコスプレイベント（漫画やアニメ、ゲームなどの登場人物やキャラクターに扮するイベント）が催され、一帯に20万人を超す来場が集まった。

いつもと違う自分を見てほしいと扮装するコスプレーヤーたち約1万人。

それを撮る人が数万人となるともうここは異文化が渦巻く喧騒の町と化している。

瓢一の思い出も色褪せ、寂寥とした気持ちで生家付近の町の変わる様を孫に伝えた。

オルゴールの音を生家付近に屋上から降らしてくれた松坂屋百貨店も高島屋東別館となり、やがてこれもリノベーション（改修）してホテルになった。その北側の大師道にも履物商が少くなった。

3人は東に向って歩を進めた。

松屋町に近くなると下寺町に並ぶ寺々の背景にある上町台地には、三月というのにもう待ちかねたように木々の新しい春支度が常緑樹の間からこぼれ出している。

オダサクさんの「木の都」の書き出しは「大阪は木のない都だといはれてゐるが、しかし私の幼時の記憶は不思議に木と結びついている。」とあり、少しとんで、「試みに、千日前界隈の見晴らしの利く建物の上から、はるか東の方を、北より順に高津の高台、生玉の高台、夕陽丘の高台と見て行けば、何百年の昔からの静けさをしんと底にたたへた鬱蒼(うっそう)たる緑の色が、煙と埃に濁った大気の中になほ失はれずにそこにあることがうなづかれよう。」とつづく。

瓢一は、このオダサクさんが書く風景を見て育った。

いまも、それに近い木々の高台が見える。

瓢一たち3人は口縄坂の下に立った。

入口近くの案内板には「坂の下から眺めると、道の起伏がくちなわ（蛇）に似ているところから、この名がつけられたという……」とある。同様のものが坂の入口近くにある浄土宗善龍寺山門脇の掲示板にもあった。

瓢一は、オダサクさんが書く「口縄坂はまことに蛇の如くくねくねと木々の間を縫うて登る古びた石段の坂である」ことから隣りの学園坂や源聖寺坂のように曲っているものと思っていたが、一直線の階段なので、階段工事の際にまっ直ぐにしたのかと思っていた。

そう思う人が多いのかどうか、案内板にある「起伏が由来」というのは何か言い訳じみてみえるが、どうなんだろう。

石段を登りかけると野良猫が4匹追いかけてくる。

早春の光りの中を茶、白、黒、灰色が道案内してくれる。

石段の登り口の右側に大阪府立夕陽丘高等女学校跡の石碑がありその石垣の上は空地だった。この女学校が籠球部を創設してオダサクさんの中学校へ指導選手の派遣を依頼してきた。籠球部に入って4日目のオダサクさんは指導選手について行き、指導を受ける生徒の中に自分は知っているが向うは知らない「水原」という美少女を見てうろたえる。

「雨」や「青春の逆説」にも出てくる水原真紀子がいた女学校なんだな。

階段を上り切るあたり左側に祠（ほこら）がある。

左右に立つ灯明用石柱に「楽天地北横」「八島洋食店」の文字が見え供花もあった。

明治四十五年（1912）一月十六日、難波、百草湯の煙突から出火しミナミを焼きつくした大火後、千日前通りが大正三年（1914）に出来て、翌年宗右衛町を通る予定だった市電が走ったから 楽天地北横の八島洋食店は、 楽天地開業の大正三年七月から約十年の間存在した店なのだろうか。

因みに、楽天地は昭和五年（1930）十一月に閉場して2年後大阪歌舞伎座として新しく築開場している。

そんなことをかんがえながら瓢一は、口縄坂を上り切った。

口縄坂は寒々と木が枯れて
白い風が走っていた
私は石段を降りて行きながら
もうこの坂を登り降りすることも当分あるまいと思った 青春の回想の甘さは終り 新しい現実が私に向き直って来たように思われた
風は木の梢にはげしく突っ掛っていた

織田作之助「木の都」より

「木の都」の最後の部分がツヤのある黒い石に彫られ、早春の光を反射して輝いていた。

この碑から東へ進み、北に上って作品を辿るのだがこれは別の日1人で来ることにして瓢一らは「西方浄土」があるといわれる西日に向って夕陽ガ丘を背に、もと来た階段を降りた。

オダサクさんと違ってまた登るという気持ちを残し、さっき夕陽丘高等女学校があった広場のところまで来たとき、猫たちがにわかに騒ぎ出した。

坂の下からビニール袋を下げた中年女性が上ってきた。

この人について猫たちは鳴きながら広場の中に入った。

どうやら餌を運んできたようで、毎日やってくる顔馴染だと思えた。

オダサクさんが、坂の途中で出会った新聞をかかえた「名曲堂の新坊」とは違った風景がここにあった。

口とぢて蛇坂を下りけり　芭蕉

上る時、善隆寺山門脇で見た句を思い出しながら、ちょっと春風には早かったが瓢一たちは思わぬ口縄坂に心暖まって松屋町筋に出た。

粘土山（ねんどやま）

子どもの頃、夏休みになると、表の道路ではラジオ体操がはじまる。

毎朝、台の上に立つのは山本のおっちゃんだ。

山本寅吉さんは、瓢一の生家「むかでや」の1階左表側の住人で50才台。

この寅さんは、葛飾柴又生れではなく出身は淡路島だ。

職業はフーテンの寅さんと同じ香具師、夜店や祭りで商品を売るのが仕事だった。

啖呵賣(たんかばい)の車寅次郎と同じくたんかを切って商いをしていたようだ。

「天に軌道のあるごとく、人それぞれに運命を申すものがございます　そこの学生さん　君は苦学生だね……」なんていいながら地面に丸を描き占いをして口を糊していた。

この寅さんが生き倒れていたのを祖父駒吉が助けたことが縁で「むかでや」の1階6畳表の間に住みついたのが明治三十年頃だ。

ひとりぐらしの万年床、部屋に入るといつも煎じ薬のにおいが立ち込め、神経痛にいいと寒の水を雌松の若葉とともに詰めた1升びんから毎朝盃に1杯だけ飲んでいた。

祖父は、寅さんに「砥ぎ」の仕事の習得をすすめ、はさみ、包丁、かみそりなどを砥ぎに旧住吉街道から坂町に入り相合橋筋を上り、道頓堀を渡り三津寺町など市内を手押し車で流して日銭を得るようになった。

祖父が逝き「商人宿　むかでや」が下宿屋に代っても寅さんだけはつづけて居た。

瓢一の父が従軍し、祖母、母、そして3人の男の子だけでは心配だったのか一家の面倒をよく見てくれた。

ちちくま(肩車)での夜店見物は瓢一の思い出のひとつだ。

寅さんは、次兄と瓢一をよく大阪府の北端にある能勢妙見にも連れていった。

難波から地下鉄、梅田から阪急電車、能勢口から単線で1輌の能勢電鉄、最後はケーブルだ。

これは1日がかりの旅だったが兄弟にとっては楽しいものだった。

能勢電の鼓ヶ滝駅にむかって猪名川を渡る細い高い鉄橋を渡る恐ろしさは忘れられない。

妙見さんでは、蛤の中に赤い塗り薬が入ったすり傷、切り傷用「赤薬」を必ず買ってくれた。

寅さんが信じた「妙見信仰」は、北極星を神格化した妙見菩薩に対する信仰だ。

眼病平癒のためか、慶長年間(1596－1615)土地の豪族能勢頼次が日蓮宗に改宗した理由のためなのかわからないが寅さんの月詣りはつづいた。

恩人の祖父駒吉は日蓮宗の信者であったし母照子は長男出産後右目を失くしていた。

瓢一がいま思うに、このふたつのことが起因していて兄弟を必ず参詣に連れて行ったのだろう。

大阪大空襲の火の中に忘れ物を取りに戻ったまま焼死していた山本寅吉さんのことをオダサクさんと結びつけるのは、かつてのラジオ体操があったからだ。

夏休みの最終日、ラジオ体操が終ると、山本のおっちゃんは必ず参加した子どもたちを生玉公園に連て行って遊ばせ、生國魂神社に参らせた。

子どもたちは「粘土山」と呼んでいたこの公園は、松屋町筋から入ると正面の高台は粘土状の土がむき出しになっていてところどころに洞穴があった。

ここをかくれ家にして探偵ごっこ(ぬーじゆうごっこ)や戦争ごっこをしたり、蝉取りで流した汗を冷やす休み場に使っていた。

戦争ごっこでは敵のトーチカにもなった。

瓢一が妻と孫を連れ、口縄坂を上ってから4年が経った。

学童集団疎開の個展「時空の旅」を大阪、滋賀、東京、宝塚など9会場で開き、その講演会で多忙を極めていたが、オダサクさんを忘れていなかった。

平成二十九年(2017)九月、瓢一は、千日前、波屋書房で芝本尚明君の取材をし、オダサクさんが居候した姉竹中タツさんの家を調べ、その足で「粘土山」入口の松屋町筋に立った。

松屋町筋から東は上町台地で、地層は大阪層群と呼ばれる粘土層と砂や砂礫が何層にも重なっていたから粘土がとり易かったと新聞で読んだが、少年の頃に遊んでいた「粘土山」の由来はこれだったんだと初めて知った。

この粘土で瓦を作るところだったから瓦屋町という地名が残っているのもそうか。

粘土山への入口は65年昔の自然のままではなく整備された階段を残して三方はフェンスで仕切られ、正面の粘土山も洞穴もなくうっそうと木々が繁った丘が目の前にあった。

瓢一は、砂目のタイルで舗装された広場に1歩踏み込んだが、少年の頃に開かれた入口から1歩目に感じた柔らかい地面の感触から伝わってきた感動はなく、固い現代が靴の底から膝に痛さを伝えてきた。

広場右奥の広い階段を手すりづたいに上ると木下闇の突き当りにコンクリート壁が三段程上に重なって見えたが、これは茂った木々の根を支え、土砂が流れるのを防ぐもので、ところどころに土面は見えるがかつての粘土山の風景とは全く違って小石が混ざったもので瓢一は大変失望した。

コンクリート壁を正面に見て階段は左右に分れる。

どちらから上っても上の生玉公園に出る。

上ったところの柵に「浪花富士山跡」というパネルが掛っていた。

ここには「明治二十二年（1889）九月、上町台地西縁の高台に建築された木造漆喰(しっくい)塗りの富士山型をした展望台で18mの高さがあった。登頂路には東海道五十三次の風景が再現され、庶民的な遊覧施設として賑わった。大阪市教育委員会」とあり、右側にはさらに、「木材を円錐型に組み、それに板を貼って漆喰で塗り固めて仕上げ、その壁面に雪を頂く富士の姿を描いていた。」とも記されている

ちょうど瓢一が入ってきた松屋町側の麓から高さ約18mある頂上に向って螺旋(らせん)状に階段があって登頂気分が味わえるようになっていたし、場内に花壇や人工の滝、生きた人形のように作った「生人形(いきにんぎょう)」の展示があって、開業初日の観客は2万余人に上ったという。

しかし維持費が予想以上にかかったことなどの理由で1年足らずで閉鎖されたとも書かれており写真も横にあった。

麓には多くの登頂者の一団が記念写真に写り後方の富士山頂上には国旗が翻（ひるがえ）っている。

生國魂神社周辺は、庶民の行楽地であったことから、この辺にあった村の戸長が建てたものだそうだが村おこしにはならなかったようだ。

もちろん、これが出来る前の明治二十一年（1888）七月、日本橋三丁目付近に日本で最初の西洋式高層建築ともいわれ、大阪で初めての五階建て「眺望閣」ができている。

「百年の大阪」によると「レンガと白ぬりのカベ、さらに屋根ガワラを使った六角形……」とあり、「宣伝文句は、津の国、河内、和泉平や淡路島からはりまがた。此の五ヶ国の風景を一眸（め）のうちにおさめけり」とある。

高さ31メートルでこんなに遠くまで見えるかと瓢一は思う。

それより、これがあったのは「日本橋三丁目、いまの専売公社大阪地方局があるあたり」と書かれているが、ここはまさに瓢一の生家「むかでや」があった位置で明治初めからあった場所に眺望閣は建てようがない。だからあたりなんだな。

昭和二十年（1949）三月十四日、生家は大阪大空襲で焼失し、跡地に専売公社（のちにJT）が来たのは昭和三十四年（1959）だ。

いまは北区大淀南に移り、その跡は駐車場になっている。

眺望閣は5階建てで人が集まるので周囲に露天町もできたから、後々「五階百貨店」と呼ばれるようになり、時代とともに雑貨、古着、はんぱもの、運動具、電気部品、電気製品など扱うものが変っている。

瓢一が幼少期「五階が火事や」の声に次男と旧住吉街道を南へ走ったら現場は天理教だった記

憶がある。

人間国宝の故桂米朝師匠は、戦後5階で中古の羽織を買い、手作りした「結三柏」紋を貼りつけて舞台に出ていたとご本人から聞いた。

眺望閣の人気に「浪速富士山」が便乗し、翌年三月には大阪・北野茶屋町（梅田）に9階建て、高さ39メートルの八角形「凌雲閣」が出現する。

捨ててあった墓石やこわした千石船の木材を使った浪速富士山とちがって、こちらは木材と鉄骨を使った立派なものだった。

敷き地内には四季の花を植え、温泉場や舞踏台、自転車競走場まであった。

「ミナミの五階」「キタの九階」といわれ当時から「ミナミ」と「キタ」はヤジロベエのようにバランスをとりながら大阪を発展させてきた。

「値切りのミナミ」「ポイントのキタ」、瓢一には喧嘩（値切る）しながら儲ける商法「人と者（ひと）の間に言葉がある」ミナミの血がいまも流れていることを感じる。

大阪人はよくしゃべり、やかましいのはコミュニケーションだ。

井原西鶴が「日本永代蔵」でいう「始末、才覚、算用」は、キタよりミナミの肌を触れ合う商いに合っているように思う。

オダサクさんとかかわったミナミの人達からもその人情のぬくもりが伝わってくる。

草野球

「浪花富士山跡」のパネルを見てふり返るとそこは生玉公園が広がっている。

オダサクさんは、上汐町の自宅から生國魂神社の参道を西に歩き境内に入る手前の道を南に折れていると瓢一は推察する。

右に生玉公園、左に蓮池を見て齢延寺を右折し源聖寺坂を下って松屋町筋を横断して千日前に出ている。

日によっては、真言坂や口縄坂を通ることもあるだろうが、むしろ、自宅からまっすぐ西へ齢延寺から源聖寺坂への方が近道だ。

生玉公園を抜けて粘土山を下るという道筋を辿った作品はないように思う。

「神経」によると、千日堂の五割安の飴の話で「上町に住んでいた私は、常盤座の番組の変り目の日が来ると、そわそわと源聖寺坂を下りて、西横堀川に架った末広橋を渡り、黒門市場を抜けて千日前へかけつけると…」とある。

「ん?」と瓢一は首をかしげた。

アイホンにダウンロードした「青空文庫作成ファイル」(底本「定本織田作之助全集五巻」文泉堂出版)を通勤の車中で読んでいての「?」だ。

上町から千日前へ出るのに西横堀川は渡らない。これは高津入堀川の間違いでここに末広橋が架かっている。

西横堀川は御堂筋より西だからオダサクさんの勘違いかミスプリントだ。

オダサクさんは源聖坂を下り松屋町筋を西に渡って高津四番丁から末広橋を尻目に黒門市場を横切り関口肉店の前の溝の側を通って千日前に出る。この左手前角は常盤座(ときわざ)だと、瓢一は昭和十三年（1938）の日下和楽路屋の地図を見ながら思った。

このあと、瓢一は「神経」にある西横堀川の確認に大阪府立中之島図書館に行った。

受付で織田作之助文庫の目録を借りるとき、係の女性が「一週間前に起きた「大阪北部地震」で書庫の本が崩れ落ちて出されない状態です」と言った。

文庫の目次で「神経」を探したが見当たらない。

後の上司らしい男性が、隣室から「織田作之助文芸事典」（浦西和彦編・和泉書院）を持ってきてくれた。

ここには〈「神経」は「起ち上がる大阪」（「週刊朝日」昭和二十年四月二十二日号発行）、「永遠の新人」（「週刊朝日」昭和二十年九月九日号発行）と同様に千日前が出てくる短編小説だ〉とある。

彼はさらに、文庫目録から「神経」は昭和二十一年四月一発行の「文明」1巻の3号に掲載されていることを見つけてくれた。

本は出せないがCDデーターならあるとカウンター上にあるモニターに映し出してくれた。

昭和二十一年、戦後間もない頃のザラ紙に印刷された素朴な表紙に「文明」というタイトルが読めた。

この映像には1巻1号などがあったが、肝心の掲載誌1巻3号はなかった。

ついで出してくれた「織田作之助全集5」（㈱講談社刊）の中にある「神経」を開いた。

たしかに瓢一が気にかかっている「西横堀川に架った末広橋を渡り…」の箇所があった。

オダサクさんが子供の頃の話だそうだが、末広橋は道頓堀にかかる下大和橋の西から分かれる高津入堀川にかかる北から4番目の橋で、その北の磐舟（いわふね）橋は上本町六丁目と日本橋一丁目につながる市電通りにかかる橋で、いまは国立文楽座のそばにあった。

それにしても小説の後追いをしてずい分時間をかけてしまった。

瓢一は、生玉公園と蓮池には青春の思い出がある。

といっても「雨」に出てくる豹一のようにS女学校のハクい（美しい）水原紀代子を跟け廻し、いまならストーカーと言われるような形で交際にこぎつけ、２週間ほど後に生國魂神社境内で接吻するなどという浮いた話ではない。

中学・高校を通じて瓢一の親友河内君は御蔵跡に住んでいた。

彼はK大学に入ったが瓢一は推薦入学で入ったR大をやめて浪人生活をしていた。

昼は家で受験勉強をしていたが、夕方になると自転車で今里から上六、谷町九丁目、下寺町と小一時間かけて走り河内君の家に着き泊るのが常だった。

彼の両親はいつも瓢一をもてなし、朝食まで食べさせてくれた。

お菜は決って桑名にある「貝新」の蛤の佃煮で、これの茶漬の味は忘れられないもので、いまでも時折思い出して食べる。

朝食後、河内君は大学に出、瓢一は自転車で下寺町の坂を上って自宅へ帰る日常だった。

時折、上六にある映画館の株券につく入場券をくれるのだが、彼は瓢一の金欠病をよく知っていたからだ。

当時、河内君も瓢一も「夕陽ヶ丘」という名の草野球チームに加入していた。

日本橋三丁目のN、上本町六丁目のO、同じく九丁目のTらもメンバーで、監督は上本町にあった大阪外国語大学の横にあった竹屋の息子Yだった。

このチームはT投手と河内捕手が最強のバッテリーで、この二人はクリンアップも打ち大阪でもBクラスを誇り、藤井寺球場では準優勝もしている。

アマチュアでもファンもつき、日本橋五丁目にあった日東球場や天王寺美術館下にあったグランドでは観客の賭けの対象になるほど研究されていた。

瓢一は補欠で時々出てもライトで9番バッターでインコースの球をライトに打つのを得意にしていた。

後年、阪神タイガースの安藤統男監督と昔話になって「わたしインライでした」と言ったら「わたしもインライですよ」と笑顔で答えが返ってきた。

安藤監督は慶応大学から阪神へ入団しているからいくら「インライ」でもレベルがちがう。

夕陽ヶ丘チームは毎日曜日に試合をやる。

相手はいろいろだが、黒門市場チームともよく戦った。

市場は朝が早いからいくら日曜日でも試合は早朝だ。

グランドはいつも一番近くの生玉公園で、ここは1試合しかできない広さだから場所の確保係がいる。

瓢一と河内君は、土曜日の夕方にバックネットをかついで御蔵跡から十分程のところにある生玉公園に行き、左右に竹竿がついたネットを広げて立て翌朝の試合の準備をしていた。

このグランドはレフトの守備位置の後に道がありそのむこうに蓮池がある。

レフトオーバーして蓮池に打ち込むとホームランだ。

困るのはライトの守備だ。

今もあるがセカンドのうしろは1メートルほど段がついて高くなっている。

セカンドゴロはトンネルすると段に跳ね返ってピッチャーゴロになる。

ライトは一段高いところに守るからフライは前進すると落ちるから危なくて捕れない。

よくこんなところでプレイしていたなと思う。

瓢一の前に昔のグランドが広がっているがいまは四方にフェンスが張られ左右に両軍のベンチまで

できている。

フェンスはかつてのセカンドのすぐ後にあり、レフトも道路より大分手前にある。

どう見ても少年野球用のサイズだ。

まるで檻の中で野球をしているようだが、子供たちには安心なのだろう。

井原西鶴の「好色一代男」世之介三十七才の条に「生玉の川池の蓮葉、毎年七月十一日に刈る事ありて、河に舟を浮かめ、鎌の刃音におどろく鯉、鮒、泥亀(すっぽん)のさわぎ、鳰(にお)鳥を追ひまわし罪も神前も忘れ果てておもしろや」とある蓮池はすでになく、公園となった今ではすべり台で母子が遊んでいる。

瓢一がかつて守ったライトの後は齢延寺でこの壁のむこうに河内君は眠っている。

瓢一の人生に大きくかかわり、惜しみなくバックアップして瓢一が今日あることの一助となってくれた彼は、あの御蔵跡の自宅が見下ろせる高台、それも草野球を楽しんだ生玉公園グランドの横で瓢一と同じ青春時代をいまも懐かしんでいるのだろうか。

復興大博覧会

生玉公園グランドで青春時代を懐かしんでから3ヶ月が経った。

晩秋の穏やかな日、瓢一はまた口縄坂を上った。

野良猫が3匹たむろしているそばを一気に35段上った右側にオダサクさんの木の都の碑があるが今回は素通りした。

「下駄屋の隣に薬屋があった。薬屋の隣に風呂屋があった。風呂屋の隣に床屋があった。

……」と木の都にある。

瓢一が子供の頃住んだ日本橋三丁目の旧住吉街道にも敷島湯があり床屋（散髪屋）、うどん屋が並んでいた。

当時の町々のつくりは戦後住んだ今里でも同じだったなと思いながら「木の都」を読み続けていて、善書堂という本屋のあとに出来た「矢野名曲堂」がこの話の中心になっている町に興味がわいた。ふと、生玉公園と蓮池の間を南へすぐにいまはファッションホテル手前に並んだ4、5軒の古い家並と共通する風景だと感じた。

十年ほど前、そのうちの1軒が売りに出ていて、瓢一はこの辺に住みたいなと思ったことがあった。たしかに、焼け残った風情がある終戦前の家並みで郷愁を感じるたたずまいだった。

ファッションホテル向いは齢延(れいえん)寺東門で正門は南の辻を西に折れたところにある。

従って寺はL型になっていて東門の次の辻から正門までの間にさきの家並と同様の趣きがある3軒長屋があって、まん中はうどん屋だ。

「登り詰めたところは路地である。路地を突き抜けて、南へ折れると四天王寺、北へ折れると生国魂神社……」とオダサクさんは書く。

瓢一がいま、口縄坂を上り切ってこの道を探すと、どうもかつての谷町筋のような気がする。

今は往復4車線の大通りになっているがこれは昭和四十五年（1970）以後のこと。

谷町八丁目にある成駒家の檀那寺「日蓮宗宝珠山本長寺」へ瓢一が母と共に墓参した昭和二十年代の谷町筋はいまある歩道に毛が生えたほどの幅の地道だった。

天満橋から南へ谷町六丁目までは市電道で広かったが、そこからは急に狭くなって左右に鉄材や工具、鉄工機などの問屋が軒を連ね空堀通りを越えて寺町を抜けても細く、これが市電椎寺町停留所を越して四天王寺西門脇まで続いていた。

昭和六年（1931）の地図を見ると、口縄坂を上って出たところは六萬躰町でその北はオダサクさんが生れた生玉前町。そのまた北が谷町筋九丁目だった。

口縄坂を上った六萬躰町（いまの谷町筋）に出るまでに北の生國魂神社の方に抜ける道は細いのが一本、北に突き当り右へ辿ると後に谷町筋の一本西の辻を北へいくのだが、突き当ってしまい生國魂神社へは抜けない。

いまも、一旦谷町筋に出て学園坂を北に越し次を西に下り大阪夕陽丘学園高校正門を北に折れ、一直線に生玉公園とかつての蓮池があった公園との間の道か、一本東の道しかない。

いくら小説だといってもオダサクさんの地元であり、一連の作品を読み説くと照れで作り話だといいながら地理は真実が多い。

「世相」にも「ダイス」でマダムにせまられながら閉店時間後も1人でいつづけていると「1杯だけでいい。飲ませろ」と左翼くずれの同盟記者海老原が閉っているドアを無理やりあけて入ってくる。

彼との会話で「僕はほら地名や職業の名や数字を夥しく作品の中にばらまくでしょう。これはね、曖昧な思想や信ずるに足りない体系に代るものとして、これだけは信ずるに足る具体性だと思ってやってるんですよ。……」という。

ここで自分の小説はデカダンスだといい、照れるジェネレーションだと話しながら、これらをしどろもどろの詭弁だという。

が、瓢一はオダサクさんが弄する詭弁の中に地名や職業の名や数字を作品にばらまく本音を照れでまぶすしたたかさを見る。

瓢一の親友、直木賞作家難波利三さんが、若い時地名や店名、物の値段など織田作之助作品に散らばるホドの良さを甘くみて失敗したことは「可能性の文学」の項で書くが、上方落語「鷺とり」のなかのこぼれ梅に溺れる雀たちとちがってその味の奥にあるものをしっかりと見極めなくてはならない。

その覚悟の上で「木の都」にある「矢野名曲堂」の風景を訪ね歩き「南へ折れると四天王寺、北へ折れると生国魂神社……」は現在の谷町筋だと信じるのだが、これだって地図上は道の東側は住宅がなく西側に並ぶ六萬躰町の家並か生玉前町の東西に並ぶ住宅のどこかかもしれない。

瓢一は、口縄坂を登り織田作之助文学碑を越しまっ直ぐ谷町筋に出た。

右へ行くと椎寺町で、かつては市電の停留所があり、この市電は上本町九丁目付近で大きく北に折れ上本町八丁目から上本町六丁目へと上っていた。

口縄坂からまっすぐ谷町筋を渡り東に行くと上本町九丁目、同八丁目に出る、

戦後すぐ、この夕陽丘高台で「復興大博覧会」があったことを瓢一は思い出した。

この大博覧会は昭和二十三年（１９４８）九月十八日から同十一月十七日までの2ヶ月間、大阪市天王寺区上本町八丁目付近の戦災地約４万坪（約１３２０００㎡）、甲子園球場の約３.５倍の面積を使って開かれた。

「敗戦からまだ三年、戦争の余勢いまだ去りず、政治は貧困を極め、経済はその目途を失い、生活の危機は依然として国民の身辺に低迷しつつあり、こんとんたる愛情そのまま、人心に投影して眞の文化はその正体を見失ったまま……」と現状を見つめた開催趣旨の前文につづいて主催社の毎日新聞社が開催を決意した理由について「博覧会のもつ使命に重大な意義を見出し、これこそ復興の端緒をひらく世直しの事業であると信じたからにほかならない」と説いている。

この年、瓢一は中学一年生で同級生３人とこの博覧会に行っている。記念写真もある。

〽大阪復興うれしじゃないか

…どんなもんや大阪

という復興ソング（大阪復興の歌）は、歌詞は公募で作曲は服部良一、霧島昇と松原操の「愛染かつら」コンビが歌って昭和二十一年（1946）、すでに出ていて瓢一は今も歌える。

復興大博覧会記念テーマソング「恋し大阪」（昭和二十三年九月）は、サトウハチロー作詞、古関裕而作曲で「夜の明りに道頓堀で…」と藤山一郎が歌っているが、瓢一は知らない。

むしろ笠置シズ子が歌った「大阪ブギウギ」はよく売れたので歌えるが、これも大阪の復興大博覧会記念曲だとは知らなかった。

「焼跡に生れた復興街、夕陽丘に輝くモデル・シティ」と開会の翌日、九月十九日の毎日新聞は報じているこの博覧会のパビリオンは25あった。

①農業機械館、②記念館、③外国館、④貿易館、⑤兵庫館、⑥自転車館、⑦第一衛生館、⑧京都館、⑨自動車館、⑩農業薬品館・水産館・日立館、⑪科学館、⑫電気館、⑬繊維館、⑭機械館、⑮印刷文化館、⑯観光館、⑰復興館、⑱西日本館、⑲理想住宅、⑳有田サーカス、㉑子供遊園地、㉒第一産業館、㉓第三産業館、㉔第二衛生館、㉕野外劇場がそれで、全景図には各パビリオンの建物が描かれ番号が付してある。

この大博覧会のユニークなのは、パビリオンとして新築された建物は閉会後には「母子寮」「婦人相談所」「保育所」などとして行政が新しい街づくりに活用したことだ。

名付けて「夕陽丘母子の街」。

戦争犠牲者の母子を対象にしたもので、この地域に予算付けをし、復興新市街ができていきオダサクさんの街は変ってゆく。

復興大博覧会チケットは、前売り券70円、当日券80円（現約4000円）で前売り券には福引きがついた。

その六萬枚の福引き景品は

一等　理想住宅（土地付）　一個
二等　嫁入道具（五萬圓程度）　七個
三等　高級ラジオセット（一萬圓程度）　十個
四等　各百貨店の商品券、若しくは
　　　それに相当額の商品（五百圓）　二百個
五等　各百貨店の商品券、若しくは
　　　それに相当額の商品（百圓）　二千個

「テレヴィジョンたらちゅうもんがあるんやて」と教室で噂になった「記念館」を瓢一らは目指した。入口ゲートをくぐって正面に立つ塔が目印だ。

後の1970年、大阪千里万博に出品された「月の石」を見るように順番待ちの行列がこの館をぐるりと巻いていた。

もうひとつの行列を争ったのは「衛生館」の別室だと、漫画家の先輩、藤原せいけんさんは絵文とレポートしている。

「衛生館」は未成年入場禁止だから当然見ていないが「性病予防が目的の館」だからおおよその見当はつく。

記念館の目玉は「東京芝浦電気製作所が出したテレヴィジョン」だった。

70年を経たいまは一部屋に一台、それも4Kや8Kという高精細な画質で大きさも、東芝製品でいうと4Kは55V（122・6×72・2センチ）、65V（144・6× 14 ・6センチ）などでBS（放送衛星を利用した放送）、CS（通信衛星を利用した放送）を見ることもでき壁にも掛けられるほど薄くて軽いと驚異的な大進歩を遂げているテレビ。

が、この博覧会の「テレヴィジョン」は、まだ今からいうと古代のもので25センチ×20センチの受像機画面の有線放送だった。

わが国で初めてブラウン管(受像機画面)に電送・受像に成功したのは昭和元年(1926)でその画像は「イ」の文字だった。

戦争に入り研究は途絶えていたから、この博覧会での公開は画期的だった。

当時、アメリカ文化は雪崩れのように日本に入ってきたが、彼国はすでに19の放送局と約35万人の視聴者をもち、もう天然色の時代に入っていた。

瓢一が愛した当時の漫画は、大阪新聞に掲載していた南部正太郎さんの「ヤネウラ3ちゃん」と朝日新聞に連載されていたチックヤングの「ブロンディ」だった。

散髪屋の2階の屋根裏に間借りするベレー帽で下駄履きの3ちゃん。

電気冷蔵庫から出したぶ厚いサンドイッチをかかえて食べる夫ダグウッドを電機掃除機を押しながら見るブロンディ。

この差がそのまま両国のテレビ事情に当てはまる時代だった。

真っ暗な記念館にやっと入れた瓢一たちが見たものは、台の上に置かれた四角い箱に写る白黒の画面で入る前に見た演芸人の姿が写っていた。曲芸、奇術、声帯模写、歌謡曲、ギターなど1日3回、日曜日は4回の公開で約1時間、十月中旬の打切り予定が、大好評なので会期中放映をつづけることになった。

観覧者は5分間に170~180人が通過し、会期中には約42、3万人が暗幕の中に入って楽しむというより驚いていていた。

この時初めて観たテレヴィジョンと瓢一が深く関って行くのは約13年を経た後である。

そして20年後にはこの画面に写る人となって人生の多くを過すことになる。

入場者約160万人、瓢一たちが干しイモをかじりながら観た「大阪復興大博覧会」は、オダサクさんが「木の都」のなかで「淡い青春の想ひが傾いた」と書く夕陽丘の地で開かれたことを伝えておこう。

戦後、上町で開かれた復興博覧会々場 / テレビ館の実演

生魂山齢延(れいえん)寺

瓢一は、口縄坂を上りまっ直ぐ谷町筋に出て「復興大博覧会」の思い出に浸った後、ふと頭を左に巡らせると赤い幟が見えた。

「十三まいり」と白文字が抜いてある。

瓢一が１３歳の時、近所のおばさんに連れられて、京都までお参りに行ったなあと思いながらよく見ると脇に「太平寺」と添えてある。

山門を見て十年程前この寺で講演したことがあったなと気が付いた。

たしか「文学碑記念の集い」で、主催は大阪市・大阪市文化振興事業実行委員会だった。

大阪市は、大阪にゆかりのある文学者の生没の地や、文楽作品の主要舞台となった場所に文学碑を建立している。

昭和五十五年（１９８０）、口縄坂の織田作之助の文学碑建立を記念して開催されてから毎年、この太平寺で行われてきた集いである。

平成二十一年（２００９）七月四日、その第３０回の吉書(きっしょ)の年に瓢一は招かれた。

瓢一の第一部に続く第二部は、女流義太夫界の中堅・竹本友香さんと若手の女流義太夫三味線の名手、豊澤雛文さんの共演で「摂州合邦辻(せっしゅうがっぽうがつじ)・合邦住家(がっぽうすみか)の段（前）」が公演された。

豊澤雛文さんは平成二十年度「咲くやこの花賞」を受賞したばかりの将来有望な人だ。

司会は上方落語家、笑福亭小つる（現笑福亭枝鶴）だった。

瓢一は「大阪・ミナミに生れて」を題してオダサクさんと千日前で同じ空気を吸っていた子供時代の話をその作品を通じて見聞きし、記憶にある話をした。

その延長線にあるのが、もっと詳細に著した本書である。

その会が終って、それら作品をたどる平面イラストマップを描きたいと話した記憶があるが、巻末ページの「織田作・ミナミMAP」がそれに近いものだ。

瓢一は、太平寺の門前から谷町筋の歩道を北に向って進んで、いわゆる学園坂を上り切った広い道を渡り進む。

オダサクさんの「木の都」にある「矢野名曲堂」の面影を探しているのだが、いやひょっとしてその息子新坊が新聞を抱えて走ってこないかと期待しているのかもしれない。

中学を落第し、新聞配達をし父親とも口を利かず、ついには名古屋の工場に徴用されていたが、寄宿舎で雨音を聴いていて家が恋しくなって帰ってきてしまった新坊。

その息子を父親は泊めもせず名古屋まで送って行く。

名曲堂のこの主人は、昔、京都で洋食屋をしていた腕のいいコックだったから、新坊を送ってゆく汽車の中で食べさせるのだと弁当を作って同行する。

瓢一の脳裏にふと、高校時代に読んだ芥川龍之介の「蜜柑」がよぎった。

奉公先に行くような風情の小娘が作者の前の席に座りトンネル内なのに車窓を開けた。

黒い煙が車内に入ってくる。

汽車がトンネルを出た時、彼女は突然立上って風呂敷包みの中にあった蜜柑を五つ六つ夕陽の中に放り投げた。

その先には、見送りする弟らしい3人の姿があった……。

ストーリーはうる憶えだが夕陽に輝く鮮やかな蜜柑の色が浮かび、60余年経ってもこの作品は忘れられない。

同様に、汽車の中で父親の愛情が精一杯つまった弁当を食べる新坊を見る父の深い眼差し。

オダサクさんの「木の都」は瓢一の心を振わせ、泣かせるのだ。

青春の回想の甘さが終わり、新しい現実が向き直って来たオダサクさんと違い、瓢一は青春の回想の甘さを追いかけて次の辻を西に折れた。

突き当りに大阪夕陽丘学園高校の正門が見えた。

「祝近畿大会出場　少林寺拳法部」の吊り下げが幕が見える。

制服にマスク姿の女子生徒が2人出てくる。

右に折れると生玉公園への一本道だ。

途中、左側に生玉霊園の広い空地があり、その奥に高台の境界のように墓石が幅広く並んでいる。

見下ろすと、松屋町筋に面した寺々の境内にある木々の赤や黄色の梢が無機質な墓石の背景にあり、なお向うに際立って高いナンバのシティホテルが夕陽を遮っている。

たしかこのアングルの映画があったなあと瓢一は急いで脳内のシーンをスクロールした。

あ、オダサクさんと日本軽俳派の同人川島雄三監督の「貸間あり」だ。

藤本さんが脚本を川島監督と共に書き、連名で初めてスクリーンに藤本義一の名が出た作品だ。

舞台は夕陽ヶ丘と見られる高台にあるボロ屋敷のアパートでその住人たちが繰り広げるドタバタ喜劇だった。

この高台から戦後の松坂屋百貨店、日東町の町家、遠くに通天閣まで見える。

角度はも少し北からの俯瞰(ふかん)だ。藤本さんと同じ宝塚映画製作所の文芸部にいた林禧男さんに「夕陽ヶ丘からのあの景色は見えないが」とたずねたら「そら、あんた書割(かきわり)でんがな」とあっさり言われた。

書割とは、歌舞伎・演劇・映画などに使う手書きの背景のことで「貸間あり」は白黒映画だったが見事な描写力だった。

天に突き刺さるあべのハルカスを背にして左右に寺院が並ぶ道を北に向かうと十字路に出る、左手前は銀山寺で左に折れるとオダサクさんの源聖寺坂だ。

角に説明の立机があり、その下にこの町にはいかにも不似合いな鋳造のモダンな白いベンチが座っていて吸殻入れの空き缶がある。

町を汚さない工夫だからいいとしよう。

右に三軒長屋があり、その西側に曹洞宗齢延寺（れいえんじ）の山門がある。

生魂山の額がかかる立派な山門には仁王像があり、脇の柱には彫刻が施されている。

江戸時代は「齢延寺の彼岸桜」と呼ばれる桜の名所であり、いまも大樹古墓が多い風格のある寺だとウェブには書かれている。

山門脇には「藤澤東畡先生墓所」と記した石碑が立っている。

藤澤東畡（とうがい）はその子南岳と共に四国高松藩の藩儒をつとめる漢学者で明治初年に大阪に出て来て、船場の淡路町で「泊園書院」という漢学塾を開いた。

この私塾は、荻生徂徠（おぎゅうそらい）の古文辞学（こぶんじがく）を受けつぎ経書や諸子、歴史、文学にわたる該博な知識をもっていた東畡により、幕末期は懐徳堂をしのぐものであった。

瓢一の孫悠人が出た関西大学の図書館には「泊園文庫」がある。

そこには泊園書院の蔵書2万数千冊が東畡の孫黄坡の子、作家藤澤桓夫によって一括寄贈されている。

東畡の子藤澤南岳は「通天閣」「仁丹」「愛珠幼稚園 」四国・小豆島の「寒霞渓」などなじみの

ものの命名者でもある。

「仁丹」については「森下仁丹」の創業者森下博が泊園書院出身者であったからだと瓢一は思う。オダサクさんがこの齢延寺門前の源聖寺坂をよく下ったのは、生家から千日前に行く近道でもあったが、将棋や競馬、俳句を共にした先輩文士の藤澤桓夫の先祖が眠る菩提寺があったからかもしれない。

この寺には、藤澤東畡、南岳父子や作家・藤澤桓夫の他に、小出楢重、黒田重太郎らと大阪に信濃橋洋画研究所(後の中之島洋画研究所)を開設し「大阪繁盛記」なども著した画家、鍋井克之の墓もある。

鍋井克之といえば……。

最近、奈良大和路の風景を撮り続けた写真家、入江泰吉さんに師事した中学時代の友人Uから鍋井克之画伯も瓢一の絵を欲しがっていたという話を聞いた。

1974年、瓢一が東西で発表した東洲斎写楽模戯の似顔絵が人気を得たころ、Uがそのタッチで入江先生の似顔絵を描いてほしいと言ってきた。

彼から進呈されたその絵を先生は気に入られて、親しい鍋井さんに見せたところ「私にも……」と所望されたという。

40年も経ったいまごろ知ってもどうしようもない。

入江さんを描いた瓢一の絵は、いま奈良東大寺の西にある入江泰吉旧居に展示されている。

元和九年(1623)、僧儀春によって志摩国領主稲垣家の菩提寺として真田山に開創されたこの寺は、寛永九年(1632)、この地に移転された。

旧知の大阪大学教授・橋爪節也さんの本家も志摩(三重県)にあって曹洞宗だ。

そんなかかわりで、ここに父君の墓を建てたが、御母堂の文字で書かれたその墓石前に並んでいるの無縁墓の中に「琴風女史」と彫られたものを彼は見付けた。

かつて藤澤桓夫が谷崎潤一郎をこの寺へ案内した時、無縁墓になる前の「琴風女史」の墓石を見て「春琴抄」を発想したのではないか。

また、谷町筋から生国魂神社に向う右側に真言宗御堂派の「持明院」についても、文人画家・田能村竹田が若い時、浦上玉堂と一ヶ月間ここで同居し触発されたという。

玉堂は、画だけではなく中国の琴の名手で春琴、秋琴という息子がいた。

こんな話を藤澤桓夫が谷崎潤一郎にしながら案内したことからも「春琴抄」を思いついたのではないか。

など、学者の妄想（本人曰く）はとてつもなく面白い。


瓢一は、久しぶりに齢延寺の山門をくぐった。

本堂を正面にして左へ下ると木立のむこうにミナミの街並みが見える。

いまはビルやマンションが林立するが、かつてはもっと見通せた。

一番下までおりて右へ、突当りに「永代供養塔」がある。

金色の阿弥陀如来が来迎印相で立っておられ、その足許に50センチほどの墓碑が左右に50基ある。

瓢一の親友河内雅くんはここで眠っている。

小・中・高と同じ学校で過し、瓢一は浪人時代彼の家に入り浸り朝食まで共にした。

いわば人生の苦難の荒波に翻弄されている小舟を共に漕いでくれた無二の友人である。

青春の悩みを語り合い、最初の彼女を紹介してくれたのも彼だ。

近畿大学の理工学部に入り、瓢一が最も苦手な元素記号を読み説き、卒業後は薬品会社に就職した。

彼は元々森高家の二男として生まれ、幼くして叔母が嫁ぐ河内家へ養子に入った。

森高家の三男茂一くんは、高校の後輩で後にロカビリアンとなり昭和三十五年（１９６０）頃、「ビッグパロネッツ」を結成しメジャーになっていた。

松竹座東、戎橋入口にあったジャズ喫茶「ナンバ一番」で美川鯛二（中村泰士）、克己しげるらと共に三羽がらすとなっていたと、当時そこで司会をしていたタレント浜村淳さんから聞いた。

後に六男、雅明くんも加って兄弟ボーカルを組んだが時代は変りつつあった。

その茂一くんの娘がアイドル歌手森高千里さんだ。

瓢一は浪人時代、雅くんの誘いで彼の兄明夫さんが監督している草野球チーム「若葉」に所属していた。

生野区林寺新家町にある森高家に立寄り、雅くんともどもユニフォームに着換えて東住吉区の瓜破（うりわり）球場などで、日曜日は3試合をこなしていた。

瓢一は、もうその頃ファッション画塾に通い始めていてスケッチブックとグローブを共に携えゲーム終了後は塾へ直行していた。

雅くんの長姉・森高延子さん（故人）は、戦後高島屋百貨店のソフトボール部を経て、昭和二十五年（１９５０）大阪で初めて誕生した女子プロ野球団「大阪ダイヤモンド」の捕手になっていた。

その頃、東成区の今里に住んでいた瓢一は、高校時代この地で生れたこのチームが喜劇人チームと対戦したのを観ている。

瓢一が卒業した大阪市立神路小学校の庭で昭和二十六年（１９５１）にあったゲームだが、当時の売れっ子喜劇人が揃っていた。

落語家・柳家金語楼監督率いるメンバーはアジャパーで売り出した伴淳三郎、堺駿二（堺正章の父)、キドシン(木戸新太郎)、歌手・田端義夫(喜劇俳優でもあった)などに加えて美空ひばりの「東京キッド」などを撮った長髪髭面の映画監督・斉藤寅次郎らで可愛いい女子プロ選手と楽しい試合を見せてくれた。

大阪ミナミ、法善寺水掛け不動の西にある「アラビアコーヒー」のオーナー高坂峰子さんも大阪ダイヤモンドの捕手で、瓢一は数年前に彼女の女子プロ選手時代を取材している。

戦後の一時期に開いた女子プロ野球は、興行師が手がけた芸能とスポーツを合わせた新時代のものであったが、瓢一が話した多くの元選手たちは純粋に野球好きな娘たちだった。

これも約2年間で社会人野球となり、約20年後には自然消滅する。

河内家は曹洞宗ではないのになぜここに墓があるのだろう。

この寺には、新々刀の刀工としての第一人者土佐藩士の左行秀も眠っている。

この寺に河内くんの墓所を決めたのは、芙佐子夫人で彼女の母は分家だが本家は小松姓をもつ土佐の出身だ。

明治のご一新で神戸に出てヤスリを鍛造していたし、いまも谷町に工具店として残っている。

ヤスリも鍛造して、成形するので刀に近い製造法だ。

夫人の母方は土佐の刀鍛冶で、その縁の齢延寺とは付き合いがあった。

そんなことから河内君はこの寺と、生前に決めていたがその思いは墓の後がかつて瓢一たちとプレーした生玉グランドだし、西にはかつて住み、遊んだミナミや御蔵跡町が見下ろせる位置だったからだろう。

俊岳雅雄居士　平成十八年六月十五日逝去

彼の一周忌はその3年前、落慶した免震装置をもち畳がせり上がって椅子になる現代的機能を備えた本格本造建築の本堂で行われた。

齢延寺にある河内くんの墓から瓢一の思いは、ずい分遠くまで辿ったが、源聖寺坂を夕陽に向って下りながら「オダサクさんは、この坂をせんど(何度も)下ったんだな」と感慨に浸って下りながら左へ折れるあたりに来た時、うしろの話し声が瓢一を追い越していった。

大阪夕陽丘学園の男子生徒2人で、その若いシルエットがいかにも青春していて階段に長い影を動かして下って行く。

下から犬の散歩に付き合って、男性が上ってきた。

ふり返るとなだらかな坂の石畳が右へ曲がる上に建つ家々も西日に照らされにぶい金色に輝いて「木の都」の風情はもう冬を呼んでいた。

彦八まつり

平成三十年(2018)の「第28回彦八まつり」は九月一・二日の両日、生國魂神社で開かれ、瓢一は二日の午後に出かけた。

彦八まつりは、上方落語の祖といわれる米澤彦八の功績を称え、上方落語の伝統を広くアピールする目的から始められた。

六代目笑福亭松鶴が言い遺したものを笑福亭一門がその意志を継ぎ平成二年(1990)、彦八が葦簀(よしず)掛けした小屋で「仕方、物真似」していた生玉神社境内に「彦八の碑」を建立した。

この碑はまん中に「上方落語発祥の地米澤彦八の碑」と彫られ、右側は黒曜石に立烏帽子素襖姿の彦八の鳥羽絵とともに「ひょうばんの大名〳〵」の文字も彫られている。

左側には瓢一の精華国民学校の先輩、作家三田純市さんの記文がある。

瓢一も除幕式に招待され、引出物に碑にある立烏帽子姿の彦八が彫られた黒曜石の置物を貰っている。

このまつりは六代目松鶴の命日である九月五日にちなみ平成三年（1991）から始められたが最近は九月第一土曜と日曜になっている。多い時は2日で10万人も来たほどの大人気だ。

初代の実行委員長は、故・笑福亭仁鶴で代々上方落語家が継いで今回は三代目桂春蝶だ。

瓢一は若い頃から、三代目米朝、六代目松鶴、五代目文枝、三代目春団治ら四天王との交際を通じてその弟子たちとの知己も深く「彦八まつり」についても折々の委員長からの依頼でまつりの引出物や商品にする作品を提供してきた。

彦八祭り　記念手拭

天満天神 繁昌亭　四天王額

第10回「四天王湯呑」(桂三枝・現六代文枝委員長)、第21回「上方落語協会・四天王浴衣」(桂梅團治委員長)、第26回「四天王手ぬぐい」(笑福亭三喬・現七代目松喬委員長)のものなどがある。

四天王手ぬぐいは、天満・天神繁昌亭の正面入口に掲げられた瓢一の作品をプリントしたものだ。平成十八年(2006)九月、60年余り経って大阪に落語の定席誕生を祝って瓢一が贈ったこの絵は大評判で依頼してきた上方落語協会会長・桂三枝(現六代文枝)も大喜びしていた。

この絵が大好きで、ぜひ手ぬぐいにしたいと笑福亭三喬(現七代目松喬)委員長からの申し出に快諾し、1000枚限定として彦八まつりで売り出されたところ即日完売になった。

まつりでは、毎回境内に各落語家の屋台が出、バンドステージが組まれゲスト出演などあるがメインは「奉納落語会」だ。

瓢一が出かけた日は猛暑が居残っていて、それに輪をかけるようにステージで桂文福が河内音頭を熱く語り、まつりを盛り上げている。

40の屋台の屋根に落語家の名前が掲げてある。

「文枝」の下では三語が向う鉢巻して鉄板で肉を焼いている。米團治のところは團治郎が「師匠は夜来ます」と教えてくれた。「福團治」に立寄ったら宇宙亭福だんごが手話で師匠は奉納落語までは楽屋と伝えてくれた。

福だんごは、ろうあ者で活躍している唯一の手話落語家だ。

名付けたのは藤本義一さん、三代目桂福團治の了解のもと「宇宙亭」を名乗る異色の存在だ。

手話落語という新境地を拓いた福團治とは「手は口ほどに物を言う」弟子だ。

楽屋を覗くが 福團治は見えない。

文喬の屋台では、彼が若い弟子に「気仂(きばたら)き」の躾をしている。

瓢一は、10月の御招待を受けた桂文喬45周年記念独演会の礼を言う。

七代目笑福亭松喬を襲名して風格が出てきた笑顔にも出会う。

横からサイン色紙が瓢一にさし出される。

相合傘の印を書き左側に成駒瓢一と書き、右側は松喬に頼んだ。

本殿前の陰でまつりの雑踏を見ていると、上方落語ファンの楽しんでいる様が熱気となって伝わってくる。

突然、紫の浴衣が目に入った。

瓢一デザインの四天王浴衣を着た桂塩鯛だ。

20年も以前、桂ざこばの弟子・故きまるとまだ都丸だった彼とは大津・瀬田唐橋前の「網定」から琵琶湖へ伝馬船を出し、網打ちして獲れた小魚を船中で天ぷらにして食べた仲だ。

いま、大津にある義姉の奏美ホールで甥が世話をして落語会を開いてくれている。

この浴衣を着てくれた礼を云う。

読売新聞記者だったFが缶ビールと水をさし出して「どっち」という。

水ボトルを手にして瓢一はまつりの熱気をさましに外に出た。

南隣りの生玉公園グランドでは、少年たちが野球の練習をしている。

ノックしている監督が「グローブをあんまり動かすな」と指導している声を背にレフト後方の球を拾いにフェンス際にきたコーチらしい人と話した。

広島カープと同じ赤づくめのメンバーは、この地区にある生玉小学校の校区内の子供たちで女子も2人混じっている。

後の公園は蓮池で、フェンスもベンチもなかったと瓢一は青春時代によくプレーしたグランドの話をした。

一段上ったライトの守備位置はフェンスの外側になっていて木製ベンチがある。座ってまつりの中にいる藤田恵子さんに電話をしていると、声がかかった。オダサク倶楽部代表の井村身恒さん(故人)で、まつりの帰りらしい。

「10月に織田作まつりを生國魂神社境内でやります」とチラシを出しかけた。

「さっき社務所に中山宮司を訪ねたが留守でした。カウンターにあったそのチラシと同じのがあったのでもらってきました」と瓢一は「段の上から見下ろして失礼」との言葉と共にチラシを見せた。

第五回織田作まつりのタイトル横に「織田作が／を愛した男たち」のサブタイトルがあり、「川島雄三生誕百年&藤本義一七回忌」とある。

10月といえば藤本義一さんの「蟻君忌(ありんこき)」と藤本義一賞の授賞式をご遺族と瓢一たち仲間が例年命日に当る30日にホテルで行っている。

こちらのまつりは21日で問題はないが、オダサクさんを書きつつあり、その取材を兼ねてやって来た瓢一にとって人が通らない意外な場所へ突然オダサク倶楽部の仕掛人が現れた偶然に内心驚いた。

横にある齢延寺に眠る親友河内君の墓参りをしているところへ藤田さんがやって来た。

東京講演をしたデータをもらう為の約束で会ったのだが瓢一が河内君の墓に水をかけている最中だった。

彼女は次代の作家を育てるために藤本義一さんが創った心斎橋大学の卒業生で、その講義も受けている。

かすみ風子の名で童話も書いているが織田作之助については全くの門外漢だ。

いい機会なので、齢延寺のことを話しピンクの百日紅(さるすべり)をあとに寺の正面に出て源聖寺坂を下りながらこの道は彼が千日前へ通ったコースだとオダサクさんの話をした。

そして、坂下の源聖寺横にある天王寺七坂の地図を見て「木の都」について語り、下寺町から初めてだという黒門市場を抜け溝の側を抜け大劇や波屋書房とオダサクさんや辻馬車のレクチャーをした。

この行程で口も疲れたが痛めている右足首が悲鳴を上げた。

オダサクさんの道のりは下りでも高齢者にはきつい。

瓢一は、夜中トイレに起きた。

時計は2時5分、ラジオのスイッチを入れると「NHKラジオ深夜便」が流れてきた。

毎週金曜日は大阪発で「今夜の朗読は、織田作之助の木の都です」とアンカーのアナウンスがあった。

聴くためにつけたのではなく、偶然で驚いた。

若いアナウンサーだろうか、はっきりと聴き易い声で「大阪は木のない都だといわれているが…」と始まった。

いままで活字で何回も読んできたが、朗読は何か機械的で情緒がなく伝わってくるものもなくもどかしさがある。

粘っこさというか、オダサクさんが愛する大阪を感じないのだ。

もむない（おいしくない）、カザ（臭い）がないのだ。瓢一が大阪人からかも知れない。

活字もラジオもテレビと違って想像で遊べるメディアだ。

活字（文章）は行間が楽しい。

浮遊する想像の中にただよいながら一字づつをたどってゆく登山のようなものだ。

頂上を極めたときの快感は素敵だ。

ラジオも想像をかき立ててくれるメディアだ。

「山」と聞いたら十人十色の山がある。

テレビはそうはいかない。映像があるからだ。

が、ラジオでも朗読は違うのだろうか。

いま聴いている「木の都」の口縄坂や矢野名曲堂や新坊などは、私のものと違う。

「ラジオ深夜便」には招かれて「ナイトエッセイ」のコーナーで何度も出演させてもらった。

この放送は全国ネットで、日本国中、いやいまや世界中で聴かれている人気の深夜番組だ。

大阪で発した瓢一の話を聴き、能登半島の先端にある羽咋から講演依頼がきたことがあった。

学童集団疎開の話をした時、聴いていた人が「私もそこに行っていた」とNHKに問い合わせ、
瓢一に電話をかけてきた。

なんと、この番組の前任者Oディレクターで60年ぶりの再会となった逸話もある。

朗読が終って「ララミー牧場」の音楽が流れた。

外は雨になったようだ。

雨だれの音にも抑揚がある。

オダサクさんの作品はやはり活字で読む方がいいなと瓢一は思う。その表現が身にまとわりつ
いて、タバコの匂いまでが服にしみつく。

ただ、朗読で鮮やかに浮かび出たのは、わが子新坊の駄目なことを叱る父親の声をきいたあと
「ふと木犀の香が暗がりに閃いた」のところだ。

名曲堂からの帰途、寺の前の暗がりで香りが閃くという表現は活字よりも強烈だった。

これは彦八まつりの後、齢延寺に立寄ったとき境内に咲いていた百日紅のピンクやニオイバンマ

ツリの紫に勝るものだった。

こちらは白昼で紫の花に顔を近づけたが、香りは暗がりの中でこそ際立つようだ。たとえそれがラジオから流れ出る言葉であっても。

青銅の超大鏡

瓢一は、下寺町にある会計事務所で税務署へ提出する書類を確認し、Y先生と三軒隣りにある洋食店「こがね」へランチに入った。

ここは会計事務所の先代F先生に連れられてきてからもう50年にはなるだろう。名物は「タンシチュー」で、かかっているデミグラソースも逸品だ。人のいい老夫婦がやっていて、これも名物の「カツサンド」をおみやげにいただいた。

F先生も店主も逝き、店は子息夫妻が後を継ぎ忙しくやっている。

大阪にも、こんな洋食店が少なくなって食べ歩きの記事を書いたり、テレビ番組でレポートしても、ここは「とっておき」にしていた。

「こがね」のひるどきは近くにある幼稚園帰りの母親たちが園児をつれて立寄って混む。活気のある店を後にして瓢一は上六（上本町六丁目）に向って坂を上りかけて子供の頃を思い出した。

〝歩け歩け歩け　南へ北へ歩け歩け……〟と歌い出す「歩くうた」だ。

父と鶴橋にある親戚へ行くは、軍人だった父は上り坂のこの辺にくると必ずこの歌をうたい瓢一を鼓舞した。

千日前から市電にも乗せないでこの「陸・海軍礼式歌」を歌い約一時間の道のりを歩かされた。会計事務所のマンションからすぐのところに右へ入る辻がある。

そこを曲ると天王寺七坂のひとつ「真言坂」だ。

かつてこの右角には「辻調理学校」だったか「辻料理学校」だったがあった記憶がある。坂の左側には温泉マークは古いか、連れ込み宿、これも古いな「ファッションホテル」というには不似合いなのが1軒あった。

この坂の突き当りが難波大社、生國魂神社の北門だ。

この日、瓢一は会計事務所の帰りには親友が眠る齢延寺に墓参するつもりで家を出てきた。その寺は生國魂さん（大阪人は神社も寺も友達のようにさんを付ける）の南隣り、源聖寺の上にある。

近道のために生國魂さんの境内を抜けかけたら、白い着物の人が椅子に上って木の剪定(せんてい)をしている。

「あ、中山さん」と瓢一は驚いて声をかけた。

かつて天神祭の中で描いた絵の個展を松坂屋天満橋店で開いた時、天満宮の禰宜として世話になった中山幸彦さんだ。

「今はここで宮司しています。まあお茶でも」と社務所に案内された。

茶飲み話の中で、三重県伊勢市の皇学館大学・元学長西宮一民先生の話になった。

昭和二十四年（1949）、瓢一が高校一年時の担任が西宮先生で京都大学文芸学部を卒業したばかりのおだやかな方だった。

先生の国語の授業はユニークで大変楽しく瓢一は待ちかねたものだ。

日日日日日日日日をなんと読むか、とか交差点の信号の色は「アホ（青）気（黄）つけなアカン（赤）

でえ」の順番や、GOLDEN BAT SWEET&MILDを逆から読むと「タブンエーダローがスウトアンジョウマイルデ」や、だから君らも吸うな……。

瓢一の机の中には今もその時のガリ版刷りの先生の教材が入っている。

後に古事記や日本書記の世界的な権威となられ勲三等旭日中綬章を受けられたが、晩年、高校時代のクラス会にも御夫妻でお越しになり、帰路歌舞伎座へ杉良太郎のショーなどに幹事が御案内したものだった。

中山宮司も同大学の出身だから話がはずみ、瓢一と同じく高校時代に東大阪市（当時布施市）瓢箪山にあった先生宅に押し掛けた上田富雄君の話をした。

上田君は東大阪市高井田で上田合金（株）の名で家業の鋳物工場を経学し、父から受け継いだ船舶のバルブなどを製造していた。

そのかたわら、古代に魅せられ島根県加茂岩倉遺跡から1969年、発掘された弥生時代中期後半の「銅鐸」を当時と同じ成分銅93％、スズ2・8％、鉛3・3％の材料で復元していた。

瓢一は、出来上った時、古代の音はどんな音か興味があったがひとりで聴くのは勿体ないから、現代の多くの人に聴いてもらおう朝日放送ラジオでパーソナリティー番組をもっている道上洋三さんやラジオ大阪で番組をもつ落語家桂九雀さんに放送をお願いした。

三千年前、祭祀の場で流され、古代人が聴いたであろう澄んだ神秘的な音がラジオから流れた。

反響はすぐにあり上田君のもとに、多くの電話があった。

「その銅鐸に触れさせてほしい」と視覚障害の方からもあったが、別の願いも届いた。

昭和六十年（1985）八月十二日に起きた日航ジャンボ機墜落事故の遺族からのもので、人の顔のモニュメントの依頼だったが、上田君は富山県高岡の業者を紹介し、小さな銅鐸をプレゼントした。

改めて来訪した遺族は、さきの小さな銅鐸を事故現場、群馬県御巣鷹山で鳴らしたいと同行を依頼された。

上田君の感激はせっかくだから45センチのものを作ることの約束となり、その表面デザインを瓢一に依頼してきた。

選んだ銅鐸は、大阪府八尾垣内山古墳から出土した流水紋銅鐸で犠牲者には水が必要だからという。

瓢一も幾人かの知人をこの事故で失っていたから鎮魂のためにもと快く受け、その銅鐸の裏面にある流水紋の間にある上中下の3本の帯に適したものを考えた。

極楽におられる阿弥陀仏如来が浮かんできて、その世界をあらわす九品の印相を入れることにした。

この世界が西方浄土と解釈して犠牲者のご冥福を祈ってのものだ。

瓢一が上田君と心を込めて鋳造した美しい銅鐸と同型小型のものと共に御巣鷹山の下にある「慰霊の園」そばの資料館へ持参し、上田君は村長や遺族の方々と涙の中で鳴らした。

生國魂神社中山宮司との話は、銅鐸から銅鏡に移った。

上田君は銅鐸の他に銅鏡にも挑戦している。

それも八咫鏡という直径46・5センチの大鏡だ。

裏面は外側に細い9本の同心円の模様があり、その内側には8枚の花びらが中心に向かっている。

成分は古代の大鏡と同一で銅67・6%、鉛7・8%、錫24・6%の合金だ。

古代、伊都国の中心だったといわれる福岡県前原町（現前島市）の平原弥生古墳から昭和四十年（1965）数千の破片が出土した。

そのうち八咫鏡といわれる青銅の大鏡を1枚1ケ月かけて整理、接合して復元したのが考古学者・原田大六さんだ。

昭和六十年（１９８５）、６８歳で他界した一匹狼の風雲児の遺したものをイトノ夫人の了解のもとに上田君が東大阪の一隅で復元させた。

「内行花文八葉鏡」、裏面の中心にある膨らんだ紐を通す鈕座の根本から、８枚の葉っぱが外に向って描いてあるところからこう呼ぶのだが、この大鏡は平成十八年（２００６）、他の出土品と共に国宝になった。

この大鏡の一面は、西国三十二番観音札所・観音正寺の本堂の本尊「千手観音菩薩」正面にも輝いている。

これは、先代管長岡村潤應さんと瓢一が観音経を唱えながら上田合金株式会社で鋳造したものだ。

管長は本堂焼失後、６０年かかるといわれたものを単身印度に渡り特別の許可を得て輸出禁止の白檀を２３トン譲り受けて来て１１年で落慶までこぎつける偉業を成し遂げたが、すでにこの世にいない。

大鏡の話のあと、中山宮司からこの神社には御神鏡がないという話が出た。

拝殿に入り祈祷を受けながら、上田君に相談してみようと瓢一は思った。

思い立って上田合金へタクシーで行き、事務所にあったスチロール製の大鏡の原型を持ち、上田君と社員を乗せてトンボ返りした。

直径１メートルあるこの超大型鏡の原型はピッタリと拝殿に合うサイズで、西に向ってある高台から茅渟の海に沈む太陽そのものを暗示させ、まさに日本国の神霊を祀るお宮にふさわしいものだと瓢一は思った。

４５センチの八咫鏡なら奉献しようと思っていたが、上田君に値段をきくと相当なもので別注

の台座をつくるとなると、もう瓢一に手に負えない額になる
平成二十一年（２００９）三月二十日の話だが、後日中山宮司には、お詫びしたがいまでも拝殿に鎮圧した超大鏡の姿が心に残っている。
後日上田君はその前夜瓢一に世間話の声を残して急逝した。
上田合金株式会社はすでにないが、彼は播いた一粒の種子は東大阪の地に根づき育ちつつある。

生玉人形

オダサクさんが木の都という上町の高台にある生國魂神社付近でかつて作られていた大阪の郷土玩具がある。

まぼろしの名玩と呼ばれる「生玉人形」で現在はほとんど残っていない。

「郷土研究　上方」の一二四号（昭十五）の滅び行く大阪の郷土玩具の項でも前田たらちねさんが生玉人形のことを書いている。

「操り仕掛の人形にて、土の首に渋い衣裳を配し、手に操りの技を持てり、種類七八種あり、現在は材料の布不足にて製作全くせず。

雅趣ありて面白き浪速名玩の一つなり製作者は、市内天王寺区生玉町　前田アイ」とある。

また「日本名産事典」（東洋経済新報社刊）玩具・大阪府の項には「大阪市天王寺区の生國魂神社付近で戦前までみられたものである。全長15センチ程度で、首はおがくずを糊で固めた練り物製である。文楽の操り人形は似せてあり、三番叟・大名・侍・町人などの種類がある。戦時中、衣裳用の古い切れ地が入手困難となってから製作が中断されてしまった」。

「浪速おもちゃ風土記」には明治十年頃当地の或る俳優が試作し、内職として作られ、千日前法善寺境内の人形屋で売られていたとある。

「なにわ拾遺六集」の「大阪の古い玩具について」には講演の収録であろうか語り口で「大阪の名玩」として生玉人形のことが載っている。

要約すると、姫路の熱心な玩具研究家が兵庫・相生市で生玉人形を作っている人の娘さんをたずね当てその由来、製法などを聞いたところ「町人文化の大阪は昔から浄瑠璃あるいは操り人形芝居が発達しており、浄瑠璃の義理人情の世界や人形芝居の持っている情緒といったものが大阪人の心の中にいまも流れて残っている。そんな風土を背景にして子供たちが弄ぶ操り人形の玩具が随分古くからあった」とある。

生玉人形のような形のものだろうが、これが千日前の法善寺境内の駄菓子屋でも明治の初めごろから売られていたようだ。

伝説では旅の役者がつれづれにこしらえ出したのが初めてだといわれている。

生國魂神社の裏門あたりに住んでいた前田直吉さん（文久二年・1862生れ）が、日露戦争の明治三十七、八年頃、法善寺の駄菓子屋の主人に勧められ、その店で売っていた昔からある操り人形を元にして作り出した。

名前は住んでいる場所から生玉人形とした。

この人形は、三番叟、大名、武士、町人、娘、お婆さんの七種類があり、顔、胴、両手両足は練り物で竹ヒゴを胴に通してつくる人形で子供が人形芝居の真似をして遊ぶ玩具だ。

昭和十年（1935）に直吉さんが亡くなった後は奥さんと娘さんで細々と作っていたが戦火ですべて失くしてしまった。

その娘さん（昭和四十年当時七十三才）が疎開していた相生市でさきの研究家に見つけられた

が、作り方は憶えているので首さえ作ってもらえばあとはやりますということだったんだがとうとうできなかった。

手許にあるこの「なにわ拾遺六集」のコピーには演者の名前がなかったので、多分元関西大学の肥田晧三先生だろうと思い瓢一は問い合わせの手紙を出した。

「それは私ではありません」の返事と共に先生が書かれた生玉人形の資料が同封されていた。「日本人玩具学会誌・第11号」（平成十二年・2000・9・1）に特別寄稿された「大阪の生玉人形」には「昭和十四・五年頃小学であったが、「生玉人形」どうしても欲しくて、父親に連れられて買いに行ったことがある。」これは昭和初期に出た「日本郷土玩具」（武井武雄著）に記されていた製作者の住所と姓名をたよって行ったもので生國魂神社の大改修工事完成直後であったことや製作者前田直吉さんの住まいも新築長屋の一軒で出来上ったばかりの新しい家だったこと、手持ち品も一切なかったことなども記されている。

ところがその四十年後の遺品から三番叟、烏帽子、町人、娘、婆などのものが出て来て手許に保管しているとある。

烏帽子姿の人形で気付いたのは、元禄時代に生玉で人気が高かった米沢彦八の姿を写したものではないかと肥田先生は推測し、それは必ずしも無謀ではないと思う根拠を示している。

これによると、明治三十七、八年頃、前田直吉がつくったという生玉人形の起源は元禄時代まで遡らなくても、すくなくても享保時代頃には作られていただろうと推測するのは、「当世しかた物まね米沢彦八」の看板が出て、片肌ぬぎになった彦八の姿が描かれている「御入部伽羅女・大阪生玉社前の図」（宝永七年・1710刊）、「鳥羽絵三国志・米沢彦八の俄大名」（享保五年・1720刊）、「半百人一句、大岡春卜自筆稿本」（延享二年頃、1745頃）などに描かれた米沢彦八の絵にある彼の仕方物真似の一番得意演目が烏帽子をかぶり、素襖（すおう）を着た大名絵が多いからだ。

言い伝えでは、明治のころから作りはじめ昭和十年代に途絶えた「まぼろしの名玩・生玉人形」を昭和十一年（1936）生れの瓢一が60年後に復元した。

子供のころから瓢一たち兄弟は生玉人形とよく似た玩具で遊んでいた。

画用紙に武士の絵を描き、正面と後面の二枚を貼り合わせ竹ヒゴを1本下から背骨のように通す。

ちょうど、案山子のようになった人形を数体つくり、紙芝居の舞台にような中に登場させてチャンバラさせて楽しんだ。

嵐寛寿郎（嵐寛）の鞍馬天狗や大河内伝次郎の丹下左膳など登場人物を次兄と作り、股部から伸びた竹ヒゴをもちクルクル廻しながら「東山三十方峰ひそかに眠る丑三つ時、突如起こる剣激の響きいー。チャリヤ砂ぼこりん、突かれて斬られてて血がタラタラ……」と生國魂さんの夏祭りに出る屋台のおっちゃんの台詞を憶えてきて口に出して戦っていた。

この人間の原型が法善寺の駄菓子のものだといま思い当る。

この生玉人形の復元には大阪の学者肥田晧三先生との出会いがある。

昭和四十年代、瓢一は中学高校の同級生で当時近畿大学の図書館にいたMの紹介で、大阪府立中之島図書館嘱託としておられた先生に大阪のことを教えていただくため訪れたことに始まる。

瓢一は、イラストレーターとして大阪に軸足を置き、商業絵画のかたわら大阪にかかわる作品づくりを始め個展も開いていた。

先生は島之内（中央区）、瓢一は難波（浪速区）の出身で同じミナミという縁で話がよく合い、以後いろんな機会にお世話になった。

そんな或る時、生玉人形の話が出た。

御著書「上方風雅信」（人物書院刊）にも「上方芸能」七十六号に掲載したものとして「戦前の

ことですが、生玉の土産物に生玉人形というものを売っていました（中略）この生玉人形は三番叟の姿をしております。立烏帽子、素襖姿で、製作者も蒐集家も三番叟だと云うていました。（中略）私、つい近頃のことですが、ふと、この生玉人形は米沢彦八を人形にしたものではないかと思いつきました。

文献は何一つありません。都会民俗学の考察です。かつて、大阪の生玉といえばただちに彦八の名前が連想されるほど、米沢彦八の名は諸国に広く知られていました。その彦八を人形にしたのが生玉人形です。だから生玉人形はおそらく元禄時代から生玉土産として売られていたのだと思います。もはや人形は今では手に入れることはできないのですが、市内の各地に、固有の文化をもっていた大阪文化の密度の高さを今更ながら回想する次第です」

先生の生玉人形への思いが書かれている。

人形復元の話が出た時、先生の手許に二体の生玉人形の原型が残っていた。

それを平成七年（1995）九月二十七日上方講談講釈師旭堂小南陵（四代目南陵）（故人）先生の仲介で阪急宝塚線池田駅で肥田先生から2体の原型を預った。

三番叟も立ち烏帽子も塗料は所々剥げているが前者の着物はオレンジかかった黄土色に金で×と点、袴は紺地で金色の斑点が描かれ、帯は茶色で糊がきいた薄い布地だ。

肥田先生が米沢彦八だろうと仰言る（おっしゃる）後者は花紺の着物に金色の斑点が描かれた青色の袴と黄土色の帯だ。

いづれも両手首と胴から細い竹ヒゴが3本出ている。

これを繰って遊ぶのだが、瓢一が兄と作ったのは手には竹ヒゴがなく顔も手も紙だった。

資料によっては「首はおがくずを糊で固めた練り物製」や「土の首」というのもある。

しかし今の時代、紙粘土という便利な材料があるので、これを使うことにした。

アトリエに2体の生玉人形を持ち帰り、瓢一は次女麻美と復元にとりかかった。

顔や手足は原型を見て紙粘土で作り、立烏帽子や着物袴は厚手の洋紙を使った。

瓢一は、国民学校時代から図画工作の成績は優、良上、良、可のうちの良（約40～50点位）で不得手だったが懸命に型づくった。

麻美は大阪芸術大学で学んでいるので、着物などの色選びをさせ、目、口や柄を描くのは瓢一が手掛けた。

肥田先生から預って約三ヶ月経った頃、やっと各4体、計8体の生玉人形が出来上った。

原型と色が違うが、着物などの柄は真似て描いた。

額に1対を入れ由来を添えて肥田先生に原型と共にお渡し大いに喜ばれた。

平成二十一年（2009）、1対の生玉人形が入った額は、生國魂神社に奉献し、もう1枚の額は大阪市立博物館に納めた。

蒐集家からも所望の声が瓢一に届いたが、アトリエに所蔵する1対のみで希望に沿えなかった。

生國魂神社奉納

本来は郷土現具として多くの人に届けたいのだが、手造りなので多作はむつかしい。

オダサクさんの「木の都」であった生玉人形のエピソードも人形と共に瓢一はここに書き残しておく。

西鶴平成の大矢数

瓢一はＪＲ環状線玉造駅を降りてアイホンを手にした。

「織田作之助の墓参りしたいんやけど道を知らんか」。

相手は、放送作家・疋田哲夫くんだ。

彼とは深夜番組「11ＰＭ」出演以来約４０年の付き合いが続いている。

「行ったことがないけど、お伴します」と古稀を前にしては元気な声が返ってきた。

瓢一は、タクシーで上六に近いマンションで彼をピックアップし、オダサクさんが眠る楞厳寺（りょうごんじ）を運転手に告げた。

車は、かつての小橋西之町で千日前通りを横切り北上、オダサクさんが通った旧制高津中学校（現・大阪府立高津高等学校）を左折、次の辻を右に行ったところで止った。

一月十二日午前11時、浄土宗楞厳寺は冬の陽射しの下静かに輝いていた。

ふたりは山門脇の開いているくぐり戸から境内に入った。

正面に本堂があり、その左手前にオダサクさんの墓があった。

一滴の雨粒が基石に座ったように見える大きな墓石には「織田作之助墓」と刻まれていて、裏面にはその経歴を述べた作家藤沢恒夫の撰文が見られた。

墓花は、紫のストック、黄菊、ピンクのカーネーション、白い小菊が対に盛られていた。

茎が太く丈夫であることにちなむストックの花言葉は「永遠の愛」「愛情の絆」「求愛」、黄色の菊は「破れた恋」、ピンクのカーネーションは「熱愛」「美しいしぐさ」、白い小菊は「元気」「純愛」「真実」。

オダサクさんの作品に散りばめられたような言葉が墓の前で飛び交っている。

供えたのは女性だろうか、きっと女性だ。

瓢一には供えた人のオダサクさんへの大きな愛が偲ばれた。

一月十日、その命日の二日後に瓢一たちは来たのだが、墓前には活き活きした供花の他に「ＢＬＡＣＫ」と書かれた缶コーヒーと洋モク・赤のラッキーストライクの小箱があった。

いづれもオダサクさんが好んだものだ。

瓢一はラッキーストライクについて思い出をもっている。

戦後すぐ、瓢一の次兄はいろんな進駐軍キャンプで仕事をしていた。

そのひとつ、中之島にあった江商ビルのエレベーターボーイをしていた時、１階と２階の間にエレベーターを止めて商品取引が行われた。

米軍の軍曹以下の兵隊は遊ぶために日本円をほしがった。

持ち出してきた物品を「ハウマッチ」といって呼びかけてくるものを安く叩いて買っていた。

タバコ、チョコレート、ガム、衣料品などいろんなものを手に入れてきた中に赤丸の中に「ＬＵＣＫＹ　ＳＴＲＩＫＥ」と黒字が入ったタバコを家で父と次兄はよく吸っていた。

瓢一宅では、その頃粉コーヒーを湯で溶いて飲んでいたしエボナイト（見た目はプラスチックのような）製カメラもあり割れ目にガムテープを貼っていたのも知っている。

アメリカさんは進んでいるなとピンナップガールの絵はがきを見ながら瓢一は思っていた。

オダサクさんもラッキーストライクなどのタバコを闇市で手に入れていたのではないか。戦後間もなく食糧難の時代、各家庭に配給された「Kーレーション」という米軍個人携帯戦闘糧食があった。

朝食用と夕食用があって「DINNER」と書かれたロウで防水された箱には、ハムやチーズ製品が一缶とクラッカー8枚、粉末コーヒー、角砂糖、キャラメル、チョコレートにWRIGLEYのチューインガム2枚・粉末ジュース、トイレットペーパーが入っていて、一番上にキャメルか、チェスターフィールドかラッキーストライクが4本、紙マッチと共に入っていた。

瓢一は、父や兄たちとこのタバコとガムやチョコレートと交換した思い出もあるから赤いラッキーストライクは忘れない。

グリーンの丸がついたのもあったらしいが、グリーンはタコと共に不吉なものと欧米で言われたので、このメンソールのラッキーストライクはあまり売れなかったと成人してから知った。

オダサクさんは「中毒」という作品の中に煙草について書いている。

スタンダールがその募銘に「生きた、書いた、恋した」を選んだことに、後世の人がよくこの言葉を引用するような便利なものを残さなかった方がよかったのでは、と書いたあと自分がまかりまちがって募銘を作るとするならば「私は煙草を吸った」という文句ぐらいしか送ってきた人生のなかからは出て来ない。それほど私は煙草を吸ってきたのだ。

次いでマーク・トゥエインは一日四十本の葉巻を吸ったと書いたあと、私は一日百本煙草を吸った、多い日は百三十本吸ったこともあるからマーク・トゥエインには負けないつもりだと書いている。

その上で彼が「煙草について私の唯一の制限は、一日に一本より余計の煙草を吸わないことであった。私はけっして眠っている間は吸わなかった。そして、眼ざめている間は、けっしてそれを捨てなかった」という名文句には脱帽している。

これを書いた昭和二十一年（１９４６）のオダサクさんは「ここ二三年、私の生活は、いかにして一日一日の煙草を入手するかという努力に終始していた」から、マーク・トゥエインのような名文句を考える余裕がなかった。というほどタバコでの苦労話を書いている。

たしかに進駐軍勤めをやめてから瓢一の父や次兄たちはタバコを口にするのに苦労していた。チェーンスモーカーの父は絶えず歯にその根元を器用にくっつけて話をしていたほどだからなおさらだ。

瓢一は、山中に煙草の葉になるようなものを探しに行き、それを乾燥させて刻み手づくり巻き器でつくらされた。

いまでもこの葉をみると思い出す。

紙はコンサイス辞書のが良いとも知った。

戦後、瓢一の生家の焼け跡がグランドになり、それが移転して南海ホークスのフランチャイズ・大阪球場になった。

代りにそこにあった専売局が日本専売公社大阪店として跡地に建った。

瓢一が生まれた部屋はその玄関ホールのあたりだ。

大空襲の時、祖母が庭の空井戸に配給米や金目のものふとんなどを投げ入れ焼火したから「そんなお宝が出てきたら返してね」と社員によく冗談を言っていた。

偶然にも、この社とかかわりが出来た瓢一は、たばこのパッケージでつくる作品の審査会に出たりキャビンたばこのイベントであるコンサートの司会をしたり「御堂筋美人画たばこ」のパッケージデザインも表現してかかわりをもってきた。

いまも「将棋日本シリーズＪＴプロ公式戦」の前夜祭パーティには、毎年招かれて出席している。

専売局前の広場でのトンボとりをして以来、８０年近く日本専売公社、ＪＴ日本たばこ産業株式会社と瓢一は不思議な縁でつながっている。

さて、オダサクさんの墓参を終え疋田くんと下寺町まで歩いて行きつけの「こがね」で洋食定食の遅い昼食をすませた。

「織田作の像を見ましょう」と彼は生國魂神社の織田作之助像の前に瓢一を連れていった。生誕百年を祝してと台座にはあり、平成二十五年（２０１３）十月二十六日に除幕されている像は中折帽子にマントをひるがえす姿のかわいい像だ。

この本の表紙がそれだが、例年、彦八まつりでこの神社を訪れている瓢一には初めての出逢いだ。この後、疋田くんは近くにある井原西鶴像にも案内してくれた。

この座像は知っているというより、この境内で行われた井原西鶴の大矢数の再現に瓢一はかかわっている。

寛永十九年（１６４２）、商人の子として大坂で生まれた井原西鶴は、大坂が大坂冬・夏の陣（１６１４・１５）の戦火で荒れた後、徳川家によって復興し、経済都市として生ぶ声を上げやっと歩き出した頃には成人し、町がその底力を発揮する中で成長しその力がかげる頃に晩年を送っている。

いわば瓢一が戦後復興の中で中・高校時代を送り、昭和三十五年（１９６０）、池田内閣が策定した「国民所得倍増計画」の波に乗り高度経済成長期に青壮年期を過し、千里万博を経てバブル期に泳ぎその成長が衰退する頃に老年期を送っていることとよく似ている。

西鶴が大坂の経済力の浮沈を見、体験したのと同様に瓢一も大阪の発展と共に歩んできたのだ。

ただ、西鶴の元禄時代、大坂の町人はその経済的なバックボーンにより文化的にも成長して行くが、瓢一の時代は東京一極集中により大阪の経済も吸収、圧縮、爆発というガソリン自動車のエンジンがもつ力を失ってエネルギーは萎えて行った。

井原西鶴といえば、浮世草子作家として名をなしているが、矢数俳諧師としても知られている。矢数俳諧師とは、当時流行していた武芸者たちが一昼夜の時間内に的に何本の矢を当てるかを競う競技の「大矢数興行」にならって一昼夜に何句詠めるかと競うもので、西鶴はこの興行を打ったことで大観衆を集めた。

寛文十三年（1673）三月、32才で二百余の俳諧師を集め大規模な万句興行を生玉神社南坊で主催し後に「生玉万句」の名で刊行している。

西鶴自身、34才で妻を失いその追善のため「独吟に一日千句」を行い刊行している。公開の場で限られた時間内に何句詠めるかを競う「矢数俳諧」の興行はこの頃に思い立ち延宝五年（1677）三月、生玉本覚寺で一昼夜独吟千六百句を詠んでいる。

その後、一日一昼夜四千句独吟の記録を達成したのは3年後の39才の五月七日。

生玉神社の寺内で午前6時から翌日午前6時頃までだった。

貞享元年（1684）、一昼夜で二万三千五百句を達成したのは住吉神社。

瓢一も若い画学生だった頃、人物クロッキーを3分、1分、30秒まで、同僚と競い合ったことがあるが一昼夜は体がもたない。

色紙に筆墨を用いて似顔絵を描いたこともあるが1枚に5～7分、3分のもあるが2時間がせいいっぱいだ。

西鶴が没して300年、平成五年（1993）十一月六日、生國魂神社境内で「西鶴に挑戦！平成大矢数」と題したテレビ番組中継が行われた。

NHK大阪放送局制作の12時間番組だ。

神社境内とテレビ第1スタジオの2元放送で境内には、口上(司会)の佐藤誠アナと大谷昌子さんを中心に俳人坪内稔典さんら選者7人、いづれも和服姿で佐藤アナはずきんをかぶり大谷さんは御高祖ずきん。

瓢一も絵師として着物と袴の上に羽織を着、ずきんをかぶり10号色紙を抱え会場風景を早描きして廻った。

その後、テレビ第1スタジオに入ったら座布団上で短冊を散らして猛烈な早さで句作りしている男性がいた。

丸刈り頭にヒゲの矢数挑戦者内山思考さんで右脇に医師がひかえている。

瓢一は、内山さんを速描して

たたかへる　人の似絵(にせえ)や　大矢数

と自作を書き添えた。

スタジオには10台のFAXがあり、視聴者からの多くの句が吐き出されてくる。

それを数人の記筆が短冊に清書してパネルに貼り出してゆく。

午前11時すぎから12時間の投句受付け終了までは届いた総数は13,309句。

そのうちの36句を選ぶ間に浪花俳句夜話「西鶴を語る」というトークがあった。

西鶴画像をうしろにしたカウンターに座ったのは後見役、上方落語家・露の五郎、演芸評論家・河内厚郎、俳人・木割大雄の諸氏に加えて瓢一も並んだ。

観進元は、西鶴ルネサンス委員会座長・端信行さんで、先づ西鶴の句の紹介をはじめた。

蝉聞いて　夫婦いさかい　はづる哉
浮世かな　ひとり娘を　持てあまし
縁組も　銀が敵の　うき世也

しれぬ世や　釈迦の死に跡　かねがある
大晦日　定めなき世の　さだめ哉
江戸の様子　皆おしやる　山は雪
射てみたが　何の根もない　大矢数

西鶴ってどんな人でしょうか
露の　やけくそな部分を持っている人でんな。
河内　ヨーロッパ的　バロック的人間　元禄をいう高度成長の時代の中で生きた大阪人の原型、人間欲をもっている。
木割　おもしろかったらええ、大阪人だな。
瓢一　あれが出来、これも出来る、まるでかやくめしみたいな人でんな。大根、人参、ごんぼ、こんにゃく……。
野師的なものもあったんと違いまっか、妻を亡くし2人の子供をかかえていっぺんやってみたれ……みたいな。
最後に出た大矢数の句をみると、あんな大偉業のあとにこんなことを言う。やってみたがイチビリで終ったという気分だったのかな。
端　西鶴は一生を通じての俳諧師、経済を背景にして町人属から文化活動が出てくる元禄時代は、いまの平成（平成五年）もよく似た時代ですね。
トークが終ってカメラは、一昼夜かかって詠んだ短冊に埋もれた内山思考さんを映した。横に付き添った医師は「最初も最後も脈診したが、変化なし」と告げた。
内山さんが12時間かけて詠んだのは2,760句、永宝五年（1677）、西鶴36才の時生玉本覚寺の独吟した1660句は越している。
その最後の句は
西鶴の　足袋に触れた　ほどのこと
と紹介したあと「腹がへっています」と長時間独吟の感想を述べた。
応募総数13,309句のうち三十六歌仙にちなんだ秀句36句が屏風に貼られ、総合選者・坪内稔典さんから発表があった。
準グランプリ・平成賞
凩の夜　落葉売る人　現れり
同・元禄賞
西鶴の　膝の落葉を　いただけり
グランプリ・西鶴賞
昼間見し　かりんの下を　帰りけり
秀句の中にも
初恋を　捨てしふるさとの　もみじかな
利のうすき　セーター売りたり　西鶴忌
など瓢一が好きなのもあった。
西鶴が1句を詠むのに3・7秒のスピードだ。縦線だけのものもあったそうだが、この番組は大阪でないと出来ないスケールと文化度を表わしたものだ

平成の大矢数（NHK テレビ）

と瓢一は井原西鶴の偉大さを改めて認識した。
この時の原画6枚は瓢一のアトリエに今も眠っている。

直木三十五

オダサクさんは「木の都」で「大阪はすくなくとも私にとって木のない都ではなかったのである」と書く。

生國魂神社の境内、中寺町のお寺の境内、源聖寺坂や口縄坂と緑の色が覆っていた木々など、その幼時の記憶では「木の都」だったのだろう。

たしかに、瓢一にとっても日本橋三丁目から虫かごと網をもって生玉公園の「粘土山」あたりへ蝉とりに出かけた時、松屋町筋あたりから見上げる北から南に連なる緑の帯は後年「大阪は緑が少ない」といわれるのを聞いても「東京からくらべると」というのがつくと納得していた気がする。

「木の都」は大阪大空襲前の風景だから瓢一の記憶と重なるのは当然で、夕陽ヶ丘、生玉、高津の高台のうっ蒼たる緑の色はオダサクさんが「煙と埃りに濁った大気の中になお失われずにそこにあることがうなずかれよう」と書くのも腑に落ちる。

木の都の土台になる上町高台の北限は、天満橋近くにある八軒家浜周辺であることは知っている。

それはこの浜から北は大川（旧淀川）で、ここに突っ込んでゆく台地北端の坂上に建つマンションの一室が瓢一のアトリエだからだ。

この坂を下り切った土佐堀通りの角に熊野街道が始まる碑がある。

その昔、平清盛や紀貫之らが京からの舟を捨てて上陸し第一の王子から熊野神社を遥拝しながら熊野三山にむかって南下してゆく道の起点だ。

「木の都」が「新潮」に発表されたのは、昭和十九年（１９４４）三月だ。

その７８年後令和四年（２０２２）一月、瓢一はこの緑の都の北限はどこなのか調べるために大阪メトロ・谷町線に乗った。

オダサクさんの生家に近い谷町九丁目駅から生國魂神社にむかう。

境内にある井原西鶴像と織田作之助像あたりで南からの緑は果て、北に出ると大阪天王寺七坂のひとつ真言坂でその先の千日前通りは左へ下っている。

下り切ったところが下寺町で「夫婦善哉」の蝶子のモデル「小(ち)っちゃい姉(ねえ)」とオダサクさんが呼んでいた次姉千代が「サロン千代」を開いたところだ。

この交差点を北に千日前通りを渡って一筋目が高津神社の表門筋で右に上ると左側に石の鳥居がある。

鳥居を尻目に坂をそのまま上った右角は日蓮宗「常國寺」で名作といわれる短篇小説「檸檬(れもん)」を書いた梶井基次郎の墓がある。

高津神社の参道は本殿まで一直線の石畳で梅乃橋を渡ると右に美人画家・北野恒富の筆塚、左に献梅碑と梅ノ井碑がある。

参道に沿って高さ２０メートルもこす樟(くすのき)が左右に並んで階段を上った本殿周辺にまで続いている。

「戦前は松が多かったが戦火で丸裸になったので成長が早い樟にしたようです」と旧知の小谷真功宮司が教えてくれた。

瓢一が川柳仲間と花見した桜もあるがいまは梅の木が多く、寄贈された約８０本が本殿北下にある花の公園の梅林から東の参道で蕾をつけていた。

高津神社の東側は中寺町で左右に寺がある。

漫才作家・秋田実の菩提寺・日蓮宗「本要寺」を左に見て北上するとすぐ周防町通りに出る。

中寺町は東にある谷町筋の寺々を含めて緑が少なく「木の都」は高津神社が北限と瓢一は感じた。

周防町通りを右に折れると谷町七丁目交差点で谷町筋のむこうに樟(くすのき)の神木と小さな祠が道路を左右に分けている。この辺はかつて機械類や金物銅線、鉄鋼材の店が多かった。

谷町筋は六丁目から南は椎寺町(しいでらちょう)あたりのかつての市電町までは細い道巾だったから空堀(からほり)通りもまだ分断されていなかった。

瓢一が中学校に入った戦後すぐ、3人の同級生の家が空堀通り界隈にあったのでよく行った。

Yの家は、上本町2丁目(現1丁目)交差点南西の市バス車庫と上二病院が並んでいた南側にあった。

Tは、いまも交差点北西角に屋号の看板を掲げたまま休業しているが居宅も空堀通りのすし屋だった。

Mの家はT宅から少し西の階段を南に下りたあたりで、階段の頭上は渡り廊下が左右の家をつないでいた。

いま、この階段は渡り廊下がない広い坂道になっていたが70余年経っても昔のたたずまいの面影があり懐しい。

坂道を下り路地を左折すると、大阪市立上町中学校の道に出る。

道巾がずい分広くなっている中学校前を行くと「大阪天満八軒家から2.3km・熊野街道」の道標があり横はさきほどの神木があった周防町通りだ。

上町中学校から東の上町筋あたりまで、あの頃は草ぼうぼうの広場だったことも思い出した。

谷町筋で二分された空堀商店街を西に下る。

この街は西の松屋町筋まで下り坂になっているし右側の一帯も低い。

途中の善安筋を右に下って行くとやがて桃園公園があり北隣りが「直木三十五記念館」だ。

入った階段下に「直木三十五賞　全受賞作品」単行本が並んでいる。

第1回・川口松太郎（1935年上半期）「鶴八鶴次郎」から第165回・佐藤究・澤田瞳子（2021年上半期）「テスカトリポカ」「星落ちて、なお」まで並んでいて、「可能性の文学」の項で書いている瓢一とゆかりがあった野坂昭如、井上ひさし、藤本義一、難波利三、阿部牧郎さんらのものも並んでいる。

2階の部屋には直木三十五ゆかりの出版物や腹這いになって執筆する写真などが展示されていたが、そのなかに人間国宝に認定された桂米朝師匠が「直木三十五の落語」と題して特別寄稿した雑誌のページが開かれていた。

十代の米朝師匠は週刊誌で見た直木の落語の題名はあやふやだが「大象渡来記」だったか「大象始末記」といったもので「三代将軍家光と愛妾なんとかの方の象についての会話から始まる」と書いているが、ページに他の展示物が重なってすべては読めなかった。

米朝師匠五十歳代のもので珍しいものだが演じたことがあるのだろうか。

数日後、米朝師匠の資料を調査、整理している小澤紘司さんにこの特別寄稿文の展示写真を送ったら返事のメールが来た。

それには寄稿文全ページと掲載誌は「落語」（昭和五十四年・1979・弘文社刊）と添付されていたからすでに知っていたようだ。

そして米朝師匠があやふやだがと前置きした題名が「大象渡来記」「大象始末記」ではなく「増

上寺起源一説」で直木三十五が週刊朝日に掲載したものだとも知らせてくれた。

題名と掲載誌の出所をきくと電話のむこうから「あなたが送ってくれた写真についていた」と笑い声が返ってきた。

記念館で撮った特別寄稿文が掲った雑誌に添えてあった館の解説書にちゃんとあったのを瓢一は見落していたからだ。

米朝師匠の文には「私の落語熱がどんどん高まった中学生に入ってから読んだ」とあるから、直木の没後のことだが「空襲で家と一緒に焼けてしまった、調べたら判明するはずである」と書いている。

米朝師匠はおぼろ気な記憶として内容も書いている。

三代将軍家光の時代、インドから日本将軍へ象が献上されたときの話で、松平伊豆守、大久保彦左衛門、馬垣平九郎などが登場して象に芸をさせる話だ。

師匠は「上々のおかしさ、ユーモア、さすがで小説家直木三十五の落語である。十代のときよりだんだんその面白さ、おかしさが解ってきて、も一度よみたいと思い、いろんな人に話をしたのだが、これを知っている人にぶつからなかった。直木三十五の一面として紹介したかったまで」としたあとで「これを聴客を前にして喋るとなるとまた別の話であってこれをそのまま喋っても面白さが伝わるというものではない、これはあくまでよみ物としての面白さであろう」と結んでいる。

数日後、小澤さんからその原本が届いた。

「直木三十五全集」第２０巻にあったと１５ページのコピーが添えられていた。

題名は「増上寺起源一説」となっている。

米朝師匠の「三代将軍家光」とあるのは「二代将軍秀忠」で、天竺からの象が長崎から江戸へやってくるという話の内容はその通りで登場人物の馬垣平九郎（原本では曲垣）や能役者観世太夫、金春太夫（同観世右近、左近、金剛錦太夫）なども招かれ象に芸をさせるために楽器の音を出している。

サゲまでは憶えていなかったようだが中学時代に読んだものを約40年経っても記憶をたどってよくここまで書けるものだと瓢一はおどろく。

たしかにユーモアがあって楽しい話だが、直木が書いてから80年くらい経っている。

瓢一の前に突然飛び出してきた米朝師匠からの宿題を直木三十五記念館で突きつけられたが、43年ぶりに解明できそうだ。

あとは増上寺起源一説の全文が掲った週刊朝日の増刊号を見つけ出し、タイトルの肩に落語と銘打ってあるかどうかの確認だ。

さきの全集には「續中短篇小説集」とあって落語という文字は見あたらない。

米朝師匠が「地獄八景亡者戯（じごくばっけいもうじゃのたわむれ）」を復活させたように、直木三十五のこの落語「増上寺起源一説」が瓢一の「木の都」北限探訪の余談から陽が当たり演目となって上方落語家が演じてくれることを願っている。

と、書いたが気になる週刊朝日を見つけないと直木三十五が落語「増上寺起源一説」を書いた裏付けがない。

瓢一は大阪市立図書館に行き調べてもらったがこのタイトルは全集にはあるが落語ではないし、週刊朝日も見つからなかった。

令和四年（2022）二月十七日、瓢一の「オダサク　アゲイン　あとを追うもの」は6年かけてやっと脱稿し3日後出版社に送った。

そんな三月十三日、小沢紘司氏から「直木三十五の落語」を掲載した週刊朝日が見つかったと三葉の写真を添付したメールが瓢一に届いた。

昭和八年（１９３３）八月一日発行の週刊朝日・銷夏（しょうか）読物号で直木が没する約半年前のものだ。

表紙は、切れ長の目をした住時の色白女性がこげ茶地に渦巻き柄の浴衣でうしろ髪に左手をそえ背景にあさがおの花が配してある。

右から左へ赤い週刊朝日の文字の下に銷夏讀物號の手書き書体が懐かしい。

左下に定價（価）三十銭、背表紙に昭和八年八月一日とある。

７２ページのタイトルページは荒っぽい筆文字で「増上寺起源一説」「直木三十五作」とあり、その下にだ円のなかに「新作落語」とある。これだ、これで直木の落語だと判った。

さし絵は上下二段に描かれ上は象にのった天竺の人、下のは二代将軍秀忠と梅の丸が寝所でむき合って座っているものだ。

直木の没後1年半経って「直木三十五全集第２０集」（改造社刊）が発行されているから落語として発表されている方が古いことになる。

その週刊朝日はなんと、直木三十五記念館の展示ケースの中にあり、瓢一が発見した「桂米朝特別寄稿　直木三十五の落語」の見出しがあった雑誌「落語」の横にあったと小沢氏のメールにある。

その解説書の『週刊朝日に掲載された「増上寺起源一説」』を見落とし、横にあった掲載誌「週刊朝日」まで気づかなかったことに瓢一は恥じいるばかりだ。

小沢氏は記念館から帰りに米朝師匠宅へ資料整理にいき、弟子に稽古をつけている桂米團治師匠にことの経緯を話した。

米團治師匠は「今年の大阪と東京の独演会でこれを直木三十五作「増上寺」として演じたい

と小沢氏から全集のコピーを受取った。

瓢一が直木三十五記念館で桂米朝師匠から「おまはん（あなた）、頼むで」と預けられた宿題は小沢紘司氏の協力を得て子息の桂米團治師匠によって日の目を見る。

あと5日で人間国宝・桂米朝師匠の7年祭がくる。

瓢一は「オダサク　アゲイン」のなかの「木の都　直木三十五」にこのいきさつを追加して校正にのぞむがこの話にはつづきがある。

長崎県文化振興課のサイト「旅する長崎学」に「江戸時代までに、異国の象が日本へとやって来たのは計7回」とある。

室町時代が最初で、その後大友宗麟、豊臣秀吉、徳川家康へと各国から献上されたのだが5回目に長崎に到着したのは2頭の象だった。

8代将軍徳川吉宗が直々に注文した象はベトナム生れのオスとメス2頭だった。

発注から2年後の享保十三年（１７２８）六月十三日唐船で長崎にやってきた。

メスは間もなく死ぬのだが翌年三月、オスの象はいよいよ江戸へと出発する。

瓢一がこの話をＮＨＫＢＳテレビ「新日本風土記　長崎街道」（２０２２・１・２１放映）で観た。

享保十四年（１７２９）ベトナム象を長崎から諫早（いさはや）を経由して江戸まで運ぶ話だ。

一行は長崎街道を通って進むのだが峠で日が暮れあたりの寺で一泊することになる。

街道入口から約１２キロあたりにある浄土真宗本願寺派「教宗寺（きょうそうじ）」がその寺で、住職はオランダ商館医フォン・シーボルトもここに立寄ったと話している。

「江戸参府紀行」によると、彼はこの寺で昼食をとっている。

シーボルトは長崎女性とむすばれ、彼女を「オタクサ」と研究している植物名で呼んでいた。

「オタクサ」→「オダサク」なんとなく似ていると瓢一は思うが、これは余談だ。

このようにしてベトナム象は徒歩で2カ月半かかって将軍吉宗と対面しているが、教宗寺では象がおどろくから鳴りものはいっさい禁止だった。

直木三十五の象は、二代将軍秀忠の前で大奥の若い女性達は金だらいを、坊主たちは銅らをもち佐渡おけさや安来節ではやし象使いのインド人が「ピイトロ」と叫ぶと象は前脚を折って、将軍に頭を下げる。

秀忠が「叩け曲垣しっかり」と曲垣平九郎をけしかけると、象が安来節を踊り始めた。

まあ楽しい落語だと瓢一は腹をかかえ、直木の創作に舌を巻くが、さきの長崎の教宗寺の話はこの寺に伝わる逸話のようだ。教宗寺保育園の園児たちがカメラに「ここに象が泊った」と口々にいうのを観るとつくりものではなくこの地に伝わっている話なのだろう。

さきの「旅する長崎学」のサイトには「江戸では象のブームが起こり双六などのおもちゃや象のキャラクターグッズ、『象志』『訓象俗談』といった象に関する雑誌も出版された」とあるから直木三十五はなにかの機会にこれらの書物を目にして新作落語のヒントにしたのではないだろうか。八代将軍吉宗以前には家康の時に来たのだから二代将軍秀忠におき替えれば登場人物も揃うし不思議なことはない。

直木落語には長崎奉行からの知らせで江戸に象がくるというくだりもある。

吉宗のはなしと違うのは千石積の舟で運んできたことだ。

それを将軍より先に庶民の眼に触れては申し訳ないと大きな蚊帳のや紙袋の中にいれ、夜中に市中を歩かせるということも考えたが結局大きな幕で四方を囲み昼間に足軽たちが運んでくるという案が決った。

このあたりのやりとりも落語的だ。

直木三十五は「著者小傳」によると、大阪市南区内安堂寺町で生まれている。記念館展示の戸籍を見ると明治二十四年（1891）二月十二日生まれとある。その作品「大阪を歩く」には生家は谷町六丁目交差点の電車線路になっていると書いている。大阪市電が開業するのは明治三十六年（1903）九月だから直木は12才だ。谷町筋と長堀通りが交わる谷町六丁目に市電が通るのは第3期線だ。

第1期線開業は明治三十六年、花園橋（現・九条新道）～築港桟橋（大阪港）の築港線で、第2期線は九条中通二丁目～末吉橋間の長堀通りを走る東西線と大阪駅前～恵美須町、渡辺橋～大阪駅前を通る南北線で明治四十一年に開業している。

第3期線は、堺筋線や南の大火が起った明治四十五年、宗右衛門町のルート変更して千日前通りを走る九条高津線（玉船橋～上本町六丁目）など13路線で、そのなかに直木の生家がなくなる「谷町線（谷町六丁目～天満橋）と「玉造線（末吉橋～玉造線）があった。

明治四十四年と明治四十三年のはなしだから直木は20才頃で早稲田大学にいた頃か。

直木が通った桃園尋常小学校は、いま直木三十五記念館の南側にある桃園公園のところにあった。

その同級生にのちの漫談家・花月亭九里丸（渡辺力蔵）がいた。

九里丸は「有名な大衆作家の直木三十五の生れたのは、内安堂寺町お祓筋を東に入った所である」と郷土研究「上方」に書いているがこれは誤りで、この頃直木家は三十五が生まれたところから西の安堂寺町2丁目に移っていた。お祓い筋は正しいが生まれたところではない。この筋は北上すると八軒家浜だ。

いまの長堀通りの一筋北にあった安堂寺町（内安堂寺町）以南、空堀以北、松屋町の一筋東の骨屋町以東、谷町筋の一筋西の善安筋に囲まれたあたりの地域は、徳川家の御用瓦師、寺島家が寛永七年（１６３０）に、瓦土取り場として拝領した空地だった。

明治になって新瓦屋町、東西の新瓦屋町となったが賑町と改称した。ここも東賑町、西賑町となっていまは中央区谷町六丁目、安堂寺町となっている。

直木がこの地域を「野麦」と書き九里丸が「のばく」と書くのは、瓦土取り場が広漠とした原野だったかららしいが、瓢一がいま歩いてみても安堂寺町から南は下がっている。

安堂寺町から階段で長堀通りに下りるのだが、この通りがまだなかった頃直木が「私の住んでいた家の、崖下の真下が、九里丸君らの家のあった所で、その長屋の悪童と、私らの悪童とはよく石を抛げ合ったものである……」と書くのもわかる地形だ。

崖下に軒を並べた三軒長屋には、東から高田留吉、宮崎八十八、渡辺和助が住んでいた。

宮崎は占師、高田は芸事が好きで三代目桂文吾に入門、吾市から二代目桂文昇の弟子になり當昇。その後當笑を名乗る。

明治十九年（１８８６）二代目林家染丸を５ヵ月ほど名乗るも正式襲名ではなく、二代目桂文枝に師事して法善寺東の席（のちの金沢席）に出て扇枝となり、山桐一本歯の下駄をはき碁盤の上で松づくしを踊り人気者となった。

明治二十七年（１８９４）三代目桂文三を襲名、大正三年（１９１４）頃から脳脊髄を病み加えて両眼を失明したが高座は勤めていた。二代目桂文左衛門を襲名準備中、心臓麻痺で逝去。（大正六年七月十六日享年５９歳）

得意のネタは「百年目」「植木屋娘」。

渡辺和助は、花月亭九里丸（力蔵）の父。

明治初年、千日前を拓いたなかのひとり奥田伊兵衛（弁が立つので弁次郎と呼ばれた）が丹波出身だったことからその縁で大阪に出てきた。

栗売り、さや豆売りをしたのち丹波屋九里丸として東西屋となる。

名付けも東西屋の仕事も奥田が教えたと孫の奥田弁次郎が書いている。

奥田は、司馬遼太郎の「俄　浪華遊侠伝」の主人公明石家万吉のモデルになった侠客・小林佐兵衛と知遇を得て香具師となったのち千日前で見世物小屋を開いていた。

人の世話をすることが好きだったから同郷の渡辺和助にも声をかけたのだろう。

瓢一は自著「なにわ難波のかやくめし」（東方出版）にも書いているが、祖父駒吉と奥田のかかわりを調べるため阿部野墓地に行っている。

大正十年（1921）東西屋で名をなした丹波屋九里丸のあとを息子の渡辺力蔵が継ぐ。「ドンガラガッチャの九里丸」として人気者の父と同行した体験が後に漫談家・花月亭九里丸に生かされている。

花月亭の名は吉本興業の創業者吉本泰三の勧めによるものだ。

昭和七年（1932）大阪今里・片江にのちの五代目笑福亭松鶴が居を移したころ、九里丸、横山エンタツ、都家文雄ら漫才師らもやってきて芸人の町がつくられた。

2年後、彼ら4人に花菱アチャコらが講師となり九里丸宅で「漫談明朗塾」が開かれ塾生には後の漫談家・西条凡児もいた。

戦後、今里に住んだ瓢一の中学・高校に通う近鉄今里駅までの路に五代目笑福亭松鶴の家があった。ここが「楽語荘」だ。

平成二十二年（2010）六月十六日、この地で「芸人の町　片江」の顕彰板の除幕式があり瓢一も招かれた。

雨のテントの中、笑福亭一門代表仁鶴のあいさつと上方落語協会々員らによる手締めがあった。

瓢一が花月亭九里丸をみたのは、四ツ橋文楽座か戎橋松竹で、いづれにしても戦後すぐだった。

大阪府立上方演芸資料館（ワッハ上方）が平成八年（１９９６）に開館してから「上方演芸の殿堂入り」の選考委員をするかたわら選ばれた演芸人の似顔絵を描いている瓢一だが、花月亭九里丸を描いたのは平成九年度、第2回目でミスワカナ・玉松一郎、中田ダイマル・中田ラケットと同時だった。

九里丸が子供の頃住んだのばくを思い出して「この辺は、空地（ひろっぱ）が多くて、そこは晒蝋（さらしろう）（蝋）屋の乾燥場で……」と書いている。

瓢一は晒蝋で思い出したことがある。

明治中期、蝋燭（ろうそく）や鬢（びん）付けの原料になる晒蝋を製造する職人の住居兼作業場として建てた4軒長屋がこの地にあった。

お祓筋を南に下ってきて空堀通りに出るまでのところで戦災にあわなかった古い民家が残っている界隈だ。

平成二十九年（２０１７）九月二十三日、この4軒長屋が「大大阪藝術劇場」となってこけら落しした。

大阪が日本で一番目、世界で六番目の人口を抱えた大正、昭和期の「大大阪時代」。

都市文化が大きく花開いた時代をもう一度と夢をもつ4人が共同で運営するフリースペースだ。

ここは漫才作家・秋田実さんの長女・藤田富美恵さんの夫の先祖がもっていたものだ。

2階建て4軒のうち3軒をひとつづきにし、天井を吹き抜けにしたこの劇場の活動は、演芸、展覧会、資料展示など雑多だが、一番の目的は活動の拠点になる路地と長屋の継続保存だ。

こけら落しの記念に大阪大学教授・橋爪節也さんがこの町について講演した。

瓢一も末席でこの高い吹き抜けの土間から風景を味わいながら新文化発信基地の明日を考え

ていた。

瓢一は秋田実さんのご息女とはかかわりがある。

三女の林千代さんとは、大阪府立上方演芸資料館（ワッハ上方）の運営懇話会委員として毎年上方演芸に寄与した人を選ぶ「上方殿堂入り」選考部会委員の席につく。

長女・藤田富美恵さんとは、平成七年（１９９５）第２４回上方お笑い大賞の受賞者として共に読売テレビの舞台に立っている。

彼女は「秋田実賞」、瓢一は「審査員特別賞」の賞状とトロフィーを手にした。

長年にわたりテレビ、ラジオ番組に優れたイラストを描き続けてきた功績との評価を受けたものでうれしかった。

のちに「アナログ時代のテレビ絵史」（たる出版）から上梓しているが、これには在阪局（U、V局）、東京、和歌山、福井などのテレビ１４０番組、ラジオ２９番組に描いた絵１，１３５点が掲っている。

出版した平成十九年（２００７）に「大阪市市民表彰」「日本漫画家協会賞文部科学大臣賞」「第１７回関西ディレクター大賞」（日本放送作家協会関西支部・関西ディレクター大賞実行委員会）のトリプル受賞した。

「大大阪藝術劇場」のこけら落しからしばらくして藤田富美恵さんから礼状と2枚のコピーが送られてきた。

高校時代から織田作之助と交流があり同人誌でも作品を発表しあった文学仲間の詩人杉山平一は「大阪人」（２００６・６（財）大阪都市協会）に『織田君は「オダサク」と呼ばれるのを嫌った。呼び捨てられる言葉の響きがスマート好みの織田君には抵抗があったのではないか。親交があった秋田實さんがオダサクと名付けた？ 秋田さんが名付け親なら織田君も認めるでしょう』と書いた。

たしかに本人は、この愛称に「田吾作みたいに馬鹿にするな」と嫌悪する反面気に入っていたようだ。

藤田さんからの2枚のコピーは、杉山平一の「？」を消す一文だった。

日本文学全集月報82（集英社・1975年3月）で織田作之助・井上友一郎集とある。

最初のページに「あの頃」とタイトルした秋田実さんの文が掲っている。

「織田君のことをオダサクと呼び出したのは私達（藤沢恒夫、長沖一、そして私の三人）の間では私かもしれない。上方町六丁目を上六、日本橋一丁目を日本一と縮めて言うのと同じ大阪的発想で、すぐオダサクが蔭の愛称になった。

秋田と織田作之助が出会うのは第二次大戦の始まる前年で、鉱山監督局の文化委員をしていた秋田が、別子銅山へ文化映画を撮りに行くことになりその打合わせ会が終った時、名刺を差し出し「私も一緒について行くことになりました。船の中で将棋を教えて下さい」と挨拶してきたのが始まりだ。

そこから藤沢恒夫、武田麟太郎を紹介したりしたことをきっかけに織田は急速に秋田達のグループに入ってゆく。

「何でもやりたがり、何でもやれたし、何でも性急にやりたがった。そして創意工夫に富んだ人懐っこい如何にも大阪的な青年であった」と結ぶ。

藤田富美恵さんは「この生原稿も手元に残っています」と符箋に追記してくれていた。

オダサクさんと秋田実さんの出会いはわかったが、瓢一は秋田さんとは二回しか会っていない。

最初は法善寺水掛け不動のねき（そば）にあった角力茶屋の2階だった記憶がある。

紹介者は同じ歳のものでつくった「さむらいの会」仲間、海老澤博司くんだと思う。

初対面の席で何を話したのか何を食べたのか、何時間話したのか憶えがない。

絵の勉強に８年間通った玉造が秋田さんの生地だったこと、千日前の波屋書店々主が国民学校の同級生のことも、話の糸口がいっぱいあるのに秋田さんのことを今ほど知らないで会っていた。

手元の「私は漫才作者」（文芸春秋刊）には「謹呈」と瓢一の名前、そして御本人の署名もある。

昭和五十年（１９７５）に出されたものだから瓢一は３９才だ。

二度目に会ったのは、六代目笑福亭松鶴の甥で子供のころ笑福亭小つるの名で高座に上っていたイラストレーター仲間の和多田勝くんと陶器に絵付けするイベントに参加した時で写真もある。

「木の都」の北限探しから瓢一はずい分上町台地を歩いた。

南限は天王寺公園あたりか。

口縄坂の東南には、日本最古の官寺「四天王寺」がある。

ここには千数百年の歴史をもつ雅（みやび）な伝統芸能「四天王寺聖霊会の舞楽」が伝わっている。

瓢一は、聖徳太子の命日に毎年催されるこの古式ゆかしい重要無形文化財をたっぷり一日かけて描いた。

オダサクさんには「木の都」にあるこの寺で渾身の力を込めたスケッチを見てもらいたい。

四天王寺聖霊会の舞楽

振鉾　左方

蘇利古

延喜楽

探し人

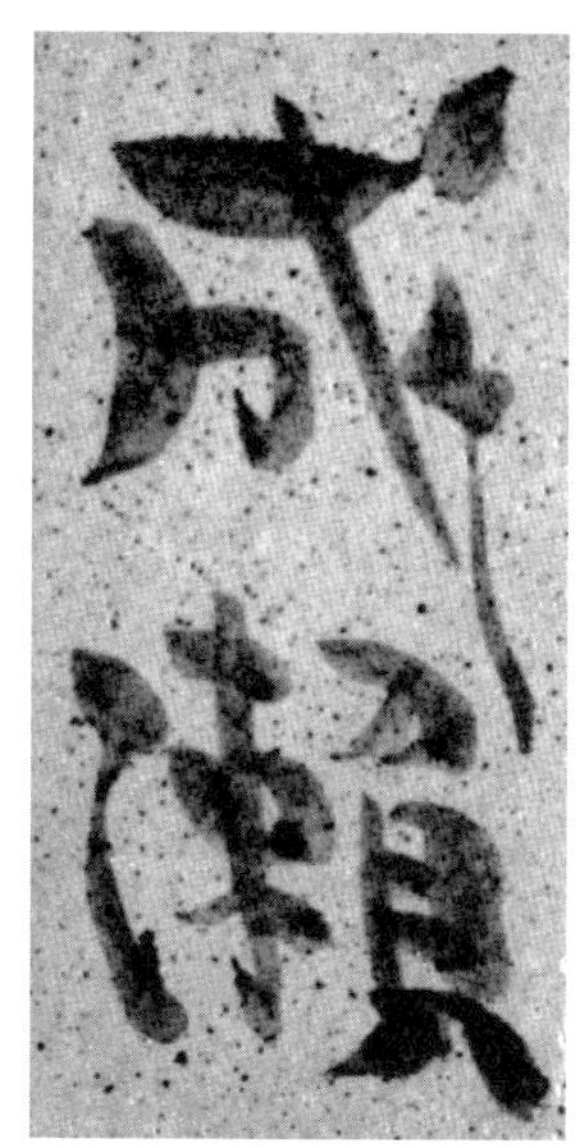

藤本義一氏筆 表札

探し人

六才下の妹芳枝を継母のもとに置いて、新吉は奉公に出された。仏壇屋、うどん屋、活動の弁士など転々としたあと、やっと生国魂神社近くにある自宅に戻ったが、父は死に継母は姿をくらまし、出世した暁には迎えに来ると約束した妹は新吉を頼って和歌山の方に行ってしまっていた。

トーキーの時代に入り、活弁士を廃業した新吉は同業の田辺楽童と組んで大道易者になる。夜更けの戎橋で、畳半畳敷ぐらいの紙に半分には運勢、縁談、職業、失せ物などの名目、半分には一白、二黒…など、年令と姓別を書いて石の重しで道端に広げる。

新吉は眼隠(かく)しして後向きで楽童が弁を立てて、集めた客がたずねた運勢を判じる。出鱈目(でたらめ)だが、これが当たりよく流行った。

或る夜、生き暮れたような若い女が来た

一白水星二十一歳の女で探し人の箇所を棒で押えた。兄新吉を探す芳枝だったが眼隠しして後向きで立つ新吉には判らない。

子年で一白水星。

瓢一は昭和十一年一月一日生れと戸籍にはあるが、伯父正太郎は「年末のくそ忙しい時に生れよって、神戸からやって来て正月になってしもた」と顔を見る度に言われたから、昭和十年十二月三十一日生れが本当だと幼少の頃から知っていた。とすると亥年で二黒土星か。

「太閤さんみたいに偉うなるように、と元旦生れの太閤秀吉になぞらえてそうしたんや」

と母の照子は言い、祖母のキヌヱは「もの始りの1が四個揃って、験がええがな」と瓢一のやわらか頭に縁起いいことをスリ込んだ。

そのせいか「験」というものを気にする性で、20才の頃大学受験に二度失敗して浪人生活を送っている時、もう大学二年になっている正の奨めで黒門市場の中にある「墨色判断」の店に行った。

白いのれんをくぐり、ガラス障子を開くとタタキがあり左に上ると畳の待ち合い室で先客が二人いた。

「次の方どうぞ」と呼ばれて部屋に入り紺色の座布団に座る。

占師は女性で金ぶちの眼鏡の奥が光っている。

「この半紙に円をひとつ描いて」と命令口調で心を押えつけられて、緊張しながら筆をとり硯のうす墨をつけてふるえる手で円を描いた。

占師は半紙を受取り、裏にして宙に浮かせて「うーん」と閻魔（えんま）が千振（せんぶり）の薬をのんだような顔をした。

「あんた胃腸が弱いやろ」

そんなこと、この痩せた青瓢箪みたいな顔を見たら墨色見んかてわかるやろと内心思いながら「はい」と返すと「せやろ、この丸を見たらそう出てる」と鬼の首をとったように言いよった。

瓢一は、元々腺病質で貧血と胃アトニーの診断を受けているから「マスチゲンA」と「チョコラB鉄」、「陀羅尼助」をつづけている。

「食後は右腹を下にして横になりや、食べてすぐ横になったら牛になるって親は怒るけど、あれは間違いで牛のように丈夫な子になるということなんやで」

「あんたは医者か、そんなことキヌヱばあさんからいつも聞かされてたワ」と瓢一は、太った黒づくめの占師のおばはんに向って言いそうになりながら「アノー、ボクの将来はどうでっしゃろ」ときいた。

「大、大、大の大丈夫や、いまは運気が閉ざされてるけど、そのうち開いてきて太陽が燦々や、向う先明るいでェーほれ」と半紙を前に突き出した。さっき描いた丸の中に赤色で小さい丸がいくつか足されていた。

「レンコンや、向うがよう見える」

なんやシャレかいな。

なんでか、わからんけど元気貰うて胃薬飲んだみたいに胃がスーッと軽うなった。

以前、守ちゃん兄ちゃんが、鴨野の易者に判断して貰うた時に「女易者がな、あんたよりこの弟は三人兄弟の中で一番出世するといいよったでェ」と教えてくれて気をよくしていたが、今日も「太陽燦々」と言われ「やっぱり一月一日にしてくれた親に感謝やな」と思い黒門市場を出て御蔵跡にある正の家に向った。

あと一回、瓢一は墨色判断に頼ったことがある。

これも正の紹介だったが、彼の恋人の叔父が4日前から道具屋筋に入った右手の路地で「有本すみいろ判断」をやっていた。

この時は、就職相談だったが今度は半紙に一の字を書いた。

有本先生は男性で、瓢一が半紙に書いたうす墨の一を裏から見て、「大器晩成型やな」と一言。

こちらは「胃が弱いやろ」とか「食後は右腹を下にして」とか言わないで、大器晩成型と重々しく言ったのは、「太陽燦々」「兄弟の中で一番えらくなる」と共通したもので瓢一の未来を予言する物だから今度は胃よりも脚が軽くなって店を出た。

オダサクさんの「六白金星」の楢雄も運勢早見書で六白金星は「生来忍耐力に富み、辛抱強く、一旦こうと思い込んだことはどこまでもやり通し、大器晩成するものなり…」を読み一字一句に思い当り慰められたが、これは瓢一とすべてに共通するものがある。

瓢一の験かつぎは方位にもこだわる。

一月生れは山羊座だ。

山羊は日当たりが良い岩場を好むから、南西南が恵方と聞いてからはアトリエを選ぶ時はそうしている。

ただ、4度目のいまは北西南にある。

ここしか空いてなかったので気にしていて相談をかけた友人は、鮎釣り名人で四柱推命の易者・故萩森常随氏で、彼によるとこの方位は蔵を建てるところだから移るべしと占ったので越した。

移動は北から南へというのですぐ西隣りなのに遠廻りして荷を運んだ。

彼は、昭和十年十二月三十一日生れの方で瓢一の運を見てくれた。

偏財、傷官については入浴中のようにホンワカしている。

印綬、食神は長生き、そして人気、学問、宗教、芸術、母の援助は印綬で、食神は欲望、衣食住の星などだと説く。

即ち周囲の援助、協力で開花しそれに応えていく。

食神は、その人の生れもつすべての星を支配するもので風流心があってポルノ好み。

「なんやこれ?」

ここまでは各論で、鑑定の総論は、

「12月の真冬に生れて38才までは秋の季節、そこから夏に入り大開運期で活発になって世界を照らし始め、多少の強弱はあっても30年間続くから努力すれば絶対成功する」

瓢一は当年満86才だ。

萩森氏は25年程度前に鬼籍に入っている。

この鑑定書は昭和五十八年（１９８２）六月の消印がある。

瓢一は４７才で「太陽燦々」の中で快走していた頃だ。

いま振り返って、運気が弱まった３０年後の７７才でもまだ走っていたな。

やっと今、身の丈に合った仕事をしているが、易は当ると実感している。

「当るも八卦、当らんで滑稽」というが、信じるから当るのか、「努力すれば成功する」と言われたから努力するのか。

これはその人次第だ。

萩森氏が蔵が立つ北西角にアトリエを構えて３４年経つが蔵こそ建たないが、まだ元気に展覧会を開いたり、仕事もしている。

彼には自宅転居の時も世話になった。

瓢一の意思で仏壇だけは、家財を運ぶ一日前に安置した。

転宅日と家財搬入方向も選んでもらった。

孫の名付けもしてもらった。

家の裏鬼門については、京都・鳥羽にある城南宮の方違札を貼り、表鬼門にはひいらぎを植えた。

９・１３・４・４２

これほど験をかつぐのに数字についてはどうしようもなかった。

９（苦）４（死）４２（死に）１３など日本には多くの忌み数字がある。１３は日本ではないが。

瓢一についても、結婚式は４月２日、長女は４月１３日生まれ、次女は９月１９日付けた電話番号は４２番…がみんな元気で幸せな日々を送っている。

ある時、藤本義一さんが「オレが名付けて店名を書いたら、ようはやるねん」といって知人の喫茶店名「苺」を色紙に書いた。

「ホナ、うちの表札も頼んまっさ」と瓢一は約束して、新築中の家用にと素焼きの陶板を後日4枚持ち込んだ。

いつものくせがあるとびはねた文字が陶板の上を躍った。

姓だけのものだが、あやうく「義二」と小さく書きかけて「あかん、これが入るとややこしくなるな」。

そばで見ていた高令のタレントが「陶板の表札は割れるから縁起悪いでエ」と言いよった。

瓢一は、男一匹一世一代かけて建てた家の表札にケチをつけられ験が悪いと内心穏やかでなかった。以来40数年、門柱と階段下道路わきの植え込みにあるが、割れもしないし縁起も悪くなっていない。

藤本さんの文字はむしろ縁起にも健康にもよい。

瓢一は85歳の誕生日を迎えた正月2日、棚の整理をしていて故・萩森常随さんからの古びた封筒を見つけた。

前に書いた例の鑑定者だ。

昭和五十八年（1983）、五十九、六十年の運勢が書いてあり別紙5枚の解説がついている。

改めて見てみると「大運」の欄には8歳から38歳までは秋の季節でボンヤリ弱く、48歳から夏に入り運気は強弱があっても基本的に良命を世に出すべく照らし、大開運期に入っている、とある。この夏は10年区切りで78～88歳までが書いてある。

ふり返ってみると、いちいち思い当たるところがあり、まだ夏の運気にいるところが験かつぎの瓢一にとってはうれしい。

鑑定後40年経つが、その開運指導の夏の終わりまであと3年ある。ゆっくり、しっかり歩くことにしよう。

六白金星

辻雪隠（つじせっちん）

少年楢雄がテンプラ大学生に法善寺境内に連れ込まれ十円とられたあと松林寺前の共同便所横で胸スカシを飲む。とオダサクさんは書く。

懐しいなあ、千日前をアシベ劇場と歌舞伎座（現ビッグカメラ）から千日前通りを北に渡ると竹林寺前にこの便所があった。

「浪華の夢のあとさき」（上方藤四郎著）にも「竹林寺の前に、かつては千日前名物（？）共同便所があったが、風のつよい日には、えもいわれぬニオイが通り筋一帯にフクイクとただよい流れ「これでは営業妨害や」と付近の飲食業者がケツ起した。軒並みぽんぽんと陳情書にハンコを取り、市民議員を動かしてとりこわしてしまったが、人波あふれる千日前に一か所の共同便所がないのは不都合だと、その後、復活の声が高まったこともある。（著書中略）このハナシ、ションベンになった。（昭和39年9月24日）大阪新聞連載「ブラリ盛り場（4日前編）より」。「流れた」という粋人らしいオチだ。

著者上方藤四郎（本名鳥居鉄三郎・1907〜1978）は、大阪南区（現中央区）旧坂町生まれで大阪大空襲で消失した自宅、お茶屋「西桝絹」の地に昭和二十三年（1948）「上方旅館」を開業した。

父の没後、長男学氏が平成二年（1990）上方ビルを竣工させ4階に「TORII　HALL」をオープンさせる。

鳥居父子とも瓢一が学んだ精華小学校出身。

このホールの柿落し（こけらおとし）に瓢一の「古典落語原画展」が同所で開かれた。

その後瓢一は明治期活躍した大阪の劇場大工・中村儀右衛門について関西大学名誉教授・藪田

貫氏、中村博氏（儀右衛門の孫）とここで鼎談していいる。

令和二年（2020）三月にホールは閉館してその後は、ホール代表の鳥居弘昌（学）氏が住職を務める真言宗、千日山弘昌寺の本堂になっている。

千日前の共同便所に話を戻そう。

この便所は道路の半分位を占めていて通行には少々邪魔になったが、竹林寺の北隣りには洋画のスバル座があってヒチコックの「ダイヤルMを廻せ」（1954）や「ダニーケイ主演の「5つの銅貨」（1960）などは満席立見だったから、終了後は外に出てすぐに用が立たせたので瓢一には大変ありがたかった。

「大劇33年の夢舞台」（探究所刊）でも、著者・岡本友秋さんは「この便所のことを『小便たんご』と呼んでいた。現在なら著しく美観をそこねるこの建物は、たちどころに撤去されたであろうが、戦前、戦中は繁華街でも、公衆便所を探すのに一苦労で用をたすには、映画館へ駆け込むか、喫茶店あるいは飲食店へでも飛び込まなければならない状態だった」

いま、この界隈の共同便所は、戎橋南詰南側にある南警察署戒橋交番の北隣り側か、太左衛門橋北詰にある南警察署道頓堀交番の南隣り、なんばウォーク内にあり瓢一はここも利用している。

そもそも千日前に便所を造ったのは横井勘市という男だ。

明治三年（1870）それまであった千日刑場廃止の4年後、千日墓地と火葬場を天王寺斉場、飛田墓地に移し、跡地を大阪府は1坪50銭をつけて払い下げた。

愛知県出身の横井勘市も、これを手に入れ千日前が観衆街になる基をつくったといわれる5人のうちのひとりだ。

奥田弁次郎、逢阪彌（わたる）、藤原重助、京山愛一らがそうで、横井は明治十年頃大阪に来て子供の玩具の小商いから始め、奥田の見せ物小屋で働きながら、火事の跡地で釘を拾い売り、大風で飛んだ屋根板を集め薪にするなど爪を灯をともすように小金をためていった。

辻雪隠（公衆便所）を２４ヶ所も千日前につくりその肥でも稼いだ。その横に自費で交番所も建てた。

「繁華の場所にこれがないと、良民の害を除くことは出来ない」と主張していたが、その裏では肥料として売れた糞尿が盗まれないようにという魂胆があった。

野菜の大生産地北河内の土地（大東市周辺）への肥料として大切な商品だったからだ。

雪隠施設には南警察警部逢阪彌の尽力もあったのではないか。

明治二十年（１８８７）頃、横井勘市は若江一座の女芝居で大当たりをとった。

その９年後、定員は２４７０人だが詰めれば約４０００人収容の大劇場を５万円で千日前に建て人々のド肝を抜いたのである。

この柿落し（こけら）の翌日に横井勘市は刺客に襲われ亡くなるのだが、瓢一の祖父駒吉と千日前を起した男たちとは大きなかかわりがあった。

これはすでに「なにわ難波のかやくめし」（東方出版刊）に著している。

瓢一は、横井勘市と祖父とのかかわりを知り、勘市を追いかけ、その妻フサが建てた墓が天王寺の一心寺墓地にあるのを突き止めた。

祖父は瓢一が生れた年の九月に他界している。

いま、千日前を歩くとき、この地域を方面委員（民生委員）として受持った、祖父の写真を携え、どんなに変わったのかを語らっている。

中村儀右衛門

横井勘市とかかわった人がいた。

中村儀右衛門という。（226ページ写真）

嘉永五年（1852）十二月八日、大阪市西区北堀江で生れた劇場大工だ。

その人の名を知ったのはオーストラリアの中村博さんから届いた1通のメールだった。

「今度、関西大学から祖父儀右衛門のことについて大阪でシンポジウムを開くお招きを受けました。大阪を離れて久しく心もとないので、ミナミにくわしい貴兄にも壇上を共にしていただきたい」という。

彼は朝日放送に勤め瓢一とは同局の「ナイト・inナイト」「こんな時α」など多くのテレビ番組の出演者とディレクター・プロデューサーとしてのつながりがあったが、旅行ペンクラブの会員同士でもあった。

定年退職後はオーストラリア・パースのゴルフ場そばに家を移し、毎朝夫人とラウンドする悠々自適の生活を楽しんでいる。

昭和八年（1933）、大阪島の内出身で帰阪した時は、共にゴルフや食事をする気のおけない友人だ。

瓢一は、その後関西大学にある「大阪都市遺産研究センター」センター長・薮田貫さん（関西大学名誉教授・兵庫県立歴史博物館々長）と逢い、中村儀右衛門にくわしい事を初めて知った。

藪田さんは「芝居町道頓堀の復元的研究」を目標にして、この町並をコンピューターグラフィックスで復元している。

当然、道頓堀五座の風景も復元され、大きな反響を得ている。

そんな頃、この浪花座・中座・角座・朝日座・弁天座の芝居小屋五座の建築に関った大工棟梁の資料群が、東京神田にある古書店から売りに出た。

その数455点、そのなかには浪花座、角座の新築、改築資料が図面と共にあり、舞台背景の下絵「大道具帳」仕様書、当用日記、出勤簿なども含まれていた。

あの昭和二十年三月の大阪大空襲で灰燼(かいじん)に帰したはずのこれら貴重な大阪の財産が残っており平成二十四年(2012)正月、関西大学都市遺産研究センターの収蔵資料となった。

中村博さんと藪田さんと瓢一は、ミナミ坂町にある「上方ホール」のステージで儀右衛門資料について話し合った。

中村さんは「何で東京に、それもこれだけの祖父のものが残っているのか不思議だ」と首をかしげた。

瓢一が、この資料の中で最も興味をもったのは、あの横井勘市が骨身を削ってつくり上げた4000人劇場「横井座」の資料だった。

藪田さんらが著した「芝居町道頓堀の復元的研究・芝居小屋と芝居茶屋を中心に」の中にある中村儀右衛門履歴表に「明治二十六年一月、42才、千日前の横井勘市の依頼を受けて、横井座を設計し、建築する」とある。(完成は明治二十九年三月)

そして、その資料リストには「側面図、正面建絵図・尺度五拾分一、(正面建絵)図※建物上部に塔あり、正面図五拾分一。横面図五十分二」とある。破風入り母屋作り三階建て述べ七百五十坪(2475㎡)。

大阪の郷土史「上方」にも「この横井座は構造も美事なもので盛夏でも2階3階から西風が吹き込んで、芝居の中とは想はれぬ程涼しいから見物客は皆大歓びであったが、情ない事には掃除は不行届きで、何處(どこ)を歩いても足裏が汚れるのは何より閉口だ」とある。

横井勘市が生きていれば掃除はいき届いたろうに。

「上方おもしろ草紙」（朋興社刊）の中に明治三十二年（１８９９）正月の横井座は「嵐班太郎一座」の芝居がかかっていた。ページを異にして南大劇場（旧横井座）場内の絵がある。（２２６ページ）

舞台の左右に花道があり、その横の席をこえてむこうに桟敷（さじき）席、二階、三階があって、正面から左右に手すりがカーブしている。

天井の桝の中にはそれぞれ絵があって電灯らしきものが三、四本長く下っている。

高い天井から贈り幕が下っているが、これが引き幕の上部に届いていない。一見いまの松竹座のようだがもっと大きい。

広い空間だ。これなら風通しもいいだろう。

明治二十九年三月、新築開場、明治三十三年十一月「南大劇場」と改称、明治三十五年一月四日焼失し、春日（はるひ）座に。その後第六愛進館、第一愛進館、昭和八年（１９３３）八月東洋劇場として新築開場、同九年八月、大阪劇場（大劇）と改称し昭和四十二年閉鎖、現なんばオリエンタルホテルになっている。

瓢一が子供の頃、３軒西に横井勘市の娘なみが住んでいた。

もともと未亡人のフサ母娘で駄菓子屋を営んでいたと教えてくれた古老がいた。

彼女は近所に４軒ほど借家をもっていたようだ。

瓢一は町内会でみかん狩りに母と同行したが横井のおばあちゃん（なみ）も一緒で、この時の写真もある。

あの横井のおばあちゃんが勘市の娘で、両親と共にみかん山で弁当を食べ、みかんをほおばるなみさんと瓢一が共に楽しんでいたとは、不思議な気持ちだ。

ミナミの歴史のコマの中に迷い込んだ気もしている。

横井勘市、逢阪彌らと親しかった祖父駒吉が、横井勘市の遺族のお世話をして近所に住んでもらったのだと思う。

瓢一が大劇に行くようになるのは戦後だ。日本橋三丁目の自宅は大阪大空襲で焼失し、今里に住んでいたが、映画と実演がある大劇へはよく通った。

田端義夫、岡晴夫、ジャズでは笈田敏夫、旗照夫、黒田美治、雪村いづみ、江利チエミ、ジョージ川口、松本英彦、小野満、中村八大らビッグ4など、もちろん秋月恵美子、芦原千津子らの春のおどりは、長兄道夫がアルバイトでオーケストラーボックスで演奏していたので舞台下の奈落を通り兄の横に座って真上で踊るダンサーが立てる埃を浴びながらドレスの中も楽しんでいた。

楽団員たちは、マスクをして演奏していた。

人間国宝・桂米朝夫人も駒ひかるの芸名でＯＳＫ団員として大劇の舞台に立っていたし、グランプリ女優京マチ子もこの舞台で育っている。

設計者　中村儀右衛門
（芝居町道頓堀の復元的研究
ー芝居小屋と芝居茶屋を中心にーから）

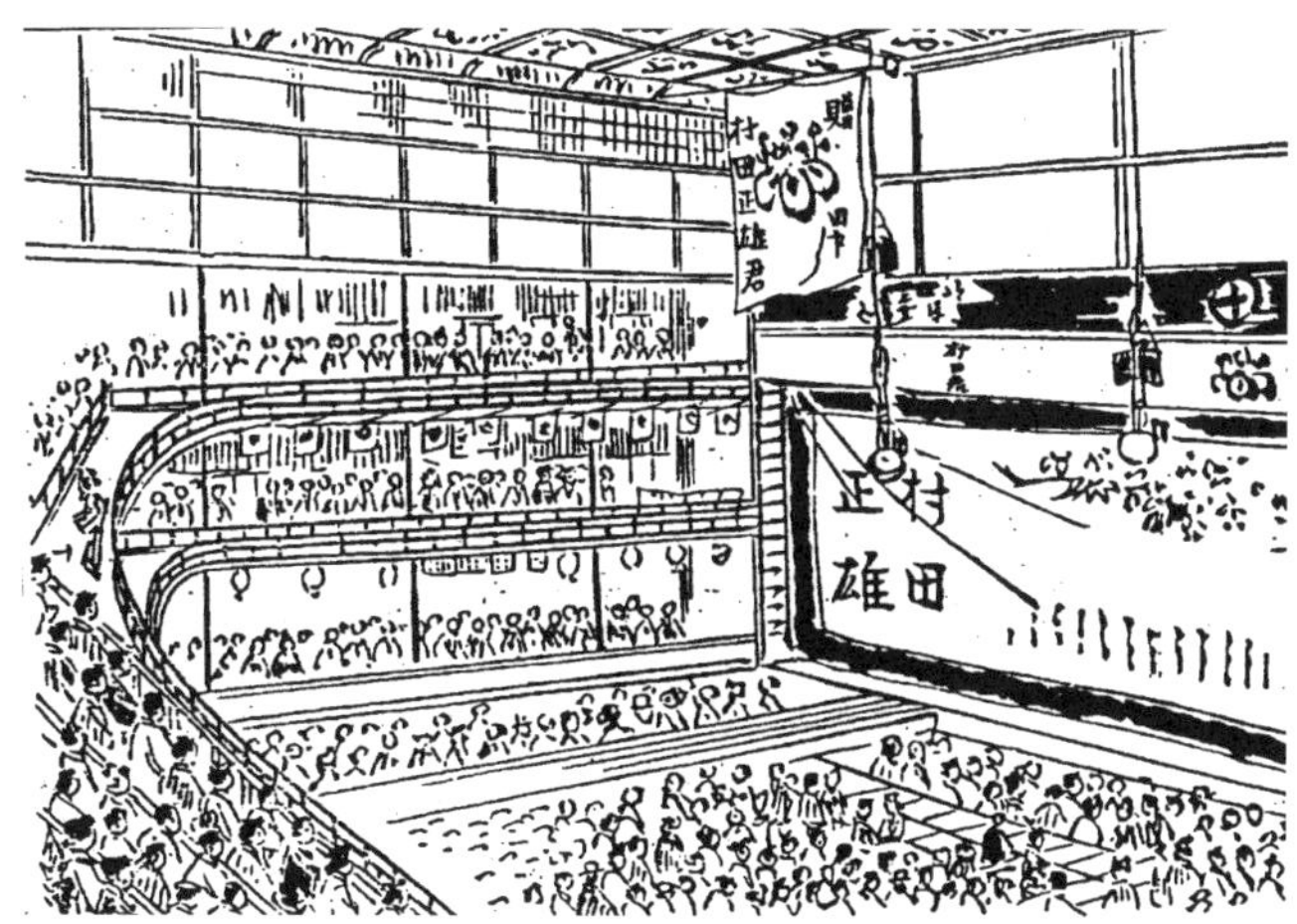

明治 29 年（1896）横井勘市が建てたてた４０００人劇場
横井座改め南大劇場内部・明治 33 年（1900）（上方おもしろ草子から）

明治廿九年三月十八日
開基横井勘市
昭和三年七月五日
釋尼観祥 俗名フサ
明治三十年二月建立
HITACHI
（一心寺墓地）
晴画

横井勘市の没後十六年目に出現して、「第二千日前」とも呼ばれた新世界を見おろし、通天閣と向きあって夫妻の墓はある。

一心寺にある横井勘市の墓

香櫨園

オダサクさんに話を戻す。

横雄が兄修一や母と住んだ香櫨園は阪神電車の沿線にある。

瓢一が高校時代の昭和二十六年（１９５１）頃、近所の浩くん兄弟とその伯母を頼って遊びに行った。

当時、香櫨園は別荘地のようで、駅を降りると海岸まで松林があり、その中に大きな家が左右にあった。

駅から浜まで遠くはなかったから三人は海辺に出て転馬船を借りて漕ぎ出した。

季節は秋口で雨が降っていて水泳客はいなかったが貸船屋があったのかは記憶にない。

勢いよく沖にむかって漕いだものの、高波がきてあっという間に転覆した。

慌てふためいて海岸に戻ったのだが、当時の子どもは向う見ずなことも平気でやっていたものだ。

今は、当時の海岸は埋立てられ駅の南側には国道４３号線が通り、都市化著しくあの自然豊かな風景の面影もない。

西宮市大谷美術館の最寄駅でもあり展覧会に行くこともあるが、近くに海があったとはとても考えられない。

京阪マーケット

楢雄は母寿枝が住む小宮町からの帰りにはいつも天満の京阪マーケットでオランダという駄菓子を一袋買っていた。

そこの売子の雪江という女に心を惹かれてゐたのだ。

織田作之助が「六白金星」を「新生」に発表したのは昭和二十一年（1946）三月だ。

彼が京阪マーケットと書く店はコンクリート造り地上3階地下1階で「京阪デパート天満店」として昭和八年（1933）に開業している。

大阪の郊外から通勤してくるサラリーマンらの食品や日用雑貨などを安価な日常必需品を主に品揃えしたからターミナルデパートとして人気があった。

戦後天満橋駅は、京阪電車の終着駅でこの界隈には映画館がふたつ、玉突き店、飲み屋も多く北浜や淀屋橋あたりから帰るサラリーマンや公務員が市電から乗りかえる帰路のより道にはうってつけの繁華な町だった。

京阪デパートは昭和二十年（1945）に閉店しているが、店舗や建物は京阪神急行電鉄に買収され、同社が当時直営していた阪急百貨店の一部となり「阪急天満橋マーケット」として昭和二十一年（1946）に営業を始めて翌年四月に「阪急百貨店天満橋支店」となっている。

こんな動きのなかにあった京阪マーケットの売子・雪江に楢雄は心を惹かれたのだ。

もう阪急百貨店天満橋支店といかめしい店名になっていたが、瓢一にも同じようなドラマがあった。

役所勤めをしていた22才の時、粋がって傘もささずに雨中のデートから肺炎になり、医者にもかからず一週間高熱を売薬のクロマイで治したが一年後「肺浸潤」にかかり天満橋近くの大手前病院で2年間療養した。

結核病棟は5階で、瓢一の503号室は50才台2人と20才台4人の6人部屋だった。

この病は痛みも、かゆみもない症状で、ただおいしいものをしっかり食べて体力をつけることが早期回復の近道だった。

ヒドラジド、ストレプトマイシン、パスの3薬併用という新療法が導入されはじめた頃で次兄守夫が10年前にうけたものとは格段の差があった。

まだインスタントラーメンが出ていない頃で、病院食では栄養がつかないといって若者たちは共同で朝食を作っていた。

大鍋で干麺を茹で、かやくを入れ卵をまぶし4人で賑やかに食べていた。

結核菌が出てないから外出も許され、当番のものが天満橋界隈の八百屋や京阪マーケット（阪急百貨店になってもそう呼んでいた）などで食材を仕入れてきていた。

その京阪マーケットの喫茶店の女性が美人だと見てきた同室の中山が言いだした。

さて、それぞれの京阪マーケット通いが始まった。

各々が彼女の気を引くために努力しだした。

それまでパジャマ姿でわが者顔で行っていたところに洋服姿でめかしこんで行きだした。

「オレの方をむいて笑った」

「釣り銭を置いてきた」

「オレに気があるんや」

ひまがあり余っている病室で話はふくらんでゆく。

隣の病室の若い患者らも噂をきいて行きだした。えらい騒動になってきたと同室の中年は苦い顔だ。

「そや」と、年長といっても25才の山司が「この4人で誰が一番に彼女をこの病室へ連れてくるかで争おうやないか」と隣室の参戦にあせりの色をみせて言った。

その頃、瓢一は3年間交際していた彼女に振られて悶々としていた。

「結核は将来がわからない病気だから、見舞にも行くな、交際も止めて」と両親から反対され見合いをして来なくなった。

やけっぱちになっていた瓢一は「このレースはガンバラないと」と思うが、根が内気な性質で他の3人とは馬力が違う。

彼女の店へ行っても、下を向いて紅茶を飲んで帰ってくるだけで結果は見えている。

そんなある日、診療のためレントゲン室の前の廊下で個室の4人が待っていると、彼女が目の前を通った。

「あ〜っ」、一斉に立ち上がった4人にうれしいほほえみ返しがきた。

「彼の入院見舞いにきたの」

かくして、また四人の退屈な日々が始まった。

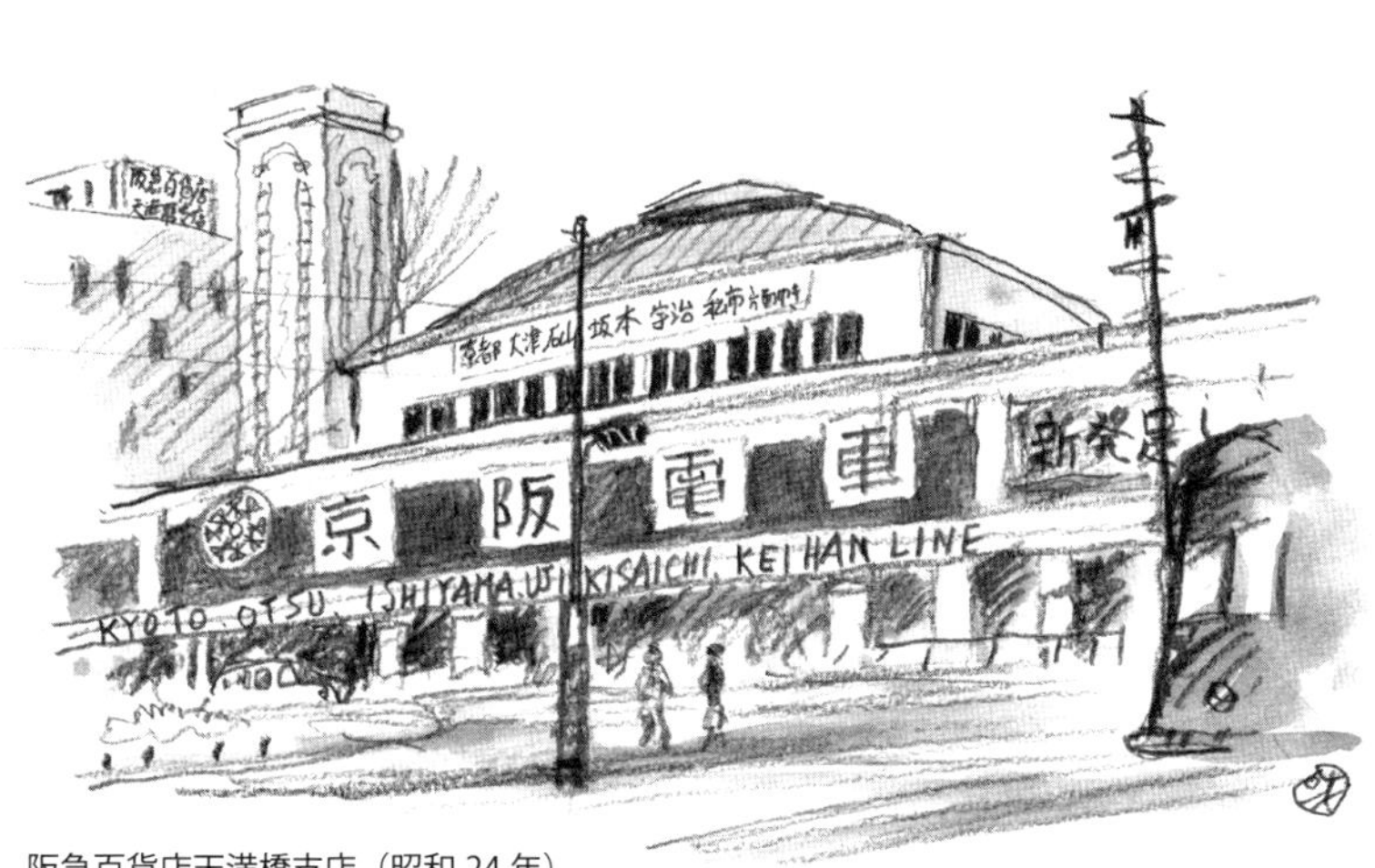

阪急百貨店天満橋支店（昭和 24 年）

アドバルーン

高津神社

こうつと(え〜と)、高津神社の絵馬、だれから頼まれたんやったかいな。

あ、やっぱり小谷真功宮司やった。

たしか、天満橋のアトリエに来やはって頼まれたんや。

若うてハンサムな宮司はんとは初対面やったな。

小さい絵馬はいろいろ描いたけど、絵馬堂に掲げる大きいのんは始めてや。

天神さんやあちこちの神社にはいろんな大きさの絵馬がかかったあるけど、古うなったらみんな絵の具がはげてるなあ。

どんな画材を使うてるんやろ岩絵の具かな。

長野県小布施の岩松院本堂にある北斎が89才のときに描いた天井絵「大鳳凰図」は21畳の大きさのもんで、仰向けに寝ころんで観賞するんやけど、今描き上げたとこみたいで、とても明治の20年前のもんとは思えんきれいさや。

小林一茶の「やせ蛙まけるな一茶これにあり」の名句とともに世間さまによく知られている寺やけど、説明によると、たしか北斎は「絵具に宝石を混ぜたから」ピリッともしてへんのかな。

色がはげ落ちてる絵馬は、杉板に描いたからか、いや屋外にあるからかもしれんな。

さて、何年経っても剥げ落ちへん絵具は何やろか。ペンキやろか、あ、樹脂が入ったといわれるアクリル絵具はどうやろ、昔、あんな画材はなかったもんな。いっぺん使うてみよか。

画学生やったころ、アメリカのイラストレーターの絵を見て背景の刷毛むらの勢いが出る絵具は何やろかと、先生と一緒に研究して、ケント紙に油を塗ったりしていろいろ試したがわからんかった。

何年かしてリキテックスという樹脂系の絵の具やというのがわかったな。

そや、アクリル絵の具を使うてみよう。

つぎは、板やな。

これは材木店さんに相談してみなあかんが、知り合いがあったかいな。

あ、いつか作家の新野新さんが「隣りの材木店主や」というて連れてきたことがあったな。

たしかかつてその人の担任やった恩師に記念の似顔絵を描いてほしいとアトリエへ来たんや。

この人に相談の結果、何年経っても反り返らへんように何枚も接着剤で貼り重ねたベニヤの合板を使うことにした。サイズはタテ90センチヨコ180センチ。

大阪弁はしんきくさい(じれったい)からここからやめる。

画のテーマは、高津さんにちなんだ上方落語と決めて下絵から始めた。

「崇徳院」「高津の富」……。

江戸時代の噺だから、かつての神社の建物の形や配置を考え、スケッチにも通って念入りに描いた。

制作過程は高校の級友石川三郎くんが写真にしてくれたので、彼が逝っても手許に残ってる。平成十一年(1999)二月十二日、高津宮遷座奉祝祭のとき、絵馬堂で奉納式があり、寄贈者桑原兵充夫妻とともに参列した。

後々わかったことだが、このお二人は大阪大学教授・橋爪節也夫人の両親だった。

橋爪さんとは大阪市史にくわしい古川武志さんとともに「大阪春秋」誌に毎号わたしの絵をジャンル別にして鼎談してる仲だ。

高津神社の小谷真功宮司と瓢一は、このところ出会う機会が多い。

近代漫才の父、漫才作家・秋田実さんの長女で絵本作家・藤田富美恵さんらが大阪空堀地区に、開いたフリースペース「大大阪芸術劇場」の柿(こけら)落しでお祓いをしたあとの直会(なおらい)の席で久しぶりに言葉を交した。

その三日後、「水の回廊、大阪の橋を巡る」のクルージングで共に大川―東横掘―道頓堀―木津川―堂島川を巡り、下船後のパーティ会場への道、老松町界隈を二人で歩き、梅田新道にあるアサヒスーパードライ梅田でも卓を囲んだ。

瓢一の高校時代の担任だった西宮一民先生が、古事記の世界的権威者といわれるようになられ、三重県伊勢市にある皇學館大学学長の職に就かれた話をしたところ、宮司もこの大学の出身であり、西宮先生は指導教官であることがわかった。

近くにある生國魂神社の中山幸彦宮司も同大学の出身者で小谷宮司の15期先輩だ。

高津神社では、瓢一が同人だった文化人川柳の会「相合傘」も句会を開いていたし、大阪のことに詳しい故・肥田晧三先生(元・関西大学教授)らの「一軸会」にも参加した。

瓢一と親しかった五代目故・桂文枝師匠もここで会を開いていたことで、その碑もある。

故桂枝雀や桂福團治もここの絵馬堂で二人して落語の勉強をしていた。

本殿前の参道に小さな「梅之橋」がかかっていてかつては「梅川」という小川がその下を流れていた。

梅川は、高津入堀川に注いでいたがこれは享保十八年(1733)の開削以後で、それ以前は上町台地からの湧水による細い川の一本が溝を造っていたと瓢一は推測している。

この川溝が流れ落ちていき、千日前溝の側の溝となったと何かで読んだ記憶による推測だが、小谷宮司は、その溝は別のものだと教えてくれた。

かつての地名「河原町」はこの溝の側から北を一丁目、南を二丁目といったのは知っている。

というのは瓢一の生地が河原町二丁目一四六五番地だったからだ。

高津神社の絵馬に「上方落語高津の富」を描いたがこの当り籤は「子の一三六五」だったから子

年生まれの一四六五番の瓢一とは十番違いだということでも親しみを感じているネタだ。

話をアド・バルーンに戻す。

落語家を父にもつ「私」は生まれてすぐ母が死んで、里子に遣られる。

南河内の狭山（さやま）、腫物（できもん）の神がいる石切、大和の西大寺、和泉の山滝村など7才までに6、7度も移されていた。

その夏、三味線引きのおきみ婆さんが八尾まで迎えに来てくれて、高津神社の境内にある小綺麗なしもたやで暮すことになる。

もと南地の芸者浜子という継母と落語家円（まる）団治、二人の間に生れた新次との生活が始まる。

父は寄席へ行ったあと、晩になると浜子は新次と私を二つ井戸や道頓堀に連れて行く。

この夜の世界が私の一生に少しは影響して、大阪の町々がなつかしい、惜愛の気持を抱かせるようになる。

オダサクさんは、その時のことを詳しく書いている。

家から南へ表門の鳥居をくぐると高津表門筋の坂道、登りつめた南側に「かにどん」というぜんざい屋。

登りつめるということは東へ上ることで、谷町筋のことか。途中に十字路がひとつある。

この十字路を左に行くと高津神社の東入口があり入って梅之木橋近くにある「私」の家はここから入る方が近いと瓢一は思う。

道の東側は寺が並んでいて、そのひとつに毎年春場所の時「高砂部屋」が宿舎にしている「久成寺」があった。

谷町9丁目、いわゆる相撲のごひいき「タニマチ」の地だ。

瓢一が始めて大相撲の朝稽古を描いたのは、平成四年（１９９２）二月で、五代目高砂親方（大相撲第46代横綱・3代朝潮）の時だった。

この親方米川文敏は１９才のとき、兵庫県（神戸市）の親戚を頼ってまだ占領下にあった徳之島（鹿児島県）から船でやって来た。

昭和二十三年（１９４８）十月場所初土俵。大阪太郎と呼ばれるほど大阪場所では強く、５回のうち4回優勝している。

同島出身者根本豊秀さんは彼のタニマチのひとりで、彼は大阪へ来ると雲雀丘（現川西市）にあった根本さん宅に家族で泊っていた。

梅田にあった台湾料理「龍潭」は根本さん夫妻が戦後に起ち上げた店で、その長男は料理研究家・故程一彦さんだ。

程さん一家と瓢一は親しく店へもよく行ったし、関西学院大学軽音楽部出身でジャズライブもやる程さんとカラオケにも同行したこともある。

そんな高砂部屋の朝稽古で描いた力士は、朝潮（近大出身、当時は大関）、巨漢小錦（当時は大関）、水戸泉（当時は小結）らだった。

竹刀を持って立つ五代目親方の姿もある。

それより4年前の平成元年（１９８９）春場所で貴花田、若花田兄弟、曙、魁皇らがデビューした時、この新弟子たちの前相撲を大阪府立体育会館で描いている。

彼らのうち魁皇を除く3人が横綱になるまで描き続け、大相撲の画集も出し個展も大阪、東京、名古屋、オーストラリアなどで開いてきた。

話を戻す。

谷町筋を南にとると、オダサクさんの家・上汐町だからこの辺は、道頓堀に行くのには通い馴れた道だろう。

高津神社の表門筋を降りたあたりの描写は実に詳しい。

上町から、島之内に西へ下って行く、町の変化は楽しい。

二ツ井戸の黒焼屋も出てくる。

上方落語「崇徳院」で若旦那と娘の話の舞台になる高津神社の絵馬堂の階段を降りたところには「高津の黒焼屋」があった。

オダサクさんが二つ井戸の黒焼屋を書いたのはなぜだろう。

江戸後期刊行の「摂津名所図会」にも神社の石段下に高津の黒焼屋の絵が出ている。

古来、梅の名所であったこの神社の前にはいろんな名物店があったがそのひとつがこの黒焼屋で「大鵬の翼という大きなものから蝸牛（かたつむり）の角という小さいもの」まで黒焼きしており、絵の軒に吊されているのは狐、狸、川うそ、下の台にはねずみらしきものまで見える。虎、熊、豹などの皮まで軒に吊りと絵の上に書いてある。

約30年前、瓢一はこの黒焼屋を取材している。

商標登録㋖の看板と「総本家・高津黒焼屋・鳥谷市兵衛商店」と屋号を掲げた平家一戸建ての店だった。

店頭台の上に薬研があり、陳列台には神経痛、肝臓痛、リユマチス（原文ママ）、熊膽、牛血、内地産猿頭と書いた紙札が貼られ、その下に「漢方處方、御容体に従い配合いたします」とある。

300年続いているここの10代目店主がその奥に座っていて笑顔を瓢一に向けていた。

「夫婦仲が悪い人、子供がなつかない乳母さんによろしい」とイモリの黒焼き、俗に惚れ薬を紹介してくれた。

高津神社絵馬堂の落語絵馬　著者画

絵馬堂下にあった高津くろやき屋
（1950 年頃）

粉にして袱紗に詰めてあったが、イモリのオスの黒焼の粉は女性、メスの粉は男性が身に着けるといいようだ。

一袋3000円、効果の程はわからないが当時高価だと思った。

岩おこし屋の軒先に井戸が二つある。とオダサクさんが書くのは「二つ井戸の津の清」のことで、ここの岩おこしは葬式の道供養として子供たちに配られたのでよく知っている。

少し西に行くと高津の入堀を渡る清津橋でその袂に元の播重席があった。女義太夫のスター呂昇の人力車をおっかけが走った道、三軒西に中浜屋という双子織り専門の反物屋。

明治二十九年（1896）九月三日、ここで生まれたのが、人間国宝・桂米朝さんの師匠四代目桂米団治。

袋物四天狗、しる屋、まんじゅう屋、松川屋妻吉の家など「上方はなし十八集」に町並を米団治は書いている。

明治三十五年頃のことだからオダサクさんは知る由もないが中浜屋から西へ4軒は呉服屋2軒、帯屋、袋物屋が並んでいるからオダサクさんの帯専門店「まからんや」はまだ続いていたかも知れない。

日本橋南詰の堺筋を渡るには電車道をこえるのだが、当時堺筋は市電が通っていた。

江戸時代、大坂の主要道路は東西の「通り」だったが明治になって南北の「筋」が主役となった。明治四十五年（1912）、市電堺筋線が大江橋南浜―北浜二丁目―日本橋三丁目に開通して道幅も21・8メートルに広げられてより顕著になった。

柳堂筋ができる昭和十二年（1937）頃までの堺筋は街路樹のある大阪一近代的な道路で金

融機関も百貨店も競って出店した。

高麗橋三越は大正六年（１９１７）、改装。白木屋は大正十年（１９２１）、心斎橋から備後町三丁目へ、高島屋は大正十一年（１９２２）、長堀橋南詰に、松坂屋は大正十二年（１９２３）、日本橋三丁目に出て来た。

この堺筋を越すと道頓堀・五座のひとつ角座の隣りの果物屋を千日前の方へ継母浜子は折れる。法善寺花月に父が出ているのを教えて楽天地（現、ビッグカメラ）をひょいと日本橋一丁目の方へ折れて目安寺の中へ入った。

要するに、千日前通りの電車道筋を南に渡らずに沿って東に折れる。

目安寺は日蓮宗自安寺のことで千日前の妙見さんと瓢一ら家族は呼んでいた。

瓢一の家も日蓮宗で祖父駒吉は団扇(うちわ)太鼓を叩いていたし、祖父が世話して部屋を貸していた山本さんも、その西日本の中心である能勢妙見へ三人の兄弟をよく連れて行った。

はまぐりの殻に入れた「赤薬」というスリ傷や切り傷用の赤い塗り薬はいまも瓢一の思い出の中にある。

戦後、瓢一の時代、自安寺の敷地内の千日通り面して天牛書店があった。

オダサクさんがアド・バルーンで触れていないのは、当然まだ二ツ井戸にあったからだろう。

ウィキペディアによると天牛書店は、明治四十年（１９０７）、創業者天牛新一郎が二ツ井戸で開いた古本屋で大正四年（１９１５）には少し西の日本橋南詰めに、昭和七年（１９３２）二ツ井戸に当時としては破格の大型店を構えた。

「高く買って安く売る」という良心的取引がモットーで、この大型店の２階には百畳敷きの大広間があり「道頓堀倶楽部」として舞のおさらいや素人浄瑠璃などに借していた。

このことはオダサクさんの「夫婦善哉」の最後に出てくる。

柳吉が蝶子の三味線で「太十（たいじゅう）」を語り二等賞の景品に大きな座布團をもらう素義大会の会場がここだ。

アド・バルーンでは継母浜子が法善寺花月を横目に「やがて楽天地の建物が見えました」とある。

楽天地（現ビッグカメラ）は、大正三年（１９１４）七月から昭和五年（１９３０）十二月まであったから、天牛書店は日本橋南詰にあった頃で、二つ井戸店二階の百畳敷き広間はまだ無いから自安寺までに天牛千日前店が出てこないのは当然だ。

夫婦善哉の最後にこの広間が出てくるのは書かれた昭和十五（１９４０）年だからすでに有った。

昭和四十三年（１９６８）、上本町六丁目が終点だった近鉄が難波まで乗り入れることで千日通りの市電が廃線となり、道幅を一筋北に広げることで自安寺も天牛書店も立ち退き、寺は二つ井戸の元の天牛書店の斜め前に移り、天牛書店は中座向いにあった演芸作家三田純市さん（故人）の生家である芝居茶屋「稲照」の跡に店を開いた。

千日前の自安寺では、上方落語協会が会議や「自安寺若手勉強会」を開き、勉強会から故笑福亭仁鶴、故桂小米（枝雀）、故桂春蝶、故林家染奴（月亭可朝）らが出てきた。

後に桂一春（福団治）も参加した。

道頓堀二ツ井戸の新しい自安寺で仏前結婚式を挙げたのは桂小米（後の枝雀）だ。

昭和四十五年（１９７０）十月十五日、自安寺本堂での挙式で、列席者は師匠・桂米朝（故人）、妻良子の師匠・日吉川秋水嬢ときく子、六代目笑福亭松鶴（故人）、吾妻ひな子（故人）、桂春蝶（故人）、そして兵庫県伊丹市立伊丹高校の定時制で前田達（小米）の恩師・森本幸男先生らだった。

互いの親兄弟や親族も呼ばず仲人もなかった。

式のあとは全員夫妻ゆかりの「幸鶴」でフグを食べてお開き、新婚旅行はなし。

いま、千日前交差点にある「ビッグカメラ」は、遡る(さかのぼ)と「プランタンなんば」、「千日デパート」、「大阪歌舞伎座」、「楽天地」だった。

瓢一が祖母キヌエに連れられて行ったのは大阪歌舞伎座(昭和七年十月・1932～同三十三年四月(1958)だ。

六階にアイススケート場(昭和八年)と映画館があった。

昭和十三年(1938)映画館「歌舞伎座地下劇場」が出来た。

戦後はここは占領軍のPX(米陸軍・軍施設内の売店や酒保、キャバレー)になっていた。

この「ドリームランド」と呼ばれる施設は朝鮮戦争(昭和二十五年・1950)が始まりるまで営業していた。

PXのあとは「歌舞伎会館」となり軽演劇や漫才を上演していた。

千日デパートは(昭和三十三年・1958)十二月一日開業した商業ビルで専門店や劇場などが入っていた。

改装して六階に千日劇場と食堂、七階は大ホール(のちにアルバイトサロン「プレイタウン」)、地下の映画館は昭和三十一年(1956)に演芸場「歌舞伎地下演芸場」に変った。

これは、御堂筋西にあった戎橋松竹の閉館によるものだった。

昭和三十二年(1957)、ここを経営していた松竹の傍係会社「千日土地興行」の京都劇場に入社配属されていた田中秀武さんは、三年後四月、正社員として大阪に転勤して営業部芸能課公演係を経て放送テレビ係に机を置いた。

この時、千土地興行に所属していたのは、笑福亭枝鶴（故六代目松鶴）、故桂米朝、桂小春團治（故露の五郎兵衛）、故笑福亭松之助、故桂文紅、桂我太呂（故桂文我）、故吾妻ひな子らで後に桂小米（故枝雀）、桂朝丸（ざこば）らが続く。

田中秀武さんが辞令をもらいすぐに上司と共に新任の挨拶に出向いたのは、当時阪急百貨店屋上にあった「新日本放送」（後、毎日放送）といま朝日新聞社やフェスティバルホールがある場所の「新朝日ビル」10階～13階にあった朝日放送だった。

この時、当局と専属契約を結んでいた桂米朝師匠と運命的な出会いがあり、昭和四十九年（1974）、「米朝事務所」を起ち上げマネージャー、社長、会長として41年間辛苦を共にして、平成八年（1996）「人間国宝」認定、平成十四年（2002）演芸人として史上初の「文化功労者」顕彰、そして平成二十一年（2009）「文化勲章」授章までの影の力として支え推（お）し上げたのである。

平成二十七年（2015）三月十九日、桂米朝師匠の逝去に伴う葬儀は公益社・千里会館で行ったのだが、ここは瓢一が古くからの友人・播島幹長さんが会長を努める社で田中会長に紹介した所以である。

長年、お世話になった米朝師匠への少々のお礼になったと瓢一は思っている。

夜店

継母浜子ら3人は自安寺を出て横に並ぶ「お午の夜店」を楽しむ。

自安寺とお午の夜店については、瓢一の思い出も多い。

大阪大空襲で消失する前の自安寺には次兄守夫に連れられて行っている。オダサクさんが書くように明るく、線香の香りがただよい、ろうそくの火がまたたいていた。そんな中、裸足(はだし)になった婦人がお経を唱えながら「お百度石」の回りを廻っていた。一度廻ると手に持っていた札を置くのが印象的だった。

水掛地蔵や不動明王は記憶にないが、大きな銅で作られた見上げるような馬の像がそびえていた。

寺の東側に出ていた「お午の夜店」はこの馬に由来すると思っていたが「午の日」に出る縁日だと知ったのは随分後だ。

この夜店は相合橋筋の北の道頓堀にあった朝日座から南下して新金毘羅さんの通りまであった長いものだ。

今で言うと、道頓堀から千日前通りを越し吉本NGKシアターの裏まであった。

NGKの場所は正月になるとサーカス、裏はお化け屋敷など見せ物小屋が建つ空地だった。戦時中、この空地に溜池を作っているのを精華国民学校への通学中に立ち止って見ていた。

この北東南は、荒井君の家で文房具店だった。

彼はクラスで一番絵がうまく、軍艦や飛行機など見事に描き、とりわけ海戦の絵では弾丸が海に落ちて高く立ち上る波柱は瓢一をわくわくさせた。

その時のクラスメート佐野君の桃太郎、戦後今里で通った神路小学校で野球の絵が上手かった古川君、サンタクロースが見事だった3組にいた大川君など、いつも瓢一のそばには図画の上手な子がいて後年イラストレーター目指す潜在意識を植え付けてくれていたように思う。

荒井君宅の南向いは枡田酒店でクラスメート枡田義信君のことは、「神経」のところで書いた。

オダサクさんは「アド・バルーン」でお午の夜店のことをていねいに書いてくれている。

おもちゃ屋の隣に今川焼があり、今川焼の隣は手品の種明し、行燈の中がぐるぐる廻る走馬燈(まわりあんどん)で、虫売りの屋台の赤い行燈にも鈴虫、松虫、くつわ虫の絵が描かれ、虫売りの隣の密垂らし屋では祇園だんごを売っており、密垂らし屋の隣りに何屋がある。

と、メモしてきたように詳しい。

アセチレンガスの輝きの中に夜店の風景が浮かび上がり瓢一にとっては胸がしめつけられるほど懐かしい大阪の夏の風物詩が走馬燈となって頭の中をかけ巡る。

この夜店から5分ほど南にある瓢一の「商人宿むかでや」には明治から大正にかけての常連客が決って来た。十二月二十五日から正月明けまでいる伊勢の太神楽や三河萬歳師。

太神楽(だいかぐら)は獅子神楽で獅子のもつ霊力で火伏せや無病息災などを祈るもので伊勢参りの代参の意味もあり代神楽とも書く獅子舞。

三河萬歳は愛知県からやってくる太夫と才蔵で、めでたい御殿萬歳(ごてんまんざい)などで各戸を廻り新春を寿ぐ。

節分のころに2、3日泊ってゆくのが「厄払い」。

「厄払いまひょ。めでたいのんで払いまひょ……」のかけ声で町中を歩く。

注文がくると「あ〜ら、めでたやな、めでたやな、めでたいことで払おなら、鶴は千年、亀は万年、浦島太郎は八千歳、東方朔(とうぼうさく)は九十歳、三浦の大助百六つ、かかるめでたき折からに、いかなる悪魔がこようとも、この厄払いがひっとらえ、西の海へさらり、厄払いまひよ」と厄払いしてから大豆とお金をいただく。

夏になると「キリギリス売り」「鈴虫売り」など夜店の露天商人や猿廻しなどが一泊１５銭ほどで宿泊していた。

当然、お午の夜店の商人もいただろう。

オダサクさんの夜店レポートがつづく中で「奥州斎川孫太郎虫屋」がアセチリン瓦斯やランプの光の中にいる。

この「孫太郎虫」を商う店が難波高島屋の西向いにあった。

かつて土橋（叶橋）の北東袂にあったこの店は精華国民学校の同級生S君の家だった。

孫太郎虫はヘビトンボの幼虫で、乾燥させて「疳」の薬にしたもので、瓢一は遊びに行った時、いたずらに、薬包紙を開きなめてみたことがある。

なんとも香ばしくおいしかった味がいま甦えってきた。

どこの夜店でも最後の方は植木屋だったと思われる。

ある夜、夜店へ出かけた瓢一の次兄と二階の二号室に泊っていた三人兄弟の次男吉男さんが、何か胸に抱いて息を切らせて走って帰ってきた。

何があったのかと瓢一もついて中の間に入ると、抱いてきたものを畳の上に放り出した。

それは新聞紙を袋にして束にしたもので、二人がいちいち中から取り出したのは映画スターのブロマイドだった。

「なんや、カスばっかりやん」

名刺大のブロマイドの裏に「1等」「2等」と書いた「アテモン」（くじ引き）の束で夜店の店頭では「1等」はB4サイズ「2等」はB5サイズ「3等」はB6サイズぐらいのブロマイドがぶら下げられていて当るとそれが貰えた。

当時のスターは、鞍馬天狗のアラカン（嵐寛寿郎）、荒木又右衛門のバンツマ（阪東妻三郎）、丹下左膳の大河内伝次郎、旗本退屈男の市川右太衛門、宮本武蔵の片岡千恵蔵、伊那の勘太郎の長谷川一夫ら時代劇六大スター、月形龍之介、原健作など子供達に人気がある時代劇の俳優が多く、いたずら盛りの中学生二人がおじさんのスキを見てパクって来たものだ。

田中絹代、轟夕起子ら女優があったかどうか記憶にないが、男の子の対象外だったのだろう。

他によく行ったのは、御堂筋西、のちにできた新歌舞伎座の北側と西側に出た「溝の側の夜店」と、旧松坂屋裏にある日本橋小学校の東、御蔵跡公園そばに出る「地蔵さんの夜店」。

一と六の日に出る平野町の夜店は遠すぎて行かなかった。

祖母が「どくしようような子や」と言いながら「モグサ」と「線香」をもって追われる「ヤイトのお仕置き」が怖かったことも行かなかった理由のひとつだ。

オダサクさんは、八幡筋の夜店にも触れている。

そのあと太左衛門橋の話になる。

瓢一らは、大人の世界の境界と考へるこの下の道頓堀川で鮒を網で掬って遊んだが、川に面しているのは家々の裏側で、糞尿の汲み取り船が着いていた。各家の木橋を肥タンゴを前後にかついだ人が出入りしていた。

今は、川の左右に木製の遊歩道「とんぼりリバーウォーク」ができ、この辺りで「道頓堀リバーフェスティバル」などのライブがあったりして賑わっている。

瓢一は先日、船でこの川を木津川まで下ったが、戎橋下のステージでは、はち切れるばかりのミニスカートのアイドルユニットが踊り、狭い川幅の左右から観光客が手を振ってくれる。

かつてボートの後に提灯をつけてペアでゆっくりただよっていたのとは雲泥の差で、人の波も息ができないほど多く、地下鉄から御堂筋に出る階段で渋滞が起こり驚いた。

私は十五才の春、西横堀の瀬戸物町にある瀬戸物屋へ丁稚奉公に行く。とオダサクさんは書く。

この瀬戸物町の陶器祭は七月二十四日、年に一度のこの日、陶器作りの人形が出て賑う。

西横堀川西側の阿波座一丁目（西区）から立売堀（いたちぼり）二丁目界隈にあったこの瀬戸物町は、幕末から明治、大正時代にかけて陶器商人が集ったことに始まる。

この頃は200をこす陶器店が軒を連らねていた。

この町では、陶器の梱包にワラを使うので、火災防止に霊験がある愛宕山将軍地蔵が祀られており、地蔵会には陶器人形を作り奉納していたが、明治五年(1872)地蔵祭りが禁止され、それに代り「火防(ひぶせ)陶器神社」が創起されたがいまは中央区本町の坐摩神社境内にある。

日本各地への輸送経路だった西横堀川も昭和三十七年(1962)埋立てられ、架っていた20の橋も上を通る阪神高速道路1号環状線の下になって消えた。

また、瀬戸物町の南にあった大阪欄間の町もここにはなくなった。

かつて、長堀川や西横堀川には貯木場があって太い丸太が浮んでいたが、セピア色の彼方に消えてしまった。

オダサクさんの陶器祭はいま大阪せともの祭として、例年七月二十日過ぎに開かれ陶器人形もつくられている。

かつて、瓢一はこの祭りの主催者・大阪府陶磁器商業協同組合の依頼でせともの祭のキャラクターの猫を作った。

これは火防陶器神社せともの祭・大阪府指定無形民俗文化財の認定記念のもので猫に「元気」の文字を入れ、手にする人の無病息災を祈った貯金箱で背に「福」の字も入れた。

また、「茶碗供養」で交換する茶碗にも絵を描いた。

元気猫の表現を虎に変え、阪神タイガース応援の元気トラにもした。

京セラドーム球場(当時)での「テーブルコーディネート展」では素焼き皿に似顔絵を描くイベントにも協力したことがある。

火防陶器神社がある坐摩神社(いかすり)は、神功皇后が新羅より御帰還の時、現在の天満橋付近にあった「渡辺の地」に御祭神を奉祀されたと由緒にはある。

この場所は現在の中央区石町付近で、瓢一のアトリエはここに40年近くある。マンションの上から眺めると西の下に坐摩神社の御旅所があり、そこには「神功皇后の鎮座石」と言われる巨石があったがいまは更地になっている。

元々ここにあった神社は天正十一年（1583）大阪築城にあたり、西横堀川に近いところに遷座した。

渡辺の地には、かつては渡辺の津、窪津とも呼ばれ古くから港だった。後に三十石舟が京へ上り下りする八軒家浜となるが、四天王寺、住吉大社、高野山、熊野三山への参詣道の起点で、いまもアトリエ横の坂を下ったところにその石標が新しくある。

昭和六十三年（1988）に旧南区・東区の統合に伴う地名変更で「渡辺町」は消えたが、いま坐摩神社があるところは「久太郎町四丁目渡辺」と番地はないが地名はここに生き残っている。

平安時代中期にはじまる嵯峨源氏の源綱（渡辺綱）は渡辺氏の祖で、源頼光の四天王のひとり坂田金時（幼名金太郎・未詳）らと大江山の酒呑童子退治したのを子供の頃「講談社の絵本」で読んだ。この金時の墓は、瓢一が30年教鞭をとった宝塚大学（前宝塚造形大学）そばの万願寺にある。その横の愛宕原ゴルフ倶楽部は瓢一のホームコースだ。

熊野詣は道中、王子神社も辿り遥拝して行くが「一の王子」はかつて石町にあったと聞く、いまは四天王寺近くの堀越神社境内にあるのを瓢一は確かめている。

坐摩神社境内には初代桂文治が寄席を聞いたゆかりにより「上方落語寄席発祥の地」の顕彰記念石碑が平成二十三年（2011）に建てられた。碑には大阪の泰斗故肥田晧三さんと桂三枝（現六代文枝）の名も見られる。

ちなみに瓢一は、昭和三十三年（1958）、肺結核で大手前病院に入院以後、結婚式（労働会館、現エル・おおさか）、仕事は松坂屋百貨店（現京阪シティモール天満橋）、読売テレビ（元岩井町）

などとかかわり、3カ所のアトリエ移転も天満橋でこの町の移り変りを約60年間見てきている。昭和四十五年(1970)に完成した中央大通りの建設初期、長女を宿した妻と瓢一は、展覧会作品制作のための工事現場に行きトラクターをスケッチし大作にした。

火防陶器神社の北側、この中央大通りと交わる阪神高速道路一号環状線の下にあった大阪市の公設市場リニューアルに伴い、施設名、レタリング、キャラクターの仕事が瓢一にきた。

当時は意味なくカタカナを並べるネーミングが主流だったが、場所が船場で商人の挨拶の「まいど」を合わせて「まいどSENBA」と決めた。「まいど」は英語のMIND(マインド)に通じ、心、精神、知力を表わすからだ。キャラクターは馬だ。船場の元は洗馬だからで、各店の商品を胸に抱かせた。公設市場のイメージは大きく変った。

「アド・バルーン」を「大正琴」か「通天閣」という題名にしようかとオダサクさんは思っていたらしいが、いづれにしてもこの作品に出てくる「大阪の風物詩」が警報がなる灯火管制のもとで書かれ、昭和二十年(1945)「新文集」三月号に発表されたのは大阪大空襲の約1ヶ月前だった。

オダサクさんの作品は、瓢一にとっては懐しい立版古(たてばんこ)だ。開けると、時空を超えて道頓堀、千日前など大阪の風景が飛び出し、祖父母、両親、兄弟たちと出会え至福の時が味わえる。

ありがとうオダサクさん。

せともの祭り記念
「元気猫」

蓮登山自安寺

オダサクさんの「アド・バルーン」と「わが町」にお午（うま）の夜店が出てくる。道頓堀朝日座の角から千日前の新金毘羅通りまで（現・N・G・K・シアター南）の相合橋通りに出ていた長い夜店だ。

前者では夜店一店づつを紹介し、後者では6年振りにフィリピンから河童路地のわが家に帰った他吉は、女房お鶴と娘初枝がお午の夜店で七味唐辛子を売っていると知る。

いづれの話もこの夜店を知る瓢一の郷愁を誘う。

この「お午の夜店」は江戸中期、千日前刑場横に創建された日蓮宗の開路寺院・蓮登山自安寺にあった「能勢妙見遥拝所・妙見堂」の縁日「午の日」に出たもので、古くは平野町（ひらのまち）（御霊神社）、順慶町（じゅんけいまち）（津村御坊）とともに大阪三大夜店のひとつといわれた。

この寺は、自安寺妙見堂午日詣として絵にあるが、繁華街千日前となった明治前期以降、南地五花街（宗右衛門町・九郎右衛門町・坂町・櫓町・難波新地）の華やぎも手伝って殷賑を極め「無病息災」「商売繁盛」「技芸上達」などを願いにくる参詣人のため、中門は昼夜を問わず開いていた。

妙見堂は自安寺西側にあり、その前の等身大の馬像をいつも瓢一は仰ぎ見ていた。

幼児の時から「お午の夜店」は「お馬の夜店」と思っていたが、この寺が瓢一の本名「國晴」とゆかりがあるのではと気付いたのは８４才になった時だからつい最近だ。

自安寺小史によると『「蓮登山自安寺」は徳川中期・寛保二年（１７４２）、摂津国西成郡難波村千日前、刑場横の地に日蓮宗の門跡寺院（大本山本圀寺の末寺」として慈光院日充上人（本圀寺歴代上人）により創建され、境内に本堂など多くの堂が備えられ、そのひとつに能勢妙見堂遥拝所があった』とある。

千日前は祖父駒吉が難波第一方面の方面委員（民生委員）として受持地域だから当然自安寺も入る。

同じ日蓮宗だからつき合いもあっただろう。

生家「むかでや」には団扇太鼓も残っていたから、ここでも打ち鳴らしたことだろう。

祖父の没後、「むかでや」玄関脇6畳間に住み「研（と）ぎや」で行商していた山本のおっちゃんが自安寺のみならず能勢妙見に幼ないわたしたち兄弟を月参りに連れていってくれたのはキズ薬を買うためではなくここが日蓮宗の霊場であり妙見大菩薩に開運、商売、事業繁栄と招福を祈ることを祖父から依頼されたからだろう。

妙見大菩薩は、もとは天空に輝く北極星で、厳しい自然の中に語り継がれたこの星の力が仏教の教えと融合したものだと能勢妙見山のパンフレットにあった。

妙は「霊なる」「美しい」で見は「姿形」から歌舞音曲を志す人、芸能界、花柳界からの信仰も厚く、歌舞伎浄瑠璃作家、近松門左衛門も熱心な妙見信仰者であった。

妙見大菩薩は広くものを見る目をいただくところから学問の神としてあったことにもよるので祖父の瓢一ら兄弟への想いであったと判断する。

舞台や映画で坂田三吉が関根八段と対局の前夜に屋根の上にあった物干で太鼓を叩いて「能勢の妙見さん。頼んまっせ」と願うシーンや上方落語「不精の代参」で代参を頼まれた不精者が背中をひと突きされた勢いで能勢妙見まで歩くというのを人間国宝・桂米朝師匠の高座で聴いたことがある。

能勢妙見信仰がこのように京阪の庶民の間に厚くなった一因は明和五年（１７６８）三月十六日に女人禁制が解かれたことにもあったようだ。

自安寺境内で瓢一が見憶えていた馬の像が「お午の夜店」の午とかかわる確証を得たのは令和

二年（2020）十一月に訪れた二ツ井戸の（道頓堀二）の道頓堀自安寺で副住職・坪井麗仙さんが「妙見さんのお使いは馬ということから午の日の縁日になったと思う」といったことでだ。

その翌日、瓢一は長女の運転で祖父、祖母、次兄や山本のおっちゃんを偲びながら能勢妙見に参った。晩秋の陽に映えて散り残った紅葉が凛としてふたりを迎えてくれた。

参道に入ると実寸大の5頭の馬像が前足を上げて左右に並んでいる。

馬腹上部には領主能勢氏の家紋である十字がついているが、幼児のころ自安寺で見た馬像についていたか記憶にない。

常に北を指す北極星は旅人の指針で、人生の道を導き開いてくれる開運の守護神であることから、古来仏神に馬を奉納し甚大な功績を叶えてもらう習慣が生馬から銅像馬になりさらに絵馬に変ってゆくことを知った。

瓢一は、もの心ついた頃から本名は「圀晴」でこの「圀」は水戸光圀が由来だと聞かされてきた。とんだところに水戸の御老公が出てきた。

成人して戸籍上は「國晴」だと郵便局で指摘されるまで「圀」の字が多く使われている。

大阪市立河原国民学校入学時の記念写真の裏面に「昭和十七年四月二十日　成瀬圀晴」と自筆の稚拙な字であるのが最も古い。

成績表、卒業証など12年間で25もの書類に使われている。

一方「國」は、国民学校通知票、中学校皆勤賞、自治委員委属状など粗末なワラ半紙にガリ版刷りのものが多く中学校まで11回しか使われていない。

この本を書くため自安寺の歴史を辿っているうちに、ここが日蓮宗の開跡寺院「大本山本圀寺の末寺」だということから閃いて、「圀」の謎ときを考えついた。

貞和元年（1345）、本国寺は鎌倉から京、六条堀川に移ってきた。

織田信長の支持を得て永禄十一年（1568）、室町幕府15代将軍足利義昭の仮居所（六条御所）となったが、翌年義昭が三好三人衆に襲撃された「本国寺の変」が起きている。NHK大河ドラマ「麒麟がくる」でも本国寺が出てくる。この変以後、明智光秀の抬頭が著しくなる。

貞享二年（1685）、徳川光圀が生母の追善供養を行ったのでその名から一字「圀」もらい「本圀寺」となった。

瓢一の祖母や両親から水戸光圀の「圀」と教えられたのは間違いではなかったが、これは戸籍名でないことをちゃんと言ってくれなかったのは残念だ。

祖父が四人の兄弟の名をとって「道（道夫）を守（守夫）って國（國晴）は栄（栄樹）える」といい残したが國が圀なら意味が違っていただろう。

昭和四十六年（1971）、本圀寺は西本願寺の北から同じ京都市東山区（現山科区）に移っている。

瓢一がこの本圀寺に杖を引いたのは、大津市で泉下に眠る長兄道夫の墓参後思いついてのことだった。

新型コロナウイルス元年ともいうべき、令和2年（2020）も押し詰まった極月29日、1駅京都寄りの山科で降り駅前の山科・醍醐付近図を見ると「天智天皇山科陵」に近いところに赤い丸でその名がある。

「あそこは住宅地で道がせまいから、空のタクシーはいけないのです」と帰路の心配する瓢一に女性のドライバーが言った。

なるほど、離合できないなどの住宅地内の道を上ってゆく。50年程前、長兄とここの宅地を買いに来たなあ、縁があったのかと考えている間に赤い橋を渡り朱塗りの山門に入った。車賃102

0円を払い横を見るといきなり「本圀寺」の文字が見えた。

手水舎の水盤の正面に右から左へ大きく彫られた三文字で瓢一は気が引きしまった。

自安寺の大本山「大光山本圀寺」は、鎌倉時代日蓮が鎌倉松葉ヶ谷に備え22ヵ年住んだ小庵の法華堂を前身とする。

鎌倉から京都六条堀川に移遷したのは四世日静の時、貞和元年（1345）。

冬にしてはおだやかなやさしい日ざしが全山にふりそそいで人影はほとんどない。

大本堂、本師堂の間の道の奥に金色の鳥居と建物が見えるのが「加藤清正廟」だ。

清正は、文禄・慶長の役に出陣の時両親の遺骨と自身の肉歯、毛髪を納め「生き墓」として廟を建てて戦勝祈願し、瓢一が見た赤門より出征したという。和議凱戦まで不明(あかづ)の門となったと本圀寺でもらった解説書にあった。

寺宝の中には清正が寄進した朝鮮錦と朝鮮狛犬がある。

オダサクさんの「お午の夜店」から始まった「圀」の謎解きが瓢一の腑に落ちたのは、この文字を使い始めてから78年が経って初めて行った本圀寺から出たところにある琵琶湖流水にかかる赤い橋を渡って帰る時だった。

文楽の人

「義経千本桜」　静御前

国際ロータリー2004年国際大会
キャラクター

狐忠信

大阪大空襲

オダサクさんの「文楽の人」の書き出しは、「焔の夜が明けると、雨であった。焼跡に降る雨。しかし、その雨もなほ焼跡のあちこちプスプスと生き物の舌のように燃えくすぶっている火を、消さなかった。そして、人々ももう消さうとはしなかった……」

昭和二十年(1945)三月十四日未明にあった大阪大空襲はB29爆撃機274機、焼夷弾約1700トンを投下する無差別のもので、浪速区、港区、西区など大阪の中心部が壊滅し、死者約4000人、13万6000戸が被災した。

瓢一の家もその1戸だし、同居の山本寅吉のおっちゃんも亡くなった。

瓢一の次兄守夫は、この大空襲にあった千日前付近のことを書き遺している。

昭和二十年三月十三日、午後9時過ぎ、米軍のB29が整列正しく西から東へ嫌な低い音をたてながら飛行してきた。

数10本のサーチライトが交差する中の機体を狙って打つ高射砲は届かない。

守夫は、近所の友だち3人と大屋根に登り火たたきに水を含ませ、空の大編隊を睨みつけていた。

「危険だから下りろ」と父親の声も爆音で聞こえないほどだった。

そんな時ザーッと大雨かと思う音が空から降ってきたとき四方に数万個の火の玉がゆらゆらと風に吹かれて舞い下りてきた。

「わーっきれい、きれい」と見入っていたとき、その火の玉が打ち上げ花火のように炸裂して西から東へ流れて、自宅の上空で西から斜面を下るように落下してきた。

そのうちの7発の油脂焼夷弾が大屋根から2階、1階の畳を突き抜け床下まで届いたがこれは消し止めた。

焼夷弾は36発入りの親子爆弾で見る見るうちに大阪市内は大火災となった。

ほとんどがゴム様の柔かいかたまりに火がついたような油脂焼夷弾でどこにでもくっつき、踏んでもくっつくし、消えないし水でもだめなものだった。

消すより逃げる方が先決と家族で火の中を西へ逃げた。

東はすでに火の海で、西の家も燃えている。これが倒れたら逃げ道がない、消防団長が「早く、早く」と怒鳴る中、町内35人がかけ抜けた途端家が倒れた。

背にリュック、防空頭巾で熱風をさけ、相生筋（相合橋筋）を北へ市電道で一団はばらけた。

両親、祖母、四男栄樹と次兄守夫ら瓢二一家は日本橋1丁目の大地下壕についた時は戸口まで人があふれていて入れない。

そこで別々になり次兄ら友達3人は河原町二丁目の壕へ入ったとき空は真赤だったが道具屋筋、電車通りの家々にはまだ火の手がなかった。

壕に入ったのは午前1時頃、中の約30人程は皆無言。

午前4時頃、小用に立ち見ると道具屋筋が燃えている。

その火を北風があおり広い市電道を南に飛び、表通りの家に乗り移った。

高島屋の東から南へ下る市電道が東にカーブする十字路で大火が大竜巻を起している。

見ていると熱風に引き込まれるので3人は壕に入った。

1時間ぐらい後、大空を焦がした煙が黒雲となって大雨が降り出した。

真っ黒な雨だ。

焼け跡がものすごい煙を吐き出し目が開けられないし呼吸ができない。

3人は壕から飛び出し、真黒な中を3分程のところにある地下鉄に向かったが、高島屋はシャッターが下りていて入れない。

戎橋筋入口から下りるが人、人、人でいっぱい、その人の間で仮眠後、地下鉄のなんば駅まで下りたが線路も人が詰まっている。

梅田から天王寺まで線路上は人がいっぱいと聞き夜明けまでそこにいた。

翌朝、地上に出たら雨は止んでいたが、町一面は煙で覆われていた。

煙のむこうに大劇（現なんばオリエンタルホテル）と河原小学校（現河原センタービル）と松坂屋（現高島屋東別館）があるだけで一面の焼け野原になっていた。

瓢一は、学童集団疎開、長男は軍隊、残った家族五人は自宅の焼け跡に立った。

山本のおっちゃんは自分の部屋があった所で焼死していた。


オダサクさんは、大阪大空襲があった後、10日程して郊外から千日前に出てきている。

そこで波屋の三ちゃんや花屋の他ァやんに出逢って話を聞いたのだろう。

「文楽の人」の冒頭部は、聞き書き部と10日後の体験が混じっているようだ。

「焔の夜が明けると、雨であった……」は瓢一の次兄守夫が書き遺した三月十四日の風景である。

オダサクさんが書いた焼跡には、瓢一家の姿もあったかも知れない。

大阪が焼けてしまった。オダサクさんの郷愁の大阪がなくなり、自分も焼けてしまったと同然だと嘆く。

東條の阿呆んだらめ、と呟きながら千日前通りを日本橋一丁目を東に歩いている。

黒門市場入口には「馬場眼科」がありここで7才のとき眼病を治してもらったと、瓢一はオダサクさんの後を追いながら思う。

「そして磐舟橋を過ぎ、下寺町の方へ歩いていった」

かつて、道頓堀にかかる下大和橋のそばから高津の入堀川が日本橋三丁目御蔵跡あたりまで流れていた。

磐舟橋は千日前通りにかかる橋で、北東には高津小学校があった。

戦後、この小学校校庭の盆踊りに行って花菱アチャコを見たなと瓢一は懐かしがる。

いま、ここには国立文楽劇場があり、入堀川は埋め立てられてとっくにない。

オダサクさんは知る由もなく橋を渡って「文楽の人」を書いている。

「夫婦善哉」の中で書いた蝶子サロン蝶柳も「立志傳」や「わが町」の佐渡島他吉、他あやんの人力車が客待ちする市電下寺町停留所付近も戦火で灰燼と化した。

も少し坂を登ると谷町九丁目。

そこを右へ折れると、オダサクさんの生家がある生玉前町だが、もちろん焼けてない。

いまは、4車線の広い谷町筋になっているが、瓢一は広くなる前を知っている。

戦前は軍人だった父と親戚がある鶴橋まで日本橋三丁目から歩かされて通っている。

戦後は、右半身が不自由な母とともに谷町八丁目の壇那寺「本長寺」への墓参で地道だった細い谷町筋を歩いて行った。

九丁目の角は「赤あんど薬局」で大きい赤提灯がかかっていた。

そばの無量寺へも立寄って母が大きなやいとをすえるのを待っていたこともある。

上六のキャピトル劇場で中学校から「緑色の髪の少年」という洋画の観賞会もあった。

オダサクさんの思い出は、上汐町筋の一つ東の筋濃(野)堂町で生れた文楽の人形遣い吉田栄三(えいざ)のことに触れる。

栄三のことを自分が書かねば誰が書く、と雨に濡れた焼跡を下寺町へと坂を下っていった。

初世吉田栄三（1872―1945）は昭和の名人といわれた人形遣いで、オダサクさんが「文楽の人」で書いたもう1人の人形遣い吉田文五郎と並ぶ人形の遣い手だった。が、終戦後間もなく疎開先で栄養失調のため衰弱して亡くなっている。（竹本住大夫著、人間やっぱり情でんなあ、文藝春秋刊）

「文楽の人」のあとがきに「脱稿した原稿を出版社に渡して間もなく栄三は死んでしまった。この書が出来ればまず栄三に献じようと思っていただけに痛惜極まりない」と書いている。昭和二十一年四月二十二日の記だ。

オダサクさんは「起ち上る大阪―戦災余話」の中で「復活する文楽」の新聞記事を褒めている。「小屋が焼け人形衣装が焼け、松竹会長の白井さんの邸宅や紋下の古靭（こうつぼ）太夫（だゆう）の邸宅にあった文献一切も失われてしまったので、もう文楽は亡んでしまうものと危ぶまれていたが、白井さんや古靭太夫はじめ文楽関係者は罹災に届せず、直ちにこの国宝芸術の復活に乗り出したのである。即ち、まず民間の好事家の手元に残っている人形を狩り集め、足らぬ分は阿波の人形師が腕によりを掛けて作ろうと申し出たということであり、準備が出来次第新しい旗上げ興行を行う」というもので、この記事が、焼けても起ち上る大阪人の共を得て季節が来れば咲く文化の花の命の長さに、共有する思いをもち、大阪復興への自信を植えつけたという。

その意を得て、オダサクさんは千日前へ出て花屋の他アやんや、波屋書房の三ちゃんのたくましさを見てさらに大阪人の心意気を感じたのではないか。

オダサクさんは「文楽の人」のなかで、「淡路の興行師正井文楽軒が大阪へ出て来て、現在の高津七番町、高津の入堀川に架った高津橋の南詰を西に入った濱（はま）側に、文楽軒の浄瑠璃稽古所の看板を掲げたのは、いつの頃か詳かでないが明和といひ天明といひ寛政ともいひ諸説區區である」

とある。

七代竹本住大夫さんの著書には「江戸時代」とある。

ウェブでは「亨保十九年（１７３３）に上流約８００メートルが開削された」と見られる。

ここから考えると文楽軒の小屋が建ったのは高津の入堀が開かれた以後になる。

また、「文楽は人形浄瑠璃で、これは牛若丸と恋仲になった〝浄瑠璃姫の名前で、そのもとは琵琶法師が「平家物語」に節をつけて語った「語り物」に行きつき、お経や声明（しょうみょう）もその仲間だ。平家物語を語る〝平曲（へいきょく）〟が流行したあと、浄瑠璃姫と牛若丸の悲恋物語が出てきて人気を集めたため、いつしか独得の抑揚をつけて語られる物語のことを「浄瑠璃」と呼ぶようになったと著している。

オダサクさんがいう高津七番町の高津橋は、道頓堀から南下してきた高津の堀川が東へ直角に折れた所に南北に架る橋で、南詰を西へ入るという道は西に行くと南海通りに行きつく。

浜を背にして文楽軒の小屋があったところは、いま国立文楽劇場がある真南で、オダサクさんが、上汐町から源聖寺坂を下り松屋町を渡りなお西に行くと堀川にかかる沖田橋、その北が福知橋で、西に行くと前者は日本橋二丁目（関屋口）、後者は南海通り、即ち千日前へは通りなれた道である。

「文楽の人」は、「浮き立った昨今の人心に文楽の人達の血のにじむやうな修業振りを知らせたいと思ふ」気持で書いたとあとがきにある。

平成十六年（２００４）、国際ロータリー２００４年国際大会が大阪で開かれた時、そのキャラクターなどの表現依頼が瓢一に来た。

大阪の伝統ある郷土芸能を知ってほしいとの願いを込めて、「義経千本桜」の狐忠信と静御前を描いた。（扉絵）

瓢一は平成十九年（２００７）、淡路島へ人形浄瑠璃のテレビ取材に行っている。

５００年もの歴史をもち、国指定重要無形民族文化財になっている淡路島の人形芸居はその由来に諸説ある。

江戸時代、大阪に出て「文楽」を創始した植村文楽軒の故郷でもある淡路島には、取材当時兵庫県立三原高校では伝統芸能の淡路人形浄瑠璃を伝承する郷土部が活動していた。タレント上沼恵美子の姉海原千里（橋本百々子）もこの部に所属していたと瓢一は記憶している。

人間国宝・鶴澤友治師匠の指導を受けていたところを取材したあと、淡路人形浄瑠璃館で人形を遣う稽古をした。

門型の木枠が立ててあり、そこに太いソーセージ型した布製の足が２本吊り下げてある。

どちらもヒザにあたる真中部分が締めてあり、ぶら下ったソーセージ２本が左右の足になる。

この下部の足をもって交互に前へ出し歩く練習をする。

アシスタントの女性が左手遣いで、釣り竿をもっていよいよ本番。右手と胴はベテランの遣い手がやってくれる。

３人で戎さんの人形を遣うのだ。

　乾の方（かた）より戎どのが参い～る

前もってしっかり練習した浄瑠璃を瓢一は腹の底から出した。

そして左右の足を両手でつまんで交互に出して歩くようにする。

人形遣いはなかなか大変だが楽しい。

太夫や三味線は未体験だが、カラオケ好きの瓢一は浄瑠璃もやってみたいと今になって思っている。

カラオケとは全然違うと大夫さんには叱られそうだが。

五天竺

瓢一が初めて文楽を観たのは5、6才の頃だ。

祖母に連れられて行った新世界の「ラジウム温泉」の演芸場だった。

大正二年（1913）、ジャンジャン横丁を南に入ってすぐのところに出来た「噴泉温泉」で、地上3階、地下1階の建物にある男性浴場には約400人、女性浴場には約300人が収容できる。スーパー銭湯の大きなものだった。

「砂風呂」「電気風呂」などがあり、薬湯にはドイツの「ラジウム」を使っていたことから「ラジウム温泉」と呼ばれ、多くの人が楽しんでいた。

2階に演芸場、映画館があり、テラスは小動物園になっていた。

温泉からあがったら、祖母は必ず演芸場へ瓢一を連れてゆき乙女文楽を見せた。これは、袢をつけた若い女性がひとりで膝の上に人形を置き浄瑠璃にあわせて動かすもので、添寝する祖母からせえだい（しっかり）聴かされた、「傾城阿波の鳴門（けいせいあわのなると）」などが演じられた記憶が残っている。

戦後、四つ橋にあった文楽座は演芸や映画となり、昭和三十六年（1961）道頓堀に移ってきても観る機会がなかった。

瓢一が次に文楽と出逢うのは、昭和六十三年（1988）八月公演「西遊記」（五天竺より）の舞台美術を担当した時だ。

「文芸十（プラス）親子シリーズ、8月文楽夏休み公演」の第一部がそれで、3日から16日までの期間親子で文楽を楽しんでもらおうと企画されたもので、いわゆる新作文楽だ。

瓢一を推薦したのは、国立文楽劇場の舞台を多く手がけている舞台美術家、川上潔氏だった。

彼とはすでに読売テレビで知己を得て、瓢一が時代に合わせたイラストレーターとしての仕事ぶりをよく見ていたからだと思う。

加えて、瓢一が江戸の浮世絵師・東洲斎写楽を見立てた模戯で、和紙や墨を駆使して和的なイメージで多くの作品を発表しているのも知っていたからのことだ。

その頃、文楽は低迷していて、いろんな企画を立てて、若い客が劇場に足をむけてくれる努力を重ねていた。

だから、M・シャガールがオペラ「魔笛」やバレエ「アレコ」の背景画を描いたように舞台美術家以外のジャンルのものを求めてのことかもしれない。

現に平成三十年（２０１８）四月文楽公演の宣伝ポスターは文楽人形と人気アクションゲーム「戦国ＢＡＳＡＲＡ」が共演しているものになって大阪・日本橋一丁目駅の地下通路に貼られていたこともある。

サンケイ新聞によるとこれは吉田幸助改め五代目吉田玉助襲名公演として「本朝廿四孝」を上演するにあたり、同じ戦国時代を舞台にして人気を得ているゲームのキャラクターを使いたいと国立文楽劇場が同ゲームソフトメーカーに持ちかけコラボしたものだ。

ポスターには五代目玉助が遣う文楽人形の山本勘助（武田家・家臣）と「戦国ＢＡＳＡＲＡ」のキャラクター武田信玄と上杉謙信がレイアウトされていて若者へアプローチして文楽に感心をもってもらうという努力が続けられている。

川上氏は、オダサクさんの「夫婦善哉」を新作文楽にした時の美術を手がけている。

「下寺町サロン蝶柳の段」など時代を反影した素敵な大道具だ。

瓢一が舞台美術を担当した文芸十親子シリーズ・8月文楽夏休み公演「西遊記」（五天竺より）の幕があがる。

暗闇みの舞台に赤々と焔が立上り、ドラの音とともに目だけがキラキラ輝いた大きな鬼がシルエットでせり上ってくる。（２６９ページ）

明るくなると、これは閻魔の宮で大きく開いた口の中には閻魔大王がそばに赤鬼、青鬼を従えていて左右の後には針の山が聳えている。

呼び出された百日カツラの亡者定九郎が出てきて極楽行きを命じられる。

唐の太宗皇帝は５２才なのに３５才で来ているのは計算間違いだと閻魔帳を訂正し、シャバに帰ることになる。

亡者孫悟空登場、その悪行は横にあるテレビモニターになっている浄玻璃の鏡に映し出される。

大暴れして悟空は閻魔帳の記載を消して皇帝がシャバへ帰る供をすることになる。

これが「閻魔王宮の段」で悟空は三代目吉田簑助（平成六年（１９９４）人間国宝認定）が遣った。

以下「釜煮の段」（人参菓の段より）「一つ家の段」「芭蕉洞の段」（火焔山の段より）「祇園精舎の段」と続く河童、猪、神仙、妖怪も出てきて子供達も楽しめる文楽だった。

瓢一は、この「五天竺」の舞台美術を担当した。

サンケイホールで料理研究家故・程一彦さんリサイタルの舞台美術は手がけていたが、大阪が誇る古典伝統郷土芸能は初めてだ。

舞台美術の専門家ではなくイラストレーターの瓢一に依頼するということは、当然オリジナリティーを求めてのことだと瓢一は考えた。

文楽人形の大きさは人間のほぼ７０パーセント、大体四尺（約１２０センチ）から四尺五寸（約１３５センチ）だ。

だから、高さは本物の７５パーセントで造られるが舞台の幅はそうではない。

従って横幅の広い舞台背景の設計図画となる。

これを道具帳というが、瓢一の手許に残っている数枚のものを見ても9対1の超横長サイズである。

天地は別として歌舞伎と同じような右左サイズの舞台で一つの役に3人が付き、大夫、三味線が演ずるからとてつもなく長い舞台空間をデザインする背景にはイラストレーターをしての工夫を加えることを瓢一は考えた。

西遊記の物語は知っていても、それが文楽になるとどう展開すれば良いのか瓢一は戸惑った。

元々中国の話だし、先づ内容をおさらいするために資料集めから始めた。

上京して神田の古書店を巡り、中国のものを見つけ出した。子供の絵本ではなく、かつての中国の家屋や風景、樹木までよくわかる大人向けのものだったので大いに助かった。

元は中国の話だから、線などの表現は水墨を使用して淡彩着色にした。

子供たちのために細かいくすぐりも入れ「牛魔王の洞窟」場面では鉄の扉に近鉄バッファローズのマークも入れた。

祇園精舎の段では、まだ行ったこともない極楽というものをつくるのに壁面に般若心経を梵字で書いたりとアイデアを盛り込んだ。

五天竺　舞台大道具帳から

野に咲く花々は、ピンクや黄色など多色のティッシュペーパーで花をつくり並べた。
いづれも大道具係の皆様には大変お世話になって、無事約2週間の公演を終えた
読売テレビで知り合った舞台美術家・川上潔さんのお力添いで貴重な体験を得たことは瓢一にとって大阪文化のなかでの思い出に残る仕事だった。

夏祭浪花鑑（なつまつりなにわかがみ）

三代目桂米朝さんが担当していた朝日放送ラジオの「米朝よもやま噺」に瓢一がゲスト出演した時の話だ。

歌舞伎や文楽に「夏祭浪花鑑」というのがある。

このなかにある「長町裏の段」というのがあって、ここでは団七九郎兵衛という侠客がしゅうとの義平次を殺す「泥場」のシーンが見せ場で歌舞伎では本場の泥の中で義平次があがくところに迫力がある。

が、瓢一はむしろこの背景に興味をもった。

釣瓶（つるべ）井戸の左右に咲く生垣の黄色い花々。

「これが陰惨な殺しの場面になお鮮やかな色を見せていて、長町の風景を象徴している」

などと長町生れの自分のことと共に話した。

数日後、このラジオを興味をもって聴いていたと、国立文楽劇場の職員から、その話を7月に興行する「夏休み文楽特別公演」のパンフレットに書いてほしいとの文章依頼があった。

平成二十二年（2010）のことだ。

「夏祭浪花鑑・長町裏（ながまちうら）の段」について

わたしは、昭和十一年（１９３６）大阪・日本橋３丁目で生まれた。

明治元年（１８６８）以来、昭和二十年（１９４５）３月に大空襲で焼失するまでわが家はそこで「旅人宿・むかでや」を営んでいた。

玄関を出ると、そこは「崑崙山（こんろんざん）宝満寺大乗坊（通称毘沙門さん）」への裏参道でこの寺は「摂津名所図絵」「浪華百景」などにも長町毘沙門堂として描かれている。

本尊は毘沙門天で、寺は小さくなったが今もある。

家の三軒東に旧住吉街道が南北に通り、毘沙門さんの裏門があって境内を抜けると堺筋で松坂屋百貨店（現高島屋東別館）がそびえていた。

電器店が並ぶ賑いはもうない堺筋だが、わたしが子供の頃は古手屋（古着屋）と古本屋が軒を連ねていた。

江戸時代、この堺筋は、大川の浜（今の北浜あたり）から現在の恵美須町の西にあった札の辻で紀州街道につながる約３・７キロの参勤交代道だった。

その堺筋と道頓堀川が交わるところにかかる橋が日本橋（にっぽんばし）で橋の南詰め２本目の辻から南へとかつての長町（ながまち）ははじまる。

元禄の頃になって、長町一丁目―九丁目となり寛政七年（１７９５）に長町一丁目から五丁目までを日本橋通と攻めた六丁目から九丁目までは長町の名が残された。

長町は太閤さん（豊臣秀吉）が大阪城から堺へ通うために開いたもので、南北に長いところからそう呼ばれるが日本橋５丁目にかってあった鼬（いたち）川のかかる橋が名呉（なご）橋だったからそれが転化し、名呉町―名護町―長町になったとも言われている。

長町は、日本橋南詰から恵美須町あたりまでと考えるといい。

従って当劇場西の日本橋1丁目も寛政七年までは当然長町に入っていた。わたしが生れた日本橋3丁目は、文久三年（1863）の地図では長町六丁目あたりだ。この地図には、長町八丁目西側に「長町うら」の名が見られる。長町うらは、長町六―九丁目にわたる堺筋の東側と西側で今の日本橋3丁目から恵美須町までの左右のうら筋までの間という人もいる。

道頓堀にかつてあった文楽座裏を油横丁（油屋横丁とも）といったそうだ。この横丁から日本橋筋の一本西の細い道を南へ行く旧住吉街道は、先に書いたようにわが家の東を南下して紀州街道の起点札の辻に出る。

日本橋通と旧住吉街道は平行して南下し、その間に「長町うら」はあった。ここには大阪の芸能文化の一端を支える大道芸人などが多く住んでいたという記録もある。

さて、今月上演される世話物「夏祭浪花鑑」のクライマックス七段目はこの長町裏が舞台だ。主人公の団七九郎兵衛がしゅうとの三河屋義平次を殺す「泥湯」だ。

江戸時代、亨保―寛政の浄瑠璃戯作者並木千柳（宗輔）、三好松洛、竹田小出雲が、博徒同士のけんかがもとで堺の魚売りが長町の遊び人を殺した実話からヒントを得てつくり上げたものだ。本来、夏祭りとは無線のものだったが作者が高津神社宵宮と結びつけてこの場面の重要なポイントに仕上げた。

地車（だんじり）囃子の遠い音や祭提灯などが長町裏のイメージを強く鮮明にしている。

初演は延享二年（1745）七月十六日、竹本座だったが、この時団七九郎兵衛をやった吉田文三郎はこの場面で本物の水や泥を使ったと伝えられ、これが歌舞伎の舞台に踏襲された。

その「長町裏の段」の「泥場」には伝説の場所がある。

千日前、吉本NGKシアターの南側、ワッハ上方から正面の辻を東へ堺筋に出る一本西の道、これが旧住吉街道だ。

これを南へ曲がったあたりに細い道があって、かつては関屋口といわれたところだがそこには泥池があった。

榎の木が数本あったそうだが、わが家から100メートルあるなしでこの辺を走り廻っていたが池も榎の木もなかった。

空襲までは榎の枯れ株を祀った榎神社があったときくが憶えていない。

先日、歩いてみたが、兄たちが学び、わたしも入学した元河原小学校でいまは難波千日前公園になっているあたりだろうか。

いま千日前のなんばオリエンタルホテル・ダ・オーレの北側路地に榎地蔵と榎龍王の祠があるが、ここのかかわりがあるのだろうか。

江戸時代、千日墓所の灰山そばに榎神社が見られるが、これは泥池より少し西にあたるように地図では見える。

この辺は、江戸時代からよく知られた野菜の産地で「長町千生瓢（せんなりひさご）」「長町にんじん」「藍」「麦」「きび」などの畠があった。

千生瓢は、根付けにされ人気があった。

「長町にんじん」は茎や葉は青く、根太いもので色は濃赤で味は甘く香りが良い。

「藍」は、河内木綿を染める阿波（徳島）の濃い色ではなく、水色、空色、浅葱（あさぎ）（青味がかった薄い緑色）などの薄色に染める水藍で、上物、絹物などの薄物も染めるのに適していたが、阿波藍にまけて明治時代に絶滅した。

安政年間（1854〜1859）に刊行された暁鐘成（あかつきのかねなり）の浪華百景の長町裏・遠見難波蔵の絵の中にこの地の名産長町傘とともにかぼちゃが描かれている。

蔬菜（そさい）類をつくる地だったからかぼちゃも栽培されていたのは当然で、上方浮世絵師・寿好（暁）堂梅国（作画期文化十三年1816—文政九年1826）が描いた上方役者絵「夏祭浪花鑑」（文政六年・1823・4月角の芝居上演）の中村歌右衛門の団七九郎兵衛、市川蝦十郎の義平治が演じた「泥湯」の絵にも夏祭提灯と共にかぼちゃ畑が背景に描かれている。

わたしの出生地界隈のことでもあるし、この世話物、とりわけ長町裏の風景には以前から興味があった。

朝日新聞に連載し本にもなった拙者「なにわ難波のかやくめし」（1981年東方出版）にも書いたが、かつてわが家があったところは大阪の南限で、明治のころ裏に出ると住吉大社付近の高灯籠が見えるほどの畑地だったと祖母から直接聞いた。

また、近所に住んでいた従姉（いとこ）からも、自分たちの先祖は傘張りをしていたということから長町傘を作り干している浮世絵とも話が合う。

今回の「長町裏の段」の泥場の背景にも黄色いかぼちゃの花々が井戸の左右に見られる。観劇者が何気なく見ているところに心が引かれるのは、1988年、「五天竺」の舞台美術を担当した職業的なこともあるが、長町で生まれ、少年前期を過した先祖の土地がどんなところだったか興味があってのことだ。

大阪松竹座新築開場二十周年記念「七月大歌舞伎」、昼の部に「夏祭浪花鑑」が出され、お辰には中村時蔵、釣舟三婦には中村鴈治郎、お梶には片岡孝太郎そして団七九郎兵衛は市川染五郎が演じた。

瓢一の興味は当然「泥湯」の背景で、井戸のうしろの生垣。

そこには黄色の花が咲きかぼちゃ（南瓜）が生っている。

泥まみれになって演じる役者には申し訳ないが、瓢一はこれを確認に来たのだ。

さきの文楽への寄稿時もそうだが、今回観劇の後も実際に昔の長町界隈を歩いてみた。

そして泥場の伝説地は、千日前、吉本NGK（なんばグランド花月）の南側の通りを東にむかい堺筋に出る一本手前、旧住吉街道を少し南に下ったあたりだと思い出した。

戦前の郷土研究誌「上方」の七号（夏祭号）に船本茂兵衛さんが、「夏祭浪花鑑の長町裏」と題した一文で「長町裏泥場の伝説の地が今尚傳へられて居る」と書いている。

さきのパンフレットにも書いたが、この作品は実説をヒントに作られたものだから、当然泥場の現場があってそれが伝説として残っていても不思議はない。ここが別項「表彰」に書くオダサクさんゆかりの場所でもある。

その地が船本さんが「日本橋二丁目電車停留所を降車、すぐ西を向くと新金毘羅神社筋（この神社は、いま大阪府立上方演芸資料館、ワッハ上方があるYES・NAMBAビルになっている）、其数間南に、西へ行く細い道は古くから畑畦道だった俗に関屋口と称ばるる處である連れ出された遊女琴浦の駕が、この辺をうろついたかどうかは保證の限りではないが、関屋口の西の辻を南へ折れた辺りが、「泥池」の存在した地だと口碑に残っている」と書いている。

瓢一は、日本橋二丁目電車停留所も、新金毘羅神社も子供の頃からよく遊んだところだし「泥池」の地をいまたどると昭和十七年（1942）入学した河原国民学校（現河原センタービル）の校庭にあたり、そこはいま難波千日前公園になっている。

頭の中をスクロールして、子供の頃の風景といまをシンクロさせてみると、いまの方が「泥池」を想像し易くなり、ここがそうだと腑に落ちる。

祖父駒吉が南区難波第一方面委員として休まず勤めた同方面委員事務所があった難波河原尋常小学校には父、長兄、次兄たちも通った。その校庭あたりが「夏祭浪花鑑」の泥湯の地だったとは……。

瓢一が二年生のとき、九九が憶えられなくて残され校庭で泣きながら8×7＝56と数字を数え続けた土の下には、大きな歴史が埋っていたんだなと思うと心がときめく。

東京の歌舞伎では、この泥場に咲いているのは夕顔もあると瓢一は誰かからすり込まれた記憶がある。

「地獄八景亡者戯」の芸居で大阪松竹座に出演したあと、当座の大道具担当から「かぼちゃ(南瓜)」に間違いないと問い合わせに答えをいただいていた。

夕顔の件は、歌舞伎座支配人(当時)吉浦高志さんに電話をした。

暫時の後もらった返事は、六月に歌舞伎座で播磨屋(二代目中村吉右衛門)さんが「夏祭浪花鑑」を公演した時も「泥湯」では黄色い花が咲いていました、播磨屋さんは時代考証をしっかりなさるし、大道具担当者も「黄色以外でやったことはない」とのことだった。

瓢一が積年もっていた疑問は氷解した。

七世　竹本住大夫

瓢一は、竹本住大夫さんとは2回席を同じくして言葉を交している。

すでに人間国宝、文化功労者になり、文楽大夫の史上最高齢89才で引退した平成二十六年五月(2014)以後のことだ。

大阪・阿倍野区民センターでの催しで、楽屋が一緒だったことが最初だ。

この時、玄関で満90歳&大夫引退記念の「人間、やっぱり情でんなあ」(文芸春秋刊)を買って帰った。

次に出会ったのは、平成二十七年（2015）三月逝去した桂米朝追善・米朝一門会が開かれた大阪・サンケイホールブリーゼのステージだった。

その年の八月十六日午後の部・中入後のゲストトークには竹本住大夫、大村崑、飛鳥峯王、高石ともやさんらとともに瓢一も並んで座った。

前の3人は米朝師匠が呼びかけた「上方風流（かみがたぶり）」の同人だ。

昭和三十六年（1963）上方の能、狂言、歌舞伎、文楽、舞踊、落語、漫才の30歳台の舞台人が団結して上方の意識を盛り上げ時代の発信をするために生れたのが上方風流だ。

機関誌を出したり、芸居に出演したり、酒を酌み交し芸談をしたりしていた集りで、のちのち一家をなす中村扇雀（坂田藤十郎・歌舞伎役者）山田庄一（演出家）、茂山千之丞（狂言方能楽師）、山村楽正（日本舞踏家）、藤山寛美（喜劇役者）、大倉長十郎（能楽囃子方）、吉村雄輝（上方舞）、夢路いとし、喜味こいし（漫才師）ら錚々（そうそう）たる顔ぶれだった。


平成三十年（2018）一月三十一日、瓢一は妻と長女を伴って中之島会館に行った。

「竹本住大夫　文楽の心を語る」の催しが新しくできたばかりの中之島フェスティバルタワー・ウエストのこの会館であるからだ。

その前年の暮、瓢一は「さむらいの会」の仲間田中秀武くんと昼食を共にした。

彼は千土地興業に入社して米朝師匠の知己を得、後に米朝事務所も起ち上げ共に苦労の末、師匠を人間国宝、文化功労者に推し上げた名マネージャーだ。

終始一貫して黒子に徹していた姿を知っている瓢一は、米朝事務所会長職を勇退した時「いっぺんくらい陽に当れや」と「田中秀武さんを励ます会」を開いた。

その時、米朝師匠と親しかった住大夫さんに発起人を頼み心よく引受けてもらったことを彼はたいへん感激していた。

田中くんがそのお礼に伺った時、住大夫さんはリハビリが終わったところで大汗をかいて出てこられた。

平成二十四年七月脳梗塞で倒れ、92歳にしてなお週2回2時間のリハビリをこなしている姿を見て「まだ目的を持ってやる気を失くしていない」と感じた。

かつて、オペラ歌手、田谷力三、浪曲師・広澤瓢右衛門の「高齢者・二人会」を企画した時は、いみじくも瓢右衛門が「私らみたいに高齢者になったら、3年先の仕事があったらガンバって生きようと思う」と言っていたのを田中くんは思い出した。

そこで「住大夫さんにも目標をつくってあげたら、日本の宝・文楽をもっと活性化できるのではないか」と小林隆次（元日本経済新聞記者）さんと挨拶に行った。

田中くんは住大夫さんに気遣いを持っていた。

竹本住大夫さんが人間国宝に認定されたのは1989年、桂米朝さんは1996年。

だが、米朝さんの文化勲章受章は2009年で住大夫さんは2014年の受章だ。

当然、文楽が伝統から言っても先だと田中くんは思っていたし、米朝さんも「何で私が先に受けるの、申し訳けない」と気にしていた。

何としても、この新しいホールでの「93歳、竹本住大夫の会」を成功させたい。

そして次の世で米朝さんに「おまはん、ええことやってくれたな」と言うてもらいたい、とまで田中くんはいう。

「何でこんな催しをやってくれまんねん」と住大夫さんは笑顔で田中くんに言いながら、生き生きとしやる気が出てきたように見えた。

中之島会館での舞台に竹本住大夫さんは、車椅子で登場してきた。

数日前に圧迫骨折したとかだが、対談の聞き手・桂南光は流石（さすが）にうまい。

住「週2回のリハビリで森鴎外、宮沢賢治の本を与えられたが読めなかったけど、浄瑠璃本は読めた。弟子に「バカ、アホ」は言えます」

南「私、形から入りまんねん」と黒房がついた見台をもってくる
住「見台ばっかり疑ってもあかんでェ」

南「上方落語、胴乱の幸助の浄瑠璃「お半長右衛門」のところ、米朝師匠の稽古は性格上きっ

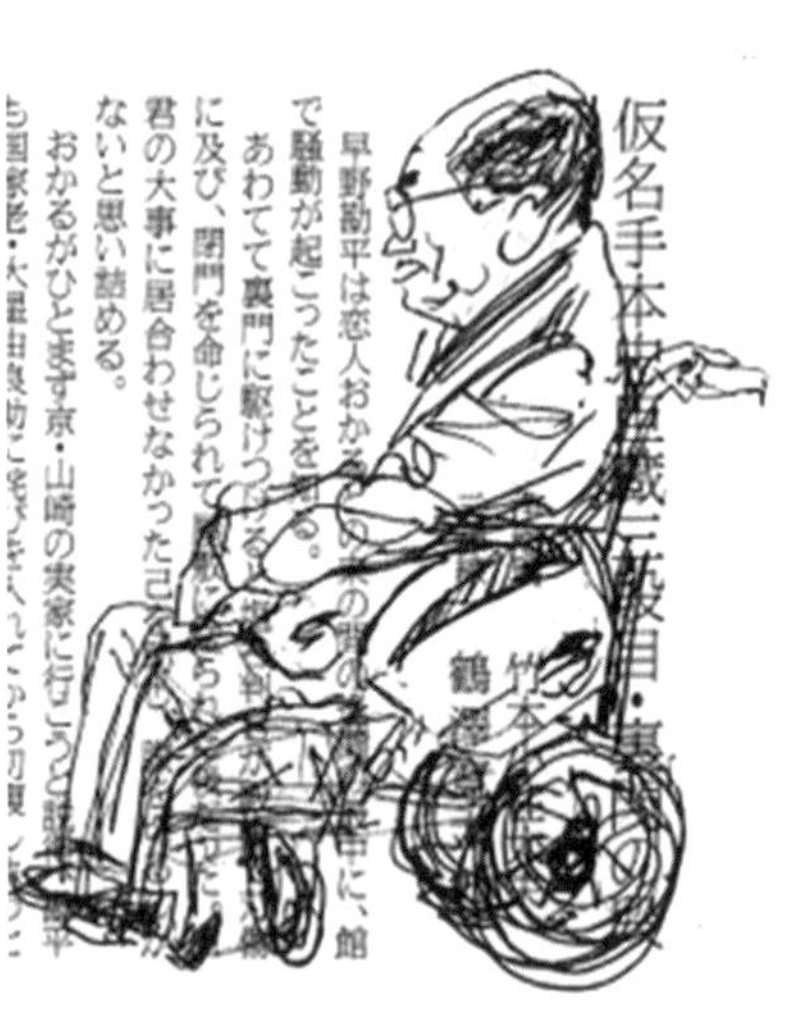

七世竹本住大夫
最晩年　（プログラムに舞台姿をスケッチ）

ちりやりはりますけど、うちの枝雀師匠はええ加減でした。米朝師匠は住大夫師匠から習ってまへん。芸者から習うてはりました」

南「祇園まちに遊びに行って芸者に教えてまんのか」

住「わては教えてまへん」

住「あがりゆくぅぅ　柳馬場押小路
押小路をしっかり言わんと三味線のバチが鳴らん、声が高うなったらアカン、基本のあがりゆく……」

小唄、長唄などと違い文楽は三味線と音を変える、音（おん）が変らなあかん。

70年もやってても自分は得心したものはない。人形遣いが「アホ、アホ、人形が遣えるかいな」といいながら舞台を下りていったこともあった」

一部で出演した弟子の竹本小住太夫（平成二十二年入門）、三味線・鶴澤寛太郎（平成十二年祖父鶴澤寛治（人間国宝）に入門）の「仮名手本忠臣蔵三段目・裏門の段」について、南光が聞くと、
住「ダメ。50点、ひいきして60点。小住太夫は静岡県生れやから訛っとおる。きばり過ぎ。字のない所を語れ、行間がむつかしいのだ。三味線の寛太郎は音がいい。

素直がいい。歌舞伎でも文楽でも素直が大事や。

基本に忠実に素直にやること。

上手ぶってやるほど芸が小さくなってしまう。」

この日、284席はすべて埋まり、当初の田中くんがもっていた思いは杞憂に終った。

これで彼は、米朝さんに顔向けができるだろうと瓢一は思った。

「米朝命」、どこまでも三代目桂米朝も慕う株式会社米朝事務所創業者・田中秀武くんの情にふれた瓢一の感動はいつまでも続いてやまない。

平成三十年（２０１８）四月二十八日、文楽界初の文化勲章受章者、人間国宝の七世竹本住大夫は肺炎のため９３才で天寿を全うした。

瓢一たちが中之島会館のステージで元気な姿を見て、わずか三ヶ月後だった。

小学校の頃、芝居好きだった両親と道頓堀の劇場に行くために、小学校を早引きして芝居茶屋「堺重（さかじゅう）」にランドセルを預けて桟敷で共に弁当を食べるのが楽しみだったと著書にある。

この「堺重」の息子華岡正邦くんと瓢一は精華国民学校の同級生で、学童集団疎開先で約一年間起居を共にして終戦までを過した。

そんな華岡くんの話を、次に会った時に住大夫さんと話すことを楽しみにしていたのに、昔話ももう叶わなくなった。

戦後、食うや食わずの時代から修業をつみ、初舞台は昭和二十一年（１９４６）四ツ橋文楽座の「勧進張」の番卒（番兵）の語り。

文楽は2派に分裂し、興行的に苦渋した時代も激しくて厳しい修業を続けた。

「大阪で生れ育った郷土芸能３００年の生命の灯を消してはいけない」と大阪市の文楽協会への補助金見直しの際にも技芸員の前に立ち指揮をとり文楽の価値を訴えた。

若手育成には厳しく、大阪弁が「標準語の語り」とするアクセントを徹底的に指摘し、古い大阪の言葉を守った。

平成二十六年（２０１４）2月、「自らの芸に納得がいかないことが増えた」と引退を表明し、四月の大阪、五月の東京公演で現役を引退しそして逝った。

大阪の文楽界は大きな礎を失った。

オダサクさんは「文楽の人」で、戦災によって小屋や人形衣裳、文献などが焼けハード面がなくなり、もう文楽は亡んでしまうものと危ぶまれていたが、文楽関係者が直ちにこの国宝芸術の復活に乗り出したのである、という新聞記事を褒め、焼けても起ち上る大阪人の共感を得て季節が来れば咲く文化の花の命の長さに共有する思いをもち大阪復興への自信を植えつけたと書く。

竹本住大夫さんというソフトの巨人を失った文楽界も、その厳しい薫陶をうけた次代の人達が大阪人の共感を得て季節が来れば咲く花の命となってゆくことだろう。

そのためには、日本が世界に誇る文化を日本人、いや大阪人が土を耕し、肥料をやり、土を肥やし、水を与え、太陽の光となり、慈雨ともなって大きく育てゆくことが必要である。

すでに民間からの寄付金で関西の文化芸術活動を支援する「アーツサポート関西」は、丸一鋼管から500万円の寄付を受け、平成三十年度から2年間文楽の普及活動を行うことにした。

30歳以下の若者約1000人を500円で国立文楽劇場での公演に招待すると新聞記事に出た。

「文化や芸術のない場所には経済は育たない」という丸一鋼管の鈴木博之会長の弁は頼もしい。

せっせっせ

かつて坂町に「せっせっせ」という関東煮（かんとだき）の店があった。

間口2間（約360センチ）奥行も2間ほどの小さな店で、路地を入りドアを開けるとL字型のカウンターがあり7人で満席、詰めれば9人座れる。

店主の山北芳枝さんは、二〇三高地形のヘアースタイルに和服、白い割烹着でいかにも関東煮屋（大阪ではおでん屋と言わない）の出で立ちで、みんなから「おかあちゃん」と呼ばれていた。

常連客は、医者、僧侶、カメラマン、テレビ局ディレクター、テレビ番組司会者、芸能プロダクション社長、放送作家、歌舞伎役者、映画会社社員、講釈師、上方落語家、漫才師らに加えて文楽技芸員もいた。

この多士済々を相手に、70才をこした「おかあちゃん」は大根、こんにゃく、焼とうふ、春菊、きんちゃく、じゃがいも、すじ肉、厚あげなどの他に旬のものを大鍋に入れて煮（た）いて出すのだがうるさい客から文句の一言も出させなかった。

カウンター上の大鉢には「身欠きニシンの煮物」「バイ貝のあめ煮」などが並び、注文すると「バイ貝は堅（かた）あっせ（堅いですよ）、舌でレロレロして食べなはれや」と瓢一には懐しい祖母と同じ大阪弁が聴えてくる。

酒は「賀茂鶴」の菰（こも）かぶりがデーンと座りそれでいても狭いカウンターのなかでおかあちゃんは小さくなって腰かけていた。

客は、この広島の酒をキープしている1合桝（ます）で飲む。赤い大盃の上に1合桝を置きなみなみとついだ酒は大盃に半合ほどこぼれる。

キープ棚の桝には「六代目松鶴」「三代目春團治」「桂小春」（桂福團治）「桂春蝶」「桂小米」（桂枝雀）「林家小染」「本田良寛」（釜ヶ崎の医師）、「乾浩明」（朝日放送の名物アナウンサー）「旭堂小南陵」（四代目旭堂南陵）、の名前が書かれたのもあった。

若い落語家らがよくここに通ったのは、おかあちゃんが話す純粋の大阪弁を学ぶためでもあった。

小春と小米は、昭和四十八年（1973）共に道頓堀角座で四代目・桂福團治、二代目・桂枝雀を襲名する。

瓢一もこの披露公演を客席で観ているし、記念のレコードも保存している。

芸熱心な二人は、先づせっせせっせで一杯やったあと、芸談を交わしながら道頓堀を東へ。オダサクさんとは逆に二つ井戸、高津の黒焼屋の前を抜け高津神社の絵馬堂でネタを交換した。枝雀は福團治が練り上げた「寿命」を、福團治は枝雀から森乃福郎がやっていた「風うどん」を教えてもらった。枝雀は「寿命」を高座にかけることなく逝った。

二人が学んだ絵馬堂には、瓢一が描いた高津神社ゆかりの上方落語「崇徳院」と「高津の富」の大絵馬が、いま架っている。

坂町に店を開く前、山北芳枝さんは、黒門市場に近い風呂屋の横で屋台の関東煮屋をやっていた。

常連客が藤本義一さんの友人で、共に近くで飲んでいて、公衆便所に立った時「おもろい店がある」と誘って連れて来てくれたのが最初。

「屋台の天井にミラーボールがついているけったいな関東煮屋」が気に入った藤本さんは足しげく通った。

「もう年令(とし)やし廃業(やめ)る」と山北さんが言い出した時「惜しい味や、名前とのれんをプレゼントするから続けなはれ」と藤本さんからもらった屋号が「せっせっせ」だ。

「せっせっせ」とは大阪で子供が向い合って手と手を合せて遊ぶもので手の温もりが伝わるという意味だ。

「名付けた店は繁盛する」と藤本さん自身がいうように、新しいのれんがかかった店はよくはやった。

瓢一が通ったのは関東煮が好きだからでもあるが、おかあちゃんの昔話をきいておきたいという意図もあった。

ミナミで生れたおかあちゃんは「子供の頃は灰山に行ったらあかん」と言い聞かされていた。

上方落語でおなじみの「千日の火屋(ひや)」で焼いた人骨の灰を積んだのが灰山だ。

千日前の斎場がまだ阿倍野に移る前の言い伝えが残っていた頃の話だろう。

「娘時代は法善寺のカンザシ屋によく行きました」というのも聴いた。

この店は、小間物屋「花宗」で初代桂春團治が丁稚奉公していたところといわれ、千日前から法善寺裏へ入ってすぐの南側にあった「花カンザシ」の店だ。

向いは「寄席南地花月」でその西側は、オダサクさんが書いた「めおとぜんざい」、横の浮世小路を北に上ると道頓堀で出た左角は「今井楽器店」（現うどんの今井本店）。

「花宗」の西隣りは、料理屋「お多福」があり、ここは値段が安く若い客で賑わった。

その中には、南海通り「波屋書房」で発行する同人誌「辻馬車」の藤沢桓夫、武田麟太郎、崎山献逸らの仲間がよく来ていたと「笑説　法善人の人々」に長谷川幸延は書くが「辻馬車同人は酒席の集りは何ヵ月に一度くらい珍らしいことでそんなにしょっちゅう酔っ払っていなかったが長沖一、武田麟太郎らは酒豪と呼んでよいくらいに酒が強かった」と「大阪自叙伝」に藤沢は書いている。

大阪に伝わる「まじない」も瓢一は、おかあちゃんから聴き書きしている。

・茶瓶の口は北に向けるな。

・「明日の晩はよう参じまへん、明日の朝参じます」とトイレした時に言って出る。

　夜は恐い水洗でない時代のまじないだ。

・メバチコができた時は障子の桟のすき間の穴からにぎりめしをもらうと治る。

・くさができたとき「野に生える草ならば人に生えず」と書いて天井に貼る。

　など、いろいろ教えてもらった。

「せっせっせ」のおかあちゃんの味は、藤本義一家に伝わっている。

毎年、芦屋奥地にある別荘の忘年会で、義一さんグループ「たてまえの会」「バキューム共和国」の輩が集って遊ぶ時、せっせっせのおかあちゃんが大鍋で関東煮をつくってくれる。

統紀子夫人に継がれたレシピを聞くと、おかあちゃんの屋台時代は黒門市場のそばで味どころだったからいろんな人から教えてもらい結局「羅臼昆布」をたくさん入れ、調味料は塩のみで出汁に色がつかないように工夫した。

この味を見付けるのに相当勉強したが、最後に素朴という自分の味に行きついた。

義一さん夫妻は、この味を東京・六本木に持って行き「才(ぜい)六」という「大阪の味おでん」の店を開いた。

「才六」とは、江戸の人が上方の人を軽蔑していう時にいうことばだが、大阪には「アホにアホいう奴はアホや」というのがあり、東京にこの意味を持ち込んで「どや？」という義一さん独特の「いちびり」（諧虐）がある店名だと瓢一は思っている。

もう30年をこす老舗になりウェブにも出ているが、昭和六十三年（1988）五月二十一日の開店祝には瓢一も駆けつけている。

「せっせっせ」のおかあちゃんの味は東京でも生きている。

瓢一が「せっせっせ」でよく会う常連客に文楽の技芸員が二、三人いた。

みんなが「八ちゃん」と呼んでいたので、同様に思っていたが「はちすけ」さんという三味線の若手だ。眼鏡をかけた色白で大柄な人だったが早く逝ったと聞いた。

常連のなかに大阪西川布団店の井下興憲さんと羽生佳永子さんがいた。

羽生さんは、八ちゃんと共に来ていたのは豊竹咲大夫さん、竹本津国大夫さんらだという。

昭和五十年代前後のころで、近くに文楽座（朝日屋）があり、みんな来るのに便利だったからだろう。

いまは立派な大夫さんになられているが、瓢一も出逢う機会はない。

豊竹咲大夫さんは、昭和二十八年（１９５３）、９歳で豊竹山城少掾に入門、竹本綱子（つなこ）大夫を名乗り十月に四ツ橋文楽座で初舞台、同四十一年、豊竹咲大夫を名乗る。

平成十六年（２００４）十一月、紫綬褒章、同二十一年に物語りのクライマックスを語る大夫の最高位である「初場語り」に昇格、「平成二十年度日本芸術院賞」、そして令和元年（２０１９）重要無形文化財保持者（人間国宝）に認定され、令和三年文化功労者に選ばれた。

竹本津国大夫は、昭和四十七年（１９７２）国立劇場第一期研修生から出発し、昭和四十九年（１９７４）四月、四代竹本津大夫に入門し竹本津国大夫と名のり国立劇場で初舞台、国立劇場奨励賞や昭和六十年度文楽協会賞などを受けている。

その文楽技芸員らがつくる野球部があった。

このチームは若い人が集っていたのにひ弱いチームだったと先出の羽生さんはいう。

人形を遣ったり、三味線をひいたりしているからつき指したら大変だと瓢一も理解できる。

「せっせっせ」にも野球チームがあった。

「球団せっせっせスリーワン」という。

スリーワンは3と1。子供たちが遊ぶときに「せっせっせ、サンとイチ、ニ」と歌いながら手を合わせる、そのサンとイチでスリーワンだ。

構成メンバーは客のサラリーマン、日本仏教青年団員で構成されていたが、彼らに混じって文楽技芸員も加っていた。

オーナーはもちろんおかあちゃん、監督は井下興憲さんでマネージャーは羽生佳永子さんだ。

井下さんが当時を振り返り、三味線の「はちすけ」さんは、東京・荒川で野球をよくやっていたと自慢していたが大したことはなかった。

そこへくると、豊竹咲大夫さんはうまく、張り切ってプレーしていたと言う。

竹本津国大夫は野球をやらないので不参加だった。

「球団せっせっせスリーワン」は、三代目桂春団治チームと年に5、6回は対戦している。三代目は、音に聞える浪商野球部出身（補欠）だから強いチームかと思うが、三代目が四球のときは現桂春蝶といっても小学生の頃だが、ピンチランナーで出場していたほどだ。

藤本義一さんがオーナー、統紀子夫人が友の会々長の花野球チーム「この世スネターズ」は強い時は強いが弱い時は弱かった。

なにせ投手はプロ野球巨人軍ドラフト1位島野修（昭四十三・1968）、合田栄蔵（昭三十六・1961〜1971・南海―阪神）、上田利治監督の1時間をこす猛抗議を思い出す足立光宏（昭三十四・1959〜1979阪急ブレーブス）らに加えて野手はR・バルボン（昭三十・1955阪急―近鉄）らが来ると無敵だが来ない日は、広報担当の瓢一までも狩り出されてライトを守るほどだから借りてきた猫のようになる。

監督は保田善生（元宝塚映画・前八十八企画社長）、主将は林禧男（元宝塚映画・放送作家）捕手で、せっせっせスリーワンとの対戦は5勝1敗。

その第一戦目は、茨木にあった読売テレビのグランドだった。

ここに巨人軍長嶋選手の背番号3をつけて颯爽と現れたのはなんと豊竹咲大夫さんで愛児を連れてきていた。

浜甲子園の厚生年金グランド、江坂グランドなどで戦ったのだが、関大一高グランドでわが軍に加わったのは映画スター森田健作（元千葉県知事）さんだ。

当時、関西テレビで放映していたドラマを宝塚映画が作っていたので、保田善生プロデューサーが招いたものだ。

彼は、学生時代に剣道の経験があり公表は二段だから、4番を打たせると保田監督が決め林主将の異論を抑えた。

果たして森田外野手は見事にライトフェンス越えのホームランを打ち快勝した。

わが軍がせっせっせチームに負けたのは1回だけで「死猫に噛まれた」と林主将が口惜しがるのは関大一高グランドで最終回に4対3で逆点された時のみだ。

今だから言うが瓢一はこのライバルチーム「球団せっせっせスリーワン」の後援会に入っていた。今も手許にあるが、裏面に会費千円を一回だけ払った印が押してある名刺大の会員証だ。

何故ライバルチームの後援会に入ったかというと「監督批判ができる」という利点があったからだ。これはついに行使しないままに終った。

せっせっせチームは淡路島へ遠征し文楽チームと対戦したこともあるというから楽しんで野球をしていたようだ。

文楽チームに人間国宝、文化功労者、日本芸術院会員、七世竹本住大夫さん（故人）が入っていたら強いチームになっていったかもしれない。

竹本住大夫さんが満90歳&大夫引退記念の時に出された「人間やっぱり情でんなぁ」（文芸春秋刊）に「少年の頃は野球少年だった」とある。

小学六年生から夏の甲子園大会の十日間の切符を買いひとりで観戦に行くほどだった。父、六世竹本住大夫は文楽より素質があるならスポーツでもと考えていたし、商売人にさせたいという母の希望で入った大阪商業は落第し、中学三年から浪商に転校して野球部の試験を受けた。（当時は試験があった）。

キャッチボールは合格だったが次の百メートル走で落とされた、というのは頭が大きくて重たいので走れなかったからだ。

大阪専門学校（今の近畿大学）に入学して即、野球部に入部した。

戦時中で部員が二十人、補欠のキャッチャーで全国大会、近畿地区予選で甲子園に出場している。なんと、近畿大学出身の阪神タイガース・糸井嘉男や佐藤輝明選手の大先輩だ。

文楽史上、甲子園の土を踏んだ初めての人が文楽チームにいたら、強敵だったと瓢一は思う。

せっせっせのおかあちゃんの喜寿祝のパーティーは中之島センタービル31階のスカイルームで開かれた。

大阪市内が一望できる明るい会場に集った人を見た瓢一は、あの2坪（約7㎡）の店の奥行きの深さを改めて知って驚いた。

パーティーは文楽の寿式三番叟から始まり、桐竹文寿（故人）、豊竹咲大夫らがおかあちゃんの吉書を祝った。

引出物は、藤本義一さんの書「せっせっせ」が入った1合桝で、その名の通り、人の手と手のぬくもりが伝わったパーティーだった。

おかあちゃんの引退は平成十一年（1999）五月三十日。

寺田町の岬寿司に内輪の客が集ったごくろうさん会を開いた。

常連客・井下興憲さんは「おかあちゃんは、95才くらいまで店をやっていたと思う、100才過ぎて逝ったよ」と振り返り、羽生佳永子さんも「102才まで生てました」という。

「おかあちゃんは死んでいた」と風の便りに聞いた時、瓢一は「偲ぶ会をやってあげよう」と考えかつての仲間たちに呼びかけた。

平成二十四年（2012）六月六日、場所は「せっせっせ」があった同じ坂町。

瓢一が行きつけの「九州八豊　やせうまだんご汁」店の別室で、おかあちゃんのご息女、「せっせっせ」の店名を付けた藤本義一夫妻、桂福団治ら17人が集った。

藤本さんは、すでに脳梗塞を患い歩くのは統紀子夫人の支えがいった。

記憶もままならないなか「おかあちゃんの3回忌だから」と出席してくれた。

藤本さんは瓢一の正面でその隣りに福團治が座った。

昭和四十九年（1974）、第71回直木賞を受けた作品「鬼の詩」の映画化にあたり、原作者藤本義一さんが、主人公桂馬喬は福團治しかいないと固執したとおり見事に好演した。

以来師と仰ぐ人の横にいつもより神妙な顔して畏っている。

その弟子が注ぐ賀茂鶴を師匠は猪口でつぎつぎと2合も飲んだ。

左に座っていた保田善生が驚いた顔でそれを見ていた。

藤本さんとは宝塚映画で知り合って51年の付き合いだ。

初対面の日、徹夜で酒を共にし、堺の自宅まで行きカレーライスを御馳走になった思い出ももっている。

その藤本さんは、殆どがウイスキーの水割りだったが日本酒を飲むのを初めて見たという。

帰りの階段で瓢一は、もう表情もあまり変らない藤本さんを脇から支えた。

その年の一月、藤本さんの仲間でやる新年会「たてまえの会」は、ホテルニューオータニ大阪であった。

このステージで瓢一は、書道家川瀬碧水さんとコラボレーションを演じた。

横4・5メートル、縦1・5メートルの和紙に彼女が干支の龍の字を描き、瓢一がその字を龍の絵に変えてゆくもので彩色もほどこし勢いあるものに仕上げた。

出来上がったものに、出席している藤本義一、難波利三、大村崑、大森一樹、乾浩明、三島ゆり子さんらがサインして作品価値が上った。

これを一年前に起った「東日本大震災」の被災地に飾って元気をつけてもらおうと、同席していた山本一光さん（元スポーツニッポン新聞社）が言い、彼の仲介で福島県郡山市のランドマーク「郡山ビッグアイ」一階ホールに一年間展示された後、「こおりやま文学の森資料館」に寄贈した。

この作品にサインを求めた時、藤本義一さんの手を引いてステージに案内した瓢一が方向転換させようと藤本さんの身体を回転させた。

「ここどこや、どこや」と藤本さんは混乱した後、ステージでサインをしたが、この時瓢一は藤本さんの病の重さを実感した。

「せっせっせ」のおかあちゃんの3回忌の会がおわり、店の2階から瓢一らが藤本さんをかかえて下り統紀子夫人に預けて、去っていくキャップ姿の白髪を見送りながら「早く回復してください」と祈っていたが、その4ヶ月後10月30日、79才で藤本義一さんは帰らぬ人となった。

わが町

ベンゲット道路

フィリピンのマニラをバギオに結ぶベンゲット道路のうち、ダグバン・バギオ山頂間八十キロの開さくは難工事だった。

起工後三年たった明治三十五年（1902）七月になっても予算を使い果した上に工事の見込みが立たなかった。

工事は、ベンゲット山腹五千フィートの絶壁をジグザグによじ登りながらの作業で巨岩、大樹に阻まれ数百メートルも下って工事の基礎地点も発見しなければならなかった。

しかも、そうした場所にひとたび鶴嘴（つるはし）を入れるや必ず地滑りが起り、しだいに亀裂を生じて、ついにはこれが数千メートルにも及ぶ始末でスコールが来るとたちまち山崩れや地滑りが起る、風土病もある。

五メートルの工事に平均一人ずつの死人が出る。

そんな惨状におどろいて、フィリピン人、米人、支那人（中国人）、ロシア人、スペイン人等、千二百名の人夫は一人残らず逃げだしてしまっていた。

オダサクさんの「わが町」はこんなところから始まっている。

工事監督のケノン少佐の名をとって後にケノンロードと呼ばれるこの道路の目的は、フィリピン領有後の米国の施政に基づくもので、熱帯地には珍しく冬は霜を見るというくらい涼しいバギオに避暑都市を開いて兵舎をつくる計画の付帯事業として欠くことの出来ないものであった。

ケノン少佐は、カルフォルニヤ開拓をした日本人の忍耐と努力を知っていたのか、マニラの日本領事館に法人労働者千九百二十二名の供給を請うた。

法人移民排斥の法律をまげてまでそうしたのは日本人ならこの難工事を克服すると思ったからだろう。

第一回移民船香港丸が百二十五名の労働者を乗せてマニラに入港したのは明治三十六年（1903）十月十六日だった。

労働時間は十時間、食事、宿舎は官費で病気のものは官営病院で無料治療、マニラ・ダグバン間の鉄道運賃は政府負担で条件は申し分なかったが、ダグバンから徒歩でベンゲットまでの山道はひどい蚊のなかで野宿、鍋釜が無いので飯は炊けずパンは蟻に食い荒らされた。

二晩つづけて着いた現場は片側は断崖、片側は谷底で雲がかかっている。

足場の岩はぐらぐらで恐ろしいところだ。

綱でからだを縛り絶壁を下りハッパを仕掛け点火と同時に綱をたぐって急いでよじ登る。

爆発でいきなり五人が死に、山崩れで十三人が生き埋めになった。

十一月にはコレラで八人とられた。

やがて第二回、第三回…と移民船が来て明治三十六年中には六百四十名、同三十七年中にはほぼ千二百名が日給一ペソ二十五セント（一ペソは1円）でマニラへ上陸した。

内地の日当は食事自弁で五、六十銭だったがベンゲットでは食事、宿舎、医薬はすべて官費といったが、宿舎は竹の柱に草葺の屋根、土間は丸竹の棚を並べた寝台で蒲団はなしの豚小屋だった。

佐渡島他吉が何回目の移民船でマニラに来たのかオダサクさんは書いていないが、この環境の中で「身体を粉にして働いていた」のは確かだ。

「全長二十一マイル三十五（約34キロ）のベンゲット道路が開通したのは香港丸がマニラへ入港してから一年四ヵ月目の明治三十八年（1905）一月二十九日であった。

千五百名の邦人労働者のうち六百名を超える犠牲者があったと、開通式の日に生き残った者は全部泣き、白人、フィリピン人、支那人（中国人）たちが三年の日数と七十万ドルの金を使ってもなお一キロの開鑿（かいさく）もできなかった難工事を「われわれ日本人の手で成しとげたという誇りはあっても、喜びではなかった」

佐渡島他吉は、工事が済んでダバオに行き、そこでバギオに「夏の都」がつくられてベンゲット道路がダンスに通う米人たちのドライブ・ウェーに利用されだしたという噂を耳にして、そんな目的でおれたちの血と汗を絞りとっていたのかと口惜しがった。

すぐにマニラに行き青龍の入墨を背中にし米人を見るといきなりその横面を往復なぐりつけた。

「わいはベンゲットの他あやんや」はこの時のセリフから発している。

他あやんが大阪・河童路地（がたろろじ）のわが家へ六年振りに帰った。

オダサクさんは「自分の書く小説は、後年「地誌」として意味があるものになるかもしれない、といったが、瓢一もかつて著した「なにわ難波のかやくめし」（東方出版刊）やまだ本になっていないが「今里新ドローム」（サンケイ新聞連載）などはその意識をもって書いた。

オダサクさんは、南区生玉前町（現・天王寺区生玉前町）で生まれ、東区東平野町（現・天王寺区上汐）で幼少期を過している。

谷町九丁目からこの辺り一帯には路地裏の数がざっと七、八十あったと「青春の逆説」に書くような風景はそのまま「河童路地（がたろろじ）」のものだ。

この辺は「上町」といわれるが、東京の下町・上町とちがい大阪の場合ほとんどが下町で台地にあるから上町と呼ばれている。

余談だが瓢一と仲間たちがカラオケを楽しむミナミのバーの名も「うえまち」というがママの姓は「下町」さんだ。

瓢一は、中学生の頃から半身不随の母を連れて谷町8丁目にある檀那寺「日蓮宗宝珠山本長寺」に墓参していた。

オダサクさんの生家に近いこの寺には明治後期の浪漫派詩人・薄田泣菫が寄宿していた。彼は「金剛山の歌」や「選抜中等学校野球大会」（二代目選抜高校野球）の大会歌「陽は舞いおどる甲子園」の作詩も手がけている。

当時、泣菫は大阪毎日新聞学芸部部長で歌人・与謝野鉄幹・晶子や志賀直哉とも親交があり、同時期朝日新聞には夏目漱石がいたと本長寺前の顕彰碑にある。

この本長寺本堂で毎年春の彼岸に「五代目桂米團治を聴く会」が開かれる。

これは戦後間もない昭和二十四年（１９４９）十二月十八日、人間国宝・故桂米朝さんの師匠、四代目桂米團治が上方落語の復興をめざし、当寺で戦後初の「桂米團治を聴く会」を開いたことに由来する。

当時、この寺の総代だった西畑栄太郎氏は桂米團治後援会の常任世話人だったことからの縁で始まった会だった。

それから６０年後の平成二十一年（２００９）、５７年ぶりに桂小米朝さんが五代目を継ぐことになり、檀家である瓢一が、米朝師匠と親しかったこともあり襲名を吉書に西畑さんのようにお世話をすることになった。

檀家のほか一般の人も含めて約百人で満席になっている。本堂での１１回目の会は、弟子・米輝が「道具屋」をやり米團治は「稽古屋」を演じた。

その後毎回そうだが米團治師、瀬川和久住職そして司会の瓢一で鼎談をやる。

テーマなしのぶっつけ本番だが、この回は「細るフィリピン慰霊の旅」として2月14日、産経新聞夕刊一面トップに出た住職の記事についての話から始まった。

瀬川住職が案内役としてこの慰霊の旅に出かけて46年経つ。

第二次大戦の激戦地フィリピンで亡くなった旧日本軍将兵の遺族や戦友らでつくる「日比国際友好協会」の会長として「祖国や家族を守る」ため亡くなった多くの人のために慰霊の旅を続けている。

旅の参加者が高齢化で350人いたのが11人になった。

今回もその一団とともに参ったのは昭和四十八年（1973）に民間最大の旧日本軍戦没者の慰霊碑がある「ルソン島バギオ」だ。

「バギオ戦没者慰霊碑公園」に建つ「英霊追悼碑」と彫られた碑は日本側バギオ碑奉讃会とフィリピン側バギオライオンズクラブの建立実行委員会が昭和四十八年二月十一日に建立したもので、毎年二月に日比国際友好協会が主催して「バギオ戦没者慰霊祭」が行われている。

同会は、全国の戦友や遺族ら400人が集まり昭和四十五年に発足した比島戦没者慰霊会が前身で、平成十一年に会長に就任した瀬川和久住職も民間最大の旧日本軍戦没者慰霊碑での慰霊祭と巡礼を続けてきた。

先代住職の瀬川日憲さんは昭和四十八年から平成四年、60歳で没するまで約20年ほど慰霊団に参加していたが、その遺志を受け継いでから和久住職が案内役となり、南国の暑さの中袈裟姿で各碑を巡礼、読経している。

平成二年（1990）七月十六日に起ったマグニチュード7・8のバギオ大地震やその翌年六月、ピナトゥボ山が大噴火した時にも会の役員だけで慰霊碑の修復に行っている。

高津高校出身でオダサクさん（旧制高津中学）の後輩にあたることから「わが町」の他あやん

たちが拓いたベンゲット道路にも思いがあり、慰霊の旅で道路を通る時今でも崖くずれが起こる場所だから「当時は大変な難工事だったろう」と思った。

キャンプ9にあるビューポイントから見ると九十九折（つづらおり）の道路が続いている。

ここはケノン将軍（元少佐）の胸像がある。

瓢一の手許のツールを開いて画像を見ると道路建設に従事する住時の人々の姿や厳しい現場が見える。

すざましい光景だ。

オダサクさんが見たら驚くだろうな。

「人間、苦労して、身体を責めて働かな、骨がぶらぶらしてしまうぜ」

たしかにこれに近い言葉を聞いて瓢一たち兄弟は育っている。

長兄、次兄そして瓢一も学校は無遅刻無欠席だった。

祖母や父母の躾（しつけ）は厳しく、方面委員でその事務所に毎日出て「毎日新聞」と称せられたほどの祖父が孫たちにつけた名の頭をつなぐと「道を守って國（瓢一）は栄える」となる。

戦後すぐ栄樹は夭折し、道夫も守夫も亡くなった今「國」だけが現代の日本を表すようにある。

明治の頃、「ベンゲットの他あやん」たち多くがいのちを賭して切り開いた道路の目的地は「夏の都市バギオ」だった。

昭和十九年（1944）九月二十八日、第14方面軍司令官に着任した猛虎山下奉文大将の司令部が昭和二十年（1948）一月三日から一時置かれたのもバギオだ。

陸には猛虎の山下将軍

海には鉄壁大河内……

いざこいミニッツ　マッカーサー

瓢一が小国民時代よく歌わされた歌だ。

その山下将軍がマニラから羊腸のベンゲット道路を通りバギオへ司令部を移したのは道路完成後40年後のことだ。

ウエブによると、他あやんらのキャンプ1（飯場）があった西のリンガエン湾いっぱいに集まった800隻もの艦船から約20万人の米軍が上陸し、15万を超す日本軍も死力を盡くすも平原からの退去を余儀なくされベンゲット道路は日本兵の退去路、それも敵機を避けて飲まず食わずの夜間行軍で約41キロを1週間かけて上って行く道となった。

四月十六日、第14方面軍司令部はバギオからバンバンへ転出、同二十六日、米軍によりバギオは陥落した。

オダサクさんのベンゲット道路は日本人にとって誇りの道であると同時に祈りの道になっている。

フィリピンは第二次大戦の激戦地で、バギオがあるルソン島では27万人の旧日本軍将兵が亡くなっている。

多くの将兵の犠牲によって瓢一たちは戦後70余年つづく平和を享受して「令和」という新しい時代を迎えた。

昭和、平成に亘（わた）る約45年間、瓢一は「阪神タイガース」球団とともに歩き、球団の力添えを頂きその選手達をベンチ内で描いてきて個展も開いた。

また、伝統といわれる阪神―巨人戦の漫画を34年間スポーツニッポン新聞に連載してきた。

平成最後、甲子園での同戦も描いているが、そのスポニチ紙に「内田雅也の追球」というコラムがある。

四月十九日の記事の見出しは「酒仙」への鎮魂とあり、タイガース草創期の主戦投手・西村幸生の長女ジョイス津野田幸子さん夫妻が対ヤクルト戦を観るため甲子園に来ていることを書いている。彼女はハワイ大コミュニティーカレッジ名誉総長で、この日はゆかりの白鷗大出身の大山選手が先制3ランを含む2本塁打と二塁打の大当りで１３点を取り、父の関大後輩にあたる岩田投手が今季初登板の先発で１４０２日ぶりに完投勝利した「お祭りの日」で、Ｖサインして喜ぶ写真も出ている。

西村幸生は、三重県宇治山田市（現伊勢市）生まれで関大出身者としてプロで初めての選手だ。１９３７年から大阪タイガース在籍３年の防御率は2・01だった。

１９３７年（1リーグ時代）、年度選手権決定試合（4勝先取制）で春優勝の巨人と対戦し、第1戦、第6戦で巨人エース沢村栄治との投げ合いを制してシーズン優勝時に続いて胴上げ投手になって「初代巨人キラー」と異名をとった。

１９３７年秋、１５勝の最多勝タイトル、１９３８年春、タイガースが独走して優勝した時も前年の1・14に続く1・37の成績で最優秀防御率タイトルを獲得している。

昭和八年（１９３３）、関大の第1回ハワイ遠征の時、船で知り合ったハワイ生れの東末子とタイガースに入団した昭和十二年（１９３７）四月十九日結婚し、尼崎の新居で暮らした。

酒豪で知られ「酒仙投手」と呼ばれた名投手西村幸生は、タイガース退団後満州（現中国東北部）新京（現長春）に渡り、実業団・満州電電でプレーした。

昭和十九年（１９４４）二月応召され、３人の女の子と身重の妻に「すぐ帰ってくる、ビールをたくさん集めておけ」といって出征していった。

子供たちの「父ちゃん、バイバイ」の声に一度も振り返えらず５５勝上げた右手拳を突き上げて角を曲ったまま帰って来なかった。

昭和二十年（1945）四月三日、フィリピン・ルソン島のマニラ南にあるバタンガスで戦死したと公報が届いたが遺骨はない。

享年34才。

1977年、野球界に対する貢献を認められ特別表彰で野球殿堂入りした。

西村幸生とマウンドで投げ合った同郷のライバル巨人軍の沢村栄治も戦死している。

1944年シーズン開始前に巨人から解雇され、同年十月二日、日中戦争に次ぐ2度目の応召を受け十二月二日、フィリピン防衛戦に向かうため乗っていた軍隊輸送船が屋久島沖西方の東シナ海で米潜水艦によって撃沈され27才で歯を没した。

二人の胸像は、故郷である三重県伊勢市の倉田山公園野球場一塁側球場外に並んである。

平成二十六年（2014）三月十日、その球場のこけら落としと胸像の除幕式についで伝説の先輩に捧げる記念の巨人・阪神オープン戦があった。

巨人は原辰徳監督以下、全出場予定選手並びにコーチ陣が沢村栄治投手の背番号「14」、阪神は和田豊監督以下、全出場予定選手並びにコーチ陣が西村幸生投手の背番号「19」を付け鎮魂の伝統の一戦に臨んだ。

スポニチ編集委員・内田雅也さんは、西村幸生投手の長女ジョイス津野田幸子さんから取材したものをそのコラム「追球」に数回記している。

ここにあった戦火に散った西村幸生投手の話を参考にして書いたが、いま甲子園球場の阪神―巨人戦はいつも4万人を超す観客が黄色い風船を飛ばし、その応援が選手達のいいプレーを生む。

新型コロナ後はこの風景も変わったが戻りつつある。

ジョイス津野田さんは、平成二十五年（2013）夏、父の背番号19を継ぐ阪神の藤浪投手に面会して託したことばがある。

「いま自由と平和に恵まれた社会で野球を楽しめるのは多くの野球選手が尊い生命をささげたおかげです。この方々が野球にかけた夢と情熱をこれからの世代に託したいと思います」

たしかに野球のみならず先輩選手たちが命を賭して与えてくれた平和を享受し、オリンピックなどの絵舞台で力いっぱい戦える若者たちは幸せだ。

昭和二十年（1945）五月二十日、フィリピン・カラングランで戦死した大阪タイガースの強打者景浦将も同じ思いだろう。

瓢一はいま、多くの阪神タイガース関係者との知己を得「甲子園歴史館」の顧問を務めている。ここには、高校野球の歴史も詰まっているが阪神（大阪）タイガースの歴史もいっぱい展示されている。

ありがたいことに、元選手や元監督との付き合いも多く、とりわけ昭和六十年（1985）日本一に輝き2年後最下位になった時の人たちで作る「天地会」メンバーでもある。

当時監督だった吉田義男会長のもと、中村勝広さん（故人）、岡田彰布さん、真弓明信さん、和田豊さんらこの会から監督になったメンバーは多い。

平田勝男氏はいまファームの監督だ。

この会は年一回、有馬温泉にある料理の鉄人大田忠道さんの「旅篭」で会食をやる。

元選手の室山皓之助さんが世話人で日本一になった時に活躍した福間納投手や胴上げ投手になった中西清起投手も来るし木戸捕手（現球団本部次長）など懐しい顔が並ぶ。

当時広報部にいた南信男さんも欠席しないで来る。

南さんは後に球団社長にもなって、瓢一も多くの厚情を頂いた。

いま、球団の応接室には2005年、岡田監督がリーグ優勝した時に瓢一が描いた当時の投手陣と打撃陣の大額が飾られている。

これもお祝いに南さんを通じて球団に貰っていただいたものだ。

このメンバーで年一回開かれるゴルフ大会も楽しい。

天と地を味わった人たちの絆は深い。

瓢一はほかに、西本幸雄さんら元監督らとも親しく、ゴルフを共にしたが、いづれの方々も泉下の人だ。

勝員の世界におられたから、負けず嫌いで若い瓢一が間違ってオーバードライブなどしたら、西本さんなどは「なんで筆しか持ったことがない人に越されるんや」と温和な顔が勝負師のそれになった。

阪神タイガースと瓢一は同じ年だから西村幸生さんの時代は知る由もないが、ベンゲットの他あやんと違った闘いがフィリピンにあったことを知った。

お午(うま)の夜店

「ベンゲットの他あやん」が六年振りにフィリピンから大阪の河童(がたろ)路地にあるわが家に帰ってきた。

隣家の落語家〆団治にきくと、女房お鶴はお午の夜店へ十一歳になった娘お初と七色(いろ)唐辛子を売りに行っているという。

他あやんがフィリピンからはじめの二、三年以後鐚(びた)一文も送って来ないからお鶴は、昼は爪楊子の内職をし、夜は夜店へ出て一生県命生きていると聞いて他あやんの胸は熱くなり寒い風が白く走っている戸外へ飛び出した。

お午の夜店でお鶴は、ガラス箱を立てかけた中に前掛けをまいた膝を見せ、赤切れした手で七味を混ぜていた。娘の初枝は白い瀬戸火鉢をかかえて、まばらな人通りをきょとんと見上げていた。

フィリピンに行く前にお鶴との一夜で出来た娘だ。

「阿呆んだら！」。

前に立った客に「おいでやす」と言って見上げて他あやんと判りお鶴は「御機嫌さん。達者か」と他人にもの言うような口を利くのを聞いて、もう一度「阿呆んだら！」とお鶴は六年振りの夫婦の挨拶に泣いた。

瓢一にはこの「阿呆んだら！」の大阪弁に含まれる許してあげるというやさしい愛と安堵の気持がよくわかる。

翌日から、他あやんがひとりで夜店へ出て七味唐辛子の店を張るのだが、瓢一はその「お午の夜店」には次兄とよく行った。

この作品「わが町」は昭和十七年（１９４２）「文芸」十一月号に出、翌年四月、錦城出版社より刊行されたものだからその時期は重なる。

「アドバルーン」でも書いたが、お午の夜店は、道頓堀の朝日座の角から千日前の新金毘羅通りまでを南北に通る相合橋筋に午の日に出る長い夜店だ。

瓢一たち兄弟はいつも自安寺に参ってから夜店を楽しんだ。

オダサクさんは「おもちゃ屋の隣りに今川焼があり、今川焼の隣りに手品の種明し、行燈の中がぐるぐる廻るのは走馬燈で虫売の屋台の赤い行燈にも鈴虫、松虫、くつわ虫の絵が描かれ、虫売りの隣のみたらし屋では密を掛けた祇園だんごを売っており、密垂らし屋の隣に何屋がある。と見れば、豆板屋、金平糖、ぶっ切り飴もガラスの蓋の下にはいっており、その隣りは鯛焼屋、尻尾まで餡がはいっている焼立てで、新聞紙に包んでも持てぬくらい熱い。そして、粘土細工、積木細工、絵草紙、メンコ、びいどろのおはじき、花火、河豚の提灯、奥州斎川孫太郎虫、扇子、、暦、らんちゅう、花緒、風鈴……さまざまの色彩とさまざまな形がアセチレン瓦斯(がす)やランプの光の中にごちゃごちゃと、しかも一種の秩序を保って並んでいる……。植木屋の前まで来ると、もうそこからは夜店の外れでしょう……」とメモしているように詳しい。

裏表を火にあぶると２倍くらいに大きく延びる芭蕉(ばしょう)せんべい、樟脳(しょうのう)をつけると水の上を走るセルロイドの舟、映画スターのブロマイドのあてもん、はっかパイプ、いか焼……まだあったように思う。

瓢一はいまもこの相合橋筋をよく歩く。

かつては朝日座（元東映パラス）の壁ぎわに焼餅屋があった、坂町を横切り裏坂町、千日前通りに出る西角に「喜楽別館」。ここは千里万博時道路拡張でなくなり、上に阪神高速道路堺線が走る。

通りを南下すると左側にミス大阪があり、いまは「千日前中央通り商店街」と呼ばれる溝の側を、南海通りに出る手前ビル２階に「芸術を楽しむ会」の寄席小屋がかつてありその舞台背景に瓢一は松ならぬ梅を描いた。

梅の枝からの抜け雀を廊下に一羽飛ばせたがあの絵はどこに行ったのかな。

「一半」寿司店は吉本の若手芸人が出世したらと夢をもつ店だ。

長い夜店の最南端の新金毘羅通りをこすとその若手も気楽に行けるうどんの「千とせ」ここの肉吸いは名物だ。その前の河原センタービルは瓢一が一年生に入学した元河原国民学校で父や兄２人もここの卒業生だ。

瓢一は昭和十九年、合併で精華国民学校へ移っている。

河原国民学校は「西成郡難波第三尋常小学校」として明治二十三年（１８９０）開校。

祖父はここの保護者会評議をしており、千日前の映画館などに出演している楽隊が来て、にぎやかに演奏する運動会や式典には参列していて横には千日前のを拓いた五人のうちのひとり逢坂彌(わたる)が座っていた。

ここには難波第一方面委員の事務所があり委員である祖父駒吉は毎日事務所に出ていたので「毎日新聞」とあだ名されていたと「大阪の米騒動と方面委員の誕生」(大阪歴史博物館刊)にある。

お午の夜店が出た相合橋筋は、精華国民学校、河原国民学校の校区であったため、瓢一の同級生が多かった。

道頓堀には「蒲鉾さの半」のIさん、芝居茶屋「堺重」のHくん、相合橋筋を下って、大劇西側の自転車預りKくん、調理師紹介所Aくん、現NGKシアター楽屋口あたりのAくん、この君は絵がうまく、零戦機、軍艦、戦車などを描くのを横で見ていた瓢一の手本になった。

関屋口(新金毘羅通り・NGK南の道)にはいまもある桝田酒店の前店主Mくん、さらに下って、いまうどんの千とせの北角には米穀店のMくん、履物商Tくん、玉突店Nさん、市電道を越し南下すると宗右門町あたりを流す屋台の汁もの屋Tくん……千日前や道具屋筋まで広げるともっと多くの同級生がいた。(631ページ)

昭和二十年三月十四日末期の大阪大空襲ですべての家は焼失したが復興した後、いまも住んでいる友達もいる。

他あやんは、人力車の古手を一台買い商いを始めて二年経った夏、妻のお鶴は冷え込みで死ぬ。

大正時代、河童路地の空地は羅宇しかえ屋の屋台、夜店だしの荷車、他あやんの人力車の置き場だったとオダサクさんは書く。

羅宇しかえ屋で思い出したが、瓢一の生家「むかでや」のま向いは「羅宇の問屋」だった。

羅宇とは、長きせるの竹部分のことで、ラオス産の黒い斑点がある竹を使ったからという説もある。

他あやんの河童路地の空地にあった羅宇しかえ屋台と同じものが瓢一の家の前に何台もとまっているのは日常だった。

木製の二輪車で前は引手、後に廻ると左右に脚があり台の上にある大きな箱の中に小型ボイラーが入っていてそこから出る蒸気で羅宇の掃除をする。

箱の上から蒸気がピーと音を出すから、町を流した時にやき芋屋と同じように羅宇屋が来たことがわかる。

夜鳴きソバ屋のチャルメラ、豆腐屋のラッパや自転車のハンドルと共に手にした鈴など昔は町を流れてくる音で商いも時刻も判った。

瓢一は、時間があると羅宇屋に行き店主のUさんが竹の敷物の上に並べるたくさんの羅宇を客の商人と選ぶのを見ていた。

午后、客が来なくなるとUさんは押入れから漫画本を出して見せてくれた。

「タンク・タンクロー」など瓢一の兄たちが持っていないものがたくさんあった。

ボーリング球を大きくした鉄の塊に8個の穴があり、そこからちょんまげ姿のタンクローの顔や刀とピストルを持った手、ゴム長靴を履いた足が出る。

前部の穴からプロペラが出、左右からは翼が出て空を飛んだり、足が引っ込んだ穴から大砲が出てきて悪者をやっつける荒唐無稽なエエもんキャラクターだ。

これが外国から攻めてきた黒カブトと闘う姿は、当時の映画「鞍馬天狗」のように痛快でラムネを飲んだあとのように胸が空(す)くもので、描いた漫画家阪本牙城の名とともに瓢一の血肉となった。

「日の丸旗之助」「一二三四五六（ひふみよごろく）」「長靴三銃士」……など挙げればキリがない漫画本の数々が羅宇とともにインプットされている。

いまはデジタルの時代で何でもありだが、この超アナログ時代の発想は、戦後初めて出会った手塚治虫さんの「メガロポリス」などに見る21世紀のいま、そこここに見る街の風景や宇宙ロケットなどと共にその時代の少年たちの夢を育んだのは確かだ。

天満の市

妻お鶴が生み残した初枝と桶屋の職人新太郎の新世帯は玉造で桶屋を始めたが火事にあい、ふ抜けになった新太郎を他あやんは強引にマニラへやり、身重の初枝が残ったあたりでオダサクさんは時代を大正へと移す。

「玉造」は瓢一にとってこの60年間絵で口を糊してきた修行の場所だ。

漫才作家・秋田實や大阪学の大谷晃一が生まれ、玉造日の出通り商店街の大谷家横にあった「三光館」で横山エンタツ、花菱アチャコの漫才コンビが昭和五年（1930）年五月にデビューした土地でもある。

瓢一は20才の時、大阪ミナミの戎橋筋にいまもある画材店「丹青堂」の入口で「スタイル画教室・生徒募集」のポスターを見て飛び込み、東京で画家・長沢節のセツ・モードセミナーで学び帰阪したばかりの明石正義先生と出会う。

明石先生の生家が玉造にあり、そこでも開いている「明石スタイル画教室（現マサモードアカデミーオブアート）」に移り通い（かよい）の内弟子として約10年間修業した青春の地だ。

オダサクさんの「わが町」は大正時代に入る。

マニラへ行かせた婿の新太郎が彼地の風土病赤痢に罹って死ぬ。

新世界の寄席で働く身重の初枝に天王寺公園のベンチでその死を伝えたマニラからの手紙を渡す。

初枝と歩く道中をオダサクさんは、活動小屋の絵看板がごちゃごちゃ並んだ明るい新世界から暗い天王寺公園へと見事に読者を誘う。

美術館、自転車の稽古する白いランニングシャツの男、動物園からの猛獣の吼声、丁稚らしい男が吹くハーモニカの曲「流れ流れてエ、落ちゆく先はァ……」は東海林太郎の「流浪の旅」だ。

悲しい切ないお膳立ては、この町でも遊んだ瓢一の子供時代と風景が重なる。

アラカン（嵐寛寿郎）の鞍馬天狗シリーズ「関の孫六」などを観た新世界の絵看板、入口正面に実寸大の鯨の骨格があり、ブリッジの地下道左右に魚の水槽が並んでいた動物園、次兄の自転車の荷物台に乗ってヤツデの実を取りに行き、美術館下のカーブで塀にぶち当たり腹を打った記憶などがその文章から甦ってくる。

ラジウム温泉へは祖母に連れられて行き入浴後の乙女文楽には退屈したが、パチンコの原型の遊具でおもいっ切り楽しんだ。

他あやんから夫がマニラで死んだ手紙を受け取り瓦斯（がす）燈のあかりで読んだ初枝は気が遠くなり気がついた時は陣痛が起っていた。

そして月足らずで君枝が生れたが初枝は死ぬ。

瓢一が新歌舞伎座で観た赤井英和主演の「わが町」ではこの君枝の姓は「成瀬」で安達祐実が

初枝との二役だった。

オダサクさんの原作には、新吉、初枝、君枝の姓は書かれていないから脚本の鈴木哲也か、演出のわかぎゑふの考えなのかもしれない。

わかぎさんと瓢一は旧知の間だから聞いてみたい。

孫君枝と他あやんの生活には、自分の横車（ごりかん）のためマニラで死んだ婿とそれを苦にして死んだ娘初枝に対する祖父の責任があった。

南河内狭山（さやま）の農家へ君枝を里子に出してから5年が経ちやがて小学校へ入る君枝を河童路地へ連れて帰ってきた。

入学式の日、新入生の点呼で「佐渡島君枝サン」と呼ばれても他所見している孫に、この子はこのまま育ってどうなるかと、がっくり肩の力が抜けた他あやん。

学校で親なし子といって泣かされ、俥をひく仕事で留守する祖父が作ってくれた膳の食事を一人でする君枝を隣家の〆団治が落語を聞かせても笑わない。

日暮れの浄聖寺坂をとぼとぼ降り祖父の客待ち場へしょんぼり現われた君枝を叱りながらも自分が居なくなったら孫はどうなるのか。

他あやんは半分泣いて「お祖父やんのうしろ随（つ）いて来るか、辛度（しんど）ても構（かま）へんか……」と諭して、客を拾って走る後を君枝はよちよち随（つ）いて来た。

帰り途中、君枝を俥に乗せて他あやんは子守歌をうたってやる。

〽ねんねころいち　天満の市　大根揃えて舟に積む……

この「天満の市」は大阪に伝わる悲しい歴史をもつ「寝させ歌」だ。

瓢一が30余年前からアトリエを備える天満橋端八軒家の大川北側にある南天満公園にその

歌碑はあるが、その辺に江戸時代、蔬菜を商う「天満青物卸市場」があった。

天神橋北詰上手から東の天満橋近くまであった幕府の保護を得たこの市場は、承応二年（1653）に大阪城北向かいから移って来たもので江戸中期には最大の勢力をもっていた。

その勢力の根拠は、天満市場が幕府に高額の権利金を上納することで得た市場権のことで、これを巡って木津・難波両村の農民たちと百年近い争いがあった。

近畿の民謡を採集、採譜、分析していた右田伊佐雄さんの著書「大阪の民謡」や「日本わらべ歌全集16・大阪のわらべ歌」（柳原書店刊）によると、木津・難波西村は昭和初期まで蔬菜類の生産地だった。

瓢一の生家「むかでや」の口伝でも、明治には家の裏から南に住吉さんの高灯篭が見えたというほどで、明治十九年の大阪実測図を見ても田畑だらけだ。

寛政八年（1796）ごろの摂津名所図会や長谷川貞信の「浪華百景」などの絵に長町毘沙門天や長町裏の様子が描かれているが、なんばパークス側から見た毘沙門への裏参道の左右は畑で家はみあたらない。

当然その参道には「むかでや」はない。

近世、大坂三郷の南にあった西成郡難波村は西成郡畑場八ヵ村のひとつとして、難波かんぴょう、カブラ、大根、ネギ、ニンジン、ゴボウなどの蔬菜栽培をしていた。

また水藍も名産で多くの家が作っていた。これは徳島の「玉藍」の濃色とちがって揉藍といわれ、水色、浅葱色、空色など薄色のものだった。

ここらの農産物を天満市場まで運搬するには時間がかかり鮮度が落ちる。

また農作業の時間がとられ、生産性が低下し年貢収納にも影響するなど諸問題もあるので木津・難波村内で百姓市を開かせてほしいと両村の農民たちは大阪町奉行や西成郡代官署へ嘆願をし続けた。

そのつど、天満市場の猛反対でこれが却下されている。

幕府は天満市場から多くの権利金をとり財源としている手前不利にはできないというのが却下の裏事情、いま話題の忖度である。

思い余った両村の農村は、道頓堀などで何度も闇市を開き、その度に天満市場の告訴で村の責任者が処罰された。

正徳年間（１７１１〜６）から始まったこの嘆願は捕縛、謝罪をくり返すこと１００年。

名代官篠山十兵衛の就任によってやっと認められ文化六年（１８０９）認可され大阪木津卸市場の誕生を見てこの闘いは幕を下ろす。

ベンゲットの他あやんが孫君枝を人力俥に乗せて引きながら

〽ねんねころいち　天満の市よ
　大根揃えて　舟に積む
〽舟に積んだら　どこまで行きやる
　木津や難波の　橋の下
〽橋の下には　かもめがいよる

天満の市歌碑（現在）

かもめ捕りたや　網欲しや
網はゆらゆら　由良之助

大阪府下全域で歌われていたこの天満の市という寝させ歌は、瓢一も祖母から添い寝の耳もとで毎夜聴かされ、いまも耳の奥に残っている。

友人の作家・新野新さんはこの哀調をおびた曲は、芝居のなかで使うとたいへんな威力を発揮するという。

口伝の子守歌だから各地、村々家々によって歌詞もフシも違うと先の著者右田さんは書く。彼は、この歌は市場開設嘆願のデモストレーション・ソングだとも書く。

木津・難波村は旧大阪市内へ子守りする守り子を送り出すところのひとつであり、難波村は道頓堀五座に接する場所だった。

江戸期大阪では、劇場や商店の宣伝に子守娘を起用しわずかなお駄賃で宣伝文句を歌にして彼女らに渡し、子守のかたわらそれとなく歌い歩かせる風習があった。

この時に「天満の市」が歌われるのだが、その元歌と思われるのが全国的に歌いひろまっていた「竹馬よいち」という子守歌だ。

〽ねんねころいち　竹馬よいち
竹を揃えて　舟に積む
〽舟に積んだら　どこまで行きやる
○○○○○（各地地名）の橋の下
〽橋の下には　オカメ（狼）がござる
オカメこわいや　ちやっとねんね

竹を大根にし、だれもが歌える節で歌わせ流布させるということを考え出したアイデアマンが木津・難波西村にはいたということだ。

「大根」は天満が独占していた市場権を象徴するもので、それを天満から木津・難波へ運ぶ、逆行させるということを暗にほのめかせている。

当時、難波村と木津村の間には鼬川（いたち）が流れていてこの両村を結ぶ唯一の鴎橋（かもめばし）があった。歌にある橋の下とはこの橋の下のことで、この辺にあった川中島は鴎の群棲地だったようだ。

この尻取り形式の「天満の市」の最後に網はゆらゆら由良之助とあるが、寛延元年（1748）、難波村に接する道頓堀竹本座で初演された「仮名手本忠臣蔵」が大当りを続けているときであり、両村民は赤穂浪士の心境で闘っていたと右田伊佐雄さんはいう。

瓢一は、1970年に起った「天六ガス爆発事故」現場そばの長柄国分寺町に最初のアトリエを開いていたが、その後天満橋北西の竜田町に移した。

前の公園には天満の市の歌碑と守り子像があり、少し西に天満青物卸売市場が少々あった。

瓢一は、いま宝塚から天満橋大川南のアトリエに通っているが、快晴の日はJR大阪天満宮駅で下車し天満・天神繁昌亭を左に見て天満宮に詣り正門を真っすぐ南下する。

堂島町に出る手前で小さくなったが活動している市場の青物で季節を感じ「天神橋長いなー落ちたらこわいなー」の童歌を口ずさみながらかつての公儀橋を渡る。

大川を　振り分けにして　中之島　洒落

時が合えば、大川を堂島川と土佐堀川を分ける剣崎から上る噴水を見て立止まり、八軒家浜船着場や水上バスアクアライナーが行く天満橋のむこうにそびえ立つOBPのビル群、その上にたなびく白雲をスマホで撮る。

春は、両岸の桜並木に人はあふれ、多くの舟が行き交い華やいだ声が充ち充ちて生気満々の界隈と化す。

夏は、天神祭の船渡御があり、どんどこ船が賑やかに川面を漕ぎ回り、御鳳輦船が静々と渡る。花火の下、奉拝船が行き交う船々と大阪締めを連呼唱和し、さすがの日本三大祭りの貫禄を見せる。

そんな喧騒の中で17年間筆を走らせ、祭りを活写していた頃のエネルギーはもうない瓢一だが、天神橋からの景色は東側も西側も大阪では屈指のものだと思っている。

コロナ禍で途絶えている船渡御も早く復活してほしい。

他あやんが君枝に歌った「天満の市」から遠いところまで行ってしまったが、話をもどす。

楽天地

「灸すえたる」

進級式のあと商品をかかえて校門から出てくる君枝に「えらかったな、休まん褒美か、勉強の褒美か?」と他あやん。

「違うねん」、実は休んでいる近所の古着屋の娘の賞品を、ことづかって来たのだ。

その夜、他吉は恥を知らんときびしく君枝を叱りつけ「来年からきっと優等になれ」と返事をせまる。

「わて優等うみたいなもんようならん……」の返事に「阿呆んだら。何ちゅう情ない子やお前は。こっちい来い。灸すえたるさかい」

このセリフで瓢一は祖母キヌエを思い出した。

「なんちゅう毒性な子やこの子は、いっぺん灸すえたるから待ちなはれ」、原因は思い出せないが線香とモグサを持って追いかけてくる声から逃れて外へ飛びだした光景は脳裏にある。

　そのモグサは、奥の間仏壇横にある古タンスの上から二番目の引出しにあった白い紙袋に入った「伊吹もぐさ」だった。

　灸は子を叱る親の定めセリフだったようだ。

　近所の活動写真館の弁士・橘玉堂が彼の館で伴奏三味線を弾く五十才くらいのオトラを他吉の後添いにどうかと言ってくる。

　たまたま他吉の俥に乗った時後からついて走っていた君枝を見てむかし大火事で焼け死んだ娘を思い出し可哀想やとどんぐり（飴）をあげていた。

　いろいろ三人の生活を想像してみて他吉が断ったにもかかわらず、オトラ婆さんは押しかけてきて飯を炊くという。

　そんなオトラを叱りとばし帰らせたにもかかわらず彼女は君枝が学校からひけて帰ってくると路地の入口で待ちうけ、家へ入り飯を食べさせたり、千日前へ連れて行ったりして他吉が帰る間際まで君枝の相手になっていた。

「千日前のどこィ行ってん？」風呂屋で君江のおなかを洗ってやりながらきくと「楽天地いうとこィ行った」と答える。

　君枝がオトラになつき、慕っていることでこのことは成行きに任すより仕方がないと他吉は思うようになる。

　オトラが君枝を連れて行き芝居を観て涙を流した「楽天地」は、大正三年（１９１４）七月から昭和五年（１９３１）までいまの千日前ビッグカメラが建つ場所にあった劇場・演芸場も入った近代的なレジャーランドで、地下にはメリーゴーランド、ローラースケート場、水族館など備っていた。

この楽天地は南海鉄道の出資で、建設は山川吉太郎だ。

明治四十五年（1912）ミナミの大火事で千日前の大歓楽街も焼失し、このままでは商都大阪は壊滅すると危惧した南海鉄道社長・大塚惟明（これあき）が大阪の興業界の大実力者山川吉太郎に懇願して開かれたものだ。

山川吉太郎は、明治十年（1878）滋賀県神崎郡北五個荘村石馬寺（現東近江市）出身、明治二十七年、船場備後町で甲斐絹の呉服卸商を営んでいたが、日露戦後、活動写真業に転じ、天活倶楽部や蘆邊（あしべ）劇場など多くの映画館や劇場の他東大阪・小阪には映画スタジオまでもった。

因みに、山川吉太郎の出生地には聖徳太子ゆかりの「石馬寺」があり、瓢一はここの宝物殿に一日こもって「役行者大菩薩像」を描き寄進したし、西後方の徹山（きぬがけさん）にある西国三十三所第32番札所「観音正寺の前管長岡村潤應さん（故人）とは特別親しく、本尊前にある大鏡も寄進しているし、多くの絵画も寄贈している因縁の地だ。

山川吉太郎は大正九年（1920）帝国キネマの名で本格的な映画製作をはじめ、嵐璃徳、市川百々之助などの俳優を育て、大正十三年（1924）夏封切した無声映画「籠の鳥」は、活動弁士の名調子に加え同名の主題歌「あいたさみたさに　こわさを忘れ　暗い夜道をただひとり…」とともに観客の涙を誘い映画史上の大ヒットとなった。

大正十四年（1925）、製作費3000円、収益35万円を得て長瀬（東大阪市）に1万坪（33057㎡）の「帝キネ長瀬大撮影所」を建設する。

彼はまた「千日前三友倶楽部」も所有していた。

「不如帰（ほととぎす）」や「金色夜叉」などを上映して連日満員の盛況だった映画館だ。

NHKテレビの朝ドラ「わろてんか」でも放送されたが、この「千日前三友倶楽部」を吉本興行部が借り大きく発展する。

大正十一年、生れてはじめて洋服を着て出雲へ出かけた吉本せいの弟林正之助（故人）が安来節をもち帰ってきた。

これまでは落語、浪花節、講談などの諸芸大会をやっていたが、落語の凋落ぶりはひどく、「これしかない」とスカウトしてきたこの安来節が大当りする。

「千日前三友倶楽部」は、千日前通りを北に上った一つ目の筋（裏坂町）の東手前角にあった。昭和五年（1930）三月、ここで開いた「萬歳舌戦批判投票會」は大きな人気を得た。

因みに第一回目の一位は、花菱アチャコ・千歳家今男のコンビだった。

かつて瓢一は山川吉太郎の子の嫁包子（かねこ）さん（当時八十四才）に取材している。「この千日前三友倶楽部は五十坪（約165㎡）ほどの小さな小屋でした。船場の仲間浜野清治さんとの共有物件で、昭和二十年の大阪大空襲で焼失するまでは吉本さんにお貸ししていました」と語ってくれた。

平成二十年（2008）二月七日、この千日前三友倶楽部発祥地に記念碑（銘板）ができた。日本の映画発祥地ミナミ。その歴史をアピールし街の活性化につなげようと千日前商店街振興組合が企画したものだ。

記念碑は、高さ1・5メートル幅0・3メートルのステンレス製で、上部には映写機のリールを模した飾りがあり、説明板は映画フィルムをイメージしたものになっていて下部には当時の写真も焼き付けてある。

瓢一もこの碑の除幕式々典に招かれて参列していたのは、島田義久理事長（ヤッコ洋品店）が精華小学校の後輩だったからだ。

当時、山川吉太郎の孫・山川暉雄さん（サンポート事業グループ）も列席していた。

平成六年（1994）、所在不明だった祖父の長篇映画「何が彼女をそうさせたか」がロシアで発見され、彼によって日本へ戻ってきたいきさつがある。

山川吉太郎が播いた種は、総合レジャービル「サンポードシティ」として、大阪淀川区十三で直系の子孫によって繋っている。

瓢一が戦時中、精華国民学校からの集団疎開地で一年間起居を共にした故・大島文夫先生から「帝キネ伝―実録日本映画史」（近代文芸社刊）が送られてきた。

お礼の電話をすると「息子宏一の長男が、山川吉太郎さんの曽孫と結婚することになった」と聞かされた。

さきの戦争末期、大島先生一家は、瓢一たちの学童集団疎開地の「平松寮」に同居されたことがある。

その時、一緒に遊び過したのが宏一くんで、のちにIBMに勤めすでに鬼籍に入っている。

人の縁というものはどこかでつながるものだ。

「帝国キネマ」は、後に「新興キネマ」となり昭和十四年（1939）、いまの「松竹芸能」につながる「新興キネマ演芸部」が新設される。

明治四十五年（1912）一月十六日、難波百草湯という風呂屋の煙突を火元としてミナミを焼きつくした「ミナミの大火」は、西からの烈風にあおられて東へ東へと燃え広がって行った。

火は難波新地、千日前、榎神社、日本橋筋、生国魂神社までを呑み込み谷町九丁目あたりで鎮火した。

オダサクさんの生家があった付近だ。

約10時間で東西1・4キロ、南北400メートルに渡る地域を焼きつくし、全半焼は約4000戸、約1万8000人の罹災者を出した。

この大火後、焼け跡を東西に貫く「千日前通り」ができ、宗右ェ門町を走る予定だった市電が大正三年（1914）三月、一部路線がここを通り四ケ月後、楽天地という新名所が誕生する。

オダサクさんの文学碑がある口縄坂を上り切るあたり左側にある祠の左右に立つ灯明用石柱に「楽天地北横」「八島洋食店」の文字が読め、供花もあったがどのあたりにあったのだろう。

千日前楽天地（1914~1930）

御蔵跡

佐渡島他吉の家に押しかけてきたオトラは御蔵跡の下駄の鼻緒屋の二階で身寄りもなくひとりひっそりと住んでいた、とオダサクさんは書く。

御蔵跡の名は宝暦二年（１７５２）にこの辺につくられた幕府の米蔵があったことに由来する。米蔵の前には寛保大阪高津銭（元字銭とも）という銅銭を鋳造していたが、約五年間で米蔵に変わる。

天王寺御蔵、高津新地御蔵と天領からの年貢米などを納め、飢饉時の救助米を備蓄したのだが湿地のため適せず難波御蔵（烟草専売局大阪工場、大阪球場を経て現なんばパークス）を作った。明治六年（１８７３）御蔵跡町となったその場所は日本橋３丁目、高島屋東別館の東側付近からお大師さん道（御蔵跡町本通り）をはさんだ北側日本橋２丁目、高津３丁目あたりだ。

いまは少なくなったが瓢一が子供の頃は、松坂屋百貨店（現高島屋東別館）の北側日本橋３丁目交差点から松屋町筋への大師道左右は履物店が軒を連ねオトラが住む御蔵跡の町には鼻緒などを作ったりそれを下駄の台に挿げて仕上げる家もあった。大正時代、初代桂春團治もこの辺に住んでいた。

この松坂屋の東側に日本橋小学校がいまもあり、その横に御蔵跡公園があった。

いまは日本橋公園となっているが、瓢一はここに青春の思い出がある。

高校を出て浪人生活をしていた時、親友の河内雅くん一家は御蔵跡に住んでいた。

この家に入り浸っていた瓢一は、近大生の彼と近くの後輩Ｎと３人でこの公園で野球の練習をした。

公園はふたつにわかれていたが日本橋小学校側からノックした飛球は関係なく届き楽しい時間

が過せた。

下寺町の会計事務所で所得税申告のお願いをした瓢一はその足で60余年ぶりに懐しい公園へ足を踏み入れた。

3月にしてはまだ春が遠い摂氏5度の寒さの中とっくに歯を没した2人と園内を歩いた。

東側の入口から入ると右側にグリーンのスベリ台とブランコ、鉄棒がある。いづれも園児用なのか、低い。

左側の丸い花壇の中に見上げる高さのシュロの木が4本、寒風に葉をさらしている。

ふたつに分かれていた公園はひとつになってずい分広くなっている。

南側のベンチで寒風に身をさらして西側を眺める。

日本橋小学校の運動場西側のフェンス脇あたりでノックバットを振ったよな、と2人に話しかける。

そこには無彩色のスベリ台が人待ち顔して座っている。

脇に立つ外燈のポールも寒色で、あたりの木々もまだ眠っていて瓢一に見える風景は冬のままだ。

子供たちのさんざめく姿もないのは寒いからか、小学校が静かなのは冬休みだからだが、そうか小雨が降っているのか。

それも気にせず瓢一は、昔の友人との語らいに没頭していた。

校舎の時計は2時10分、手許のノートに公園の見取り図を描いて堺筋に出、生家があったところへ信号を渡った。

赤井英和さんに瓢一が出逢ったのは「株式会社播重」の創業百周年記念祝賀会があったリーガロイヤルホテルの会場だった。

播重は御堂筋・道頓堀入口角に古風な店構えを備える黒毛和牛専門店だ。

百年を吉書に社長を子息・有吾さんに譲り自ら会長職になった藤本稔さんが開いたこの会には彼が長年出逢ってきた各界各層の人々約300人が集い祝った。

久方ぶりに瓢一と挨拶を交した赤井さんは出逢った31年前とは変らないスリムさと精悍さがあった。

瓢一は「わが町」について赤井さんと立ち話をした。

平成二十一年(2009)大阪新歌舞伎座で彼が演じたベンゲットの他あやんは、1989年の自伝的映画「どついたるねん」主演以来、俳優の道を拓きその才能を開花させてきた道中のワンシーンだが、彼の個性にはまった見事さがあった。

「地でやれました」とゆっくり話せない中10年前を思い出しての一言は瓢一が思っていたことと重なった。

この芝居でとらを演じた女優萬田久子と瓢一は、後にテレビ大阪の「岸和田だんじり祭り」の中継で共演したが、いまなら感想を聞いているのに残念だ。

プラネタリユウム

「わが町」の第二章大正7に「夫婦善哉」の柳吉と蝶子が登場する。

蝶子はベンゲットの他あやんが住む河童(がたろ)路地の入口で一銭天婦羅を売る種吉、お辰の娘だ。

種吉の天婦羅は味の評判は良かったが、原価に炭代や醤油代を入れてなかったため損をする商いだった。

そのため年中貧乏し、毎日高利貸が出はいりした。

蝶子は、尋常科を卆(で)て、すぐ日本橋の古着屋へ女中奉公に出される。

瓢一の記憶では、生家「商人宿・むかでや」を東に旧住吉街道をわたり毘沙門さんの境内を抜けると堺筋で目の前に松坂屋がそびえていた。

その頃の堺筋は市電が走り、古本屋と古着屋が並ぶ町だった。

瓢一の町内にも古着のせり市があったほどでオダサクさんが蝶子を働かせたのも、この時代のことだ。

古着屋の店先を掃除する蝶子の手の赤ぎれから血が出ているのを見て、種吉が次に女中奉公させた先は北新地のお茶屋だった。

そして美人だった蝶子はおちょぼを経て芸者になる。

梅田新道の化粧品問屋の若旦那維康柳吉とねんごろになり、彼の勘当後ふたりで住む。

ボンボン育ちの柳吉を蝶子はヤトナ（雇仲居）になってその放蕩な男の借金を返していく。

第三章昭和３にもこのふたりの話はつづく。

高津神社下や千日前の剃刀(かみそり)屋、飛田大門通りの関東煮屋(かんとだきや)、果物屋を開いたあと柳吉は病を得る。

腎臓結核で腎臓の片一方を切り湯崎温泉への出養生などのことをオダサクさんは他あやんの孫君枝に語らせる。

聴く相手は幼なじみで蝙蝠傘(こうもりがさ)の骨修繕屋(しゅうぜんや)の息子次郎ぼんだ。

１２年ぶりの再会での近所ばなしは四ツ橋文楽座の前まで来て終わる。

観に来た文楽は夏巡業で代りに古い映画を上映していた。

これは昭和二十年（１９４５）大阪大空襲で焼失前のことだが、戦後映画や演芸をやっていた時期があり、瓢一はモンゴメリー・クリフトとエリザベス・テーラーの「陽のあたる場所」（昭二十七年）を観ているし、花月亭九里丸の漫談も聴いている。

君枝と次郎ぼんは、そばにある四ツ橋の電気科学館に入る。

「わが町」のラストシーンへの導入部だ。

君枝が次郎ぼんに話した柳吉、蝶子の「夫婦善哉」は、昭和十五年（１９４０）に、「わが町」は昭和十八年（１９４３）に発表されている。

いづれも大阪が大空襲で消失する以前のことでその風景、風俗などはオダサクさんがいう「地誌」としても貴重なものだ。

今日でも多くの舞台にかけられ、人気が高い。

「夫婦善哉」もそのひとつでいろんな役者により主人公が演じられているが、稀（まれ）なことにこの芝居に織田作之助が登場したのがある。

五代目桂米團治がそのオダサクを演じたことがあるという。

瓢一の檀那寺「日蓮宗・本長寺」で開かれた「第１１回桂米團治を聴く会」での米團治と瀬川和久住職そして司会役瓢一の鼎談のなかで突然飛び出した話だ。

オダサク倶楽部会員の住職が「わが町」に出てくるフィリピン・ベンゲット道路を慰霊の旅の都度通る話をさきに書いたが、これが一段落した時に米團治が口にしたので住職も瓢一も驚いた。

フリートークで飛び出した意外なオダサクつながりに本堂内の客も身を乗り出した。

限られた時間なので、あらかたの話は披露してもらったが後日、瓢一は天満・天神繁昌亭へ米團治を訪ねた。

彼は高座中で、楽屋にいた林家染二と数日前西宮芸術文化センターで観た高座の話などして待った。

近くの喫茶店で洋服姿の米團治とむかい合った時、瓢一は40年間付き合った桂米朝師匠とだんだん容貌が似てきて、さすが父子だなあと感慨ひとしおだった。

米團治が織田作之助を演じたのは、五木ひろし特別公演、坂本冬美特別出演の「夫婦善哉」で平成二十九年（2017）六月二十四日から七月二十三日まで大阪新歌舞伎座での舞台だった。

座長五木ひろしの柳吉、坂本冬美の蝶子、その両親に宮川大助・花子、落語家に西川忠志らが出演、脚本は小野田勇、演出は金子良次だ。

平成四年（1992）にも五木はこの作品を演じている。

今回も小野田脚本の再現だから、織田作之助も登場している。

米團治がもつ織田作のイメージは「進歩的な文化人、政府のやり方に業を煮やして時代を馳せた人で大阪をこよなく愛した人」という。

役をもらった時はすぐに織田作之助が眠る楞厳寺（りょうごんじ）の墓に参り、生国魂神社にある彼の銅像の前に立った。

髪はバサバサ、ヘビースモーカーで垢抜けていないと思っていたが像は中折れ帽とマント姿でダンディだなと思ったところはこの本の表紙を描いた瓢一の思いと共通する。

そんな時、六月一日から十一日まで大阪松竹座で公演する「銀二貫」に出る桂ざこばが開演4日前に体調を崩し緊急入院した。

ざこばが演る寒天問屋の主人和助の代役が決っていた米團治は、これと夫婦善哉が重なって身体も声もヘトヘトになった。

夫婦善哉の幕が開き、五木ひろしの柳吉は独得の雰囲気があり、藤山寛美が大好きでゲスト出演もやっていただけに可憐さを出す坂本冬美の蝶子とお似合いの夫婦像を出していた。

第二部の歌謡ショーでも歌う五木ひろしは沢田研二と並んで声帯が強いから、なんぼ芸居をやっても声がとばなかったと米團治はコーヒーを飲みながら瓢一に話した。

米團治扮する織田作之助は学生、新聞記者、作家と出てくる度に成長をみせる。

恋人の借金のことで暴漢に襲われる学生服に下駄履きの織田作を助けるのが初対面の柳吉。

柳吉が入院した時「あんたを書いてみたくなった」と言い蝶子がガス管をくわえた時、助けに入るのも織田作だ。

相変らずダメ男の柳吉との出会いは終戦後の法善寺横丁。

柳吉と蝶子が仲良く夫婦ぜんざいに入るところで成功し大作家となった織田作と会う。

偉らそうにする織田作先生が柳吉の肩を叩いて去る、この上手(かみて)に引込む時の自然体で堂々とする演技はとてもむずかしかったと米團治は息をつく。

昼夜公演４０日約５０回のうち３回しか拍手が貰えなかった。

それでもその拍手は役者としての演技に送られたもので大変嬉しかった。

その入るところをもう１回やってみて多くの拍手を背負いたいと心残りを顔に出す。

落語家としてではなく舞台人として板の上に立ったから織田作之助を地でやれたかどうかはわからないとインタビューの最後に答えて、株式会社米朝事務所・社長の顔になって店を出ていった。

その社長業に加えて令和元年（２０１９）は噺家生活４０周年、米團治襲名１０周年、そして還暦と節目が重なる。

その吉書の記念独演会も一月から始め３０回目の千秋楽を七月七日、リニューアルされた京都・南座で新開場記念と合わせて開く。

ここでは、師であり父桂米朝の映像と共演する特別版「地獄八景亡者戯」を演じる。

米朝師匠が仕立て直した上方落語の大ネタだ。

このあと社長業は滝川裕久に譲っている。

「わが町」が日活映画になり公開されたのはオダサクさんが鬼籍に入った9年後昭和三十一年（1956）でメガホンは日本軽佻派の仲間川島雄三、脚本は八住利雄だ。

ベンゲットの他あやんこと佐渡島他吉は辰巳柳太郎で妻お鶴は南田洋子だ。

南田は他あやんの孫娘、君枝との二役を演じた。

冒頭、フィリピン・ベンゲットでの難工事の様子は絵を紙芝居風に見せ語られる。

そして他あやんのが人力車に日の丸の旗を立てて多くの人々に出迎えられて河童路地前まで帰ってくる、が人々の幟には天ぷら屋の花井種吉の名がある。

明治の舞台を戦災後約10年の大阪のどこで撮ったのかわからないが、焼ける前の上町あたりがよくわかる。

隣家の落語家〆団治（殿山泰司）から、妻お鶴が娘君枝とお午の夜店で七味を売っているというところへ帰郷のあいさつに来る。

このお午の夜店は、瓢一がよく行った相合橋筋の風景ではなく坂道がある通りでオダサクさんが書くものとも違うが、まあそこは映画だ。

オダサクさんの「わが町」は明治、大正、昭和にまたがるが、昭和も作品発表の昭和十七年あたりまでだ。

ところが映画の昭和は戦後の世相風俗を如実に表現する。

河童路地の隣人〆団治は食べるためにポン引になっているし、数軒隣りの家からロングスカートのパンパン（街婦）と進駐軍兵士が出てくるのも活写する。

他あやんも大阪城でＧＩ（米陸軍兵士）をを乗せ堀端を走るが立て札も" ＯＳＡＫＡ　Ｏ－ＴＥ－ＭＯＮ〃とあり瓢一が中学時代の大阪の風景がたくさん出てくる。

孫娘君枝がタクシー会社の調査員で幼馴染の次郎ぼん（三橋達也）と再会するのも御堂筋を

はさんだそごう百貨店の前だ。

潜水夫になっている次郎ぼんと春日出発電所のお化け煙突も次郎ぼんと無理やり見合いをさせる芝居を打つ他あやんが君枝を連れてゆく地下鉄なんば駅、源聖寺坂を下る他あやんと人力車など処々のシーンにオダサクさんが愛した大阪にこだわる川島監督の友情を感じる。

なかでも瓢一が驚くのは法善寺横丁の「正弁丹吾亭」だ、君枝と次郎ぼんがこの店で食事する店内と帰りに横丁に出て店の前で話すシーン。

格子窓の下にいまあるオダサクさんの文学碑も平田春一の歌碑もなくコンクリート製のゴミ箱がポツンとあるのみだ。

のれんの文字も今と違うが格子窓はよく似ている、もちろん西田當百の上燗屋の川柳碑もない。

まして、瓢一の絵なんて滅相もない。

川島雄三と藤本義一の名が並んだ「貸間あり」の夕陽ヶ丘から大阪を見下ろすシーンも懐しいがかつて源聖寺坂はこんなに素朴なもので他あやんの人力車のあとにオダサクさんも下ってミナミへ出ていったのかと思うと瓢一は涙がこぼれた。

今はない大阪をいくつかの作品で残してくれた川島雄三さんにもオダサクさんと同根の大阪愛を感じている瓢一だ。

後年、お鶴と君枝を演じた南田洋子と瓢一は出会っている。

彼女と夫君長門裕之がKBS京都テレビ放送でチャリティ番組に出演している時、ラジオ番組でパーソナリティをしていた瓢一と並んだことがある。

いまなら「わが町」の話もできたろうにと思うが、もうそんな機会はない。

大東亜戦争がはじまった。

府庁へ馳けつけた他あやんはフィリピン・ベンゲット道路の道案内役を頼み込む。係員が他吉の歳をきき相手にしないので「知事を呼べ」といった途端に卒倒する。家で臥せる他吉を見舞う〆団治は落語の慰問隊として南方へ行くという。南方でイの一番に南十字星を見てこまそうと思って四ツ橋の電気科学館でプラネタリュウムを見て来たという〆団治の言葉で他吉の眼は輝く。

二日のち、重い病気をおしてその電気科学館の星の劇場に行き、プラネタリュウムの「南の空」に映る満天の星のなかにひときわ輝く南十字星を見ながら佐渡島他吉、ベンゲットの他あやんは一生懸命身を責めて走ってきた人生を終える。

北枕に寝させた他あやんのそばで羅宇しかえ屋の婆さんが鳴らす御詠歌の鈴の音を聞いて寝かしてあった勉吉が眼を覚まし、泣き出した。

わが子を抱き上げて君枝が歌い出す

　船に積んだァら
　どこまで行きゃある
　木津や難波の橋の下ァ

子供の頃、他吉が俥に乗せてきかせてくれた「天満の市」だ。

オダサクさんは憎いところでこの寝させ歌を入れている。

映画では、蚊帳の中の君枝を寝させるために辰巳柳太郎の他あやんが歌うのだがここでの回想はもっと切ない。

瓢一は、四ツ橋の大阪市立電気科学館6階の天文館で他吉と同じくプラネタリュウムが映し出す南十字星を観ているが、次兄と市電四ツ橋線に乗った時「あの屋上に丸くふくらんでいるのが地球儀や」と教えられた。

見ると屋上は世界地図が描かれていて地球儀になっている。

周辺は遊歩道になっていて「地球儀の上にも登れるんやで」と次兄は言ったが登った記憶はない。

瓢一は、いまこの文を書きながら、命をかけて他吉が観に行った南十字星が輝く満天の星空の外側にある地球儀には再度行きたかったマニラの地が描かれていたはずだと思っている。

競馬

川島雄三

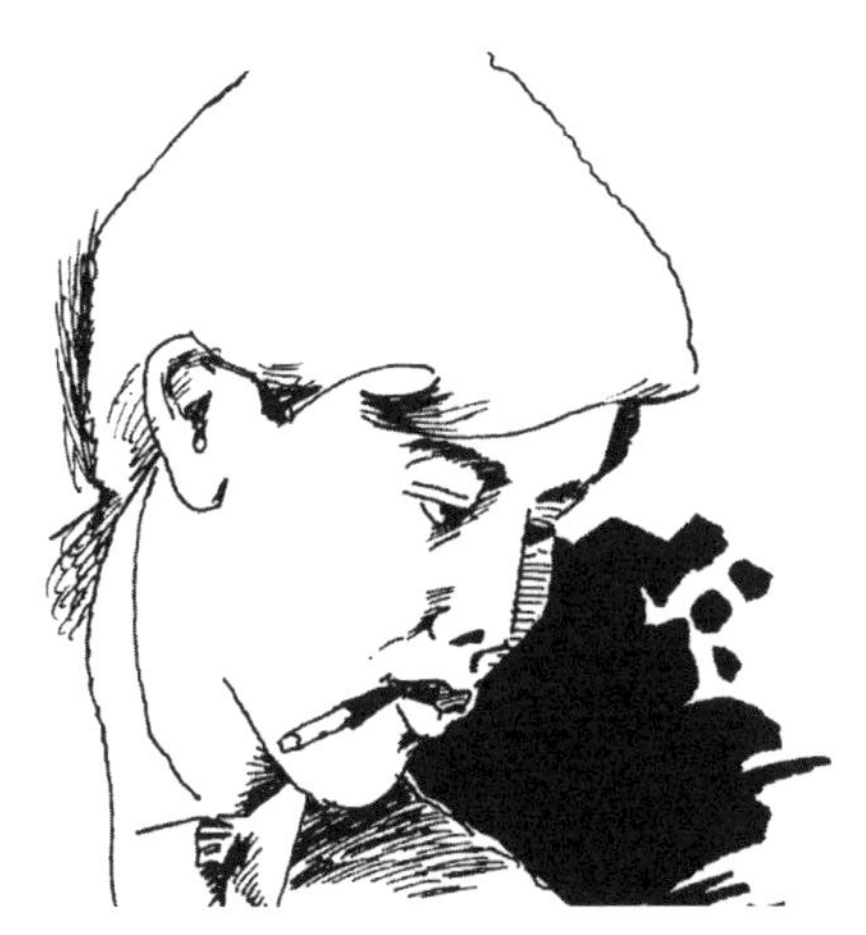

一

「競馬ね、生まれて四回くらいしか行ったことないな」

と瓢一は興味なさそうに言った。

「最初は久田と仁川の阪神競馬場に行ったけど、なんでや知らんけど小学生の娘と一緒やった」

と黄色のツナギに赤茶色のシャツ姿の娘由美を思い出しながら言った。

久田はテレビ番組の構成作家でその頃芦屋に住んでいた。

どんな話のなりゆきで連れていったのかわからないが、紙吹雪と舞う外れ馬券を喜んで拾い集め胸ポケットに詰め込んでいる娘の姿が印象的だった。

後年、その由美がKテレビに就職して、久田に紹介した時「あんたかいな、外れ馬券をぎょうさん拾い集めてたんは、大きなったなあ」と再会を喜んでくれたが由美はテレていた。

「二回目は、金杯やった。これも仁川や。

この時は、藤本義一さんと一緒やった。自宅をあわてて出て電車賃しか持ってなかったから、藤本さんに一万円借りて馬券を買うた。どっちみち、一発狙いなどようせんから、無難にばらして買うてると思うけど、一万円は返して帰ったから、損はしてへんかったんやろな」

「え、三回目なあ、ああ、あれはダービーの日やったな、阪急今津線、仁川駅は人の波で、新装なった競馬場は青空にアドバルーンがいくつか風にゆれてなんやものすごく華やいでたな。駅からこの風景を描いたスケッチが残ってるから、仕事で行ったんかな。パドックで見た馬たちはきれいやったな。馬を好んで描くブラジリアの絵とちごうて生きてるし、何度も品種改良して人間が造りだした最高の美やな。農林水産省とは結びつかんことやけど競馬の健全な発展を図って馬の改良増殖その他畜産の振興に寄与するためやとお上が言うてはる。あんた、馬券というてはるけど正式には勝馬投票券と言いまんねんで」

「たしか、入口で手の甲に丸いスタンプ押してもろうて馬主席で観たな。出入りのたんびたんびに、甲に光あて、確認してもろてたなあ。

階段席の一番後に馬券売り場があって、みんなレース毎に買いに行ったり払い戻ししてもろたりしてはった」

「安芸の阪神タイガース・キャンプ帰りに高知空港で四、五人の女性と仲良うなって、わてら売り場にいるさかい、来たら声かけてや言うてたな、こうつと（えーと）、ああ、あれは住之江競艇場のオバちゃんらやったか」

「四回目は栗東や。元プロ野球選手に連れられて馬を見にいったんや、この人馬主やったんよ。あそこには馬主らが宿泊できる施設があって、むちゃくちゃ安いんよ。夜はビールにすき焼で飲んで食べて、あれは、なんぼやったか、桁外れに安かったな、その代り朝は早いで。厩舎のまわりを厩務員が馬を連れて散歩しまんねん。朝日を受けて立てがみが光り、馬の鼻から出る息が朝靄の中でひときわ白く、蹄の音だけがゆっくり響いてまるで別世界にいるようだした」。

この外国のような風景は、瓢一には今でも描いてみたいと思っている。

その後、開催レース直前に行われる調整の「追い切り」を見にいった。

別棟の中には、朝早くから競馬記者たちが詰めかけて、調教師を背に馳け登って走る馬たちの調子をチェックしている。

「たしか、朝食もこれを見ながら立って食べましたな。え、何食べたかは忘れましたが、ウマ勝ったことは確かだすな。」

瓢一はちょうどこの時直木賞作家難波利三さんの同時進行連載小説「馬が笑った」のさし絵をスポーツ紙の依頼で描いていたので、追い切り風景をスケッチできたのはいいタイミングだった。

オダサクさんも競馬場へも行っているし、競馬という小説も発表している。

オダサクさんを淀や阪神競馬場に連れて行ったのは、競馬に凝っていて馬主でもあった作家藤沢桓夫だ。

戦前、競馬の開催日には必ず先の競馬場に出かけていたが、行く時はいつも、織田作之助、吉田留三郎、吉井栄治らと共に生き、秋田実や長沖一ら競馬好きにした2人とはむこうで合流していた。

単・複馬券だけの時代で、しかも各人単・複各一枚しか買えない厳しい規制があった。

青空の下で金を棄てる気晴らしの遊びと割り切っている藤沢桓夫の競馬は、本命馬など買ったことはないが、オダサクさんは「今度は大穴や、えらい馬券買うたった」といいながら実際は2番人気か3番人気の実力馬で、可能性はあっても確率が非常に少い大穴馬は買っていなかった。

的中した時、感情を爆発させて喜ぶのだが「穴馬が聞いて呆れる」ほどの少い配当だった。

そんな楽しみの中で得たものであろうかオダサクさんは小説「競馬」を書いている。

主人公寺田は、朝に最初のレースから1の番号の馬ばかりを買っていた。

それは、なくなった細君が一代という名だったからだ。

一代は、京都・四条通と木屋町通の角にある地下室の酒場のナンバーワンの女給だった。

寺田は、淀競馬場の最終日も1の番号を執拗に追い続けていた。

第8レースまでに5つも単勝をとるほど、この日は1番の馬が大穴になる。

この日、配当の受取日で3度も顔合わせになる男と知り合う。

この男も1番の1点張りだった。

さすが、オダサクさん、小説の舞台は九州小倉だが藤沢桓夫に連れられていった淀や阪神で金はスってても子供のようにはしゃいでもちゃんと1作はモノにしている。

阪急宝塚本線「清荒神駅」で出逢った今里の女性のことを「郷愁」に仕上げたように。

藤本義一さんの競馬はどうだったか。

瓢一は、藤本さんの葬儀委員長を任された。

告別式の挨拶の冒頭で「藤本さんのご遺体は病院からご自宅にむかう途中、兵庫県宝塚市仁川にある阪神競馬場に立ち寄りました。

深夜のとばりに包まれたスタンドは、歓声や絶叫がこだまする開催日とちがって、その死を悼むように静寂の中に粛然としてありました……」とあいさつした。

競馬の門外漢である瓢一にこのあと、ある出版社から「藤本さんと競馬」について一文を依頼された。

共に過した45年、仕事も遊びも共にしたから競馬についての話もしたし行動も見た。

「40年で競馬に4億円ほど使った。これは2トン車1杯分だ」と言っていたがハッタリではないと思う。

「遊びに使うのは所得の25％まで」と商人の父からはいつも言われていた。

「年収は倍々に増やすのが目標」と言い、「炎天下　蟻一匹」と自らのことを色紙に書くほどよく働いた。

ゴルフ・パチンコはしない酒はほどほど、他に道楽もない中、月80万円ぐらいならハンドルの遊びとしてストレス解消になっていたのではないだろうか。

藤沢桓夫の「競馬は青空の下で金を棄てる気晴らしの遊びと割り切っている」のによく似ている。

すでに藤沢桓夫は馬主になっていたが、その夢は藤本さんにもあった。

「500万円や600万円では馬を買うことはできんわなあ」と言いながら、アタッシュケース大のジュラルミンのトランクに講演料などヘソクリして楽しんでいた。

ある日、開けてみると「上記金額正に受け取りました。（株）アリプロ社長、藤本統紀子」の領収書が入っており大金は消えていた。

アリプロの税理士が、スケジュールの割に未収金が多いと税金申告時に気付き注意したからだ。財布に航空機の小さな座席番号のシールを並べて貼り、馬券を買っていたことや、離着陸時に競馬の短時放送を聴いていて乗務員から注意されたことなどニヒルな容貌からは想像できない稚戯にも瓢一は接してきた。

藤本さんは、土・日は阪神競馬、火・水・木は地方の園田（そのだ）競馬を楽しんでいた。

年間休みなしに全レースを買うが、バクチをするような大金は買わず１０００円などでバラして買うという楽しむ競馬だった。

この辺、オダサクさんに重なると瓢一は思う。

いつだったか「いっぺんやったるゾと、ボストンバッグにいっぱい金を詰めて阪神競馬場へ行ったが、よう使わんかった」と、笑ったことがあった。

そんな藤本さんが競馬で大金を手にしたことがある。

昭和四十九年（１９７４）「鬼の詩」で第７１回直木賞を受賞した時よみうりテレビ「11ＰＭ」の司会をやっていたが、それが終了後、関西テレビの「ワイドショーＷＨＯ」に出演していたことがある。

直木賞作家難波利三さんと瓢一の３人が交代して旅のレポーターをしていたのだが、藤本さんはこの回、最後の無頼派といわれる小説家壇一雄が晩年住んでいた福岡県能古島を取材していた。

夕方、取材地で藤本さんは「とったぞー」と大声をあげた。
①―⑦の馬券が的中したのだ。

駿をかついで第71回直木賞の1―7を買いそれが100万円になったのだ。

当時の担当プロデューサー保田善生(八十八企画社長)は『すごい喜びようで宿泊していた「ホテルニューオータニ博多」の地下バーを借り切る』とはしゃいでいた。借り切れなかったが、その一隅でスタッフ6人に1万円の祝儀が出たという。

そんなことはまれで馬券の回収率は70~75%がいいとこ、負けたら「お布施や」と端々としていた。

場外馬券売場へはおかかえ運転手のTが買いに行っていたが、彼が退職してからは、藤本さんが作った心斎橋大学事務局長、古賀裕史さんが行っていた。

最初は電話だったがいつからかFAXに変わって依頼が来た。

深夜海外からなど時と場所を選ばず届いた、
場外馬券売り場をやめネットで買うようになったが、藤本さんから楽しいFAXが届く。

瓢一の手許にも古賀さんから貰ったFAXのコピーがたくさんある。

第71回直木賞に輝いたころは①―⑦、1月26日生れだから①―②、②―⑥にもこだわった。

オダサクさんの「競馬」でも主人公寺田は①にこだわっていた。

藤本さんのは駿かつぎだ。

FAXの宛名は「スマイル君へ」発信者は「ジャックより」。

これは両家の飼い犬名でイラストが描いてある。

スマイルは正面の絵で両耳があり、ジャックは口を開けた横顔、その下に「どうもパパは疲れているらしい」「今日は少し駄目だったね、明日は奈良へ行くくらしい」と感想やスケジュールもジャックに代弁させている。

どのレースも最初は①②③④⑤を買っているし全レース同じ番号のときも多い。

「パパはシンドイといいながらゲンコーに追われている。人間は字が書けるので気の毒だ」と人前では絶対言わない愚痴も送っている。

藤本さんの競馬は枠連から始まり、馬連、3連単と時代の変化の歴史をたどったが病んでからは原点の枠連に戻った。

平成二十三年（2011）五月、中皮腫の告知をうけてからは大きいレースだけ気がむいた時の電話を古賀さんは受けた。

意志があったのは平成二十四年（2012）六月二十四日の「宝塚記念」あたりまでだ。

十月二十八日の「天皇賞」が藤本さんの最後のレースとなった。

古賀さんはいつも指示してくる①—②、①—③、①—④、②—③、②—④、③—④のボックス馬券を買ってきて見せた。

病室のテレビに出走の中継が始まる前に流れた昔のレースを見て藤本さんは、突然興奮して息が上がり出した。看護師がとんで来てテレビスイッチを切り安静にさせた。

「競馬歴50年。そのすべてのレースを買ったのは藤本義一さんだけでしょう」と今夜にも金の輪を戴いたジャックのFAXが届くかもしれないと思いながら古賀さんは言った。

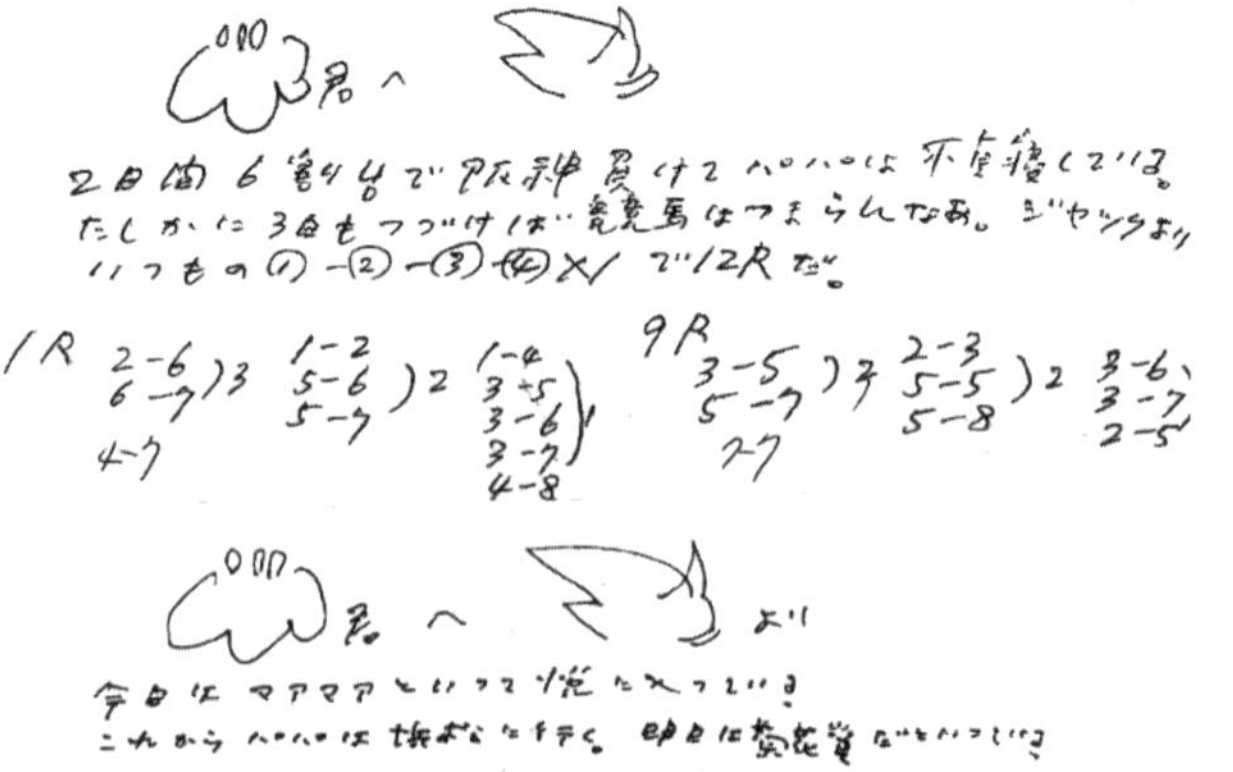

藤本義一さんの馬券指示FAX（提供 古賀裕史氏）

天皇賞などの馬券を携えて藤本さんは旅立っていった。

二

オダサクさんの「競馬」を映画化する企画を立てたのは藤本義一さんだった。

昭和四十六年（１９７１）年十月号の月刊「噂」（梶山秀之責任編集）に藤本さんは書く。「昭和三十九年の春に東宝傘下の会社で織田作の作品を映画にしようということになり、ぼくがシナリオ担当に起用された。原作はどれを選ぶかということになり、案が２つに分かれた。１案は「六白金星」と「アドバルーン」を一緒にしたものであり、ぼくの案は「競馬」１本だった。これは、「競馬」に決ったが、プロデューサーのＴ氏は、原作料を誰に払えばいいか可成り迷ったらしい。（中略）シナリオは二稿、三稿と改訂され（理由は中央競馬会と監督検討の段階で崩れた）そして遂に陽の目を見ることはなかった。「賭ける」という題名のシナリオは、東宝の資料室で埃をかぶっているはずである。しかし、このシナリオハンティングで、ぼくは競馬に魅入られてしまったわけである。

藤本さんの４０年に亘る競馬好きは、オダサク作品によるものだったことがわかる。

「木乃伊とりが木乃伊になってしまった」とぼやくと、Ｔ氏は、織田作の作品には、木乃伊とりが木乃伊になる要素が多分にあると深刻な表情でいったものだ、とも付け加える。

「そうか、この本を書いているわたしも、木乃伊になっているな」と瓢一は思った。

もう少し映画化の話をつづけよう。

東宝傘下の会社とは、藤本さんが勤めた宝塚映画製作所のことで、昭和三十二年（１９５７）

秋、東宝・宝塚映画「暖簾（のれん）」を撮る川島雄三監督からシナリオの大阪弁直しのオファーが来たのが最初だった。

「暖簾」の脚本直しで川島雄三監督は25才の藤本さんの才能を高く評価し、次回作「貸し間あり」で一本立ちの脚本家として扱った。

この映画のタイトルに「脚本川島雄三」「藤本義一」と並んでいたのを瓢一は憶えている。

この製作や監督については、直木賞候補にもなった小説「生きいそぎの記」（藤本義一著）に詳しい。

さて、オダサクさんの「競馬」の映画化については、藤本さんと同じ脚本部にいた後輩、林禧男さんがよく知っている。

彼がいまも「御大」と呼ぶ藤本さんが企画、脚本化した織田作之助の「競馬」が印刷され決定稿となったものをT所長から届けるように託された。

行先は、芝・増上寺近くの日活アパートにいる川島雄三監督の所だ。

監督は留守だったので奥さんらしい人に預けて来たが、一週間ほど後に川島監督が逝去したので、大騒ぎになった。

「噂」に藤本さんは、昭和三十九年春と書くが、林氏は、川島監督は昭和三十八年六月十一日、45歳で没しているから「御大は1年間違っている」と訂正している。

いづれにしても、織田作之助作品、藤本義一脚本、川島雄三監督の「賭ける」が観られないのは残念だ。

織田作之助と川島雄三はお互いに日本軽俳派同人を名乗り楽しんでいた。

2人の出逢いは、大阪南区畳屋町の「よしみ寮」で川島雄三の第一回監督作品として織田作之助の「清楚」映画化による脚本を依頼したことに始まるこれは「木の都」を加え「還って来た男」として映画化、昭和十九年（1944）七月二十日公開されている。

「太宰は故郷を捨てたから嫌いだ。無頼は織田作だ」と自分も太宰と同根であることの自己嫌悪か「太宰治や坂口安吾らは理論を持っているから無頼ではない」と川島雄三は藤本さんに話した。


オダサクさんと川島雄三は陰画と陰画、藤本さん流に言えば「ネガティブ×ネガティブはポジティブや」、だから出逢いの席はぎこちなく無口だったがほぐれると引き合う所が出てくるのかな。オダサクさんの没後9年、「わが町」は川島雄三監督により日活で映画化された。

宝塚映画製作所は阪急宝塚南口駅、宝塚駅、清荒神駅からの三角点にあり、藤本さんは、大体宝塚南口駅で下車していたが林禧男さんは、「御大もわたしも清荒神駅から歩いた」という。戦後の一時期、オダサクさんが住み乗降し「郷愁」や「世相」を書いた地に藤本さんも勤め、日本軽俳派同人・川島監督から「織田作命（いのち）」の洗礼をうけるのだ。


と、瓢一の「競馬」はここまでで完結し、文章の校正段階に入った令和四年（2022）四月末、突然林禧男さんから封書が届いた。

中には変色したB5判よりやや大きい封筒が入っている。

差出人は、宝塚映画製作所東京出張所　寺本忠弘とゴム印であり、表の宛名は林禧男様と手書きしてあるが住所はない。

右下には「株式会社宝塚映画製作所」と撮影所の住所と電話番号があるから本社の封筒だろう。

本棚の奥から、ずいぶん古いものが出てきました……と瓢一宛の私信もある。

林さんは、昭和三十七年（1962）一月、明治大学卒業を前にして見習い社員として宝塚映画製作所東京出張所に入っている。そこの所長が寺本忠弘さんで宝塚映画の兼任プロデューサーとして小津安二郎監督「小早川家の秋」（1961公開）の制作にも携わっている。

封筒の中には、変色したA4判の400字詰め原稿用紙が14枚、さびついたゼムクリップでとめられてあった。

表紙には織田作之助「競馬」「六白金星」より「忘我の果て」（仮題）　ストーリーと若い頃の林さんのものだとわかるしっかりした文字が並んでいる。

2枚目には主たる登場人物が並んでいて、

寺田一夫　28～32　京都××大学専任講師。
　友人に裏切られ、次に一代の魅力にひかれ、
　一代の死後競馬に凝って堕落してゆく。

瀬川一代　25～27　バァの女給。
　寺田と世帯を持つが、病のため死亡。

など7人の名が連なり、3枚目からは（物語）が12枚つづく。

同封の別紙が2枚あって、そこには林禧男殿とあり、「市川久夫氏と相談の結果　下記の点もう一度ご検討の上ストリー（まま）作成して下さい」と6項の指示をした後に私見がふたつ書いてある。

その②に藤本君の本にあった文房具屋は寺田との交友関係で是非必要のように思ふ　とある。

瓢一への便りに林さんは「ぼんやりした記憶をたどりますと、寺本忠弘さんの依頼によって藤本御大（義一）の脚本ができました。

そのあとで、寺本氏としては東宝のプロデューサー会議に「企画書」を提出しなければならなく

なり、その会議で重鎮の一人である市川久夫氏と相談のうえ「企画書」の作成を小生に命じられました」と書く。

したがってこの14枚の原稿は企画書で、その会議には藤本真澄プロデューサーや田中友幸プロデューサーら映画の黄金期を支えた人々が出席していた。

林さんは、寺本さんの指示どおり書き直して提出したが「競馬」は映画化されなかった。そのいきさつは前述の月間「噂」の中で藤本義一さんは書いているが、林さんが印刷された決定稿を届けたこの映画のメガホンをとる川島雄三監督がその1週間後に亡くなったのだからこれも理由の一因かもしれないと瓢一は思っている。

オダサクさんの「競馬」映画化をめぐる約60年前の生きた話が校正の間に合ってよかった。

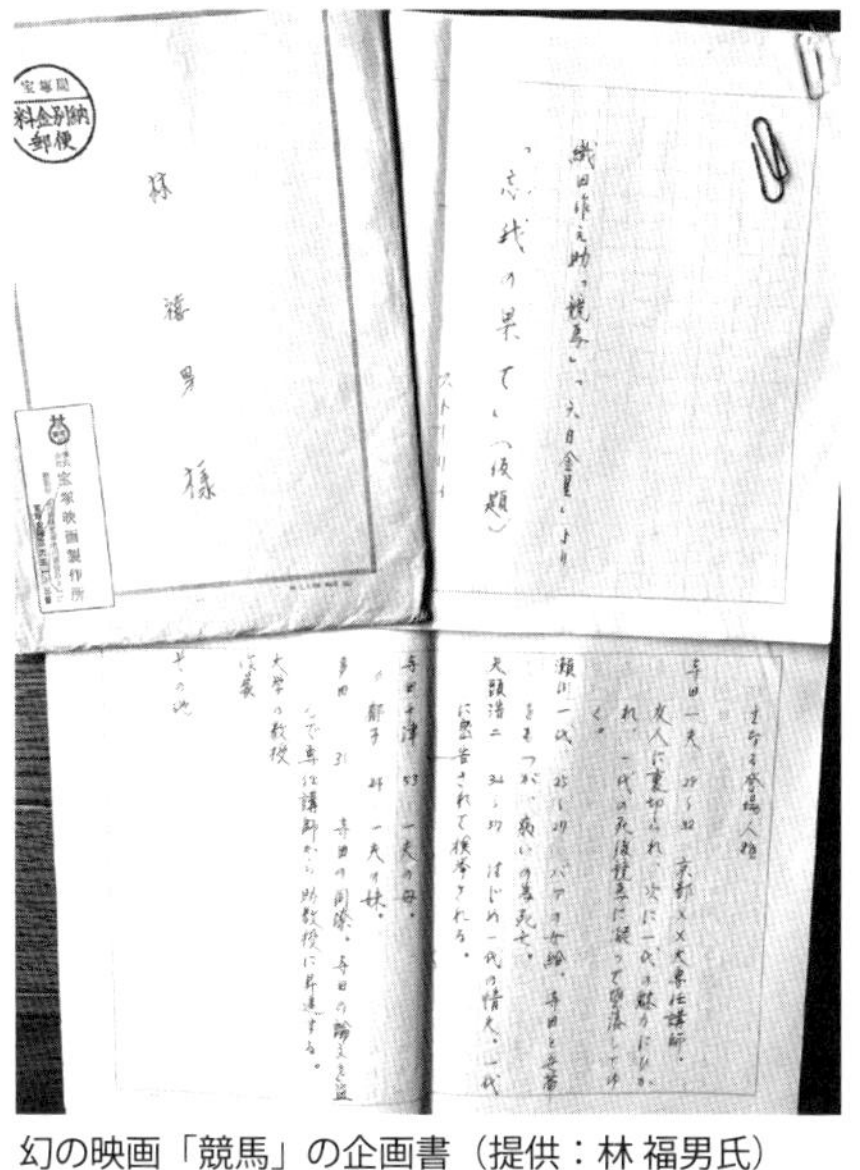

幻の映画「競馬」の企画書（提供：林 福男氏）

表彰

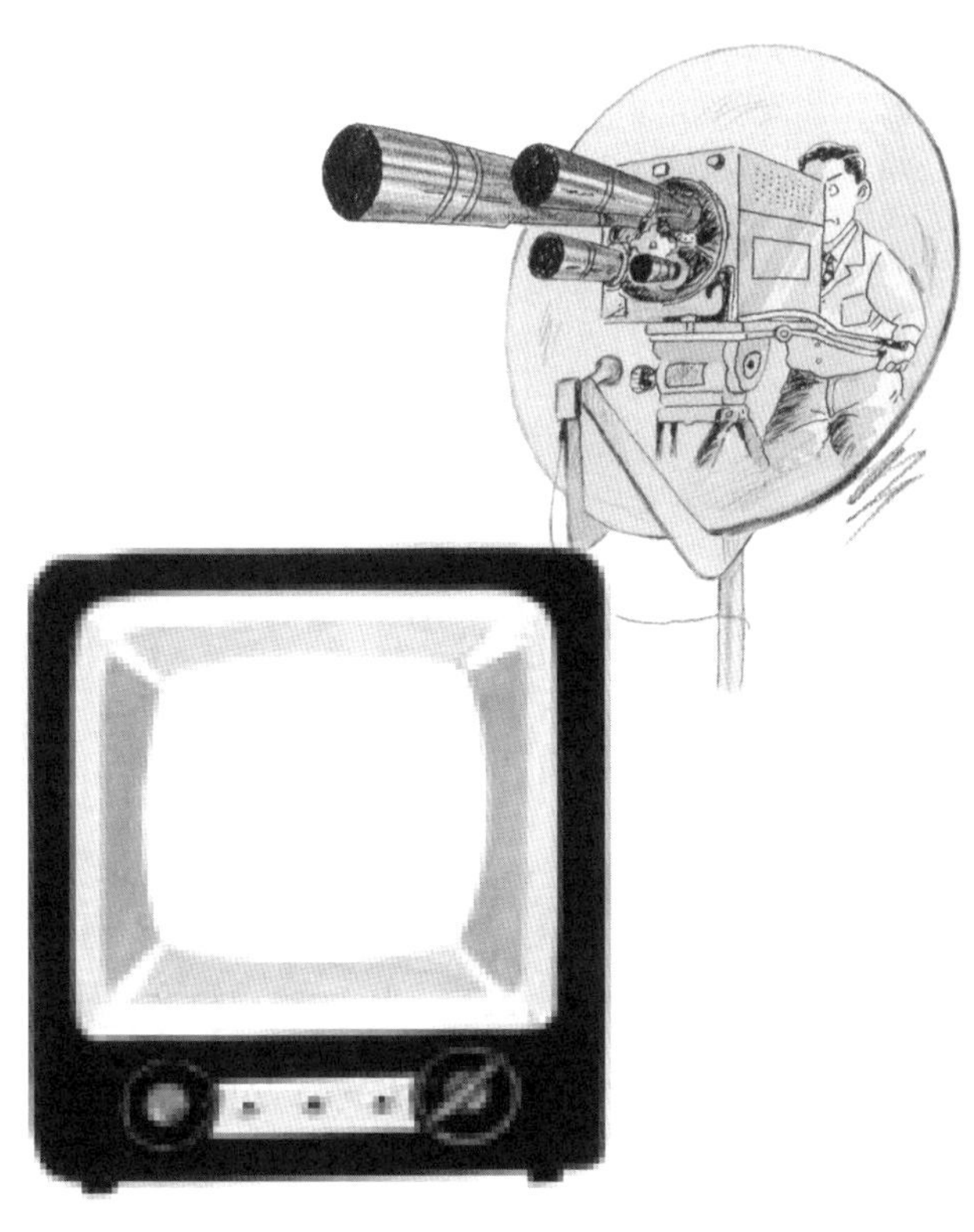

竹中商店

瓢一のアトリエには毎年「織田作之助賞・贈呈式・ご案内」の封書が届く。

織田作之助賞実行委員会事務局からのもので毎日新聞学芸部内とある。

瓢一がプロ野球シーズン中、毎週通ってタイガース川柳の選句をしている、スポーツニッポン新聞社大阪本社と同じビルにある。

平成三十一年（２０１９）の第３５回の案内状はＡ４版のタテを上下三つ折りにした横長のもので、表紙下部三分の二は髪を右目がかくれるほど垂らし和服でふところ手したオダサクさんの上半身正面写真だ。

昭和十五年夏、長谷川幸延が道頓堀ではじめて織田作之助と出逢った時は黒っぽい単衣にじぼたれ兵児帯だったと「笑説法善寺の人々」に書くが、この写真は羽織を着ていて下は袴のようだがじぼたれ兵児帯はその時のもののようで色白で長髪も同じだ。

写真の説明には「大阪日本橋の長姉タツの嫁ぎ先の家の前」とある。

オダサクさんから「大っきい姉（ねえ）」と呼ばれ慕われていた竹中タツは、十八で竹中国治郎と結婚し電球再生の商売を始めた。

後にくわしく書くが「表彰」の主人公伊三郎、お島のモデルがこの姉夫妻で、黒門市場に近い御蔵跡に住んでいる。

が、実際はさきの写真説明にある通り大阪浪速区日本橋二丁目に住んでいた。

大阪大学２１世紀懐徳塾がＯＳＡＫＡ　ＣＡＦＥ②と名した「織田作之助１００周年大阪逍遥地図」を見ると、竹中国治郎・タツ夫妻の鉄物商「竹中商店」は浪速区日本橋２丁目５３（現・中央区日本橋２丁目６―５）とある。

昭和二十年（1945）三月十四日未明の大空襲で焼け出されるまで夫妻はここに住んでいたのだろうか。それとも織田作之助年譜に「昭和二十年富田林の竹中家に寄寓」とあるから焼ける前に疎開していたのだろうか。

竹中商店があった場所は、道具屋筋を北に出たところ、よしもとNGKシアター南の辻（千日前家具専門街、、サウスロード千日前）を東に行き、堺筋に出る一本手前にある旧住吉街道を南に下った東側あたりだ。（日下和楽路屋昭和13・1・20地図）。

この辺にはいまも鉄物関係の店が数店ある。

ゑびす屋金物、大きな包丁を看板に立てた打刃物處・源正直（正直金物）などがそうだ。

七月七日「河内家菊水丸・河内音頭・令和元年盆踊りツアー出陣式パーティー」がシェラトンホテル大阪であった。甲状腺乳頭癌のため声が出なくなるのが危ぶまれていたが術後7年経ったこの日元気に56歳の夏櫓で聴かせるノドの披露をしてくれた。

瓢一は会場で久しぶりに元横綱貴乃花光司氏と逢って言葉を交した。

このパーティーに出る途中、瓢一は大阪メトロ日本橋駅で下車し、旧住吉街道を南下した。

一本目は溝の側（千日前中央通り商店街）南西角に関口肉店が健在だ。

瓢一が子供の頃、ハレの日には祖母に言いつけられてすき焼肉を買いに行ったし、長じてからはすき鍋を囲んだこともある店だ。

次の辻の北西角には赤茶色した味園ユニバースも生きている。

その前身は昭和三十年（1955）オープンしたグランドキャバレー「ユニバース」だ。

若きキダ・タローが義則忠夫とキャスバオーケストラのピアニストとして出演していたところで、最初は向いにあったキャバレー・ダンスホール「花園」だったが、ユニバースができたので移ったとLINEが返ってきた。

畏友「浪花のモーツァルト」が無口で細身の時代だ。

ユニバースをさらに南下すると千日前家具専門街に出る。右角は堀江家具店だ。左に曲がると堺筋でかつては市電日本橋二丁目停留所があったところで、右にまっ直ぐ行きつき当たるとワッハ上方（大阪府立演芸資料館）でなんばグランド花月と向き合ってある。

さきの道を南下した東（左）側から日本橋2丁目6が始まる。

いまは中央区だがかつては南区で、この旧住吉街道を境界にして西は浪速区だった。

大阪逍遥地図にある竹中国治郎・タツ宅の日本橋2丁目6−5を探して瓢一は歩く。

家具専門街通りから一筋目左角はパールデンキでウィンドウの中に懐かしいワープロがたくさん並んでいる。

とっくに姿を消した絶滅器だと思っていた。

直木賞作家、難波利三さんの原稿はすべてワープロで予備を買い込んでいるからこの親友に教えてやろうと隣家に目を移すと「日本橋2丁目6−16」と小さくある。

番地を辿って行くと、次の辻へ折れて数字が若くなっている。

大きな包丁の看板も後にして堺筋に向かってゆくと6−9近いぞ、さらに6−6。

あれっ堺前に出る角の店だ。

変色した浮世絵が額に入って何枚もぶら下がっている。外の柱に「ステンレス、銅、金網」の赤い看板に並んで紺地に白文字で「中央区日本橋二丁目6の札、その上に「6−6」の番地札がある。

下に細い目の金網と針金が巻いて立ててあり、表と店内には荒目の金網で作った丸や四角のカゴがぶら下っている。

やはり金物にかかわりがある店だと思ったが、売り物は浮世絵、古い大阪の風景絵はがきや写真のコピー、マッチのラベルなどレトロなものばかりだ。

店名は「丸國・商會」。

路地側と堺筋側から入れるL字型の店内に入って古い通天閣写真の下を順に見てゆくと懐かしい千日前の風景が無造作に積み上げてある。

右に千日劇場、左にアシベ地下にあったアルバイトサロン「ユメノクニ」、次の一葉は大劇のもので2階は「DAC」というアーチェリーセンターや大劇名画座の看板が写っていて左側に敷島劇場・敷島シネマやウナギの豊川、そのむこうにオダサクさんごひいきのといっても彼はもう居ない時代だが食堂百貨、千日堂の看板も見える。手前の袋物屋豊島晃一くんの店は見えないが存在する時代だ。

いささか黄ばんでいるB3サイズの写真コピーを2枚2800円で話のきっかけに買う。

聞くと精華小学校の3年後輩だ。

「6―6がここなら6―5はとなりかね」と聴く。

T店主の「さあ～」を後にして堺筋を北に、隣りは携帯電話を耳に大声で中国語を喋っている「中国物産」の店、さらに進むとシャッターが下りた間口が広い倉庫があった。

「6―4」とあるから瓢一の目的地は手前にあるあの中国物産の赤い幟の店か。

オダサクさんの長姉タツさん宅「竹中商店」は堺筋に面してあったのか、いや、それにしても「日本橋2丁目53」の位置はさきのパールデンキのあたりだし、日本橋2丁目6―5は堺筋側だからこの距離は後日埋めねばと瓢一はタクシーを止めて上六のホテルに向った。

2日後昼前、瓢一は大阪府立中之島図書館の3階にいた。

オダサクさんの長姉竹中タツが住んでいた南区日本橋2丁目53はどの場所なのか、二日前調べた中央区日本橋2丁目6―5と同じならいいが、それには織田作文庫にある竹中国治郎かタツ宛の書簡で判ると思ったからだ。係のKさんがDVDを入れてパソコンのディスプレイを見せてくれたが、吉屋信子、林芙美子、長沖一らからの宛先はすべて富田林の竹中家のもので終戦後のものだった。

昭和十三年(1938)株式会社大阪新聞社発行の、大大阪区勢図縮刷版を見ても駄目だった。第35回織田作之助案内状のオダサクさんの写真は昭和十八年、大阪日本橋の長姉タツの嫁ぎ先の家の前とある。

織田作之助賞受賞パーティでオダサク倶楽部会員(現会長)の高橋俊郎さんとこの写真の話をした。

同じ写真の全身のものを見てこれは右側の背景が消されているけれど日本橋2丁目53から想像するとこれは旧住吉街道だと思うが、左側うしろの「イステーブル・ハリカエ」やその下の高見家具の看板や道幅からするとそばの家具屋街かもと子供のころの記憶を喋った。

学童集団疎開で高見君という同級生と起居を共にしたが家の職業など話していなかった。曽田君という家具店の同級生はいた。

雑誌「大阪人」(平成十八年・2006)六月号「文士オダサク読本」16頁にも同じ写真が掲っている。

この左隅に「BARU」とローマ字が見える。

瓢一はこれを見た時、昭和十八年の撮影ではないと直感した。

ローマ字は敵国語として使用が禁止されており戦時中、野球用語ですらアウトは「よしっ」セーフは「だめ」なんて言い替えていたからだ。

これも図書館でKさんに確認したら、この写真を蔵する日本近代文学館のウェブから同じ写真は昭和十六年撮影と、見つけてくれた。

竹中国治郎・タツ夫妻の住いが日本橋2丁目53の確証を得る法を図書館の総括主査Yさん

が「当時の電話帳ではどうですか」と助け船を出してくれた。

B5版くらいで厚さ7センチぐらいのが2冊でてきて、Tさんも加わり電機商など探したが、活版刷りで大変だ。

これ以上館に迷惑を掛けられないと瓢一は辞退し、次の高見家具から調べようと1階出口を出かけた時「ありましたよー」と二人の女性が電話帳をかかえて走って来た。

「昭和十五年職業別電話名簿」の615頁が開かれていて「竹中国治郎　戒76―4―86　南区日本橋2―53」とある。

「やっぱり53でしたか」。

瓢一はTさん、Kさんのご努力でオダサクさんの「大っきい姉」宅、オダサクさんも寄寓し、波屋書房の参ちゃんが集金も行った「竹中商店」の位置は「大阪市南区日本橋2―53」と決定づけられた。

後に確認したら、竹中国治郎は「電機機械　工具　ラジオ」の業種にあった。

次いで瓢一は、淀屋橋のうどん店「京屋」でけつねうどんとめしを腹に入れミナミに向った。

精華小学校・後輩でせのやの野杁（のいり）育郎くんを通してあった堀江英雄さんを堀江英家具店に訪ねたが会えなかった。

ご子息の秀和さんに53あたりの「N家具」に案内してもらい店主に会った。

「うちと北に2軒が2丁目53でした」という。

いまの表記を見ると2丁目6―14となっている。

逍遥地図の6・5は誤りで、現在は中央区日本橋2丁目6―14か15と直しておこう。

それにしても竹中商店は間口の広い店だったんだな。

ちなみに堀江秀和さんもN家具の店主も瓢一が通った精華小学校の後輩になる。

Nさんに高見家具のことを聞いたが終戦前のことはわからないという。

瓢一の生家から北に100メートル余りのところに竹中タツさんが住み、オダサクさんも寄寓していたとは驚きだ。

同級生や関口肉店への往復路に竹中商店の前を通っていたし、河原国民学校時代は北門から出ての下校時、30メートルのところにオダサクさんがいたなんて…。

もっと驚くことは、別項「文楽の人」で書いた「夏祭浪花鑑・長町裏の段」に出てくる団七九郎兵衛と舅が争う「泥場」付近であるということをオダサクさんは知っていただろうか。

日本近代文学校にも電話でさきの写真の撮影年月日と場所を問い合わせたが昭和16年だけであとのことはわからないと、ていねいな答が返ってきた。

同館のウェブ画像にもそう書かれていた。

この全身画像は足袋に草履をはいているから寒い季節だ。

右に自転車、その奥にハンチング、ニッカポッカかゲートル姿の男性の後姿があり、オダサクさんの左袂下に椅子が並べられている。家具屋街ではないだろうか。

作家、大谷晃一は、織田作之助の伝記を書くためにその生涯やその周辺を徹底的に追及して「事実はほぼ小説のまま」と結論づける。

「小説は作り事や」と織田作本人からじかに聞いていても、そう書いている。

「夫婦善哉」は次姉の山市千代夫妻、「雨」「青春の逆襲」「立志伝」は本人。

「表彰」は長姉タツの一生である。

とするならば主人公お島はタツでその夫伊三郎は竹中国治郎ということになる。

高津表門筋の料理屋「浜春」の娘お島を魚問屋の息子で料理人伊三郎が見染め、その兄鉄物屋の直助夫婦にも惚れ込まれ夫婦になる。

伊三郎は間もなく鉄物商をはじめる。

お島は直助の店で働くため、毎朝御蔵跡の家を出て源聖寺坂を上り北山町（現・大阪警察病院北）まで家を出てゆく。

倉庫の中で古電球の口金を割ったり、電燈線の看貫（かんかん）を手伝ったり銅線の被覆を焼く手伝いをしたり毎日真黒になって働いた。

夫の伊三郎は女遊びをし始め廓（くるわ）の妓（おんな）と住んでいる。

直助が仲に入り元の鞘に納まるが、伊三郎は松太郎という子をもらってくる。

この子が九才になったころ一家は河原町にうつって鉄物商をつづける。

瓢一が「表彰」を読んで興味をもったのは伊三郎夫妻が鉄物商として生家「むかでや」と同じ河原町に住んだことだ。最初にも書いたが、このモデル竹中国治郎・タツ夫妻は南区日本橋二丁目５３で電球再生の店を構えていた。

店の前は旧住吉街道で、道をへだてた、向いは浪速区河原町一丁目だ。

店の北一筋目を左に行くと千日前の新金毘羅神社（現・ワッハ上方）で南に下り電車道筋を渡ると同区河原町二丁目で瓢一の生家「むかでや」だ。

オダサクさんは、一枝と結婚する前の昭和十四年（１９３９）三月、東京を引き上げてこの家に寄寓し、波屋書房の参ちゃんはここへ集金に行っている。

瓢一が知りたかったのは、昭和二十年三月十四日未明の大阪大空襲で竹中夫妻がここで被災したかどうかだ。

炎の中を逃げまどう瓢一の家族たち六人と竹中夫妻が近くの防空壕へ共に避難していなかったか、出会っていなかったかが気になっていた。

当時、オダサクさんは南海高野線の北野田に住んでいた。

戦後、竹中夫妻は大阪府下の富田林に住んだ。

昭和二十一年、（1946）、オダサクさんは妻笹田和子と短期間で破局、「世相」と「郷愁」を書いた宝塚・清荒神にあった彼女の実家を出て富田林の竹中家に同居している。

竹中夫妻が戦災前疎開で富田林にきたのか、焼け出されてから来たのか、大阪府立中之島図書館にもこの混乱期資料が抜けていてない。

瓢一は富田林市文化財課にメールで問い合わせたが「時期、期間、来たいきさつについては、正確な記録がない」と返信があり産経WEST（2013・2・4付）の関連記事のアドレスが添付してあった。

これを見ると「寿町」織田文学充実の富田林時代の見出しがあり「昭和二十年十二月末、このあたりの民家に長身の男が、小さな箱を持ってころがりこんで来た。織田作之助である。民家は被災した姉夫婦の家だった」とある。残念ながら被災しただけでは空襲なのか近所の火事なのかが判らない。昭和二十年十二月を拡大解釈して大阪大空襲と考えてみよう。

もうひとつ「表彰」の最後の方に、

「伊三郎は松太郎が徴用されたあと警防団員になって生まれてはじめて国民服を着る」とある。この警防団は千日前や阪町の一流二流の料理人の主人もいたと書くから河原町一丁目、南坂町の人たちが集っていたのだろう。

伊三郎は警報が出るたび警防団本部へ一番乗りして消防ポンプを引き出すため本部の国民学校へ行く。

これはおそらく瓢一が通った精華国民学校（現・エディオンなんば店）だろう。

伊三郎がそのポンプを千日前の大阪劇場（現・なんばオリエンタルホテル）の前まで引っ張ってゆく後押しをお島がする。

そしてお島は警防団から表彰される。

その表彰状はそれから十日目に伊三郎の家と一緒に焼けてしまう。焼け出された二人は島取の妾の家に頼ってゆく。

大空襲にあい焼失したとは書いていないが時勢、場所などから見て、これは日本橋の竹中家の話だと瓢一は納得した。

これが確認できたのは、令和三年（２０２１）秋のことだ。

瓢一は「道なき道」の発表時を知りたくて大阪府中之島図書館に行き、その資料を求めた。出してもらったもの、中に偶然「昭和二十年（１９４５）三月十四日未明、大阪空襲により日本橋の竹中国治郎家が焼け出され、大阪府南河内郡野田村丈六の作之助宅に寄寓」という一文があった。

そして別頁には「十月十五日、竹中国治郎一家は大阪府富田林市寿町二丁目四の六に家を買い移転」とあった。

瓢一の胸のつかえは消えた。

表彰に「表彰状はそれから十日後に伊三郎の家と一緒に焼けてしまう」は推測どおり実話だった。「焼け出された二人は鳥取の妾の家に頼ってゆく」は小説だったが…

このあとに小説「道なき道」を「週刊毎日」（第二十四年第四十号）に発表とあった。

因みに、昭和二十年（１９４５）十二月一日、小説「表彰」は「文芸春秋」（第二十三巻第六号）に発表のあと十二月二十二日、「道なき道」をＮＨＫ東京中央放送局から午後一時と午後六時半の「婦人の時間」に放送。朗読は山村聡、ヴァイオリンは近藤泉とあった。

竹中国治郎・タツ夫妻も近所に住んでいた瓢一の家族たち六人も降ってくる焼夷弾の中を逃げ

廻っていたのは確かだ。

テレビの曙

「竹中商店」があった場所は、現在中央区日本橋2丁目6のブロックで一筋南に下ったブロックは日本橋2丁目7。かつての市電道に接していて、この南は瓢一の生家があった浪速区になる。日本橋3丁目交差点から西へ難波・高島屋大阪店へむかう電車道筋あたりは瓢一にとってはヌージュウ（盗人と巡査の頭をとった）ごっこで走り廻ったところだ。

日本橋2丁目7の南端、かつての市電道に面してFビルがいまもある。3丁目交差点から2軒目西北にあるこの3階建てのビルから瓢一の社会人生活が始まった。

「第一電機株式会社」はその2階にあり、20才の瓢一の人生はここからスタートする。

オダサクさんの「表彰」冒頭部、伊三郎・お島は御蔵跡に住んでいる。

大阪の町名（清文堂出版）によると御蔵跡町は宝暦二年（1752）設けられた幕府の米蔵があったことから蔵跡の一帯とその東の天王寺村入地を編入して、明治六年御蔵跡町ができたとある。

日本橋3丁目交差点から東へ松屋町筋へ抜ける御蔵跡町本通り（旧大師道）をはさむ南北の地域がそうだ。

この地に中学、高校時代の親友雅くんがいて浪人時代、瓢一は夕方になると今里から自転車で彼の家へ遊びに行き、ミナミへ繰り出し遊び泊まって朝食をいただく生活を週に数日やっていた。

彼の両親は面倒見のいい人で、瓢一のそんな甘えをいやな顔をしないで受け入れてくれていた。

1階居間には、アメリカ製超大型の31インチテレビがデ〜ンと座っていて白黒画面から西部劇が流れていたのを瓢一は高校時代から楽しんでいた。

昭和二十三年（1948）九月、天王寺区上本町9丁目夕陽ヶ丘一帯で開かれた。復興大博覧会会場の「記念館」で初公開されたテレビジョンを観てから6、7年が経っている。

初公開当時、アメリカではすでに30ものテレビ放送局と7、80万台の発信機をもち、ついでにカラー時代に入りつつあった。

昭和二十五年（1950）十一月十日、NHK東京テレビジョン実験局が開局し、同二十八年二月一日から一日4時間の本放送が開始された。この時のテレビの契約台数はわずか866台だった。

大阪中央放送局（BK）管内二府四県の受信機は460台で、一般家庭が60台、喫茶店食堂などの営業用が31台であとは電気業者や学生の研究用だった。

NHKの本放送から約7ヶ月後の八月二十八日、日本初の民報テレビ局、日本テレビ放送が本放送を開始した。

当時、国内で流通していたテレビ受像機は輸入品が多く17インチは15万円もして民間企業の平均年収約20万円からすると高嶺の花だった。

瓢一が高校時代、雅くん宅で楽しんだ番組はNHKの「ジェスチャー」で、キャプテン柳家金語楼・水の江滝子らの身ぶり手ぶりで自分のチームに答えを当てさせるものだった。

浪人時代には、「西洋相撲・プロレス」で、力道山対シャープ兄弟のテレビ中継（日本テレビ）を観た。

この中継は、街頭テレビの前に群らがる日本人を興奮させ、テレビの時代が幕開けした。

瓢一が二浪目中、雅くん宅で見た番組は「パパ日曜でありがとう」（ブーチャン市村像幸主演のホームドラマ）や「日真名氏飛び出す」（主演久松保夫ら・ラジオ東京テレビ）などだ。

そんな中、瓢一の父親が会社の労働争議のせいで失業し、母親の目が険しくなり浪人生活を中止することになった。

大学進学への道を絶ち家計の手助けをしなければならなくなったからだ。

困っている瓢一に「父の会社で働かないか」と助け船を出してくれたのが雅くんだった。

いつも居間で一緒にテレビを楽しんでいるその父親は第一電機株式会社の常務取締役だった。

この会社は蒸気アイロンの販売で業績を伸ばし、瓢一が入社した時はテレビ受像機の製作を始めたばかりだった。

そこがオダサクさんの「竹中商店」から50メートル南にあったFビル1階のテレビ製作部だった。

テレビ、電気洗濯機、電気冷蔵庫が「三種の神器」と言われる時代を一年先取りして第一電機はテレビ受像機製造に乗り出した。

といっても大企業が流れ作業で大量生産するのは先の話で、製作部といっても3階建てビルの1階奥に小部屋の研究室があり先輩技術者Tさんがいるだけで瓢一はその助手だ。

周囲は計器ばかりで、針が振れたり波型が映し出され動いていた。

瓢一が苦手とする理系の職場だが教えられるままに机に向った。

机の上にある厚さ約8センチ、幅約30センチ角のスチール箱を裏返したシャーシに配線して受像機を組み立ててゆくのだが、配線図を見てもサッパリわからないし今のようにプリント配線やトランジスターがない時代で、コンデンサーのΩ（オーム）やセレン整流器など専門用語を覚えるのも大変だった。

大小のコンデンサー（蓄電器）に書かれた数字を見てシャーシにハンダ付けして行くのだが、初めて手にする電気ゴテで火傷をして、これは自分の仕事ではないなと思いながらもTさんの指示どおり組み立て作業をしていた。

テスターというものも知り電圧を計りながら最後の段階にシャーシから立ち上げた脚に14インチブラウン管を乗せ、オシロスコープに写る波型を調整して行くのだが、これはTさんの仕事だ。

当時、日本橋界隈はまだ電気屋街ではなかったが部品は売っていた。外箱も出来上りのものを買って使っていた。

こげ茶色の角丸の外箱の後からブラウン管が付いたシャーシを入れてゆく。外箱の下部、左右に直径5センチくらいの穴を引き廻し鋸(のこ)で開けてゆくのも瓢一の仕事だった。力余って折角の塗料に傷をつけたりしたがTさんはそこへ蝋(ろう)をたらし同色のエナメルでうまく修復してくれた。その穴からはシャーシ左右にある長いスチール棒が出てくる。右にはチャンネルダイヤル、左には音声ダイヤルを取付け真中の短い棒3つには輝度、コントラスト、ピントの小さいダイヤルを付ける。

上面ブラウン管のところにはゴムのパッキンを付けマスクとの接触を保護する。

当時のテレビ画面は、画像を表示するために光を発する水平方向に走査線525本あり左上から横に走り右下へ高速で移動していき、目と画面の残像効果で面に見えるという仕組みだった。現在のデジタルテレビ放送では1125本ある。

当時、14インチテレビが約20万円だったと記憶している。ビール大ビン125円の時代だ。

納品はテレビアンテナを携えてTさんと瓢一は購買者宅へスクーターで向った。すでに届いている受像機の包みを解き設置したあと屋根に上り十字アンテナを立て針金で固く繋ぐ。

新世界ジャンジャン横丁入口にあったぜんざい屋、四つ橋の竹材店、阪急宝塚線池田駅南にあった市場、ここはトタン波板の屋根に設置した。

当時、テレビを買えるのは、ほとんどが商人で月給とりは皆無だった。

後にテレビ製作部にＭさんが入ってきて、３人になった。

瓢一がＴさんに連れられて人生初のアルコールを口にしたのは、精華国民学校裏門を出て北へすぐ溝の側東南角にあった「赤垣屋」だった。

立呑みカウンターで生ビールを口にしながら初めて交際していた彼女に申し訳ないほどの悪事を働いていると思うほど生（うぶ）な２０才の瓢一だった。「青春の逆説」の豹一とはずい分違う。酒＝不倫の入口と思っていたからだ。

瓢一は昼食後、Ｆビルの屋上に上って生家があった日本橋三丁目界隈を見下した。

東南に松坂屋百貨店が昔のままあり、西南には五年ほど前にできた南海ホークスの大阪球場がある。

高い建物はこれだけで、ナイター照明があるこの球場をスケッチしながら高校生の頃、ここに出来たアイススケート場を思い出していた。

雅くんらと滑りに行き、リンクに入らず手すりにかじりつく「手すり磨き」の臆病な自分がいたことや、戦前は煙草専売局でその前の広場でトンボとりをしたことなどを手とは別に頭の中で描いていた。

Ｆビルのなな向いに一膳めし屋の「やねや」、西隣りは喫茶店「名水」が電車道筋に並んでいる。

両店とも大空襲前は、瓢一の生家「むかでや」の向いに並んであり、次兄の竹馬の友慶之祐さんは屋根ふき業の「やねや」で隣りの「名水」はカフェーだった。

数人の女給がいる店でオダサクさんが寄寓した竹中商店からは１００メートルあるかなしの距離だから来ていたかもしれないが作品には出ていない。

戦時中は雑炊を売る店になり、客は鍋などを下げて並んでいた。

瓢一が描いた60年前の大阪球場のスケッチはいまも手許にある。この頃すでに大阪の風景を描く意識の芽生えがあったのか我流ながら「通天閣」「造幣局」などの絵が残っている。

その後、第一電機は浪速区東円手町に社屋を移した。国鉄港町駅の南西でいま産経新聞社のあたりだ。

瓢一もここに暫く勤めたが将来を考え受けた国家公務員試験にパスし公務員になった。初任給5800円、テレビ受像機を買うには約3年かかる月給だった。

国家公務員になって2年目の昭和三十三年（1958）十一月、肺浸潤にかかり大阪城近くの大手前病院で約2年間療養した。

この年、テレビ受像機は100万台を超えた。

三年前の経済白書が「もはや戦後ではない」と明記し、景気が右肩上がりになっていた中、瓢一が沈痛な面持ちで堀端を歩いていた頃、正田美智子さんと皇太子妃に迎えることが発表されたことの後押しもあった。

翌昭和三十四年四月十日、皇太子明仁親王殿下（上皇さま）と正田美智子さん（上皇后さま）の華麗な馬車での御結婚パレードを瓢一は病院の面会室にあったテレビで観た。

集った元気な結核患者の表情はこの日本国の祝事に大変明るかった。

2年の療養生活を終えて帰宅した時、わが家には父のプレゼントの14型テレビがゴブラン織りのカバーをかけて鎮座していた。

瓢一は復職し、また絵の勉強を始めた。

まだ新御堂筋がなく、梅田新道赤南角の同和火災ビル南にあった「額縁の天勇」二階で開かれていた東光会に所属していた洋画家・胡桃澤源人（くるみざわげんじん）先生らが教えるクロッキー教室に通った。

胡桃澤先生夫人は日本画家・融紅鸞（とおるこおらん）さんで、彼女はラジオ大阪の「悩みの相談室」で人生相談を担当し「あんさん、別れなはれ」と歯に衣を着せぬ大阪弁のフレーズを吐き人気番組に押し上げた人だ。瓢一も40才から3年間、桜橋にあったこの放送局で朝番組「あいあいスタジオ」でパーソナリティを務め、いまは弁天町に移ったここの番組審議委員長として月一回の会議に出席している。

天勇での勉強が行き詰った頃、戎橋筋の丹精堂画材店で明石正義先生との出会いをきっかけにスタイル画を習うことになる。

公務員は土日祝は休みで画の勉強は土日で予定が立つ、加えて月謝を免除してもらう代わりに通いの弟子として便所や先生の車の掃除や教材の製作などを手伝った。

まだコピー機などがない時代で、教材は先生の絵を生徒の数だけ移す作業があり、しんどかったがたいへん力がついた。

次のステップは6年5ヶ月在職した国家公務員を退き、長兄の養子先で刺繍業を手伝った。

衣服に花柄などの図案を刺繍してゆく作業はワイシャツや背広などにネームを置く一頭式のミシンから一度に同じ柄を6つ置くことが出来る多頭式ミシンの時代に入り、パンチカードでその柄を操作する量産の時代に入りつつあった。

ファッション画で習得した技術でブラウス・セーター、靴下などの柄のデザインが出来たので、絵との距離は国家公務員時代にくらべてずい分縮まった。

アーノルドパーマー・ピューマーなどのワンポイント時代の到来で忙しくなり、瓢一のデザインする「アイレマ」ブランド（イトキンブラウス）の製品はずい分市場に出廻った。

そんな時代、竹馬の友のNさんから、イラストの仕事が来だした。

ニューアドセンターというデザイン会社にいるデザイナーの彼は松下電器産業の仕事が主で、外に男性ファッション誌の仕事もしていた。

長兄の許可も得ていたので、瓢一は二足のわらじを履き出した。

自宅は大阪、会社は滋賀県大津、デザイン会社は大阪、刺繍の得意先も大阪で大津、大阪間を2往復することもよくあった。

昭和四十四年（１９６９）七月二十日、人類が初めて月面着陸した年の秋、瓢一はイラストレーターとして独立した。３３才、遅い巣立ちだ。

すでに結婚し、5才になった長女らと枚方市に移り、先が見えない夢に向かって歩き出した。

絵で一家を支えられるかどうか逡巡（しゅんじゅん）する瓢一の背中を強く押した妻の一言は「食べられなかったらそれはその時考えたらよろしい」。

北陸で鍛えた豪雪に耐えられる精神なのかケセラセラ（なるようになる）という楽天的な性格なのか分からないが、都会の中心部に生まれ夜はブ厚い板扉に閂（かんぬき）を掛ける細心で用心深い環境で育ち感受性の強い性格の瓢一にとって妻のことばは、阪神タイガース第３４代監督、矢野燿大さんが「雲の上はいつも青空」という超積極的な考えに似ている。

瓢一がこの妻に従って構えたアトリエは、大淀区長柄国分寺町のTマンションの一室でここはオダサクさんの生家近くの谷町筋をまっすぐ北上し、天六ー都島線を越したところだ。

翌年春に「人類の進歩と調和」を謳い北摂にある千里丘陵で開かれる日本万国展覧会を前にして好景気のデザイン・印刷業界だったが、瓢一は完全に出遅れていた。

それでも子供の頃、日本橋３丁目にあった松坂屋が天満橋に移っていて、ここの宣伝部から仕事が来だしていた。

谷町筋は後に出来た帝国ホテルあたりから先は細い道で、阪神高速道路守口線はまだ通っていなかった。

ある日の午後、松坂屋から車でアトリエに帰るため谷町筋を北上し国分寺交差点まで来た時信号機が消えて車の渋滞が起こっていた。

西の天六方面を見るとガソリンスタンド前で小型トラックが炎上している。

アトリエ前に車を置いた時、近所の人から「車が燃えている、見に行こう」と誘われた。

「空腹だから」と断って１階のチキンカツ屋に入って少ししたら大爆発音がした。

「ガソリンスタンドの火事だ」と咄嗟に判断し外に飛び出したら、空から多くの砂が降ってきた。さっきの人達が青くなって帰ってきている。

そのまま車で松坂屋宣伝部に戻ってＳ氏とゴルフ練習後、車のラジオを聴いたら「天六の市民会館に災害対策本部を置いて…」と何やら大事故が起った様子だ。

家に電話すると「天六ガス爆破で多くの死傷者が出ている。アトリエのすぐそばが現場で知り合いは国分寺の死体安置所に行って探しているし、私はテレビに流れている名前も見ているのに、どこで何してたの」とえらい見幕でどなられた。

昭和四十五年（１９７０）四月八日、大阪市営地下鉄谷町線天神橋六丁目駅工事現場で起ったガス爆発事故は死者７９名、重軽傷者４２０名の大惨事だった。

その前年、瓢一が初めて構えたイラスト・アトリエに漫画家仲間の紹介で関西テレビから始めて仕事が来た。

報道番組の中に、子供達の理想の遊び場を絵にしてほしいというものでディレクターからのものだった。

瓢一が、テレビというものに長く付き合うことになったのはよみうりテレビの深夜番組「１１ＰＭ」出演がきっかけだ。

それまではテレビ受像機をつくったり、画面を外から観る視聴者であった。

ＮＨＫの「夢で逢いましょう」のタイトルに出演者の名前が出るが、アンパンにタレント名が書かれていたりして各回の奇抜なアイデアが瓢一の興味を引いていていつかこんな仕事をやってみたいなと美術担当の吉村さんの仕事に憧れていた。

これはこの番組構成作家・永六輔さんの知恵かもしれないと後年思った。知己を得ていたのに聴きもらした。

一視聴者としてこんなアイデアに興味を持って観ていたが、それから十年も経たないうちにテレビ番組に携って同じようなことをやるとは思ってもみなかった。

昭和四十四年（１９６９）九月十六日（火）、当時北区岩井町にあったよみうりテレビに「中年魅力学」にゲスト出演したのがブラウン管の中の人となった始まりである。

当時は３３才。

今なら噴飯ものだが、朝から理髪店に行ってから斎戒沐浴（さいかいもくよく）し一張羅（ちょら）を着てこのことに臨んだ。

これは瓢一が幼少のころから躾けられた吉書（きっしょ）時の心構えだ。

筆者 テレビ初出演（右端） よみうりテレビ 11PM（1966 年）

司会者は藤本義一さん、アシスタントは安藤孝子さんに次ぐ市川靖子さんで、もう一人のゲストは元NHKアナウンサー・下重暁子さんだった。

初対面の藤本さんの話術に引き出され、中年の魅力について話をし、イラストを見せて緊張にしないで瓢一はしっかり喋った。

後になって高校時代の友人達は「あのアカンタレで物言わずのアイツが…」と舌を巻いていたことを知った。

終了後、メイキャップを落しながら藤本さんが「ちょっと、いきましょか」と近くのバーに誘ってくれた。

「B・P」（ブラック・パール）は終了後にスタッフらが集って飲む馴染みの店だった。

そんなキッカケで藤本義一さんと45年間付き合う仲となった。

後々、瓢一が多くの個展を開くとき藤本義一という大看板は大きなうしろ楯になった。

次いで、この番組から旅のレポーター役が来た。

山中温泉で芸者と遊ぶ若旦那…お色気番組でもあるから少々羽目を外す構成だがはにかみながらやる瓢一の演技がよかったのかいつの間にかこの番組の準レギュラーになっていて時には企画の手伝いもしていた。

レギュラー陣は、読売新聞、社会部デスク飯干晃一さん、日赤の木崎国嘉ドクターらで音楽トリオ小曽根実（ハモンドオルガン）、奥村英夫、（ギター）、西野邦夫（ドラム）らを除いてはタレントとしては素人だった。

飯干さんは、戦後「漫画読本」などで八田利男（はったりおとこ）のペンネームを使いエッセイなどを書き、後に「山口組三代目」や「仁義なき戦い」を著している。もともと「11PM」の司会者は別の人に決まっていたが、パイロット版にゲスト出演していた藤本義一さんに突然変更された。

当時はまだ駆け出しのディレクターだった橘功さんは「顔よし声よし、誰が見ても魅力にあふれるいい男だった」という。

読売テレビの役員や関係者がパイロット版を観て全員一致で新番組の司会者は藤本義一さんに決まった。

或る夜、藤本さんが北新地で飲んでいるところへ読売テレビの新番組担当のプロデューサーやディレクターが来あわせ「ここで仰山（ぎょうさん）の金を使うなら、タダで飲めるいいバーがあるよ」と誘われて行ったのが「11ＰＭ」のスタジオのバーだったという。

後々、藤本さんはそのＫプロデューサー（当時はディレクター）に「あれはレイプやったな」と言った。

瓢一はその会話の場に居たが、Ｋは「もう直木賞もとったから、あれは和姦になった」と言って三人は大笑いした。

かつてはディレクターが台本を書き、演出もしている番組に対する愛情も深くプライドを持つサムライが多かった。

テレビの曙時代「これからはテレビの時代だ」と考え映画界から移ってきた人も多かった。

瓢一もイラストレーターというプライドがあったから、テレビ出演しても番組内で絵を描くことを主にしタレント業には食指を動かさなかった。

瓢一が３３才から７０才までの３７年間、絵でかかわった番組はテレビ１４０番組、ラジオ２９番組ある。

それらは「アナログ時代のテレビ絵史」（たる出版刊）にまとめているが総数１１３５点ある。

まさにギネスブックものだ。

絵を描かない出演番組を加えるともっと多くなるし、新聞、雑誌も含めると膨大な数となる。

その多くは天満橋のアトリエに眠っている。

いまカテゴリー分けして「大阪春秋」（新風書房）誌で毎号掲載しているが、もう30分野にも及ぶ。（令和三年（2021）休刊）

1970年代、パイプ片手に「だいたいやね」とテレビ画面で喋べる独特な風貌の評論家がいた。竹村健一さんで、テレビ番組で何度か同席した頃は追手門学院大学の英文学科助教授だった記憶がある。

彼はアメリカのいくつかの大学で学んでいる。

英会話の本も何冊か出していて、瓢一も読んでいて最も興味があったのはトイレに入っていて外からノックされた時は「some one is in」と答えなさいと書いてあったことだ。

こんな英語は憶えなくてもノックをされたらノックを仕返したらいいのにと思った。

場所は忘れたが、大きすぎてノックを返すにも扉まで手が届かない便所があった。

見ると横に棒が立てかけてあったので、これで叩いたことがある。

そのための棒だったんだと感心した。

外国では扉の下部が空いていて人が入っていると膝から下が見えるようになっているし、ハワイで体験したが個室の扉がないところもあった。

英会話で思い出したが、外国旅行で入国時に「旅行の目的は」と税関でたづねられたら「斉藤寝具（サイトシング）ー観光」、バスを降りるとの意思表示は「揚げ豆腐（アイゲットオフ）」、いま何時は「掘った芋いじるな（ホワットタイムイズイットナウ）」で通じるらしい。

「TO　CHICAGO」と駅の切符売り場で日本人が言ったらシカゴ行き切符を2枚くれたので間違ったかと思って「FOR　CHICAGO」と言ったら4枚くれた。

やけくそで「エイツ　CHICAGO！」と大声を出したら8枚出てきた…なんて話はわが近

大附高で西宮一民先生から習った。

竹村健一に話を戻そう。

昭和四十二年（1967）、彼が著した「マクルーハンの世界」（講談社）がブレークした。

カナダ出身の文明評論家ハーバート・マーシャル・マクルーハンが多様的な視点かのメディア論を展開した。

マクルーハン理論の根本にある考え方は「メディアはメッセージである」ということだ。

メッセージはメディアによって伝達されてきた内容と誰もが考えるが、彼は「伝達媒体そのものがメッセージだ」という。

瓢一は、本棚に50年もの間眠っていた前出の竹村の著書を引っぱり出した。

1970年の千里万博の前で、瓢一はイラストレーターとして独立するかどうかの時代だ。

31才のころ引いた赤い傍線がたくさん見られる。

15世紀の中ごろグーテンベルグの印刷術の発明以来の活字メディアが、テレビやその他のエレクトロニクス・メディアにとって変られつつある時代がいまで、その時代は終りを告げ、新しいテクノロジーの時代、コミュニケーション・テクノロジーの時代に入りつつありそれは旧石器時代から新石器時代、、狩猟時代から農耕時代への移行にも比すべき大きなものだとマクルーハンはいう。

一時にひとつの事を単に視覚だけを使って見ていた「活字人間」から、テレビ、ラジオ、映画、電話、コンピュータなどの、電気メディアなどから「同時に多様なメッセージ」を受けている「触覚人間」へと変わってきているともいう。

かつて、社会評論家・大宅壮一は、日本のテレビメディア初期に「一億総白紙化」という流行語を生み出した。

「テレビメディアは非常に低俗なものであり、テレビばかり見ていると人間の想像力や思考力を低下させてしまう」という意味のことを1957年・週刊誌に論表したことがきっかけだ。

60余年経ったいま読者諸兄姉の思いはいろいろであろうが、マクルーハンはその数年後「大切なのはそのメディアをいかに利用するかということだ」といっている。

先にも書いたが「メディアはメッセージである」とはメッセージの内容よりも、それを運ぶ媒体が人間や社会に影響を与えると考える。

瓢一が思うに「媒体の内容は、奇術師が観客の目と外らすために片手を上げて見せるリンゴやトランプのようなもの」でメディアそのものこそが本質的なものだ。

雛壇に多くの芸能人、タレントが並んだバラエティーショー、面白くない漫才やコント、刑事が一直線に並んで歩いてきて、電話の内容を部下に伝えないで「現場へすぐ行け」と部長が命令する刑事もの…内容が何であろうがテレビメディアそのものが与える影響力は同じである。

「番組制作者ではなくて、メディアに語りかけよ。番組制作者に語りかけることは、野球場で、きみのひいきチームがまずいプレーをしていると、ホットドッグ売りに文句をいうようなものである。」

即ち、メディアの内容に文句を言うのはお門違いなのだとマクルーハンはいうと竹村健一は書く。

マクルーハンは、メディアの内容よりもメディア自体を問題にした。

ラジオ、映画、活字などはホットなメディアで、テレビ、電話、談話、漫画などはクールメディアと分ける。

クールを英和辞書で見ると「無関心、さめた、不愛想…」とある。

米国語では「かっこいい、すごいねぇ、いかすねぇ」とあり、NHKBSテレビ番組「COOL JAPAN」を観ると米国語の方を使っている。

ホットは「暑い、熱い…」などとある。マクルーハンは現代的な意味で「深くかかわり合いを要求するが、表面に現れた姿は大したことのない、情報量の少ない媒体」をクール・メディアといい「表面がカッカとしていて与える情報の多い、しかしかかわり合いを要求しない媒体」をホット・メディアと名づけているようだと竹村。

マクルーハンは、テレビは「低い情報量、高い関与度」を要求するメディアであるという。ぼんやり見ていてはほとんど得るものがなく視聴者がメッセージを得ようとすると、自らその空間を埋めねばならない。

瓢一は高校時代、担任の教師から教わった芸術論を今でも憶えている。

原始時代、文字がなかったから、他人にものを伝えるのに3つの方法しかなかった。

①音で伝える②身振り手振りで伝える③形などを描いて伝える

①は音楽になり②は演劇になり③は絵画や文学となった。

「エレクトロニック時代とは原始時代である」とマクルーハンは論を立てる。

原始時代、文字がなかったから、一つの情報を全部族に伝えるには音でしかなかった。

従って情報量も少なかったし内容も「人の噂」という遊びのように最初の人が発したものが何人かを経て最後の人になって全く違ったものになることはなかった。

文字が出来、印刷技術の発明によって情報を多くもつことによって知識に貧富の差が出来た。

エレクトロニック時代は、同時に同じ情報が宇宙から世界を駆けめぐるから世代、国籍、性別は関係なく活字文化時代よりも均等化してゆくだろうとマクルーハンは予測している。

原始時代への本卦還りということだ。

竹村健一が引用したエドワード・ホール「沈黙の言葉」の中に「今日人類は、かつてそのからだでやっていたほとんどすべてを、延長物でやるように進歩している。

武器はもともと歯と拳で始まったのだが、原子爆弾でその窮極まで達した。衣類や家というのは、人間の生物的温度調整メカニズムの延長である。それらは人間が地面に直接うずくまったり座ったりすることにとってかわった。お金というのは人間の労働を広げたり貯えたりする方法である。

乗り物はわれわれの足や背中がしていたことをやってくれている。人間の作ったすべてのものは、かつて人間がそのカラダをもってしていたことの延長と解される。」という言葉は興味深い。

「クール」と「ホット」という言葉はイラスト界にも及び、瓢一も「クールなタッチの絵」「ホットなタッチの絵」に分けて描くのにペン、筆、色彩などを使い分けていたのもこの時代だ。

竹村健一が「マクルーハンの世界」を出版した13年後の昭和五十五年（1980）、アメリカの未来学者アルビン・トフラーが「第三の波」を上梓した。

内容は、人類はこれまで初めて農耕を開始した「農業革命」と18世紀後半イギリスに始まる「産業革命」という第一、第二の波を経験してきた。

これから来る第三の波は「情報革命」で、これは脱産業社会という情報化社会で、大きなうねりで押し寄せてくると予言したものだ。

当時、瓢一は彼の講演ビデオを観て大いに感銘を受けた。

「人類の進歩と調和」を謳った1970年の「大阪万国博覧会」のとき、瓢一は34才だった。建設中の会場を巡り太陽の塔が首をのぞかせる「お祭り広場」の大銀傘に上って取材し、会期早々にはプレスセンターに設置された大型コンピューターが並ぶ心臓部に入って情報化時代の先立ちとなる燃えたぎる坩堝の中でその未来社会を感じていたから、その13年後に出て来た「第三の波」は十分腑に落ちるものだった。

トフラーは言う「第一の波は数千年にわたってゆるやかに展開された。第二の波の変革は300

年かかったが、第三の波はせいぜい2、30年で歴史の流れを変え、その変革も完結するのではないだろうか」

大阪万博のころ未来の絵をクールなタッチで描きブレークしていたイラストレーター真鍋博も携わる「2001年の世界」（朝日新聞社刊）のページを繰っても、パソコン、アイフォン、アイパッドなどのツールは存在しない。

瓢一が携帯電話を初めて持ったのは2つ折りのぶ厚いもので、平成七年（1995）一月に発生した阪神淡路大震災の少し前だった。

地震発生から1時間ほどでつながらなくなったので公衆電話ボックスへ並んだ。

この時100円貨は用をなさず10円貨のみが可能だったから列は余計に長くなった。

その4年前に持った携帯電話は、ショルダー型のケースに入ったバッテリの上にプッシュボタン付の受話器が横たわるものだった。肺炎で入院した時に友人から借りた。

大阪万博のころ、瓢一が描いた未来のイラストでも、FAXで朝刊がベッドから届く程度のものだった。

瓢一が阪神タイガーファンになったのは中学時代だが、イラストレーターとして取材でかかわりを持ったのは昭和五十三年（1978）二月、高知県安芸にあったチーム宿舎「東陽館」だ

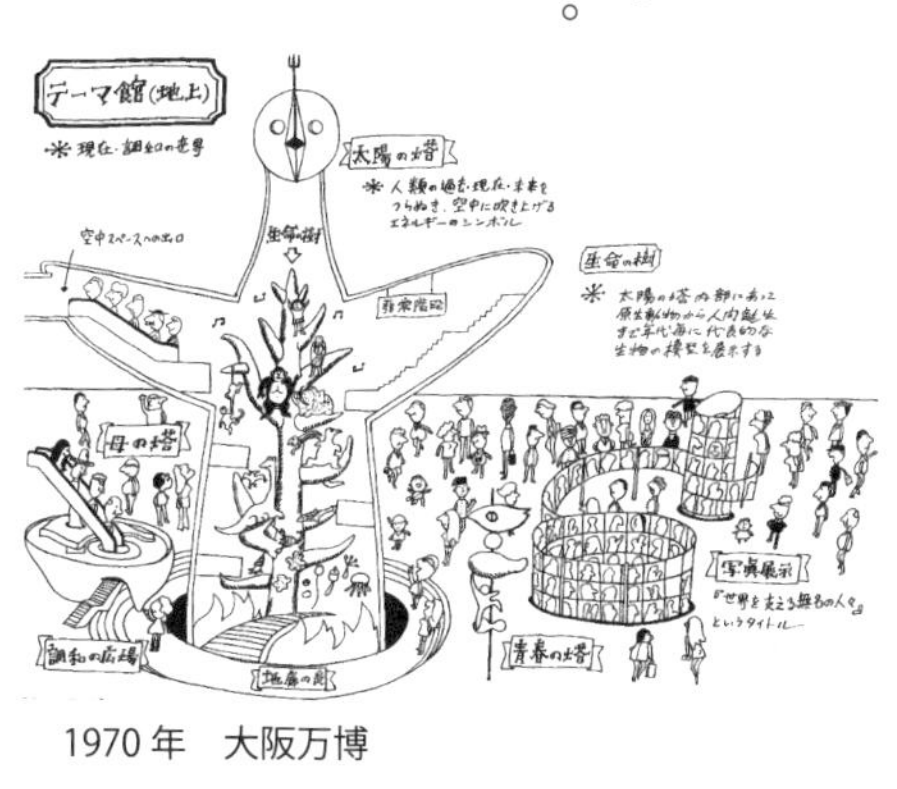

1970年　大阪万博

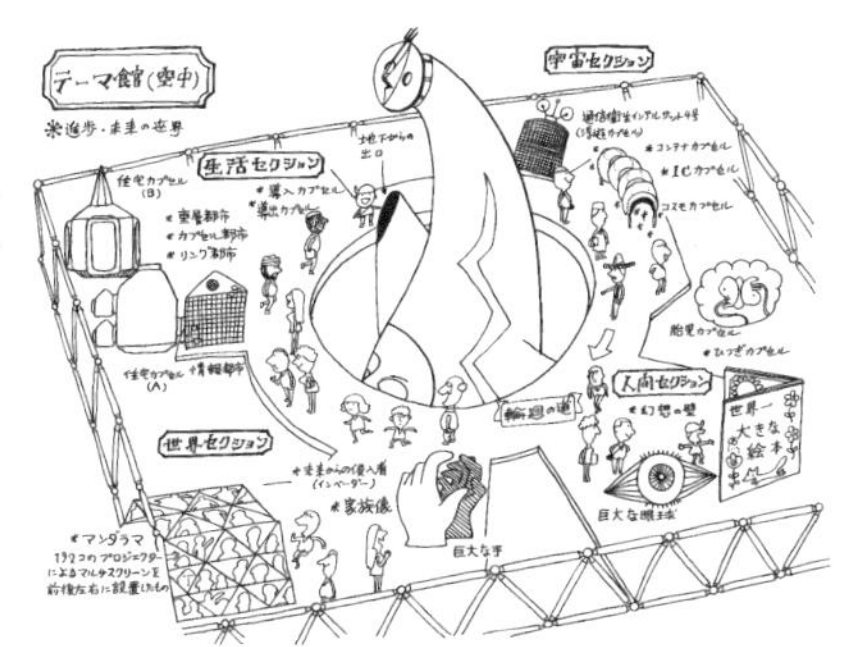

った。

スポーツニッポン新聞社の仕事で、以来この新聞社とは約５０年の付き合いだ。

主に阪神―巨人戦を翌朝の紙面用にマンガにするのだが、この半世紀の間描いたものを社に届けるメディアはずい分進歩した。

当初は、甲子園球場でゲームを見て描くのだが原稿〆切は午後8時だった。

8時ごろというと試合はまだ4回あたりで結果はわからないからポイントを描いて受取りに来たバイク便に渡していた。

これが古代とすると中世はＦＡＸ（ファクシミリー）が登場。

昭和五十九年（１９８４）四月十四日、甲子園球場から7対1で巨人に勝利した漫画を初めて送信した。

安藤統夫（統男）監督の時で、このメディアによって情報伝達の即時性が高まった一方、機器が未発達で絵の線がギザギザで翌朝の紙面を見て大いに失笑した。

ＦＡＸは文学用のものだと痛感した。

日進月歩で送った画面も美しくなって、韓国、グアムなど海外に居ても情報が入れば作画し送信できる至便さはあったが初期には国内でも設置しているところが少なく、テレビ取材などで地方にいた時は村役場かバス会社のＦＡＸを借りて送ったことがあった。

この仕事も令和元年（２０１９）、島谷選手が退団の秋に終わった。古代―バイク便、中世―ＦＡＸから近世に入るとパーソナルコンピューター（パソコン）が華やかに登場してきた。

瓢一のもとには現在5台のパソコンと3台のアイフォン、アイパッドがある。

バージョンアップを追いかけて増えたものだが、データー処理に欠かせないから邪魔になるが置いている。

ワープロから始まってＮＥＣ９８０１というパソコンに辿り着いたのは昭和五十七年（１９８２）ごろだった。

電子漢字辞書や電子手帳は１９８８年だ。

グラフィックデザイナーやイラストレーターはＭＡＣ（マッキントッシュ）がいいと励められて以来このパソコン以外はダメだ。

記録媒体（メディア）もフロッピーディスクからＣＤ、ＤＶＤ、ブルーレイディスクなどの光ディスク（光メディア）、フラッシュメモリー、ハードディスクと入れる情報の容量の多寡やサイズの大小なものへと移り変ってきた。

他にもこれらも持ち運ばなくても、メールに添付したり、大容量ファイル送信など「第三の波」でトフラーが予言した情報革命は留まるところを知らない。

大学で絵を教えていた頃、ポケベル（ポケットベル）が教室のあちこちで鳴り往生したことがある。

この機器は、ポケットに入る小型の携帯無線呼び出し機といい電々公社（現ＮＴＴ）が１９６８年に始めたサービスで、電話を使い加入者の液晶画面に呼び出しを行った電話番号などが表示される。

その番号に公衆電話などを使い連絡することで要件を知ることが出来るが０８４（おはよう）や３４７０（さよなら）など数字で簡単なメッセージを送ることも流行った。

ポケベルにはまだ電話装置が付いてなかったが、最盛期は１９９０年代で平成九年（１９９７）には全国で１０００万人を超す加入者があった。

その後携帯電話が普及して２００７年3月末でサービスは終了した。

携帯電話の時代になり、細長い形の機器を片時も離さない姿に評論家は「大人のおしゃぶり」

とうまい言葉で表現した。

ワンセグ、着メロ、ゲームなど世界から隔離された環境で日本独自の進化を遂げ、いまやガラ携（ガラパゴス島の携帯電話）とヤユされるものとなったが、まだ二つ折りのものを愛用している人も多いしスマホと2台併用している人も見かける。

同じ携帯電話でもスマートフォン（スマホ）は、前のものよりスマートでパソコンに近いものだ。しかし、パソコンのようにキーボードがなく指でディスプレイをタッチするタッチパネル式になっているのが特徴だ。

米国のアップルが2007年に発売した初代アイフォンから始まったスマートフォンはアプリケーションを自由にダウンロードしたり、消したりインターネットが自由に使えたりしてまるでパソコンに携帯電話装置やカメラ、ラジオ、テレビなどが付いたもので、その便利さに初期のパソコンから育ってきた瓢一は、ガラ携を放り出して虜（とりこ）になってしまった。

中にあるSNS（ソーシャル・ネット・ワーキング・サービス・会員制交流サイト）はあらゆる情報を提供するサービスで、インターネット上で人と人の交流やつながりを楽しむもので、会員同志で情報交換、意見交換ができる「フェイスブック」「ツイッター」や会員同志がメッセージをやりとりする「ライン」、「インスタグラム」（写真投稿）、「ユーチューブ」（動画投稿）などの種類がある。

トランプ前米大統領などのツイッターは常に話題になって有名だが、約40年前にトフラーが「第三の波はせいぜい2、30年で歴史の流れを変え、その変革を完結するのではないだろうか」といった。予言とはちがってその波は益々大きくなり葛飾北斎が描く「富嶽三十六景　神奈川沖浪裏」の大浪に呑み込まれそうな小舟のような風景になっている。

投資、ギャンブルなどの情報商材のみならずフェイクニュース、仮想通貨などに踊らされる人々はボーダレスの世界を駆け巡り、よほど意識を堅固にしていないと北斎の絵の大浪の無責任、無秩序に呑み込まれてしまうような気が瓢一にはしてならない。

SNSで情報を受け、瞬時に拡散されるニュースは人を助け、喜ばせ、悲しませ、傷つけ時には個人のみならず国を滅亡させたりする力を持つ。

1989年、ルーマニアのチャウシェスク政権を倒した「ルーマニア革命」は、ラジオ、テレビのボーダレスなメディアの力が大きい。

今電車内を見廻しても10人掛け席で新聞を広げている人は0人、読書をする人は1人あるなし、スマホを観る人9人と殆んどが、その画面を覗(のぞ)いている。

「大人のおしゃぶり」が「大人の手鏡」になっている。

経済産業省のホームページには、10代、20代は2015年次すでにテレビ視聴時間よりネット利用時間が多く30代も逆転間際だとある。

若い世代は、映画鑑賞のみならずテレビ視聴時間が減って10代はSNSで見る、書くことや動画サービス、ゲームを多く利用している。

ネットを通じたオンラインサービスの利用時間が増加している。

かつて芸人が放送番組に出演すると寄席への観客が減ると思った吉本興業(以下吉本)は、そのことを厳禁していたが当時の人気者で上方落語家・初代桂春團治はそれを破って吉本に内緒でNHK大阪放送局と交渉し、1930年12月7日、ラジオ番組に生出演して大騒動になった。

このことから春團治の財産差し押さえに発展し、自分の口に差し押え用紙を貼った写真が大きく新聞に掲った。

皮肉なことにこの放送を聴いた人が寄席に押し寄せることになり、吉本はラジオを認めることになった。

同様のことがテレビにもあった。

民放テレビの曙のころ、映画界からの人材が多く流れ込みテレビ番組制作に携わった。テレビ映像が流れると映画館へ人が来なくなると映画関係者は危惧した。が、それは杞憂に終わった。

テレビが最盛期の頃、インターネットを利用したメディアが出現して、新聞や放送など既存のメディアがおびやかされるという先記のこと、同じ思いを持つ人が多かった。

「民間放送がかがやいていたころ・ゼロからの歴史51人の証言」(関西民放クラブ「メディア・ウォッチング」編・2015年大阪公立大学共同出版発刊)には関西の民間放送局で働いた人々から聞き取った証言が載っている。

マクルーハンから約半世紀を経たいま彼のメディア論はいささか古くなってしまったが、かつてテレビの第一線にいた人たちの言葉は重い。

「最近のテレビはなぜつまらないか」について今も放映されている「必殺シリーズ」で名を上げた朝日放送元専務山内久司さん(故人)は「ジャーナリズムがポピュリズムに陥っていること、昔のテレビ番組のリメイクが多いこと」と指摘する。

視聴率至上主義になってどのテレビ局のニュースを見ても同じ話題しか扱っていないということは世の中をミスリードすることになる。これはジャーナリズムではない。

テレビジャーナリズムは「社会の木鐸(ぼくたく)」でなければならないのに視聴率のためにその役割を放棄しているという。

さらに、かつては一つの番組を育てるのは篤農家(とくのうか)が稲を育てるように我慢して待っていたがいまは即効性を求めて似たようなタレントばかりがどの局も並んでいる。

漫才師も芸を磨くことがなくなった、芸の喪失がテレビをダメにしていると加える。

そして、昔は視聴率さえ上げれば売れた。しかしいまは景気が悪いというだけではなく、ほかの媒体が魅力的になっていて、その結果テレビが伸び悩んでいる。ラジオはすでにインターネットに売り上げで抜かれた。

そして地上波テレビは合併して再編を考えていかざるを得ないのでは、と予測する。

（２０１０年証言）

瓢一は１９８５年１０月にスタートした報道番組「ニュースステーション」で司会者が一流ブランドのスーツ姿で実にわかり易くニュースを説いて見せてくれていたことに、ニュースが庶民性をもったと思った。

テレビだから見せて楽しませる衣装もいいがこの彼の発言が世論になると困るなとも考えていた。

６０、７０年代の民放のニュースでは報道は金喰い虫といわれたが８０年代は報道の年となり、先出のニュースステーションはそのわかり易さでニュースファンをふやした。

その上民放でも長時間のニュース番組で金が稼げることが証明されたと、当時のＴＢＳ・太田浩取締役報道総局長は分析している。

無機質にあったことだけを伝えるニュース報道から饒舌な庶民的ニュース番組になった結果、テレビの信頼性に疑問符がついた。

エンターテイメント性が強くなった分、司会者の横に座るコメンテーターがやっと良識をもちこたえた顔として存在した。

ニュース番組がワイドショー番組となり、多くのコメンテーターが居並びショー化した結果、木鐸（ぼくたく）の撞（つ）き手が多くなりその音が散っている。

「テレビは時代と添い寝する」と話すのは元朝日放送社長西村嘉郎さん。

瓢一は若い頃、この人と番組を共にしたことがある。

誰かが西村さんに話した「テレビは時代と添い寝する」というのは瓢一にとって新鮮な響きで伝ってきた。

満つれば欠けるのは世のならい、テレビ番組にも旬がある。しかしメディアとしてのテレビは生きのこるだろう。

昭和二十八年（1953）2月1日、NHKの古垣鉄郎会長は「各家庭に流れるテレビジョンの影響するところ、国民生活全体の上に革命的とも申すべき大きな働きを持ちます」とテレビ初放送で言った。

街頭テレビのプロレス中継が人を引きつけ、1959年の「皇太子ご成婚」を機に一般家庭に浸透し、60年には4年後のオリンピックにむけたカラー放送が始まった。

3年後、衛星中継の実験放送がいきなり「ケネディ大統領暗殺」の凍る画面を伝えてきた。テレビ誕生から50年して地上デジタル放送がスタートしBS・CSなどの多チャンネルに加えてインターネットが同居しその画面は16対9の横長、そして壁にかけられる薄型になった。

4K、8Kハイビジョンの高画質、高音質、双方向機能も実現された。

2011年、すでにアナログ放送は終了したが、相変らず金太郎あめのように「食べているチャンネル変えても食べている」と川柳に詠まされる「幼児的」と「低俗」といわれるものをたれ流している。

かつて評論家大宅壮一が懸念した「テレビは質を考えず、視覚への刺激の強さばかりを追求している、そんな傾向が続けば人間の最も卑しい興味をつつく方に傾いてゆく結果になる」が空論でなくなっている。

瓢一も「間違った上澄みのみを追求して、その底にある上質の豊潤な味を大切にすることを忘れているのではないか」と思う。

ところが、いまテレビは番組を作り送る側のみのメディアではなく観る側も参加する双方向性のものになった。

放送と通信を連携させた新しいサービス「テレビオンデマンド」はネットでテレビが視聴できる現代人の生活サイクルに合わせたものだ。

野球などの中継でひいきチームのバッターに送ったメッセージがテレビ画面下向に出るのもそうだ。先のラグビーワールドカップでも快進撃する日本選手に多くの応援メッセージが寄せられていた。テレビのリモコン器にあるｄボタンでニュース、天気予報、防災、鉄道運行などの情報がとれるし、子供と遊べるゲームまである。

瓢一は先日、ユーチューブが組み込まれている大型テレビを購入した。ユーチューブはオンライン動画が共有できるサービスでこれまでパソコンで見ていたものがテレビ画面で見ることができるようになった。

テレビ局の番組とは別に音楽、芸能、スポーツなどの広い範囲の動画を自由に見ることができるようになっている。

全てのメーカーの機器がそうではないがこの双方向性のソフトを兼ね備えたテレビは大型画面でパソコンやスマホなみのことができる時代になっている。

自宅でくつろいでテレビ番組や録画した映像を観るだけのものではなく、多機能を兼ね備えた機器に変貌している。

番組を観るだけではなく、まさに「テレビは時代に添い寝する」ものになっている。

オダサクさん、昭和二十三年（１９４８）木の都・上町台地で開催された「復興大博覧会」で瓢一が初めて観て以来、テレビジョンっていうやつは、もうあなたに説明できないほどとてつもないグローバルなモンスターになっていますよ。

と、ここまで紙幅を費やしてきたことが、次の数行でぶっ飛ぶことが起こった。

令和十九年（２０２０）新型コロナウイルスの発生だ。

そして令和二十二年（２０２２）ロシアのウクライナへの軍事侵攻が始まった。

日々、人々はこのモンスターが吐き出してくる気になる映像にかかりきりになった。

パンデミック（世界的大流行）により個人個人が濃厚接触者にならないように3蜜（密閉、密集、密接）を避け、通勤、出社などに制限が加えられた。

国や自治体から緊急事態宣言及びまん延防止等重点措置が発せられ、人々は孤立しだした。

パソコンやディスプレイとしてのテレビは、自宅と会社を結んだオンラインでテレワークする新しい役目をもちだした。

会社に行かなくても地方で仕事ができる。

会社、都市のもつ意味が大きく変わりだした。

２２年前、アルビン・トフラーが第三の波「情報革命」でいう情報化社会はこの疫病と戦争の大きなうねりの中でどう変貌してゆくのか。

かって三種の神器といわれたテレビという機器も、このさきどうなるのか。

瓢一には、それを見定める時間はあまりない。

道なき道

作画参考　ウエブ 辻久子

予定になかったこの稿を書くことになったきっかけは日本経済新聞の文学周遊というコラムだ。

（令和二・2020・9・19夕刊）

この本の終盤になって書く、「聴雨」の資料を整理していたとき、この切り抜きがとび出してきた。

旧知のO編集委員の記名がある。

O記者とは、戦後飄一が住んだ今里の地を通る「暗越（くらがりごえ）奈良街道」の同行取材やバイオリニストだった飄一の長兄の意志を継いだ義姉や甥が、滋賀・大津市に実現させた音楽ホール（奏美ホール）などを記事にしてくれるなど付き合いは古い。

自らも楽器を手にする多才な人だから、この織田作之助の「道なき道」をコラムに選んだのだろう。

この短編小説は、津路（つじ）庄之助が娘寿子を七才から3度の食事を2度に減らしてまで日本一のヴァイオリン弾きになるよう父娘の情を通り越し、乾いた雑巾から血を絞り取るような苦しい稽古を繰りかえす。

学校から帰り「只今。」という寿子の声がきこえるともう父はピアノの前に座っている。

開いている「津路ヴァイオリン教授所」も偏屈なのと、稽古が無茶苦茶にはげし過ぎるので弟子は寄りつかなくなり塾はさびれ、暮しはみじめなものになってゆく。

ほかの子どものように遊ぶこともできず、ただ父親が教えてくれた通り弾かねば、いつまでも稽古がくり返されたり、小言をいわれたりするのが怖さに、できるだけ間違えないように、汗が眼に入らぬように閉じ、歯をくいしばり必死にヴァイオリン弾く寿子。

2年間のきびしい時が過ぎた頃には「チゴイネルヴァイゼン」という難曲が弾けるようになった

寿子の力強い澄み切った美しさに庄之助は急に眼を輝かせる。

このような音が1度だって出せたかどうか。まるで通り魔のような音だった。

そして父は娘を氏神の生國魂神社へ誘う。

その日、生國魂神社は夏祭りだった。

多くの露店や見世物小屋に興味をもつ娘の手をひっぱって父は拝殿の前に来て「日本一のヴァイオリン弾きになれますように、お祈りするんだぞ」と言い娘は同様に呟いてから「パパが見世物小屋へ連れて行ってくれますように」と拝む。

このいじらしい気持ちを書くオダサクさんに瓢一は涙する。

大阪では人に知られたヴァイオリン弾きだった庄之助の耳は寿子を大物にするために、すべてを犠牲にしようと思った。

自分の音楽への情熱と夢を寿子によって成るよう決心する。

露店の冷やし飴1杯も与えず帰宅すると「さぁ寿子、稽古だ！」

小学校を卒業した寿子は東京日日新聞主催の音楽コンクールに出る。

東京日日新聞はこの3年後毎日新聞となる。

庄之助自身がふと嫉妬と感じる位、腕が上った寿子は、その大阪予選でも1位となっての上京だ。

寿子のいきなり眼をひらいて大きく踏んばり、身体ごとヴァイオリンに挑み掛るような行儀の悪い弾き方は、庄之助が小柄な寿子の体格で強い音を出せるかと考えた末のものだ。

苦笑いしていた審査員達は、豪放な響きが寿子のヴァイオリンから流れ出すと一斉に緊張した。

十三才の子が第1位になり文部大臣賞も手にした。

新聞記者やレコード会社などが「天才」というのに庄之助はけわしい表情になって、「天才……？莫迦莫迦(ばかばか)しい。天才じゃありません。努力です。訓練です。私はもう少しでこの子を殺してしまうところでした。それほど乱暴な稽古をやったのです。ところがこの子は運よく死なかっただけです。天才じゃありません。寿命があったんですよ。それだけです」

自分のすべてを犠牲にした数年前、寿子を自分の音楽への情熱の化身と思いたい父親は「天才」という2文字で片づけられたくないと思いたかった、とオダサクさんは決めつける。

娘の演奏料を法外な金額でふっかけるのは自らの不遇な音楽的境遇に陥れた楽壇への復讐であり、楽壇の腐敗した空気に対する挑戦でもあった。

まるで「可能性の文学」だなと瓢一は、オダサクさんの「かくし味」を見る。

この短編小説は、昭和二十年（１９４５）十月二十八日「週刊毎日」に発表された。

天才少女といわれたヴァイオリニスト、辻久子がモデルだと作者織田作之助も単行本の「あとがき」に明かしていると0記者は記している。

瓢一は、コラムの最後にある織田作之助の略歴に目を移し『辻久子さんの夫・坂田義和氏は「妻が１０代半ばで初リサイタルを開く時、大阪毎日新聞事業部の小谷正一（まさかず）さんに後押ししていただいた。おそらく織田作は小谷さんを通じて取材したのでは」と推察する。』というところに興味をもった。

小谷正一という名が瓢一の記憶にあるのは１９７０年、大阪千里で開かれた日本万国博覧会の住友童話館、電力館総合プロデューサーだったからだ。

その頃、瓢一はもうテレビに出、新聞や週刊誌の取材で太陽の塔内部のイラストやお祭り広場の大屋根、新聞記者クラブに置かれた大型コンピュータなどをスケッチして人類の進歩と調和の真っ只中にいた。

メディアとかかわりをもつ端緒だから小谷正一の名を知らぬわけはない。

後年、小谷正一の弟Tと関りをもちゴルフや旅仲間として密な付き合いがいまも続いている瓢一だ。

そのTが「身内のことなので躊躇しましたが、興味をお持ちの事柄のひとつやふたつあるやも知れぬので」と送ってくれた一冊がある。

「メディアの河を渡るあなたへ　小谷正一物語」(岡田芳郎著・株式会社ボイジャー)だ。

これによると、小谷は大正元年(1912)に生まれ、平成四年(1992)80才で歯を没している。

大正、昭和という激動の時代をまるまる生きた人で新聞・放送・広告・イベントと広いカテゴリーに身をおき、焼け跡から隆盛を極め、貧してゆく日本という国を縦横無儘に走り回った。

年越しの同じ名刺をもたない男として、年毎に新しい生を生き切った「時代の申し子」だった。

昭和二十一年(1946)毎日新聞社から日本初の横型新聞「夕刊新大阪」に出向、報道部長。

「南予闘牛大会」「欧州名作絵画展」を開催。前者は愛媛県宇和島での牛相撲の牛22頭を5日間かけて貨車で兵庫県の阪急西宮球場まで運び2日間3回興行をうつという大変な事業だ。

終戦から1年間しかたっていない。娯楽に飢えた人々のためとはいえ占領下、進駐軍物資も滞る路線状況のなか小谷はやり切った。

2日目は大雨で午前の部中止などトラブルがあり翌日に延期したが赤字を出した。

この赤字は阪急百貨店で開いた「欧州名作絵画展」で帳消しにしたのも小谷が「戦争で長い間美しいものに触れていない」と考えた上でのことだ。

毎日新聞社の同僚井上靖が小谷をモデルに書いた「闘牛」は芥川賞を受けている。

昭和二十三年(1948)、毎日新聞社に戻り事業部長のとき、毎日オリオンズ球団設立およびパシフィック・リーグ創設にかかわる。

阪神タイガースファン70余年の瓢一がいまでも忘れない若林投手以下土井垣捕手、本堂内野手、呉外野手、大館内野手そして3番打者別当外野手までもが毎日オリオンズに移り、大阪タイガースが誇る第1次ダイナマイト打線は崩壊し昭和二十五年（1750）セ・パ2リーグ制へと移行した。

新日本放送（現毎日放送）創設に参加、鉄のカーテン（ソ連）のむこうからバイオリニストのダヴィット・オイストラッフ招聘（しょうへい）、関西初のテレビ局大阪テレビ放送（OTV・後のABCとMBS）設立に参加……など小谷正一が広げた数々の戦後シーンは瓢一の脳内メモリーに蓄積されている。たとえば、阪急百貨店屋上にあった新日本放送のラジオ公開番組「宝塚ファンコンテスト」には1階西側にあったエレベーターから上って、圧縮されたような空気いっぱいのスタジオで緊張して番組を見たし、大江橋北詰西側に入ったOTVを横目に東隣りにあった米国製遊具が並んだ遊園地で遊んだ。

小谷正一は、戦後の波の中をあわただしく泳ぎながらも数多くの次代の人材を見付けて世に送り出している。

大丸百貨店宣伝部の新入社員だった漫画家・サトウサンペイもそのひとりで新大阪新聞の連載四コママンガ「大阪の息子」を昭和五十三年（1978）の元旦号でデビューさせている。後にサラリーマン漫画の創始者といわれ「フジ三太郎」など多くの作品を手がけた先輩漫画家サトウとは瓢一も若い頃知己を得ていて「名前を出すまではガンバレ、あとは流れにのっていける」とエールをもらっている。

小谷が見付けたそんななかの一粒の原石が辻久子だった。

年譜をみると、昭和二十一年（1946）にバイオリニスト辻久子をデビューさせるとあるが、この時小谷は新大阪新聞の報道部長だ。

辻久子のデビューは1935年で1938年には東京日々新聞（後の毎日新聞）主催の音楽コン

クール・ヴァイオリン部門で第1位になっている。

オダサクさんの「道なき道」では小学校卒業した頃となっている。

大正十五年（１９２６）三月生れの辻久子が１３、１４才とすれば１９３９年か１９４０年で、その頃小谷はもう毎日新聞社大阪本社の事業部にいた。

日経新聞コラムの末尾にある辻久子さんの夫・坂田義和さんのいう「１０代半ばに辻久子は小谷正一と出逢っている」は符合する。

令和三年（２０２１）秋、瓢一はもっと小谷正一と辻久子のかかわりを知りたくて久しぶりにその弟Ｔにメールした。

返事は長電話になった。

兄小谷やその周辺の人から聞いた話と前置したＴの声は数年前とは全く変らない。むしろ若返っていると感じる張りと艶やかさがあった。

辻久子が毎日新聞の音楽コンクールに出た時、辻吉之助が小谷のところへきて「この子はわたしがそばにいないとダメだ。この子のそばにつかせてくれ」といってきた。

「ここはダメです」と小谷は断ったが、あまりの気迫あることばにおされ「ここはダメだが客席か舞台そでの父の姿が見えるところに居るよう」に取り計らった
娘の演奏も父の情熱的で力強いことば同様すばらしいものだった。

この吉之助と小谷のやり取りを横で聞いていたのが小谷を敬愛するミキサー（音響係）のＹだ。

Ｙは公共放送から毎日放送に小谷の肝いりでやってきた人で、後にこの父娘のことを録音しておきたいと改めて二人から話を聞いた。

昭和二十六年（１９５１）、小谷がまだ新日本放送にいた頃、国交もまだないソヴィエトにバイオリンの名手がいることを知る。

辻久子に電話すると「ハイフェッツより上手かも」と傾倒している人より技術は優れているという。

その名はダヴィッド・オイストラッフ。

この話が進むのは2年後、辻吉之助のバイオリンの弟子で貿易の仕事をしているIを紹介されたことだ。

昭和三十年(1955)二月十九日、午前一時四十分、いろいろあったが鉄のカーテンのむこうから巨大なバイオリニストが羽田空港いや日本の土を踏んだ。

当然その演奏会はセンセーションを巻き起した。

そんなある日、小谷は辻久子をこの巨人の前でバイオリンを弾かせた。

第一回演奏会で感激して泣いたその人の前で弾かせる小谷の心算は「アカデミックでなく一匹狼の名人上手である辻久子の腕はどんなものか」だった。

彼女はいつもの「サラサーテのチゴイネルワイゼン」を奏でた。

Tは、兄小谷がオイストラッフから聞いた話として「この程度のテクニックをもつ人はソヴィエトでもいっぱいいる。だが音楽性は大変なものだ」といったので、小谷は自信をもったということを辻久子に伝えた。

最初久子が弾いたバイオリンの演奏を聴いたオイストラッフは「なんであなたはそれだけ素晴らしい技術を持っているのに、そのような粗末なバイオリンを使っているのか」と聞き、自分のストラディバリウスをもってきて久子に弾かせた。

その後で小谷が「このバイオリニストをどう思うか」ときいた答えが「ロシアにもたくさんいるが音楽の解釈は見事でバッハについてはパーフェクト」とさきのものが返ってきた。

当時、女性バイオリニストとして辻久子と同世代の巌本真理、6才上の諏訪根自子がいた。

瓢一はこの二人は関東の人として知っていたが、辻久子には大阪人として親近感をもっていた。

12才のデビュー時代から応援してきた小谷にとって音楽の専門教育を受けておらず、外国にも行っていないため音楽界からもマスコミからもその計画が低いのを気にしていたからオイストラッフのことばは百万の味方となった。

アイ・ジョージや坂本スミ子を育てた仲間、TAプロダクションの古川益雄に辻のマネージメントを依頼し彼女のコンサートをやろうというアイデアを出したのも小谷だ。

「辻久子クリスマスコンサート」と名付けを小谷のアイデアが大阪・中之島フェスティバルホールで始まりホールが建て替えのため閉館する2008年まで続いたとTは語る。

昭和四十八年（1973）、辻久子は自宅を売り3500万円で名器ストラディバリウスを購入して話題になったことがある。

小谷がオイストラッフを久子に紹介したとき手にしたこの名器の音色を彼女はきっと忘れられなかったのだろうと瓢一は思う。

辻久子がこの名器を手にしたあとのエピソードをTは話しだした。

彼女がその音色の鑑定をTたち毎日放送のミキサーに依頼してきたことがあった。

小谷を敬愛する大ミキサーYのことを辻久子は大変信用していたからでTを含め4人が立会った。

バイオリンの中には魂柱という中心軸があり、これを動かすと音色が変わる、その軸を動かしてどの位置の音色がベストかという依頼だ。

長兄がバイオリニストである瓢一にとってバイオリンの中に軸があるとは知らなかったので、アトリエ近くにあるバイオリン工房の扉を叩いた。

Liuteria（リューテリア） BATO（バト）は昭和五十四年（1979）に創業した弦楽器の販売・製作・修理調整

などを手がける専門店でウィンドウ越しに内部を見ながら瓢一は興味を持っていつも前を通っていた。

大阪・中央区島町界隈は、ハープ、アコーディオン、歌などの教室があり瓢一もこの町で歌のレッスンを2年ほどつづけたことがある。

北大江公園では音楽イベントも行われる音楽の町でもある。

この工房の経営者馬戸健一さんは突然飛び込んできた来訪者をていねいに迎えてくた。

外から見るよりも広い室内には多くのバイオリンや弓がぶら下っており、馬戸さんの前には製作中か修理中のバイオリンがあった。

瓢一は突然の失礼を詫び、魂柱をどういう方法でバイオリン内部に立てるのかときいた。

彼は目の前にかかっていたS字型の金具をとった。

片方の先は釣り針のように尖っており、もう片方には灰かき棒の先のようなコの字型の薄い金属板がついていた。

魂柱は色鉛筆ぐらいの太さで長さ5・6センチの丸い木で、これをS字型の先につけて表板にあいたf字孔から差し込む。それからハンマーというコの字型の方でコツコツと叩き位置を修正する。

魂柱は弦のふるえをバイオリンの表と裏に伝え共鳴させる役目のもので立っている位置によって響きや音色が変る。

辻久子が音感の確かなミキサーたち4人に位置を変えながら最高の音を鑑定させたのだ。

何番目かの音にTは手を上げ、他の3人も同感だったので辻久子の名器の音は決まった。

電話の終りにTは『辻父娘の話をYが録音していたのを使って自ら制作し放送した「自画像辻吉之助」のテープのCD化されたものがあった筈だ』と言った。

後日、瓢一に届いたCDは、昭和六十一年(1986)六月二十日放送とある。

『これはアカデミックな音楽界から終生認められぬまま「娘はオレの作品だ」といい切って世に送り出し、自我を貫き通したひとりの男の言行録である』と高梨欣也アナウンサーの声から始まるこのCDは、辻久子の父吉之助が昭和六十年（1985）八月十八日、87才で没した約1年後に毎日放送のラジオ電波にのった。

全篇に流れる曲は、A・ハチャトゥリアン作曲「バイオリン協奏曲二短調」で独奏は辻久子だ。この曲は、オイストラッフが辻久子の豊かな音楽性に協賛し、育てた父吉之助に尊敬の念をこめて自らのカデンツァ（自由にする即興的な演奏）を久子に与えたものだと解説されている。

「表現力がなかったら何が芸といえますか、ほんなもん（そんなもの）。芸術は先づ正確さ、美を崩さなあかん。久子の才能も音楽性もつくられるもんだ」という。

正確さと美という魅力を出すには、いかに崩すかと、美術雑誌でみたピカソのデッサンの話を出す。

随所に流れる生前の吉之助がまくし立てる声や内容から瓢一は強烈な個性と娘への限りない父性愛を感じた。

コンサート前に部屋にとじ込め好きなことをさせるのもそのひとつだ。あいさつ廻りなどで外に出すと散漫な演奏することを知っていたからだ。

生国魂神社の拝殿に小さな手を合わせ「日本一のヴァイオリン弾きになれますように」と呟き、東京からの帰途の車窓から「富士は日本一の山」と歌うように言った寿子のいじらしい姿は瓢一のころにはもうすでになく父吉三郎の思い以上の活躍をし紫綬褒章も胸にし令和三年95才で泉下に入りましたよ。オダサクさん。

寿子が見たかった生國魂神社東側の露店を瓢一は反対側の下寺町角から石の鳥居をくぐり坂道両側に並ぶ店々を兄たちと毎年楽しんだ。

この話から瓢一は、辻久子と同世代だった長兄道夫に思いを馳せる。

ピアニストになる夢をもっていたが高額なのと自宅のスペースのこともあって両親の反対がありバイオリンにした。

兄は、近くの松坂屋百貨店の食堂でバイトしながら下味原にあった音楽学校(現大阪音楽大学)の夜学に通っていた。

師事したのは田中平三郎。

江戸から明治に時代が移るころ、アメリカニューオリンズで生まれたジャズはアメリカ行路をゆく東洋汽船の「地洋丸」でダンス音楽などを演奏している日本人ミュージシャンら5人の東洋音楽学校卒業生によって、明治四十五年(1912)サンフランシスコから持ち帰られた。

その中の1人がバイオリン奏者の田中平三郎だ。

本場のジャズの種は徐々に芽生え、関東大震災で文化人や芸術家、商人などが関西へやってきたと同じように大阪に入り込んできたミュージシャンによって花を咲かせた。

道頓堀ジャズが大正末期から昭和初期にかけてピークを迎え、川をゆく屋台船でも芸者さんのジャズバンドがネオンの影をゆらした。

その時期、道頓堀のいづもやにあった「出雲屋少年音楽隊」にいた服部良一も指揮に当たった田中平三郎に接した。

時はちがうが服部と瓢一の長兄は兄弟弟子にあたる。

昭和十八年(1943)恩師に推されてBK(NHK大阪中央放送局)のオーケストラ員となったのち出征したが、昭和二十年(1945)、復員してきた長兄は高島屋地下にあったダンスホールで活動を始めた。

そのバンド仲間がアコーデオイオン奏者の松井洋々さんで、後に新歌舞伎座西で歌声バー「シスター」を開き東西の芸能人が多くやってきた。

瓢一も桂三枝（六代桂文枝）、難波利三、新野新さんらとここで歌ったこともある。

松井さんは、戦前戦後の人気歌手、岡晴夫に想いを寄せる「関西岡晴夫を偲ぶ会」の会長だった。

瓢一は松井さんから昔の長兄の楽譜をもらい義姉に渡した。

復員後しばらくして長兄は、アコーディオン奏者上野山正男さんの紹介でBKに戻り大阪放送管弦楽団員となる。

昭和二十二年（1947）、朝比奈隆さんが関西交響楽団（現大阪フィルハーモニー交響楽団）結成にあたり朝比奈さんから招かれたが3日でやめた。

理由は聞かなかったが、長兄はそのままBKの大阪放送管弦楽団に残った。

アート弦楽四重奏団を同じ楽団員と組みサンケイホール（桜橋）などで演奏していた。

瓢一は、高校時代からBKに行き「土曜コンサート」や「上方演芸会」「アチャコ青春手帳」などの公開放送には欠かさず第一スタジオの客となってその演奏する姿を追っていた。

山田一雄、石丸寛ら指揮者の名も憶えたし、林田十郎・芦乃家雁玉、花菱アチャコ、浪花千栄子の生放送も楽しんだ。

瓢一が大学受験に失敗して2年間浪人生活を送っていた時、アメリカの作家・D・カーネギーの自己啓発本や「積極的な物の考え方」という本を与えてくれ、その消極的な考え方を正す支えになってもくれた。

音楽評論家・吉村一夫さん宅へ同行させ、瓢一の進路を音楽か絵画かを相談にとってもらったこともあった。

その長兄・景山道夫は、大阪放送管弦楽団コンサートマスターの現役で昭和五十六年（1981）

56才で急逝した。

遺された愛器は、ストラディバリウスに並ぶ名器アマティ。

愛した曲は『チャイコフスキー　ピアノ三重奏曲　イ短調　作品50〝偉大な芸術家の思い出〟』(ピアノ　ウラディーミル・アシュナケナージ、ヴァイオリン　イツァーク・パールマン、チェロ　リン・ハレ)で、彼はこの曲に送られて永遠に旅路についた。

自宅から眺望がきくびわ湖もかすむ5月の雨の日だった。

筆者長兄　景山道夫

長兄はもう一枚レコードを瓢一に遺してくれた。とても楽しい珍品で、クラシック・バイオリンのユーディ・メニューインとジャズ・バイオリンのステファン・グラッペリという世界的な二大巨匠の協演だ。ジェラシー、ナイトアンドディなどタンゴからミュージカルナンバーまで14曲。

長兄のお茶目な一面を瓢一は見た。

おならして「cかe」と音をきいてくることもあったし藤山一郎の「丘を越えて」の長い長い前奏を自慢げに歌ってみせることもあった。

いつか越したかった目標。父のような慈愛、瓢一の学費を中学から応援してくれる大きな人だった。

長兄や義姉と辻久子の接点はわからないが、かってふたりが立った産経会館（サンケイホール）で瓢一は辻久子と同じ舞台にいたことがある。

平成十七年（2005）七月十八日、サンケイホールがビル建てかえのため53年の幕を閉じた日、米朝一門会のあとゆかりの人々と辻久子はステージの緋毛氈床机（もうせんしょうぎ）の上で思い出を語っていた。

紙吹雪の舞うなか瓢一は舞台のそでこの風景をスケッチしていた。

近くのホテルでの謝恩パーティでも米朝師匠の隣りに座ったローズピンク姿の辻久子を見ている。言葉をかわすことがなかったが、これが彼女のそばにいた始めての機会だった。

若い時、産経会館の担当だった北村公宏さん（元サンケイ企画社長）は、辻吉之助と名刺交換したがこちらと目を合わさない人だったと話してくれた。

郷愁

一

瓢一は宝塚市に住んでいる。

オダサクさんも、ほんの僅かだがこの町に住んでいた。

日本軽佻派の同人で映画監督・川島雄三に届いた結婚挨拶状の末尾には

　昭和二十一年二月十八日
兵庫県川邊郡小濱村米谷十七ノ二
　　　　　織田作之助
　　　　　　　和　子
　　　　　　（舊姓　笹田）

とある。

いまは宝塚市になっているが、阪急宝塚本線・宝塚駅からひとつ梅田寄りの当時は小さな清荒神（きよしこうじん）駅あたりだ。

この地で笹田和子と再婚して住むことになる。

笹田は東京音楽学校卒業後、藤原歌劇団や二期会で活躍した一流ソプラノ歌手だ。天才歌手、名プリマドンナとして豊かな才能を発揮したこの才女と軽佻浮薄なデカダンスなオダサクさん。

対局にある二人の恋の馴れ初めの舞台は、ＮＨＫ大阪中央放送局（ＢＫ）だ。

昭和二十年（１９４５）一月、ラジオの連続放送劇「猿飛佐助」（作織田作之助）に出演した笹田和子の収録に立会った時に出会っている。

同十一月、音楽番組「ムービーナイト」で編成・脚本を織田が担当し、笹田は「人の気も知らないで」と「巴里祭」を歌っている。

「十六夜頭巾」（山田五十鈴主演）も3夜やる予定などをこの年二月四日に川島監督宛の書簡で送り「養子を物色中の織田作之助」と末尾に書いている。

終戦後最初の手紙は八月三十一日のもので「内緒で申し上げますが、小生さいきん恋をしております（著者中略）相手は二十一才と二十五才の2人。つまり二兎を追うているわけで……」

笹田和子は大正十年（1921）六月三十日生れだから当時25才、後者ではないか。

いづれにしてもオダサクさんと笹田和子はNHK大阪中央放送局（BK）で出会っている。

目撃者がいる。

瓢一の義姉・景山喜美子だ。

彼女は昭和十九年（1944）当時、大阪音楽学校の1年生で19才。

戦争たけなわのため閉鎖になった学校からの斡旋で友人と二人でBKの大阪放送合唱団に入っていた。

軍隊慰問のためトラックに漫才師や浪曲師と共に乗り大阪や神戸などを走り廻っていた。

将校が馬に乗ったまま、BK社屋に入ってきたのも見ている。

終戦になった時、BKの部屋の壁には「進駐軍が来るから女子職員は外に出ないように」の貼り紙があった。

そんな頃、織田作之助を社内で見た。着物と袴姿はまるで芥川龍之介か太宰治のようで、長身の和服姿の格好良さに合唱団の娘たちは大騒ぎした。

笹田和子は、お金持ちのお嬢さんという立居振舞いで品があった。

東京音楽学校出身者は合唱団にも多く、彼女らもしっかり勉強していたから、笹田さんは笹田さん、こちらはこちらと羨やむでもなくみんな仕事以外では近寄ることはなかった。

義姉たちは笹田和子の独唱（ソロ）をコーラスで支えていたと思うが、曲も番組もおぼえていない。戦後除隊し、ＮＨＫのど自慢コンクールのアコディオン奏者上野山正男氏の紹介で大阪放送管弦楽団にバイオリニストとしてＢＫに入った瓢一の長兄道夫とは、大阪音楽学校の学友だった。

昭和二十三年（１９４８）２人は結婚、以来実家がある滋賀県大津に住み、メゾソプラノ歌手として活躍。

夫の死後、その意志であった「奏美ホール」を同市内に建て後進の育成に当たっている。

長女雅子も大阪音楽大学（元大阪音楽学校）を卒業後ソプラノ歌手として東京で活躍し長男陽彦がホールを経営している。

「あの二人が結婚していたとは考えられない」と、先日９３才だが滋賀県立伝統芸能会館でリサイタルを開いたばかりのしっかりした頭で瓢一に話してくれた。

「いつも笹田和子には母親がぴったり寄り添っていたから、織田作之助はよくあの母子の間に入られたもんだね」と驚いている。

昭和二十一年三月八日、川島雄三宛の書簡には「さて、申しをくれましたが、小生嘘から出た眞にて、笹田ライトコメディ女史と結婚の破目に到りました事情については縷々（るる）ありますが、要するにやむがたき宗教求道の心からで、大本教か、はたまたキリスト教か、小生未だに異端者です。

小生のやうなデカダンスな男と結婚して、しまったと思ったらしく、毎日夫婦喧嘩。（著者中略）

結婚をすると、いかなるフェミニストでもアンチフェミニストになります。この頃小生生疵（なまきず）の絶え間なし。」

哀しき夫

織田作之助

羨しき一人者
川島雄三様

著者中略のところは、デブと同伴上京などとノロケているが、終りのところでは、いささか後悔も感じられる。

オダサクさんが書くように毎日夫婦喧嘩で結婚後2日目にはもう衝突している。

昭和二十一年（1946）一月二十三日、笹田和子の実家に同居、二月十八日挙式したが下旬には破局して大阪・富田林の義兄竹中家に身を寄せている。

ヘビースモーカー、ヒロポン中毒、昼夜逆、真っ黄色ですごくくさい歯、結核。

歯科医院でクリスチャンの笹田家には、相入れないものがあったのだろう。

オダサクさんは貧しい家の生まれで、向上心が非常に強く、世間への反抗心も大きかった。ブルジョアに対する憧れも普通ではなく、「宝塚」「一流のプリマドンナ」に加えて「笹田歯科医院の娘」などブランドをいくつも持った笹田和子のまぶしさに憧れたのではないか。

音楽しか知らなかった笹田は笹田で、その世界には見当たらない少々気障（きざ）で無頼な有名作家に興味をもったのではないだろうか。

「織田作之助が笹田和子にホの字になった」と作家・故大谷晃一さんが言うことを本当とするならば、笹田との出会いをなんとかしようと考えたオダサクさんの姿は「雨」の水原紀代子を執拗に追いかけ、ついには生国魂神社境内で抱くということの内面に重なる。

後年、千日前にあるNGKシアターでの文化人劇で大谷晃一さんと舞台を共にした瓢一は、いまこの確認ができないことを大変残念に思っている。

夜通し起き朝寝る、歯を磨かないオダサクさんを笹田和子は「思っている人と違う人で気が合わなかった」といい、東京音楽大学の同期生でシャンソン歌手・石井好子は「笹田和子は、何はともあれお母さんというマザーコンプレックス」というところは瓢一の義姉景山喜美子の目撃談と一致する。

「織田作之助とのことは行きがかり上のこと」石井好子のはなしからはオダサクさんの強引さも見えないことはない。

二

瓢一は、さっき中山観音駅から阪急電車宝塚本線に乗った。

オダサクさんが「世相」の原稿投函のために乗った清荒神駅から二つ梅田寄りの駅だ。観音を抱く山上にある住宅地に越してきてから40年が経った。

その前は枚方市の香里団地そばに人生初めて新築一戸建てを買い約8年住んだ。

ここは、藤本義一・統紀子さんが新婚時代を過した星型の集合住宅があったところのそばだ。

瓢一の戦後のスタートは、両親、次兄、弟と住んだ大阪市の東部「今里」だった。

この地は戦後の上方落語を今日の繁栄にまで引っぱってきた六代目笑福亭松鶴、三代目桂米朝、五代目桂文枝、三代目桂春団治ゆかりの地だ。

後年、瓢一はこの4人と親しく交わることになる。

オダサクさんが人影淋しい清荒神駅で出会った女性は、亭主のウナ電報で呼び出され素足に藁草履で飛び出してきたが家はたしか今里だった。

その頃、今里から市電で大阪駅前まで上六—日本一—北浜—淀屋橋を通って約1時間かかる。

そこから阪急電車で清荒神駅まで1時間。

今から考えるとずい分遠い地だ。

オダサクさんは１時間かかったと書くが、いまなら梅田から急行なら約３０分で清荒神駅に着く。

当時は単線だった国鉄は１９８０年復線化、８１年電化ののち、８７年分割民営化してＪＲとなり、大阪駅から宝塚駅まで快速なら約３０分で着く。

瓢一が越してきたころ、ＪＲ中山寺駅は無人駅でその南側は沼地だった。

電化とともに駅も有人化して沼地はショッピングセンターと変わりマンションも建った。

清荒神は火の神、台所のカマドの神様で火を扱う料理人なども近郊から毎月訪れ、安産の加護である中山観音とともに殷賑を極めている。

清荒神清澄寺本堂脇には「鉄斎美術館」もあり、文人画家・富岡鉄斎の作品が多く収蔵展示されている。

オダサクさん夫妻が住んだ小濱村は、１５世紀末、浄土真宗毫摂寺の寺内町として発達した町でその後も大阪や京都と有馬、西宮などを結ぶ交通の要で江戸時代宿場町として大工や左官の町、酒造りの町としても栄えた。

いかにも旧街道という細い道が多い。

米谷にオダサクさんは住んだが、この地は瓢一が２０才台に机を並べて働いていた同僚が住んでいてよく訪れていたが、清荒神駅ではなく大阪寄りの売布神社駅から歩いていた。

オダサクさんの結婚案内状の地が宝塚市になったのは昭和二十九年（１９５４）で、そこは宝塚市米谷１丁目になった。

２２才でまだ学生だった大谷晃一さんが笹田歯科医院を訪ね、織田作之助夫妻に会っているが、家の前は売布神社の旧参道と書いている。

「郷愁」に書いたことから推察すると、オダサクさんの乗降駅は阪急では最古のひとつ清荒神駅だったようだ。

いま、清荒神駅前には、宝塚市立中央図書館とベガホールが同棟の中にあり、売布神社駅の方は北側にある池のむこうにホテル松風閣があったがマンションに変り、南側にはスーパーマーケットもでき、その上階にシネピピアという映画館がふたつある。ここでは、封切映画のほかに時々懐かしい宝塚映画も上映され、オダサクさんの「夫婦善哉」や「わが町」などを瓢一はここで久しぶりに観た。

中山観音駅の大阪寄りは平井（現山本駅）。このあたりに豊臣秀吉から「木接（きづぎ）太夫」の名をもらった接木の名人がいて以来植木業者が多い。

山本駅近くに花と緑の情報発信ステーション「あいあいパーク」がある。

17世紀頃のイギリスの建物を再現したもので瓢一はここのシンボルマークやキャラクターを制作した。

瓢一の作品はこの近くの「陽春園植物場」のロゴタイプやシンボルキャラクター、道々の案内看板などにも多く見られる。

また「宝塚音楽回廊」という宝塚市一円でくり広げられる音楽イベントのロゴタイプ、シンボルキャラクターも手がけたし、宝塚大劇場などで販売される洋菓子「宝塚フェンナンシェ」のイラストも描き、花の街にもその足跡は多くある。

瓢一の散歩コースは、中山観音から清荒神へのかつての巡礼街道をたどるのだが、先づ中山観音に詣でる。

娘たちが小さかったころは、毎年家内安全祈願のため、豊臣秀頼が寄進したといわれる山門前で待機し除夜の鐘と同時に寺内に入り初詣をしたものだが、それぞれが家庭をもった今は、専ら梅林を訪れたり或る芸人の墓参をすることにしている。

ある芸人とは上方落語家故二代目桂枝雀のことで、人間国宝で文化勲章受章者、三代目故桂米朝師匠の弟子だ。

昭和の末期、爆発的な人気を得たこの落語家とは、桂米朝を通じて知り合い、サンケイホールでの枝雀十八番を冠した独演会のポスター、レコードジャケット、テープのケースなどに作画、デザインなどを担当し、酒席もカラオケも共にした。

酒は大阪池田の地酒「呉春」を愛し、鶴呑みと称して両手を羽根のように後に広げ、天を仰いでゴクリゴクリとのどへ酒を落とす楽しい飲み方だった。

「笑いは緊張と緩和」の名言を残し、うつ病のため59才で自ら命を断った。

彼が健在中、瓢一は梅田・曽根崎警察署裏にあった居酒屋「呉春」へ彼の独演会の打上げに同伴した。ここで隣に座った女性が縁でミナミの大阪市立精華国民学校の同窓会が40年ぶりに開かれたゆかりもあった。

会員の多くは、オダサク作品に多く出てくる千日前の住人だったのがほとんどだ。

この呉春の主人の紹介で枝雀は両親の墓を山陰から中山寺に移し、自らもここに入った。

三橋美智也の歌が大好きでカラオケとなるとこの歌を何曲も歌った。

彼と落語の話もよくやった。

亀山のチョンベさんという玩具を知らないで、演じるのはどうかというと瓢一に「そんなもんはどっちでもええ」という枝雀。

落語は口伝だから、仕草も口伝でいいという、米朝師匠は瓢一と同じ考えで徹底して調べて演じる。

頭を床に音を立て、打ちつける「親子酒」の熱演や、座布団からはみ出しても足指の先だけはつけて演じるなど、枝雀の高座は動きが派手でまさに映像時代のものだ。

だから時代の大波に乗ったと思う。

「一人酒盛り」で横むきになるところがあるならば、座布団の上で後向きになるのもありだねと瓢一は言った。

果して、あの頑固な枝雀が同じネタでくるりと坊主頭の後を客席にむけ爆笑と大拍手が鳴り止まなかった。

夢は出囃子にのって出てきて、座布団に座り、だまって間をおき、頭を下げて高座を下りる。

枝雀落語の極限を見ることはできなかったが、瓢一はこの一時代を画したオリジナリティーあふれる名人と時間を共有できたことを幸せに思い、同じ町にすむ彼の墓に手を合わせにワンカップ酒を携えて時折行く。

三

瓢一が30年間授業をもっている宝塚大学造形芸術学部が夏休みに入った。

時間ができたこの機会にオダサクさんがかつて住んだ笹田歯科医院への道を辿ってみた。

小濱（こはま）村米谷（まいたに）児石（ちごいし）（現宝塚市米谷1丁目）の笹田邸から阪急宝塚本線清荒神駅まで、彼が夜8時過ぎに「とぼとぼ歩いた」と書く道に瓢一は興味があったからだ。

オダサクさんは、40時間一睡もせず書き続けた「人間」四月号掲載の「世相」250枚の原稿を書留速達便で東京の出版社へ送るためにわざわざ大阪中央郵便局へ出かけた。

覚醒興奮剤ヒロポンを打ってまで戦った身体を引きずりながらどの道を辿ったのか。

そのためには、新婚時代、共に住んだ嫁・笹田和子の実家笹田歯科医院を探さねばならない。

瓢一には勝手知ったエリア内だが地名番地は戦後間もなくの時代とは大きく変っている。

大谷晃一著「関西名作の風土・続」（１９７１刊・創元社）の略図を頭に入れて阪急宝塚本線清荒神駅に降りた。が、いきなり困った。

略地ではどの道だったかな……。

駅にそった南側の道を大阪方面に戻る。

現在阪急電車は８輌連結でホームはずい分長くなっているからその積石の土台部のつぎ足しから当時は３輌と考え、この辺だと判断して辻を右に折れる。

われながらいかにもアバウトだが記憶してきた４８年前の略図はもっと大ざっぱだった。

折れた道は下り坂で下り切ったら国道旧１７６号線に出た。

ＪＲ福知山線が国道と平行に走っている。

激しく車が走る道を左へ大阪方面に歩くと見なれた清荒神清澄寺（せいちょうじ）への近道が左に現れた。

さらに直進してＪＲの踏切りを右に渡る。

ここからは初めて歩く道だ。

略図でこの道は左へ曲っていたと思う。左右は落着いた住宅地で少し行くと左へカーブするのだが右側は低地で遠く甲山が見渡せる。

昔の高地にある街道のようで角に「やくし如来」と彫った石柱があり１０体ほどの石伝が並んでいて花々の中にほおずきが目立つ。

旅人が一息つきそうな場所でここからも甲山が遠く望まれる。

さらに進むと右に大きな家や小ぶりなマンションもある。

いづれも裏からの眺望は見事だろうと想像できる。

笹田歯科医院がありそうな雰囲気だが略図がないのでわからない。

大谷さんは昭和二十一年（１９４６）一月二十八日、二月五日、同十一日の３回、笹田家にオダサクさんを訪ねて話している。

結婚挨拶状の日付けの1週間前だ。

略図には角々の目印はなかった、ＪＲの踏切りを渡って一本道と十字路があるだけだったから憶えていたのだが、左のＪＡ（農業協同組合）は当然なかっただろう。

目印は売布神社旧参道がある三差路の前の家とあるだけだ。

ＪＡをこすと十字路、その信号のそばに「米谷（まいたに）1丁目」とある。

真直ぐ行くと「小浜（こはま）宿」「旧和田邸」とある。

左へ曲ると昔の同僚宅を越し阪急売布神社駅に行くのは判っている。

はて、と迷ったあげくさっき通った大きな家のあたりかと略図をメモして来なかったことを後悔し、半ば納得して左に圓慶寺（えんけいじ）を見て売布（めふ）神社駅に向った。

十字路あたりは「米谷口（まいたに）」とあったが「児石（ちごいし）」という地名は宝塚市が生まれたときからすでにない。

売布神社旧参道を見つけないといけない宿題が残った。

小浜宿の方へ入るべきだったのか再挑戦しよう。

オダサクさんは何故しんどい上り坂がある清荒神駅から梅田行きに乗ったのか瓢一にはまだ合点がいかない。

四

昭和二十一年ごろオダサクさんが乗った阪急電車は3輛編成の普通で、梅田まで1時間かかった。
梅田駅から中央郵便局往復を徒歩で３０分、新聞を買いに煙草店横の中央階段を昇降してまた電車で清荒神駅に戻るまで約3時間が経っている。8時過ぎから11時過ぎ、深夜だ。この時刻設定は小説の嘘か。

駅に戻った時、さっきの女性はやはりきょとんとした顔をして化石したように動かずさっきの場所に座っていた。

梅田駅の地下でもこのきょとんとした眼に出会っている。浮浪者の子供だ。

「世相」と40時間も闘って疲れ果てた揚句に大阪への約3時間、この間にオダサクさんはこの2人から「人間への郷愁」を見い出ししびれている。

人間を書こうともせずに、人間が人間を忘れるために作られた便利な言葉、語り方に方式がある「世相」と悪戦苦闘したのかと悔いている。

これが「世相」の結末に行き詰っていたが「郷愁」では表わせた落ち、即ち将棋の詰手だった。いつもは書き出しの一行が出来た途端に頭の中では落ちが出来ているという明晰(めいせき)さ。

もちろん「郷愁」を書いた時点では「世相」との闘争からは抜け出していただろう。

オダサクさんが笹田和子と住んだ清荒神の笹田歯科医院を探してみつからなかった日は、灼熱の太陽が容赦なく照りつける真夏だった。

凍るように冷えきった売布駅前の宝塚中央図書館から出ると炎天下が待っていた。

帽子をかぶっていたものの、これは八十一才の瓢一にはこたえた。

いろいろあってお盆前に左胸から背中にかけてヘルペスが出てきた。ついで痛み止め薬の発疹。

痛い、痒いの一ヶ月が経って、やっと治ったころに暑さが落着いた。

そんな一日を見計らって今度は売布神社の参道を逆行してみようと瓢一は思った。

故大谷晃一氏が書いた48年前の略図には笹田家の前は売布神社の参道とあったからだ。

いつも立寄るカフェで腹ごしらえをして、売布神社の鳥居を背にして、乏しい感を頼りに南下した。

突当りが阪急宝塚本線で右折すると、上を中国自動車道が通っている。

左に下るとJR福知山線と平行している国道176号線だ。

これを右折し宝塚駅方面に少し行くと米谷小学校前の踏切り、これを左へ渡る。

今回も略図を忘れ、行き当りばったりで感だけが頼りだ。

地名は米谷2丁目だ、なおゆくと十字路に出た。米谷長尾線（長尾通り）だ。

左を見ると昔の職場の同僚宅だ。

右にとると前回来た米谷1丁目の交叉点でなお直進すると宝塚警察署といきつけのゴルフショップだ。

この長尾通りをまっすぐ横切る。

「あっ」ゆるくカーブした道の左右に大きな灯篭が一対見えた。

高さ約2・5メートル。正面には「献燈」氏子中とあり、背面には明治二十八年とある。

間違いない、これが売布神社の参道だと確信した。

すぐに突当りの三叉路、右に行くと先日の米谷1丁目の四叉路、左に行くと小浜宿。

ついに来た。

多分、ここだろうと思い新しい家々を撮り、前回と逆に阪急宝塚本線の清荒神駅に向ってオダサクさんになって歩く。

家なら5、6軒で前回の米谷1丁目交叉点だ。

前回、あと少し東へ行っておればと後悔しながらゆく。カーブする左角に広場があり「やくし如来」の石柱と野仏が10体あり前回はなかった芙蓉の花が美しく咲いていて、そのむこうに六甲山と甲山が眺望できる。

ＪＲ福知山線を渡り国道１７６線を少し左へ「清荒神自動車参道。直進」の看板を右に折れると、すぐにめざす清荒神駅が見えチョコレート色の阪急電車が通った。

やれやれを帰宅して大谷晃一氏の略図を見ると「しまった」の声が出た。

売布神社参道を下って突き当り左側が笹田邸だった。

右側と思い撮った写真は意味がない。

収穫は参道入口から阪急宝塚本線清荒神駅までは徒歩で約１０分の距離だと判ったことで、オダサクさんが、夜の道をトボトボと「世相」の原稿を懐にこの道を歩いたことは体感できた。

翌日、瓢一は三度目の正直と、また1対の灯籠の前を下って、笹田家があった場所を写した。

そこには新しい二階建ての家が建ち、壁はブルー窓枠は白にふち取られたモダンなもので黒色のハイブリッドカーらしいものが屋根のないガレージに停っていた。

ここが笹田邸だという略図以外の確証もないまま引き返しかけたら、ま向いから女性が出て来た。

「この道は売布神社の参道ですか」と聞くと「そうです。昔はまっすぐ上に向い、ＪＲの踏切りを渡り、阪急電車の踏切も渡って参る道だったけれど阪急線の北側に宅地ができて、阪急の踏切りが閉じられました」という答が返ってきた。

この家の前を通る道について訪ねると「有馬街道」だと言う。

いまは兵庫県道１４２号線だが、かつては小浜宿からこの街道を通り豊臣秀吉も有馬温泉へ通った道だ。

「お向いはむかし笹田さんという歯医者さんでしたか」ときく瓢一に、このAさんは「歯医者さんの憶えはないけれど、オペラ歌手の笹田さんならお住いでしたよ」と明るい笑顔を向けて答えてくれた。

「笹田さんの西隣りは八百屋さんで裏で豚を飼ってはりました」。

瓢一は周囲に田園が多かった閑かな街道風景を頭に描いた。

「歯医者さんは、うちの並びにあったけれど名前は憶えていない」とつづけて言い「私は１０才のころ、お向いの笹田和子さんから英語を習っていました」と瓢一が驚く話を口にした。

笹田邸と八百屋の間は細い道になり、奥に新しい家があった。

豚小屋はすでにない。

昭和四十四年（１９６９）、大谷晃一さんは再度笹田邸を訪れている。

阪急宝塚本線の清荒神駅は疎ら（まばら）な雑木林に囲まれていたが林はすでになく、林を抜けると目の下にあった摂津平野も、黒ずんだ太い柱の農家もない。

２３年の星霜はセピア色の思い出だけを残して変っているのだが、それからなお、４８年後、瓢一の前にある風景は画家の目で時を巻き戻して憶測の中にある。

笹田歯科医院は有馬街道に面した家だった。

昭和四十四年（１９６９）に撮ったであろう大谷さんの写真では門構えがあるが、いかにも旧家らしい佇（たたず）まいで見越しの松が街道にはみ出している。古びた構えはあの時（昭和二十一年）のままとも書いている。

その時の笹田邸には笹田歯科の門標はなく、住人はすでに二代目に変わり「Y・A方」に改まった室内は改装されていたともある。

平成七年（１９９５）に起った阪神淡路大震災では宝塚市内も大きな被害を受けた。

有馬街道に面した家並みが新しいのは、その時に壊れて新しくなったものだろう。

高台にあった「笹田邸の裏庭からの風景は見晴らしが良かったでしょうね」と瓢一がきくと「そ

の風景に近いものが見られる所へ案内しましょう」とAさんは笹田邸があった東4、5軒目にある自ら所有する空地に連れて行ってくれた。

有馬街道が高い所を通っていたとわかるその土地は南に展望が開け、マンションやビルこそ建っているが、六甲山や甲山が一望できるところで、かつて裏側が雑木林だったから笹田邸の裏庭からは贅沢な眺めがあったとわかる。

この眺めを証明するものがもうひとつある。

これは秋日和の中、瓢一が四度目に米谷に出かけみつけたものだ。

笹田邸があったところから100メートルほど小浜宿に進んだ「旧和田家住宅」（宝塚市立歴史民族資料館）で、江戸中期頃まで築かれた宝塚市内最古の民家遺構の一つだといわれ、旧米谷村の庄屋だった家だ。

平成八年（1996）に当主和田正宣氏から宝塚市に寄贈されたものだが、この家の玄関正面に先々代が裏庭から描いた甲山の風景画が揚げられていた。

案内人が描いた場所を教えてくれた。

今は高いマンションやビルが乱立しているが、この絵には甲山の手前には田んぼや川や野道が描かれていて自然がいっぱいの趣きが見える。

小浜（こはま）宿から有馬街道に戻り鰯（いわし）坂を下ると大堀川で、自然のせせらぎが瓢一に一刻の安らぎを与えてくれる。

旧笹田邸から清荒神駅に向う有馬街道は北西に上るのだが、沿道左側の家の裏はすべて低く眺望が良い。

北側の長尾山や中山連山から東南の伊丹市へ舌状に延びる台地の西端に沿って有馬街道はある。

この道を歩きながら瓢一は、かつての旅人が眺めた景色を想い、オダサクさんの「郷愁」のステージを辿りながら彼の凄絶さとは対角線状にある長閑（のどか）な小さな旅をした。

オダサクさんも束の間だったが、この風景を見、そして雑木林を見下ろしながら有馬街道を憩いの道として阪急宝塚本線「清荒神駅」へ10分の道をしばし楽しんだのだろうか。

同線売布駅（現売布神社駅）へとは同じぐらいの距離だがこちらの道にはこんな閑かな風景はない。

瓢一とAさんが有馬街道で立話しをしているのと同じ風景が笹田和子の家を前にして大谷晃一さんの著書にある。

『向いの婆さんが、その「世相」の家を私とながめながら「ええ娘はんやったが、養子が悪うてな、気の毒やった。引越してもうたんは、それから間なしやった。そやけど、あの娘はん、えらい歌手になってやそうでんな」。婆さんは思わず人生の流転を悟っている。その悟り口がふと織田作めいた』

この婆さんが、Aさんの母親だったかも知れないと瓢一は思った。

初対面の人とこんなに自然に話せるのは、閑かな風景の中で育まれた豊かな性格ではないだろうか。

笹田家あたりからの甲山（昭和 10 年）
宝塚市立歴史民俗資料館 旧和田家住宅 提供

現在の甲山風景

世相神経

著者の画集「時空の旅ーそして戦後」から

中之島図書館

銀杏の落葉がカラカラと軽い音を立てて、転がっている。

頑固だなと思うほど四角い大阪市役所に沿った土佐堀川の岸を瓢一は歩いている。

いまは大阪市役所の東玄関のところにはかつて豊国神社とサムハラ神社があった。

向いの大阪府立中之島図書館との間の道の突き当りは堂島川可動堰の水晶橋で、瓢一は２０代のころ、この橋を渡ったところにある職場に通っていた。

市電を北浜三丁目停留所で降りカメラスタジオを右に見て栴檀木橋（せんだんのきばし）を渡り突き当りの大阪市中央公会堂を左にとり2本目の道を右に、豊国神社には赤松柳史の俳画教室があり、その募集ポスターにある彩色した墨絵の流麗さに憧れて「あんな絵を描きたい」と通る度に思いを募らせていた。

十数年後、そんな絵を描くということも知らずに公務員生活を送っていた日々だ。

この日、瓢一は大阪府立中之島図書館三階でオダサクさんの資料を調べるためにやってきた。

受付で出されたのは「織田作文庫目録」で、この５７頁の中には織田作之助旧蔵の図書、雑誌、書画、草稿など１５０９点が分類されてのっていた。

オダサクさんが逝って３０余年後の昭和五十二年（１９７７）実姉竹中タツさんから大切に保管してきたこれら資料の寄贈があり、館が1年かけて整理して上梓したこの目録は大谷晃一氏の助言も受けたとある。

瓢一が訪れた目的は「世相」が書かれたいきさつと場所の確認だ。

申込書に「世相」「それでも私は行く」「文楽の人」「可能性の文学」「西鶴新論」と書いた。

すぐに出てきた5冊を横の机で読んだ。

「世相」「可能性の文学」はインターネットの図書館青空文庫からスマートフォンにダウンロードして通勤の車中で何度も読んでいるが、実際の本を手にしてみると歴史の重みを感じるが目方は軽い。

「世相」は、昭和二十一年（１９４６）「人間」4月号に発表されたものだが、手にしたのは昭和二十一年十二月二十日八雲書房から出た単行本で、物のない時代だから紙質も粗末なうえ活版刷りで文字もかすれている。

「可能性の文学」は、昭和二十二年（１９４７）八月のものでカホリ書房刊、装釘（丁）は石浜恒夫。赤い文字タイトルは左から右へ、その下にカマキリの絵まで描かれている。

紙にはワラがまじっていて、活字がかすれている。

しかし、やっと自由に本が書ける。製（つく）れる、読めるという開放感と情熱が伝わってくる。

次いで、書簡を出してもらった。

①昭和十九年十二月二十三日　株式会社鎌倉文庫・木村徳三からの手紙のコピー、封筒なし住所不明

〈内容〉「人間」創刊号、数日中に発表の運び。

「人間」のために小説をお送り下さいませんか。

あなたなど若い作家に縦横に大膽（だいたん）な筆を揮ってもらいたいものです。

「人間」に発表された新人作家は必ずいいものだということを江湖に示してみたく思っています。

そのため新人の作品は一度読ませて貰って在来の作品以上と思はせるもののみを載せさせて貰いたいので……　来月１５日まで

②昭和二十一年一月十八日　葉書、住所は大阪府南河内郡富田林壽町

消印一月二十一日

5銭切手柄は東郷平八郎　竹中国次郎様方

〈内容〉只今「世相」お受取りしました。読ませて頂きます。中々力作らしく期待して居ます。

③昭和二十一年一月三十日　手紙のコピー封筒なし住所不明

〈内容〉ところで「世相」ですが、もう一度スイコウして頂きたく早速御返送いたします。と申しますのはやはり作品として少し醸化されていなく、もうひとつなま（失礼ながら）なように思ひます。意図は非常に興味深く　これがうまくゆけば確かに我々ジェネレーションのロマンという気がいたします。ただ一つとまとまった短編としましたなら復員闇屋の件だけを扱へば好短編となりませうが、それだと在来のあなたの小説の域を脱し難いかも知れません。

④昭和二十一年三月二十五日　葉書、住所　兵庫県川辺町小浜村米谷17―1

消印三月二十一日

切手5銭楠公馬上像

〈内容〉御稿たしかに頂戴いたしました。相変らず面白かったです（多くはいい意味で少しは悪い意味で）四月号にお載せする予定です。最後の妹を書かうかという件は伏線がはってあるとは言へ、もう一つピッタリしなかったようです。

いづれも株式会社鎌倉文庫の木村徳三からオダサクさんに届いたものだ。

内容は「世相」執筆についてのやり取りだが、①はどんなものが書けるかの打診だ。

②は富田林の姉タツ夫妻の家宛だ。この頃オダサクさんは、この家に寄寓していた。

①と②の間は1年と26日あり、この間に何か書いたものを送っているのだろうが、東京、大阪の大空襲や終戦があり混乱期だった。

その間、千日前の焼け跡を歩き、波屋書房の三ちゃんや花屋の他ァやん、千日堂のおかみさんに出逢っている。

また、昭和二十年の大晦日にナンバの闇市を歩いたり精力的に取材し「世相」も書いて届け②の返事が来ている。

③にスイコウ願いが届いているが、この時の所在地の封筒が織田文庫には無いが、富田林の竹中家だと推測されるがここは微妙だ。

④の御稿受領の葉書の宛先は兵庫県川辺郡小浜村米谷17―1で、ここには笹田和子宅がある。

昭和二十一年一月三十日はスイコウのお願いをし同年三月二十五日の木村徳三は御稿受領の報告をしている。

この約2ケ月の間にオダサクさんはスイコウして送っているが、その住所は兵庫県に移転し結婚している。

オダサクさんと日本軽佻派の同人だった映画監督・川島雄三に届いた織田作之助・和子（舊姓笹田）連名の結婚挨拶状には、昭和二十一年二月十八日、兵庫県川邊（かわべ）郡小濱（こはま）村米谷（まいたに）17―2になっている。

同年三月二十五日、木村徳三からの葉書には米谷17　―1、これは笹田の両親と隣り同志かもで1番違いはいいとして、まだ学生だった大谷晃一（故人・朝日新聞・帝塚山学院大学元学長）が「関西名作の風土」続（創之社刊）に昭和二十一年一月二十八日、二月五日、同十一日の三回、笹田家にオダサクさんをたずねている、とある。

二月十八日より先の二月五日か十一日、どちらかの日に逢い「けッ、けッ、けッ、けッ」の笑い声と「二十二才か青春やなあ」、そして「君な西鶴やで、大阪人やったら西鶴を勉強せなあかんで」と励まされている。

大谷晃一は、「郷愁」に書いた、大阪中央郵便局へ投函に行った懐の原稿は40時間一睡もしないで朝4時まで寝んと書き上げた「世相」だという。

②の「世相」受取り葉書が一月八日（富田林宛）、③のスイコウ願いが一月三十日（住所不明、大谷は米谷で出合っていない）、世相稿受取りが三月二十五日（住所は米谷）とすると、懐にして阪急宝塚本線「清荒神」駅で懐にしていたのは「世相」のスイコウ原稿だと瓢一は思う。

昭和二十一年四月十五日、大谷晃一は笹田家に行ったが会えず、四月十七日に大阪・大手前にあった毎日会館での講演に行き、もう清荒神に居ず京都に居ることをオダサクさんから知らされる。

この年二月初めに笹田家で大谷と逢い、四月中頃にはその家を出ている。

川島雄三に「毎日夫妻喧嘩」と手紙を出しているオダサクさんが宝塚に居たのは約2ケ月足らずで、その間「郷愁」を書き「世相」をスイコウしていたのだ。

「織田作の作品には、木乃伊（ミイラ）とりが木乃伊になる要素が多分にある」と深刻を表情で言った映画プロデューサーの言葉を藤本義一さんは書き遺している。

「競馬」の映画化でシナリオハンティングして競馬に魅入られてしまった藤本さんの実感だ。

いまの瓢一は、寝ても覚めてもオダサクさんのことを考えている。

それほど奥が深いというよりは、瓢一の生い立ちの地やいま住んでいる所が彼の作品とはあまりに縁があり過ぎるのだ。

「雁次郎横丁―今はもう跡形もなく焼けてしまっているが、そしてそれだけに一層愛情を感じ詳しく書きたい気もするのだが、雁次郎横丁は千日前歌舞伎座の南横を西へはいった五六軒目の南側にある玉突屋の横をはいった路地である。突き当って右へ折れると、ポン引と易者と寿司屋で有名な精華学校裏の通りへ出るし、左へ折れてくねくね曲って行くと、難波から千日前に通ずる南海通りの漫才小屋の表へ出るというややこしい路地である……」とオダサクさんは「世相」の四に書いている。

瓢一は、精華国民学校時代時折この路地を抜けて通学していた。

日本橋三丁目の家から、道具屋筋を抜け新金毘羅神社に沿った路地を北へ、漫才小屋から南海通りを横切り小便くさい雁次郎横丁から学校の裏門へ辿るコースだ。

寿司屋、天婦羅屋、河豚料理店などがあったとオダサクさんは書くが、通学時間はまだ店も開いていないし、子供のことだから興味がなく憶えてもいない。

ただこの横丁を抜けた学校の裏門前にあった山本文房具店で粘土を買った憶えがある。

瓢一はこの「オダサク　アゲイン」を書く前に、「オダサクブルース」の名で小説を書きかけた。

『「ボク、瓢一」

ボクがはじめてマントのおっちゃんと出会ったのは、雁治郎横丁だった。

難波のはっすじにある精華国民学校の3年精組に席をおくボクは、音楽室で習ったばかりの「若葉」を口すさみながら裏門から出て、右にある南海通りには行かず前の雁治郎横丁に入った。

ボクの通学路は友人によっていろいろ変わるが、この日はひとりだったのでこのコースを選んだ。

横丁に入り敷島劇場裏の突き当り手前を右に折れてまっすぐ、南海通りを横切り左に南陽館、右に大阪花月を尻目に新金毘羅さんにおでこを打ち左折する……』

瓢一がこの小説をやめたのはオダサクさんの「世相」のなかで「老訓導」が師走の風の中を訪れてきた時に書きかけの原稿が机の上にあり、そこには千日前の大阪劇場の楽屋の裏の溝板の中から、ある朝若い娘の屍体が発見された……と書き出しの9行があり、この文章に「の」という助辞の多すぎるのも気になっていたが、その事件を中心に昭和十年頃の千日前の風物詩を描こうという試みが空しく、筆を渋らせている、ともある。

昔の夢を追うてみたところで現代の時代感覚とのズレは如何ともし難く、「ただそれだけ」の小説にしないためには、と思案にくれている。「書くべきは世相だ」の一文に瓢一は小説を書くことをやめた。

そしてオダサクさんの前に幼友達の横堀千吉が現われる。

かつて不義理をした男が、戦争が終って尾羽うち枯らして復員して浮浪者となり歳末に寒風の中を訪れてくる。

正月の餅と紅茶を入れて話をききながら、私の頭の中には次第に横堀をモデルにした一つの小説が作りあげられてゆく。

大阪駅東口前で焚火をし、当たりたいなら1時間5円、朝までは15円とる「あたらせ屋」の話、駅前の「闇市」で売る再生たばこの話、1皿1円のカレーライスの話、阿倍野橋の「張った、張った屋」の話など、瓢一は次兄守夫の話と自らの体験そのままであると驚く。

守夫兄は、大阪大空襲で焼け出された家族と神戸、明石を転々としたが、行く先々で空襲にあい、ついに兵庫県川辺郡の猪名川(現猪名川町)の寺に落着いて終戦を迎えた。

学童集団疎開から帰ってきた瓢一と合流後、大阪・東成区の今里に一家を移しやっと一息ついたが、家族を支えるために「饅頭売り」をはじめた。

当時は17才の兄は、阪急沿線の服部にある饅頭店で仕入れた芋饅頭と蒸し芋を米びつに入れて阪急百貨店前にあった市営地下鉄入口に立って売り出した。

芋饅頭1つ10円。蒸し芋2個10円。

通る人に声をかけるが、初めてのことで恥しく声が出ない。

ひとつも売れないまま日が暮れ、夜も更けた時、「場所代を払え」と腹を空かせたチンピラが声をかけてきて、饅頭と芋を一つづつ渡したら大声で「うもうて腹もちがええもんがあるぞー」と呼びかけてくれ、兄の米びつはすぐに空になった。

「張った張った屋」を瓢一は見ている。

戦後間もなく次兄と新世界へ遊びに行き、阿部野橋の大鉄百貨店（現近鉄百貨店あべのハルカス近鉄本店）北側から西へ下る広い通りにあった大阪市立大学医学部附属病院の前でその露天商人はいた。

地面に広げた紙に50センチくらいの丸が描いてあり、その中を6、7等分に仕切ってそれぞれに「大阪」「東京」「京都」など日本の地名が書いてある。

中心に五寸釘も差した長さ30センチほどの樽木が宙に浮いている。

木の先から縫い針をつけた木綿糸がぶら下っていて木を廻すと、針が地名の上をぐるぐる走る。

原始的なルーレットだ。

「さあー、張った張った、張って悪いはオヤジの頭、張らなきゃ食えない提灯屋（ちょうちんや）…」の啖呵（たんか）をきっかけに客は思う地名のところへ10円札を張る。

かけ声の商人が木の尻を押すと、先の針が地名を這って廻る。

「さあ来た大阪や。誰も張っていない所は親の儲け」と他の地名のところに張った金をT字型の棒で総取りする。

瓢一は、何か仕かけがあるのではと疑ったがわからなかった。樽木の軸になった五寸釘の底に鏡が光っていたのは見えたが……。

オダサクさんもこれを「世相」で旧友横堀の話として書いている。

瓢一は、大阪駅前の闇市も経験している、

あの食糧難の時代にここへ行き金さえ出せば何でも食べられた。

汚れたテントの中で中にアンコが入ったフライ饅頭が1個5円であった。

10才だった瓢一には5円という大金はなかったからよけい腹が鳴った。

瓢一は、これら戦後の風俗55点を絵にし令和二年(2020)秋、学童集団疎開「時空の旅」につぐ作品「時空の旅―そして戦後」とタイトルして「enoco(大阪府立江之子島文化芸術創造センター)で個展を開く予定だったが新型コロナウイルス感染拡大を予測して自粛中止した。

焼け野原から始まる戦後すぐの大阪風景や世相はオダサクさんや次兄守夫、そして瓢一が体験したものに父や母を含める大人たちが混乱の時代をどう生きたかのレポートと愛へのお礼だ。

オダサクさんは「世相の哀しさを忘れて昔の夢を追うよりも、まず書くべきは世相ではあるまいか、しかも世相は私のこれまでの作品の感覚に通じるものがありいわば私好みの風景に満ちている……」と横堀との話で気付く。

戦後75年経った世で瓢一はこの展覧会を開くつもりだったのだが……。

オダサクさんは小説家である。

「世相」という小説はありやみな嘘の話やと「可能性の文学」で書き「あの小説は嘘を書いただけではなく、どこまで小説の中で嘘をつけるかという嘘の可能性を試してみた小説だ。嘘は小説の本能だ」という。瓢一は小説家でないから後者に組しないが、彼はこの言葉でも嘘をついているなと思う。彼のテレが言わせた嘘だ。

むしろ「書くべきは世相である」にその本能を見る。

瓢一が描いてきた「ドキュメンタリースケッチ」こそその時々の世相だし、それも意識して大阪の風俗を約半紀描いてきた。

昭和から平成の「今」を描けばいいんやとも思ってきた。

この「オダサク　アゲイン」も、オダサクさんへのレポートとして「今の世相」を書いている。

地蔵尊

オダサクさんは、千日前の大阪劇場（大劇）のレビューに憧れて一命を落した娘の話を「神経」や「世相」で書いている。

もう十年も昔のことである。千日前の大阪劇場の楽屋の裏手の溝のハメ板の中から、ある朝若い娘の屍体が発見された。検屍の結果、死後四日を経ており、暴行の形跡があると判明した。勿論他殺である。犯行後屍体を引きずって溝の中にかくしたものらしい。

要約すると、この娘は両親がなく、伯母に引きとられ、好きなレヴュ通いを伯母からとがめられ、その家を飛び出し千日前の安宿に泊って、毎日大阪劇場へレヴュを見に通っていたらしい。不良少年風の男と一緒のところを見たというので、警察では千日前界隈の不良を調べたが犯人は見つからず事件は迷宮に入った。そして十年後のいまも犯人は見つからず、恐らく永久に迷宮に入ったままでであろう。

オダサクさんがこの文を「神経」に書いたのは昭和二十一年（1946）だから、事件は昭和十一年頃のことだろう。

この事件が新聞に出た当時、オダサクさんが行きつけの喫茶店「花屋」の主人は「うちにもチョイチョイ来てましたぜ。いや、たしかにあの娘はんだす」といった。

「花屋」は、いま「よしもとNGKシアター」の北にある路地入口にあった店で、その奥には銭湯「金剛湯」があった。

この頃、オダサクさんは日本橋二丁目のあった姉タツさん方に寄寓していたから、毎日銭湯（本では浪花湯）と「花屋」へ立寄っていた。

この店の筋向いは弥生座でここに出ているレヴュガールやすぐ北にある大阪劇場に出ている松竹歌劇の女優たちもファンと共にオムライスやトンカツを食べにくると、オダサクさんは書いている。

殺された娘も憧れのレヴュ女優を見に、この店に来ては隅の方で座っていたようだ。

その娘が、死後四日間も大阪劇場の楽屋裏の溝の中に入っていたとは女優たちは知らずにその上を通っていたのだ。

この事件を「新聞」で知り、いつも一階の前から二筋目のあの娘だと女優たちは知っていて「皆で金出し合うて地蔵さんを祀ったげよか」「そやそや、それがええ、祀ったげぜ祀ったげぜ」と話はすんだ。

その後、オダサクさんは千日堂へ立寄って煙草を買った時、ここでも殺された娘の噂をしていたと書く。

「世相」にも、夫婦の会話の中で「今書いてらっしゃるのは……？」と聴かれ「千日前の大阪劇場の裏の溝の中で殺されていた娘の話だ…」とオダサクさんは答えている。

「世相」は、昭和二十一年（1946）に「人間」に書いたもので、瓢一は「郷愁」でも書いたが、この作品は宝塚・清荒神の笹田和子邸で推稿され書かれたものだ。

ほかにもオダサク作品には地蔵さんが出てくる。

大阪劇場の女優たちが殺されたファンの娘のために建てて祀った地蔵尊はいまどこにあるのか、瓢一はずっと気になっていた。

いつの頃からか、大阪劇場（現なんばオリエンタルホテル）北側の路地の「榎龍王神社」と「榎地蔵尊」が並んである。

龍王神社は北向きに地蔵尊は東を向いている。

かつて、この路地入口には交番があったがいまは「なんばオリエンタルホテル」南東角のところにある。

榎龍王神社のところにある縁起には「江戸期よりこの地に榎神社が祭祀されており、明治四年、時の政府が地蔵振興のため、区画整理を行い社を取り毀したとの事であります」とあるが次に社を建てたのはいつとは書かれていない。

国会図書館にある明治三十三年の地図にはすでに今の位置に記されている。

歌舞伎や文楽に「夏祭浪花鑑（なつまつりなにわかがみ）」というのがあるが、この長町裏の段で團七九郎兵衛が舅を殺す「泥場」の伝説の地は、いまのNGKシアターの南の道を東に行き、堺前へ出る一本午前のいわゆる旧住吉街道を南へ折れたあたりでそこには「泥地」があった。この泥地の畔に榎が大小4本残っていたが、以後ほとんどが枯死し1本の樹根が民家の軒下にあり、周囲に玉垣をめぐらし、正面の鳥居には「正一位榎大明神」と額を掲げて付近の人々の崇めるところとなっている。

また、千日前の榎神社の由来に、この神社には稲荷三社を祀り、一を（親狸）大力稲荷、二を（同）冠力稲荷、三を（子狸）玉宮稲荷というとある。狸を稲荷に祀るのは変だが、昔この榎の傍らに大きな洞穴があり、ここに狸夫婦と1匹の子狸がいて、夜な夜な大入道に化けて千日前の通行人を驚かせたという。或る時、その狸の子が腫物を患った事がある。

親狸は、毎夜丁稚（でっち）の風体に扮し、堂島蜆橋にある薬局へ膏薬を買いに行ったという。

この膏薬によって子狸の腫物は治り、後世若し我を祀れば腫物を患うものを助けるといった。

そこで千日前の開発者はこれに従い、親子3匹の狸を稲荷三社に分けて腫物の神として祀り信仰する人は多いと「上方おもしろ草紙」（朋興社）にある。

オダサクさんは「神経」の中に「戦争がはじまると、千日前も急にうらぶれてしまった。千日前の名物だった弥生座のピエルボイズも戦争がはじまる前に既に解散していて、その後弥生座はセカンドランの映画館になったり、ニュース館に変ったり、三流の青年歌舞伎の常打小屋になったりして、千日前の外れにある小屋らしくうらぶれた落ちぶれ方をしてしまった。」とふり返っている。

瓢一は、この頃の千日前を知っている。小屋や劇場の出し物がどう変っているなどわかる年でもなかったが、大阪劇場（大劇）の西向い角の「いづもや」は椅子をすべてとっ払って客は立って「まむし」を食べている風景は憶えているし、オダサクさんが続けて「小綺麗な「花屋」も薄汚い雑炊食堂に変ってしまった」と書くのを読んで、生家「商人宿むかでや」の斜向いのカフェ「明水」が売り出した雑炊に小鍋を下げて並んだ記憶はある。

「大阪劇場の裏の地蔵には、線香の煙の立つことが稀になり、もう殺された娘のことも遠い昔の出来事だった」「ところが去年三月十三日の夜、弥生座も「花屋」も「浪花屋」も大阪劇場も「千日堂」も常磐座も焼けてしまったが、地蔵だけは焼け残った。」とオダサクさんが書くことから、やはり大阪劇場の女優たちが建てようと言っていた、殺された娘を供養するための地蔵は出来ていたのだとわかる。

榎地蔵尊についてのいわれを瓢一は管理している「なんばオリエンタルホテル」に聞くと、資料は何もないが、ここには「榎龍王奉賛会」と「榎地蔵奉賛会」があり、この会長をなんばオリエンタルホテルの歴代総支配人が務めており、龍王社には月1回難波八阪神社から宮司が、地蔵尊にはうら盆（8月15日）と地蔵盆（8月22、23日）には竹林寺の住職が参ってくれるという答が返ってきた。

この地蔵尊は、オダサクさんが書いた「レビューの女優だちが、あの不幸なファンだった娘のために祀ったげよう」といっていて大阪劇場の裏に建てたものだろうか。

瓢一は、かつて生家の氏神だった難波八阪神社を訪ねて宮司、栗辻勲さんと彌宜・大石勝利さんに会っても解けなかった。

そんなある日、瓢一のアトリエでおどろくことが起った。

季刊「大阪春秋」誌に毎号連載している「なにわの画伯に聞く」と題した頁がある。これは瓢一が60年に亘って描いてきた絵をカテゴリ別に残して行くという企画で約6年続いている。

毎回、橋爪節也さん（大阪大学教授）と古川武志さん（大阪市史編集室調査委員）と鼎談でテーマ毎に制作背景や意図などを紹介して行くのだが、平成三十年（2018）四月、その席で橋爪さんが、東京・神田の古書店で見付けてきたと二枚の写真ちらしを見せてくれた。

突然、瓢一の目が点になった。

B4版の古い記事写真で「寫眞特報大阪毎日」とあり。昔、町の掲示板などに貼ってあった「ニュースグラフ」で記憶の底にかすかに残っている類のものだ。

その写真は、鯨幕で囲まれた中に祭壇があり果物が盛られた左右に樒（しきび）が一対、燈明が二本、多くの人々が後に並び男性が焼香している。

写真右横に「歡樂街大阪千日前の戦慄」の見出しについで「去る十九日午後六時頃、大阪劇場裏の排水溝における〇〇〇〇（一七）の怪死事件は所轄島之内署で他殺説に主眼を置き大活躍をつづけているが、廿一日（二十一日）劇場裏路地の現場で松竹少女歌劇の生徒達の手で大施餓鬼が行はれた」とある。下方に昭和十一年八月二十四日。（被害者〇〇〇〇は筆者省略）

あ、こんな大切なものが東京にあったのか、これにより事件は昭和十一年八月十九日と判明した。オダサクさんが「もう十年も昔のこと」と昭和二十一年に書いている通り、これは瓢一が生を得た年の夏のことで九月七日には、千日前地区を方面委員として受持った祖父駒吉が逝った年だ。

瓢一は大阪市立中央図書館に新聞社のマイクロフィルムがあることを古川武志さんから聞き後日、3階のカウンターに行って借りた。

幅3センチほどのフィルムが巻かれたリールが入った箱に「毎日新聞・昭和十一年八月」とある。マイクロフィルム用の機械の上には大きなモニターがありその下にフィルムの差し込み口がある。図書館員に初めて使うので扱い方を習い、貴重なフィルムをおずおずと送って観る。モニターに先づとび出してきた「大阪毎日新聞」昭和十一年八月トップは「〝あげよ日の丸〟けふベルリンオリンピック開く」の大見出しだ。

あ、あの前畑ガンバレ！オリンピックだ。

八月六日「阪急西宮北口に愈々大野球場建設・三万四千坪の土地を買収して」もある。

八月十五日、二百米平泳準決勝　熱戦新記録四つ、小池　葉室共に一位。あ、あの葉室さんだ。一位葉室鐵男2分43秒4（オリンピック新記録）。

八月十六日一面トップ　葉室（二百平泳）寺田（千五百）優勝す。水上世界制覇再び成る。そしてオリンピックは閉會（へいかい）。

瓢一はこの五輪で金メダルに輝いた葉室鐵男さん夫妻と後年大変親しくなり、梅田新道にあった大同生命ビルB1の「アサヒビヤハウス」で楽しいビールを共に飲み、テーブルの上に登って踊り、唄ったことを思い出した。

取締役のT氏の依頼でビヤグラスの「ハッピーキャット」のデザインもした。

フィルムをもっと巻こう。

新聞小説のさし絵は若田専太郎か。急ごう。ヘチマコロン、エビオス、歯磨スモカ……懐かし広告が出てくる。

八月十九日　八月としては廿年ぶりの涼しさ。こんな日にあの娘は殺されたのか。

学芸欄に藤沢桓夫の大阪文学談議の連載。

八月二十日(木)十一面4段ぬきで事件が大きく報ぜられた。「千日前の大騒變(へん)　排水溝から怪死體(たい)」の大見出しの横に下水孔(こう)の蓋を手にする発見者大阪劇場中谷営業部長の写真が揚っている。

八月二十一日　二面トップ「千日前大劇裏の怪死女身元判る」

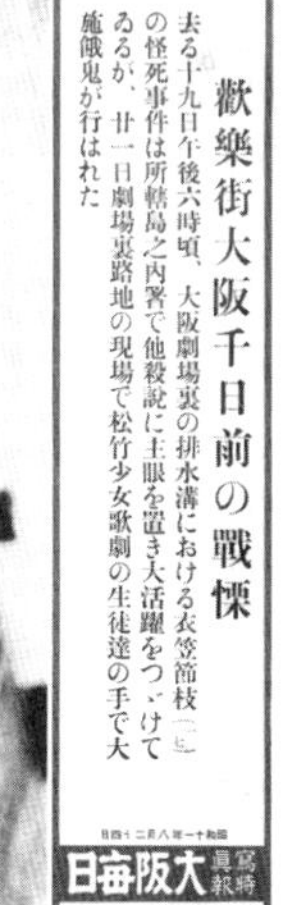

歡樂街大阪千日前の戰慄

去る十九日午後六時頃、大阪劇場裏の排水溝における衣笠節枝(一七)の怪死事件は所轄島之内署で他殺説に主眼を置き大活躍をつゞけてゐるが、廿一日劇場裏路地の現場で松竹少女歌劇の生徒達の手で大施餓鬼が行はれた

寫眞特報　大阪毎日

千日前事件被害者の大施餓鬼を行う松竹少女歌劇団の生徒たち
昭和 11 年（1936）8 月 21 日（提供　橋爪節也氏）

八月二十一日　十一面「時計を売り掛って彷ひ歩く六日間」そして「床し現場に祭壇　香花を手向ける大劇従業員達　スター達も醵金して法要」の見出しで、娘が非常な大劇ファンであったところから同情した同劇場専属OSSKレヴューガール柏ハルエら八十名はお小遣ひを醵出して廿一日午前十時から三人の僧侶に讀經施餓鬼を依頼、スター連も参加することとなった」の記事が並ぶ。

そして橋爪氏が東京で見付けてきたのと同じ写真の左上の楕円の中に被害者の顔写真が大きく入っている。

彼女が宿泊していた、榎神社そばの千歳旅館主人や、実父の談話も掲っている。親がいたんだ。家出した八月五日から九日までの足取りわかっているが、その後の行動がわからない。

後日の大阪毎日新聞には嫌疑者が次々の登場してくる。

「不良青少年や大劇解雇員」（八月二十一日）「大阪弁の若い男」（同二十四日）、「失業中のコックや板場」（同二十五日）、「犯人は俺だと少年ルンペン（浮浪者）のウソ」（同二十五日）……。

ここで瓢一は、犯人探しをしているのではなく、いまある榎地蔵は当時レヴュー女優たちが建てたものかどうか、その由来を知りたいのだと思い直した。

大阪郷土誌「上方」の③下36号48頁に日本橋二丁目二八番地にあると記されているが、ここではない。

瓢一は、それをつき詰めなくても、祭壇をつくり読経施餓鬼までした近隣の人々やスター達の想いで殺された娘は十分成仏できたのではないか。オダサクさんが「世相」で記したように「まず書くべきは世相ではないか」に思いが至った。

瓢一は、いま「榎地蔵奉賛会」の方々が榎龍王ともども大切に祀り守ってくれていることに敬意を表し、ともにミナミの安寧と繁栄を願っている。

十六地蔵

オダサクさんは「起ち上る大阪」のなかで、昭和二十年（１９４５）三月十四日未明にあった大阪大空襲からひと月の間に見たり聴いたりして来た話を書いている。

南海通りに今もある波屋書店の先代店主・三ちゃん（芝本参治）と千日前大阪劇場前で出会ったときの会話は、「織田はん、また夫婦善哉書きなはれ」「サアナア、しかし夫婦善哉といえば、あの法善寺の阿多福の人形は助かったらしい。（中略）いや、それより、地蔵さんの話を書こうと思っている」とそのあと長い立ち話をしている。

その話を掻い摘むと、「Ｂ２９の暴虐爆撃の中で、私が憤激に堪えぬのは、彼等が日本の伝統を破壊しようとしていることである」といい、大阪の神社、仏閣、民間信仰の対象である石地蔵の多くも相当被害を蒙ったと憤っている。

そして、子供の頃から好きだった地蔵祭にふれる。

一町内、一路地、一長屋毎に一つの地蔵さんを持っていて、それを敬い、それを愛し、ささやかな信仰の対象物として大切に守りつづけ、そして一年一回、七月二十四日にそれぞれの地蔵さんを中心にその祭典を行ったということは、どれだけ大阪の庶民の生活をうるおいあるものにしたか計り知れないくらいである。」と書く。

大阪の地蔵盆は、毎年八月二十三、二十四日に行われる。

地域によっては旧暦の七月二十三、二十四日のところもあるが、これは子供中心の行事だ。

子供の守護神地蔵菩薩の縁日八月二十四日にちなんだ日の前後の日にお地蔵様を子供たちが供養する行事だ。

各町内の路地には必ず地蔵の祠があり、地蔵盆の前になると、町内の大人たちが集って提灯を運動会の万国旗のようにぶら下げ、お地蔵さんを清め、前掛けを変えたり、供物棚の準備する。イトコハトコイトハトコ　ヨヨイトサッサトテチラチンチン　トテチラチン…と大人たちは唄い踊るのだが、オダサクさんの「青春の逆説」と歌詞の順序はわたしのものとは違うが内容は同じで今も唄える。

行く夏を惜しむように哀調を帯びた行事だが、子供たちははしゃぎながらそれを見守るのだ。豹一の母親お君も上塩町地蔵路地に移り住んでいてこの町内の地蔵盆に西瓜二十個寄進し、鷹められて踊りの仲間に入っている。

これを読んで、瓢一も遠い日の地蔵盆のことを思い出した。

日本橋三丁目にあった生家「むかでや」付近には路地が多く、そのなかにはどこも地蔵の祠があり8月末の地蔵盆になると提灯やお供えが並び、哀調を帯びたかげのある華やかさが子供たちの胸を騒がせていた。

瓢一がお菓子めあてに行ったのは、自宅から西へ2本目の「法界うち」と呼ばれる路地だった。この路地は、その名のとおり法界屋、手品師、東西屋、しんこざいく屋も住んでいる長屋が並んでいて共同井戸、共同便所があった。

この共同井戸わきにある地蔵横の広場で、この日は特別に子供たちを集めて楽しく遊んでくれる催しがあった。

ふすまを一枚横に倒して、ゆかた姿で竹ムチをもった男性が「とと出ぇ～や、かか出やんと、ととへっこんで、かか出ぇ～や……」とはやしている。「とと」は父(とう)さんで「かか」は母(かあ)さんのことだ。

「とと」と「かか」になった男女の子供はふすまのむこうにかがんで呼ばれるたびにふすまから顔を出す遊びで、間違うとふすまのこちら側にいる見物の子供たちに大笑いされる。

お菓子をもらって交代となるのだが、この遊びは後年テレビで「赤上げて、白上げないで赤下げない」と漫才師が旗をもってやっていた原点かもしれない。

竹ムチではやしているおとなが当時人気絶頂の漫才師・林田十郎だった。

林田十郎は大阪俄(にわか)の俄師だった大和屋小宝楽の弟子で四歳のころ子役をして初舞台を踏み六歳で嵐三五郎一座、18歳で大和屋宝楽の喜劇一座で女形をしていた。

瓢一の生家「むかでや」の口伝にも旅役者らと宿泊し、毘沙門裏の旧住吉街道に寅の日に開かれる「お寅の夜店」で十郎・五郎が剣舞を見せていた話があるし、2人が2階の上り場でよく稽古しているのを十郎と同じ年の父は見ている。

そんな時、十郎の親が急死し、わたしの祖父が彼の身寄りを探したがわからず、近所に住む旅廻りの役者林田多平に五郎ともども養子として預けたと瓢一は父から聞いている。その後、転向して大正十五年、吉本に入り元落語家・芦の家雁玉とコンビを組んで万才師となった。

人気万才師林田十郎は法界裏に入ってすぐ右側かかりの家に妻コシナさんと息子とで住んでいた。

近くの敷島湯へはむかでやの表をおふろバケツを下げて行き帰りには瓢一の父の叔母が開く喫茶店「京屋」へ立寄っていたことや、十郎の病気見舞いに吉本の林正之助が来ていたとも瓢一は当時のご近所さんから聞いている。

昭和二十四年（1949）九月十四日、NHK大阪中央放送局（BK）から「いらっしゃいませ、こんばんは」のあいさつで始まる戦後初の演芸番組「上方演芸会」がラジオから流れた。

司会は漫才師林田十郎と芦乃家雁玉、サイラとタコツボコンビで第一スタジオから公開放送だった。

にわかから転向した十郎と落語から変った雁玉のコンビは、昭和二年（1927）に道頓堀「弁天座」での「全国萬歳座長大会」に出演しており、人気が高まる萬歳師として第一号のレコード吹込みをしている。

中学生だった瓢一は、毎週馬場町のBK第一スタジオに通い昔あった法界裏の地蔵盆で遊んでくれた「とと出ぇやー」のおっちゃんを懐しく見、夢路いとし・喜味こいし、ミスワカサ、島ひろし、秋田Aスケ・Bスケなどゲストの若手漫才を楽しんだ。

毎週通った理由のもうひとつには、瓢一の長兄道夫が大阪放送管弦楽団員として、この番組のテーマである「道頓堀行進曲」を奏でるヴァイオリン姿を見るためでもあった。

後年、瓢一が「大阪府立演芸資料館（ワッハ上方）」の運営懇話会委員としてかつての若手漫才師たちが殿堂入りした時の記念の似顔絵を描くことや、いとし・こいしさんと共に殿堂入り演芸人の選考に携わることにも縁の糸はつながっていた。

林田十郎については、晩年の生息がわからないことを知り、瓢一は地蔵盆のことやむかでやのゆかりもあって「おっちゃん」を追いかけた。

昭和三十三年（1958）十郎さんは南紀白浜で脳出血で倒れた。翌年十一月角座中席で「鯛よりもうまいさいら（十郎のニックネーム）をほめる秋、はいさいら」と洒落のめして引退興行を行った。

昭和四十二年（1967）三月二十四日午前十時三十分永眠、享年68才。

釋　良信

4年後、妻コシナさんも後を追った。

瓢一は嫁の悦子さんに逢った後、一心寺に行き、高口恭行住職（現長老）に依頼して調べてもらった結果、ふたりとも昭和五十二年春開眼の第10期お骨仏のなかに入っていることを確めた。

悦子さんから預った十郎さんの華やかなアルバム数冊もワッハ上方の資料室に預け、瓢一は地蔵盆でのお礼を返した。

オダサクさんは地蔵尊についてこだわったが、瓢一にも特別な思いをもつ地蔵尊がある。

それは徳島県つるぎ町にある十六地蔵尊だ。

この十六地蔵のことを瓢一に教えてくれたのは、中学高校を通じての友人・故上田富雄君だ。

彼は東大阪市で親の代からつづく上田合金（株）という町工場を営み銅合金の鋳物を製造していた。

平成八年（１９９６）、島根県加茂岩倉遺跡で銅鐸３９個が発見されたことに関心をもち、古代人の技術に挑戦してそれを復元完成させた。

次いで福岡県前原市から細片出土した大型白銅内行花文八葉鏡（ないこうかもんはちようきょう）も復元している。

ある時、彼が八尾恩智の垣内山（かいちやま）古墳から出土した流水紋銅鐸のレプリカにデザインしろと瓢一に言ってきた。

昭和六十年（１９８５）八月十二日に起きた日航ジャンボ機墜落事故の事故現場・群馬県御巣鷹山で鳴らしたいという遺族からの依頼だった。

そこで瓢一は、銅鐸は古代人が祭祀に使ったと思われることから、日航機墜落事故の犠牲者を慰霊するなら極楽浄土におられる阿弥陀如来の世界をあらわす九品（くほん）の印相をと銅鐸に表現した。

上田君はこれを鋳造して事故現場の麓にある「慰霊の園」そばの資料館へ持参して涙の中で打ち鳴らした。

同種のものはあと3個鋳造されている。

瓢一は昭和十九年（１９４４）八月、太平洋戦争末期本土決戦の影が覆いかぶさってくる中、国策である学童集団疎開のため、難波にあった大阪市立精華国民学校から再び帰ってくることのない生家を後に滋賀県の農村へ移動した。

この時の集団疎開児童は、全国13都市の国民学校三年生から六年生まで約60万人を数える。

元天理大学教授・赤塚康雄さんの資料によると、大阪市254校約6万6000人は滋賀県、奈良県、鳥取県、香川県などに集団疎開している。

大阪市大正区南恩加島国民学校の3年男子29人は徳島県貞光町（現つるぎ町）にある真光寺へ入ったのは昭和十九年（1944）九月で、まだ生活に馴れていない4ヶ月後の正月二十九日児童らが起居した本堂から漏電出火して全焼し庫裏も半焼、就寝1時間後の子どもたち29人のうち16人が焼死した。

町ではこのいたましい子どもたちのためにすぐに地蔵建立計画が起こり募金運動が始まった。明けた昭和二十一年春、真光寺の桜の下に高さ1・5メートル台座を入れると2・7メートルの地蔵菩薩が建立され、花が若葉に移った五月二十九日、開眼式が行われた。

ふるさと大阪に向って建てられた菩薩は「十六地蔵尊」と呼ばれ、毎年一月二十九日には町の保育所、幼稚園、小学校の子供たちと供養会の人たちで法要が続けられている。

平成十四年（2002）、大阪市立南恩加島小学校の6年生が、御巣鷹山麓「慰霊の園」に上田君が納めたのと同じ銅鐸をつくりたいと彼の工場に来た。

その目的は、昭和二十年（1945）一月二十九日に徳島県貞光町（現つるぎ町）にある真光寺で漏電出火のため焼死した16人の同校先輩たちを慰霊するためという。

児童たちは流水紋銅鐸をつくり鎮魂モニュメントとして校庭に飾った。

真光寺で焼死した16人は、瓢一と同じ学童集団疎開児で共に小学3年生だった。

瓢一は南恩加島小学校に伺って見た「モニュメント・花御堂」は四本柱に支えられた屋根があり

その下に銅鐸が釣るされていた。

　真光寺本堂下から出た１６個の小石が台の上に埋め込まれ、台の側面には１６人の姿を彫った銅板、背面には同校児童一同から贈られた故人たちの卒業証書が入っていたし校舎内ホールには遺影が並んでいた。

　平成十九年（２００７）十一月、瓢一は「十六地蔵」の前に立った。

　前日から徳島市に泊り朝の散歩時に足を捻挫して歩行困難になったが、地元の知人・里見正威さんが車で送ってくれてたどりついた。

　おだやかな微笑み持たれた地蔵尊に手を合わせた後、住職夫人の求めに応じてスケッチした。

　お顔を描き上げ、次に筆を下そうとした途端墨汁が一滴その頬に落ちた。

　黒い涙だ。１６人の口惜しさが同じ年令の元集団疎開児の瓢一に伝わった。

　　地蔵さん笑うてはる
　平和がエエと笑うてはる

と絵に書き加えた。

徳島県つるぎ町真光寺の十六地蔵のスケッチ

本堂外陣には母校の小学生が鋳造した鎮魂の銅鐸があった。

瓢一は心を込めて打ち鳴らした。

もし、16人が生ていたら、同じ世代だから、大阪のどこかで出会っていただろう。

瓢一が学童集団疎開していた時、寮のそば50メートルのところに米軍グラマン機のエンジンが落ちてきたのを考えても、同様に危険な位置にいたのだと今思う。

南恩加島小学校の児童が先輩の供養のために上田君の手を借りて鋳造した3個の銅鐸は十六地蔵が立つ真光寺と、丘の上にある地蔵を見上げられる貞光小学校そしてあとひとつは母校で歴史を伝えている。

バー・ダイスへの道

瓢一の二月は、阪神タイガースのキャンプ地沖縄取材から始まる。

昭和五十三年(1978)からの行事だが、当時は高知県安芸がその地だった。

40年を超す期間に描いた選手たちのスケッチはアトリエに山積した画帳の中にある。

平成最後の三十一年(2019)二月五日、沖縄宜野座で出会った漫才師トミーズ雅から放送作家・疋田哲夫が倒れたと聞いた。

哲ちゃんとは一年前の1月11日、オダサクさんが眠る楞厳寺(りょうごんじ)へ墓参した仲だ。

彼が努力のリハビリして10月末に藤本義一賞授賞式に車椅子で駆けつけてくれた時、瓢一は感激した。

沖縄から帰って一週間後、瓢一は法善寺横丁「二和島」の片野雅幸さんに資料を借りに行き、その足で「世相」に書かれたオダサクさんがいきつけの「スタンド酒場(バー)・ダイス」への道を追跡してみた。

「昭和十五年七月九日は、生国魂神社の夏祭りばかりでなく、私の著書が風俗壊乱という理由で発売禁止処分を受けた日だった」。

と書くオダサクさんはその夜、道頓堀筋から太左衛門橋を渡っている。もう事変が戦争になりかけ、ネオンも電力不足でその灯もなかった町、宗右衛門町を横切り薄暗い笠屋町を北に真っ直ぐゆく。三ッ寺筋を越え、八幡（はちまん）筋を越え周防町（すおうまち）筋を越え半町行くと夜更けの清水町（しみずまち）筋に出た。立停って思案したが左へ折れ心斎橋筋の一つ手前の畳屋町へ出るまでの左側にスタンド酒場「ダイス」があるのだった。

当時4才だった瓢一は、83才のいまオダサクさんのあとをメモ片手に歩いている。午後のことだからネオンには時間があるがインバウンド外国人で道頓堀筋は渦巻いている。

子供の頃道頓堀川で鮒すくいした川は左右に出来た木道で狭くなり、ここにも人があふれている。

オダサクさんについて太左衛門橋を渡る。

宗右衛門町を横切ると笠屋町だ。夜はネオンの海に酔客たちが泳ぐ紅灯の巷だが、さすがにこの時間はあくびをしたねむたい町だ。

右にあった老舗料亭「南地大和屋」もホテルに建てかえられ、能舞台や名物へらへら踊りもセピア色のものになった。

文化勲章受章者・桂米朝師匠のお相伴にあづかり、その夜の会席料理は瓢一のスケッチブックの残っているが、これが歴史のひとこまとするには淋しすぎる強者どもが戦いの跡だ。

軒がくずれ掛ったような古い薬局が三ッ寺筋の角にあるとオダサクさんは言うが、戦火で焼け野原になったこの辺にはあるわけがないが右南角にあるたばこ店オスカルの看板イラストは見慣れた和多田勝さん（故人）のもののようだと瓢一は共に旅した彼のことを思い出した。

周防町筋はアメリカ村に対抗してできたヨーロッパ村となりおしゃれなブティックが並んだが笠屋町筋と交差するあたりはカフェや飲食店があった。

清水寺筋に出るまで左側に紺ののれん、坪仙裁をしつらえたしゃれた上方料理店があった。

そしてオダサクさんが立停って思案した清水町筋だ。

ここから西へ畳屋町まで南側に9軒、家や店が並んでいる。

5軒目がI電気。その西となりは竹翠文化教室が2階にある細いビル、次が間口を2軒分とった料亭風のたたずまい、こげ茶色ののれんに「精仁久壽喜彌奇（にくすきやき）」と白く染め抜いた明治41年創業の「北むら」、つづいて古銭切手の看板が出ているビル、占いが入ったビルがつづく。

オダサクさんは細かく書いていないので、瓢一は間口から考えて「北むら」の2、3軒東かと推測する。

小説だから、ここではないと考えられるが、このあとダイスに入って元芸者で27歳のマダムからビールの中にブランデーを注がれせまられる。

帰りかけるオダサクさんに「……十銭芸者でも買う積りやな」と声が追っかけてくる。

「もう十年にもなるだろうが……テンセン（十銭）という言葉が流行して、十銭（テンセン）寿司、十銭ランチ、……十銭芸者もまたその頃出現したものだが……」と書く。

たしかに昭和四年、米国金融大恐慌の余波をうけて不景気の風は翌年になっていっそう強くなり、寄席への客足もおちた。

こんな時、吉本の林正之助は十銭均一で万才専門の小屋を開こうと考えた。

きつねうどんや市電片道が六銭の時代で、せっけん1個ほどの安値でたっぷり万才が楽しめるのだ。

法善寺横町の南地花月は木戸60銭、千日前三友倶楽部は一等30銭、二等10銭だった。南海通り「波屋書房」前あたりにあった落語に席を200円の家賃で借り、土間を落して200のいすを入れて南陽館をつくった。

一日3回興行、ほとんどの万才師が出て熱演したのは、メジャーな南地花月出演のチャンスを狙ったからで、日本一の人口を誇る大大阪へ流入して来た大衆と呼ばれてた人たちに新しい価値観をもたらした。

難波に進出した高島屋南海店も1階に十銭均一売り場をつくり、はっすじ（戎橋筋）の商店街にも十銭均一のすしやができるなど「十銭〇〇」は大ブームをまき起した。つい最近まであった天扇（てんせん）寿司がその名残りだ。

瓢一がダイスの位置にこだわり、清水町筋まで歩いてきたのは、小説はつくり物で嘘ばかりというオダサクさんのテレの底にある真実を見たいからだ。

このあと閉っていたドアを無理矢理あけて入ってきた左翼くずれの同盟記者海老原との会話の中で「地名や職業の名や数字を夥（おびただ）しく作品の中にばらまくでしょう。これはね、曖昧な思想や信ずるに足りない体系に代わるものとして、これだけは具体性だと思ってやっているんですよ…」と本音が見える。

が、これも「しどろもどろの詭弁」とテレで打ち消す。

瓢一はきびすを返し東に行きかけた時「あ、たしかこの辺に吉本興業があった筈だ」と思い出した。

アトリエに帰り「吉本八十年の歩み」をひもとく。

吉本の生き字引きである知友竹本浩三さん（故人）に聞いた方が早いと思ったが、本棚をかき廻したら金文字で「笑賣往來」と箔押しされた黒いファイルが出てきた。

背に（復刻版）とある。

ご挨拶には、吉本興業株式会社・代表取締役中邨秀雄さんと同代表取締役社長林裕章さんが、左右見開きに文を寄せている。

二人とも鬼籍に入っているが瓢一には懐しい人たちだ。

それによると、大衆娯楽雑誌「笑賣往來」は、大正十五年より昭和二年に至る間に吉本興業部代表者林正之助（吉本興業前会長）の発案により同部から発行されたものだ。

この14冊と今回編集された別冊1冊（平成十一年発行）を「林正之助生誕一〇〇年」「吉本興業創業八十八年」を記念して平成十一年（1999）に発行している「笑文化」の記録として貴重なものとなっている。

創刊號の表紙は初代桂春團治の左向き横顔の大きな似顔絵でそばに毎月三回発行とある。

瓢一がダイスと思った家並みの向い側の10軒あるまん中が東清水町30番地だ。

清水町ではなく東清水町だ。

「大阪の町名」（清文堂刊）によると明治五年三月に東清水町ができたとあるから「笑賣往來」が発刊された大正十五年は東清水町で元来清水町はなかったことになる。

「吉本八十年の歩み」誌に当時の写真がある。

東清水町・吉本興行前にてとキャプションされた写真は二階建て瓦屋根下の入口は間口一間（約1・8メートル）に3枚扉、その上に白地横長の標札に吉本興業部と書かれている。

建物の横幅は三間ぐらいあり、その前に写る野球のユニフォーム姿の14人は芸人だろう。

花菱マークにお笑いチームと書かれた旗を真ん中で持つのは林田五郎で瓢一が地蔵盆で遊んでもらった林田十郎のおっちゃんも左端にいる。

五郎の左でほほえんでいる羽織姿は吉本せいだ。

うしろに「吉花菱女連」のポスターが貼られているが「吉花菱小富」という舞踊家か舞踊の吉花会の興行のものだろう。

この吉本興行部は東清水町25番地から西へ35番地までの中央で、道をへだてて南側は50番地から44番地と西から東へ7軒ある。

このうちどれかがダイスだろうが、オダサクさんは吉本興業部事務所にたむろし吉本せいの不評をかっていたこともあった。

昭和十四年（1939）三月東京から帰阪し日本橋二丁目の長姉竹中タツの家に身を寄せ、八月の一枝との結婚を前に日本敷物新聞社に入り七月に日本織物新聞社へ。

その後、日本工業新聞社に記者として取材先の大阪鉱山監督局の宣伝映画製作会議で、藤澤桓夫、秋田実らと知り合う。

それが昭和十五年（1940）二月のことだから、昭和十年一月から昭和十六年十月まで吉本興業文芸部にいた秋田実、長沖一、吉田留三郎、穐（あき）村正治とは出逢っていたし、藤澤とともに競馬にも行っていただろう。

ここに「大衆娯楽雑誌ヨシモト」の復刻版23冊と別冊版がある。

昭和十年（1935）八月創刊號の表紙は田村孝之介画伯のダンサー2人だ。

横山エンタツ、林田十郎、芦の家雁玉、花月亭九里丸などの写真があり、藤澤桓夫の寄稿、「助次郎芸談」のゲストは花菱アチャコ、のんきだね節の石田一松の漫談、横山エンタツ、杉浦エノスケの「東京見物」の漫才など当時のヨシモト色というか秋田実のカザ（匂い）が強い。

奥付には、大阪市南区東清水町30、吉本興業合名会社とあり編緝者は林廣次（秋田の本名）となっている。

昭和十二年（1937）七月号で廃刊しているが、その編緝後記にはその気配もなく突然の感が否めない。

この年七月七日、中国盧溝橋での事件が起こっている。毎月一回発行定価10銭のこの誌の編緝後記は「向暑の折柄、愛讀者諸氏の御健康をお祈り致します。」と結んでいる。

事件による自粛があったんだろうか。

瓢一が日本漫画家協会に入った時お世話になった当時の大阪支部長木村きよしさんも挿畫（さしえ）カットを描いている。

昭和五十六年（1981）四月に漫才ブームを契機として発刊したのが「マンスリーよしもと」で表紙はイラストレーター仲間の和多田勝さん、川田満成さんが担当していたが平成二十一年（2009）十月から「マンスリーよしもとPLUS」となり、平成二十五年（2013）刊行休止となった。

オダサクさんはダイスの位置を行きなれた吉本興業の向いにばく然と決めたのだろうか。

瓢一は「否」と推測する。

その根拠は、藤沢桓夫の「大阪自叙伝」の酒と文学のところにある。

彼ら往年の高校生が出した同人誌「辻馬車」が昭和四十五年六月、日本近文学館から復刻された。

その別冊の解説に同人長沖一が思い出を書いた一文があった。

藤沢桓夫が戎橋の袂で演説をぶち、興奮して左手に鷲掴みにしていた帽子を道頓川に投げた……という話だ。

藤沢はかなり酔っていたはずと書くが「あれはたしか同人（辻馬車）の集りが、清水町筋の心斎橋通から一、二町東へ（入った南側の「北村」という肉屋で催されての帰りで」と書いている。

秋田が吉本興業に入ったのは昭和十年（１９３５）でこの春頃長沖が東京から帰阪している。

昭和十五年（１９４０）、秋田は織田作之助と知り合い藤澤、織田らはよく吉本興業の事務所にたむろしていた。

当然、秋田らが行きなれた「北村」（北むら）ですき焼をつついていたこともあっただろう。

因みに「その店の入口に吊ってあった行燈の「北むら」の三字は、巌谷小波（さざなみ）の父の一六居士の名筆になるものだと憶えている」と藤沢は書いている。

巌谷一六は、書家で明治の三筆といわれた人だ。

瓢一が店の前で見たのれんの「精仁久壽喜彌奇」や屋根の上にある六角形の行燈や看板の「北むら」の文字は藤沢らが見た戦災以前のものと同じだろうか。

明治十四年創業時のままと感じられる素晴らしい文字だ。

「神経　起ち上る大阪」で書いたように巌谷小波は、千日前・南海通りにある瓢一と国民学校同級生・芝本尚明くんの「波屋書房」にある「波」の元となる名だ。

波屋ー巌谷小波ー辻馬車ー北むらーダイス……。

なんか楽しい想像が瓢一のからだを駆けめぐっている。

オダサクさんは「世相」でダイスへ行くのは昭和十五年七月九日夜としている。

その年二月に藤沢桓夫、秋田実と出会い、以後藤沢宅へしきりに出入りし句会も共にしている。

ダイスは「北むら」のところなのか。

それとも間口一間（約1・8メートル）の北むらの西にあるふたつのビルの場所なのか。

オダサクさんが小説の中にばらまく確たる具体性とはと考えながら瓢一は迷っている。迷っていたら腹が空いた。

堺筋にむかって清水町通りを東に進むと角に大阪府警南警察署がある千年町だ。

少し手前のビルにある路地を入ったところが瓢一にとってのダイス「道しるべ」だ。開店して30年をこすこのおばんざいの店は10人で満席になる。

女将・東一美さんと母貞子さんがつくるおふくろの味は「和牛すじ肉どて焼き」「千枚漬け」「揚げの煮物」「鯵南蛮」などで、大鉢に盛られてL字型カウンターいっぱいに並ぶ。

開店を待ちかねた高齢の常連客は、3時ごろの仕込み時間からやってくる。

瓢一は新聞の取材で知って20年ほど経つが行きだしたのは3年程前からだ。

おふくろの味店が少なくなったからでもあるが、貞子さんと同じ年齢に加えて瓢一が戦後住んだ東成区今里の出身だから話が合う。

新橋通り商店街にあった映画館や浪曲の二葉館など昔ばなしができるのがうれしいし、客と肩寄せあって飲みながら異業種交流できるのも楽しい。

オダサクさんが「郷愁」で書いている今里の話をダイスに近い「道しるべ」で酒のアテにするのは格別だ。

かつて産経新聞に一年半連載した地誌「今里シンドローム」に加筆して出版したい話もこの店にはたくさんある。

直木賞作家・難波利三さん、作詞家・もず唱平さんと鼎談もした昭和レトロいっぱいの店だ。

令和二年(2020)春、この母娘の店も新型コロナウイルスの中で漂った。

瓢一のSNSにも一美さんから来店を乞うメッセージが入った。

個展「時空の旅―そして戦後」の開展を国が求めた「3密」(密閉、密集、密接)の感染拡大予防の方策により自粛したあと、同タイトルとの画集を8月末に出版するなど多忙を極めていた瓢一が、版元のたる出版・高山会長と同店を訪れたのは10月30日、藤本義一さんの8回目「蟻君忌」(ありんこき)の帰りで用意されていた画集にサインするためだった。

新型コロナウイルスのダメージからV字回復するための国の経済施案「GOTOトラベル」「GOTOイート」など施され緊張がゆるんだ11月、大阪にその第3波が襲い新規感染者が約3ヶ月ぶりに200人を超えた。

12月3日、大阪府は感染急拡大に伴い医療崩壊の危機が迫っているとして自粛要請の基準「大阪モデル」で非常事態を示す「赤信号」を初めて点灯させたことをうけて通天閣も赤くライトアップされた。

と共に大阪市北区と中央区にある飲食店などへも時短、休業を期限付きで要請した。

透明アクリル板で客と客の間を仕切り、アルコール消毒に心くばりしやっと客が戻りつつあった中央区の「道しるべ」も20時までと営業短縮をしなくてはならなくなった。

11日後、それも14日間延長され北区、中央区だけではなく市内全域に拡大された。

オダサクさんのダイスがあれば同じことになっていただろう。

令和三年(2021)十一月、やっと終息のきざしが見え始めたところへ南アフリカから新変種株オミクロンが発生、こいつの感染者の増え方がはんぱでない。

翌年二月、瓢一は3回目の接種を受けてこの本の最終段階に歩みを進めている。

聴雨

▲坂田

	9	8	7	6	5	4	3	2	1	
	香	桂	銀	金	王	金	銀	桂	香	一
		飛						角		二
		歩	歩	歩	歩	歩	歩	歩	歩	三
	歩									四
										五
			歩							六
	歩	歩		歩	歩	歩	歩	歩	歩	七
		角						飛		八
	香	桂	銀	金	玉	金	銀	桂	香	九

△木村義

坂田三吉

〽坂田三吉　端歩もついた……

ご存じフランク永井が歌う「大阪ぐらし」で作詞は石濱恒夫、作曲は大野正雄だ。

大阪の棋士坂田三吉が名人を自称したことに端を発した紛糾により十六年間の沈黙を解いて東京の木村義雄、花田長太郎両八段と相対したのは昭和十二年（1937）二月から三月のことで、坂田七段はこの時六十八歳だった。

あらゆる新聞社が世間常識で向っても駄目だったのを読売新聞社が十箇年間、春秋二回ずつ根気よく攻め続けて到頭口説き落としたとオダサクさんは書く。

当代の花形棋士対個性の強い横紙破りの坂田との対局は近代棋士に挑む暴れ太鼓の風がどう吹くかという興味に大衆の胸が踊った。

かてて加えて、十六年間の沈黙を破って坂田将棋の真価をはじめて世に問ふ対局である。

相手は当代の花形棋士の二人だ。

もし坂田に敗れれば名人位を争ふ二人にとてその位の鼎（かなえ）の軽重を問ふものだった。

一番勝負二局のうち、最初の一局、対木村戦は京都南禅寺の書院が対局場だった。

二月五日午前十時五分、先手木村八段は十八分考えて、七六歩と定跡どおりの角道をあけた。

坂田は、右の手をすっと盤の右の端の方へ伸ばした。

オダサクさんのここらの心理描写はすばらしい。

木村は、飛車先の歩を平凡に八四歩と突いて来るのだなと、瞬間思った。

が、坂田の手はもう一筋右に寄り、九三の端の歩に掛かった。そうして、音もなくすーっと九四歩と突き進めて、じっと盤の上を見つめていた。駒のすれる音もせぬしずかな指し方であった。十六年振りに指す一生一代の将棋の第一手とは思えぬしずけさだった。

そう、フランク永井が歌う「端歩」を突いた瞬間だ。

まさか第一着手にこんな未だかつて将棋史上現われたことのない手を指してくるとは、思いも掛けなかったので木村はあっと思った。

オダサクさんは、新聞の観戦記がこの九四歩の一手を得ただけでも、この度の対局の価値は十分であると言ってこの一手の説明だけで一日を費いやしていたが、その記事を読んだ時のことを忘れない、という。

瓢一は、むしろこの後のオダサクさんが書くことに興味がある。

「その頃私は千日前の大阪劇場の地下室にある薄汚い将棋倶楽部へ、浮かぬ表情で通っていた。地下室特有の重く澱んだ空気が、煙草のけむりと、ピンポン場や遊戯場からあがる砂ほこりに濁って、私はそこへ降りて行くコンクリートの坂の途中で、はやコンコンといやな咳をしなければならなかったが、その頃私の心をすこしでも慰める場所は、この将棋倶楽部のほかにはなかった。」

その頃のオダサクさんの生活には、耳かきですくうほどの希望も感動もない、青春に背中を向け、その背中も悔恨と焦燥の火に、ちょろちょろ焼かれていたのだ。

そんな気持の中、薄汚れた地下室の将棋倶楽部で鬱屈(うっくつ)とした気分の中、水洟(ばな)をすすりあげ赤く来た熱でぐったりし、駒を投げ出す、—そんなある日、オダサクさんはその観戦記を読む。

地下室を出て立寄った喫茶店で備えつけの新聞で観戦記の一回目「木村の七六歩、坂田の九四歩」の二手だけの奇妙な棋譜を見て「雌伏十六年、忍苦の涙は九四の白金光を放つ」といふ見出し文句を誇張した言い方だと思わなかった。

私の眼はぱっと明るくなったような気がして「坂田はやったぞ。坂田はやったぞ。」と初めて感動というものを知ったと書く。

瓢一は子供のころ、オダサクさんが将棋を指しに通った大阪劇場（大劇）地下にあった遊戯場「スポーツヤード」へよく出入りしていた。

主に次兄とで、出入口は千日前側の南東角と東側の楽屋口付近にあった。

千日前から薄暗いスロープを下り右に廻る通路左右に玉つき、卓球、将棋、囲碁、レコードの吹き込み、5、6人の少女バンドのライブなどがあった。

スロープを下りたつき当りあたりにも何かあったが瓢一たちの目的は自動車、汽車などとともに円型の水槽に浮かんだ回転するボートと出口近くにあった「鬼のかんしゃく玉当て」だった。

中央に立つ柱にポールでつながれた2、3隻のボート乗り場の切符係りは「むかでや」2階1号室に母親と同居する娘のIさんだったからいつも無料だった。

「鬼のかんしゃく玉当て」は、立っている鬼の像の胸にある標的に布製の玉を投げ命中すると鬼が目をつり上げ角（つの）を立て鉄棒を上げ「ウオーッ」と奇声を発する。

この遊戯場も昭和十九年（1944）に閉鎖して兵器生産工場にする予定で施盤などの機械を入れたが大空襲のため使用できなかった。

昭和二十五年（1950）、地下にアルバイトサロンができた。

その入口は南海通りと千日前が交わる北東角だ。

写真集「昭和の大阪・昭和20～50年」（産経新聞社刊）には「すべては百円セットからはじまる！」の看板を掲げたネオン塔が立ち、入口には「ネグリジェの夕」と立看板がある。

月～木はチャイナドレス、金土日はネグリジェとあるから店のホステスはそんな服装で客をもてなしたのだろう。

昭和四十二年（1967）六月の写真だからワンセット百円だがそのあとにつづく「から」が曲者だ。

入口横の堀には「ビール会社がびっくりした××（不読）のキャバレーの社長が飛行機で見学にきた」と大きな文字のコピーがある。

この時代にもキャッチコピーの名人として話題をまいたこのアルサロの取締役支配人だった磯田敏夫がつくったものだろう。

磯田敏夫は、昭和五十八年（１９８３）織田作之助生誕満７０年を記念して創設された織田作之助賞の第一回（昭和五十九年度）に「仁輪加　千日前の男前」で佳作に入っている。

この写真時代、大劇は「実演と映画」の２本立てをやっているが、この年六月四日閉鎖しているから最後の姿だろう。

大劇アルバイトサロンは「接姿呆夢（セシボン）」と名付けた時期もあり、かつてミナミに住んでいた友人は顔見知りのそこのボーイから「たまには来てください、１００人のうち３人は若い子がいますよ」と誘われたという。

この店は平成三年（１９９１）のビル解体まであった。

昭和五十二年（１９７７）６月の写真には同名のアルバイトサロンは「ワンセット５００円也」のネオン付立看板に並んで「彼女は何色？あてまショウ」「ホステス水着コンクール」の大看板が客に向って口を開けた地下入口前にある。

１階は飲食店、パチンコ店などで２階はゲームプラザで南海通りも千日前もアーケードがついて昔日の大劇の建物は見えない。

昭和四十二年（１９６７）閉鎖後、大劇レジャービルになり５階に大劇名画座、４階に大劇シネマができ、劇場部分を複合ビルに改装してダンスホール、ジャズ喫茶、ボーリング場になる。

平成三年（１９９１）の大劇ビル解体とともに地下の大劇サロンも消えた。

瓢一が長兄の案内でオーケストラボックスへ行く途中の「オペラ座の怪人」が住んだような奈落

も、その背中あわせにあったオダサクさんが青春を過した将棋クラブもみんなセピア色の彼方にかすんで、その跡に5年後「なんばオリエンタルホテル」が開業する。

オダサクさんが、長姉竹中タツ宅に時々寄寓していた頃ならこの将棋倶楽部にいたので大劇地下のスポーツヤードで遊ぶ瓢一とすれちがい地下室の澱んだ空気や卓球場の砂ぼこりを共有していたのは間違いない。

秋月恵美子、芦原千津子ら大阪松竹歌劇団（ＯＳＫ）のスター、田端義夫、美空ひばり、藤島桓夫らが踊り歌うかすみの奥にそんな景色も見えるような気がする。

坂田三吉が九四へ端歩を突いた新聞記事をオダサクさんが読んだのは、大劇筋向い角のキムラヤパン店の喫茶室かその南側にあった「ミルクホール花屋」だと思う。多分後者だろう。

「花屋」は長姉タツ宅に寄寓していて毎日通った浪花湯（金剛湯）への帰りに立ち寄って珈琲を飲んだ馴染みの店だからだ。

「勝負師」に「九四歩突きという一手のもつ青春は、私がそうありたいと思う青春だったのだ」「この自信に私は打たれて、坂田にあやかりたいと思った、いや坂田の中に私の可能性を見たのである」

昭和十二年（１９３７）二月、その頃全く青春に背中を向けて心身共に病み疲れていたオダサクさんは、滅茶苦茶といってもよいくらいの坂田の態度を自らの未来に擬したく思っていた。

その自信を凝り固めた頑固なまでに我の強い手のなかに大阪人らしい茶目気や芝居気も現れ、近代将棋の合理的な理論より我流を信じ、不器用に生きる坂田の業坂田が言うその自信には栓ぬき瓢箪のようにぽかんと気を抜いた余裕は大阪の性格だと坂田の中に織田作之助自信を見付ける。

瓢一が思うところのハンドルの遊びだ。

真面目に不真面目をやる。余裕、ゆとりだ。

オダサクさんはこの坂田の一手にぴしゃりと鞭打たれたのだが、結果は九四歩突きの一手が致命傷となって坂田は木村八段に破れた。

オダサクさんは、わが師とすがった坂田の自信がこんなに脆(もろ)いものだったのか、だまされた想いにうろたえ、その青春もその対局の観戦記事が掲載されていた一月限りのものであったかと、がっかりする。

ところがと作品「勝負師」にはつづく。

その一ヶ月後、坂田は再び京都・天龍寺・大書院で「昭和の大棋戦二局」の残る花田戦に挑む。

木村に完敗した上に近代将棋の産みの親、花田に挑戦するような愚に出まいと思うオダサクさんをして無暴という言葉を使わせた坂田が「花田八段の第一手七六歩を受けた第一手に、再び端の歩を一四歩と突いた」のだ。

木村には右の端歩を九四と突き、花田には左の端を一四歩と突く。

九四歩は蛸を食った度胸で一四歩はその蛸の毒を知りつつ敢て再び食った度胸で後者の方が多くの自信を要するとオダサクさんはその底ぬけの自信に驚く。

それが敗因となっても花田八段は世間の悪口をたしなめ、勝ちながらも坂田の棋力を高く評価し「坂田さんの一四歩は仕掛けさせて勝つ。こうした将棋の根本を狙った彼の独創的作戦であったのです」といいたわりの言葉をもってかばっている。

王将戦

坂田三吉と木村義雄が京都・南禅寺で対局した43年後、昭和五十五年（1980）一月二十五日、瓢一は加藤一二三王将と大山康晴十五世名人が対局するま近でスケッチブックを構えていた。

第29期王将位決定戦七番勝負の第2局第一日目の取材を主催するスポーツニッポン新聞社の依頼によるものだ。

場所は大阪・高石市羽衣の「ホテル新東洋・滝の間」、23畳の大広間だ。

第1局は挑戦者大山名人が先勝し、今局は午前9時、先番加藤王将の7六歩から始まった。

加藤の居飛車、大山の振り飛車は予想通りで、熱戦は午後5時34分手番の大山が60手目を封じて一日目は終った。

翌朝紙面には「静（大山）動（加藤）好対照の両雄」の見出しで瓢一の観戦記とイラストが掲っている。

『17戦2勝15敗。これが今年に入ってきのうまでのボクのヘボ将棋の戦績。その恥をひっさげての「王将戦」観戦である。（中略）序盤戦なので張りつめた空気は少ない。

シャチホコばっているのはボクだけ。

その緊張をほぐすように、対局中の大山十五世名人からの声「なるせさん、あんた一日に絵を何枚かきますか？」

いただいた名刺の書体とちがうニコやかな顔がこちらをむいている。

2メートルの至近距離でみる両雄は実に好対照。

洋服加藤の「動」和服大山の「静」正座、あぐら、中腰、便所━まるでブロックサイン出すコーチのように多忙な王将。

和菓子が出る。皿を胸元に楊枝で切る大山。

甘いもの無視の加藤。イチゴが出る。豪快なほどの大口で飲み込む加藤。手をつけずの大山。

世代のちがいがはっきりと出たのは昼食。

トースト、牛乳とフルーツの加藤、どんぶりとみそ汁の大山……。

「なんや、おまえの観戦記、食うもんばっかりやないか」と横のO記者。

第29期
王将位決定戦
第2局第1日

昭和55年5月26日
大阪高石市　ホテル新東洋　滝の間

第29期 王将位決定戦

大山あっさり封じ手

70分あっ4六飛

指しかけ直前小波乱

静動好対照の両雄

予想封じ手2八角

提供 スポーツニッポン新聞社

やっぱりボクのはヘボ棋(記)事なんだナ』

記事以外でも目にしたのは、30才の王将に57才の挑戦者の世代観で大山名人がトイレに立ったあと加藤王将が名人の席に来て座布団をまたぎ中腰で盤面を覗いている。後々いわれる「ヒフミンアイ」だ。

名人が帰ってきても座れない、集中力がすごいのか心理戦か。

観戦記に両者の考えるポーズも描いているが「腕を組む、顔に手を当てる」王将に対して「ひじかけにのせた手の先にもった扇子をぶらぶら振る、扇子を開いたと閉じたりする」名人の心理作戦か。

結局第2局は大山名人が7戦全勝し最終的に第29期王将位決定戦は4勝2敗で挑戦者大山名人が王将のタイトルを奪取した。


瓢一がふたたびタイトルを争う棋士にスケッチブックと6号色紙をむけたのは17年後の平成九年(1997)一月三十日だった。

第46期王将戦七番勝負第3局第一日で、羽生善治王将に谷川浩司竜王が三度(みたび)(すでに二敗)挑む日だ。

前回と同じ毎日新聞社と共に主催するスポーツニッポン新聞社の依頼をうけて瓢一は、前夜祭がある前日夕刻に時を合わせて対局場・彦根プリンスホテル(滋賀県)に到着した。

「びわ湖をとりまく山々は雪を頂いて、湖面には強い風が吹き荒れている。明日の氷点下を予知させる雪おこしの風かもしれない。谷川浩司竜王二敗のあとをうけての第3局の前日、まさに風雲急を告げる荒天である」とメモした。

墨汁を買いに十六時過ぎ彦根の町へ出た。

阪神淡路大震災のとき、風呂に入れてくださった好意の双葉荘が前にある。１８０円の墨汁に３３８０円のタクシー代を払った。不注意は高くつくものだ。

ホテルに帰ると、洋服姿の羽生王将と谷川竜王が対局室でカメラに向ってポーズをとっていた。羽生王将の理知的な目、若いなと感じさせない風格があるのに対して温和を感じさせる谷川

第 46 期　王将戦七番勝負　第 3 局第 1 日
滋賀・彦根市　彦根プリンスホテル　伊吹の間
平成 9 年 1 月 30 日

スポーツニッポン

あくまで積極果敢

銀世界の中、両雄3たび激突!!

谷川竜王 攻めた

右四間飛車

腰かけ銀から"押し"の一手

守りの羽生王将

大長考80分さらに攻めて…谷川竜王▲4五歩

竜王。

かつて大山康晴名人と加藤一二三王将との対局をスケッチした時から考えると時代が変ったと感じる。

人がみな去った対局室に入る。

襖を開けると、もうさっきの和やかさが残ってなくて明日のための張りつめた空気がただよったなかに花の香があふれていた。白、ピンク、うす暗い部屋の床に黄色が鮮やかだ。

入口近くに「長考用椅子」があり、枯山水の庭に立つ杉木立が風にゆれているのが見える。結婚式場の屋根に樫木がのっている。

椅子のひじかけに「SEIBU」の文字とライオンのキャラクターが染めぬかれたブルーのタオルがこの場にはミスマッチだと思う。

奥に入る。

対局者の下手に大きな彦根屏風が立ち、そのうらにも「長考椅子」が庭にむかってあり広い芝生と枯木が見える。

足もとの床にあやめかかきつばたの活け花。

対局用の盤を白布がおおい、座布團の横にはごみ篭とティッシュペーパー。

対局室

長考椅子

ゴウゴウと風の音がきこえてくるなかであしたの戦場と長考の場のスケッチを3枚。

「さて、ここでどんな対局がはじまるのか」

瓢一の実感メモは35年後のいまもスケッチとともに臨場感がある。

谷川浩司竜王が初めて王将位を南芳一王将から4勝1敗で獲得したのは平成四年（1992）の第41期だ。

これで竜王、棋聖、王位、王将の四冠を達成し勢いにのった。

翌年の第42期王将戦は村山聖六段に4戦全勝して初防衛、翌第43期は中原誠前名人に4勝2敗で、第44期の羽生善治竜王にも4勝3敗して羽生の七冠達成を阻止し3期防衛した。

谷川王将は、この年平成七年（1995）一月十七日未明に発生したマグチュード8、直下型の地震「阪神・淡路大震災」に被災している。

「神戸・六甲アイランドの自宅マンションは激しく揺れたが大きな被害はなかった。

翌日、島の対岸にあるLPG（液化石油ガス）タンクのガス漏れで避難勧告が出され、対局用着物をトランクにつめて島の南端に半日避難した際は命の危険を感じた」と体験記にある。

二十日、米長邦雄九段とのA級順位戦を前にした前日の朝、関西将棋会館での対局のため夫人の運転する車で大阪に移動する時、初めて対岸の惨状を知る。

何の手助けもできず通り過ぎることに心が痛み、13時間かかって到着した大阪で暖かい食事と入浴できることのありがたさを思い知る。

初心を忘れかけていた時期でもあり「震災で死んでいたかもしれない」と思うと、将棋が指せるだけでも幸せだと心を切り換えてのぞんだ羽生善治竜王、名人との第44期王将戦第2局だった。

1月23日、栃木・ホテル日光離宮での谷川王将が対局前の心境は「羽生六冠の七冠達成なるか」の世評とは別に「将棋を指す」ことの本能と大きな被害をうけた神戸のために戦っているという意識だった。

この年、プロ野球オリックス・ブルーウェーブが本拠地神戸の被災に「がんばろうKOBE」を合言葉にリーグ優勝したように、谷川王将も復興のシンボルを心に掲げ神戸市民のみならず被災地のみんなと闘った。

これはその大小は違っても同じ兵庫の宝塚市で被災し、自らのパーソナリティー番組担当のKBS京都ラジオに震災レポートを伝えた瓢一と心を一にするものだった。

7六歩、8四歩谷川王将の先手番から始ったこの対局は激闘の末、4勝3敗で王将位を防衛し「羽生七冠達成」の世評を覆すものになり、谷川王将は負けることが怖くなくなり震災経験が彼を精神的に鍛えその将棋をも鍛えてくれたともいう。

ところが、王将を死守し、全日本プロトーナメントに優勝したころから震災の緊張がゆるんだのか全く勝てなくなる。

この平成七年度、谷川王将は十二月まで羽生竜王と一度も対局していない。

それは一度も挑戦者になれなかったからで、反面羽生竜王は怒涛の快進撃で名人戦、棋聖戦、王位戦、王座戦、竜王戦を防衛し1年前と同じ七冠目の王将挑戦者となって谷川王将の前に座ったのだ。

この第45期王将戦で谷川王将は4連敗して羽生竜王名人にその位を奪取された上に七冠の独占を許してしまう。

史上初の七冠王誕生で湧く世間の影で、谷川浩司は無冠の谷川九段になった。

裸になった谷川九段は原点に帰り、将棋を指すことが楽しい、考えることが面白いと自分の力で将棋を指すようにした。

自分の気持ちを投入できる、一番苦しい時の自分を残したいと自らの書体による駒をつくってもらった。

それを手元に置き、その駒で自分の将棋を取り戻そうとした。

生活も簡素化した。

羽生竜王への挑戦者として谷川浩司が米・ロスアンゼルスで対局したのは平成八年（１９９６）十月十七日だった。

●○○○○。

アメリカでは負けたが帰国して４連勝し、９ヶ月半ぶりに竜王の冠をかぶった。

「羽生さんと将棋を楽しみたい」と生き方を変えてまで手にした竜王の冠は４年ぶりだ。

瓢一がそんな背景があった羽生善治王将と谷川浩司竜王の対局する「第４６期王将戦七番勝負　第３局　第１日目を取材したのは、平成九年（１９９７）一月三十日だった。

『起きると吹雪。谷川竜王２敗のあとの王将戦第３局がはじまる朝だ。

和食堂に下りるが両人は１０階の洋食堂かも、気付きそそこに上る。

湖面を見下ろして北にベージュのセーターの羽生王将、南に谷川竜王が遠くはなれて食べている。

静かにおだやかにコーヒーを飲み終えて王将が立ってゆく。スケッチを終えて竜王の方へ。

白地にストライプのセーターの前にピンクの花がある。

吹雪が止んだ少しの間に彦根城が見えた。

ふなずしや　彦根の城に　雲ながる　蕉村

こんなのんびりした情景ではなく龍虎相打つ吹雪の城の風景だ。

対局室に入るくつぬぎ場でトイレ帰りの王将と出逢いゆずり合いあとに入る。対局が始った。

二人の表情のように積雪に陽がさしてきた。

時計係のうしろで描く。

静寂のなか王将の扇子をせわしなく閉じ、開ける音と時折枝から落ちる雪の音のみがある。

竜王のむこうに半分開けられた障子から雪がしきりに降るさまと白い庭が見える。

動作は王将の方が多様で描きにくい。

8枚描くも80点くらいのものばかりだ。

羽生王将がトイレに立つ間、谷川竜王が「はじめて対局を描くのですか」と笑顔で語りかけてくれ、わたしの緊張の糸もゆるんだ。

竜王は記者席にもコーヒーを飲みにやってきて、しばらくテーブルで談笑。

「ずーっと2日間緊張ではしんどい」と忙中閑ありの笑顔。

四間飛車腰掛け銀でこのゆとり、風邪上りの前2局とちがって今回は勝つだろう。

描いたうち2枚をふたりにプレゼント用として着色する。『新聞用は朝のレストラン取材でおわり』と感想メモが残っている。

翌朝のスポーツニッポンのカラー紙面見出しは、銀世界の中、両雄3たび激突‼あくまで積極果敢、谷川竜王攻めた、守りの羽生王将とあり「ふぶく湖面を見下ろして二人は遠くはなれたテーブルについた。

羽生王将はオレンジジュース、ウインナーのソテーとブラックコーヒーで卵なし。

谷川竜王はグレープフルーツジュース、ハム紅茶とボイルドエッグ。

トースト2枚と野菜サラダは同じ。

スケッチの間に雪がやんで彦根城が見えた」と瓢一が描いた両雄の朝食風景のスケッチとレポートが載っている。

スケッチを着色し原稿をしたため、朝食をすませて階下におりた途端「どこへ行っとんねや、もう対局が再開されているのに」とO編集局長の大声が飛んできた。

17年前、加藤王将に大山名人が挑戦した時の担当記者は出世してからだも声も大きくなっている。

彼は対局の瞬間を描くと思っていたようだが、瓢一の仕事はとっくに10階食堂で終っていた。

この対局も第4局も勝ち4連勝で羽生善治は王将位を初防衛した。

この年四月十日から始った第55期名人戦七番勝負で谷川浩司竜王は羽生善治名人・王位・王座・棋王・王将と対局した。六月十一日群馬・伊香保温泉「福一」で4勝2敗して7年ぶりに名人に復活、通算5期で第十七世永世名人の資格を得た。

木村義雄十四世、大山康晴十五世、中原誠十六世に続く資格襲位は引退後が原則となっている。

谷川浩司名人三十五才、中原以来21年ぶりにその曽孫弟子が裸一貫からなした快挙に坂田三吉王将は泉下で快哉を叫んでいたことだろう。

瓢一と谷川浩司竜王王将とは彦根以来、おたがいが阪神タイガースファンでもあって出会うと「今年はどうでしょうね」「あきませんねえ」などとことばを交わす。

王位獲得・1000勝達成祝賀会、紫綬褒章受賞パーティーなどに招かれたり、大阪福島区の関西将棋会館で対談もしている。

この時いただいた駒と将棋盤は宝ものだ。

瓢一の出版記念パーティーにもきていただいた。

瓢一が親しい棋士は4人いる。

いづれも坂田三吉門下で、坂田の一番弟子藤内金吾八段の弟子・内藤國雄九段（引退）。内藤の弟弟子・若松政和八段の弟子谷川浩司九段、同じく淡路仁茂九段の弟子・久保利明九段、そして内藤九段の弟子・神吉宏充七段（引退）だ。

歌った「おゆき」が100万枚以上を売り上げ「将棋が一番強い演歌歌手」となった内藤と瓢一が知り合ったのは昭和五十八年（1983）ABCラジオ（朝日放送）の番組「内藤國雄のおしゃべり対局」のテレホンカードをイラストしゲスト出演した時だ。

15年後の夏「近鉄将棋まつり」（日本将棋連盟・スポーツニッポン新聞社主催）で瓢一が女流棋士・斎田晴子さんと対局した時、司会の内藤さんがヒントをくれるが勝てなかった。

久保利明九段は棋王3期、王将4期のタイトル履歴がある。（日本将棋連盟・将棋データベースより）

平成二十二年（2010）の第59期王将戦七番勝負で久保利明棋王が羽生善治王将から4勝2敗で王将を初奪取した。

その王将就任式がホテル阪神であり瓢一も参列した。

式次第のなかで主催者スポーツニッポン新聞社からの記念品は、王将の文字が入った赤いゴルフバッグだった。

久保新王将は大のゴルフ好きで、パーティーで挨拶にきた時に瓢一は「いっぺんラウンドしましょう」と声をかけた。

「いいですよ、いつでも」と王将。

あとで周辺から「あの人シングルの腕前や、3ベタが声をかけるのは100年早い」と笑われた。

神吉宏充七段とは、テレビ番組で顔を合わせることが多かった。

179センチ120キロの巨体をピンクや黄色のダブルスーツに包み笑顔をふりまくから周辺が明るくなる。

師匠の内藤九段と同じ酒豪の弟子だ。

瓢一の知り合った棋士4人とも兵庫県出身なのも不思議だ。

瓢一がこどものころ、なんばパークスのところに大阪地方専売局（JT／日本たばこ産業）があり、赤レンガの工場ではたばこの製造をしていた。

元々は「難波御蔵」（米蔵）だった前の広場でこどもたちはトンボとりをしたものだが、大阪大空襲で瓢一の生家が焼失したあとにできた広場へ越してきて工場跡に大阪球場ができた。

たばこ工場はなかったが日本橋三丁目にできた新社屋の人たちと瓢一はかかわりをもったのは不思議なことだ。

テレホンカード

棋士たばこ

たばこの空箱を利用して建物や町をつくる「パッケージデザイン・コンテスト」にイラストレーターとして審査にあたったのを皮切りに音楽イベント「キャビンロイヤルミュージックパーティ」の司会、ポートピア記念たばこ（1981）、マイルドセブン美人たばこ（1983〜86）、似顔絵たばこ（1986）などパッケージに絵を描いてかかわりが深まりそれはいまも続いている。

新型コロナウイルス禍のため令和2、3年（2020、2021）は中止になったが、瓢一のもとには、JT・日本たばこ産業株式会社大阪本社・支社長から「将棋日本シリーズJTプロ公式戦／テーブルマークこども大会」大阪大会開催記念レセプションへの招待状が毎年届く。

多くのプロ棋士と出逢えることが楽しみで欠かさず出席している瓢一のテーブルには、公益社団法人日本将棋連盟会長や招待社JTの支社長らが並ぶ。

令和元年（2019）の会では、谷川浩司前会長、羽生善治九段、佐藤康光新会長や渡辺明名人、棋王、王将らと話した。

このとき、瓢一は谷川前会長に「織田作之助が作品で木村、花田両八段と対局したとき端歩を突いたのは二手損と書いていますが、どうでしょう」ときいてみた。

「端歩突きはAI（人工知能）なら8割は正解というでしょう」と答えてくれた。

後日、谷川前会長からの封書が届いた。

お尋ねの件ですが、ちょうど書いたので、と業界紙「電気新聞」のコピーが添えられていた。

前後は省かせてもらうが『後手番で既に一手遅れている上に、二手目に端歩を突くと、中央での戦いに遅れを取り、作戦負けになりかねない。坂田先生の真意は何だったのか。

これについては諸説ある。東京方の研究を外すために最初から力将棋を目指した。あるいは、実力に絶対的な自信があったのであえて一手遅れる手を指した、など。

ただ、最近十年ほどの事だが、坂田先生の指し方をヒントにしたというわけではないが、四手目に端歩を突いて相手の出方を窺う指し方が公式戦でも多く見られるようになった。

序盤で駒を前へ進めるのは、作戦や駒組みを決めてしまう事でもある。「後出しじゃんけん」ではないが、序盤で一気に攻め潰されさえしなければ、相手の攻撃の陣形を見てから、自分の守備の陣形を決めた方が、より効果的と言える。

坂田先生はこの二局の端歩について弟子の一人に、「五十年経てば分かる」と言われたとか。正にその予言通りに、現在の将棋界が進んでいる事に改めて驚く』と、坂田三吉王将の曽孫弟子・谷川浩司前会長は解説している。

オダサクさんは「対局は二月五日午前十時五分、木村八段の先手で開始された。木村は十八分考へて、七六歩と角道をあけた」と定跡どおり何の奇もない無難な手と書く。

坂田といえば「どんな奇手を指すか見ておれ、あっといふやうな奇想天外の手を指してやるんだ」と窓外の庭の赤い南天の実を見る。」と、瓢一が羽生善治王将と谷川浩司竜王が彦根で対局した横で窓外に見える木から積雪が落ちる風景をメモしたことを思い出した。

「十二分経って、坂田の眼は再び盤上に戻り右の手をすっと盤の右の端の方へ伸ばした。音もなくすーっと九四歩と突き進めてぢっと盤の上を見つめていた」

端歩を突き、木村の手抜まで二手損したが「存外これが坂田の思いであったかもしれない」「敵に指させて勝つ」の思いが結果はやはり二手損が災いして坂田は完敗する、「さすがに無謀だった」とオダサクさんはいう。

それでも坂田は次の花田八段との対局でも左端の歩を突いて負ける。

谷川前会長の文章はつづく。

『流石の阪田師も年齢とブランクには勝てないかと思われた。ところが、翌年67歳で参加した

Ａ級順位戦では、若手相手に奮闘、7勝8敗の成績を残す。この年代でトップ棋士と互角に戦った棋士は、他に大山康晴十五世名人だけ。阪田先生は現役最後にまた伝説を残したのである』

（中略）

手紙の末尾は、阪神タイガース今年は健闘していると思います。広島が強すぎるので優勝は難しいと思いますが、一年を通じて若手が出てきてくれればと期待しております。と結ばれている。

平成十九年（２００７）、コンピューター将棋のソフトＢｏｎａｎｚａ（ボナンザ）は渡辺竜王に敗れたが実力はプロ一歩手前といわれるまでになっていた。

5年後、第1回将棋電王戦ですでに引退していた米長邦雄永世棋聖がボンクラーズに破れて、いよいよ現役プロ棋士5名とＡＩ5台の対局が始まることになる。

２０１３年の第2回将棋電王戦で5戦中、人間が1勝3敗1分で終了し、ついに「ＡＩはプロ中位以上の実力」になったといわれた。

よちよち歩きのＡＩが人間を超えるはずがないといわれていた２０００年頃だが、これが急速の進歩をとげ出した。

２０１５年の将棋電王戦ＦＩＮＡＬでは、プロ棋士が本気で研究してきて3勝2敗で面目を保った。

２０１７年、第2期電王戦ではこれまでのチーム戦ではなく、「叡王戦」の優勝者とコンピューター将棋大会の優勝ソフトとの対局になった。

佐藤天彦名人対Ｐｏｎａｎｚａ（ポナンザ）で名人が2連敗した。「棋士とＡＩはどちらが強いのか」という議論はここでピリオドが打たれた。

いま、ほとんどの棋士がＡＩを将棋研究にとり入れている。

令和三年（2021）十一月二十六日、瓢一は新世界・通天閣の足下に立った。

ここには坂田三吉王将の顕彰碑と大正2年4月6日（1913）、東京市京橋区築地倶楽部で関根金次郎八段と坂田三吉七段が対局した時の盤面レプリカがある。

坂田が「銀が泣いている」の名文句を残した勝負の盤面で、164手（4五歩）投了と墨書してある。

オダサクさんは「ああ、悪い銀を打ちました、進むに進めず、引くに引かれず、ああ、ほんまにえらい所へ打たれてしもたと銀が泣いている。銀が坂田の心になって泣いているといふのだ。坂田にとっては、駒の一つ一つが自分の心であった。さうして、将棋盤のほかには心の場所がないのだ。盤が人生のすべてであった。将棋のほかには何物もなく、何物も考へられない人であった。」と書く。

公益社団法人日本将棋連盟のブログには『この対局において、関根金次郎の挑発的な手に対して、阪田三吉は銀を動かします。阪田としてはその銀を関根に取ってもらうことで、香車を動かして攻めに転じようという腹でした。ところが関根がその意図を読んでいて、取ってくれない。銀は「取ってくれ。いっそ殺せ！」と叫んでいるのに敵は殺してくれない。それで彼は「銀が泣いている」と言ったのでした』

後日、朝日新聞上での阪田本人の述懐も掲っている。

「（あの銀は）ただの銀じゃない。それは阪田がうつむいて泣いている銀だ。それは駒と違う、阪田三吉が銀になっているのだ。その銀という物に阪田の魂がぶち込まれているのだ。その駒が泣いている。涙を流して泣いている。今まで私は悪るうございました。強情過ぎました。あまり勝負に焦（あせ）りすぎました。これから決して強情はいたしません。無理はいたしません、といって阪田が銀になって泣いているのだ」

瓢一は、勝負師の駒にかけるこの情念を見、その後の端歩を突いた2局も含めて「坂田三吉は阿呆（あほ）な将棋を指した」とは、どうしても思えない。

その銀で世間を「アッ」っといわせた青年がいる。
藤井聡太、１７歳。
坂田三吉が「泣く銀」を打ってから１０７年後のことだ。

新世界 通天閣下
銀が泣いてる盤面（坂田三吉対関根金次郎）

銀でＡＩ超えした藤井聡太竜王

令和二年（２０２０）七月十六日、第９１期棋聖戦五番勝負で藤井聡太は渡辺明棋聖に挑戦し、三勝一敗で棋聖のタイトルを17歳11カ月の最年少記録で奪取した。

話題の銀は、その第二局で藤井が五十八手目に指した「△３一銀」だ。のちに「ＡＩ超え」と呼ばれた手で、その時の最強の将棋ソフト「水匠２」に4億手読ませた段階で候補手のベスト5にも入らず6億手読ませたら最善手といってくる妙手だったと谷川浩司前会長は「藤井聡太論」（講談社）に書いている。

渡辺明棋聖といえば、第一局の終盤に16回連続王手をかける猛攻だったが、その後はこの銀で攻める突破口を失い相手玉に1度も王手をかけることなく敗れ2連敗となった。

新型コロナウイルス禍のため対局日程が約1ヶ月延び渡辺棋聖は名人戦挑戦と棋聖戦防衛を平行して対局しなければならなかったというハンディがあった。

コロナ禍の棋聖戦とＡＩ超えの銀は藤井聡太の名とともに永遠に語られるだろう。

令和元年（２０１９）十月二十五日、ホテル阪急インターナショナル「瑞鳥」で開かれた「将棋日本シリーズ　ＪＴプロ公式戦／テーブルマークこども大会」大阪大会開催記念レセプションが開かれ例年どおり瓢一も招かれた。

ＪＴグループがこのシリーズに協賛する主旨は「日本の伝統文化がある将棋を通じて、地域社会の活性化および、青少年の健全育成に貢献したい」ということだ。

瓢一は、この会で坂田三吉の端歩について谷川前会長に質問したが、佐藤康光日本将棋連盟会長（九段）にもＡＩについてきいた。

会長は「１０代は完全に練習に利用しているが５０代は必ずしもそうではない」といった。

前回このシリーズの覇者だった渡辺明棋王・王将（当時）とは、将棋の最年少棋士・藤井聡太七段についての話をした。

当時、藤井少年は名古屋大学教育学部付属高校2年生。

ＡＩ（人工知能）搭載将棋ソフトを使って研究し、トップ棋士を相手にタイトル挑戦していた昇龍児だ。

「藤井君はいづれ王将戦に出てくるでしょう」

事実この時期、藤井七段は初参加の第69期王将戦挑戦者決定リーグで闘っていて話題を集めていた。

藤井七段以外の参加者6人は全員トップ棋士で、藤井七段は4勝1敗の首位タイで最終局をむかえ史上最年少でタイトル挑戦かと多くの耳目を集めていた。同じく4勝1敗で臨んだ広瀬章人八段と直接対局し秒読みのミスで破れた。

渡辺明王将・棋王と瓢一が話した後の十一月十九日のことだった。

あと1勝の道は遠かったが、翌令和二年（２０２０）、ついに第91期棋聖戦で渡辺明棋聖と五番勝負の初タイトル戦を行い3勝1敗で勝利しタイトル獲得最年少記録を17歳11ヶ月で更新した。

平成二十九年（２０１７）六月二十日、14歳7ヶ月で中学生棋士としてスタートしてから62年10ヶ月間活動し数々の栄冠を手にしてその行動とともに話題を作ってきた「神武以来の天歳」加藤一二三九段が引退した。

瓢一が大山康晴永世名人と王将戦で対局するふたりを描いたあの加藤一二三王将（当時）だ。

平成二十八年（２０１６）十二月、藤井聡太がプロ入り初戦の相手がこの加藤一二三九段で史上最年長棋士と最年少棋士の年齢差は62歳9ヶ月と騒がれた。

ここから始った藤井四段の白星は、その加藤九段が引退した翌日、このレジェンドが持つ記録を5ヶ月早く14歳2ヶ月に塗り替えた。

この対局は、王将戦1次予選で澤田真吾六段を99手で下し史上最年少プロ棋士・藤井聡太四段の偉業としてスポニチ号外5000部が対局会場の福島にある関西将棋会館前とJR大阪駅前で配布されたことでもわかる。

歴代1位の通算1433勝を誇る故・大山康晴十五世名人、羽生善治3冠（当時）でも到達できなかった頂上に14歳の新人棋士が昇ったのだから当然のことだ。

神谷広志八段がプロデビュー以来作った28連勝の大記録に並んだことでの快挙だが、同二十六日竜王戦決勝トーナメントで増田康宏四段を下し29連勝としてあっさりこれを更新した。

平成二十九年（2017）七月、竜王戦決勝トーナメント2回戦で佐々木勇気五段に破れ30連勝はできなかったが、羽生善治3冠（当時）の22連勝を大きく超える快挙だった。

これによって将棋ブームがおこり、各地のこども将棋教室に子供たちがあふれた。

藤井聡太の対局中のおやつが新聞などで報じられるとすぐに人気商品となり"藤井効果〃があらわれる。

藤井聡太四段、中学3年生14歳。

「将棋新時代」の幕開けだ。

いま、将棋のタイトルは8つある

「竜王戦」「名人戦」「王位戦」「王座戦」「棋王戦」「叡王戦」「王将戦」「棋聖戦」で、一番新しいのは平成二十九年（2017）に昇格した「叡王戦」だ。

この序列は変わることはあるが「竜王戦」と「名人戦」は別格に扱われている。

藤井聡太七段の初タイトルは、令和二年（2020）七月十六日「第91期棋聖戦・五番勝負」で渡辺明棋聖から奪取したものだ。

藤井七段の17歳11ヵ月での獲得は30年ぶりの記録更新だ。

次いで八月二十日「第61期王位戦・7番勝負を木村一基王位と対局し4連勝して奪取。

18歳1ヵ月の史上最年少で2冠を獲得するとともに最年少八段昇段を決めた。

翌2021年度は7月4日、渡辺明3冠に第92期棋聖戦五番勝負で3勝0敗のストレート勝ちで初防衛し18歳11ヵ月で最高位「九段」と最年少記録を達成した。

これまで渡辺明3冠が21歳7ヵ月でもつ記録を大幅に上回るものでそのスピードがどれだけ驚異的なものかがわかる。

令和三年（2021）九月十三日、藤井2冠は苦手だった豊島将之叡王から「第6期叡王5番勝負」で3勝2敗をあげ19才1ヵ月で10代では初めての3冠目を達成、十一月十三日「第34期竜王戦7番勝負」でも豊島将之竜王に4連勝し、羽生善治九段がもつ22歳9ヵ月での4冠を19歳3ヵ月と28年ぶりに更新した。

「王位」（対豊島将之）「棋聖」（対渡辺明）も防衛し、瓢一がこの稿を書いている令和四年（2022）一月、渡辺明王将（名人・棋聖）と「第71期王将戦7番勝負」（スポーツニッポン新聞社、毎日新聞社、日本将棋連盟主催）に王将戦最年少挑戦記録を樹立して挑んでいる。

史上初の3冠対4冠の頂上対局だ。

一月九、十日の第1局は静岡県掛川市であり、139手で藤井4冠が勝利した。

第2局は、同二十二、二十三日大阪・高槻市であり、98手で藤井が開幕2連勝した。

同二十九、三十日、栃木・大田原市での第3局は、瓢一が初めて知った「地下鉄飛車」の手が出た。

藤井陣の2九に飛車がおりその左9九までは駒がない。戦線は渡辺が仕掛けて中央で拡大したのでこの飛車の発車はなかったが渡辺を制する待機駒だった。

結果、135手で藤井は3連勝し、開幕からストレートで王将奪取へ王手をかけた。

これは、7番勝負初出場棋士では1785年度の中村修九段以来2人目だ。

さて、藤井がストレート勝ちして王将位を奪取するのか、現役最強といわれる渡辺が一矢報いてその勢いを止めるのかの第4局が二月十一、十二日、東京立川市で始った。

初日、藤井は劣勢だった、と封じ手後告白している。

この日のスポニチ一面は、北京冬季五輪第8日目、スノーボード競技で平野歩夢がトリプルコーク1440を含む5発のルーティンを滑りその名のとおり「夢」をかなえた笑顔の記事が踊っていた。

瓢一は、夕方「藤井はどうか」と毎日新聞のウェブも観たが棋譜映像はまだ対局中か途中で動画が止まる。

午後4時頃、『藤井聡太竜王が史上最年少で「五冠」達成』とテレビニュース速報が入った。

114手で渡辺明王将に勝利し、王将戦初挑戦で初のストレート奪取をかなえ最年少5冠を達成、歴代16代目の王将に輝いた。

令和四年（2022）二月十三日付スポニチ一面は、翌日のバレンタインデーにちなんだたくさんの赤い風船でつくったハートのなかに王将と書かれた金色の大きなチョコレートをもち王冠をつけた藤井新5冠の笑顔がある。

19歳6ヶ月、中原誠16世名人、羽生善治九段、南芳一九段、中村修九段の記録をこす史上初の10代王将の誕生だ。

スポニチ将棋担当記者・筒崎嘉一は「10代にして歴史的存在になった藤井の本音は、思考力や計算力が問われる棋力のピークと想定するのは25歳」と書く。

羽生善治九段、が1996年、当時の全7冠を制覇した25歳をその根拠の一つとする藤井。

1年前公表した卒業目前での高校の自主退学は王位、棋聖2冠を獲得したことによる出席日数不足が直接の理由とするならば、この5冠に連なる8冠をも見据えたものだろう。

瓢一は若い頃読んだフランスの哲学者の幸福論のことば「青春と富が一度に来たら、その人は不幸である」を憶えているが時代がちがう。

努力に裏づけられた才能が若くして開花した例はそばにいくらでもある。

好きこそものの上手なれ。

瓢一は、藤井新王将が達成した5冠に心から「善哉」と叫んだ。

オダサクさんも同様だと思う。

このあと「藤井聡太の青春」を楽しむことにしよう。


と書いて「聴雨」を脱稿し校正に入った令和四年（2022）五月二十四日、藤井聡太5冠が第7期叡王戦5番勝負で挑戦者・出口若武六段を下し3勝0敗で「叡王」の初防衛に成功し、この勝利でタイトル戦の連勝は13となり羽生善治九段の持つ歴代2位の記録に並んだ。

次いで五月二十六日、日本将棋連盟が「谷川九段、十七世名人襲位」を発表。

21歳2カ月での史上最年少名人奪取などタイトル27期、連盟会長を務めた功績に対して日本将棋連盟理事会が十七世名人を現役のまま襲位することを推薦決定した。

谷川浩司九段と主催社の合意も得られ六月九日、推薦状授与式が行われた。

名人位は原則引退後となっているが、中原誠十六世名人の前例もあり谷川浩司九段も同じ60歳で襲位することになった。

「若手棋士と盤上での会話を楽しめるよう、精進を重ねていく」と話しているから現役を続けていくことに意欲満々で瓢一も大変うれしい。

オダサクさん、坂田三吉の曾孫弟子も現役名人になりますよ。

そして五月二十九日、第80期名人戦7番勝負第5局で渡辺明2冠(棋王を含め)が挑戦者の斎藤慎太郎八段を破り対戦成績4勝1敗で防衛した。

今度は3期連続の名人獲得で、5期が条件の永世名人(20世)へ折り返した。

十八世の資格保持者・森内俊之九段、十九世の羽生善治九段までは原則引退後の襲位が決まっている。

※本文中、坂田三吉は存命中、没後は阪田三吉と表記した。

可能性の文学

眉村　卓
難波利三
阿部牧郎
藤本義一
井上ひさし
小松左京

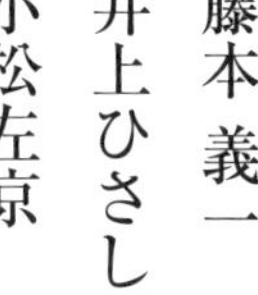

可能性の文学

「坂田三吉が死んだ」から書き出されたオダサクさんの「可能性の文学」は、後手の坂田が第一手に定跡でない九三の端の歩を九四へ突いたことを棋界未曽有の初手でオルソドックスに対する坂田の挑戦だという。

小説にも約束というオルソドックスがある……といい日本の文壇にないアンチテエゼを憂いている。

わたしが付き合った直木賞作家の作品を「端歩」（オリジナリティ）として見ると、藤本義一さんの「鬼の詩」と難波利三さんの「てんのじ村」で「オルソドックス」（定跡）は阿部牧郎さんの「それぞれの終楽章」にあたると思う。

藤本作品について難波さんは「藤本作品は概ね長編にいいのがないが、鬼の詩・ちりめんじゃこなど100枚～200枚くらいの短編には切れがあっていい味が出ている、「蛍」のシリーズはよく調べた端歩の世界だ」という。

瓢一は、「元禄流行作家　わが西鶴」もそうだと思う。

「織田作之助は思想、心情は書かない、人物を書く場合は感覚で書くし、人間の面白さ、悲しさを楽しく書く。これは大阪的で、司馬遼太郎、藤本義一も同じで大阪の作家に芥川賞より直木賞が多いのはそれではないか」と難波さんは分析する。

藤本さんは織田作は「テレの文学」といったし、眉村さんは「彼はアンチ東京だと思わない」といい遺(のこ)した。

瓢一は自著で藤本さんと「オーソドックスへの挑戦」という対談をしている。(アナログ時代のテレビ絵史・たる出版)

学生時代、ラジオドラマの懸賞に当選してからは原稿用紙40〜50枚程の作品も、週に4〜5本、月に12本位書きまくって年収70万〜80万位もらっていた、いまなら4、5千万円で「早書きの藤本」といわれていた。

それほど仕事がきた理由を「先輩の放送作家たちが書いたものは絶対に書かないようにしていた」

というのは、その時代はドラマの基本的な約束事を忠実に守っている、非常にオーソドックスな内容のものが良しとされていたのでその約束事を壊すような脚本づくりを心がけていた。

このあたり、自然主義リアリズムの定跡をくつがえしたオダサクさんの端歩のようだ。

参考にしたのは、日本ではまだ知られていなかったアーサー・ミラーなんかのテクニックだった。

瓢一も、イラストレーターとしてアメリカの美術がヨーロッパのそれを凌駕したポップアートなどの影響を受けたが、日本人は日本人の心のレガシーに目をむけるべきだと考えた。

普段、米の飯と味噌汁を食べていて、パン、バター、ステーキを食する欧米のバタくささは描けないと思いそんなオルソドックスに背をむけ、最も距離が近い浮世絵に着目して「東洲斎写楽見立て」という端歩の妙手を見付けた。

江戸末期の役者を現代のタレントに見立ててヒットし、自己を確立したのは昭和四十九年(1974)、38歳の時だった。

これ以後の人生で出逢った作家たちとの交流を見ていただこう。

眉村　卓

瓢一は、藤本義一さんが司会していたよみうりテレビの番組「11PM」で眉村さんと共にゲスト出演したことがきっかけで知り合った。

　昭和四十八年（1973）、「見立て写楽当代浪花名物男」を今橋画廊で初個展した時併展の「書分婦女諸模様（かきわけおんないろもよう）」に瓢一の美人画に藤本義一さんと俳句を添えてくれ、開展パーティでも瓢一が描く来客の似顔にも言葉を書いてもくれた。

　高校、大学時代から俳句に親しんでいたので即興でも瓢一の美人画を見てイメージで

風花して　君とことなる　記憶あり
残雪を　踏み来れば怒涛　砕けをり
都会の女になり切った　淋しさを
　ちらりと見せた　夜半
また桜咲く　春は思い出を
　積み重ねて　戻ってくる

などと書きそえたの色紙が残っている。

妻悦子さんの病床脇でエッセイを書きながら封印していた自己表現としての俳句も作っている。

「妻に捧げた1778話」（新潮新書）に、

　妻元気　並木の辛夷（こぶし）　咲き始め
　癒えよ妻　初燕見て　はしゃぎをり

悦子さんの病状が安定しているうれしさが出ている。

　夢の日々　炎昼をパン　買い戻る

悦子さん二度目の入院で泊まり込んで、

病院の　いづこ虫鳴く　風入れて

虫鳴きて　鏡ひとつが　めざめゐる

などと詠んで夫婦で語らっている。

やさしい眉村さんだが、悦子さん最後の入院後の句はつらい。

直線の　病院外は　朧夜か

紫陽花よ　妻確実に　死へ進む

悲鳴のようなものを書いている。

葬儀が済んで、

西日への　帰途の彼方に　妻は亡し

悦子さんの没後、遺品の手帳にあった

癌の身の　あと幾たびの　雛まつり

逝く一か月半前の亡妻の句に眉村さんは、「おまはんの勝ちやなあ」と呟いている。

眉村夫人悦子さんに瓢一が初めて出会ったのは、第7回泉鏡花賞受賞パーティの席だったと思う。明眸皓歯、ショートカット、細身に黒色の服がよく似合うシックな人だった。

はにかむように話すことに実直な人柄が出ている眉村卓さんと瓢一は2歳ちがいだから話はよく合った。

或る時、青春時代によく通った歌声喫茶「炎（ほのお）」の話をしたことがあった。

「炎」は堺筋本町二丁目交差点北西角にあった誂えシャツ店「早稲田屋」から北に二、三軒目、「上田安子洋裁学校」が入っていたビルの上階にあった。

この学校が発行する「服飾手帖」に瓢一が初めてデザインして描いたスタイル画が掲載されたか

ら忘れない。

昭和30年から40年にかけてよくはやった歌声喫茶は、キタでは阪急東通商店街に「ともしび」があり若者客たちがアコディオン伴奏でロシア民謡などを合唱していた。

「ともしび」「はるかな友へ」「カチューシャ」「黒い瞳」「一週間」などを小さな歌詩本を見ながら声を合わせる一体感は大へん楽しかった。

ダークダックスが出てきたころかな。

学生時代の眉村さんは、「炎」でバーテンダーのアルバイトをし、歌の指導は後によみうりテレビ「11PM」の構成作家として瓢一が出会う華房良輔さんだった。

詩人だった眉村さんの父・村上芳雄さんがこの店の経営に参加していたと聞いたから、この時代のことを確認しようと会う約束はしていたがついに出来なかった。

眉村さんは、高三のとき担任の先生から、いつまでも青白き文学青年では駄目だと背を押され、町道場に入門して柔道を始め大学の部活に入った。

卒業時には三段。

仲間うちの飲む会などで酔いが廻るとこの三段がよく取っ組み合いをした。

相手は藤本義一さんだ。

藤本さんは、大阪府立大学で日本拳法部三段、その前はボクシング部(モスキート級)にいた。

柔道と拳法。堅肥えの眉村さんと細身の藤本さん、まさに迫力ある龍虎の闘いだ。

接近戦の眉村さんと足を使うために離れ枝の藤本さん、投げないし蹴らない。

酒の席だから観衆は盛り上がるが息切れしてドロー。

適当に離れてまた笑い飲みつづける。

後年、仲間から、この二人が銀座のバーでもとっ組み合いをやっていたと聞いて瓢一は「ショーやったんかいな」と気づいた。

いつまでも少年の心を失わないお二人の思い出はつきない。

瓢一のもとでクロッキーを学んでいた女の子10人ほどで「アトリエ会」をつくっている。

いまはもう孫をもつ60歳台になっている彼女らだが、集るともう娘時代に戻り良く食べ、よく喋り30余年の波風を微塵も感じさせない良い顔をして楽しんでいる。

瓢一が古稀を迎えた時から始った会だが、このところ2年毎に法善寺東の坂町にある「九州八豊　やせうまだんご汁」店2階別室を予約してやってくれている。

藤本義一さんを囲み仲間うちでやった最後の会もこの部屋だった。

アトリエ会に来る前、瓢一は千日前の「ワッハ上方」（大阪府立演芸資料館）に立寄ったあと南海通りの「波屋書房」で立寄り精華国民学校の同期だった店主芝ちゃん（芝本尚明くん）と彼の一家も働く店頭で久しぶりに長時間話した。

翌日に大阪市立葬祭場やすらぎ天空館で行われる作家眉村卓さんの葬儀に参列する話になった時、その著書「妻に捧げた1778話」（新潮新書）をすすめながら夫婦の昔話をしてくれた。

わたしたちの精華国民学校正門を出て戎橋筋を横切り西に入ったところにいまもあるが北へ抜ける路地がある。

いまは高島屋の向いにある「なんばマルイ」の北側だ。

戦後しばらくして、路地の右側に「カーネス」という喫茶店がオープンした。

辻貞蔵、清子さん夫妻が経営する店で、ここのコーヒーに魅せられて芝ちゃんは毎日2回顔を出していた。

朝はモーニングセット、夕方もモーニングセット、これは芝ちゃんだけに店主がおまけしてくれるメニューだった。

もともと電気屋だったこの老人夫婦は生のコーヒー豆を仕入れ、高津の自宅で干してから店で焙煎する手間をかけていたから味は格別だった。

「豆を見ただけでその産地を言い当てるほど目が肥えていた」と語りながら芝ちゃんは、店内の見取り図を自分の家の中のように描いてくれた。

間口1間（約1・8メートル）奥行2間、入口に焙煎機があり、そのうしろに4人掛けテーブル、右奥にL字型カウンター、左側は二人掛けテーブルが3列縦に並んでいる。

水曜日が定休日だったが「ついでに入れました」と波屋書店まで持って来てくれたと懐しむ。その味を盗もうと同業者がガラス越しに焙煎する様子を覗きにきたほどだ。

キャッシャー脇に座っていた芝ちゃんは、眉村さんの悦子夫人をよく見かけた。

彼女はカーネス近くの銀行員で、長女和子さんがお腹にいた時に退職しているから、在職中の休憩時間だったのだろう。

遺作「その果てを知らず」の8章に「会社を出て少し書店を覗き、残業で遅くなった妻の朗子と待ち合わせた映生は、二人でナンバの喫茶店で食事をし（スパゲッティ・ナポリタンとコーヒーだった）……」というのがある。

瓢一は芝ちゃんにきくと「カーネス」は食事はないから店はちがうが眉村さんは、店（波屋書房）には時折見えていたという。

ナンバは二人の思い出の場所かもしれない。

瓢一は眉村卓さんの葬儀に出るため地下鉄谷町線・阿倍野駅ホームで出口を探しているとき、作家の田中啓文さんと出逢った。

9月中旬にリーガロイヤルホテルであった藤本義一賞の審査会に出欠席の通知がなかった眉村

さんが突然やってきて3時間近い審査をしっかり発言して作品を切りまくった。終了後の食事会でもフランス料理をしっかり食べていたので2ケ月足らずの後に没するとは考えられないと話した。

帰途一緒にと引返して歩くが「休む」といったので先に失礼したともつけ加えた。

眉村さんは、平成二十四年（2012）に食道がんを患い6年後にはリンパ節移転の再発で放射線治療を受けたが令和元年（2019）十月初め体調を崩し入院し、十一月三日ついに不帰の人となった。享年85歳。

「やすらぎ天空館」で白菊がいっぱいの祭壇の上に飾られた父の写真と釋光輪の位牌の前で長女知子さんは「入院しても書いていた長編小説があと5頁になった時、もうあかん知ちゃん書いて、といったので700字を口述筆記しました。校正のやり方を念押ししたあと旅の話や味の話をしながら見た窓には青空が広がっていました」と挨拶した。

この日から1年余り経った正月明け、瓢一は一冊の本を手にした。

「その果てを知らず」（眉村卓著・講談社）である。

前年に中国武漢から発したといわれる新型コロナウイルスがパンデミック（世界的大流行）を引き起こして2年目に入った。

異変種も出てきて世界感染者は累計1億人を超えて死者は200万人を上廻っている。

日本の都市でも2度目の「緊急事態宣言」が出され、瓢一も自粛して自宅に閉じこもって手にしたものだ。

奥付を見ると2020年10月20日発行になっている。眉村さんが逝って一年後に出た本だ。右側のページに「本書は書き下ろしです」とある。

眉村卓さんの葬儀・告別式で長女知子さんが「最後の5頁、700字を口述筆記しました」と挨拶した長編小説だ。

この本がそれならこの最後の700字は彼女にとって最も印象深い部分だから結びの「青空」を瓢一は探した。

表紙装画はよく電車で会い話した画家・元永定正さん（故人）の「おおきいのはまんなか」だ。ふわふわした物体が5つ青空に浮かんでいてタイトルどおりまんなかのが大きい。どこかにとんでいく宇宙物体のようだ。

幅広の帯も青色、青空だ。

この小説は37章で終っている。

その28章にあなたは空を見ている。真っ青な空である。あなたは終わりだ。あなた、終わり。

35章で主人公映生が夢でよくやった空中飛翔力が現実となり空を飛んでいる。

36章では、元「月刊SF」の編集長、今はフリーライターの林良宏からのハガキを紹介している。「ほんとうに死んでいるのは除外して、生きつづけている生命体がわれわれと重なった宇宙に充満している」「新しい生物として意識をなくすときも、もっと生存の望みがあれば一心に祈る。どこかにつながる。この宇宙とは限らない……」読み終わった映生は、そういうことなら、違う宇宙の生物になったっていいではないか。そうしようそうしようと決めた。

最終章では「例えば、一五～一六の雲が昇っている。大きいのは真ん中。「それ」は小さいので端のほうに寄る。地球も、地球が属している宇宙も、何も知らない。ここで生存をつづけていくだけの話だ」と結んでいる。

「おおきいのはまんなか」と題した元永さんの絵といっしょだ。

眉村さんは34章で主人公の分身であるそっくり男と宇宙の話をしている。

「今の世界、今の宇宙にではなく、新しい世界、新しい宇宙の生命体になっている。形態も機能もことなる別の生命体だ」眉村さんは別の生命体になり、この世界につながった別の宇宙で生きつづけているのだと瓢一も確信する。

死がせまった2年前から病と闘いながら、それを客観的にもうひとりの自分になって幻覚におびえることなく現実と非現実の潮目を書きつづけてきた。

書けば気持が落着くというのは死の恐怖をいなす術か、それとも死とむき合いながら自らそのふところに飛び込みSF長編小説として取材し書き遺す。

壮絶なSF作家魂だ。

瓢一ならドキュメンタリースケッチして描き遺せるか。否である。

逝く4日前まで原稿用紙300枚以上をしたため「うん、これでええ」と満足しての旅立ち。

和子さんが言った「青空」は、その奥の奥にある別の宇宙を指し、父卓志さんも母悦子さんも別の生命体になってそこで生きつづけていると信じているのだろう。

あなたとのお別れの時にもらった、お得意のまんがキャラクター、大切にします。

眉村卓さん、またね。

難波　利三

大阪ミナミ・法善寺の水掛け不動のそばにある西門脇に和割烹「浅草」がある。その敷地内に歌碑があり、黒い石に

がたろ横丁に　行き暮れ泣いて
ここが思案の合縁奇縁……と彫ってある。

これはフランク永井が歌う「大阪ぐらし」の一節だが、作詞は大阪の文学者・石浜恒夫だ。この碑ができたのは石浜が歯を没した三ヶ月後の平成十六年（２００４）四月だ。

石浜恒夫は、父の友人でもあり従兄藤沢桓夫とも親しかった織田作之助の影響を受けて文学を志し大学卒業後ののちにノーベル賞作家となる川端康成に師事して戦後すぐ小説家として活動を始めた。

さきほどの歌詩の中に「通天閣」「夕陽ヶ丘」「がたろ横丁」「法善寺」など、大阪を愛した織田作作品の所々に出てくる地名が見事に読み込まれた名作だ。

織田作之助の「可能性の文学」の冒頭は、坂田三吉という異色の将棋指しが十六年ぶりに当時の花形棋士木村、花田八段と対局する話から始まるのだが、歌詩の3番にはこの場面も出てくる。

坂田三吉　端歩もついた
がそれで、坂田は「阿呆な将棋、第一手に九三の端歩を九四に突いたのだ」

定跡を無視したこの手を織田作之助は定跡というオルソドックスに対する坂田の挑戦といい「このオルソドックスへのアンチテエゼが日本の文壇では殆ど皆無にひとしい」ときめつけたうえで「自分の処女作が端歩を突いたようなものである」と王将の頭に金を打ったようにみえたがこの端歩は手のないときに突く歩であったと書く。

いま新型コロナウイルス禍の中で外国人観光客がいなくなったが、それ以前の法善寺・水掛け不動には彼らの列ができていた。

水と願　かけて賽銭　入れぬ奴　洒落

不動さん　泣きも笑いも　顔に受け　洒落

浅草がこの不動前に開店したのは昭和二十一年（１９４６）秋で、織田作さんの時代昭和十年（１９３５）頃は「料亭みどり」の仕込場とこがねもち屋で、その北側に「お初稲荷大明神」があった。

いま水掛不動わきにある「夫婦善哉」のところは「料亭みどり」で、ここは浪花座一統の厚いひいきを受けて繁盛していた。

西門南側の角はたばこ屋で、南に向って中横（中座の横の筋）は福助ずし、みどり新店、五人天狗（マッサージ）とつづいていた。

「浅草」は、元々天王寺区東平野町二丁目は「魚吉」の屋号で魚屋と仕出し屋をやっていた。現在、中央区上本町五丁目にある「やいと」（灸）で有名な無量寺の西側あたりだ。

オダサクさんの父親も生魚商「亀鶴」を南区生玉前町（現・天王寺区生玉前町）で営んでいたからふたつの魚屋は千日前通りを挟んで北と南にあったことになる。

「魚吉」の辻秀楠さんは、昭和十一年から新世界に移り通天閣本通り東で料理屋「魚吉」を始めたが、東京から来た馴染（なじみ）客から新世界は東京の浅草に雰囲気が似ているからとすすめられ「浅草」の店名に変えた。

この店も大阪大空襲で焼失し、戦後一年経った秋に現在の法善寺のところに移ってきた。

瓢一が、店主辻武志さん（故人）にはじめて逢ったのは昭和五十八年（１９８３）「大阪キタの味」（保育社刊）の取材で、キタ新地にもあった「浅草」だった。

バブル崩壊後この店はたたまれた。

久しぶりにミナミの「浅草」で一夕を過ごそうと瓢一は二人に声をかけた。

直木賞作家・難波利三くんと田中秀武（元・米朝事務所会長）くんだ。

三人とも昭和十一年（1936）生れで会をつくっているメンバーだ。

暦で小の月の語呂「西向く士」の士は十一の重ね字だから「さむらいの会」と瓢一が名付けして発足したのは42歳の時だ。

参集したのは、言い出しっぺの故・海老澤博司（当時鈴鹿ランド大阪営業所長）、故・黒木基康（元プロ野球・大洋ホエールズ主軸打者）、故・熊谷富夫（NHK大阪放送局）、故・村上正司（関西テレビ放送制作局長）、吉田益治郎（元日刊スポーツ記者）とわれわれ三人で「八人の士」だ。

脂が乗った年令だから、よく仕事もしたがよく遊んだ。夫人同伴で旅行もした。

その中で難波利三くんは直木賞に輝き、田中秀武くんは、敏腕マネージャーとして上方落語家故・桂米朝師匠を人間国宝、文化勲章受賞者にまで推し上げ、本人も大阪府知事表彰、大阪市市民表彰も受けている。

手塚治虫氏の漫画をきっかけにイラストレーターの道に進んだ瓢一も念願の「日本漫画家協会賞・文部科学大臣賞」を手にした。

すでに逝った四人、残る四人は辻武志（和割烹浅草）、播島幹長（元公益社会長）くんの二人を新しく迎え「新生さむらいの会」が平成二十九年（2017）発足した。

和割烹「浅草」で月一回「桂福団治を聴く会」が開かれる三階の部屋からは、水掛け不動が見下ろせる。

東宝映画「夫婦善哉」（豊田四郎監督）でも、こんな俯瞰（ふかん）の風景があったように思うなあ、と瓢一は二人を待っていて思った。

難波利三くん、田中秀武くんが揃った。

NHK朝ドラ「わろてんか」の影響で、かつて「小説吉本興業」を書いた。難波ちゃん（私たちはこう呼ぶ）の本が、ブームに乗ってちくま文庫から「笑いで天下を取った男・吉本王国のドン」の書名でつい先日売り出された。

この中で瓢一は新聞記者遠藤として登場している。

千日前近くの旅館「むかで屋」の出生となっている。小説だが、後者は事実だ。

辻武志くんからサインを頼まれたこの本を積んだまま、三人は今日からの新しい話に入った。

「難波ちゃん、吉本興業の次は松竹芸能やで」

「秀さん（田中秀武）の人生を書くと松竹がかける」と秀さんが米朝事務所を立ち上げる前に松竹の小会社「千土地興行」にいたことを知っている瓢一はそう考えていた。

秀さんは、米朝師匠を文化勲章受賞者にまで推し上げたのに、ずーっと表面に出ず影で支えて来た。

マネージャー業に徹した姿で多くの矢面に立っている姿を多く見てきた。

「いっぺんくらい、陽が当ってもええやん、いや当ってほしい」というのが仲間の心情としてある。

いつだったか、多くの人がいるパーティーで放送局の重役から面罵される辛い立場の彼を見ている。

大切な師匠のため、彼のマネージャーとして相手への注文は厳しい。

高座の高さ、マイクの要、不要、華やかな芸の影でのたうち廻るその姿はあまり見せないが、瓢一には、わかる。

「日本一のマネージャーの話を書いてほしい」と難波ちゃんに頼んだ。

当世の東京風ビジネスライクなマネージャーではなく、アナログな血も涙もあり、芸人の盾となって守る古武士のような秀さん像を書き残してほしい。

「あんたが書かないなら私が書くよ」との瓢一のことばに難波ちゃん「やるよ」と重い腰を上げた。

買ったばかりで使い方の判らないICレコーダーを持って瓢一は来た。

心配なので、アイフォンにダウンロードしたレコーダーも備えた。

「ナーさん（瓢一の仇名）がオダサクを書き出したのに刺激された」と難波ちゃんのビールの量はいつもより少ない。

生ビール中ジョッキ10数杯空けるのに生1杯とビンビール1本。

「1年ぐらいほしい」と秀さんが揃えてきた資料と聞いたこともない彼の人生談を難波ちゃんは鞄と胸に納めて4時間後、3人は夜の法善寺横丁を出た。

後々この話は読売新聞でT記者によるドキュメンタリーとして連載され、難波ちゃんの小説にはならなかった。

難波ちゃんと瓢一の出逢いは42歳まで遡る。

当時、大阪の漫画家数人が集って毎年正月に梅田新道にあった「安土画廊」を借りて「新春漫画展」を開いていた。

河村立司、藤田あきら、松葉健、近藤利三郎、千里こんすけ、中森コーコ、方京務、少し遅れて和多田勝そして瓢一らで、それぞれ新聞、雑誌などマスコミの売っ子ばかりだった。

菰樽が置かれ、例年作品よりこれを楽しみに来る人も多く会場は酒の香で充ちあふれ、ちゃんと観ることが出来ないと苦情も出た。

1月23日その会場で瓢一は松葉健さんから難波ちゃんを紹介された。素朴な感じがした人というのが第一印象だった。

新世界・通天閣本通商店街で書店もやっていた松葉さんは、作家として訪れる難波ちゃんと顔見知りだった。

松葉健さんは、戦後の赤本時代からの漫画家で、それ以前の漫画家平井房人・酒井七馬らとの交流もあり大阪では貴重な人だ。

瓢一が出逢った直木賞作家は、後に述べる5人以外では新橋遊吉、有明夏夫でいづれも一度会っただけだ。

新橋遊吉は、昭和四十年（1965）に短編「八百長」で第54回直木賞を受賞した。1970年初めミナミのスナックで偶然出会ったのだが競馬の話が多かったことは憶えている。

有明夏夫は、瓢一と同じ学童集団疎開世代。

昭和五十三年（1978）「大浪花諸人往来」で第80回直木賞を受賞。

瓢一の故郷・大阪ミナミ千日前を書いた「骨よ笑え」は、祖父ゆかりの横井勘市らも出てくる繁華街の曙時代の話だ。オダサクさんにつながる舞台背景は瓢一の「なにわ難波のかやくめし」のなかでも生かされた。

この人とはテレビの仕事で一緒になった。

瓢一が描いた「なにわ昔の行商人」がテーマの絵についてだったと思う。

平成十四年（2002）66歳で没。

新橋遊吉、平成三十年（2018）84歳で没。

平成四年（1992）五月一日、一緒になって30年目のこの日、難波利三、武子さんの結婚式がホテルニューオータニ大阪で挙行された。

見届け人は、10年前に直木賞を手にした先輩藤本義一、統紀子夫妻だった。

彼の苦労話や高価な着物、打掛けそして真珠の指輪プレゼントなど涙の部分も多く、司会の瓢一や140人の友人、知人も難波夫妻の人となりに改めて大拍手を送った。

因みに武子夫人の着物、打掛けなど花嫁衣装の借料は100万円をこし、本人のモーニング借料は10万円だったと笑顔をこぼしながら難波ちゃんは積年の思いに肩の荷を下ろしたようだった。

彼の荷は瓢一が想像するほど軽いものではなかった。

島根県邇摩郡湯里村(現・太田市温泉町湯里)の小、中、商業高校を卒業後、製材所の雑役夫、そろばん塾などで三年間働いた。

長姉を頼って大阪へ来たのは21才。

中学から始めていたギター1本をかかえ、下駄履きで懐には2万円ほどの金を抱きいよいよ波乱万丈の人生の幕が開く。

関西外国語大学・英米語科に入学したが、姉は夫の両親と2人の子供をかかえていて同居はできなかったから学生寮に入った。

学費を稼ぐためギターを胸に夜の飲み屋街で流しの稼業を始めた。

坂の上の雲を見て歩を踏み出したとたん、「誰に断って商売しとんのや」とその筋の人が出てきて、おきまりの映画のワンシーン。

4、5人に袋叩きにされ、愛用のギターも叩き壊されても難波青年は生きなければならない。馴染みのバーで下働きをしていたが、学生寮には門限破りがつづき、欠講も多くついに中途退学に追い込まれた。

宿なしになった彼は、いつもやさしかったバーのママを思い出して訪ね「寝るとこないねん、泊めてほしいんやけど」と言った途端「ナンバちゃん、甘えたらあかんよ」と血相を変え扉の外へ突き出された。

頼る友もいなくて旅館代はない。

それから3晩、天王寺公園で野宿したのだが、ここの夜露がその後の人生を育ててくれたと瓢一は思う。

ママに受けいれられたら、今日の難波ちゃんはなかった。

よくぞ谷底へ蹴落としてくれたとのちの直木賞作家は教訓として心に留めている。

後日談がある。

このうらぶれた青年が後に名をなして会いたいと連絡した時、この宝塚歌劇出身を売りものにしていたママは「もうおばあちゃんになったから会いたくない」と強く拒んだ。

瓢一は、袖振り合うはパチンコ台の釘だといつも思う。

釘に多く当たるほど人生という玉はとび跳ね時に大穴に入る。

その後、難波ちゃんは大阪薬品新聞社に入る。

ここでプラスチックや化学薬品専門紙「科学毎日」の取材記者となり、同期入社したのちの武子夫人との出逢いである。

たしかオダサクさんも日本敷物新聞社、日本織物新聞社を経て日本工業新聞社（サンケイ新聞の母胎、大阪新聞社の別紙）の記者になっている。

業界新聞記者と二人はよく似ているが結核という病を得たのも同じだ。

オダサクさんは２１歳の三高時代、難波ちゃんは業界紙記者時代の２５才でどちらも喀血だ。

瓢一も吐血こそしなかったが肺浸潤にかかり、大阪市内の大手前病院に2年間入院し絵の勉強を中止した。大阪城の堀端を人生これまでかと涙して歩いた記憶がある。

難波ちゃんは、大阪府貝塚市にある国立大阪療養所に入っている。

瓢一らの病院で重くなったら送られると定評があった所だ。よほど重かったのだろう。

動けば血を吐くというここでの5年3ヶ月の療養中に人生が変わる。

療養所の図書室で初めて織田作之助らの作品にふれ、小説を書き出す。

昭和三十九年（1964）初めての作品「夏の終る日」を小説新潮短編小説応募に入選し25000円を手にした。

業界新聞にいて文章が書けるといっても10ヶ月足らずで喀血入院したから、力はあると思わなかったがこの作品には自信があった。

大阪で結婚しようと約束して交際していた男女だが男の肺結核入院で遠のいてゆく女の話だ。瓢一も23才で同じ病気にかかり、同じ体験をしたことを思い出した。

ここで小説に目覚め、次の同誌懸賞応募の入選は「父を見に」。

結核療養所のひと山むこうにある精神病院の運動会を見に行く話、今度は賞金30000円貰った。

昭和四十一年（1966）四月退院、武子さん宅で同居、執筆活動に入り、オール読物新人賞佳作2回、候補2回を経て第40回オール読物新人賞を「地虫」で獲得した。

これは大阪の露天商の話で、物の値段など織田作之助作品に於ける庶民性の柱と自ら言う金銭問題、食べ物、多人数を意識して書いた。

初めて織田作之助を読んだ時、こんな小説もあるのかと間口が広くなった気がして書きたいと思って小説にしたがこの賞の審査員だった瀬戸内晴美（寂聴）に「あまりにも織田作之助に似ている、作家としてこんなのなら大成しない」酷評された。

意識的に真似ていたので当然のことだった。

最初は反発を憶えたがこの言葉は絶えず以後の作品に絡み付き、及ばずながら近付きたい願望へと膨らみ、作家業の営みに見え隠れするものとなっている。

いまは織田作之助の大きさを痛感しているという。

「地虫」を含め5作品が直木賞候補となり遂に6回目「てんのじ村」で昭和五十九年（1984）上期の第91回直木賞を獲得した。

学生時代、故郷からかついできた唯一の荷物のギターをかかえて流しをし、闘病後学習塾を開き、武子夫人の協力も得て辛苦多々の上に掴んだ栄光だ。

瓢一たち「さむらいの会」からの祝いは、愛猫たちに「またたび」を持参し、武子夫人に渡した。

同年八月十三日、東京丸の内にある東京会館・九階ローズルームでの直木賞受賞式には、会員一同参列したのは言うまでもない。芥川賞は該当作なしで「恋文」の連城三紀彦と共に難波ちゃんは壇上に立った。

その時の賞金は、銀座へ出て、審査員だった黒岩重吾さんら先輩作家たちの肝臓に納まった。

ふるさとは　懐かしきかな　柿の色　利三

七人兄妹の次男として少年期から青年期まで大家族で過した日々は、夜、家族総がかりで吊し柿つくりなどで培われた根気強さに見られる。

日本海の潮風とすべてが質素な石見人の気風が混ざり、不昧（ふまい）公文化のしたたりも含んで父母の故郷の上質な柿の色となって彼の心を固塗したのだろう。

出雲の色もブレンドされているのは当然だ。

この柿の色こそ、出身地は島根県だと誇り「天を突く喇叭（らっぱ）」「イルテッシュ号の来た日」「夏の谺（こだま）」などの個性ある赤色の発色を生み出しているのだ。

山陰は文学の宝庫だと確心し、島根県温泉津（現太田市）の町おこしとして始った「難波利三ふるさと文学賞」の創設に力を借し20年間審査委員長をつとめた。

令和2年（2020）から全国公募が太田市内の小、中学生対称の作文コンクールに変ったが、難波ちゃんが播いた種はやがて大きく花開くだろう。

その足跡は、かつての難波宅から数分の所にあるJR山陰本線・湯里駅のロビーに残っていると瓢一の友人山崎隆司氏が、旅の途中で偶然見つけ、送ってくれた写真にあった。

そこには、数々の難波利三作品とふるさと文学賞作品がきちんと並べられたガラスケースが写っていた。素朴な駅にふさわしいものだった。

難波ちゃんが「出身地は島根」と胸を張るわけはこんなところにもある。

「書くことは裸になること、自分らしき人間が出てくる「泥絵具の町」や「賑やかな病棟」などは、書いた時代の嫌な部分やあえぎが伝わってきて胸苦しくなる。しかし、一旦、裸をさらけだしたからにはとことんさらけ出すのは本筋ではないかと、大胆な開き直りも、どこかにある。この道に入り込んだからには、そうあるべきではないかという覚悟も胸の底でくすぶり出している……」と「イルテッシュ号が来た日」（文芸春秋刊）のあとがきに書いている。

私小説を書く覚悟とはこういうものかと瓢一は思った。

本職のイラストについてはどうかと瓢一は考える。

本来、説明図とか解説図とも訳されるイラストレーションは、瓢一がこの世界に飛び込んだ頃は、まだ夜明け前で「図案屋」「スケッチ屋」などと呼ばれていた。

昭和三十九年（１９６４）の東京オリンピック前ごろから市民権を得てグラフィックデザイナー、コピーライター、などのカタカナ職業がスペシャリストとして週刊誌などでもてはやされ、雨後の筍のように増えてきた。

イラストは伝達絵画、商業絵画でスポンサーからの注文を受けて描く商品だから芸術作品とは一線を画するものだと思っていたが、時代の変遷の中でその解釈が広くなり、いま若い漫画家などは本編はストーリー漫画といい、表紙などの一枚ものはイラストといっている。

鳥羽僧正の作といわれる「鳥獣戯画」や葛飾北斎の「北斎漫画」は最早や漫画ではなく立派な芸術作品だ。

イラストは、時代の要請によって描くものだから流行がある。

クソリアリズム、ヘタウマ、コラージュなどがそうで、瓢一の時代、アンディワーホールなどが記したポップアートの大波がそれまでのヨーロッパ芸術を凌駕してアメリカを代表するコカコーラ、ミッキーマウスなどが大衆芸術として、押し寄せてきた。戦後漫画のブロンディや多くの映画音楽などのアメリカ文化を口を開け空腹の中に詰め込まれたように、ポップアート（ポピュラーアート）はまたたく間にデザインやイラスト界にも影響をを与えた。

神戸新聞社にいて上京していた横尾忠則氏がその旗手として多くの作品を発表していた。

今イラストという語はあいまいで、マスコミでもカット、イラスト、さし絵、絵、画…などその語意の範囲が広がっている、

ロートレックの芸術作品が展覧会のポスターに使用された場合、もうそれはイラストであると教えられた。

江戸時代末期の謎の浮世絵師・東洲斎写楽を模戯して昭四十九年（１９７４）東西で発表するという坂田三吉と同じ端歩を突いてから瓢一の似顔絵師としての地位が関西で確立されたが、写楽の絵は、当時としては芝居に出る役者のプロマイドだった。

明治になってドイツの美術研究家クルトが、レンブラント、ベラスケスと並ぶ「世界三大肖像画家」と称賛したといわれることによって、その作品の少なさや、写楽とは誰かの謎の部分で大勢の耳目を集め、著書やテレビ番組も多くなりブームにもなった。

瓢一はかつて写楽の原画が里帰りしてきた時に観たが、その墨線のすごさに舌を巻いた。

写楽模戯で話題が大きくなった頃、瓢一のアトリエに六代歌川豊国という老人が訪ねてきた。

まさか豊国と呼ぶ人がいま、実在していて東大阪に住んでいるとは知らなかったので戸惑った瓢一だったが、巷間憶測されている写楽は、歌川家の口伝によると「本名は庄六、で欄間の彫り職人、出身は摂津佃村（現西淀川区佃）」とその著書「歌川家の伝承が明かす「写楽の実像」を六代・豊国が検証した」（二見書房）にある。

庄六は、26歳頃江戸に下った。

寛政九年（1797）七月七日、七夕の日庄六は物干しから落ちて死ぬのだ。

この六代豊国さんが、その後「93歳浮世絵師、夢一杯の入学」という見出しで府立桃谷高校定時制の入学し新入生80人を代表してあいさつしたとある。

記事によると「祖父の四代は葛飾北斎本人から教えを受けたこともある」ともあった。

写楽は写楽で、豊国ではない。

これが六代豊国さんが言いたかったことだ。

瓢一も「写楽は写楽、あの筆使いはただものではない」とクロッキーで鍛え上げてきた六十年に亘る自分の技と目で確信していたから異論はなかった。

難波ちゃんの裸の話に戻る。

残念ながらイラストレーションについては、商品としての絵を描くのだから裸にはなれない。

自分をさらけ出すことはない、が、身体（商品）を売っても心は売っていない。が、プロである以上、手は抜かない。

それは画家としての部分のことだ。

作品づくりがそうである。

大相撲、上方落語、阪神タイガース、天神祭。瓢一の大阪風俗に軸足を置いた「四本柱」がこれだ。

いづれも長年に亘(わた)り描いてきた。

とりわけ、大相撲、落語、天神祭など日本文化のなかで育ちつがれたものを描くには、やはり日本人の先祖が伝えてくれた、和紙、墨、筆を使うのが本道と考え、習い培ってきた速描の技術を駆使して描いた。

水墨画、日本画や漫画の世界ではないイラストというジャンルにこれを持ちこんでみた。ヘタウマ、ITなどの流れの中に時間を要して蓄えた習練を用いるというオリジナリティ、端歩を突いたのが見たものをその場で描く「ドキュメンタリースケッチ」という瓢一の絵の真髄だ。

このドキュメンタリースケッチを生んだのは、裁判所の法廷画だった。

これだけ情報が開かれた時代の中で、未だ公開されない法廷内に持ち込めるのは筆記用具のみでカメラ、録音機は認められない。

その網をくぐって写真情報誌に、田中角栄の法廷内の情景が載(の)った。

そのあと大阪地裁の法廷で、裁判官は席につくなり「カメラ、録音器の持込みはダメです、メモはよろしい」と言った。

瓢一は、画用紙と鉛筆で法廷内に座っていたのだが「あ、これはメモなんだ」と解釈した。

アメリカ映画で、まだカメラのない時代、スポーツ記者が野球記事とそれにつけるスケッチをしているシーンを見たが、それと同じだと思った。

そして、いまの時代、まだ人々が知りたいことを伝える自分の役割を認認し、カメラが入れない場所で「絵で知らせることは何か」に着目した。

上方落語を除いたドキュメンタリースケッチはすでに画集になっている。

難波利三、キダ・タロー（作曲家・タレント）、もず唱平（作詩家）そして瓢一の4人は大阪で「ゴルフの3ベタ」と呼ばれている。

難波ちゃんは、対抗戦で勝ち、一応「見届け人」となっているがまあ他の3人に比べると一寸だけといっても「のつこつ」(同じレベル)だ。

いつかゴルフチャリティコンペの前夜祭で主賓の小林浩美プロとキダさんが握手しかけた時瓢一が「ヘタうつりまっせ」と言ったら「大丈夫です」といなされた。

こと酒について難波ちゃんはキダさんと同格で他の2人とは胃と肝臓が違う。

ゴルフのあとのビールは大ジョッキで15杯くらい飲んだ実績がある。

瓢一はかつて小結、琴錦に「6升」と聞いた時おどろいたが、キダさんと同量の15杯飲んでも「水みたいなもんで、なんぼ飲んでも酔わない」とケロリとしている。

東條英機に褒められた喇叭(らっぱ)手だった父の手から国民学校4年生のときにうけた盃が初体験で苦いだけだったが急に大人になった気がしたと随筆に書く。

ビール、ウィスキー、ブランデー、ワインそして日本酒となんでも相手もかまわず飲む。

「いやしい酒だ」と自蔑するが、キダさんも一通り呑んで日本酒が最後だ。同じホテルになった時もしたたか飲んだあと酒とアテを自室に持って入りまだ楽しんでいたからこの二人は「うわばみ」だ。

卒寿になったキダさんは「ビール350㎖3缶になった、日本酒も旨くなくなった」という。

最近は晩酌に500㎖のビール2缶と焼酎2・3杯(冬は湯割り一杯)の難波ちゃんがオダサクさんの酒については「夫婦善哉」「ひとりすまふ」「雨」「俗臭」「放浪」「世相」「アドバルーン」などの作品に出てくるが、それぞれに巧妙に酒を使い分けているという。

酒呑みは見るところが違う。その彼もいまは350㎖のビールを週に2缶という。

長谷川幸延がオダサクさんと道頓堀で初めて出会い、見るからに線病質(ママ)な彼を法善寺横丁の正弁丹吾へ連れこんだとき「僕、あんまり飲めんねん」といい、話ははずんだが、酒はいっこうはずまなかったと「笑説法善寺の人々」（東京文芸社）に書いている。

オダサクさんは瓢一と同じ下戸だ。

瓢一は、ある時期から難波ちゃんと人間違い（ひと）されることが多くなった。

身長は173センチで同じくらいで眼鏡をかけているが、彼のは太いフレーム、瓢一は太いの細いのと使いわけている。

どうしてだかわからないが、いつか二人揃ってエレベーターに乗る時に声をかけられた。

「いつも小説を読ませてもらっています」と瓢一にその中年男性は言ったあと「楽しく絵を拝見しています」と難波ちゃんにむかってつづけた。

「またやな」と二人は顔を見合わせた、以後いちいち弁明せずにおこうと決めた。

そこに講談師・旭堂小南陵（四代目旭堂南陵）が加わって3すくみ状態になった。

瓢一と小南陵はよく似ていてよく間違われた。

参議院議員にもなったこの先生と大阪府立上方演芸資料館（ワッハ上方）大ホールで間違われた。

瓢一が客席で舞台を観ている時に、某テレビ局のディレクターが中腰でそばに来て「そろそろ出番です」とささやいた。

出演予定もないからすぐに間違いだと断ったが、それ以後気にしているとわれながらよく似ていると瓢一は思っている。

晩年、総白髪にしたので間違われなくなったが令和二年（2020）7月、膵臓がんのため70歳で夫人のあとを追った。

白髪といえば難波ちゃんは一時総白髪にした。阪神・淡路大震災のあと瓢一と神戸・三高の彫刻家・新谷琇紀氏のアトリエを訪ねた時の記念写真にある。

いまは黒いベレー帽を愛用しているが、これは室内、室外用と分けて持ち歩いている。

婦唱夫随仲がいい難波ちゃん夫妻は直木賞受賞前、新聞社への原稿は自転車で約40分かけて届けていた。

まだFAXのない時代だが、後に直木賞作家・山本一力夫妻も自転車だったから、楽しい時代だったと思う。

桂三枝さん(現六代桂文枝)、難波ちゃん、新野新さん(作家)、瓢一でカラオケを楽しんだことがある。

難波ちゃんは若い時流しをしていたから、1000曲くらい歌えるといってこの夜は「男一匹の唄」「望郷酒場」をさすがの声で歌った。

三枝さんは「星影の小径」「花の素顔」、新野さんは「愛国の花」などだった。

難波ちゃんの直木賞受賞作は「てんのじ村」で、大阪・天王寺にかつてあった芸人たちが肩よせ合って生活したところが舞台だ。

主人公は漫才師・吉田茂・東みつ子だが吉田の芸は「かぼちゃ」。

難波ちゃんのかぼちゃ嫌いはこのせいではなく、少年時代に飽きるほど食べさせられたからだ。

難波ちゃんと瓢一はともに子年生まれだ。

当り年の節分、ふたりは招かれて通天閣の上から大阪の街に福豆を打った。

「福は内、鬼は外」

あれから35年、コロナ禍のもと、ことしは豆を打たないで袋に入った落花生配りしたようだ。

難波ちゃんも瓢一も通天閣の灯が一日も早く緑色になることを願っている。

難波作品は、オダサクさんがいう坂田三吉の端歩（オリジナリティ）が多く、定跡（オルソドックス）は「泥絵具の街」（ギター流し時代の話）「賑やかな病棟」（肺結核で療養時代の話）、「天を突く喇叭（らっぱ）」（ラッパ手だった父の実話）「イルテッシュ号の来た日」（日露戦争時故郷であった話）ぐらいだと思う。

瓢一が難波ちゃんと組んで挿絵したのは

○夢好き人間　昭和六十年（１９８５）１月（スポーツニッポン新聞）

現代社会は上を見ることばかりが人生だと思うが、これは不思議だと考えた男の話で大人のメルヘン

○今日も花色　平成五年（１９９３）（公明新聞）

太神楽をする母娘の話

同時進行競馬小説

○馬が笑った　昭和五十三年（１９７８）（スポーツニッポン新聞）

○新・馬が笑った　昭和五十五年（１９８０）（スポーツニッポン新聞）

サラリーマンドラマ

○夢の辞令

○俺は勝つ

○ナンバーワン社員
○あぁ夏休み　昭和五十五年（1980）
（大阪新聞）

装幀画
○雑魚の棲む路地（集英社文庫）
○ナイスちょっとで殺人を（双葉社）

大阪・阿倍野区の「やすらぎ天空館」で眉村卓さんの悲しい旅立ちを見送ったあと、直木賞作家・難波ちゃんと瓢一は遅い昼食を共にした。彼が案内してくれたのは、あべのハルカス近鉄本店西側ヴィアあべのウォーク一階にある居酒屋「明治屋」だ。

この店はここら辺りの都市開発でビルの中に入ったが、かつては阪堺電車上町線・天王寺駅前西側のアーケード下に古くからあった老舗だ。

装幀

ビルに入っても店内は昭和のままで古い馴染客の難波さんが連れていってくれたのはよくわかる。

瓢一は、向いにある洋食店「グリルマルヨシ」のロールキャベツが大好きで、近鉄百貨店あべの店西側の細い路地を入った刺繍店の南にあった旧店で「鹿の脳みそ」や「自家製ハンバーグ」をよく食べた。ここの料理はコークスを燃料として調理しているから味の深さが違っていた。

ふたりは酒と大書きした茶色ののれんをくぐってレトロな空気の中に身を置く。

とりあえずのビールで乾杯し名物の関東煮をつつく。

話は眉村卓さんとの出会い話から始った。

昭和五十年（1975）頃、編集者の紹介で知り合った頃の眉村さんは多くのSF小説を出し「なぞの転校生」につづく「ねらわれた学園」などジュブナイル（少年少女向け）小説で流行作家となっていた頃で意気揚々としていたと明るく話す。

難波ちゃんと瓢一がふたりっきりで長時間話をしたのは付き合って40年を越すが、これが初めてのことだ。

酒が入ると彼は陽気になり声も身振りも大きくなる。

酒、たばこ好きで饒舌な小松左京、シャイで無口な筒井康隆らSF御三家の話に入る。

「玉子食べるでェ」と空腹を知らせたあとびんビールを追加して、彼が言い出してできた「堺市自由都市文学賞」や「泉大津市オリアム随筆（エッセイ）賞」の審査員眉村卓評に移った。

応募作品はきっちり読んできて厳しい鋭い評をくだすが自己主張はしない。

審査員が主張して賞の行方が分かれてもどちらかに組しない温厚さがある。

自分のことをボクといい、丸味のある上質な大阪人を感じさせる。

その作品の根底には大きな人間愛を感じるし、周囲の人にもその心くばりをする大きさがある。

野球でいうなら「ゆるい直球」だ。

夕方ちかくなって店が混みだした。

「もう一軒……」と難波ちゃんはあべのの地下街をわが庭のようにぐるぐる廻ってアポロビルのそば屋に落着いた。

瓢一は「寺田町に長く住んでいたから、ふる里みたいなもんやな」と思いながら民芸調の店内を見廻した。

「ここのざるそば好きやねん」といった後の話に瓢一はおどろいた。

「織田作に誘われたという女性が訪ねてきたことがある。その人が置いていった本があるからまた見せるわ」

瓢一は一瞬「青春の逆説」の水原紀代子かと思った。

主人公豹一がつけ狙い、ついに逢い引き(デート)する大阪中の中学生憧れの美女、あの紀代子か。

難波ちゃんの口から出た名は水原でなく「Y」さんだった。

昭和四十七年(1972)の或る日、Yという10歳位年上の女性が梅酒を下げて寺田町の難波宅を訪れてきた。

彼女は、たばこをふかしながら「先生は童顔ですね~」といい、家中をうろうろする3匹の猫を見て「わたしネコきらいでんねん」。

初対面のくせにズケズケもの言う失礼な人やなと聞いていて瓢一は思うが難波ちゃんは言わないで続ける。

「わたし織田作之助に会うてんねん」と二冊の雑誌を出した。

「オール読物新人賞」を地虫で受賞した直後の掲載誌で、選者・瀬戸内晴美(寂聴)の選評も出ている。

「この作品は織田作に似ている」などと評してあるのを読んでの来訪だと難波ちゃんは思った。弟子入りをていねいに断られて彼女は帰っていったがその後、年に何度か手造りの梅酒を持って訪ねてくるようになった。

「わたし酒好きやから漬かるまで待てないで飲んでしまいまんねん」とありのまま喋っていった7、8年後、本を出したいからと文を頼んできて、それが出来上がって間もなく音信が途絶えた。

難波宅を訪れたころのYさんは「近畿文学」という同人誌社に入っていた。

「文章はうまかった」と年賀状も返ってくる彼女を思いやる難波ちゃんは、二年後「てんのじ村」で第91回直木賞を手にする。

ここに黒い表紙に銀文字で「小説で綴る自叙伝　がむしゃら人生」と書かれたYさんの本がある。

巻頭に「出版に寄せて」と難波ちゃんの文が6行ある。

この作品には、洗いざらされた本音の輝き、人生の深み、実体験に裏打ちされた凄みがある、と書く。

Yさんは明治四十四年(1911)函館生まれ、一年数ヶ月で父母の郷里滋賀県彦根へ。十九才大阪で結婚後、英文タイピストの資格をとるため古屋女子英学塾女子部で学び卒業。この在学二年生時に織田作之助に出逢っている。

昭和七年(1932)頃、Yさんは級友と3人で京都にあった現代劇撮影所へ見物に行った帰路嵐山電車の中で2・3人の三高生と一緒になった。

彼女らの1番近くに立っていた大学生が時々こちらを見るので印象に残っていた。

三条から京阪電車に乗って見てきた女優たちの話をしていた時、向いの座席に先程の学生が今にも笑い出しそうな人なつっこい眼でこちらを見ている。「うちらを尾行してきたんやろか」「ニヤニヤして不良と違う」などと話し合い、大丸に立寄り買物をすませ屋上へ出た3人がとび上がる程驚いた。

またあの学生がそこに居て、突立っている3人に「よう逢うなァ。君等何処の学校や」と近寄って来た。

「古書英語塾」「僕、高津やったんやで。僕の家大阪にあるんや」いろんな会話のなかで不良学生という不安は消え、学校のことなどを話し合う4人。

此の学生は三高理科2年織田作之助だと名のり文化祭に誘ったので行く事を約束する。

当日、第三高等学校の門前で織田は待ってくれ、校内を案内し構内のもぎ店で15銭のカレーライスを食べたが割りカンだった。

その日は葵祭りで山鉾見物（ママ）に誘われたが断り、織田の顔馴染の喫茶店で紅茶の馳走になって加茂の河原に出る。

近松門左衛門や文楽の話など豊富な話題で3人は感心して聞き惚れ、頭がよい人だとYさんは感じ入る。

「三高の寮歌を歌ってくれたが意外にも良い声だった。私達3人を子供と見たのか、恋とか愛の言葉は一言も出なかった。後になってあれでよかったのだと思った」と書いている。

「共鳴せぇへんか」オダサクさんの十八番（おはこ）は出なかったんだなと瓢一は思う。

織田君は、女のように細々とよく気の付くやさしい面も持っていた。何かと心遣いをしてくれ、夕方になって帰る時、三条京阪前まで送ってくれた。

三高生―織田君は、私達の胸に「清純な人」という印象を植えつけた。

その後、3人は織田君に連名で礼状を出す。

迷文？のYさんにショックを与えるその返事は「よく来てくれて自分も面白かった。学生時代のよい思い出になろう」という内容だが、織田君はふざけたつもりであったろうが、万葉調の名文で以前多少文学少女の気があったYさんが辛うじて判読できるような手紙だった。

３人は無学を棚に上げ、こんなむつかしい手紙を書く人はめんどうだから、もうつき合わないようにしようと、その名文の手紙を破ってしまった。Yさんが破った意味は自身の劣等感への挑戦だったと断じる。

そのYさんがオダサクさんのことを思い出してこのことを自伝に書くきっかけは、戦争が終った昭和二十二年（１９４７）の春だ。復員してきたが環境の変化に気おくれして働かない夫と中学生の長男、小学生の長女をかかえて始めた小さい食堂で政令違反の銀シャリ（白米）、うどん、パンを売っていた。警察のガサ入れはしょっ中で見つかると、客が持ってきた主食を加工していると言いのがれ、そのあとは表戸を閉め客のノックで中へいれ食べさすような闇の商をしていた頃だ。

手が空いた時に筋向いの古本屋をひやかしに行った時「夫婦善哉」という変った本を見つけ著者を見てあっと驚いた。

「織田君だ！」大阪の会話が出てる「矢っ破り！」、１０数年前の三高生織田君だと疑わず「偉うなりはった」という驚きの中に、あの人なら当然だという気もした。

柳吉よりも蝶子のほうに織田作の心を感じ、無軟派、ヒロポン中毒などのイメージではなくいつまでも親切で清らかな秀才、そして「砂漠のように干からびた私の無惨な青春にオアシスのような安らぎを残してくれた人だった」と結ぶ。

Yさんは瓢一より２７歳年上だ。

大正、昭和と激動の時代を生きてきた人の人生はすさまじいと８０歳を半ばにした瓢一は知っている。

特に終戦直後は混乱の渦の中、行く馬の目を抜いていかねば生き残れない。

Yさんは、60歳を前にしてそんな荒廃した時代の自叙伝を書き始め350枚程になった。

この中で特に心に残った部分を短編小説にすることを思いつき「台風の来る街」と題し同人誌「近畿文学」総集号に掲載してもらった。

新聞紙上にもいい評が出て、昭和四十八年(1973)「第一回近畿文学賞・小説部門」に入選している。

彼女は多才で努力家だ。

若山牧水系の短歌「創作」会の大阪支社「みなかみ会」に入ったことがある。

その句会会場になったのは法善寺横丁の「正弁丹吾亭」で、店の前には織田作之助の文学碑と並んで牧水に師事したみなかみ会会長平田春一の「かくばかり鯛を食はば鯛の奴　うらみつらむか或いは否か」の歌碑がある。

石浜恒夫が「太陽」(平凡社)に「日本短歌の歌人平田春一さんの古稀記念だかに山口誓子、前川佐美雄、小野十三郎の三人が発起人で建てたもの。平田さんが月の第三土曜日に三土会という歌人の集りをこの(正弁丹吾亭)二階屋敷で催していた。わたしもよく招かれて御馳走になった」(コック長訪問ー法善寺横丁お手軽即席御料理)と書いている。

平田が亡くなってから三土会も年四回になったようだと店主後藤輝次が言っているとも。

昭和四十五年(1970)、Yさんはこの除幕式に参列している。

その後、Yさんは大阪シナリオ学校大衆芸術科へ入学し漫才か漫談を書くことを目指す。

Wヤング、いとし・こいし、やすし・きよしらの時代だが、聞きとり憎いほどの早いテンポの新人漫才師が流行りそうなきざしが見え始めていた。

Yさんは選ぶ科目を間違った気がして一年間で卒業している。

略歴には同行専攻科卒業とあるから科を変っていたのか。

ここで秋田実さんや吉田留三郎さんらに人を笑わせ、喜ばす方法や人情のきび等を教えてもらったと感謝している。

好きな歌手や俳優の名と並んで落語家の桂福團治と桂春蝶の熱烈なファンだとある。

瓢一はこの二人とも特別親しいが春蝶は泉下だから四代目桂福團治に電話した。

81歳の元気な声が「名前は憶えています」と返ってきた。

彼が40歳くらいの頃、ミナミの大劇の東側、相合橋筋にUビルがあった。

オダサクさんがアド・バルーンの中に書く「お午の夜店」が出ていたところだ。

その2階に「芸能を楽しむ会」が開いてた寄席があった。

50人くらい入れる座敷で南側に北向いて高座があった。

この会の会長はこの福團治で、東京の古今亭志ん朝や立川談志らも招いたほどでファンが多い寄席だった。

ここでは上方落語協会の総会も3回開かれたことがあり、四天王（六代目笑福亭松鶴、三代目桂米朝、三代目桂小文枝（五代目桂文枝）、三代目桂春團治）が勢ぞろいした。

昭和五十二年（1977年）の総会では福團治の師匠・三代目桂春團治が三代目会長に、副会長は三代目小文枝が選ばれている。

漫才、落語、諸芸の人が所属する「関西演芸協会」の総会もここで開かれている。

この会の会長になって20年、福團治が昭和四十八年（1973）「手話の会」を始めたのもそうだし、その後三代目旭堂小南陵（四代目南陵）が「上方講談教室」を開き後進の育成を始めたのもこの寄席だ。

瓢一はある時、ここの高座うしろの飾り板に代わるふすま4枚に絵を依頼された。

ふつうは老松などを描くのだが、この時は右に上ってゆくたくましい梅の古木をしっかり描いた。

本来、この木にとまって鳴く鶯は描かず落語「ぬけ雀」にちなんで「ぬけ鶯」を部屋の外にある廊下に一羽描いた。

気が付く人はなかったが、渾身の力で描いた梅の木は寄席とともに無くなり描いているデータが手元に残っている。

「上方演芸マガジン　芸能楽しむ会」会誌も昭和六十一年（1986）創刊され、瓢一はエッセイも表紙の絵も書いた。

ここには、オダサクさんと親しかった上方演芸評論家の吉田留三郎さんもよく見えていた。

大阪シナリオ学校にいたYさんは、吉田さんとのかかわりでこの寄席に来て福團治を知ったのだろう。

瓢一が吉田さんとこの寄席近くの割烹「鹿よし」に案内されたことがある。

いまNGKシアターの東にあった路地にあった店で女将は吉田さんの妹だ。

小さな店だが吉田さんの知り合いの演芸人や歌舞伎役者も多かった。

のちに扇町公園のそばに越し、甥の井沢壽治さんがやっていて瓢一も何度か止まり木に座ったことがあるがもうない。

「芸能を楽しむ会」の寄席もアメリカ村や西田辺に移動し途絶えたがUビルは今もある。

Yさんの「がむしゃら人生」を難波ちゃんから借りる時「あなたに書いてもらえたら、彼女も喜ぶだろう」といって手渡してくれた。

彼が巻頭に「私などなまじ小説で糊口をしのいでいる者には、どう転んでも真似のできない、人生の深みが感じられます」と書いたとおり、その笑顔には人生の先輩に対する暖かな尊敬とおだやかなやさしさも加わっていた。

瓢一が預かった本は、そのぬくもりで重かった。

オダサクさんの作品が映画化されたのは、藤本義一さんの師・川島雄三監督のデビュー作「還って来た男」（昭和十九年八月公開）、「夫婦善哉」（昭和三十年九月公開）、「わが町」（昭和三十一年八月公開）、「蛍火」（昭和三十三年三月公開）などいろいろあるが、平成の中頃「映画ODASAKU」を制作する話があった。

その実現と成功を応援する会（仮称）概要が瓢一の手元にある。

設立呼掛人は、難波ちゃんで「大阪生れの映画監督・金秀吉民がメガホンを持つ」という。

「市長以上に大阪を愛した男」織田作之助は戦後焼け野が原となった大阪の町を前に「これからの大阪は産業都市とともに文化都市として発展すべき」と喝破したことは意外と知られていないとして、この映画の実現と成功を、大阪挙げて応援するための会の旗を振った。大阪・関西の新たな経済発展に貢献できることも願ってのものだから当然瓢一も発起人の依頼に応じた。

難波ちゃんは大阪府知事をはじめ同市長、商工会議所など大阪の要職にある人を廻り賛同を求めた。

結果、資金は集まらずこの企画は実らなかったが、実現していたら脚本・難波利三がスクリーンに写し出されていたかもしれない。

阿部牧郎

私小説は裸になって書くと難波ちゃんは言う。

これは、ラジオ番組のパーソナリティーと同じだなと、瓢一は経験から思う。

ＦＭ大阪、ラジオ大阪、毎日放送ラジオ、ＫＢＳ京都ラジオで自分の名を冠した番組を通算１１年間担当してみて、自分の本心をどこまでさらけ出せるか。

素っ裸にはならないが、せめてブリーフまで見せる勇気がいると思う。

音楽を聴かせ、曲の合間を話でつなぐいわゆる「ディスク・ジョッキー」とちがって、その個性をラジオで売り物にするのがラジオのパーソナリティーだから私生活の一部は出す。

関西では昭和四十六年（１９７１）に朝日放送ラジオで始った「おはようパーソナリティ中村鋭一です」が名乗ったのが最初といわれる。

当時、アメリカで人気があった「パーソナリティ・プログラム」を日本でもと、起用したのがアナウンサーで朝日新聞の記者として出向していた故中村鋭一さんだ。趣味が多彩で陽気な、この自称パーソナリティは、放送は「公正中立」である時代の中に「阪神タイガース」を堂々と持ち込み、勝利した日には「六甲おろしだー」と必ず「阪神タイガースの歌」を大声で歌い「バンザーイ」、負けたらそばのゴミ箱を蹴り上げるなど大騒ぎした。

阪急ブレーブス、南海ホークス、近鉄バッファローズという在阪球団があるにもかかわらず、セリーグ球団を声高に応援した。

これは、初代ミスタータイガース藤村富美男選手への憧れからスポーツキャスターを志したことにも由来するが、かつてから有る窮屈な枠を取っ払っても「まあ鋭ちゃんやから」とか「大阪やからええか……」という中村さんの人柄で許され、一気にラジオの世界に縦横無尽の新風を呼び込んだ。これも坂田三吉の端歩である。

昭和五十二年（1977）、瓢一に中村鋭一さんから突然、電話があった。

「今度、選挙に出るのでご挨拶状や封筒用に自分の似顔絵を描いてほしい。マスコミには未発表だから、出ることは言わないでほしい」という内容だった。

この年の参院選挙（大阪選挙区）には落ちたが、3年後の同選挙には初当選を果している。

昭和六十一年（1986）、参院選挙（大阪選挙区）で、西川きよしに敗れ落選し、浪人中にKBS京都ラジオで「話のターミナル中村鋭一です」を担当するが、3年後、いままでの大阪府選挙区を避け出身地滋賀県選挙区から立って当選を果たした。

KBSラジオの番組に出演できなくなった中村さんは、その留守番に瓢一を推薦してくれ瓢一の「話のターミナル」毎週月・火曜日午前9～12時が始まり朝5時起きで京都行きが7年間続くことになる。

中村さんは、いずれ帰ってくるつもりだからタレントよりもフリーの瓢一の方が、と考えていたのだが、重い役に就いたり新進党結成に参加したりして帰ってこられなくなった。

この番組の水・木曜日の担当が、直木賞作家の阿部牧郎さんだった。

この番組を通じて瓢一は初めて阿部さんとの付き合いが始まる。

阿部さんは、京都大学卒業後サラリーマン生活をしながら作家活動に入り、昭和四十三年（1968）、作品「絹と精鋭」で候補になって以来7回の直木賞候補を圣て昭和六十二年（1987）下期「それぞれの終楽章」でついに第98回直木賞の栄冠を手にした。

この小説は、昭和20年春、父の故郷秋田県の町へ疎開した中学生宏が友人達と過した思い出話だ。

作家になった宏は、最も仲が良かった森山の通夜に出るため40年ぶりにかっての町に帰ってくるところから話は始まる。

年をとると人生の再点検をしたくなる、直木賞作品もこの観点からのものだと阿部さんは言う。

森山宅の二階で炬燵（こたつ）に入り二人は小説を読み、蓄音機でベートーベンやシューベルトなどを聴き楽しんだ。

これは阿部さんの私小説だ。

口を糊するため官能小説も多く書いていても、彼の中に栄養として蓄積された少年期の種は、京都で迎えた大学時代でも名曲喫茶に入り浸り、サラリーマンになってステレオを買い、LPレコードを聴いたことで芽吹く。

阿部さんと知り合って1年後に依頼された絵本「酒場の笛吹童子」には、彼の人生の心がけが書かれている。

瓢一は、パステルで絵本らしくやわらかいタッチで心をこめてその肌ざわりを実現する努力をした。

職業作家になって多忙を極め音楽を聴く心の余裕もなくなり、酒場でド演歌ではなく松田聖子や中森明菜をうたい他の客との差別化をはかる空しい日々だけになった。

楽譜を演奏したい、クラリネットやフルートよりも演奏者が少ないオーボエを習うという決断を50才すぎて始めテレマン室内管弦楽団の第一オーボエ奏者に師事した。

テレマンの指揮者延原武春氏は、瓢一の長兄道夫（ヴァイオリン奏者・故人）と親しく、瓢一もこのバロック音楽コンサートの司会をした時にそんな話をしたことがある。

かってはよくキタ新地のピアノラウンジで、阿部さんのオーボエを聴く機会があったが、約20年経ったいま、その腕前はどうなっているか聴いてみたいとの思いもかなわなくなった。

横に座った女性の膝をこそばすところや青葉城恋歌の2番を得意の秋田弁で歌うことから、シャンソンをフランス語で歌うまで、その大きな落差をまた楽しみたいがムリだ。

「阿部牧郎の話のターミナル」は、午前9時から始まる2時間番組だが、彼は朝から下ネタをがんがんやった。

「風俗用語の基礎知識」などのコーナーもあり、普段出会った時のシャイな阿部さんではなく堂々としたパーソナリティ振りだった。

小説らしく作り話の下ネタをやっても知性を感じさせた、と担当した放送作家・町田孝三郎は言う。

アカデミックなインテリジェンスを出したからか、リスナーからの苦情は来なかった、と番組担当ディレクターの小川重和もいう。

この番組で、阿部さんは平成元年（1989）、第27回ギャラクシー賞（放送批評懇談会）、ラジオ部門の個人賞を受けている。

ちなみにテレビ部門の個人賞は「ニュースステーション」の久米宏だった。

阿部作品のカテゴリーは、官能小説、歴史小説、評伝小説、野球小説などで原稿用紙に鉛筆で書くのが主。野球は子供のころからの一塁手。巨人ファンだ。

Xクラブというチームを持っていて、わが藤本義一の「この世スネターズ」は、見事シャットアウト負けした。どこかの出版社に勤める滅法早い球の投手がいたからだ。

重厚でナイーブ、ふし目がちに言葉を出してズケズケ言わない。

はにかみながら話す様子に瓢一は、コンプレックスはあるけど何かにこだわっている風にとらえていた。

高血圧によいと食塩を水に溶いて飲むという流行の療法を「自分の身体で自身が実施してい

る」と放送していた。

瓢一と阿部さんと野坂昭如さんの三人がテレビのビデオ撮りで一緒になったことがある。桜橋交差点の西にあったサンケイビルむかいあたりのビル地階に集まった待ち時間に阿部さんが俳諧をやろうといい出した。

彼ら二人は文士でいつもやっている風だったが、瓢一はイラストレーターだ。文は書いているが正式字俳諧など知る由もない。大阪人だからことば遊びならできると参加した。

藤本義一さんの別荘で飲み仲間たちと酒の勢いで一、二度やったことがあるがなにせ、昼間でしらふ素面の上に賞をもらっている大作家たちだ。昔ラジオの二十の扉でよくやっていたから俳諧は遊びだからと割り切りどうせ待ち時間だし3人の方がいいだろうとフェルトペンを持った。

阿部さんが上の句五、七、五を書き、次いで野坂さんが下の句七、七、瓢一が上の句と巡る。

これは絵を描くイメージと同じで楽しいものだと瓢一はテンポに合せて没頭した。

イメージ即興ことば遊びで楽しい、前の人の句から発想する自分の句。

本式になるといろんな約束ごとがあるのだろうが、この場は無礼講だった。

興が乗ったころにテレビの録画どりで中止したが、ふたりは場所を変えてつづけようといい出し、阿部さんが北新地の行きつけの店に頼んで座を借りた。こんどは酒が付いた。

夕方店が開くまで、3人で相当作句して楽しんだ。

今回は和紙と筆だったと思うが、句も憶えていないし、だれが作紙を持ち帰ったかもわからない。3人でひたすら楽しんだこと、相手が大物文士だったことなどだけは記憶にある。

「池のなかに島がある。アベチャンは島から橋を渡って岸にいこうとする。おれは岸から橋をわたって島へ向かう」

阿部牧郎さんが「義一ちゃんにとって直木賞はなんであるか」ときいたときの藤本義一さんの答えだ。

阿部さんは、昭和四十三年（１９６８）から7回の直木賞候補を経て昭和六十二年（１９８７）に賞を手にしている。

一方、藤本さんは、昭和四十四年（１９６９）からはじまり昭和四十九年（１９７４）に賞を得ている。

１９年と5年、阿部さんは1年前を走りながら、藤本さんに猛烈なスピードで追い抜かれてしまった直木賞レースだった。

阿部さんはサラリーマン時代の昭和四十一年頃（１９６６）、「文学界」の中間発表の一次予選通過者に藤本義一の名を発見する。

藤本さんはすでにテレビの深夜番組で司会をしていたし、関西で1、２の放送作家としてきわめて著名だった。

「なんちゅう欲張りな男か、名前も顔が売れてカセギも悪くない立場だったら、しんどい小説修業なんかつづけられるかどうかわからない、あれほどの男でも、書く本音はやはり小説なのか」と阿部さんはあきれたあとなんとなく好意を抱く。

が、その1、２年あと藤本さんは「別冊文藝春秋」に「おれはかならずとったるぞ」と書いている。

阿部さんの作品が直木賞候補になって大いにイレこんでいたので、その文章を読んで「ヤナヤロウが出てきたもんだ」と思う。

満天下に野望を宣伝して、もしそれが達成できない場合のみっともなさを考えることで自分に鞭をいれる魂胆とみえた。

恥の感覚を利用してくそ力を出し数字を達成して社長になった人物をサラリーマン時代に知っていた阿部さんは、それを真似たがアゴを上げてしまい、こんなしんどい思いをするくらいなら恥をかくほうがましという気になりつづかなかった。

恥の感覚を利用してくそ力を出すことは、よほどの意志と自信と楽天性がなければできないことだ。

これを厚かましく逆手にとった藤本さんを「恥の感覚が強い男」だと阿部さんは分析する。

二人が初対面の時、生一本な藤本さんを見て「深夜のイレブンに出ている彼とは全身に芯のようなものが突っ張っていてモノがちがう」と阿部さんは感じる。

その後二人はそろって直木賞に落ち、その落選記を雑誌に書くこととなる。

藤本さんのと読みくらべて、その落胆ぶりなどを戯画化しサービスゆきとどいた文からはあの生一本さが見えないではっきりと読者を向いていた。

阿部さんのは、しおらしくまじめで関係各位同情を得ようという魂胆がみえすいていて甘く、恥しく、藤本さんのは物書きのきびしさを知っていて筆一本のキャリアの差を感じたと脱帽する。

深夜酔って帰宅し玄関わきの壁に向かって「おれ直木賞とるぞ、絶対とるぞォ」という藤本さんの噂にふたたびヤナヤロウだと思った阿部さんは「名実ともに売れっ子になってまだ節目を通そうとしている。売れっ子になるために賞の権威にすがろうとする当方とは根本的にちがうのである」とまた恥じる。

週刊誌の対談で「われわれにとって直木賞ちゅうのはいったいなんやろか」と藤本さんが阿部さんにきいた。

『受賞すれば知名度があがり、本も売れるようになるだろう。なにより、雲のなかをただようような物書き稼業のなかで、ああやっとここまできたかという、いわば大地の感触を足裏に味わえると思う。小説を書くという仕事は書いているうちは苦しくても充実した気持ちだが、終ってみると、おれいったいなにをしたものかと、きょとんと首をかしげる感じがある。自分に対する目安が欲しいわけである。それに私は正直いって肩書志向がかなり強く「こちら直木賞作家の某さん。こちら作家のアベサン」といわれて大いに差別感に触れる。私は関西では信用のある京大出で、おかげで世わたりの上でむかしだいぶトクしたから、この性癖が身についたのかもしれない。だから、直木賞なんてもういいじゃないか、といわれることがあるけど、そうですね、とはとても答えられないのである』という阿部さんのことばを瓢一は本音だととる。

そこで前に書いた藤本さんの島の話になる。

藤本さんにとって知名度とか本の売れゆきとか受賞による現実的メリットは問題ではなく、そのぶん受賞志向が純粋にはげしかったわけなのだろう。

現実的メリットはどうでもいいから賞をほしがることに照れも見栄もなかったのだ。

瓢一は『だから文士劇で賞の選考委員の柴田錬三郎に劇中で「直木賞をくれ！」とアドリブで言ったんだ』と腑に落ちた。

阿部さんにとって直木賞は手に入れたくて仕方ない華美な衣装のようなもので、藤本さんにとって橋というより物書きの本質にかかわるキンタマであったと述懐する。

テレビ番組で「直木賞のほうでは、6対3で私のほうがリードされております」と阿部さんを紹介する司会者藤本さん。

昭和四十九年（1974）夏、阿部さんと藤本さんは7対4で同じ土俵に上った。

そして第21回直木賞は、藤本義一の「鬼の詩」に輝いた。

阿部さんは「がっかりするよりアハハと笑いたいくらいものだが、義一ちゃんとの関係において、まいったなあという気持ちはやはりあった」といった13年後「それぞれの終楽章」で第98回直木賞に輝き「大地の感触」を足裏で味わった。

その時のことを藤本義一さんは書き残している。

「阿部ちゃんが獲った！」

雀躍（こおどり）りして二階の書斎から階下の電話口まで駆け降りて、ダイヤルを高槻局に回しつづけたが、ずっと通話中であった。

なんとしても祝いの一言をいいたかったので、新聞社やTV局の知人に阿部さんがどこで祝杯をあげるか訊ねまわり、キタ新地の〝D〟だとわかる。

黒の革ジャンに赤いマフラー巻いて飛び出すおれに向かって女房が「あんた、自分が受賞した時よりも嬉しそうやね」と。

「そら、そうや。自分が受賞したときは、あんまり嬉しそうな顔が出来へんもんや」といって、会場の〝D〟に向かう途中、阿部ちゃんも、強いて嬉しくないという顔をしているだろうと想像したのだった。

〝D〟に着いた時、阿部ちゃんは、受話器を握っていた。

「やあ……」と手を差し伸べ、「やあ」と、握手した。

予想どうり阿部ちゃんは、あまり嬉しくないという顔をしていたが、それはおれの時と同じで、あまり嬉しさを出すと、沽券（こけん）にかかわるという自己抑制の表情と見た。昭和一ケタにはこの照れがある。これは〝撃ちしら止まむ〟とか〝一億火の玉〟とか〝欲しがりません、勝つまでは〟という戦時下スローガンで少年時代を過したせいのような気がする。

瓢一より3歳上の世代だが「男は3年に片頬」というやたらニタニタするなの思想は伝わってくる。

駈けつけた映子夫人、出版社、新聞社、野球仲間などで華やかな宴となった。

体格のある阿部ちゃんはクィックィッと水割りを飲む。

「やっぱり、ええもんやなあ」と阿部ちゃんはグラスに呟くようにいった。そして今度が正念場だと思ったなあと感慨深げだった。二十年あまりの修羅場くぐった呟きには、良質の酒の味が宿っていた。

藤本さんは新聞記者に感想をきかれ「そやなあ、おれの場合は4回目で受賞やったさかいに、長年の便秘が治ったような気がした。」

阿部ちゃんの場合は8回目やさかいに、便秘やなしに、20年来のガン宣告が誤診やとわかったもんやないかなあ。」

「おれやったら、4回目に落ちたら自棄になるけども、阿部ちゃんの精神力は見事やな。タフや。大阪人の持ち合わせせん粘りがある」

阿部ちゃんはシャンソンも歌った。美声である。あ、その前に「渚のシンデレラ」をカラオケで歌った。おれもええ加減に歌った。

この場合、藤本さんが歌ったのは「大阪野郎」かいやきっと「サマータイム」だろうなと瓢一は想像する。

瓢一は阿部さんと親しくつき合うのは、この数年後である。

平成二十一年（2019）五月十一日、急性肺炎で死去　享年85才

阿部牧郎小説に描いた瓢一の挿絵は
○絵本「酒場の笛吹童士」　平成二年（1990）（PR誌まちあい室）
○帰ってきた青春　平成三年（1991）（スポーツニッポン新聞）
40代の青春を描くオフィスラブ

○続・帰ってきた青春　平成四年（1992）

○面影　平成七年（1995―96）（週刊読売）

週刊誌挿絵

藤本義一

一

よしかずさんと出会ったのは国鉄湊町駅近くだった。

新学期に入って、三年精組担任の松室先生から「昨日も言ったように、各自で大丸百貨店そばの靴屋に行き、配給の運動靴を買って帰るように」と言われ、靴箱を小脇にかかえた帰り道でだ。道頓堀川にかかる戎橋を北にこえると、そこはもう大人の世界という認識が川南の子供達には共通してあった。

だから、たとえその川で魚すくいをしていても余程のことがない限り心斎橋筋を北上することは遊びのなかではない。

わたしは、運動靴を買ってから心斎橋を南下してさっき来たハッスジ（戎橋筋）を母校の精華国民学校に向ってゆくのだが、この日は道を変えた。

戎橋を渡り右に曲がり、松竹座の前を西に御堂筋を横断して九郎右衛門町を突き抜けた。突き当りは国鉄湊町駅だが、その手前の大黒橋から分かれ南の専売局まで流れる難波入堀り（新川）のところで足をとめた。

京保十七年（1732）、西日本を中心にイナゴが大発生し、その被害で飢餓となり疫病が流行、各地で農村一揆がぼっ発した。

幕府は救荒対策として、いまのなんばパークス（元・専売局・大阪球場）のところに備蓄米の収蔵庫の「難波米蔵」をつくることと考え、さらに困窮者対策として長さ約八百七十メートル幅十六メートルの新川を開削した。いわゆる極貧堀だ。

わたしの祖母キヌは三人姉妹の二女で、妹が港区立岡でたばこ屋を営んでいた。

ここへは祖母に連れられてよく行ったが、いつも市電に乗るのは「千日前停留所」だった。

道具屋筋から千日前を通り歌舞伎座と芦辺劇場のところにあるこの停留所から市電は西に走り新川の手前で川に沿って北上する。

右に難波新地三番丁から二、一番丁、九郎右衛門町の街並みがつづく。

市電は難波新地一番丁をこしたあたりで湊町駅の方へ左折する。

その手前に新川を渡る短い専用鉄橋がある。

わたしは、幼い頃から市電が音を立ててこの鉄橋を渡るのが嬉しくて市岡の親戚行きが待ち遠しかった。

自宅そばの日本橋三丁目停留所から高島屋前、湊町を通り四つ橋筋を北上して大阪駅前行きの路線で湊町乗り換えもあるのだが鉄橋を渡らないでの興味がなかった。

この日、わたしは鉄橋をゆっくりそばで見ようと西道頓堀を出て左に折れた。

鉄橋は鉄錆色で長さは市電一両半くらいだからあっという間に通りすぎるのだなと、しばらく見入っていた。

「君は精華か」

突然、うしろから声がしたので振りむくと額が広く、下り眉とギョロ目の少年がこちらを見ている。

背は少し高いし顔つきから年上だとわかる。

黒い小倉の学生服の胸に布の名札が縫いつけてある。

「藤本義一　大阪府堺市浜寺諏訪森中二丁　昭和八年一月二十六日生　A型」と書いてある文字が少しにじんでいた。

水に少し酢をまぜて墨をすったらにじまへんかったのに。

「オレ、浜寺国民学校の六年やねん、君は何年生や」と義一さんはわたしの胸を見た。

「ボクは三年生」

自分のことをオレというが相手のことを君という。

このギョロ目は精悍さの中にもやさしさと利発さを感じさせるがどこか淋しさもただよわせている子だとわたしは思った。

「堺の子がなんでここに居てんねん」

「オレのお父さんはここの番頭してんねん」と後を指さした。

そこには丸の中に質の字が大きくあり、わきに「大源」といづれも白ヌキされた紺色暖簾（のれん）が下っていた。

大源質店は借地で義一さんの父義夫さんが店のきりもりをしていることも教えてくれた。

店の東側は大阪五花街のひとつ難波新地で、芸者の置き屋が付近に多く夜は厚化粧して華やぐ町も素顔になった昼は彼女らがよく着物などを質入れにやってきた。

戦争が激しくなって彼女らは故郷へと帰って行き質草が動かなくなった。

突然、サイレンが鳴り響いた。

二人は空を見上げた。

音は少し鳴り、途切れてまた鳴る。

「警戒警報発令や」

この頃は、サイレンが鳴ることが頻繁にあり、担任の松室先生はそんな時急いで子供たちを下校させた。

再々のことで警報なれしたわたしは、給食のコッペパン２個を手に南海通りを抜け千日前を右に折れて新金毘羅さんの手前にある南宝劇場に入った。

もぎりのお姉さんにパンを入場券代わりに渡し杉平助や森光子らの軽演劇を見ることがしばしばあり、劇場を出るころには警戒警報は解除していた。

「ボク帰るわ」運動靴が入った箱をかかえてわたしは電車道筋を南へ走り出した。

この出会いの後の夏、わたしは学童集団疎開で大阪を離れていつ帰って来られるかわからないまま滋賀県へむかった。

この時、縁故疎開を入れて全国で約１００万人の国民学校３年生から６年生までの児童が決められた農村地帯へ大移動した。

昭和十九年八月三十一日、大阪南区の精華国民学校男女児童４８６名は、難波高島屋前から市電に分乗して滋賀県へ出発した。

一方、義一さんはその後大空に散華したいと少年飛行隊を志願したが、年令が足らず夢果てたころ終戦となる。

戦後、彼は飛行少年ならず非行少年になった。


その後２３年経って、わたしがギョロ目の義一少年とふたたび出会うのは「よみうりテレビ」のスタジオである。

本著「世相　神経」のなかで「ボク瓢一」からはじまる「オダサクブルース」につづく章として、このよしかずさんとの出合いから始まる４５年の付き合いの小説を、オダサクさんのひそみに倣(なら)い「結末から先に構想する」ことから書き出したがどうもグッ（具合）が悪い。

文章を多く読み、自分史、エッセイなどをたくさん書いてきたが小説はビギナーだ。オダサクさんのように戯曲を書き、スタンダールに触発され、ジュリアン・ソレルに心ひかれて小説を書き出したわけでもない。

昭和二十九年（１９５４）、封切された仏・伊映画「赤と黒」の主人公ジュリアン・ソレルを演じたファンファンと呼ばれたイケメン俳優ジェラール・フィリップに憧れ６７年も昔の浪人時代に彼を描いた絵が残っているだけだ。

平成二十九年（２０１７）五月三十一日に起した「オダサク・ノート」には前々日、アトリエがある地下鉄天満橋駅（大阪メトロ）で下車寸前に『気になっていたこの小説のタイトル「オダサク　アゲイン」がひらめいた』とある。発想はその8年前六月七日、すでにあったとも。

平成二十五年三月には「織田作エレジー千日前」で原稿の出だしも書いている。だいぶ以前からやる気やったんやなあとつぶやき駅の階段を上っている。

主人公・成駒瓢一は子供の頃の顔が青瓢箪のようだったことから思いついた。

ノートには藤本義一さんから父親のことを聞く、欧州帰りで疲れているのにスラスラ話してくれたのは不思議だとあり、2ケ月後西宮阪急百貨店でも話を聞いている。

オダサクさんは『「世相」はどこまで小説の中で嘘をつけるかという嘘の可能性を試してみたい小説だ。嘘は小説の本能だ。「嘘の可能性という本能だ」』と「可能性の文学」に書いている。

「織田作いのち」の藤本さんは、瓢一に「小説家はサギ師」だとよくいった。

没後1年たった時、天満天神　繁昌亭で偲ぶ会が桂福團治の肝いりであった。

ゲストの藤本統紀子、直木賞作家・難波利三・上方落語家・桂福團治、女優・三島ゆり子らに司会の瓢一が「小説家はサギ師ですか」ときいたら難波さんがめったにないことに「そんなことはない」とやや気色ばんだように答えた。

つくりごとを撮る映画の脚本から出た藤本さんに、肺結核療養中に私小説からスタートした難波さん。

瓢一は、「作家としての生い立ちが違うんだな」ととっさに判断して話題を変えた。

難波さんとも親しい保田善生（元・宝塚映画）は「サギ師ではなく詐話師だと藤本さんは言っていた」ととりなす。

自叙伝ならいざ知らず、おおむね小説は作りごとや想像から生まれるものだからということなのかなあ、とその作品と考えながら瓢一は思った。

普段の付き合いから藤本さんにはそんなズルさやハッタリは感じられないからだ。

澄んだ目とことばの端々にそれがあれば感受性がとぎ澄まされた絵描きのアンテナにビビッとくるからだ。

のちに難波さんは『作家は一秒でも「本音」「本心」があるから「サギ師」というのはまやかしでありテレだ。悪と書くのが好きな作家はいるが、私は嫌いで孟子の性善説が好きだから読後に心が暖まるような小説が書きたいというのがスタートだった』といったあと「藤本さんは、どちらも好きで書けた人、人間観察にたけた人だ」と加えた。

昭和十五年（1940）八月「夫婦善哉」がオダサクさん最初の単行本として発刊された時、これを読んだ作家志賀直哉が「この人はもっと井原西鶴を読んだ方がいい」と言ったのを伝え聞いたオダサクさんは西鶴を読み始める。そして「西鶴はスタンダールについでわが師と仰ぐべき作家であることを納得した」と「わが文学修業」に書く。

西鶴が大矢数を催した生玉神社とオダサクさんの出生地生玉前町は目と鼻の先で親近感がわくのも無理はない。

昭和十七年（1942）、単行本「西鶴新論」（修文館）を出す。

「西鶴はリアリストの眼をもっていたが、書く手はリアリストのそれではなかった。ために嘘八百も書いた。この嘘という言葉を物語性と置き換えてみるとはっきりする。小説とは嘘の芸術だ。」

この嘘を書いて口を糊する小説家を藤本さんは「サギ師」と言い換えた。

同年二月発行の「上方」西鶴記念号にオダサクさんの「西鶴論覚書」という一文がある。

「大阪町人といふアプリオリ（著者・原理）を無視して西鶴論は考えられないのだ。しかるに、人は西鶴を論じようとしてややもすれば、大阪町人としての西鶴を忘れている」

スタンダールのジュリアン・ソレルと西鶴の世之助は似ているとも書く。

「個々の事象の描写において実をもってしその配列は嘘をもってする」

眼は実、手は虚。

瓢一はこれを虚構、フィクションだと思う。眼（脳）で見て手で描く、瞬時の連描を上方落語家桂米朝師匠らの高座や、阪神タイガースの選手たちのベンチやグラウンドでの動きを５０年近くドキュメントとして絵にしてきた瓢一にとって、カメラと違って見たものが手から出て紙の上に具現化するのに３０秒までは修練で追い上げたが単純化するとフィクションが入る。

目の前に座った人の似顔絵を墨画するのは5～7分。「女性はより美しく、男性はありのままに」のモットーを外しても写真のように現実とはならない。それが虚構であり絵である。

モデルの女性も首、指、脚を長くし身体も美しく細かく描く。

オダサクさんは「西鶴新論」のはしがきに「この評論は西鶴に名を借りた私自身の小説論」と書く。

これに慣（なら）えば「織田作之助に名を借りた瓢一自身の絵画論」となろうか。

志賀直哉━織田作之助┳大谷晃一
┗川島雄三━藤本義一━瓢一と井原西鶴信仰の系譜はつづく。

大谷晃一もオダサクさんから西鶴をすすめられていた。

「わが文学修業」にあるように、西鶴が大坂の人であったということから「大阪」を書くことの系譜をつくると

志賀直哉━宇野浩二━織田作之助┳大谷晃一
┗川島雄三━藤本義一━成駒瓢一となる。

昭和二十年（1945）四月二十四日に記した手紙が作家・宇野浩二からオダサクさんに届く。

『……（筆者略）今のところ、あなたのほかには大阪を十分に書ける人はまずいないのですから、「猿飛佐助」を早く片づけて「大坂」を「大阪」を書いて下さい（筆者略）……』

四月二十四日というも大阪大空襲の四十日後だ。

オダサクさんはその四月に「起ち上る大阪━戦災余話」を週刊朝日に書いている。

このなかで、行きつけの喫茶店主他ァやんを見舞いに行き、一家が焼け残った防空壕で生活しているのを知る。

波屋書房の三ちゃんとも話している。

「文楽の人」では焼け跡を「東條の阿呆んだらめ」と呟きながら郷愁ある焼土大阪をさまよい生家を辿るが焼けていてない。

そんな悲しい大阪の姿を1ヶ月間取材し「起ち上がった大阪」を実感している。

それは粧いをこらしたものでなく、素顔の中にうかんだ本物の表情であることに興奮もかくせない。

商売柄嘘を書く才能があるだけに真実への愛は深いと断言する。

宇野浩二の願いもだが、「大阪」を書き遺してくれたオダサクさんにも瓢一は敬意を表する。

因みに宇野浩二の文学碑は、瓢一のアトリエ南にある中大江公園に立っている。ここは宇野が4歳のときに住んだ糸屋町一丁目に近い二丁目だ。

その中大江公園から南3辻目に井原西鶴の住んだ鎗屋町がある。

井原西鶴は寛永十九年（1642）に大阪鎗屋町で生まれたらしい。

らしいというのは、和歌山生れという説もありその出自はよくわからないのだが住んでいたのは鎗屋町だ。

鎗屋町は、大阪中央区谷町4丁目の西で中央大通りの北にある町だ。

瓢一のアトリエがある天満橋八軒家近くにある石町の横を通るかつて熊野詣で賑わった御祓筋を辻なら11本南に下ったところにあり、筋の東が1丁目、西が2丁目となる。

2丁目は西鶴の時代は伏見大黒町でのちに小倉町、明治になって鎗屋町に入った。

御祓筋から1丁目を東の谷町筋側に入って2軒目南側が西鶴の家だったと伝わる。

鎗屋町は京都伏見の町人が移住した町で、もとは刀剣を業とする町だった。

豊臣の世が終わり戦災で荒廃した大坂に徳川家康の外孫松平忠明が入り、復興が終ったころ二代将軍秀忠が伏見城下の町人を大坂に移住させた。

中央区伏見町には呉服商が移ってきたように鎗屋町もそのひとつだった。

出自や家業は不明だが西鶴は大坂の人であることは間違いないと瓢一は思う。

正保四年（1647）、新しい連歌と俳諧をおこそうとして連歌師・西山宗因が京都から大坂へやってきた。

天満天神連歌所に招かれたためで、天満宮境内の西にあった長屋に住み「有芳庵」と呼ぶ。

当時は江戸時代前期の歌人・俳人で連歌も行った松永貞徳によって提唱された「連歌の伝統を残した保守的な俳諧の流派・貞門派俳諧が全盛だった。宗因はこの決まりにとらわれた古くさい貞門派連歌を自由で革新的な談林俳諧に変えてゆく。」

大阪の商人たちが集まり天満宮に俳壇が生まれ、その右肩上りの経済とつろく(調和)して大坂の俳諧も活況を挺する。

宗因は「有芳庵」を後に「向栄庵」と名して天満宮東隣に新築して移した。

西鶴は15歳くらいから俳諧を学び始め、21歳には俳諧の点者となるもいっこうにうだつが上らない。

30歳になった寛文十一年(1671)、宗因の向栄庵の門を叩いた。

軽口にまかせてなけよほととぎす

宗因の談林風の核心をわし掴みした西鶴の才覚は庵の主が膝を打つほどのものであった。

瓢一は、5年程前から健康のためエイジレス・バレエストレッチを習っている。

その教室は天満宮境内の南西角にある「梅香学院」3階にある。

石町にあるアトリエから20分足らずを歩くのだが、この道筋は西鶴が鎗屋町から向栄庵に通ったものと一致する。

西鶴は御祓筋(おはらいすじ)をまっ直ぐ北上し、瓢一のアトリエ横の坂を下り熊野詣の起点八軒家を左折し天神橋を渡り天満宮に着いたと思われる。

瓢一が出入りするのは天満宮の表大門ではなく、その西側の「戎門」からで教室入口までは約5メートルだ。

この戎門を入った右脇に西山宗因の句碑があるのに全く気付かなかった。

灰色の巨石に彫られた文字は判読しにくいが、そばの立札には

宵のとし雨ふりける元旦に一ニ梅花

浪華津にさく夜の雨や花の春

誹談林初祖　梅翁　西山宗因

とある。

本殿北側にも芭蕉の句碑と並んだものがある。

黒曜石と思われる角柱の碑に変体仮名で

なかむとて花にも

いたし首の骨

梅翁　西山宗因

この脇の門を西に出るとすぐに天満天神・繁昌亭が入った正面には瓢一作画の上方落語四天王の額がある。

また、天満宮表大門の右脇には「西山宗因向栄庵跡」の碑も立っている。

令和三年(2021)六月、瓢一はアトリエの本棚の整理をしていたら奥の方から「おらんだ西鶴・好色二代男」と書かれたパンフレットが出てきた。

A4版の茶色い表紙の左上隅には「平成5年度　大阪府舞台芸術振興事業　西鶴フェスティバル93」とある。

裏表紙までを見開くと一面芝居小屋の絵で日月を描いた櫓(やぐら)がのぼり、その下にまねきが並んでいる。

桂枝雀、芦屋小雁、段田安則、藤吉久美子の名があり軒には大入提灯がたくさん下がり呼び込みが多くの客を手まねきしている。

世之介が遠眼鏡でのぞいている先の表紙には主演する当時人気絶頂の上方落語家・桂枝雀の井原西鶴が脇息(きょうそく)に左手を預け右手で筆を持って座っている。

右端のサインは「天満橋むかで屋」とありまぎれもなく瓢一が描いたものだ。

とっくの昔に忘れ去っていたが、機会にあわせて突び出してきたのには驚いた。

当時の新聞の切り抜きが貼り付けてあり、そこには「西鶴の没後300年記念」で上演されるものと八代目市川団十郎らの墓がある一心寺天王寺に隣接する生花市場後地に改装した芝居小屋、一心寺シアターで上演されるとある。

写真は、枝雀ら出演者とスタッフが安全と公演の成功を祈願して西鶴の墓がある誓願寺に詣でているものだ。

脚本は早坂暁、演出は早坂暁と秋山シュン太郎で開演は平成五年（1993）十一月二日から八日までとなっている。

パンフレットの中には、藤本義一さんと佐伯順子さん（当時帝塚山学院大学常任講師）の対談や難波利三さんの『西鶴の心』などが掲っている。

ここで難波さんは、西鶴の本心は俳句の世界に身を置くことを求めていたのでは、という。色と欲ではなく内心がとてもナイーブだったからこそ自分で認められたいと欲していた俳句ではなく浮世草子作者として認められてしまい「好色一代男」なんか書くんじゃあなかったと泉下でいっているかもしれないなと語っている。

瓢一の記憶の底には、この芝居を暗い小屋で観たことしかないのだが、パンフレットの所に黄色のマーカーラインが引いてあるから当時担当していたKBS京都のラジオ番組で話したのだろう。

元禄時代の貨幣価値のページがあり、西鶴の時代職人の年収は二十三匁（約23万7千円）、うどん代十六文（約320円）、銭湯八文（約160円）、島原の大尽遊び五十三匁（約54万6千円）など一両を8万円見当でこの芝居を観るにあたっての手引きとしてくれているがそれも1993年の話だから今ではもっと変っているだろう。

藤本さんは対談の中で「社会の仕組みが全く違うから換算比率はむつかしいが、私は一両十五万円説と主張している（1993現在）」という。

高校三年の進学準備の副読本で世間胸算用に出会い悪印象しかもてなかったのに、大学を出てシナリオライターを志したときにはこれだと思った。ぞっこん惚れ込んで何度もドラマやエッセーにしてきたので、西鶴には多少似てきたかも知れないともいっている。

瓢一の手もとに藤本さんの西鶴本が2冊ある。

「サイカクがやって来た」（新潮文庫・昭53）と「元禄流行作家　わが西鶴」（新潮社・昭55のものをウェブで購入）だ。

前者は夕刊紙に2年にわたって連載された西鶴に軒先を借りてサイカクを商うエッセイ集だ。西鶴は師匠西山宗因の没後俳諧師から徘徊師となり、ルポライターよろしく、世の中の色と欲を中心に集めはじめたデータで銭儲けの浮世草子作者に転じたという藤本さんの持論を現代にクロスオーバーさせ、西鶴の目を原点に現代を再認識していくたいへんおもしろいものだ。

後者は、元禄流行作家井原西鶴を「わが西鶴」として西鶴の弟子北条団水の目に預けた腰が座った小説で、藤本さんが研究した西鶴の生きざまをここで証明したと瓢一はとらえている。

藤本義一年譜のなかに井原西鶴を著したものを探してみると「好色六人女―西鶴くずし」（昭和49・立風書房）、改題「西鶴くずし好色六人女」（昭和54・角川文庫）、「西鶴くずし好色一代男」（昭和53・徳間書店）、「昭和西鶴乱筆人生人語」（昭和53・PHP研究所）、「元禄流行作家　わが西鶴」（昭和55・新潮社、昭和58・新潮文庫）、「21世紀版・少年少女古典文学館17　西鶴名作集」（平成22年・講談社）がある。

没後、統紀子夫人に西鶴の資料などの有無を確かめたら皆無だと返ってきた。

織田作は憧れの人で西鶴を超えたいといっていた藤本さんは生前、西鶴と織田作の資料は少なくその線はずだずたに切れているといっていた通りだ。

昭和六十年（1986）からの「蛍の宿　わが織田作」4部作のひな形がこの「元禄流行作家わが西鶴」で見られるようだと瓢一は思っているのだが、一本の線の一部になっているのだろうか。瓢一は、これを書くにあたって京都三条の古書店で西鶴に関するものをすべて渫えたが9冊しかなかった。

他に紀伊国屋とジュンク堂でも購入したが手に入らないものもあった。

二

織田作の文学が巷間「放蕩無頼」「軽佻浮薄」といわれる。

「虚像だ」と故・大谷晃一はいう。

また、宇野浩二は「哀傷」と「孤独」の文学といった。

藤本義一の文学はどうか。

織田作之助を敬愛し、缶ピースたばこの持ち方、革ジャンパー、グリーン色が好きなどその行いにも「真似し」が所々にみられるのだが違うところが多い。

革コートの腕を通さず肩にかける粋がり方などは真似だが、デカダンスの精神は模倣せずせいぜいやっても高校時代によく生徒がやっていたサラシを腹に巻いたり、ズボンに下駄履きでホテルに行き、注意されることなどで自己顕示欲が強い織田作が自分を大きく見せることとは違い藤本はイチビリ（ふざけ）もやるが、等身大の自己表現であくまで自然体だ。ただ周囲が過大評価（テレビの有名人として誤った）してその輪が大きくなってもだまってそれに乗っかってゆく。

眉村卓をして「その時々その場その場の藤本義一を演じる」といわしめる所以だ。

「月刊噂」（梶山秀之責任編集・昭和46年10月1日発行）の「わが織田作幻想」に藤本さんは、劇評の山本修二に織田作が川島雄三師匠に話した逸話を話したら「彼はたしかに相手を見て、こういえば座が賑やかになるという読みをする男でしたねえ。おそらく創作でしょう（以下著者略）」という返事を聞き「相手を傷つける嘘ではなく、相手を喜ばす虚構が常に用意されていたのではないだろうか」と思う。

ほかにもNHK（BK）の元芸能部長の佐々木英之助や作家の長沖一からも織田作の印象を聞いたら「ヒロポンだったか将棋のことだったか記憶が曖昧だがどちらの挿話も、創られたサービス精神旺盛といった楽しいものだった。楽しくてやがて悲しきといった話であったような気がする」と考える。

藤本さんのサービス精神は織田作のものとちがって自然だ。

織田作之助の「それでも私は行く」（京都日日新聞・昭和21年1946）に小田策之助という作家が登場して主人公梶鶴雄と話す。

京都、蛸薬師通りを西へ富小路を二三軒行ったところにある旅館「ちぎり家別館」二階六畳間だ。

小田策は「家がないんで、女房の親たちと一緒に、養子みたいに暮らしていたんだが、おれのものの考え方がデカダンスだというんでね。デカダンスな男とは一緒に暮せないというんだ」

暗にこれは宝塚・清荒神であった実話ではないか、昭和二十一年二月十八日、笹田和子と挙式したが短期間で別れている。

この新聞連載をはじめた頃、織田作は住所を定めてないが京都にいたようだ。

「デカダンスは頽廃（たいはい）のことだと、ひとは思っているらしいが、デカダンスというのは高級な思想なんだ。つまり、デカダンスというのは、あらゆる未熟な思想から自由という意味だ。何ものにも憑（つ）かれない精神のことだよ。たとえばだね」……。

瓢一は、この話は「世相」にもあったのではと本を開くと、「ダイス」に行きマダムに迫られかけたところへ左翼くずれの海老原という同盟記者との会話にデカダンスが出てくる。

さきの京都のデカダンスに話を戻すと「―林檎（りんご）は実が円熟して地に落ちる時が一番うまいんだ。これがデカダンスだ。……と話したあと日本の文学論に入り「土足のままの文学」がないと文学の現状を憂う。

「世相」は宝塚で書き「それでも私は行く」は京都で書いているが、おおよそ時期はよく似ている、「世相」の方が少し早い。

デカダンスにからめて文壇や批評家にもの申す「反骨の気概」ありありの織田作だが藤本さんにもそれは大いにあった。

「第71回芥川・直木賞授賞式」があった東京会館の段上、「鬼の詩」で受賞した藤本義一さんに選考委員の作家水上勉さんが「藤本くんはもうテレビなんかに出ないで、文学に専念してほしいという気持ちで賞をあげました」挨拶したのを受けた受賞の弁で藤本さんは「せっかくですが、ボクはテレビが好きですから、これからもますますテレビに精を出します」の述べた。

招待されて席にいた瓢一は「念願の賞を手にした藤本さんの居直り」と心の中で喝采した。

テレビですでに有名な藤本さんの選考作品にはハンディキャップがつくと瓢一は巷間聞いていた。織田作之助と志賀直哉を見るように藤本義一と水上勉にも同様のものがあったのだろうか。

藤本さんは、なんとしても直木賞がほしかった。

だから、その受賞十年前に受賞の言葉を書いているほどだ。

小説を書きはじめる前だから、一寸おかしい、と本人が述懐している。

文士劇で主役の柴田錬三郎にアドリブを口ばしっている。

柴田　おい、どままでも従いてくるか。

藤本　はい、直木賞をいただきますれば。

柴田　拙者の一存ではなんともいえん。

直木賞選考委員のひとり柴田錬三郎に本心をぶちかましたのは、会場の宝塚大劇場が自宅がある西宮市のとなり町である心安すさやホームグランドでの顧客の嘲笑を可とする覚悟の上のことだったと瓢一は思う。


西鶴がいう「知恵才覚をもってかせぎ出すこと」で小説もまた知恵才覚をもっての所業だと書く藤本さんに、阿部牧郎さんが「ヤナヤロウが出てきた」というほどなりふりかまわず一途なのだ。

「欲しいものを欲しいと叫んだ。そして行動した。これが自棄かね」

若いディレクターは「ま、貰ってよかったもの、貰わなかったらピエロでしょう」という。

「ピエロになるのがいやで、いわない方がいいのか」

そして貰わなかったなら、ピエロになると誰が保証するであろうか。それは個人の問題であって、他人の知ったことではないか。

いわないで、というよりも、あんなもんいりまへんで……という顔をする偽善が一番怖いと思うのだ。

藤本さんは若者のように純粋だなと。瓢一はこの或る日の直木賞ほしい論争に思う。

阿部さんが3回目、藤本さんは2回目の直木賞候補になった昭和四十四年下半期（1969）、田辺聖子さんも一緒に来阪した某誌の編集長と会った。

阿部さんも藤本さんも初対面でふたりとも緊張していた。

阿部さんはサラリーマンふう如才なさでへらへらし、藤本さんはいかにも物書き一本できた男らしく、昂然と肩を張っていた。

阿部さんはバカ話をし、藤本さんはまっとうな小説談義をしたがっているようだった。

座の雰囲気がバカ話へ傾いていったとき、いらいらしていた藤本さんが「編集長がきはるというから、おれは四国から飛んで帰ったんや。もっと実のある話をしたい」といった意味のことをきわめて不機嫌そうにいいはなった。みんなびっくりした。

なんちゅう生一本木な男だ。イレブンに出ている藤本さんとはモノがちがう。全身に芯のようなものが突っ張っている。と阿部さんはその時のことを「面白半分」誌に書く。

藤本さんの「反骨の気概」ありありだ。

瓢一は、賞の前後にこれが雑誌に掲るかもしれないという先読みがあったのではないかと思う。

当面のライバルの初対面でそれも編集長の前で先手をかました藤本さんだが、5年経ち彼に先を越された阿部さんが褒めて書いていることを瓢一は立派だと思う。その少し後、ふたりの「マンハッタン・ブルース」と「われは湖の子」は第62回直木賞に落選する。

選考委員・村上元三は「力みすぎ……」柴田錬三郎は「出来としては八篇中随一だが……」、水上勉は「語り口の特異な軽快さがおもしろい……」、源氏鶏太は「終末に近づくにつれて味が出てくるが……」の評を口にしたが「オリジナリティが感じられない」で落ちている。

マンハッタンに暮らす日本人留学生くずれのおれに小林圭子という女性探しを依頼する日本人との会話から始まるこの「マンハッタン・ブルース」は、アメリカ、ニューヨーク市マンハッタンの下町にある露地や娼婦街の饐えた匂いや哀しく流れるジャズなど、藤本さんが得意とする映像がこれでもかこれでもかと押しかけてくる小説だ。

飛び出してくるボキャブラリーが多彩で、片手スマホの親指だけを動かしているモノトーンなロボットの群がいる車中に突然原色のペンキをぶちまけたようで座席で読んでいる瓢一の頭はパニックになった。

上方落語「一文笛」は、人間国宝・桂米朝師匠が創作したスリの人情噺だが、藤本さんも、スリや詐欺師など人の心理をついて生きてゆく技術者には特別興味をもって書いている。「ちりめんじゃこ」もスリの話で、これは第61回直木賞候補になっている。

老掏摸と戦友だった大阪府警掏摸係の刑事との物語で、ヒントは司会をするテレビ深夜番組のゲストに来た奇術師Kと握手したとき時計をすられたことだった。はじめて書いたこの長篇小説が直木賞候補になったのだから嬉しくて「やった!やった!」とまだ受賞していないのに、連日、深夜の酒に酔っていた。

昭和三十二年、33歳。選考発表の日が近付くと、次第に酒が重く感じ、量を飲んでも酔わない。胃の中に泥のようにたまり、それが次第に塊になっていき、固型化していき大きさも煉瓦一個分のように思えてくる。

居場所をはっきりさせるため自宅待機した。

TVカメラ、新聞社関係が詰めかけている。

午後七時から急に重苦しい雰囲気に家全体が包まれる。大体午後八時に発表があるからだ。

藤本さんはただただグラスの水割りを飲みつづける。人はますます頭数を増す。犬も吠え疲れて沈黙する。グラスを傾けるピッチが早くなる。

そして電話が鳴る。一斉にライトが点く。と、受話器のむこうから、これまた地獄の使者の如き声が聞こえてくる。

「残念でした。直木賞は佐藤愛子さんが受賞されました」と。

これは『第2回藤本義一賞・キーワード「カメラ」(たる出版)』のなかに収められた藤本義一さんのエッセイから瓢一がまとめたものだが、この時瓢一はまだ藤本さんと知己を得ていないのでこの騒ぎは知らない。

「ちりめんじやこ」は、昭和四十三年(1968)三一書房から出版されているが、瓢一の手許にないので次女芽子さんから借りた。赤い表紙を開いた空色の見返しに「印税全部掏いとるべし　藤本義一　統紀子へ」と懐かしいペン字で書かれ3センチ角ぐらいの落款がある。

第71回直木賞受賞作「鬼の詩」(講談社・昭和四十九年1974)の初版本が瓢一の手許にある。この見返しには「鬼ごっこして　鬼また目をつむり」と見慣れた右下りの字が踊っている。1センチ角の落款もある。

鬼ごっこの鬼がみんなを逃がしてしまい、また目をつぶって今度は捕まえるぞーと思いながら数を読む……。

50年近くの星霜を経て、この言葉をいま読んでみて瓢一は「あーっ」と声が出た。

鬼は藤本さんだ。子(賞)を逃がしてしまい失望のなかでまた目をつぶり今度こそ……の思いがこの言葉のなかにある。そしてついに掴まえた。その歓喜のことばだ。深い。いまごろ意味がわかるなんて遅い。

左口角を上げウインクする悪戯っぽい藤本さんの顔が目の前に浮かぶ。

「アホか！いまごろ……」という声も瓢一に聞こえてくる。

この「アホか」は彼がいうたんびたんびに思うが親が子に、兄が弟にいうようにやさしい含みがある暖かい大阪弁で、この微妙なニュアンスは文字で書いても伝わらない。関東の人とりわけ東京の人には聴いてもわからないと思う。

この「アホ」は彼らにとって大阪人が彼らから「バカ」といわれるのと同じニュアンスと考えたらい い。因みに「ボス」もそうだ。

かって藤本さんから東京の著名なイラストレーターを大阪のホテルで紹介された時「あなたが大阪のボスですか」といわれた時、瓢一はいたく傷ついた。彼に、もうひとり東京の画家からも同じことを言われた時もそうだった。

「ボス」は暗黒街のと結びつき瓢一にとってはダーティなことばなのだが、考えるに東京では第一人者という敬意をこめたニュアンスをもつとわかったが、瓢一はいまでも好きではない。

藤本作品が直木賞候補になった第61回、第62回、第65回の選考委員だった水上勉は△△□で態度不明が2回　消極的賛成が1回で受賞した第71回は◎6票、○2票で最終的に反対は1票だったが、この反対は水上勉ではない。

第65回□の水上評は「よく書けている。だが、この人には作家としての定着性がないという意見が強く、私もそれに屈した。すでに多作時代に入った氏である。傑作はすぐそこに見えている」と消極的賛成だが応援している。

「作家としての定着性がない」と見られ、テレビ出演で損をしている部分がある。

これが水上勉の授賞式での「もうテレビなんかに出ないで……」の挨拶になっていたのだろう。だとすると、これは暖かいはげましだったのか、志賀直哉が織田作之助に言ったのも同じ心情だったのかと瓢一は考える。

藤本さんは、大学在学中に映画の世界に入る、川島雄三監督の手伝いをはじめる。川島監督が第一回監督昇進に織田作之助集作・脚本『還って来た男』を取り上げた。

「織田作という男は故郷大阪に根を下ろしていた。あれは見事だった。」と酒が入るとまずいった。「太宰治を故郷を捨てたからダメだ」と同郷の友人をくさす。

「私に織田作を見習え」という。川島対織田の話を聞いているうちに、織田作之助作品を読破してやろうという気になって片っ端から読んでいく。

師匠(藤本は川島監督をこう呼ぶ)が没し、藤本はテレビ司会者になる。

脚本の仕事は来なくなり、小説を書き出し苦節十年で直木賞を手にする。

大阪での祝いの会で「将来、一作五十枚くらいで後世に残る作品を書いてみたい」と挨拶した。

四十代半ばにして織田作之助の資料を求めるが、これが少ない。

ビデオで織田の歩いた道、三高時代の友人瀬川健一郎氏、彼の恩師・藤沢桓夫氏らの取材をした。

平成三年(1989)3月、藤本さんが毎日新聞夕刊に「織田作を書く、書いた」を掲せた時点では無頼派の資料は太宰100、坂口安吾10、織田0.5で織田作品は大阪を舞台に大阪弁で書いたのがだめらしい。

戦後の新聞の文化・学芸・文芸批評を洗ってみても織田作之助を論じたものが実に少ない。

直木三十五、武田麟太郎もない。

その底の西鶴像さえ影が薄い。上方文学の一本線でズタズタに切断されている。

そこで「私は、私なりにもわが織田作を書いてみようと50歳の時に思った」

藤本さんは、上方文学のズタズタに裂かれた線を1本に纏めようと思い、年代的に最も近い織田作之助像から洗い直してみた方がいいように思った。

1年に300枚、4年で完結するかたちでその1200枚のゴールを川島雄三監督没後25年の日に当てようとしたが約8か月遅れた。

淡き光　闇を截りて　いのち

瓢一への為書きと義一とサインした4冊が手元にある。

「蛍の宿　わが織田作」「蛍の宴　わが織田作2」「蛍の街　わが織田作3」「蛍の死　わが織田作4」（中央公論社）で4の2頁目に「本書をわが敬愛する織田作之助氏とその妻一枝様に捧ぐ」とある。

藤本さんは出来上がった作を藤沢桓夫先生、青山光二先生、瀬川健一郎先生に読んでもらい、病床の藤沢先生に叱責を覚悟の上読後の感想を聞いた。

「織田作之助氏を最も把握している方である。これは織田作と違うといわれたら、1200枚は紙屑になる」

緊張して正座してもっている受話器から「織田作、得な奴っちゃがな。今頃になって、君に書いてもらうちゅうのは、得な奴っちゃで。一寸ばかし……」藤本さんは厳しい批評がやってくる気配がして息を呑む。

「よう書いてあるな。ヒイキシスギかな、ハハハ。ま、そやけど、ええ」

「私は涙が溢れてきた。深い愛情を覚えた。織田作之助を知っている人からのこの一言を耳にするために書き切ったのだから」

直木賞受賞の祝賀会で語ったことばは15年後に結実し、翌年第7回日本文芸大賞受賞で完結した。

瓢一が織田作之助のことを書くきっかけは、40年程前に藤本さんから『「川島雄三師匠から大阪人なら井原西鶴と織田作之助を読め」といわれ読んだ。ナーさん、君も大阪人だからこの2人のものを読んだらどうだ』といわれ。読みはじめたらなんと織田作作品は、瓢一の「思い出の宝箱」で、文章のそここから生地ミナミの町並み、通学路、友人、遊び場、味の店、寺などがキラキラ輝いて甦ってくる。

大阪の風俗を絵や文で表記してきた60年と見事にクロスオーバーしてきて織田作と　出会ってたかも　わがミナミ　の確心を得た。

藤本さんはテレビ出演しながら自分の番組から多くの情報を得ている。

水上勉時代の作家たちと取材法も違う若い作家の時代に入ったことを感じる。

藤本さんは「資料をもたなかった作家」と統紀子夫人はいう。

ものを書く人は2パターンあって、資料を集め、それを組み立てて書き上げるタイプと、小さなきっかけをふくらませて書いていくタイプ。藤本さんの場合は後のタイプで資料らしい資料を見たことがない、頭の中が全部資料みたいな人でした。ともいう。

瓢一が、没後統紀子夫人に西鶴や織田作の資料の有無を確かめた時も即座に「ない」と返ってきたのも頷ける。

瓢一がかって出した「なにわ難波のかやくめし」（平成10・1978東方出版）の巻頭に寄せてくれた藤本さんの一文に「文筆業には二種類があるのに気付いた。嗅感覚に二種あるように思う。卵生型と胎生型である。卵生は爬虫類に属する蛇、蜥蜴（とかげ）の類で私はこの種らしいとわかってきた。特徴は舌の先端が二つに分かれている。実は長い間、あのペロペロした舌は触覚があり（中略）嗅覚なのだとわかった。匂いを確かめているのだ。胎生型はそうではない。犬でも猫でも口の上に鼻があり、匂いを嗅いで好き嫌いを分別し、安全を自らが求めて口にする。卵生と胎生の違いは、この嗅覚の差なのである。」

と分類した上で、藤本さんは卵生型、瓢一を胎生型としている。

後者は、匂いの記憶が個人的な体験（出来事）と結び付いて失われることがないのに対し、前者は、時流の中を舌で嗅ぎ分けながら生きていくために、過去の出来事を断片的には記憶しているものの、どうも線で結び付けるのは苦手で、資料を編む作業が出来ない。歴史を描いても線を無視して、いや無視せざるを得ない状態になってしまって、自由奔放に筆の旅をしてしまうことになる。

瓢一画伯はこの逆で、胎生の特徴として、垂直に縦穴を掘るように過去へと線を繋げてゆく。藤本さんは資料なしで西鶴や織田作を書く卵生型がある。瓢一は、資料さがしに現地の匂いを嗅ぎ廻り一本の線に結び付けて自分に納得させなくては承知出来ない性格と看破されている。だからこそ、貴重な庶民文化史、或いは庶民地史が纏められるのだとも書いてくれている。

藤本さんがいない今も胎生型瓢一はオダサクさんのカザ（匂い）を嗅ぎ廻り、資料を積み重ねてこの一冊と闘っている。

三

藤本さんは、原稿をＦＡＸで送信しなかったが、いまはその時代をとっくに越えてパソコン画面で執筆しメール添付で送信する時代に入っている。

作家の記念館ができても、直筆の原稿用紙も使用したペンや鉛筆もない。

「原稿用紙一枚なんぼや、それに書いたもんが１０００倍の値になるんやったら文士になれ」と商人の父から言われた藤本さんの時代も遠くなった。

藤本さんは父義雄、母光枝の長男として昭和8年（1933）大阪で生まれた。一家は姉を入れて四人。

父は、難波新地一番町で質店「大源」に勤めていた。

土地と経営権をもつTから店をまかされていたのは丁稚時代からの信用があったからだろう。

少年時代、堺・諏訪の森の自宅から遊びに出て南海電車・難波駅からそう遠くない父の店にいた義一少年の前には鉄橋があった。

瓢一が市岡にある祖母の妹宅に行くのが楽しみだったのは、この湊町にある市電の鉄橋を渡るからで、その下には道頓堀川から分かれた難波堀川（新川）が大阪地方専売局（元難波御蔵―日本たばこ産業―大阪球場―なんばパークス）まで流れていた。

毎日ほど父の店で遊んでいた義一少年の楽しみは大阪大空襲で断たれた。

すべてを失くした45歳の父はウツ病と肺結核にかかりヤセて別人のよう。看病疲れの母は交通事故で入院して不眠症になった。

そして終戦、14歳の飛行少年が非行少年となった。

ヒロポン（麻薬）をシャブり、浜寺の進駐車キャンプからピストル（リボルバー）を盗む、実弾6発つきを4発試射したあと二発つきで町のグレン隊くずれに四人仲間の1人が5000円で売った。分け前は一人当り1250円。

織田作之助が好んだ煙草ラッキーストライクが30円（現560円）、現在では約2万5000円だ。

そのピストルは3人ぐらいの手を経て、予科練帰りの手に入りその男が強盗を働いて大阪の水上警察署に検挙された。そして出所から四人の中学生が浮かんだ。

父兄同伴での任意出頭は夏の暑いさかりだった。コークス会社で帳簿づけしていて爪の間にコークスのカスが詰っていた父親と署を出たのは暑い昼下りだったと藤本さんは書き残す。

瓢一には「あの時少年院送りだったが父はどうぞ送ってくださいといった。これでオレは目が覚めて非行から足を洗った」と話してくれた。「あの時の調書がまだ残っていた」とも。

警察で指紋を採られた1ヶ月ぐらい後、薬用アルコールを飲んで、家に着くなり手足を硬直させ倒れた父を介抱してようやく蘇生させた藤本さんは「リボルバーとアルコール、これでかけた心配はアイコになった」と思い「こういう親父をもってよかった」と肝臓癌だった父の病室で原稿用紙のマス目を埋めていた。「おい、ソーレンヤを帰らせ」と混濁した意識の中での最後の言葉に深夜廊下に出て「すんまへんが帰ってくれますか」迫真の名演技でいい、父親に報告したら「うん、よし、よし」と安堵の表情でいった。それが最後の会話だった。死んだ親父の指は白く、爪は白く濁って乾いていたのを見てコークスが詰った黒い爪を思い出す。

瓢一も42歳の時、肺癌で74歳の人生を全うした父親の遺体をのせたストレッチャーを押しながら「この父は私に何を残してくれたのだろう」と考えていた。

職業軍人だった人の終戦後はみじめだった。

恥もなく、日々の暮らしの中で母を失い不器用に生きたそれを「反面教師だ。オレのように下手に生きるな」と教えてくれたと瓢一は受け取った。

息子の前で正座して「子不孝をしてすまない。お前に渡すものは何もない。地位も名誉も財産もないから、お前は失うものは何もない」「お前は大学へ行ってくれ、お前の頭は金庫だから学問という財産と運用してくれ、お前が得たものはすべてお前のものだ」ともいって頭を下げた藤本さんの父親。

瓢一も同じ条件で「反面教師」という財産だけでスタートした。

藤本さんも瓢一もともに父から生き方を習った。片や饒舌にそして片や寡黙に。

商人の子と軍人の子、卵生型と胎生型、文士と画家として出会いを生きた。

藤本さんは商人の子だから商いがうまい。

「所得を前月の倍にする」と豪語し、その倍々ゲームが実行される。

「今月は日本列島を６回往復した」「１日３時間しか眠れないじゃなく３時間も眠れると思うと楽や」などは、没後、年過ぎたいま考えると多忙さを伝える営業詞ではなかったか。

「お金は淋しがり屋ですから　人の集まるところに集まります」「男の財は友なり」「女の顔は請求書　男の顔は領収書」「人生ハ一幕ノ劇　主役ヲ演ジルモヨシ　傍役ニ徹スルモマタヨシ」「一日一粒ノ種ヲ播ク」「男は振り向くな　すべては今」など西鶴の大矢数のようにほとばしり出てくる人生訓を色紙に走らせる横にいて、その間口の広さと奥行きの深さに瓢一はいつも驚かされていた。

　お色気番組「エロブンＰＭ」といわれた「11ＰＭ」の司会者としてのイメージがつくと「エロ事師どもの夜―えちくらいむ」「性神探訪旅行」「珍・愚管抄―男のセックス解剖学」「浪花色事師」などを書きイメージにもたれかかって商いをする。

「ナーさん（瓢一のこと）、そろそろアルバイトに行こうか」といいテレビ局に出勤する。

テレビ番組に携わる取材スタッフは　１０人余。

テーマに沿って四方八方から材料が集められる。

材料をレシピにあわせて料理して行くのは司会者の仕事だ。

その素材は小説家としてはグリコの箱にある「滋養豊富」なものでしっかり身につく。

足掛け２５年つづいた番組で日本各地１８００ヵ所、世界４２～４３ヵ国を廻っている。

これらの実弾をこめた武器で直木賞に挑んだ。

バシタ（妻）、バクシャリ（麦飯）、エンタ（たばこ）、ポン、シャブ、タレコミ……

闇市を楽しい遊園地のように走り廻り、虎視眈々としていい儲けがないかと狙っていた義一少年は、こんな陰語を使うチンピラだった。

後にドラマで闇市のト書きには―なるべくからっと明るく、すがすがしい活気に溢れた雰囲気―と書き込むように途方もなく、すってんてんの楽しさに満ちて、戦争からの虚脱感や飢えをしのぐために必死にもがいている大人たちとちがって闇市が発するエネルギーを食にし日々の変化で飢えをしのいでいた。

少年のはしかさやたくましさで生きのびてきた闇市少年たちが周囲の変化に覚醒してマトモな人間宣言をしたのは4年後の17歳で、悪友たちは家業や医師などひとつの目標に向って歩き出す。

藤本少年の突破口は映画だった。

2日に1本、年に150本を観る生活に入るのだが他の悪友たちとちがって自分自身の所在がまったくわからないままスクリーンにうつる他人の人生を己のものにしたかったし、皆が目標に向

って歩き出している中で、自分だけがそれらに背を向けているカッコヨサに自己陶酔していたのでは、と自己分析する。

映画鑑賞は大学に入っても続く。

昭和二十五年（１９５０）、立命館大学法学部入学するが間もなく退学。翌年大阪府立浪速大学（後の大阪府立大学）教育学部入学。

瓢一もこの両校を受験、前校は推薦入学で入っていたが、１浪して後校を受けるも落ちて２浪している。

３年後、藤本さんは教育学部から経済学部に編入し都合７年かかって卒業している。

１年生３回、２年生２回、３年生１回、４年生１回、この７年間で観た映画は１日に多い日で５本、１年で２４０本、平均すると３日に２本観ている。

因みに瓢一も戦後、ゲリークーパーの「サラトが本線」を皮切りにシミキン、ロッパなど洋画、邦画を問わず三本立、四本立の映画館に入りびたった。

藤本さんの場合、この映画漬けが後に生きる。

映画との出会いにつぐ人生の出逢いが後に妻となる統紀子さんとのものだ。

彼女は大阪女子大学２年、藤本さん大阪府大１年（年上だが転校しているから）で両大学の演劇部合同公演の時が最初だ。

生意気とキザがお互いの初印象だった。

藤本は役者になろうと思っていたが、演技もセリフもヘタだったから「脚本書いたるわ」となったが本当は書きたかったのかも……と統紀子さんは笑う。

昭和三十年（１９５５）からラジオドラマの脚本を書き始め、昭和三十二年（１９５７）大学在学中に手がけた「つばくろの歌」で文化庁芸術祭参加、脚本賞受賞。

その次席が井上ひさしで、以後ライバルとして懸賞小説でしのぎを削ることになる。この年、戯曲「虫」を関西芸術座などを発表、これが後に映画界とのかかわりに広がってゆく。戯曲、脚本、小説、このあたりはオダサクさんに似ている。

昭和三十二年（1957）「好きなことをやって、なんとか食って行けたら倖せ」と大学卒業前に思い立ち「徒弟制度の映画界に飛び込もう」と決心したものの映画界へのパスポートを入手する手段がわからない。

それが卒業間際のある日「もしもし、藤本君…」という聞き慣れないがやさしい声の電話からもつれた糸がほどけるから人生は捨てたものではない。

「君の『虫』という劇を読ませてもらったが・・・ねえ。あ、どうも、名乗らずに無礼だね。衣笠貞之助という者だが……」

映画界の巨匠、カンヌ映画祭のグランプリ監督からの直々の電話だからびっくりするのも無理はない。

指定された大阪・久左衛門町の「初瀬」に走って行く。興味一杯に胸をふくらませて。

「今、大映で『大阪の女』というのをやろうとしているんだけど、芸人の大阪弁がうまく出来ないので弱っているんだよ。ひとつ、やってもらえんかね。主演は京君」

京マチ子、中村雁治郎の顔合わせであるという。

この日から、藤本さんは「初瀬」に泊り込む。小柄で鼻筋がとおり、目に青年の光を宿した衣笠監督は、きちんと正座し朱塗りの机に200百字詰原稿用紙の束を積み、きれいに削った鉛筆10数本をケシゴムをちょんとおいて標準語で書いていく。

藤本青年は、その前の椅子と机で待機して出来上がった標準語を大阪弁に書き直していく。映画をつくる入口の「沈黙の作業」で息苦しい。1日に原稿用紙2枚、3枚の日がつづく、1枚の原稿用紙を前にした時の人間の緊張を目の前にした。

先生(監督)は1枚も書き損じることはない。気に入らないと文字をいとおしむ眼差しで1字ずつ消していく。丸めて捨てるようなことはしないでぶつぶつ呟きながら、眉根に縦皺くっきり刻んで消していく。

「ただ1枚の紙でも、やはり、生きているからね」

すべて、この世にあるものは生きているわけだ。存在している証明は自分自身にしかないのだ。自分が何のために、この世に生れてきたかを問いただすためではないか、と青年は映画をつくる方法を盗もうと先生との原稿のやりとりで思っていたがもっと大切なものを学んだ。

瓢一も戎橋筋「丹青堂」で出会った明石正義先生の内弟子として玉造のアトリエで、便所そうじ、車洗いなどを経て「闘うクロッキー」を盗んでいた日々を思う。

「君、なんでわたしが次に使う道具がわかるんだ」と耳元まで近づいてうしろから技を盗もうとしている瓢一に先生が言ったのを想い出した。

10本の鉛筆を先生好みの太さにナイフで芯を削ることも憶え役立ててきた瓢一の65年。

「藤本君、好きな道なら、やりなさい。悔いなきようにやりなさい。人間、出来ないこともあります。しかし出来ないというのは、諦めで、これは怠け者であると思うのです。苦しいよ。とっても。人間馬鹿と呼ばれるまでになりなさい。他人には絶対出来ないことがたったひとつ出来ればいいじゃないか。あいつでなくては出来ないということがあれば、それが人生の価値です」

藤本青年の人生は、大きな出合いから始った。

彼はお礼に風呂で先生の背中を流した。

プロになる前のフロです、といって。

青年は25歳になった。

昭和三十三年（１９５８）、統紀子さんと結婚し、宝塚映画に行き出しまた大変な映画監督と出くわす。

奇才、鬼才といわれる川島雄三監督だ。

生前４７本の映画を撮り、４５歳で血を吐いて東京の日活アパートの一室で亡くなった人だ。

昭和三十二年（１９５７）、山崎豊子原作、東宝映画「暖簾」の川島監督からシナリオの大阪弁直しのオファーが来る。

主演・森繁久彌、大阪商人の話だから当然のことだ。

そんなことから宝塚映画に入り、後に書く掲示板に貼られた「助手求む」のメモでその川島監督と出逢う。

この監督は、織田作之助と同じく徴兵検査で丙種だったよしみで「日本軽佻派」を名乗った仲で、これが藤本さんと織田作之助がつながる源だ。

昭和四十六年（１９７１）、第６５回直木賞候補になった小説「生きいそぎの記」のモデルだ。

宝塚映画でサード助監督だった萩野慶人は「卒業見込みの詰襟、スポーツ刈りの好青年が助監督室に来た、真面目な学生という第一印象だった」という。

藤本さんが臨時雇用の宝塚映画で掲示板に貼られた手帳の1ページを見て人生が変わる。

「身体強健デナク、粘リト脆サヲモチ、酒ト色ニ興味アルモノヲ求ム。監督室内、股火鉢の川島」

奇才・川島雄三監督の下で脚本助手をしてシナリオを学ぶことの発端だ。

「人間の思考を百とする、言葉にするとそれが十分の一になってしまう。文字は、そのまた十分の一、つまり一パーセントです。プロは、これを二パーセント、三パーセントにしなければ、駄目です。」

小説なら活字で終るが、シナリオの場合は一旦文字にしたものがまた言葉となっていくのだということを師匠（監督）はいっている。

この23才の春に、藤本さんの戦後史は終ったと書く。

徹夜で20枚、30枚のシナリオらしきものを書いて、夜明けに監督の部屋の前の廊下に置き、冷たい布団にもぐり込む。

昼起きてそっと廊下に行くとズタズタに朱色で切られた原稿がきちんと置かれてある。どこが悪いかは一切書かれていない、ダメなものはダメというわけだ。

1晩で60枚、3日寝ずに250枚書いたこともある。書いても書いても深い世界がこの世界だということがわかり、1パーセントを1.5パーセントにするのがプロだと思い込むようになる。

瓢一も描いて描いて1日50枚のクロッキーを何年も闘って裁判所の法廷画や大相撲、落語家の舞台を生で描くように腕を磨いた。10分、5分、3分、1分、30秒…。自分を追い込んで速描できる時間を縮めてゆく20才から30才…。思考しないで目から手へ伝える技の修練だ。

藤本さんは、プロというのは「いやなことをすすんでやるから好きなことが出来る男」でアマは「いやなことをやらないから、好きなことも出来ない」という。

瓢一は、食べるための目標が欲しくて「好きでもない絵をはじめた」。だから「た易いことをムズカシクやるのがアマでムズカシイことをた易くするのがプロ」だと思い腕を磨いた。漫画が好きだったのはアイデアの勝負だからで腕はそこそこでも頭の勝負だからだったが途中からファッションドローイングに移り腕を磨くことになる。

この場合の漫画は、現代の漫画とはかけ離れ、1コマ、4コマまんがの話だ。

奇才・川島雄三監督のもとで脚本助手としてがんばり、「貸間あり」ではスクリーンの冒頭に「脚本　川島雄三　藤本義一」と40才が25才を一本立ちさせ評価してくれる。

ユーチューブでカメラクレーンの上に監督と若い藤本さんらしい姿が瞬時映るのを瓢一は目に焼きつけた。

「貸問あり」は明らかに織田作の影響を受けているると藤本さんはいう。井伏鱒二の原作から遠くはなれたものだとも。

織田作さんが死んだ時のことを藤本さんは師匠をよく知っている人から聞いたと講演で話す。

織田作がすごい喀血して死んだときに川島雄三監督が銀座であるだけの薔薇の花を買い込んで抱いて病院にいったそうだ。

病院に入れてくれず鉄格子みたいなのがはまっているような暗いところで織田作は一月十日に死ぬ。霙の降っているなかで、監督はその赤い薔薇を抱いて座りながら、全部食った、何か文句を言いながら、1枚ずつ食ったという話に藤本さんはそんな心にダンディズムを感じた。

藤本さんは、宝塚映画では契約社員だったから外での仕事は自由にできた、と3年後同社へ入った保田善生はいう。

保田は藤本さんと会社の同部屋だった。

馴れてきたころ、互いに酒好きということもあって、初めて飲みに出て「おでん屋」を皮切りに数軒廻りレズバーで夜明けのカレーを食べている。

これで打上げとはならず、保田は堺、諏訪の森にあった藤本家に同行し統紀子夫人と会い、また飲んで仕上げの梅酒で仮眠後出勤している。藤本さん28歳、保田24歳。

以後半世紀の付き合いが続くのだが、このふたりが激論したことがあった。

場所は今里新地のお茶屋「寿美二」

昭和四十年（1965）、日本テレビと読売テレビ制作の「11PM」がスタートし、藤本さんは大阪制作（火、木曜日）の司会者として活躍しだしたころで、保田は宝塚映画・事業部プロデューサーとして企業のPR映画を制作していたから企画案を藤本さんに依頼して付き合いは続いていた。

藤本さんもまだ映画やラジオの脚本が売れていたころだったが、お色気テレビキャスターをもったので脚本の仕事が減りだしていた。

保田「なんで小説を書かへんねん」

藤本「原作をバラして切りくずしていくのがおもしろい。そんなのをしていたら自由に変えられてしまう小説なんか書いてられるかいな」

酔った勢いもあったのか、藤本さんはだんだんムキになりまじめに怒り出し口論になった。

保田は、本人に自信がなかったのか、負け惜しみだとおもったと述懐する。

まだ小説を書く境地に入っていなかったか人間がまだ書けなかったのでは、ともいう。

その逆の話もあると荻野慶人が話す。

宝塚映画で藤本さんの3年先輩で助監督をやっていた時、読売テレビからオファーがきた。テレビがまだ海のものとも山のものともわからない時代、相談した藤本さんがこれからはテレビの時代だからと背中を押されて入社し、共に無数のテレビドラマを書き、演出していた頃のことだ。

藤本さんとミナミで飲んでいた時に「脚本家みたいなのより原作者になる」といいだした。

「会話の妙があったから脚本を書いていたが、原作者に文句ばかりいわれあほらしてやってられるか」と原作者宣言した。

彼の陰口を聞いたことがない荻野がいう。

「原作者に気遣いながら脚色する苛立たしさや息が合わない演出家に脚本を渡す虚(むな)しさなど一言も口にださなかったが彼はテリトリーから潔くシナリオライターを外す決意をした」

このふたつの話には時差がある。

保田との口論はまだ脚本を書いて多忙な時であったが、荻野の時代は読売テレビ局内で深夜の新番組にレギュラー司会者として出ることから、多忙になったと見られることもあっただろうが、むしろお色気番組にレギュラーで出るからと敬遠されたものが多く、脚本の仕事は皆無となった。

小説を書くきっかけは田辺聖子さんが昭和三十九年（１９６４）、第５０回芥川賞に輝いた時だったと統紀子夫人はいう。

その受賞パーティが大阪であった時のこと田辺聖子さんが書いている。

『藤本サンは来て、私が貰った時計をとりあげじっくり見て「そのうち、ボクもきっともらうかららな」といった。これは独白ではなくマイクの前でいったのである。参会者の中には、冗談か、儀礼的なスピーチを思ったらしくて、ハハハと儀礼的に笑う人もいた。ギイッチヤンは、「誰や、いま笑たん」と時計をにぎりしめてキッとなってみせた…（以下著者略）』

このあと田辺聖子は「藤本サンのすごいバイタリティを知っているので、彼なら取るだろうなあと思ってうらやましかった」と書く。

昭和三十年代（１９５５～）はじめ、田辺さんも藤本さんも毎日放送で聴取者の投書をもとにしてラジオの５分ドラマを書いていた。

その仕事がなくなって田辺さんはヒマができ懸賞小説に応募しだした。

ドラマの才能はなく、３０歳になってテレビの勉強するのは「しんどかった」からだ。

藤本さんは勃興したテレビドラマや映画のシナリオも書いて不景気を知らないのはさすがだと舌を巻く田辺さんは芥川賞をとる。

小説の生命について田辺さんは「文章」、藤本さんは「構成」、阿部牧郎さんは「テーマ」、難波利三さんは「主人公という人間をどこまで描けるのか」という。その難波さんの肝いりで始まった「堺自都市文学賞」というのがあり、審査委員は田辺聖子、藤本義一、眉村卓の各氏で進行役は難波利三さんだった。

ある年の審査会で田辺さんと藤本さんが推す作品が分かれ、どちらも譲らないので難波さんが困った。

これも二人の小説の生命の主張がちがったからだろう。

結局、受賞者はふたりになった。

親しくても文学者の主張とは厳としたものなのだなと瓢一は思った。


譲らない話で思い出したことがある。

平成三十年（2018）一月四日、プロ野球の中日、阪神、楽天で監督を務めた星野仙一氏が70才で逝った。

中日の監督で二度、阪神の監督でそして楽天監督では就任二年目でチームを初の日本一に導いた。

瓢一との関りは、星野さんが2002年、阪神タイガースの監督として就任した時に始まる。

それまで、オールスターゲームのコーチ時代や評論家時代に球場でスケッチしているが、話したことはこの高知・安芸キャンプでが最初だ。

瓢一は1978年の安芸キャンプから阪神タイガースとかかわり、1985年、吉田義男監督のスローガン「Fresh!Fight!For the Team!」を当球団広報にいた旧知の室山皓之助さんから依頼されデザインした。

1997年、吉田監督のときは、「Hustle、Hustle、Hustle!」、1999年野村克也監督の時は「T・O・P野球」をデザインし、横巾10メートル、高さ1・8メートルの横断幕になっていずれもキャンプイン初日に球場の三塁側スタンドに掲げられた。

星野監督のスローガンは「NEVER NEVER NEVER SURRENDER」で、この年から横断幕はセンターのフェンスに張られた。

この年は、瓢一自ら堺市の「ニュー工芸社」に出向きプリントされた闘魂を表す火の玉の中にある虎マークの眼球に手描きで命を入れた。

翌2003年、星野阪神はついに18年ぶりのリーグ優勝を果たした。

瓢一は描きためたスケッチで「夢は正夢　阪神タイガースの20年」と題した個展を阪神百貨店9階美術画廊で開き、1週間で2000人が来場し、併せて出版した同タイトルの画集が会期中に1800冊も売れた。

星野仙一氏は「闘将」「燃える男」としてその反骨さと共に有名だった。

その根底にあったのは「宿敵・巨人打倒」だ。

日本が高度成長期にあった昭和四十年代、プロ野球は長嶋茂雄、王貞治選手らが大活躍したチーム巨人がV9（セ・リーグ9連覇）を遂げた時期と重なる。

昭和四十三年（1968）のドラフト会議で、読売ジャイアンツは事前約束で田淵幸一（法大）を逃したら君だと云われていた星野仙一ではなく、姓が一字違いの島野修（投手）を指名した。

中日ドラゴンズに一位指名で入った星野は以後「打倒巨人」と心を燃やし、この宿敵から通算35勝し、その10連覇をもストップさせた。

栄光の巨人軍に入った島野修について書く。

20世紀も終りに近い或る夜、瓢一は藤本義一さん、難波利三さんの直木賞作家二人を含む仲間らと酒の席を共にしていた。場所は三津寺筋の御堂筋西に入った居酒屋「阿呆屋」の二階座敷だ。

主人川崎智は、宝塚映画で藤本さん、保田善生、林禧男の後輩だ。

藤本さんが名付けた店名「阿呆屋」は、「阿呆に阿呆というもんが阿呆や」という大阪の戯れことばからとったものだ。

「阿呆屋には賢人が集う」との藤本さんの色紙額や障子のマス目に書いた難波さんの「人が好き、酒が好き」の文字などがあった。

話が次に書く作品のテーマになった時、藤本さんが「島野修…」といい、難波さんも異口同音に「ブレービーの島野修」と言った。

どちらも譲らない。

瓢一は、こんなシーンを初めて見た。

直木賞受賞は藤本さんの方が10年早いが難波さんも引かない。

結局「お互いにこのテーマは書かないことにしよう」となったが個性が違う二人の作品はどんな切り口だったか読んでみたいといまも思っている。

瓢一もこの島野修には興味を持っていた。

島野修は、神奈川武相高校を2度甲子園に連れていった右腕投手だ。

巨人入団3年目にプロ初登板で初勝利を挙げたが、1974秋ニューヨークメッツとの親善試合で2勝、翌春ベロビーチのオープン戦でアトランタブレーブスを完封。これが長嶋監督の目にとまり、先発ローテーションに入るが結果を残せなかった。

巨人在籍7年、24試合で通算1勝4敗を残して背番号22番が阪急ブレーブスに移籍したのは昭和五十一年(1976)だ。

巨人にいた堀内恒夫氏(元巨人軍監督)のブログには「宴会部長」といわれていた島野の話が出てくる。

「島野って男はね、とにかく明るくて宴会が大好き」とあり、2軍の納会で島野が中心で大騒ぎしたとも。

昭和五十三年（１９７８）移籍後１軍登板はなく現役を引退した。

彼のブレーブス時代、瓢一はスポーツニッポン新聞社の取材で高知に行った。

阪神タイガース取材は恒例だったが阪急ブレーブスは初めてで、選手のプライベートに焦点をあてチーム広報に聞いた市内のスナック「イレブン」のカウンターに座った。

加藤秀司、斉藤勉と島野修がボンゴを叩いて大盛り上がりの最中をカウンターからスケッチしてから、身分を明かして絵の使用了解を求めた。

加藤秀司が「もう一軒行こう」と瓢一に同行を求め移動した。

以来、加藤とはいまもつき合いはあり、縁者の結婚により遠い親戚にもなっている。

引退後、島野修は藤本義一さんの大学時代の挙法仲間Ｍの郊外レストランで働いたり、花野球「この世スネターズ」の投手をしたり、自分でも芦屋にスナックを開いたりもしていたが、球団選手会長だった加藤秀司の求めに応じて一旦断った球団マスコット人形「ブレービー」役となって重さ１０キロの着ぐるみの中に入る。

野球を知っている宴会部長のマスコットパフォーマンスは昭和五十六年（１９８１）西宮球場のデビュー以来人気は爆発するが、バギーカーでのパフォーマンスは重労働で肋骨を折ったりしてできなくなった。

ドラフト１位から道化になり、以後の各球団のマスコットのパフォーマンスを変えた島野修は平成十年（１９９８）ネッピーの着ぐるみを脱いだ。

阪急ブレーブス消滅をきいて西宮球場に駆けつけた瓢一のスケッチブックはブレービーの姿が数点残っている。

藤本義一さん、難波利三さん、ふたりの直木賞作家が共に書こうとした男の人生は平成二十二年（2010）五月八日脳出血のため59才で閉ざされた。

ナイスガイの短命を惜しむ。

四

オダサクさんは「中毒」の書き出しに「スタンダールは彼の墓銘として『生きた、書いた、恋した』という言葉を選んだということである」と書いている。

そして、「何故か気障っぽい。余りに感傷的なスタンダールが感じられて、いやなのだ」とも書く。「重要なことは最も簡潔に描くペン」という一種の技巧論を信じているから（中略）墓銘など、だから私はまかり間違っても作らないつもりである（中略）まかりまちがって墓銘を作るとすれば、せいぜい、『私は煙草を吸った』という文句ぐらいしか出て来ないであろう」とスタンダールのような充実した人生を送ってこなかったからこれで十分だという。

このことから瓢一はビクトルユーゴーが、自分の著書の売れ行きを出版社に「？」と問い合わせたら「！」と返ってきたという世界で一番短いやりとりを思い出した。

「私の文学」（青空文庫・昭和二十一年夕刊新大阪）には「私は自信家だ。いやになるくらい己惚れ屋だ。私は時に傲語する、おれは人が十行で書けるところを一行で書ける術を知っている」といいながらその自信はけちくさく「私は十行で書けるところを千行に書く術を知っているしと言える時が来るのを待っているのだ。十行を一行で書く私には、私自身魅力を感じない」と書く。

また、読売新聞に連載中の小説について、八、九回書き出した頃文化部長から通俗小説に持って行こうとする調子が見える、調子を下すなと注意されてから覚悟をきめヒロポン注射の度数を倍にしてまで苦労する話を書いている。

「僕は今まで簡潔に書く工夫ばかりしていたので1回三枚という分量には困らぬはずだったのに、どうしても一回四枚ほしい。十行を一枚に縮める今までの工夫が、こんどは一行を十行に書く努力に変って来たのだ。僕は今までの十行を一行に書くという工夫からうまれたスタイルの前に、書かねばならぬことを捨ててきた」

捨てたものをまた拾う。それも一回三枚の連載のためにだ。

これは「文学雑誌」に昭和二十二年（1947）二月に掲った「文学的饒舌」に書いたものだから前年8月から始まった読売新聞の連載小説「土曜夫人」のことだろうか

瓢一も「なにわ難波のかやくめし」（朝日新聞）や「今里シンドローム」（産経新聞）で週1回の地誌連載を約1年半づつ続けたが、オダサクさんは新聞小説と通俗小説との違いに苦労したようだ。

藤本さんもオダサクさんと同じく「文章は簡潔に」とよくいっていたし「一行を十行に」「十行を一行に」できるともいっていた。

「はい」

「いいえ」

などセリフばかり並べて、出版社から原稿用紙をふやして原稿料が高くつくとクレームが出たことを笑って瓢一に話してくれた。

「文章は簡潔に」と瓢一も習ったし、心斎橋大学で受講生にも教えていた。

「私は私の妻と結婚して30年が経った」

これは駄文だ。

「私は妻と結婚して30年が経った」

私が妻と結婚するのはあたり前だから私を省く。まだ省ける。

「妻と結婚して30年が経った」

妻は不要だ、なくても通じる。まだまだ……。

「結婚して30年が経った」

まだ多い
「結婚して30年」

いいところへ来た。あと一息。

「妻との30年」

これが最も簡潔。

各行に10年かかると瓢一は教えられた。

そういえば高校時代から「昔々その昔、おさむらいさんという武士が馬から落ちて落馬して骨を折って骨折し、どこかに薬はなかな、山で捕れたはまぐりと、海で拾った松茸を水であぶって火でねって、明日つけたら今日治る」という言葉あそびをしたのを憶えているが、これは駄文を教えるあそびだったんだなと今頃気付いた。

心掛けているが、簡潔へは遠い。

藤本さんはまた、心斎橋大学で「小説を書くには、カン、コウ、スイ、ドウの四本柱が大切」とも教えていた。

即ち「観察、考察、推察、洞察」が肝心ということだ。

瓢一が、33歳でテレビ出演時に藤本さんと初対面し、終演後メイキャップを落しながら「ちょっと行きませんか」とスタッフが溜まる行きつけのバーに誘ってくれてから45年間の付き合いが始まるのだが、あの時、瓢一は彼が持つ四本柱の網の中に残ったのだと思う。

「自分の目で見て感じたことを表現するのはタレント業も作家も同じ仕事、活字は弁当箱ですぐ腐るテレビは弁当箱の中身。」という藤本さん。

劇作家故・梅林貴久生は『直木賞をとった「鬼の詩」はテレビ界に対する絶縁状だ、この暗さはこれからのテレビドラマには合わない』という。

つづけて「藤本作品は商業ものには向かん、話が暗い」とも先代渋谷天外のことばをいう。

藤本さんは「あんた、芝居書かはるか」と渋谷天外（先代）先生にいわれて「書かせてもらえますか」というと、「うん書き、なんでも好きなもん書いたらええ。松竹新喜劇に合わせて書く必要はなんにもあらへん。好きなことを書いたりよろし。ここに1枚のブラックボード、黒板があると考えて、あんたは白墨、チョーク1本持ってるわけや。それだけの話や。それで書いたらよろし。ただし、白墨は一旦書いたら消えまへんのや」と商業演劇への一言の重さを知ったと書く。

存阪テレビの大プロデューサーは「時代ものを書かせるのは無理、コマーシャリズムにのらん人」だといった。

これらは『藤本義一アーカイブ「藤本義一を語る～作家として、仲間として」』のなかで司会の瓢一が「きいたことがない藤本義一の悪口を」と問うた答えだ。

出席者のひとり難波利三さんは「暗いところがコマーシャリズムに向かんのかな、作品の反社会的なところを明るい目で見たのが「ちりめんじやこ」で暗い目で見たのが「鬼の詩」だ、社会派はリアルの追求してゆくからね」といった。

鬼籍に入った藤本さんについては「サービス精神はあっても迎合しない。ほのぼのと明るく、悪口はいわない、文学論などを語らなかったのもそれぞれに考えがあると、相手を尊重していたから」と週間新潮にのべている。

瓢一も「たしかに押しつけがましいところがないのは、司会や文章と同じだ」と思う。

「その時その時の感性で妥協していったらええ、それが生きる才能、生きるテクニックだ」といい、統紀子夫人には、「肯定しながら否定しろ、白を白というより、黒は黒、白は黒といえ、皆が白なら黒と書け」と教えた。

そんな藤本さんに「あんた、ひとつ、織田作をやらへんか」と関西テレビのKプロデューサーから話があった。

藤本さんは、てっきり、織田作の原作をテレビドラマにしないかという話だと思って「それはええなあ」と答えたところ、脚色者はすでに決っていて「夫婦善哉」の柳吉をやらないかという。

おどろいて「冗談(てんご)いうな」というと『いや本気や』とK。

「あかん、そんな阿呆な、女優相手に科白(せりふ)がいえるかいな」と遁(に)げると、Kは、それや、その照れたところがええのんやとひつこい。

そこで藤本さんは一転して「女優は誰や別嬪(べっぴん)やないとおれは出えへんぞ。それに出演料はものすごう高いからなあ、覚悟せえよ」といいながら「ははあ、これが織田作の精神ではないだろうか」と、ふと思う。大阪人の照れ隠しと居直りとが、ごっちゃまぜになっているのが織田作の精神構造を貫いているものではないかと思う。

結局、この一件は回避できたという結末だ。

これは昭和四十六年（1971）十月号「月刊噂」（梶山秀之・責任編集）の「わが織田作幻想」のなかのものを瓢一がまとめたものだが、この後に読者藤本義一が織田作品を読んでいて無限の苛(いら)立(だ)ちを覚えると書く。

それはそのまま織田作の苛立ちであるとも。

「神経」「世相」はすべて未完ではないか。

吐きたいものを吐こうと苛立ちながら、喉に血痰のようにたまった作品の切れの悪さを感じる。

まだまだ書きたいところがあったのではないか。

しかし、それが肉体的な条件の下に、どうしようもないところに追いつめられていったんではないかというのがこちらに迫ってくるのである。

「世相」の中は登場する阿部定にしても、横堀千吉にしても、天辰にしても、織田作の中ではもっと別の発展を期待した登場人物の群ではないかと思うのだが、これはぼくの考えだろうか。

瓢一はこの本の「世相」のなかで、これは「宝塚・清荒神にあった笹田和子宅で書いた」と記した。ヒロポンを打ちながら悪条件のなかでの作業をこの時期（昭和四十六年）、藤本さんは知っていたのだろうか。

五

平成二十四年（2012）十月三十日、藤本義一さんは中皮腫のため79歳で逝った。

2年前、軽度の脳梗塞で入院中も新聞や雑誌の連載は休まず、心配した統紀子夫人が休載してもらったらといっても挑むように書いていたのは後遺症がなかったからだ。

それだけ書くことが好きだったのに2011年からペンを持たなくなった。

頭で考えたことを即原稿用紙に具現化してきたのに考えがまとまらなくなった。

時間がきたらと念願していた西鶴の原稿のことも言わなくなった。

織田作にあこがれ、西鶴をこえたい思いは中皮腫に奪われた。

この痛みを伴う難病だが、痛いとはいわなかったのは不幸中の幸いで内蔵の感覚が麻痺していたからだという主治医の話を夫人は伝えてくれる。

抗がん剤投与による延命処置は本人の意志で断り、1カ月の入院で家に帰られると思っていた容態が急変したのは残念と夫人。

そのご遺体は病院から先づ深夜の仁川競馬場に立寄った。漆黒の静寂が破れ、沸き起ったレースの歓声の思い出を胸に自宅前を通って公益社西宮山手会館に安置された。

瓢一は翌日、対面した藤本さんは、髭をたくわえ闘病のかげも見せずダンディなまま安らいでいるように思えた。

公益社は偶然同じ歳の友人播島幹長くんが代表取締役会長だったのですぐに来てもらいご遺族に紹介し打合せをしてもらった。

後に瓢一や難波利三さんらと同じ歳の仲間でつくる「さむらいの会」に入る彼が手配してくれた祭壇の準備が整いつつあるなか、瓢一は統紀子夫人から葬儀委員長を依頼された。

もう語ることが出来ない藤本さんの横で共に歩いてきた40余年を考えていた。

枕元にウイスキー「シーバスリーガル」(12年)と愛煙した缶ピースが並んであった。

そのボトルの底に琥珀色が2センチほど残っていた。

故人が前日まで楽しんでいたものが入院によって突然断たれた残念な量にも思えるが、むしろ快癒して帰った時、歓喜の一献として残したとも思える微妙な量だった。

通夜、葬儀の祭壇は統紀子夫人の願いで故人が好きだった白いトルコキキョウが一面に咲いている。お棺の上に愛用した織田作好みの黒い皮コートが広げられていた。

葬儀の日、1000人を超す参列者を前に会葬御礼の挨拶をする瓢一は、空を飛びながら誰かに喋らされているように無意識の中の意識でただよう不思議な気持ちだったと今も思う。

西宮市立満池谷斎場でのお骨上げの時、瓢一はご遺族のあと喪主の前に箸を持った。

あの藤本義一さんのご遺骨の頭部付近から瓢一が拾骨したものは2センチ×4センチほどの格子

になったウェハースのようなもので、瞬間「これは半導体チップではないか」と思った。

藤本さんとの長いつき合いのなかで見てきた多面的な活動は多角的で円に近い、それも3次元の円球でミラーボールのように多くの小さな面をもち光があたると個々に輝く。

多彩な才能のどれかに光が当り、それが廻りながら周辺に拡散する。

その根源にあったのはこの頭の中にあったチップではないか。

SF作家・眉村卓は「藤本義一氏は、SFによく出てくる不定形生物ではなかったか、その生物はどんなものにも姿を変えることができる。どういう型にも入らない、それでいてどんな型のふりもできる人間がこの世にいるのだと藤本氏と付き合い始めて悟った。いろんな分野のいろんな人と仕事をしたり遊んだりしながら、相手には、目の前の藤本義一が本当の藤本義一だと信じさせるところがあった」と分析している。

多才とはまた違うミラーボールの一面だ。

瓢一は考える。

「藤本義一さんの人生は演技だったのか、役者をし通したのか、脚本通り生きたのか」と。

人生ハ一幕ノ劇　主役ヲ演ジルモヨシ

傍役ニ徹スルモ　マタヨシ

藤本さんの活動には「心斎橋大学」「笑の会」「百円塾」「浜風の家」などがある。

「心斎橋大学」は、関西から多くの才能を発掘し、次代の作家を輩出したいと藤本さんが創設した「日本放送作家協会関西支部」が主催する作家養成スクールで、その源は放送作家による「ぶっちゃけトーク」だ。

日本放送作家協会は、昭和三十七年（1962）発足するが、大阪支部はその2年前に約40名で立ち上がっている。

長沖一、茂木草介に次いで3代目関西支部長についたのが藤本義一さんで、平成二十三年（2011）脳梗塞で倒れるまで続き事務局長、古川嘉一郎に継がれ、令和から林禧男が就いている。

藤本支部長がアメリカ取材中、ある地方都市で地元作家が開いていたイベントを見て帰りヒントにした「ぶっちゃけトーク」が昭和五十六年（1981）、淀屋橋の朝日生命ホールで始った。

これは来場者に提出してもらったトークテーマを支部メンバーが引き当て、ぶっつけでトークするという試みだ。

藤本座長、木村民六、梅林貴久生、新野新、中田昌秀、杉本守、山路洋平、古川嘉一郎らが提出カードを引き当てそのテーマを即席でしゃべるというのが好評で、藤本さんが鬼籍に入ってメンバーが変っても続いていたからこのイベントは関西文化として根を張っていた。

瓢一は放送作家ではないが、遊びに行き楽屋でビールを飲んでいて藤本さんに依頼されて時々出ていた。依頼カードにある政治、経済、演芸など硬軟のテーマをこなせたのは、この時期自分のラジオワイド番組を持っていたのでその延長として苦もなくできた。出演者はノーギャラでこれだけ続いたのは藤本支部長を中心に関西の放送作家の絆が強かったということだ。

会場は当初、中田昌秀会員が経営するミナミの料亭「暫」にあったが建て替えのため御堂筋と長堀通りが交わる南東角にあった「CB（カルチャーボックス）カレッジビル」に移った。

きっかけは、このビルにあった「CBカレッジの経営者・古賀裕史がこのトークファンで毎回顔を出していて藤本さんの知己を得たことだ。英語、音楽、保育士など一流才能を養成するスクールの中に次代の作家も育てる講座の要請をうけたことに始まる。

当初、CBカレッジの中にあったCBライセンス学院は保母、調理師、税理士、司法書士など安定成長時代のなかで過当競争に生き抜くため、時代のニーズにすぐ応えて開設された資格取得のための指導機関だった。

そのなかにＣＢカレッジとして藤本義一さんを総長とした心斎橋大学や藤本統紀子さんを校長とする「女性の個性の開発と向上を目指す」国際的なジョン・ロバート・パワースクール、寺崎要さんを学長とする大阪ミュージカルスクールも開かれた。

昭和六十二年（１９８７）、創設のプロ作家養成の「心斎橋大学」は、いまは直木賞作家・難波利三さんを中心に経験豊かなプロ作家が講師として新しい才能の発掘と後進の育成に力を注いで、南船場の地にある。

受講生、卒業生のなかから数多くの受賞者入選者を輩出しているのは言うまでもない。

「創は想なり」「一日に一粒の種を播く」

藤本さんの播いた種が実りつつある。

「笑の会」は、昭和五十年（１９７５）十月漫才作家・秋田実が発足させた。

大阪・千里万博後、お笑いの劇場が閉館してゆき沈滞してゆくことに危機感をもったからで、若手漫才演者と漫才作家の勉強会として「笑の会」がスタートした。

月１回の定例発表会などで活動を続けていたが昭和五十二年（１９７７）十月、会長秋田実が他界する。

会の裏方スタッフだった読売テレビプロデューサー・有川寛は、藤本義一さんにこの会のバトンを託そうと考えた。

読売テレビはすでに、大阪の落語、漫才、新喜劇など笑芸の活性化を願って「上方お笑い大賞」を昭和四十七年（１９７２）より判定していた。

秋田実は、第１回から審査員としており、司会は藤本義一さんだった。

つねづね秋田が評価する藤本さんに有川が依頼すると、快諾し『「笑の会」の会長は永遠に秋田先生のものだから、条件として村長はどうか』といった。

昭和五十三年（1978）四月、「笑の会」相談役を引継ぎ村長として就任する。

瓢一がその勉強会を見学したのは天王寺アポロビル6階・YTVオーディアムだった。

昭和五十年（1975）十月十四日、第1回「笑の会」漫才勉強会の演者メンバーは、チグハグコンビ、ガッツジョージ、アーボー、海原はるか・かなた、森啓二・喜多洋司、ザ・ぼんち（まさと・おさむ）の5組だったが、藤本さんが村長に就任してまず、「秋田先生の意志を継いで」と東京公演のプランを打ち出した。

有川は「秋田先生の1周忌、東京で芸術祭に参加したい」と提案、文化庁主催の芸術祭参加に東京公演が決まった。

十一月五日「秋田実一周忌記念・大阪漫才集団〝笑の会〟東京公演」は、東京新宿・紀伊国屋ホールで開かれた。

参加の若手演者メンバーは、青芝まさお・あきら、中田伸児・仲江、松みのる・落けたか、ザ・ぼんち、B&B（島田洋七・洋八）、横山トンガ・西川シンシの6組でゲストに横山やすし・西川きよし、人生幸朗・生恵幸子。

大阪漫才が大挙して上京するのは25年ぶりで一同、六甲山での泊り込み強化に合宿して臨んだが、芸術祭への入賞は果せなかった。

しかし、この画期的な公演は確かな手応えを残す。

この時から瓢一は、藤本村長の協力依頼でポスター・チラシの制作をした。

金はないんやけど頼むに「お金なんかどうでもよろしい、大阪人の心意気でやらしてもらいましょう」と引受けた。

表現は、浮世絵見立てのものにした。

東京相手といえば大阪人は、まるで祭りの御輿をかつぐように熱（いき）る。

藤本さんの顔に隠し絵で若手演者を入れ込んだ隠し絵の手法ポスターが貼られた紀伊国屋ホールのロビーでは瓢一の上方漫才師の作品展も開き大阪の意気で応援した。

昭和五十四年十二月十三日、「笑の会東京公演」は文化庁芸術祭・大衆芸能部門の優秀賞に決定した。

漫才の団体で文化庁芸術祭で受賞することは、芸術史上初めての快挙で、これが後の漫才ブームのきっかけになる。

演者・作家のため、藤本さんのポケットマネー10万円を出し、投票でコンビと台本作家を選び贈呈する企画が実った結果でもある。

昭和六十年（1985）十月三十日、10年目の節目を迎えた「笑の会」の公開記念番組「今！ファイナル笑の会～はためいて10年～」のパンフレット「御笑納のほど」に藤本さんは書く。

「笑芸の中にアイウエオづくりに励んでいきたいのです。アはアイデア（工夫）、イはインタレスト（興味）、ウはウオーク（行動）、そしてエはエキサイト（燃焼）、最後はオーナーイズム・システム（独自性）という五本柱を先づ作者サイドで固めて、新しい時代の笑いを生み出していきたいと念じています」と。

「大阪に生まれて大阪の土地に育って五十二年を経た私（藤本）に、大阪の土地は世界のどの土地よりも笑いを生む土壌だという気が一年毎におおきくなっています。それは、ホンネの精神が息づき、抵抗の精神があり、液体の粘りをもって生きていく人間たちの逞しさの中からこそ〝笑い〟は湧水となって噴き上がるのです」

この27年後の同じ十月三十日、藤本義一さんは泉下に入る。

有川寛が藤本さんの没後、上方芸能188号に「藤本義一の仕事」として記したものを参考にしたが、彼が秋田実のあと藤本義一さんを「笑の会」の後継者に推したことは大阪の漫才のために間違っていなかったと瓢一は思う。

織田作之助と競馬も楽しんだ仲間でもあった秋田実―藤本義一につながる大阪の笑いの系譜である。

「浜風の家」は、平成七年（1995）一月十七日に発生した阪神・淡路大震災がきっかけで生れた。

藤本さんも瓢一も震源地の兵庫県に住んでいたが周辺のひどい被災に比べるとお互の家に無事だった。

少し経った頃、藤本さんから被災地で避難している人々の慰問に廻ろうという話が届いた。

ふたりは心斎橋大学の古賀裕史の被災地西宮北口の小学校に彼の案内で行った。

この駅付近の被害も大きく、その小学校には1000人を超す人が避難していてひとり一畳くらいのスペースに身を置いていた。

所望した人の似顔絵描いた色紙に藤本さんは即妙のひらめきで「心に炎を」「愛は草の花なり」など激励のメッセージを書いてゆく。

いつもやる即席のものだが、行く前に瓢一は、こんな時に似顔絵なんて大丈夫かと気おくれしていたがちがった。

色紙をみながら「何日ぶりに笑っただろう」と微笑む婦人を見た時、あぁ来てよかったと思った。

こんな形で募金するために、あちこちで描いたが直接被災者の喜びに接するのは始めてだった。

ここで藤本さんは5歳くらいの女の子に目をとめた。

お父さんを亡くしたことを聞いて「この子のために何ができるかな」と呟いた。

このことが社会福祉法人のぞみ会「浜風の家」建設のきっかけになったと古賀はいう。

阪神・淡路大震災の遺児・孤児・被災児のための心のケアハウスは10万人以上の方々の浄財によって建てられ児童館としても利用されるまで4年かかっている。芦屋浜の土地300坪（約990㎡）を兵庫県から借り、集会所や図書室をもつログハウス風の2階建てで瀬戸内のやわらかな風をうけるこの建物は90％木材で、奈良県十津川村の人々の提供だ。

県にも十津川村にも藤本さん自ら出向いてお願いしている。オープンの年に皇太子殿下（現・今上陛下）が視察に来られ、ものづくりをする子どもたちと楽しくご覧になられた。

「百円塾」も藤本さんの提唱で、震災前にCBカレッジ・西宮校の音楽教室で開かれた。ここは、子どもたちに100円で竹トンボや紙細工・習字・学校の宿題など何でも教える寺子屋のようなもので、指導者は70歳以上の人でむかし作ったものを教える3世代交流の場所として開講3年間で1万人の子どもたちが参加し、集まった100万円をモンゴルに寄付し「子供図書館」ができた。

終戦後すぐ闇市で金のために走り廻っていた子ども時代を思い、100円でどれだけのものを老人から学び、それが貯まればどんなものやことが出来るかを体験から学ばせる智育・徳育は塾の子どもたちの血肉となっていると瓢一は強く思う。

社会福祉法人「のぞみ会」理事長・藤本義一さんが逝き「浜風の家」は2018年3月末、兵庫県との敷地契約期間終了により19年の幕を閉じた。

瓢一は、静かに横たわっている藤本さんと過した3日間考え続けていたことは「如何にしてこの名を残し続けるか」ということだった。

藤本さんの訃報を伝えるメディアの見出しはテレビ司会者、11PM、直木賞作家…などが多かったが、昭和三十年（1955）から昭和四十四年（1965）の間に手がけたラジオドラマ、テレビドラマ、映画などの脚本がどれだけ多いことか。

これらは船の喫水線下にあって見えない。

それらを含めてその功績として後世にとどめたいと思い年忌の名をご遺族に提案した。

「文学賞」もそのひとつで、周辺の友人たちで集りをもった。

難波利三、保田善生、林禧男、古賀裕史ら故人の身近にいたものばかりで場所は心斎橋大学の一室だった。

統紀子夫人、有子さん、名子さんを前にして瓢一は色紙に書いてきた「蟻炎忌」をさし出した。

太宰治は「桜桜忌」、織田作之助は「がたろ忌」や「善哉忌」、司馬遼太郎は「菜の花忌」などにちなんで瓢一は「蟻炎忌」を考えた理由は、藤本さんがつねづねその生きざまを「蟻一匹　炎天下」と色紙に書くのからふさわしいものだと考えたもので並んだ面々一同は「良し」とした。

統紀子夫人は、家族で検討すると持ち帰った。

後日の集りで「蟻君忌（ありんこき）」というのが提示され、「炎」という字はどう見ても故人にはふさわしくないというもので「君」は親しみをこめた尊敬を表すもので「こ」と読むからやさしい父にふさわしいというのが次女名子さんの意見だった。

家族からはそう見え、男社会では「炎」を見せる藤本さんの姿がかいま見られたと瓢一は思った。

長女有子さんは「家での父は、たぶん他の家のお父さんと同じで、よくしゃべるけど説教くさくない、人間的にかわいい人だった」といい、次女名子さんは「社交的で内向的な人だった」「よく『オレを誉めてくれ』と言っていたけど、いつも自分で先に誉めてしまうので、なかなかその機会はなかった」

娘二人で同じ家族構成の瓢一には藤本さんの気持ちはよくわかる。

「一日に3時間も眠れる」「今月は日本列島と20回も往復した」など男社会の中で過酷な戦いをしていると見せる藤本さんは、その血刀を下げて家庭には入らず、先ず犬小屋に入り愛犬と寝転がって「お前だけや、オレの気持がわかってくれるのは」と話し合って甲冑を脱いでいたのを知っている。

「少いエサでよう働くオレを誉めてほしい」と男は社会での立場価値観や地位などを家に持ち帰るが、家族はそんなものを評価しない。ただ普通のおっさんとしてパラレルな家族の一員と見ているのだと思う。家ではうけないので淋しかったと思いますよと統紀子夫人。

藤本さんも家で甘えたいのではなかっただろうか。

「蟻君忌」は「藤本義一文学賞」表彰式とともに8年間、「リーガロイヤルホテル（大阪）」で開いてきた。

例年、車椅子で参加してくれていたロックンローラー内田裕也も鬼籍に入った。

テーブルには、写真、缶ピース、椅子には愛用のブレザーが吊けてある席を設けて、毎回司会者・瓢一がみんなの拍手を所望して藤本さんの入場をうながす。

「どーも、どーも」とサングラス片手に席に付く姿を思いうかべて会は進行する。

「バキューム共和国」「たてまえの会」「非文化人の会」など、人が好きで多くの仲間たちと交わり「真面目に不真面目」をやり、ハンドルやブレーキのあそび、緊張の緩和などで45年共に過してきたが、ただ一度号泣したのを見たのは、有馬温泉の一室で映写したドキュメンタリ映画「ゆきゆきて神軍」を観て、撮った原一男監督を「すごい後輩が出てきた」と褒めた時だった。

生涯で一本の映画を撮る夢をもっていた藤本さんはそれを実らせることができなかったが、この姿は瓢一にとって忘れ難いことだった。

画家になる夢ももっていたのは"giichi（ギイチ） Gallery（ギャラリー）"のなかに展示された昔の小説家たちの似顔絵を見た時、次女名子さんからはじめて聞いたが若いころの腕の確かさに瓢一は納得した。

藤本義一さんは、瓢一にとって「父のように尊敬し、兄のように親しみ、友達として遊んだ」人で「人生の目標にし、追いつき追い抜くことに努力した」偉大な巨星だった。

藤本語録に「人生は己を探す旅なり」とある。

瓢一は、旅のはじめに大きな人と袖をふれ合った。

藤本さんとの仕事

プロ野球ドキュメンタリー小説

「虎に食われた男」さし絵（スポーツニッポン新聞）

平成四年（1992）〜

「百円オペラ」装幀（集英社文庫）

「聖悪女」上・下（集英社文庫）

「ぶらうん管交友録」さし絵（たる出版）

装幀

笑の会ポスター

著者の似顔絵（藤本義一画）

小松左京

新型コロナウイルスが全世界に猛威をふるい、発生して2年目に入るのに沈静化の兆しが見えず、国によってはロックダウン（都市封鎖）をつづけている。

日本でも2度目の緊急事態宣言を発して東京オリンピックをどうするかなどの策を謀ったが宣言解除しても一進一退し国民の自粛疲れも限界に達している。

こんななか約60年前にこの人類の危機的状況を予見した本が話題となっている。

小松左京著・小説「復活の日」（1964　早川書房）だ。

香港風邪が猛威を振っており小児麻痺が社会問題化していた頃で映画にもなったこの作品は、米ソ冷戦時代MM・八八菌という生物化学兵器を積んだ小型機がアルプス山中に墜落する。摂氏5度で異常繁殖し、この菌で人類が死滅する危機が近づくなか生き残る努力する南極調査隊のドラマを書いたものだ。

その頃、SF小説は空想科学小説と呼ばれ、流行していたミステリーの弟分、子ども漫画の原作などとからかわれ純文学よりも格下にみられていた。

小松はすでに「日本アパッチ族」を著していたから長篇第2作であるがハードSFの書き下ろしとしては第1作目で、新しいものを作った日本SF挑戦小説として多くの評価を受けた。

人類はこれまで多くの細菌に脅かされてきた。

14世紀は「ペスト」、16世紀は「天然痘」、19世紀には「コレラ」、20世紀は「スペイン風邪」などで、「ペスト」はボッカチョの「デカメロン」やカミュの「ペスト」などの小説を生み「コレラ」はバーネットの「秘密の花園」に影響を及ぼしている。

小松は科学のデーターに基づいて未来を書いたらという発想で過去を参考に先人たちのパンデ

ミックを調べた。

当時、最先端のことと調べるなら大阪ではサンケイビルにあった「アメリカ文化センター」だ。

瓢一の記憶にもあるこのセンターは、同じくサンケイビルの中にあった元サンケイ企画の友人片岡胤一くんによると昭和二十七年（１９５２）から昭和六十二年（１９８７）まであったと調べてくれた。

大阪駅から5分ほどのところ桜橋に昭和二十七年（１９５２）七月十八日、サンケイビルはでき、その3階に戦後一番早くオープンした多目的ホール・サンケイホールがあった。

一流企業がテナントとして入っているこのビルの9階に神戸にあった総領事館が「駐大阪・神戸米国総領事館」として移ってきた。

アメリカ文化センターは、第二次世界大戦後連合国総司令部（ＧＨＱ）の民間情勢教育局（ＣＩＥ）が日本各地に設置したＣＩＥ図書館で最新の海外情報を日本に伝える役割を担っていた。

日本国内で入手困難な外国語の図書や刊行物などを提供したので欧米の最新科学技術などを知るため学生や知識人らが利用していて理工系雑誌の利用が最も多かった。

昭和二十七年（１９５２）サンフランシスコ講和条約発効に伴いＣＩＥ図書館はアメリカ文化センターと名前を変えて新しく竣工したサンケイビルで6階で活動を始めた。

小松左京がＳＦ新時代を招く「復活の日」の最先端をゆく科学知識を得たのは、この大阪アメリカ文化センターだ。

週５日間通い、原語の英語を書き写していた。見かねた職員がまだ日本人が知らないコピー機という文明の利器を使用させてくれた。

これで細菌について学び、まだ科学者ですら知らなかった未来の学説まで予言している。

昭和六年（１９３１）、大阪西区京町堀生まれの小松は、瓢一の学童集団疎開派とちがい勤労動員に行き大阪大空襲の時は14歳、彼の青春は焼け跡から始まっている。

昭和七年（1932）生れの瓢一の次兄と同じで年令的に戦地に行くことはなかったが空襲に遭い、軍事教練でいつも殴られ、学徒動員で潜水艦工場で働いた。

大阪府庁近くで一面に広がった空襲の焼け跡を見たことも、焼けた家の遺体を片づけたことも闇市のこともその自伝にあることは瓢一の次兄が書き遺した体験と同じだ。

だから小松の戦争体験小説の原点はこの辺にあって、その出世作「日本アパッチ族」は大阪城の東にあった広大な「大阪砲兵工廠（こうしょう）」の空爆跡がステージになる。

国鉄城東線（現JR環状線）に乗った時、瓢一は無残にもひん曲りむき出しになった大きな鉄骨を見る度に「なんで早く片づけないんだろう」と思っていたが、不発弾が多く危険だったことを後になって知った。

今は大阪城公園やビジネスパークとなっているこの戦後跡地にアパッチと呼ばれるくず鉄泥棒が現れ警察と激しい攻防戦をくり広げているという大阪新聞の記事をヒントに書いたものが前出の書だ。

新婚時代は妻の嫁入り道具はどんどん質屋に行った貧しい時代で、妻を喜ばせようと思いついたのが小説で、原稿用紙に何枚かを毎晩書いてちゃぶ台の上に置き父の工場へ出ていた。それが後に「日本アパッチ族」になる。

瓢一が小松左京さんと出逢ったのは、関西テレビ「奥さまスタジオ　ハイ！土曜日です」のタイトルバックを同じ年令でつくる「さむらいの会」のプロデューサー村上正次（故人）さんの依頼で描いた時だ。

昭和四十一年（1966）、南部雄二（漫才師）の司会で始まり、二年目から上方落語家・桂米朝のメイン司会と変わり、レギュラー陣に薬師寺管長・高田好胤、京都大学教授・会田雄次、そして小松左京だった。

村上くんから「今まで描いていないタッチの似顔絵を」と頼まれ、リアルな表現をした。

放映が終ったあとのスタジオだったか昼食会だったか忘れたが恰幅のいい小松さんと初めて話した。

以後、桂米朝さんの独演会などで時々出会うことがあった。

米朝さんの独演会や一門会は桜橋のサンケイホールと決まっていた。小松さんが日参したアメリカ文化センターがあったビルだ。

盆と正月にある独演会後の楽屋は賑やかだ。

米朝さんと親しい石毛直道さん（人類学者）夫妻、小松左京さん夫妻、古吟勲さん（元関西テレビ）、織田正吉さん（漫才作家・故人）吉鹿徳之司さん（サンケイ企画社長・故人）らに加わった瓢一。

みんな落語を聴いて帰ってくるとビール、日本酒、差し入れのアテで大酒会になるのはいつものことだ。

瓢一は舞台そでで高座姿を描いて戻ってきて紙コップを持つ。

背広姿になった米朝さんも加わってなお話の輪が広がり楽しい宴はつづく。

みんなチェーンスモーカで談論風発して口の休まる間もない。

この席で瓢一は、小松さんと戦前戦後の漫画談義をよくした。

戦前の「のらくろ」「冒険ダン吉」「タンクタンクロー」「のんきな父さん」、戦後の「ヤネウラ3ちゃん」「ブロンディ」など、世代が近いから話題は共通だ。お互い作者名もみんな言えた。

瓢一がイラストや漫画で口糊する原点にある手塚治虫の「新宝島」や「メガロポリス」などでも

息が合う。

それは当然のことで、小松さんはSFになる前に漫画家としてデビューしている。昭和二十三年（1948）第三高等学校（京都大学）に入学、学生時代に「もりみのる」「小松みのる」「モリミノル」の名で「おてんばテコちゃん」「イワンの馬鹿」「大地底海」などの漫画作品を発表している。

平成二十六年（2014）、小松実の名前で「怪人スケレトン博士」という小松作品が米国で発見された。

昭和二十三年（1948）、旧制三高時代（17歳）のものでGHQ（連合国軍最高司令官総司令部）が検閲した戦後日本の出版物などを多く所蔵するメリーランド大学のプランゲ文庫にあったもので、B6サイズ64ページの2色刷り昭和二十三年九月に大阪の出版社から刊行されている。

「浪花女的読書案内」（石野伸子著・産経新聞大阪本社刊）の「小松左京不滅のSF魂」にはその絵とともに小松にとって最も早い出版物で、このデビュー作に早くも日本沈没のアイデアが登場するとある。

狂気の天才博士スケントンは人工地震装置で日本列島を海に沈めようとする。それを阻止しようと奮闘する正義の博士や探偵も出てくる。

絵を見ると怪人スケルトン博士が大きな発電機のような機械の前で追手にむかって「見ろ！このスイッチをいれれば日本は海底に沈むのだ」と吹き出しの中に手書き文字で言い、ハンドルスイッチに手をのばしている。あごひげこそ長いが眉、みけんに2本あるたてじわは、瓢一が中学生時代に散々模写した手塚治虫の主人公ヒゲオヤジの手法に似ているし、片眼鏡もそのキャラクターがよくつけている。

手塚の新宝島は昭和二十二年（1947）一月に出版されているから小松の絵は当然その影響をうけている。アイデアは同年発表された手塚の『火星博士』の影響もあるかもしれないと思うのは小松が中学生のころ、手塚治虫さんの作品にいたく感激して、漫画熱が高まり、習作を描きまくっていた、と瓢一と同根の士が自ら書いているからだ。

小松が手塚の『新宝島』に衝撃をうけたのは中学五年生の期末試験が終ったころで、自宅がある会津駅前（阪神電鉄）の売店でこの本を手にしてページをめくり、駅菓子屋で売る赤本と違うおしゃれな装丁にも驚き、帰宅後、弟に頼んで買いにいかせ、手にするなり200ページ近い本を一気に読み通してもう1回続けて読んで「すごい」と感嘆している。

瓢一も友人から借りて読んだ時と同じで、最初のシーンはピート少年の左向きの顔が大アップからだんだん小さくなり運転する左へ走る車が遠く小さくなってゆく。かと思うと今度は正面から遠くの車がこちらに向って迫ってきて少年の顔が大きくなり、大きくなったその片目の瞳孔に小犬の姿が大映しになる。

この映画のシーンのようなわくわくする連続コマの迫力が手塚漫画にのめり込む原因になったが、小松少年もコマの展開にスピード感とリズムがあり、話の緻密さに圧倒され「ディズニー映画」みたいだと思っている。感激して漫画にのめり込み習作を描きまくった。

三高時代金に困ったとき小松の救いが漫画だった。

1冊のストーリー漫画を描き上げ、ダメ元と大阪ミナミの不二書房に持ち込んだら、現金買い取りで3千数百円で売れ、その後も京都大学時代にかけて何冊か仕上げたものはすべて売れ、飲み代に事欠かなかった。そんな時代の作品の1篇が「怪人スケルトン博士」だったのだろう。

絵を見ると画面は黒と赤のみで線は黒、背景に赤ベタを使い肌色部には赤アミ点でふせてある、いわゆる「赤本」だ。

小松が描いて金を稼いで酒代や遊興費にしていた時代は、戦後の「赤本漫画ブーム」の渦中だった。

小松によると赤本は主に駅菓子店ルートで売る、ゾッキ本（古本市場に超安値で売られる新品本）のような漫画で大阪がブームの発信源。作品は玉石界隈で「石」の方が断然多い。良質な「玉」である手塚治虫の「新宝塚」がベストセラーになって大阪に赤本ブームが起こり、小松も赤本漫画のヒットメーカーと自負するが『科学漫画「ぼくらの地球」赤本に抗して京大生の傑作が世に』と朝日新聞に自作が出た時、粗悪な赤本に批判的な新聞だけに、まじめに文学に打ち込んでいるはずの京大生が漫画を描いているのが後ろめたくて載って間もなく本名小松実ではなく初恋の女性、森さんの名をもらって、「モリミノル」で折に触れて描きつづけていた。

赤本は終戦直後から世の中が落着く昭和二十五年（１９５０）頃まで出廻っていたＢ５サイズで赤と黒のインクで印刷された絵本だと教えてくれた人がいる。

漫画家の先輩松葉健さんだ。

松葉さんの家は大阪・日本橋筋五丁目、堺筋に並んだ古本街約４０軒のなかの1軒「マツバヤ本店」だった。戦争が始った頃は古本を持ってくる人が多く父親は買うことに財産をつぎ込んだ。昭和十八年（１９４３）家屋強制疎開で新世界に移ったが大阪大阪大空襲で店は焼失した。

終戦後、疎開先の丹後から元の場所に戻りバラックで戸板に昔の客から貸してもらった本を並べることから松葉書店の戦後が始まった。

店番がヒマだったから落書きしていた一コマ漫画を小遣いほしさに夕刊紙に投稿しだしたら競争相手がないものだからよく載った。

カストリ雑誌の編集部が同じように作品をもってきていた漫画家平井房人に会う。

モダンで品があり、にこにこしていておどろいた。当時平井は、宝塚歌劇の脚本も書いていた有名人で、朝日新聞にも「夫婦もの・ストーリー漫画」を描いていたのを知っていたのでそんな人も売り込みに来るんだと不思議に思った。

そんな或る日、ベレー帽の人が店に入ってきたので話しかけた。

漫画を描いているというので「わたしも描いていますが描き方がわからないです」といったら、桃谷の家を教えてくれたので自転車で行った。

酒井七馬というこの人は当は小学生新聞に連載をもっている漫画家で、国鉄（JR）桃谷駅ガード下の喫茶店「玉一」につれていってくれ、そこで「おもしろいものを描く若者がいて目をつけている、合作を頼もうと思っている」と手塚治虫の話が出た。

酒井が後見役をする同人誌「まんがマン」の例会で手塚と知り合い、長篇ストーリー漫画の合作をもちかけ酒井の構成を手塚が描いて出来上ったのが長篇漫画「新宝島」だ。

瓢一が中学時代、この絵にのめり込み授業中も模写し、先生からムチで打たれたり立たされたのも、今日あるのもこの本が原点だ。

赤本に話をもどそう。

赤本は赤と黒の2色刷り、紙も印刷も悪い描き版で大阪在中の無名作家10人くらいで原画を描いていた。

62ページくらいで5冊まとめて帯止めして売っていた。

松屋町筋で作って売っていたがよく売れていたし卸屋や夜店でも同じで人気があった。

大衆小説も扱っていた荒木書房という出版社は自社で作って売っていた。

大阪には赤本を描く漫画家や画家が20~30人いたようだがみんな稼いでいた。

松葉さんは家業のかたわら1コマ、4コマ漫画をあちこちに投稿して賞金を得ていた。

藤子不二夫が夢に見ていたという「漫画少年」誌にストーリーものを出し一等をとり優勝メダ

ルも手にしたが賞金は来なかった。

赤本に売り込みに行った時、後に仲間になる上尾昇と出逢い、店番ではヤネウラ3ちゃんの南部正太郎、朝日新聞嘱託漫画家・木村きよしらとも知己を得ている。

イワタタケオ、河村立司、中村治之、サトウサンペイ（当時そごう百貨店）、春山正、藤田あきら、福永道子、砂川しげひさ、ヤンケン（柳原謙二）と大阪の漫画家の多くとも知り合っている。

瓢一も後にこの人たちとも出会っているが、別に矢阪英という同じ年の漫画家を知った。

戦後、大阪・東成区今里で瓢一とは隣の校区である今里小学校そばに住んでいて知り合った頃は、朝日放送の広報誌「放送朝日」の表紙にイラストを描いていた。

矢阪は、短大時代マチスに傾倒していたのを知られていて新聞部からカットの依頼があったので描いていたら、同級生から雑誌社への斡旋の手紙が来た。

大阪市安堂寺橋の雑居ビルにあった「日本財経新聞社」で新しく経済誌を創刊するということで行ってみると審査員は小松左京だった。

小松の自伝によると、京大を五年かかって卒業後、新聞記者になって文章修行をと考えて朝日、毎日の新聞社、放送記者募集しはじめたＮＨＫを受けたが一次、二次、最終面接まで行くのだがすべて落ちた。

先に卒業して産経新聞に入り文化部にいた友人から『「アトム」という雑誌が創刊するがスタッフが足らん。行かへんか』と言われた。

昭和二十九年（１９５４）、大学を卒業した秋のことだ。

結局、漫画の腕を買われてカット描きとして入社する。

東京では隆盛の「ダイヤモンド」がある。

社長は「この雑誌に対抗意識が強く「ダイヤモンドより硬くて強そうな名前がええな、地球上で最も硬い鉱物の上を行くもんは原子やろ、英語でアトムや」

漫画のアトムは10万馬力や、売れるでえ。にはガクッときたが空転、それもジャーナリズムの末端に連なるのが魅力だと喜んでいる。

編集スタッフの中にデザイナーの矢阪英の名もある。アトムでは、小松とふたりでマンガを描いていたと矢阪はいう。

マンガは額に入れるものではない、客に失礼やと小松は言っていたという。矢阪の自慢はカレーライスを小松におごったことだ。

後々、上方落語家・桂雀三郎の後援会長をしていて瓢一とは時々会っていたが、久しく会わないので雀三郎師匠にきくと「大分前に亡くなられました」とかえってきた。

小松は昭和三十一年（1956）創刊した「アトム」誌で挿絵、一コママンガ、書評を担当していたがその後取材して書きたいと思い原子力の勉強をし、その成果が認められ編集長になった。

湯川秀樹博士や関西経済界の大物など次々に取材しているが結婚を機に退職する。

平成16年（2005）7月18日、
さよならサンケイホールの楽屋でのスケッチ。

井上ひさし

学生時代から懸賞争いのライバルだった藤本義一さんと井上ひさしさん。おたがいに作家の仮想敵としても意識してきた。

そんな二人に作家・野坂昭如さんが加わったテレビの深夜番組に瓢一も出演した。昭和六十一年（1986）三月二十七日、よみうりテレビの「11PM」で司会者は藤本義一さん、テーマは記憶にない。

番組が終って「食事でも」となり、ライバル二人に番組構成した放送作家疋田哲夫さんが加わり瓢一と4人で北新地へ出た。

おたがい直木賞をはじめ多くのものを手にし、脂が乗った仕事で多忙を極める戦友同士は久しぶりの出会いを楽しんで寿司をつまんでいた。

次の店は本通りの「酒館猫8」。

面倒見が良いマスターの橋爪良祐さんのカウンターバーは多くの芸人が集っていつも賑っていた。瓢一もここのロゴマークや猫のキャラクターを手がけているし、作品も飾ってくれている。

井上さんが、マスターの背後にかかっている瓢一が描いた10号の美人画に興味を示した。

そして「これ、いま書いている自分の劇団こまつ座の公演に使わせてほしい」といった。

こうして、こまつ座第八回公演「花よりタンゴ・銀座ラッキーダンスホール物語」に興入れした墨絵の彼女は、宣伝美術に瓢一名をいただいていてポスター、チラシ、チケット、脚本集など多くの宣伝媒体のキャラクターとして全国を巡ることになった。

突然起った井上ひさしさんと瓢一の出会いはこんなふうにして始まった。

ひさし版昭和庶民伝第2弾「花よりタンゴ」は、戦後2年経った昭和二十二年（1947）秋、銀座裏通りで小さなダンスホールを営む元華族の四姉妹の物語だ。

人心殺伐とした戦後、希望をかかえ庶民として新しく出発する海女らをとりまくヤミ成金の元使用人、ホールに出入りするたばこ売りの戦争未亡人、郵便配達員らが織りなすドラマは歌と笑いと愛がいっぱいつまった井上さんのお得意ものだ。

瓢一は自分の絵が表紙を飾った「季刊the座」（人々劇場）誌のインタビューに「大阪の絵が東京に嫁入り　大きく育ってほしい」と話し、チャーミングで生活環境が良い女性をイメージして一ヶ月前に描いた彼女のどこに井上さんが惚れたのか知りたいとも言っている。右肩上がりの斜めに使われた絵にマッチしたやわらかいタイトルと文字に「私の娘によい衣裳を着せてもらって満足しています」と結んでいる。

井上さんは、NHKテレビの連続人形劇「ひょっこりひょうたん島」のときから日本人に合ったミュージカルを目指し二十九編の戯曲を「音楽を律った演劇」のスタイルで書いてきた。

井上ひさし　ポスター

「昭和庶民伝」第一弾「きらめく星座　昭和オデオン堂物語」は太平洋戦争に向う暗い時代、浅草のレコード店・オデオン堂の家族と下宿人たちは軍国歌謡と敵性音楽の間で悩む。「青空」「月光価千金」など瓢一はエノケン（榎本健一）の歌で憶えているが、これらが敵性音楽として禁止される。

「一杯のコーヒーから」「小さな喫茶店」なども劇中に出るが、井上作品の真骨頂は戦争をかくし味にしていることだ。

井上さんは瓢一より2歳上だが戦時中、戦後の体験はそんなに変らない。

井上さんはそんな過去を戯曲で著し、音楽をまぶす。

瓢一は学童集団疎開を「時空の旅」で「愛と平和」を描き、「時空の旅―そして戦後」では飢えと混乱の中での希望を表現した。

前者では「お山の杉の子」や「父母の声」を後者では「リンゴの唄」や「青い山脈」をかくし味にした。

井上ひさしさん、野坂昭如さん、藤本義一さんらはみんな戦中戦後を引きづって生き抜いてきた。もちろん瓢一もだ。

井上さんは主題とする戦争責任を日本産ミュージカルの中に深く潜行させるという大冒険をしているという。

「花よりタンゴ」の開幕前、会場に流れる曲は「愛のスイング」「東京の花売娘」「警防団歌」「ラ・クンバルシータ」「おひさしぶりね」（イッツ・ビーン・ロング・ロングタイム）などだ。

劇中でも「ブルームーン」や「おひさしぶりね」などジャズのスタンダードが流れる。

戦後、アメリカ文化が怒涛のように敗戦国日本に流れ込むなかにジャズもあった。

瓢一も次兄の影響で「ボタンとリボン」から始まるこれらかっての敵性音楽の洗礼を受け中学、

高校と映画音楽に染まる。

kiss me onece.

then kiss me Twice……

おひさしぶりね(It's Been A Long Long Time)

「花よりタンゴ」でなつかしいこの曲を聴いた時、たしかオダサクさんの「それでも私は行く」の中に「キス・ミイ・アゲイン」という曲が出てくるのも思い出した。

この小説は、昭和二十一年(1946)四月「京都日々新聞」に連載したものだ。

東京大空襲で罹災した相馬姉妹が京都へ叔父を頼ってやってくる。

キャバレーのダンサーにでもと思った姉千枝子はヤトナになる。

元軍需会社幹事で新円成金の小郷虎吉に凌辱された姉の恨みを晴らそうとしてスリになった妹弓子。

先斗町にあるお茶屋の息子三高生の鶴雄をめぐるいろいろな出逢いがひろがってゆく。

新しいキャバレーの代表的な三条河原町にある「歌舞伎」で憎っくき虎吉と新聞社の婦人記者と偽った弓子が「タンゴ・クンパルシーター」を踊る。

横で虎吉の妻真紀子も不倫相手とチークダンスしている。

虎吉と真紀子の視線が合った時、虎吉の顔が青ざめステップが乱れる。

「ざまあ見ろ」弓子は腹の中で快哉を呟くとき嫉妬の情を表現したといわれる「ラ・クンバルシータ」が流れている。

去る妻の後を追おうとする小郷虎吉の手を離さないで引きとめ弓子が踊る曲は「キス・ミィ・アゲイン」だ。

この曲と井上ひさしの「花よりタンゴ」や「おひさしぶり」は違う曲かもしれないが「ラ・クンパル

シータ」は同じだ。

瓢一の手もとにオダサクさんの短冊のコピーが4句ある。

木犀の雨をクンパルシタの女行く　作

御堂筋雨雨雨のジープ哉　作之助

秋深し孔舎衛坂（くさえざか）ふる住居哉　作

月並みと題して

花紅柳緑ピアノの上　赤と黒　作

前3句は気楽に書いた墨書で花紅の句はその気になったていねいな万年筆の字だ。

短冊は秋深しのは無地、あと2句は雲柄で花紅のは大小の四角が9つ散っている。

秋の字は偏とつくりが逆で秌になっていて、御堂筋の句は雨雨雨と字が小さくなってゆく。

瓢一はいつどこで手に入れたか憶えがない。

木犀の句の横の空白に「街の喫茶店に入り浸る作之助は、御堂筋の「仏蘭西屋敷」もお気に入りで好きなタンゴ「ラ・クンパルシータ」が流れるためか一杯十五銭のコーヒーで何時間も粘った」と瓢一の字でメモ書きしている。

長峰一、庄野英二、織田作之助らで藤沢恒夫が宗匠格になって開いていた句会の作品であろうか。

花紅の句はあとの3句と書いた場所が違うようだがいづれの句も色彩が感じられる。

雨の中をクンパルシータを踊るような赤いドレスの女性が木犀（もくせい）の香につつまれて華やかに歩く。

雨雨雨、長雨だろうか、カーキ色のジープが御堂筋を走っている。戦後間もないことがわかる。

孔舎衛坂（くさえざか）は近畿日本鉄道奈良線石切駅と生駒駅との間にあった旧生駒トンネル手前にあった

小さな駅だ。

暗い駅だったのを憶えている。

新生駒トンネル開通で昭和三十九年（1964）廃止になった駅で、瓢一にとっては神武天皇東征の町、生駒山の豪族長脛彦（ながすねひこ）が戦った伝説があり。ここらの村の家の窓は東側のみで西側にはなかったということを中学時代に習った記憶がある。

ここことオダサクさんの句とのかかわりをどこかで読んだが忘れた。

話を「ラ・クンパルシータ」に戻そう。

オダサクさんの「それでも私は行く」にも「土曜夫人」にもこの曲は出てくる。

ダンスホール、ジャズ、タンゴ……抑圧された戦時の暗雲が晴れて人々は青空にむって両手を広げて快哉を叫ぶ自由がやってきた。

性の解放からダンスホールや音楽をその新しい風俗アイテムとして人々は群がり出した。

時代の表現者たちはこの新風俗を逃がさない。

ナンバ高島屋の西側地階にもダンスホールができ、瓢一の長兄も復員してきてここでヴァイオリニストとして戦後を始めた。

オダサクさんは当時の世相として、井上ひさしさんははじけた戦後の価値観が豹変したあの頃をいたわるような眼で書いた。

瓢一はこの二人の作家の目を撫でるように辿っている。

後日、井上ひさしさんから「花よりタンゴ」の脚本、「井上ひさし全芝居」一、二、三集、「腹鼓記」が瓢一のアトリエに届いた。

いづれにも遅筆堂さん独特ののどかな文字のサインが入っていた。

出会った日の　藤本義一さん・著者・井上ひさしさん・疋田哲夫さん（酒館猫８にて）

エピローグ

織田作之助の墓に参る著者
（撮影 瀧澤裕美子さん）

成駒瓢一は、白日夢からだんだん覚めて頭の中のフォーカスがやや鮮明になってきた。まだ「第27回織田作之助賞贈呈式」の会場に座っていると思っていたが、正面の吊り下げボードの文字は「第35回」になり、角ゴシックの文字も太く紺色から黒色に変わっている。六曲一双の金屏風は変わらず左側の盛り花はいっそうカラフルになっている。

「8年も経ったのだ」と瓢一は思った。

この間、学童集団疎開70年「時空の旅」77点を描いて大阪、滋賀、東京などで開展しながら織田作之助を取材し本書を書き続けてきた。

車が信号待ちする間に多くのことを夢想するかつてのアメリカ映画「虹を掴む男」の主人公ダニー・ケイのように白日夢の中にいた楽しい日々だった。

主催社・毎日新聞社大阪本社代表が「夫婦善哉の柳吉・蝶子や坂田三吉に見るように大阪には懐の深さがあると思う、だから大阪から情報発信してゆく」と挨拶した。

受賞者も金原ひとみさんから井上荒野さんに変わっていて「大阪にこられて幸せです。作家生活30周年、人間を書こうと思っている…」と述べている。

さっき瓢一は、会場で川柳誌「番傘」の主幹・田中新一氏や大阪文学振興会の横井三保さんら多くの知人と再会した。

横井さんから「今書いている織田作さんの本は第40回の吉書に発表してね」とハッパかけられ「いのちと競争してがんばります」と答えた。

オダサクさんのこの本のほかに瓢一はまだやりかけの事がいくつもあった。

そのひとつ「戦後75年」がやってくる。

瓢一はまた、絵筆をもった。「時空の旅―そして戦後」は33点のままストップしているが続けなければならない節目の年だ。

この絵の中にオダサクさんが「世相」で書いた戦後の闇市風景を描いている。

大阪駅前の「温くもり屋」(あたらせや)や「ハッタハッタ」(街頭とばく)など次兄や瓢一の体験を描いている。

ここでも瓢一はオダサクさんと時代を共有している。

そんな令和二年(2020)二月七日、第36回「織田作之助賞」贈呈式の案内状が届いた。

「三月二日の式に出席します」と返信した数日後「中止」の電話が実行委員会事務局からあった。

新型コロナウィルスの発生だ。

感染者、死者が多数出てWHO(世界保健機関)がパンデミック(世界的大流行)を認定し、外出自粛要請が各国に出された。

瓢一が秋に予定していた個展「時空の旅―そして戦後」55点も「密閉、密集、密接」の3密をさけるため自粛中止し、画集だけを出版した。

アトリエの資料をすべて自宅に持ち込んで「家ごもり」することで、戦後の絵を追加して描くことやオダサクさんを書く時間がふえたので原稿ははかどるが、最初のように楽しくなれない。

コロナ禍で気が重いのだ。

千日前でオダサクさんを追いかけていた楽しい日々が夢のかなたへ行ってしまっている。

「織田作之助賞」贈呈式の案内状が来なくなって2年か…。

そういえば、この賞誕生のきっかけは藤沢桓夫さんからの「あのなあ、織田作賞というのを作ったらええと思うんや。毎日新聞大阪版に乗せたらええと思う」という突然の電話だったと聞いたなあ。

たしか、スポーツニッポン新聞社・常務取締役だった古野喜政さんからで、古野さんが毎日新聞大阪本社・社会部部長時代のことだと言っていた。

藤沢さんは思いついたらすぐに電話をかけてくる人だとも言っていたなあ。


瓢一がふたたび白日夢から覚めたのは「岸政彦さん「リリアン」社会学者織田作之助賞決定」の見出しを毎日新聞で見たあとだ。

座っているところは贈呈式会場ではなく、寺の本堂のようだ。

背景は屏風ではなく金色に輝く仏壇で中央に阿弥陀如来がおられる。

瓢一の右には黒いトンビ姿の織田作之助さんが座っている。

内陣左右の柱にかけてあるオダサクさんのポスターと同じ姿だが、こちらは眼鏡をかけている。

前に座ってこちらを見ている約３０人を見て、やっと頭のピントが合った。

そういえば、さっき山門に「オダサク倶楽部」の張り紙があって、その上に「楞厳寺（りょうごんじ）」と寺名があった。

浄土宗のこの寺は織田作之助の菩提寺でその没後７５回目の命日にあたるこの日の「善哉忌（ぜんざいき）」に同倶楽部代表・高橋俊郎さんから招かれて共に本堂に座っているのだ。

没後 75 年織田作之助忌（楞厳寺本堂）（撮影 瀧澤裕美子さん）

本堂に入る前、田尻達朗住職の読経がひびくなか、高橋代表が中折れ帽と黒いトンビ姿で織田作之助の墓前に赤いラッキーストライクの箱からタバコ一本取り出し火をつけて供えた。

瓢一がつづき、参列者も順に焼香したあとの本堂だ。

高橋代表が蓄音機でかけた献曲はオダサクさんの「俗臭」に登場するリストの「ハンガリアンラプソディ」で、堂内の壁面に舞う天女たちが奏でるようで美しい。

瓢一は、そのあと「わたしと織田作のミナミ」と題して本書の内容をかいつまんで話した。

話のなかで、この時間に同時進行する渡辺明王将と藤井聡太竜王が対局する「第７１期王将戦７番勝負第１局」のことも話した。

「聴雨」や「可能性の文学」に書かれた坂田三吉にちなんでその曽孫弟子・谷川浩司九段（現十七世名人）のことも話題にした。

「世相」に書く「現代（いま）」を語っていることが庭にそびえ立つ墓石の下に眠るオダサクさんにも伝わっただろうか。

瓢一はこの日、オダサクさんの大ファンだった藤本義一さんの形見のブレザーを着ていった。

せっかく、オダサクさんに会うのだから藤本さんも喜ぶだろうと思い袖丈を２センチ伸ばしてもらい身に合わせたグレーのものだ。

「第３８回「織田作之助賞」祝賀パーティを中止します」のはがきがその実行委員会事務局から届いたのは二月中旬だった。

贈呈式は、三月二日に大阪綿業会館で挙行されるが、希望すればオンラインで配信視聴できるとも記されていた。

推薦文

難波利三（直木賞作家）

本文中にもある通り、四十数年前に大阪在住で昭和十一年生まれの異業種八名が「さむらいの会」を結成、一月一日生まれの成瀬國晴さんが長兄、一番遅い生年月日の僕が末弟と序列が決まった。この会は現在も続き、畏敬の念を込めてここでは成瀬兄と呼ばせて頂く。

六年掛りの労作の完成と出版に、まずはお慶び申し上げたい。成瀬兄は成駒瓢一の小説仕立てにするつもりだったようだが、「書くべきは世相だ」と織田作之助（本書四二九ページ・以後はオダサク）から学び、名前だけ残して方向転換した。だから瓢一イコール國晴。それは大正解で小説なら不可能なリアリティーが増殖し、内容的に広がりと深みが生まれたと思う。

例えばオダサクの代表作「夫婦善哉」に影響を与えたらしい上司小剣の「鱧の皮」について、当時その現物を売っていた蒲鉾屋を成瀬兄は見当付けて探し出し、国民学校時代の女子の親族の店だと突き止める。彼女はすでに鬼籍の人だが、長男に会って詳しく話を聞く。「わが町」からは映画や舞台の出演者にまで話題を膨らませ、昔々に直木三十五が落語を書いていると知ると、それを今に蘇らせる働きもする。同様の展開が全体的に見受けられる。

ふと表題のオダサクを忘れたような、本線から逸れた脱線が頻発するのだが、原因は成瀬兄の徹底した探究心にあると見る。気掛かりな要素を見つけると、とことん調べなければ納得できない。だからつい脱線してしまう。

しかし、本書の魅力はその脱線にありそうだ。成瀬兄は意図的にそれを繰り返し、過去と現在に自らの心情を添えて見事に融合させる。その先にまた次の線路を見つけて周囲の状況を手繰り寄せ、これまでの人生で出会った先輩、同輩、後輩らを想起し、同乗させながら突っ走る。そして所々で「もとへ戻る」のブレーキを利かせ、オダサクの息遣いが充満する本線へと修正するのだ。そこのところに妙味があり、そうだったのかと謎が解けるようで得心もいく。

本書の執筆に当たり、成瀬兄は膨大な量の参考資料を読み込んでいる。大勢の関係者に会い、必要な場所へも足を運ぶ。費やした労力と時間は計り知れない。

それを可能にしたのは、生まれ育った大阪の街の移ろいと、敬愛するオダサクと共有したであろう仄かな接点を、後世に書き残したいとの情熱に突き上げられたからに外ならない。自分が書かなければ貴重な話の数々が消滅する、との焦燥感もあった。更には親交が深く、オダサクを読めと勧めた泉下の藤本義一さんへの報告書の意味合いと、鎮魂の思いも込めたかったのだろう。その集大成として本書が誕生した。

これを読んで改めて気付いたのは、成瀬兄の博識と卓越した記憶力、それに交友関係の幅広さである。ここに取り上げられた名前だけでも数え切れないほど多い。悪口のたぐいは一切なく、特に作家諸氏との絶妙な距離感が興味深く描かれている。

六百三十数ページものこの大作を、成瀬兄は手書きで原稿用紙の升目を一つずつ埋めながら仕上げた。スマホは無論、最新の通信機器類なども自在に使いこなすスキルを持ちながら。いまどきこれは快挙だ。そこには全身全霊でオダサクの筆の極致に迫ろうとする強い意気込みが感じられる。

本書はオダサクファンや研究者は当然として、一般の本好きの皆さんにもぜひお勧めしたい。織田作之助、藤本義一、そして作者本人の人間的な面白さと、三者を育んだ大阪の街への新たな発見が大いに期待できるだろう。

あとがき

平成二十九年（2017）から6年かかってやっと脱稿した。

織田作之助さんをオダサクさんと親しく呼び子供に戻ってミナミを走り回って楽しく書いてきたが、年号が令和と改まった翌年（2020）2月新型コロナウィルスが世界に大きく広がり、国や自治体の方針のもと3月から自宅で自粛しだした。

家ごもり生活のなかオダサクさんと走っていたミナミの町にあふれていた外国人観光客も消え、それまでに書いていた「今」が消えた。

「今」が音を立てて過去になっていく。

あっという間に「未来」が「今」になってきて「今」がまばたきする間に「過去」になっていく。

オダサクさんに倣（なら）いいまの世相を書き始めたが、あまりに現実の変わりようが早く淀の川瀬の水車よりモーター付き水車の趣となり途方にくれていた。

マスクをかけ、手をアルコール消毒する新しい生活の中でオダサクさんとの鬼ごっこは楽しいものではなくなった。

しかし、集中する時間はふえた。

考える時間がふえた中で「織田作之助作品にわたしがたどってきた人生を重ねる」ことは、昭和四十九年（1974）に発表して人生を高速道路に乗せた「見立て写楽」の模戯作品と同じだと思った。

これは江戸末期の浮世絵師・東洲斎写楽の絵に現代のタレントを重ねて描いた見立て写楽だ。

「見立て織田作」。

オダサクさんがミナミに遺した落穂を拾い、わたしにだけ書けること、それは故郷ミナミという樽の中で醸造された空気、雰囲気などわたしの五臓六腑にしみついているカザ(匂い)だ。

織田作之助作品の上澄みをのむと、底に沈澱している彼の私生活や体験が見えてくる。

その味も楽しいが、攪拌して飲むのが鑑賞法だとも思う。

わたしの場合は、自分の体験や風景が彼の作品に混じっているからより味わい深いものになっている。

土地の人が日常の空気の中で地酒を味わうようなものでまさに「地の利」だと思う。

両親はよくぞこの地にわたしを生んでくれたものだと感謝する。

それにしても織田作之助さんは、よくミナミを書き遺してくれたものだと、センチメンタルジャーニーをつづけながら「ありがとうございました」の念が絶えない。

こんな近くに彼との日常があったとは。

新型コロナウイルスの重荷と闘いながら、心を奮い立たせて書き、書き直しをくり返してきた6年間だった。

藤本義一さん、お待たせしました、読後の感想が聴けないのは残念です。

ありがとうございました。

出版にあたり取材などにご協力くださった方々、

玉稿をいただいた直木賞作家・難波利三氏、

ご助言いただきました将棋棋士・十七世名人・谷川浩司氏

ありがとうございました。

そして、レイアウト・デザインでお世話になったアイ・デザイン岩城勝仁氏、ほおずきの絵を提供してくれた尾崎智也くん、たる出版株式会社・代表取締役会長高山恵太郎氏にも感謝いたします。

加えて長年支えてくれた家族にも「ありがとう」を表します。

令和四年（2022）　夏

表紙のほおずきについて

宝塚大学（前宝塚造形芸術大学）で30年間イラストの授業をもった最後の教室に大学院生・尾崎智也くんもいた。

もともと日本画専攻だが授業がボーダレスになって私の前に現れた時は、大学2回生の時だ。電車の中で乗客を描きつづける熱心な画学生の彼がグループ展に出品していたのがこの「ほおずき」だった。

わたしのこころに残っていたこの作品がよみがえってきたのは数年後のことで、織田作之助作品「郷愁」の取材のとき、宝塚市・清荒神（きよしこうじん）にある有馬街道で野仏の前に赤い実が甲山（かぶとやま）を背景にして生（な）っているのを見たときだ。

オダサクさんが、笹田和子宅から「世相」をふところにして大阪から投函のため清荒神駅まで歩いた道の赤いほおずき。

ほおずきは、お盆にあの世から帰ってくる霊の目印になる盆提灯の代わりに飾られるものだから、この本の表紙にのせると織田作之助さんや藤本義一さんが手に取ってくれるだろうと思って尾崎智也くんの作品を使った。

主たる参考文献

厳谷小波(Wikipedia)
大大阪モダン建築、精華小学校ー橋爪紳也著(青幻舎)
写真集・おおさか100年(産経新聞社)
大阪繁盛記ー鍋井克之著(東京布井書房)
OSAKA昔話ばなし(Yahoo!)
大阪府住宅局建築指導部企画課(web)
大阪ことば事典－牧村史陽編　講談社)
ぶらり大阪地形さんぽ－新之助(産経新聞)
織田作之助 文芸辞典－浦西和彦編(和泉書院)
織田作之助全集5(講談社)
復興大博覧会誌(毎日新聞社)ーピース大阪
日本の古本屋(web)
衛生放送協会(web)
井原西鶴 新潮古典アルバム17(新潮社版)
浪花おもちゃ風土記－奥村寛純(村田書店)
上方風雅信－肥田晧三著(人物書院)
大阪市電が走った街今昔－辰巳博著・福田静二編(TTB刊)
米朝ばなし 上方落語地図－桂米朝著(毎日新聞社)
古今落語家事典－話芸懇話会・大阪芸能懇話会(平凡社)
明治大阪物売図集－菊池真一編(和泉書院)
浪華夢のあとさき－上方藤四郎著(株式会社 鳥居ビル)
上方風俗 大阪の名所図会を読む(東京堂出版)
妙見宮自安寺小史(宗教法人 自安寺)
能勢妙見山パンフレット
文楽の人－織田作之助著(白鴎社)
人間やっぱり情でんなあ－竹本住大夫著(文藝春秋)
定本 織田作之助全集第八巻(文泉堂出版)
笑説 法善寺の人々－長谷川幸延著作(東京文藝社)
大阪自叙伝ー藤沢桓夫著(中央公論社)
アナログ時代のテレビ絵史－成瀬國晴著(たる出版)
マクルーハンの世界－竹村健一著(講談社)
民間放送のかがやいていたころ－大阪公立大学共同出版会
吉本八十年の歩み(吉本興業株式会社)
四国新聞ブログ(SHIKOKU NEWS)
大阪の町名(清文堂出版)
織田作之助作品集第一巻－大谷晃一編(沖積舎)
日本経済新聞社
メデイアの河を渡るあなたへ　小谷正一物語－岡田和行著(青空文庫)
没後50年　監督川島雄三 松竹時代(ワイズ出版)
くらこれ!吉川智明ブログ
関西名作の風土・続－大谷晃一著(創元社)
阪急宝塚線・能勢電鉄－山下ルミコ著(渓流社)
大阪郷土研究「上方」(新和出版社)
上方おもしろ草子(朋興社)

飛翔　谷川浩司永世名人への道－中平邦彦著（日本将棋連盟刊）
藤井聡太論 将棋の未来－谷川浩司（講談社＋α新書）
大劇33年夢舞台－岡本友秋（探求社）
ウェブ データーサィエンス情報局
電気新聞（一般社団法人･日本電気協会新聞部刊）
その果てを知らず－眉村卓著（講談社）
サンケイデジタル
産經新聞
石見小説集－難波利三著（山陰中央新報社）
大阪春秋(新風書房)
大阪人（財団法人大阪都市協会）
PHP(株式会社PHP研究所)
歴史街道（歴史街道倶楽部）
笑説　法善寺の人々－長谷川幸延著（東京文芸社）
小説で綴る自叙伝　がむしゃら人生　山中珠著
「太陽」（平凡社）
特集「昭和時代」（1975年七月号）
小松左京自伝　実在を求めて－小松左京著（日本経済新聞刊）
「浪速女的読書案内」－石野伸子著（産経新聞大阪本社刊)
「妻に捧げた1778話」－眉村卓著（新潮社）
「その果てを知らず」－眉村卓（講談社）
「季刊the座 」（こまつ座）
「花よりタンゴ」-銀座ラッキーダンスホール物語－井上ひさし（集英社）
月刊「たる」（たる出版）
西鶴文学地図（編集工房ノア）
織田作之助作品集①－大谷晃一編（沖積舎）
わが文学修業－織田作之助著（青学文庫）
月刊 面白半分（昭49,11臨時増刊号･（株）面白半分）
鬼の詩／生いそぎの記－藤本義一著（河出書房新社）
藤本義一の軽口浮世ばなし(旺文社)
講演「出逢いと私」（YouTube)
サイカクがやって来た－藤本義一著（新潮文庫）
毎日新聞 夕刊（1989.3.11）
月刊 噂（昭46.10月号）
上方芸能188号（上方芸能編集部刊）
マスコット界のパフオーマンス島野修が歩んだ道（野球太郎の情報サイト）
笑いの戦記（創元社）
道頓堀－三田純市著（白川書院）
写真集「昭和の大阪」（産經新聞社）
「osaka昔ばなし」（web)
まるくまーるく桂枝雀－廓正子著（サンケイ出版）
上方風俗大坂の名所図絵を読む（高亭堂出版）

※その他記載漏れなどあるかもしれませんがご容赦ください

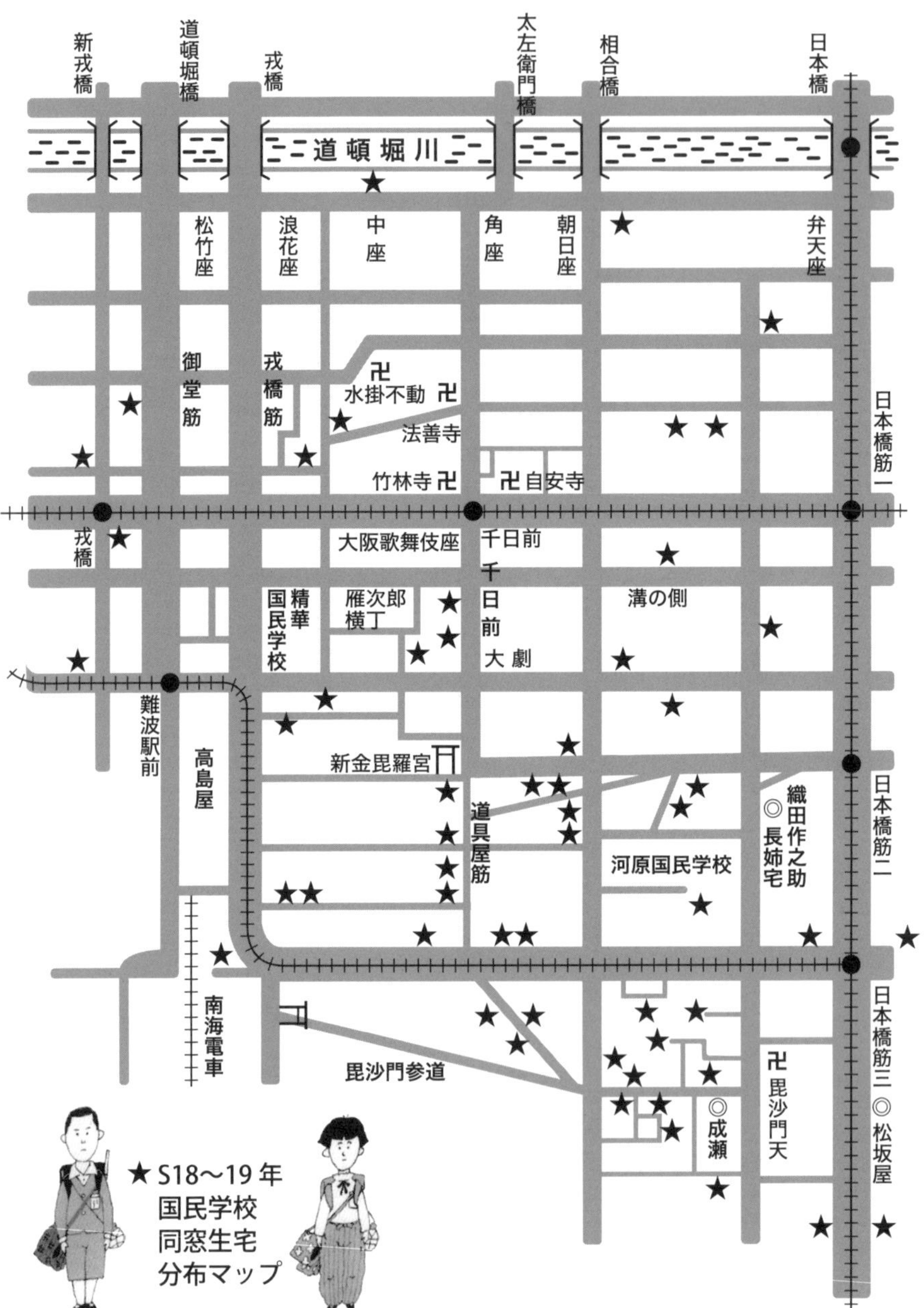
新戎橋
道頓堀橋
戎橋
太左衛門橋
相合橋
日本橋
道頓堀川
松竹座
浪花座
中座
角座
朝日座
弁天座
御堂筋
戎橋筋
水掛不動
法善寺
竹林寺
自安寺
日本橋筋一
戎橋
大阪歌舞伎座
千日前
千日前
溝の側
精華国民学校
雁次郎横丁
大劇
難波駅前
高島屋
新金毘羅宮
道具屋筋
織田作之助長姉宅
河原国民学校
日本橋筋二
南海電車
毘沙門参道
成瀬
毘沙門天
日本橋筋三
松坂屋
★ S18〜19 年
国民学校
同窓生宅
分布マップ

織田作作品に出てくるミナミ付近の地名など

起ち上がる大阪・神経	千日前、上町、源聖寺坂、末広橋、千日前
夫婦善哉	河童横丁、日本橋三丁目、黒門市場、二ツ井戸、法善寺境内、上塩町、御蔵跡公園
木の都	生国魂神社、源聖寺坂、口縄坂、夕陽丘女学校、四天王寺、ガタロ横町
探し人	千日前、道頓堀、新世界、生國魂神社境内、新世界、精華小学校裏、戎橋
六白金星	心斎橋、戎橋、法善寺境内、千日前、天満、阿倍野
アド・バルーン	高津神社、生國魂神社、二ツ井戸、道頓堀、千日前、楽天地、自安寺、お午の夜店、金刀比羅通り、笠屋町、周防町、八幡筋の夜店、心斎橋筋、太左衛門橋、西横堀、瀬戸物町、上ノ宮町、鰻谷、新世界通天閣、道修町、靭、大阪駅、中之島公園、北浜三丁目、北浜二丁目 天満、馬場、美章園、河堀口、日本橋四丁目、大今里、松屋町、天王寺西門、天保山
文楽の人	千日前、日本橋一丁目、磐舟橋、下寺町、谷町9丁目、上汐町、野堂町、高津7番町
わが町	河童路地、お午の夜店、生國魂神社、松屋町、天王寺公園、御蔵跡、黒門市場、口縄坂、寺田町、動物園前、大門通り、難波駅、中之島公園、自安寺、四ツ橋、難波地下、市岡新開地、境川、市岡四丁目
競　馬	淀競馬場、小倉
表　彰	高津表門筋、御蔵跡、源聖寺坂、桜川2丁目、河原町、千日前、坂町
道なき道	生國魂神社、上本町七丁目、十三
郷　愁	清荒神、今里、阪急百貨店
世相·神経-ダイスへの道	道頓堀筋、宗右衛門町、笠屋町筋、三ッ寺筋、八幡筋、周防町筋、清水町筋、畳屋町、心斎橋、四ツ橋、電気科学館、雁次郎横丁、大阪駅、新世界、阿倍野筋、宝塚、難波、戎橋筋、上本町六丁目、上本町八丁目
聴　雨	京都南禅寺、千日前、大阪劇場地下
可能性の文学	なし

＜註＞地名は作品内に使用されている文字に準じています

織田作ミナミMAP
NARUSE
玉船橋へ
長堀通
心斎橋
三休橋
長堀
炭屋橋
佐野屋橋
新橋
心斎橋
三休橋
中橋
藤中橋
長堀橋
心斎橋商店街
大丸
御堂筋
吉本興業合名会社
ダイス
清水町筋
道しるべ
南警察署
堺筋
アメリカ村
ヨーロッパ村
笠屋町
周防町筋
玉屋町
八幡筋
八幡筋
畳屋町
千年町
三津寺筋
宗右衛門町
大黒橋
道頓堀橋
戎橋
道頓堀川
太左衛門橋
相合橋
日本橋
道頓堀
松竹座
浪花座
中座
角座
朝日座
さの半
弁天座
正弁丹吾
夫婦善哉
浅草
法善寺
水掛け不動
自安寺
喜楽別館
せのや
竹林寺
戎橋筋
千日前
日本橋
楽天地（大阪歌舞伎座）
自由軒
千日堂
常磐座
だるま
溝の側
黒門市場
文
精華小学校
難波駅前
大劇
地下スポーツヤード
波屋書房
木村屋
千房創業店
弥生座
花屋
現 NGK シアター
高島屋
南海電鉄
新金毘羅神社
（現ワッハ上方）
道具屋筋
河原小学校
文
長姉
竹中タツ宅
日本橋
松坂屋
むかでや
成瀬宅
恵美須

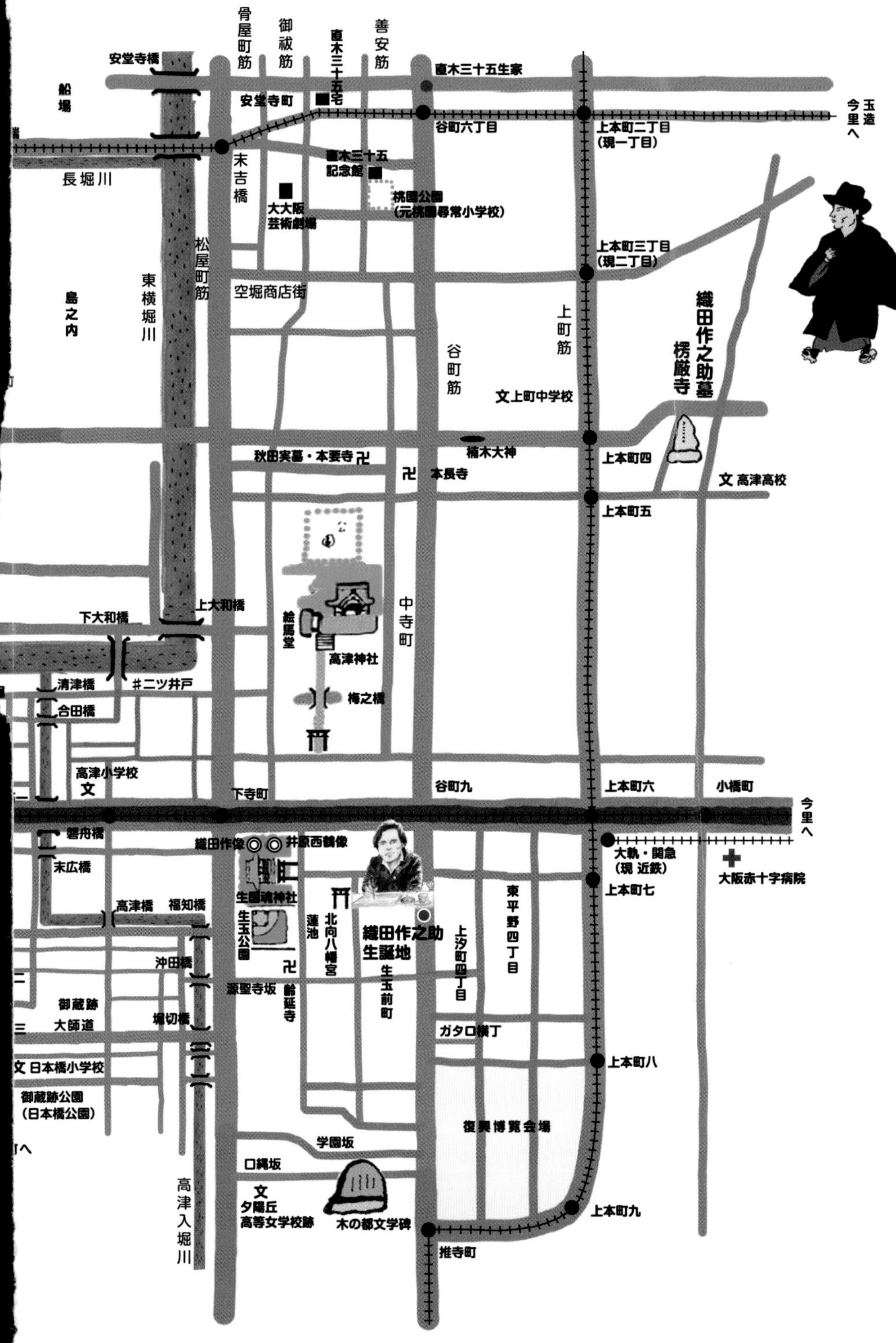

骨屋町筋
御祓筋
直木三十五宅
善安筋
安堂寺橋
直木三十五生家
船場
安堂寺町
玉造今里へ
谷町六丁目
上本町二丁目(現一丁目)
長堀川
末吉橋
直木三十五記念館
大大阪芸術劇場
桃園公園(元桃園尋常小学校)
松屋町筋
上本町三丁目(現二丁目)
東横堀川
島之内
空堀商店街
上町筋
谷町筋
織田作之助墓
楞厳寺
文 上町中学校
楠木大神
秋田実墓・本要寺
上本町四
本長寺
文 高津高校
上本町五
中寺町
絵馬堂
上大和橋
下大和橋
高津神社
清津橋
井二ツ井戸
梅之橋
合田橋
高津小学校
文
下寺町
谷町九
上本町六
小橋町
今里へ
磐舟橋
織田作像
井原西鶴像
大軌・関急(現 近鉄)
大阪赤十字病院
末広橋
上本町七
生國魂神社
高津橋
福知橋
生玉公園
蓮池
北向八幡宮
織田作之助生誕地
上汐町四丁目
東平野四丁目
沖田橋
生玉前町
源聖寺坂
齢延寺
御蔵跡
大師道
堀切橋
ガタロ横丁
文 日本橋小学校
上本町八
御蔵跡公園(日本橋公園)
復興博覧会場
学園坂
口縄坂
文
夕陽丘高等女学校跡
木の都文学碑
上本町九
高津入堀川
推寺町

成瀬國晴（なるせくにはる）

Kuniharu Naruse

1936年1月1日生まれ　大阪市出身
漫画家　イラストレーター　著述業
大阪府立上方演芸資料館（ワッハ上方）
運営懇話会　殿堂入り選考委員
甲子園歴史館 顧問
ラジオ大阪番組審議委員

1949　手塚治虫にあこがれ模写を始める。
1952　投稿漫画初入選
1956　長沢節門下明石正義氏に師事　モードイラストを学ぶ
1970　ナルセイラストアトリエ設立
テレビのレポーターを振り出しに、司会など多くの番組に出演、
ラジオのパーソナリティーもつとめる。
テレビ、ラジオ173番組にイラストを描き始める。
1974　「見立て写楽」の個展を振り出しに「大相撲」「阪神タイガース」
「上方落語」[天神祭」などのドキュメンタリースケッチ（現場記録画）
のジャンルを確立し、個展回数は40回。
大相撲はオーストラリアで個展、天神祭は17年間、阪神タイガースは
キャンプ地や甲子園球場で監督、選手らのスケッチを 45年間続けた。

著　書
イラスト教室、上方タレント101人、ドキュメンタリースケッチ大相撲、
なにわ難波のかやくめし、アナログ時代のテレビ絵史、大阪キタの味、
ばんざいばんざいタイガース、画集「天神祭」、画集「夢は正夢阪神タイガース
の20年」、画集 学童集団疎開「時空の旅」、画集「時空の旅ーそして戦後」

受　賞
1986大阪府知事表彰　文化功労者部門
第24回上方お笑い大賞　審査員特別賞
第42回大阪市市民表彰　文化功労者部門
第17回関西ディレクター大賞特別賞
第37回（社）日本漫画家協会賞　文部科学大臣賞

オダサク アゲイン
2022年9月07日　初版発行
著　者　成瀬國晴

発行者　髙山惠太郎

発行所　たる出版株式会社
〒541-0058 大阪市中央区南久宝寺町4-5-11-301
電話06-6244-1336(代表)
〒104-0061 東京都中央区銀座2-14-5 三光ビル
電話03-3545-1135(代表)
E-mail contact@taru-pb.jp

印刷・製本　株式会社小田

監修　成瀬國晴

装丁・本文レイアウト　アイデザイン岩城勝仁

表紙・扉・文中イラスト　成瀬國晴

本体価格――3000円(+税)
ISBN978-4-905277-34-7
C0095